假名草子集成

第五十三巻

花田富二夫・入口敦志
松村美奈・柳沢昌紀 編

東京堂出版

例言

一、『假名草子集成』第五十三巻は、文部省の科学研究費補助金（研究成果刊行費）による刊行に続くものである。

二、本『假名草子集成』は、仮名草子を網羅的に収録することを目的として、翻刻刊行するものである。ここにおいて、本集成の刊行により、仮名草子研究の推進におおいに寄与せんことを企図する次第である。

三、既刊の作品は、全て、今一度改めて原本にあたり、未刊の作品については、範囲を広くして採用したい、という考えを、基本としている。

四、仮名草子の範囲は、人によって多少相違がある。中で、最も顕著なる例は、室町時代の物語との区別である。これについては、横山重・松本隆信両氏の『室町時代物語大成』との抵触は避ける予定である。しかし、近世成立と考えられる、お伽草子の類は、仮名草子として検討する方向で進めたい。

五、作品の配列は、原則として、書名の五十音順によることとする。

六、本集成には、補巻・別巻をも予定して、仮名草子研究資料の完備を期している。

七、校訂については、次の方針を以て進める。

1、原本の面目を保つことにつとめ、本文は全て原本通りとした。清濁も同様に原本通りとした。

2、文字は、通行の文字に改めた。

3、誤字、脱字、仮名遣いの誤りなども原本通りとし、（ママ）或は（……カ）と傍注を施した。

4、句点は原本通りとした。句点を「。」とせる作品は「。」、「・」を使用する作品はそのまま「・」とした。但し、読み易くするために、私に読点「、」を加えた場合もある。句読点の全くない作品は、全て「、」を以て、読み易くした。

5、底本にある虫食、損傷の箇所は□印で示し、原則として他本で補うこととし、□の中に補った文字を入れて区別した。他本でも補う事が不可能な場合は、傍注に（……カ）とした。

6、底本における表裏の改頁は、」を以って示し、丁数とオ・ウとを、小字で入れて、注記とした。

7、挿絵の箇所は〔挿絵〕とし、丁数・表裏を記した。

8、底本の改行以外に、読み易くするために、私に改行を多くした。

9、和歌・狂歌・俳諧（発句）・漢詩・引用は、原則として、一字下げの独立とした。ただし、会話・心中表白部は、改行、一字下げとしない。

10、挿絵は全て収録する。

八、巻末に、収録作品の解題を行った。解題は、書誌的な説明を主とした。備考欄に、若干、私見を記した場合もある。

九、原本の閲覧、利用につき、図書館、文庫、研究機関、蔵書家など、多くの方々の御理解を賜ったことに感謝の意を表す。

十、仮名草子研究に鞭撻配慮を賜った故横山重氏、故吉田幸一博士、また出版を強くすすめて下さった故野村貴次氏、故神保五弥名誉教授、ならびに困難なる出版をひき受けて下された東京堂出版に、感謝する次第である。

平成二十七年二月

故　朝倉治彦

編集委員　花田富二夫
深沢秋男
柳沢昌紀

第五十三巻　凡　例

一、本巻には、次の四篇を収めた。

帝鑑図説　寛永四年板、十二巻六冊、絵入（本巻には巻十～巻十二を収録した）

棠陰比事加鈔　整版本、三巻六冊（本巻には第一冊～第四冊・巻上之上～巻中之上を収録した）

棠陰比事物語　寛永頃無刊記板、五巻五冊

常盤木　正徳・享保頃板、一冊、絵入

二、それぞれの翻刻・解題は、『帝鑑図説』は入口敦志、『棠陰比事加鈔』は花田富二夫、『棠陰比事物語』は松村美奈、『常盤木』は柳沢昌紀が担当した。

三、『帝鑑図説』は、岡山大学附属図書館所蔵のものを底本とした。

四、『棠陰比事加鈔』は、柳沢昌紀架蔵本を底本とした。

五、『棠陰比事物語』は、宮内庁書陵部所蔵のものを底本とした。

六、『常盤木』は、柳沢昌紀架蔵本を底本とした。

七、本文のあとに、解題・写真を附した。

八、底本の閲覧、調査、翻刻、複写、掲載を御許可下さいました岡山大学附属図書館、宮内庁書陵部の御配慮に感謝申し上げます。

九、第三十九巻より前責任者故朝倉治彦氏の全体企画を参考に検討し、第三十九巻から菊池真一・花田富二夫・深沢秋男が、第四十六巻から花田富二夫・深沢秋男が、第五十巻から花田富二夫・深沢秋男・柳沢昌紀が各巻の編集責任者となって、当集成の続刊にあたることとなった。共編者には今後を担う若い研究者を中心に依頼したが、編集責任者ともども、不備・遺漏も多いかと思う。広く江湖のご寛容とご批正を願いたい。

花田富二夫
入口敦志
松村美奈
柳沢昌紀

目次

目次

『假名草子集成』で使用する漢字の字体について

本集成で使用する漢字の字体については、大略下記の方針に基づいて統一をはかった。

一、常用漢字は、新字体を使用する。
二、人名用漢字は、新字体を使用する。
三、常用漢字・人名用漢字以外は、正字体を使用することを原則とする。
四、異体字・略体字・俗字等は、おおむね現在通用の字体に改める。
五、当時の慣用と思われる次の異体字・略体字・俗字等は、底本のとおりとする。

体・躰　富・冨　嘆・歎　灯・燈　顔・㒵
寝・寐　座・坐　歌・哥　淵・渕　蘆・芦
劉・刘　竜・龍　島・嶋　雁・鴈

假名草子集成

第五十三巻

帝鑑図説

（寛永四年板、十二巻六冊、絵入）（承前）

帝鑑図説巻第十目録

」目録オ

（十行空白）」目録ウ

帝鑑図説巻第十

五《ご》侯《こう》擅《ほしひまゝに》レ権《けんを》

漢《かん》の成帝《せいてい》と申て御門《みかと》一人ましますが、はじめて御位《くらゐ》につかせ給ふ時、御はゝかたの御《ご》一門《もん》、みな王《わう》うじの人ゝをよびいださせ給ひて、いづれもかうくわんにあげ給ふ

まづそのなかにも、王鳳《わうはう》と申せしをば、大司馬《たいしば》のくわんにあげ給ひて大将軍《しやうぐん》となされ、よろづ天下のまつりごとをば王鳳にまかせ給へり、そのほか王譚《わうたん》、王商《しやう》、王立《りう》、王根《こん》、王逢時《はうじ》、この五人をばおなし日にすべて侯《こう》のくらゐになしたまへり、故《かるかゆへ》に時の人、この五人を名《な》づけて五侯《こう》とこそは申けり

しかるに此五」一オ人をくわんにあげ給ふ時、よもにきなる霧《きり》たなびきけり、これをいかにとたづぬるに、成帝《せいてい》いまくらゐにそなはり給ひてより、一門《もん》の人ゝをことゞゝくめしいだし、高官《かうくわん》にあけていせひにおごり給ふゆへ、天道《てんたう》こ

れをいましめ給ふ事あきらかなりしかども、成帝の御こゝろにはかくとはさとりましまさず
其後《そののち》又王商《わうしやう》、王根《わうこん》、この二人、すなはち王鳳《わうほう》につゞひて天下のまつりことをつかさどりて、いせひにおごるはかぎりもなし、此とき御《ご》一門わううじの人〻、今をかぎりとゑいぐわにおごり、あるひは車《くるま》をあかくぬり、はなやかにかざりて、われおとらじとおごる」一ウものおよそ二十五人とかや、そのほかの諸官人《しよくわんにん》、時のいせひにおそれつゝ、二十五人の一門《もん》へ我も〳〵といでいり、財宝《さいはう》をさゝげて、四方《よも》よりきたる者《もの》たゆるひまはなかりけり
故にわううじの人〻、たがひにいせひをあらそふて、栄花《ゑいぐわ》をもつてたつとしとす、あるひはおほきに家をたてゝくわれいをきはめ、あるひは赤墀《せきち》をなし連鎖《れんさ》をなして、ひそかに禁中《きんちう》のていをまなべり、又園《その》のうちには山をきづきてうてなをたて、あたかもてんしの白虎殿《びやくこでん》をひようせり、又長安城《ちやうあんじやう》の墻《かき》をひらき、しろの外《ほか》より澧水《れいすい》のかわをひき、我が屋のうちにいたらしめて、すなはちこれを」二オいけとなせり、そのおごる事かくのごとし
こゝをもつてしよくわんにん、いづれも上書《しやうしよ》して君を諌《いさめ》ていはく、いまわううじの人〻たち、いせひはなはださかんにして、ゑいぐわにおごれり、ねがわくはかやうの事をきんぜいし給へかしと申せしかども、成帝《せいてい》此事をすこしもきゝいれましまさず、これによつてわううじの人〻たち、いよ〳〵こゝろをほしひまゝにして、おそれはゞかる所なし
其後成帝《せいてい》の御子《こ》に平帝《へいてい》と申せしあり、御くらゐにつきたまへども、いまだようせうにましますゆへ、御《ご》一門《もん》のともがらに王莽《わうもう》といひしもの、ひとりいせひにおごりて、もつ」二ウはら天下のまつりごとをわがまゝになせしかば、天下みな王莽《わうもう》が手にしたがへり、故《かるかゆへ》に王莽《わうもう》つゐに平帝《へいてい》をころしたてまつりて、漢《かん》の天下をうばひとり、みづから天子《てんし》にそなはれり
それ天下の君たるへき人は、その一門《もん》のともがらには、金《きん》銀《きん》をあたへてふつきにさかへしむる共、天下のまつりごと

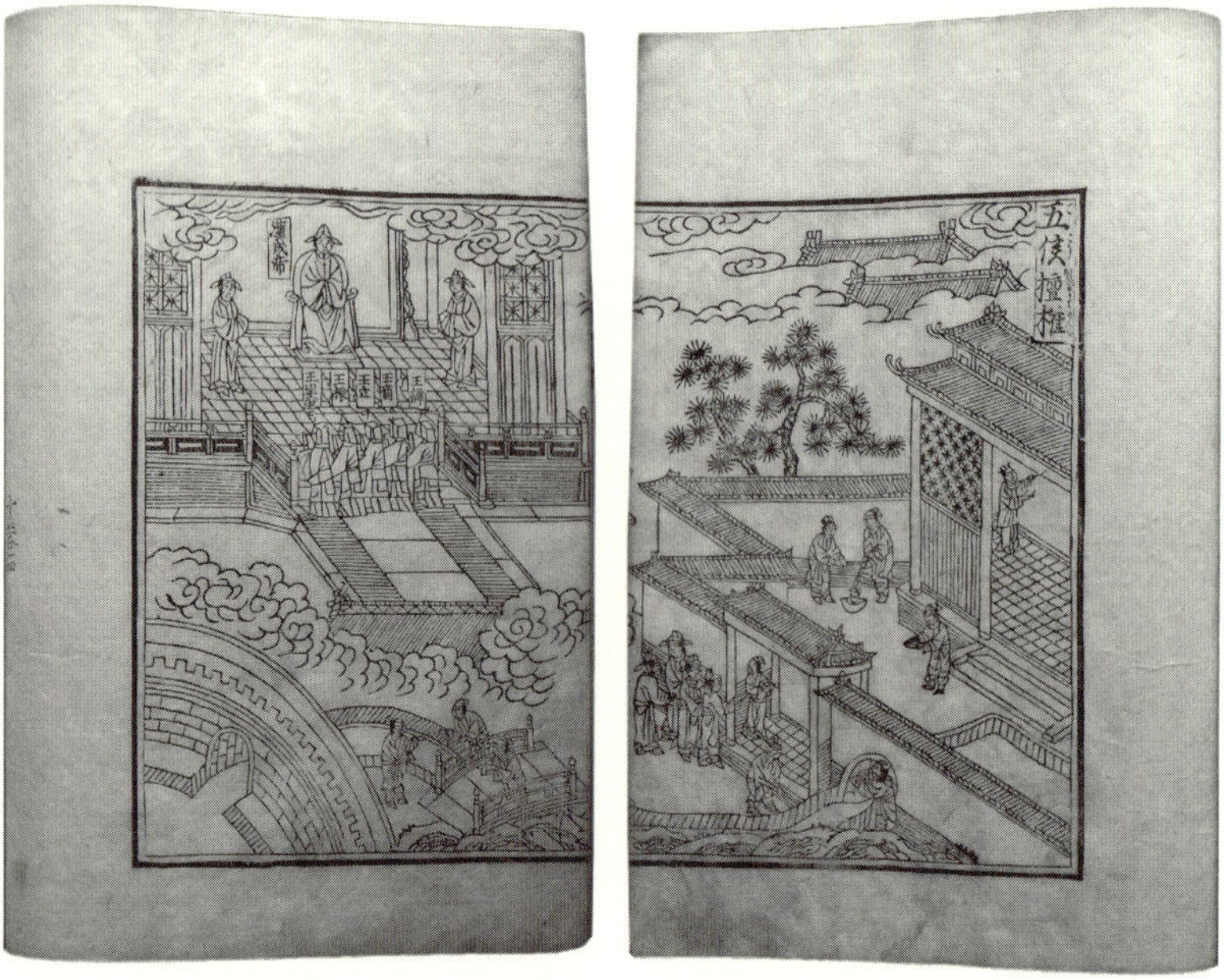

におゐては、もつはら一ぞくにはからはすべからす、この王莽がやからをもつて、まつだいにいたるまでかゞみとすべき事ぞかし

（二行空白）三オ

（空　白）三ウ

〔挿　絵「五侯擅《ごこうほしひま、》権《にけんを》」〕四オ　〔挿　絵「王譚」「王商」「王立」「王根」「王逢時」「漢成帝」〕四ウ

市里《しり》徴行《ひかう》（ママ）

漢《かん》の成帝《せいてい》、ひそかに禁中《きんちう》をしのびいで、ほかにゆうらんまします事をこのみ給へり、ひそかにしのびいで給ふは、その天子《てんし》たる事を人にしられまじきゆへなり、故《かるかゆへ》に御てぐるまにもめしたまはず、又百官公家《くわんこうけ》の御とも〻なし、いやしき下人《げにん》をめしつれ給ひて、あるときは小車《しや》にめし、又ある時は御ともの下人にうちまじりなどして、たがひに馬《むま》にのりつれて、あるひは市《いち》にいりてあそび、あるひは野《や》外《くわい》にいで、御心をなぐさめ、又はとをく隣京《りんけい》のさとにい

たつて、雞《にはとり》をたゝかはしめ、馬をのらせて御覧じて、ゆうらく」五オせさせ給ひけり

こゝに張放《ちやうはう》と申て一人の臣下《しんか》あり、くらゐを富平侯《ふへいこう》にはうぜられて、君のてうあひをうくる事、よにならびなきしんかなり、かるがゆへに成帝《せいてい》かたちをあらためさまをかへて、われはこれ張放《ちやうはう》が下人なりとの給ひて、天子たるといふ事をばふかくつゝませ給ひけり、それ張放《ちやうはう》は御門《みかと》てうあひならびなきしんかなれば、さだめて張放が下人なりといはば、人もおそれをなすべきとおぼしめされて、かくぞなのらせ給ひけり

それおもんみれば、天子はくらゐたつとうして、かりそめ宮中《きうちう》をいで給ふにも、ぜんごにけいごの人をつれ、車《くるま》には和鸞《くわらん》のすゞを付《つけ》」五ウ鳴珮《めいはい》のせつをたゞしうす、然るに今成帝《せいてい》は、みづからその身をかるしめて、ある時はいちへいでゝあそび、あるひは野外《やぐわい》にゆうらんして、みだりに張《ちやう》放《はう》が下人《げにん》となのらせ給ふ事、しゝてましますせんぞまではぢをあたへ給ふ事、申もをろかなりとかや、然るときはい

かでか天下のきみとして万国《ばんこく》をのぞみたまはんや

〔四行空白〕」六オ

〔空　白〕」六ウ

〔挿　絵「市里《しり》徹行《ひかう》（ママ）」「漢成帝」〕」七オ　〔挿　絵〕」七ウ

寵《ちやう》二昵《けつす》 飛《ひ》燕《ゑんを》一

漢《かん》の成帝《せいてい》、あるときひそかに禁中《きんちう》をしのびいでさせ給ひて、陽阿《やうあ》公主《こうしゆ》の家《いへ》へいたり給ふ、然るに公主《こうしゆ》の御《み》うちに、よく哥をうたひ、まひをまふ女房《にうはう》あり、其《その》なりすがたたぐひなく、又まふかたちのかるき事はつばめのとぶがごとくなり、かるがゆへに其《その》名をば飛燕《ひゑん》とこそは申けり、成帝《せいてい》この飛燕《ひゑん》を御覧じて、御心によろこばしくおほしめされけん、すなはちめして宮中《きうちう》へいれ給ふ、飛燕をてうあひまします事、よにならびはなかりけり、又飛燕がいもうとに合徳《かうとく》と申せしあり、よにかくれなき美人《ひじん》たり、成帝此由《よし》きこし」八オめされて、又此合徳《かうとく》をめしておなしく宮中《きうちう》へうつし給へり

こゝに披《ひ》香殿《かうてん》の博士《かくし》に淖方成《たくはうせい》といふ者《もの》あり、これひろきものしりたり、方成ある時、成帝《せいてい》の御うしろにつきそひたてまつりていたりしが、飛燕《ひゑん》、合徳《かうとく》、この二人の女子《ちよし》を見るよりも、すなはちこゝろの内《うち》にして、うらなひて見てげれば、この二人の女子は君のためにはわざはひたり、故《かるかゆへ》につはゞきして申けるには、それ漢の天下は代ゝ火のとくをえて、天子《てんし》のくらゐたゞしきなり、しかるに此二人の女子を宮中へ入給ふ事、かならず天下ほろぼすべし、この二人の女子はわざはひの水にあたれり、しかるときは」八ウかならず火のとくをほろぼすへき事うたがひなしとぞ申けり其後兄弟《きやうたい》の女子、君のてうあひをうくる事いまだいくほどなかりきに、二人ともに婕妤《せうよ》のくらゐになし給へり、しかるに兄弟のもの思ひけるには、いかん共してほん后《きさき》の許皇后《きよこうくわう》をざんそうして、君にうとませ申ならば、われ〳〵一のきさきにそなはるへきとおもひつゝ、成帝《せいてい》にむかつて申けるには、まことに許皇后《きよこうくはう》はつね〳〵我がきみをちやうぶくして、のろはせ給ふとうけたまはると申せしかば、成帝《せいてい》この事をいつはりとはしろしめされす、さもあ

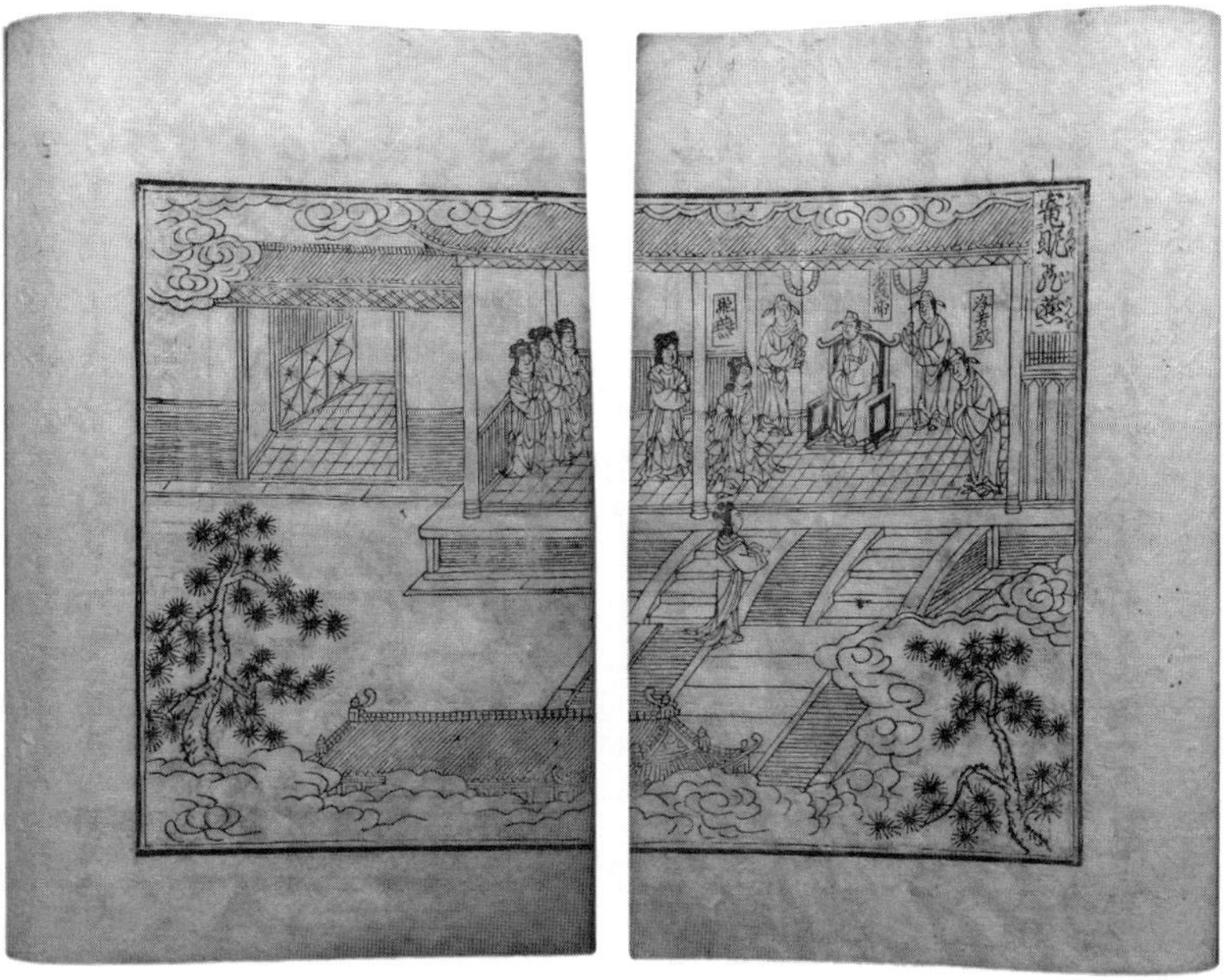

らめやと思召、つゐに許后をうとませたまひて」九オ 宮中《きうちう》におきたまはずして、昭台宮《しようたいきう》へうつしおき、すなはち飛燕《ひゑん》を一のきさきにそなへ給ふ、故《かるかゆへ》につゐには君のとくおとろへ、天下のまつりごともみだれけり

それおもんみれば、いにしへよりいまにいたる迄《まで》、国《くに》をほろぼし天下をうしなひ給ふ事、一つにあらずといへども、第一女色《ちよしよく》をこのむ事、これ位《くらゐ》をうしなふもとひたり、いま漢《かん》の成帝《せいてい》も、いやしき飛燕が兄弟《きやうだい》を御てうあひのあまりにや、后《きさき》にそなへ給ふ事、むかし夏《か》の桀王《けつわう》の妹喜《まつき》をあひし、又殷《いん》の紂王《ちうわう》の妲己《たつき》をあひして、天下をほろぼし給ふがごとし、漢《かん》の天下のおとろふ事、成帝《せいてい》よりもはじまれり」九ウ

〔挿 絵「寵《ちやう》昵《けつす》飛燕《ひゑんを》」「淖芳成」「漢成帝」「飛燕」〕」十オ 〔挿 絵〕」十ウ

嬖《へき》佞《ねい》戮《りくす》賢《けんを》

漢《かん》の哀帝《あいてい》と申て御門《みかと》一人おはしける、然るに侍中《ちちう》の官《くわん》に

董賢《とうけん》と申て少年《せうねん》の美《ひ》男《なん》あり、そのなりすがたやさしうして、よにたぐひなかりしかば、御《み》かどてうあひましく〳〵て、常《つね》に御座をおなじうし、おきふしひとつにしたまへり、
故《かるかゆへ》に董賢《とうけん》がいせひたる事よにならびなかりけり

しかるに御門《みかと》、董賢が家《いへ》をたて、えさすへきとおほしめし、すなはちせんじをくださせたまひて、あまたのばんじやうをあつめ、さしもくわうたいに家をいとなみましませり、又よろづの諸《しよ》しよく人《にん》にいたるまで、君のめいにそむかじとて」十一オ いたらざるはなかりけり、又は御くらゐにおさまりしよろづぶくのだうぐ、あるひは金《きん》ぎんのうつわもの、あまたのたからをとりそろへて、董賢《とうけん》が家へをくり給へり

このときひとりの臣下《しんか》に鄭崇《ていそう》と申せしあり、しかるに君董賢を御てうあひましく〳〵て、かやうにふるまはせ給ふをみて、こはいかなる事ぞと君をいさめしかば、みかどおほきにいからせ給ひて、すなはち鄭崇《そう》をからめとり、籠《ろう》へ入させ給ひけり、あはれなるかな鄭崇は、きみのかんだうかうむりて、久しく籠者《ろうしや》のすまひをして、身やつれこゝろもつ

かれしかば、つゐにむなしくなりにけり
それ哀帝《あいてい》」十一ウ 御くらゐにつかせ給ふはじめには、天下のまつりごとあきらかにして、よくそのみちをおこなひて、明君《めいくん》といはれ給ひしかども、後年《こうねん》にいたりて、董賢《とうけん》をてうあひましますゆへ、つゐにこゝろまよひつゝ、君徳《くんとく》をくらまし給へり

（六行空白）」十二オ

（空　白）」十二ウ

〔挿　絵「嬖《へき》-佞《ねい》戮《りくす》レ賢《けんを》」「漢哀帝」「董賢」「鄭崇」〕」十三オ　〔挿絵〕」十三ウ

十侍乱政《じらんせい》

漢《かん》の桓帝《くわんてい》と申て一人の御門《みかど》あり、このとき中官《ちうくわん》に封《はう》ぜらるゝもの五人あり、左悺《さくわん》、貝瑗《はいゑん》、徐璜《ちよくわう》、唐衡《たうかう》、単超《たんちやう》、此五人ともに侯《こう》のくらゐになされけり、これを五侯《こう》と申なり
このおりふし、みかど官位《い》をうりかいにし給へり、故《かるかゆへ》にかの五侯《こう》のもの、我も〳〵ときぬ五十疋《ひき》をさゝげて、くらゐをたかくのぞみしかば、君此よしを御覧して、すなはち五人のものを高卿侯《こうけいこう》にぞなされけり、又小黄門《せうくわうもん》のくらゐに封《はう》ぜらるゝ、者《もの》八人ありしが、これも金銀《きんぎん》をさゝげてくらゐをたかくのぞみしかば、則《すなはち》八人ともに卿侯《けいこう》のくらゐにあげたまへり」十四オ
このときかの五侯《こう》の人〻、われおとらじといせひにおごりて、天下のまつりごとをもほしひまゝになしてげり、故《かるかゆへ》に四方《よも》の国〻、此五侯《こう》の人にそむかじとて、われも〳〵とまいないをさゝげて、へつらはざるはなかりけり
このときてんかばんみんのくちずさみ、左悺《さくわん》を名《な》づけて左回天《さくわいてん》とぞ申けり、このこゝろは左悺《さくわん》がいせひは天子《てんし》の心をうごかさんとも、めぐらさんとも、左悺《さくわん》がはからひ次第とかや、又貝瑗《はいゑん》をば貝独坐《はいどくざ》となづけり、この心はその位《くらゐ》たかきゆへ、よの人おそれをなしてさらにちかづくものはなし、又徐璜《ちよくわう》をば徐外虎《ちよぐわこ》とこそ申けり、此心は其《その》いせひを申せば」十四ウ ふしたる虎《とら》のことくにて、人みなおぢてさらにちかづくものはなし、又唐衡《たうかう》をば唐両堕《りやうだ》とぞ申

けり、此こゝろはかれ我がいせひにおごりて、東《ひがし》といへば西《にし》といひ、西《にし》といへば東《ひがし》といふ、しかりとは申せども人さらにあらそはず、よろづ心のまゝにせり、これはさておきぬ

さて又左悺《さくわん》が兄弟《きやうだい》そのほか一族《ぞく》どもにいたる迄《まて》、みだりに官位《くわんゐ》をほしひまゝにして、あるひは一国《こく》の方伯《はうはく》となるもあり、あるひは一郡《くん》の守護《しゆご》となる人もあり、みなく〵いせひにおごりつゝ、まいないをむさぼり、法度《はつと》をやぶりて天下のたみをくるしめり、まことにこれは盗賊《とうぞく》とひとしきなり、故に」十五オ たみ百性《しやう》こゝやかしこへにげさりて、われもく〵とぬすみをせり

其後中常侍《ちうじやうじ》の官《くわん》に、曹節《そうせつ》、王甫《わうほ》、趙忠《ちようちう》、張譲《ちやうじやう》、これらの人〻、又かの五侯《こう》に相《あい》つゐて、天下のまつりごとをほしひまゝにおこなひて、たがひに同道《とうたう》をたてゝ、我にそむくものあれば、からめて籠《ろう》へぞ入にけり、又桓帝《くわんてい》のしんかに竇武《とうぶ》、陳蕃《ちんはん》、李膺《りよう》とて、此三人のもの共は、世にならびなき賢人《けんじん》なり、故《かるがゆへ》にふかく是をそねみつゝ、この三

人の賢人《けんじん》おなしく一るい百余《よ》人まて、なんのゆへもなかりしに、こと〳〵くうちころして、をのれ〳〵がいせひにおごりて、一天《てん》四海《かい》をみだしけり、いまだいくばくほどもへざりしに、董卓《とうたく》」十五ウ といひしもの、すでにむほんをおこし、つゐに桓帝《くわんてい》をながしたてまつりて、漢《かん》の天下をほろぼせり

それ天下のきみたる人は、つねにけんしやをちかづけて、佞者《ねいしや》をかたくとをざけば、其《その》くらゐ久しうして天下も太平《たいへい》におさまるべし、いま漢の桓帝《くわんてい》はねいしやのおごりをきんぜざるゆへ、すでにらんげきおこりつゝ、天下をうしなひ給ふとかや

（四行空白）」十六オ

（空　白）」十六ウ

〔挿　絵「十侍乱政《じらんせい》」「漢桓帝」〕」十七オ　〔挿　絵〕」十七ウ

西邸《せいてい》鬻《ひさぐ》レ爵《しやくを》

漢《かん》の霊帝《れいてい》と申てみかど一人ましますが、西園《せいゑん》のうちにおゐて一つの邸舎《ていしや》をたて、市《いち》の店《てん》屋のことくにして、官位《くわんゐ》をうらせ給へり、官位《くわんい》に大小《たいせう》の次《し》第あり、故《かるかゆへ》に官をかふにも又銭《ぜに》の多少《たせう》あり、二千石の官《くわん》をば銭二千万にそうられけり、四百石の官《くわん》をは銭四百万にぞうり給ふ、さて又ざしきのくらゐをば、おなし官とは申せども、銭《せに》をおほくいだせしをば、かみ座《ざ》にこそはなをしけり

又一県《けん》一郡《ぐん》をうり給ふに、よき所をばたかくうり、あしき地《ち》をばやすくうれり、かるがゆへにとみなる者《もの》は一度《と》に銭をいだして、すなはち官に」十八オ のぼり、又まどしきものはまづくわんにあかりつゝ、後《のち》には一倍《ばい》の利《り》をくはへて、銭《せに》をおさめたてまつる

又ひそかに左右《さゆう》の人におほせられて、公卿《こうけい》の位《くらゐ》をうり給ふ、公卿《こうけい》はこれ大官《くわん》なり、公《こう》の官《くわん》をば銭千万貫《くわん》、卿《けい》の官は五百万にぞうられけり、かくて官をうらせ給へる其《その》銭をば、こと〳〵くあつめて、西園《ゑん》の内《うち》にくらをたて、すなはちおさめ給へり

そも〳〵霊帝《れいてい》のかやうにくわんをうらせ給ひて、銭をたく

わへ給ふ事のゆへをくわしくたづぬるに、霊帝はじめいまだ侯《こう》の位《くらゐ》にておはせしとき、つねにまどしくまし〱て、そのくるしみをわすれたまはず、いま御くらゐに」十八ウ つかせ給ふといへども、桓帝《くわんてい》の御とき、すこしも金銀《きんぎん》をたくわへたまはすして、ざいはうのなき事をうらめしくおぼしめされて、故《かるかゆへ》にくわんをうり、銭《せに》をあつめ給へり
それ朝廷《ちやうてい》の官位《くわんゐ》はよく賢才《けんさい》をゑらびて、みだりにくわんにあぐべからず、されば尚書《しやうしよ》にいわく、くわんをば私《し》昵《けつ》におよぼさず、爵《しやく》をば悪徳《あくとく》におよぼす事なかれ、任意《ちんい》人にあたへば、なをよからずといへり、しかるをいはんや官《くわん》をうりて銭《せに》をたくわへ給ふ事、是もつて道《みち》にあらず
それ天子《てんし》は天下を太平におさめ、まつりごとをたゞしうし給はゞ、これ金銀《きんぎん》にはまさるべし、然るに銭をたくはへて、よくしんにまよひ」十九オ 給ふ事、かみは朝廷《ちやうてい》の名器《めいき》をやぶり、しもは百性《しやう》のかいをのこせり、故《かるかゆへ》にいまだ五年《ねん》もすぎざりしに、天下おほひにぬす人おごりて、みだれがはしくなりしかば、いかでか位《くらゐ》をたもつべし、つゐに位《くらゐ》

をうしなひ、又西園《せいゑん》のくらにたくはへ給ふ銭《せに》なども、みなちり〳〵になりしかば、ろうしてかいはなかりけり、これ大学《たいかく》にとけるがことく、一人たんれいなれは一国《こく》らんをおこすといふ、此ほんもんにことならず

（三行空白）」十九ウ

〔挿　絵「西邸《せいてい》鬻《ひさぐ》レ爵《しやくを》」〕」二十オ　〔挿　絵「漢霊帝」〕」二十ウ

列肆《れつし》後宮《こうきう》

漢《かん》の霊帝《れいてい》の時、きさきたちのおはしける後宮《こうきう》のうちに店《てん》屋をつくり、いろ〳〵のたからものをてん屋のたるにつみかさね、后《きさき》たちをめしつれ給ひて、彼《かの》てん屋へいでゝ、いちまちにて、あきびとのうりかいをせしありさまをまなばせ給ふ、又ひそかに人をてん屋のうちへつかはされ、かれ是《これ》のうりものをぬすみ、我が人のとあらそひてけんくわをさせて見給へり、これまことにいちまちにて、あきびとのあらそふもやうにことならずや

霊帝又御衣《ぎよえ》をあらため、あきびとのていにさまきかへ、御

ともには宮女《きうぢよ》をめし」二十一オ つれまし〳〵て、酒《さけ》うる市《いち》へたちいで給ひて、御さかもりのたのしみは申もをろかなりとかや

故《かるかゆへ》に霊帝《れいてい》のとき、奸人邪嬖《かんじんしやへき》の人おほくおごれり、こゝをもつて天道《てんたう》もいかりをくだし、ばんみんも君をうらみたてまつりて、わざはひ度《たび》〳〵おこりけり、しかりといへども、賢人《けんじん》をちかづけて国《くに》のまつりごとをさせたまはず、たゞあけくれ宮中《きうちう》に遊楽《ゆうらく》して、いやしきあき人のていをまなび、羊狗《いようく》（ママ）のかんむりをちやくし、驢馬《ろば》にのらせたまひつゝ、みづからくつわをとり、やぶれたるいしやうをめされて、我とこゝろをほしひまゝにしたまへり

かるがゆへにばんみんきみをおそ」二十一ウ れず、ぬす人おほく世におこりて、漢《かん》の天下ほろびけり、これ霊帝《れいてい》のつみのがるゝにところなし

（九行空白）」二十二オ

（空　白）」二十二ウ

〔挿　絵「列肆後宮《れつしこうきう》」「漢霊帝」〕」二十三オ　〔挿　絵〕」二十三ウ

芳林《はうりんの》営建《ゑいけん》

魏《ぎ》の明帝《めいてい》と申て御門《みかど》一人おはしけるが、御くらゐにつかせ給ひてより、おほきに宮殿《きうてん》をつくらせ給はんとおぼしめされて、すなはち許昌宮《きよしやうきう》をつくり、又洛陽宮《らくやうきう》をたて給ふ、故《かるかゆへ》に天下のばんじやう、又やく人《にん》にいたるまで、数年《すねん》やすまるひまもなし

又秦漢《しんかん》の代《よ》に、長安城《ちやうあんじやう》の中《うち》につくりおかれし鐘架銅槖《しやうかとうたく》駝《だ》又銅承露盤《とうせうろはん》にいたる迄《まて》、のこらず洛陽《らくやう》へうつされけり、然るに銅《あかゝね》をもつておほきに人のかたちをいて、是を翁仲《おうちう》と名《な》づけ、司馬門《しばもん》の外《ほか》の右左《みぎひだり》にぞおきたまふ、又銅《あかゝね》をもつて黄龍《くわうりやう》と鳳凰《はうわう》をいて、これを御殿《こてん》のまへにおき」二十四オ 給へり、又一座《ざ》の土《つち》山を芳林園《はうりんゑん》の中《うち》にきづき給ふが、すみやかにじやうじゆせん事をおほしめされて、公卿《こうけい》の官《くわん》にゐてくらゐたかき臣下《しんか》をもみな〳〵いださせたまひて、つちをはこばせ給ひけり、故《かるかゆへ》に山ほどなくじやうじゆしければ、おほくの草木《さうもく》をあつめてかの山にうへ、又とりけ

だものをとらへてこの山の中へはなし給ふ、これすなはちまことの山にたがはず

然るに高堂隆《かうたうりう》、衛覬《ゑいき》、董尋《とうじん》、この三人、きみをいさめ申さんとて、すなはちいさめの書《しよ》をかいてたてまつりしか共、明帝《めいてい》きゝいれましまさず、ゐいぐわにおごり給ふ事、つゐにやむ事なかりけり

まことに」二十四ウ 天下ばんみんの力《ちから》をつゐやし、又公卿《こうけい》のくわんは、朝廷《ちやうてい》のもとよりうやまふところのものといへ共、土《つち》をおほせ山をつくらせ給ふ事、これ人の君として臣《しん》下《か》をつかふにれいをもつてするのみちにしろしめされす、明帝《めいてい》御くらゐにつかせ給ひていまだいくほどなかりしに、はやく崩御《はうぎよ》ましまして、又御くらゐをゆづり給ふ代《よ》づきの太子もなかりけり、故《かるかゆへ》に魏《き》の天下つゐに司馬氏《しばし》にうばはれしかば、かのあかゞねにてつくり給ふ翁仲《おうちう》、又土《つち》山のもてあそび、はたしてこれはたれがためぞや

（一行空白）」二十五オ

（空　白）」二十五ウ

〔挿　絵「芳林《はうりん》営建《ゑいけん》」〕二十六オ　〔挿　絵「魏明帝」〕二十六ウ

羊車遊宴《ようしやゆうゑん》

晋《しん》の武帝《ぶてい》と申てみかど一人ましますが、呉国《ごこく》のてきたいぢなされてより、御こゝろにおぼしめされけるには、いま天下一たうにして四海《かい》太平におさまりぬれば、べつのしさいもなしとおほしめされけるあひだ、つゐに御心ほしひまゝにして、あけくれゆうらんをこのみ、しゆゑんをたのしみたまひて、天下のまつりごとも次第《したい》〳〵におとろへり
然るに宮中《きうちう》に一万人のきさきあり、故《かるかゆへ》にこなたをてうあひしたまへば、あなたのうらみあり、あなたをあひしたまへば、こなたのなげきあり、いづれのきさきの御かたへか」二十七オ 御《み》ゆきをせさせ給ふべきと、御心のうちにはかなたこなたとおほしめし、つゐにさだまる所なし、故にくるまにめされて、ひつじにこれをひかせつゝ、つぼねをめぐりまし〳〵て、かの羊《ひつじ》のゆきとゞまりし所の御つぼねにいらせ給ひて、すなはちしゆゑんをもよをし、御《ご》ゆうらんまし〳〵て、たのしみ給ふはかぎりなし
このゆへにきさきたち、君のみゆきをのぞませたまひて、あるひは竹《たけ》の葉をとりつぼねのほとりにさし、又は手づから竹の葉をもち羊《ひつじ》をまねき給ふもあり、あるひはしほみづをもつてつぼねのほとりにそゝぎつゝ、ひつじのきたるをまち」二十七ウ 給へり、もとより羊《ひつじ》は竹《たけ》の葉をこのみ、しほをこのむものなれば、いかんともしてひつじをまねき、君の車《くるま》をとゞめてうあひをえんがためとかや、武帝《ふてい》かやうにいんらんにおごり給ふゆへ、国家《こつか》の政事《せいじ》をおさめたまはず
こゝに第《だい》一の御きさきのちゝに楊駿《やうしゆん》と申あり、しかるに楊駿みづから朝廷《ちやうてい》のけんへいをとり、天下のまつりごとをほしひまゝにして、ひとりいせひにおごりぬれば、内《ない》外《ぐわい》の人ゝもみな楊駿におそれざるはなかりけり、故《かるかゆへ》に朝廷《ちやうてい》のまつりごとも次第《したい》〳〵にみだれぬる事、申もをろかなりとかや、又武帝《ふてい》の太子に恵《けい》帝と申せしあり、しかれ共」二十八オ 恵帝《けいてい》いてぶたうにましますゆへ、ゑびす国より

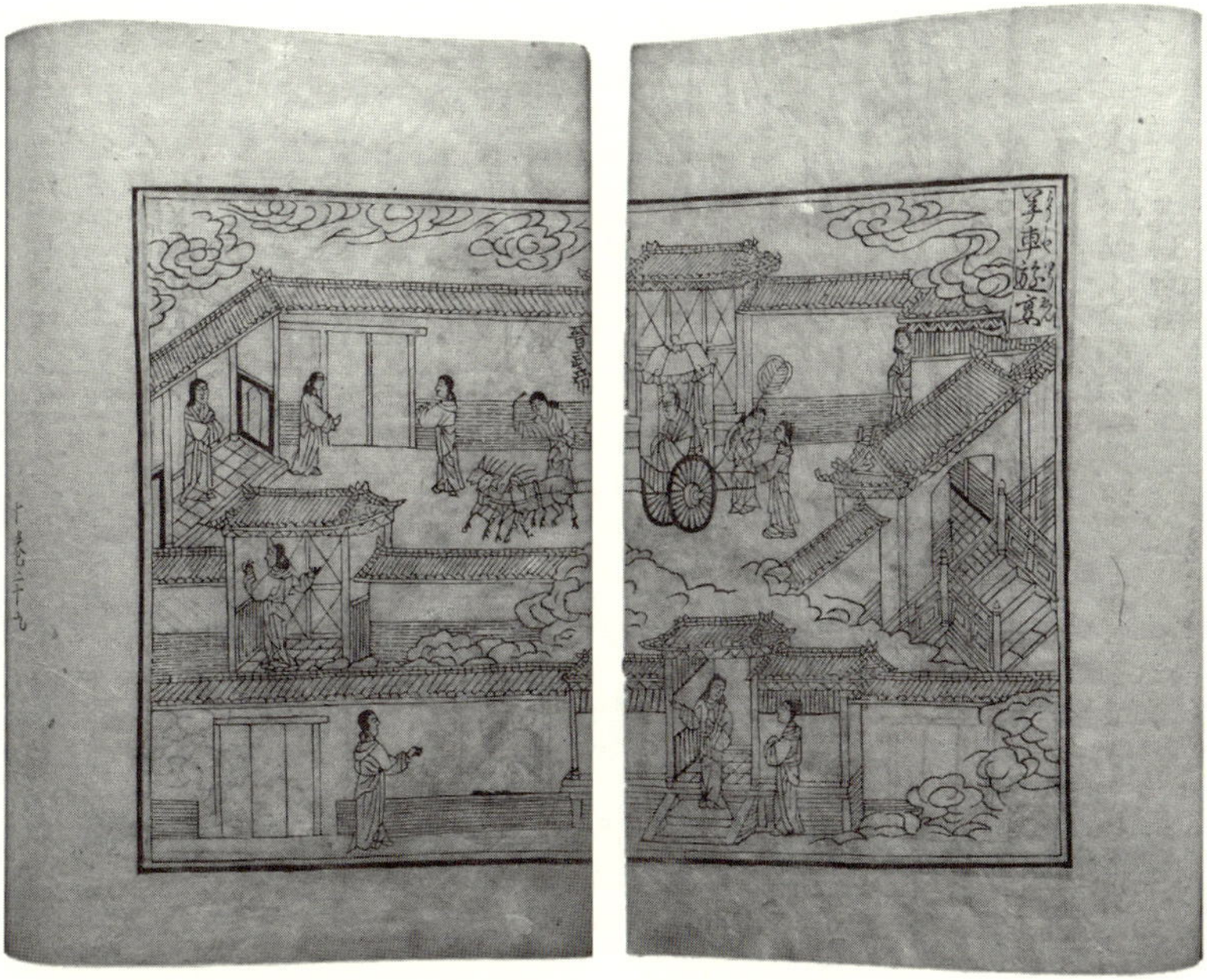

むほんをなして、五胡《こ》の乱《らん》おこりつゝ、つゐにはみやこのわざわひとぞなりにけり

つら〳〵おもんみれば、武帝《ぶてい》はじめ呉国《ごこく》をたいらげ給ひてより、よくそのこゝろをつゝしみ、まつりことをたゞしくおこなひましまさば、てんかいよ〳〵おさまりて、聡明《さうめい》のきみとあをがれ給ふべし、さはなくしてあまつさへ、楊《やう》駿《しゆん》ことさのねいじんをもちいて、政《まつりこと》をはからはせ給ふゆへ、天下にらんげきおこる事、ことはりとこそきこえけり

〔二行空白〕二十八ウ

〔挿　絵「羊車遊宴《ようしやゆうゑん》」〕二十九オ　〔挿　絵「晋武帝」〕二十九ウ

笑《わらふ》二祖倹徳《そのけんとくを》一

宋《そう》の列駿《りうしゆん》（ママ）とて御門《みかど》一人おはしけるが、もとより栄花《ゑいぐわ》をこのませ給ひて、先祖《せんそ》のたておかれし宮殿《きうでん》は誠《まこと》にこれいやしうして、ことにせまきをきらはせ給ひて、すなはちおほきに宮殿《きうでん》をいとなみ、四方《はう》の垣壁《かきかべ》柱《はしら》などにいたるまで、

錦《にしき》をもつてつゝみ、くわれいにかざり給ひけり、故《かるかゆへ》に高祖《かうそ》のときにすまゐし給ひし御殿《てん》をば、いま列駿《りうしゆん》の時にいたりてなづけて陰室《いんしつ》といへり、然るにこの陰室《いんしつ》（ママ）には、高祖の御服《ぎよふく》をおさめておき給ふ

あるとき列駿（ママ）此陰室をこぼちて、玉燭殿《きよくしよくてん》（ママ）をづくらせたまはんとおほしめし、もろ〳〵の臣下《しんか》を」三十オ めしつれ、いんしつに御《み》ゆきなされて見給へば、床《ゆか》のほとりには一つのつちどあり、又かきのうへには一つの灯籠《とうろう》をかけておけり、是則《これすなはち》葛布《くづぬの》をもつて是をはれり、又かたはらには蠅払《はいはらい》をかけてをく、是麻《あさ》のおをもつてくめり、かやうに高祖《かうそ》のときにはよろづのうつわものまても、すこしもかざりましまさず、故《かるかゆへ》にこれをとゞめて後《のち》の子孫《しそん》にしめして、いましめをたれ給へり

こゝに袁顗《ゑんき》と申しんかあり、此よしを見るよりも、高祖のふつきにおごり給はぬ由《よし》をほめたてまつりて、いま列駿《りうしゆん》のおごりをいましむ、列駿（ママ）此よしきこしめし、笑《わら》はせ給ひておほせけるには、それ」三十ウ 高祖《かうそ》はいやしき嚢人《のうにん》にて御

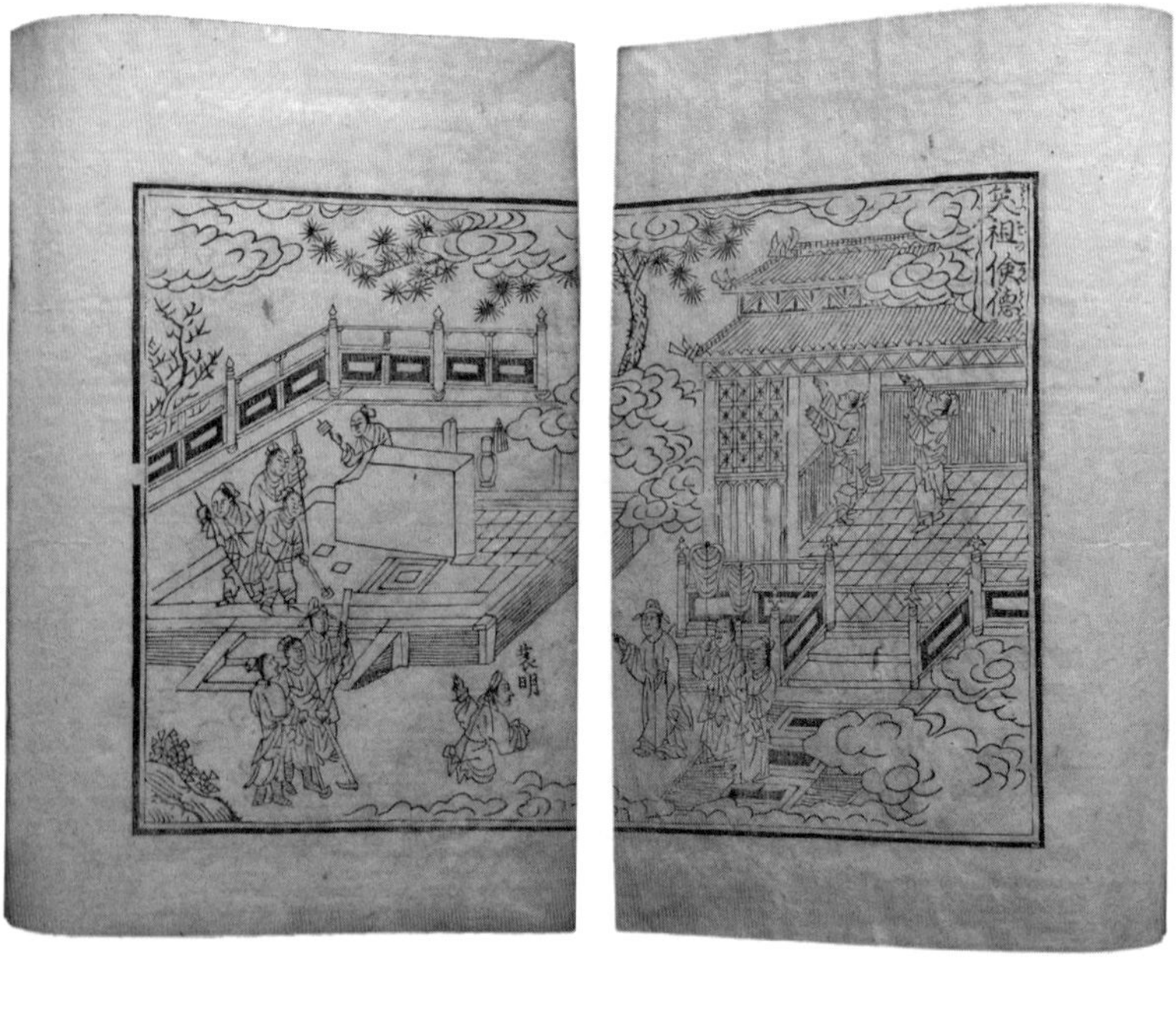

座ありけれ共、たつとき天子《てんし》のくらゐにそなはり給へり、故《かるかゆへ》に位《くらゐ》たつとくましませども、いやしきときのこゝろをば、すこしもわすれましまさず、おもへばこれ灯籠蝿《とうろうはい》払《はらい》なども、高祖のぶんにはすぎたり、しかるにいまわがくらゐとおなしやうにおもはん事、いはれなしとぞおほせける、故《かるかゆへ》にくらゐにつかせ給ひてより、いまだ一年《とせ》もすぎざりしに、玉燭殿《きよくしよくてん》のうちにして、つゐにむなしくなり給ふ、その御子《こ》に子業《しぎやう》と申せしあり、くらゐにつかせ給ふといへども、あくぎやくぶたうにましますゆへ、たちまち天下をうばはれて、位《くらゐ》をうしなひ」三十一オ たまひけりそれ天下の君たる人、ゐいぐわにおごりましませば、わざはひしそんにおよぶ事、こゝをもつてつゝしむべし

（一行空白）

帝鑑図説巻第十終

（六行空白）」三十一ウ

〔挿絵「笑《わらふ》二祖倹徳《そのけんとくを》一」〕」三十二オ

〔挿絵「蓑明《（ママ）》」〕」三十二ウ

【第六冊】

帝鑑図説巻第十一目録

（空白）」目録ウ

帝鑑図説巻第十一

金蓮布《きんれんふ》地《ち》

斉《せい》の国《くに》のあるじに宝巻《はうくわん》と申せしあり、然るに宝巻《はうくわん》淫乱《いんらん》におごらせ給ひて、きさきごのみをし給ふ事、よにたぐひはなかりけり、故《かるかゆへ》に后《きさき》たち我おとらじと身をかざり、だうぐ衣裳《いしやう》にいたるまで、世にめつらしきものをもとめ、はなやかにこそきこえけり

されども第《だい》一の御きさきに潘妃《はんひ》と申ておはせしが、君のてうあひたぐひなし、ある時宝巻黄金《はうくわんわうごん》をもつてれんげをつくり、御殿《ごてん》のまへに是をしき、すなはち潘妃を此うへをあゆませられけるとかや、宝巻つく〳〵御」一ォらんじ、御よろこびまし〳〵ての給ひけるには、誠《まこと》なるかな、潘妃《はんひ》がすがたよにたぐひなき事なれば、あゆむあしのしたまでも、こがねのれんげをしやうずる事、ためしなき次第《したい》とて、よろこび給ふはかぎりなし、か丶るゑいぐわにおごらせ給へ

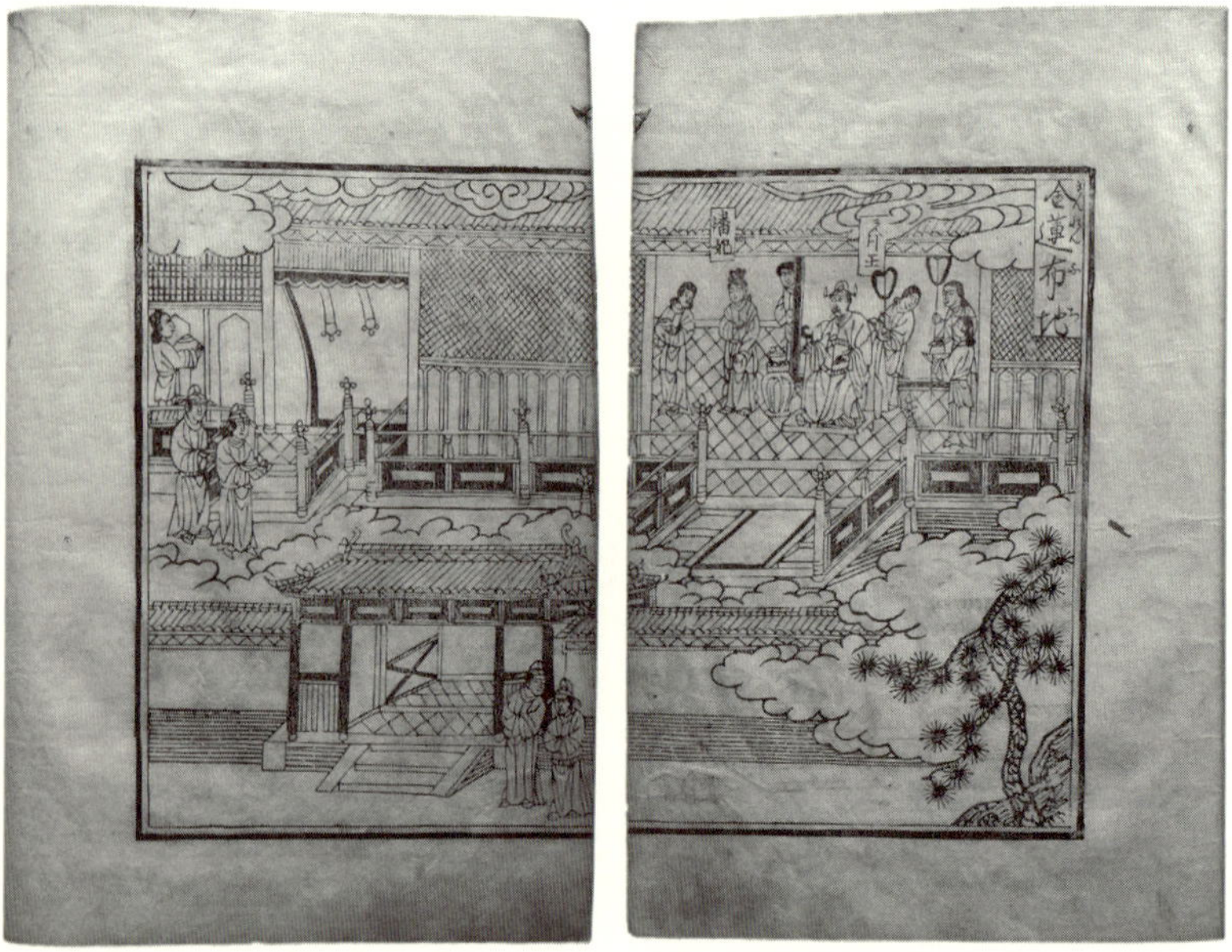

ば、近臣寵愛《きんしんてうあい》の人〻たち、君のこゝろにひかされて、栄花《ゑいぐわ》におごらざるはなし

故《かるかゆへ》に人〻たがひによくしんおこりつゝ、たみ百性《しやう》にくわやくをかけ、たみのたからをうばひとり、われおとらじとゐいぐわをなす、しかるあひだたみ百性《しやう》けふはきのふにおとろへ、かまどをにぎはす事もなく、だうろにまよひいでながら、りうてい」一ウ あこがれなきさけぶ、かみ一人の心により、しもばんみんのなげきのほど、申はをろかなりとかや

故《かるかゆへ》に宝巻《はうくわん》くらゐにそなはり給ひてより、わづか二年《ねん》もすぎざりしに、王珍国《わうちんこく》と申もの、つゐに君をほろぼして、蕭行《しやうかう》すなはち済《せい》の国《くに》をうばひとらせ給ふとかや、是《これ》をもつてあんずるに、つねに善事《せんじ》をなさゞれは、わざわひその身におよぶ事、さらにのがるゝ所なし

（四行空白）」二オ

（空　白）」二ウ

〔挿　絵「金蓮布地《きんれんふち》」「斉王」「潘妃」〕」三オ　〔挿　絵〕」三ウ

捨身仏寺《しやしんぶつじ》

梁《りやう》の武帝《ぶてい》と申てみかど一人ましませり、然るに御門仏法《みかとぶつはう》をうやまひたまひて、ほとけのをしへにまよひ、みづから同泰寺《とうたいじ》と申てらへみゆきせさせ給ひつゝ、あまたの僧《そう》をくやうし、もろ〳〵の人をあつめて御衣《ぎよゑ》をぬぎすて、みづからころもをちやくし給ひて、清浄大捨施《しやうしやうたいしやせ》の法《はう》をおこなひ、仏戒《ふつかい》をたもち、御身を寺裡《じり》にすてゝ、ねむるときは素床《そしやう》にふし、食《しよく》するときは瓦器《ぐわき》をもちゐ、坐《ざ》する時は小車《せうしや》にのり、天子《てんし》のくらゐをさつて、出家《しゆつけ》のさまに身をへんじ、みづから講堂《かうだう》の法座《はうざ》にのぼらせ給ひて、僧俗大衆《そうぞくたいしゆ》のために涅槃経《ねはんきやう》を」四オ とき給へり

されば仏家《ふつけ》のしやくもんに、人しゝさつてかばねはむなしくなりぬといへども、妙《たへ》なる心《しん》はくちずして、つねにせかいにあるとかや、たゞこれ生死《しやうし》の二つをといて涅槃経《ねはんきやう》とは申なり、武帝《ふてい》此経をつねにしんじ給ふゆへ、大衆のためにとき給ふ

しかるにいづれも臣下《しんか》たちおもはれけるは、武帝のこゝろまよひつゝ、ぢうぜんのくらゐをさり、御身をすてゝ仏寺《ふつじ》にいらせ給ふ事、こはいかゞすべきとて、すなはち銭《せに》十万貫《くわん》をいだして、仏前《ふつぜん》にこれをそなへ、武帝を購出《あかないいた》し、表《ひよう》をかいていさめをなす、君すみやかに宮中《きうちう》へかへらせたまひて、国家《こくか》の政《まつりこと》を」四ウきこしめされ候へかしと、みな〳〵いさめをなせしかども、武帝《ふてい》いさめにしたがひたまはず、故《かるかゆへ》にしんかたちこはいかゞと思ひ、三度《と》まていさめをなす、武帝いさめにたへかねて、つゐに宮中《きうちう》へかへらせ給ふ

それ仏家《ふつけ》は父母《ふほ》妻子《さいし》をさり、我が身をすて、家《いへ》を出《いて》て、かいぎやうをたもつ事、これ夷《ゑびす》のをしへにして、天下をたもつべきみちにあらず、まことなるかな、武帝は宗廟社《そうびやうしや》稷《しよく》のおもんずへき事をおもはず、又国家《こくか》ばんみんをおさむへき事をはからず、なんぞ身を仏寺《ふつじ》にすてゝ、ほとけのいましめにまよひ給ふ事、おしみてもあまりあり、其後武《ぶ》帝の子孫侯景《しそんこうけい》の」五オときにいたりて、国家《こつか》おほひにみだれ、

台城《たいじやう》に餓死《がし》すといへとも、なんぞ仏のたすけあらんや

（九行空白）」五ウ

〔挿　絵〕「捨身仏寺《しやしんぶつじ》」「梁武帝」」六オ　〔挿　絵〕」六ウ

縦《ほしいまゝにさけをほう》レ酒　妄-殺《せつす》

斉《せい》の国《くに》の主《あるじ》に高洋《かうよう》と申君あり、然るに高洋《かうよう》つねに酒《さけ》をこのませ給ひて、あけくれしゆゑんにひまもなし、さけだにもすぎぬれば、あくぎやくぶたうをし給ふ事、たとへをとるにためしなし、されば御殿《ごてん》の庭中《ていちう》に人をにる鑊《かま》、人をひくのこぎり、人をくだくうす、其外《そのほか》いろ〳〵の道《だう》ぐをおかせ給ひつゝ、酒《さけ》によはせ給ふ時は、手づから人をころさせ給ひて、あそびたはぶれましませり

しかるに宰相《さいしやう》の官《くわん》に楊愔《やうたう》と申臣下《しんか》あり、君ぶたうにまし〳〵て、つみなき人をころさせ給ふをあはれみ、あまたのめしうとのその中《なか》に、その」七オとがおもうしてしざいにおこなふへき者《もの》をゑらみ、庭前《せん》のかたはらにあつめおき、これを名《な》づけて供御囚《こうきよしう》といへり、君酒によはせたまひて人

をころさんとの給ふときは、すなはりこのめしうとをいだして、きみのおほせにしたがへり

つら〳〵あんするに、それ人の命《いのち》はおろそかにおもふべからず、たとひいかなる罪人《さいにん》なりとも、三度《たび》きみのせんじをかへし、五度君へそうもんして、さて其後ころすべし、故《かるかゆへ》に夏《か》の禹王《うわう》は道《みち》のほとりにてざいにんを見て、車《くるま》よりおりさせ給ひてなんだをながし給ふ事、これ人のいのちをかろしめ給はず、たみをあはれみ給ふゆへ」七ウなり

しかるに斉《せい》の高洋《かうよう》はあくぎやくぶたうにましまして、あまたとがなき人をころし、つみをつくらせ給ふ事、たみ百性《しやう》にいたるまで、たれかこの君をうらみざらんや、さればにや高洋《かうよう》はじめ御くらゐにつかせ給ふときは、こゝろをつくしたみをあはれみ、まつりごとをたゞしくおこなひ給ふといへ共、其後酒《さけ》をこのませ給ふゆへ、をのづからこゝろみだれて、つゐにぶたうのきみとならせ給ふ事、おしみてもなをあまりあり

（二行空白）」八オ

〔空　白〕」八ウ

〔挿　絵「縦《ほしいまゝにして》レ酒《さけを》妄殺《ほうせつす》」「北斉主洋」「楊愔」〕」九オ　〔挿　絵〕」九ウ

華林縦逸《くわりんしういつ》

斉《せい》の国《くに》のあるじに緯《い》と申君《きみ》あり、つねに琵琶《びわ》をひく事をこのませ給ひて、いろ〳〵の曲《きよく》をひかせ給ふ、其《その》こゑいとあはれげにして、きくものこゝろにかんじ、きもにめいじてあはれまざるはなかりけり、則是《すなはちこれ》を名付《なづけ》て無愁《ぶしう》の曲といへり、されば無愁の曲となつけ給ふ事は、われこの曲をひいてながくこゝろをたのしみ、さらにうれいなかるべし、

故《かるかゆへ》にばんみん又君をなづけて無愁の天子《てんし》と申なり

あるとき君花林園《くわりんゑん》のうちにおゐて、貧児材《ひんじさい》と申て一つの貧《ひん》家《か》をたてゝ、つねにみづから此家《いへ》にすまゐし、身にはあいぞめの」十オいしやうをめされて、乞食《こつじき》のすがたにさまをかへ、こゝかしこにいたりて、食《しよく》をこうてぞあそばれけり、かゝるにあはぬありさまをして、ほしひまゝにたのしみをなし、さらにやむ事あらざれば、つゐにその身をほろぼし

て、国をうしなひ給ひけり

（六行空白）」十ウ

〔挿　絵「華林縦逸《くわりんしういつ》」〕」十一オ　〔挿　絵「北斉主緯」〕」十一ウ

玉樹新声《きよくじゆのしんせい》

陳《ちん》の国《くに》のみかどに叔宝《しゆくはう》と申せしあり、御くらゐにそなはり給ひてよりいんらんにおごり、ゑいくわをこのみ給ふ事、たとへをとるにためしなし、しかるに三つの台《うてな》をつくり、一つは臨春閣《りんしゆんかく》と名《な》づけ、一つは結綺閣《けつぎかく》といひ、一つは望《ばう》仙閣《せんかく》となづけたまへり、此うてなのたかき事数《す》十丈《ちやう》、ひろき事数《す》十間《けん》、いづれもまどやらんかんをば、沈香栴檀《ぢんかうせんだん》の木をもつてつくり、又うちのかざりには金玉《きんぎよく》をちりばめて、其《その》くわれいなる事は近代《きんたい》いまだためしなし

又叔宝《しゆくはう》つねにおんぎよくをこのませ給ひて、宮女《きうぢよ》のうち文学《ぶんかく》ある」十二オ 人をゑらみ、女学士《ぢよかくし》となし、又臣下《しんか》のうちに文学《ぶんかく》あるもの、江総孔範《かうそうこうはん》がたぐひをゑらみいだして、ゆるして宮中《きうちう》へめされ、此二人のものを狎客《かうかく》となされ、つね

にしゆゑんゆふきやうのときは、御まへにはんべらしめて、女学士《ちよかくし》と狎客とにたがひに詩《し》をつくらせて、其《その》なかにてもよき詩《し》をば、ふしをつけてうたはしめ、びは、ことのしらべにのせ、宮《きう》女千余《よ》人をすぐりて、則《すなはち》これをうたはせて、もつてしゆゑんのたのしみとす、されば此曲《きよく》をば玉樹後《きよくしゆこう》庭花《ていくわ》の曲、又は臨春《りんしゆん》のきよくとて、それ〳〵におんがくの名をつけ給へり、此曲のうちおほくはびじんの事をつくれり、かやうに君臣《くんしん》」十二ウまじはりてしゆゑんをなし、うたをうたひ、おんがくをそうして夜終《よもすがら》ゆふらんし、すでにその夜もあけぬる事、毎《まい》日かくのことくなり

それ天下の君たる人は、つねにざいはうをおろそかにせず、ばんみんをめぐみ、たゞしく天下のまつりごとをおこなひ、我が身にあやまちあらん事をおそるべし、されば書《しよ》にいわく、内《うち》には女色《ちよしよく》におごり、外《ほか》には山野《さんや》のかりをこのみ、又はしゆゑんをたのしみ、おんがくをこのむ事、この四つのものにおゐて一つもこのむものならば、かならず国をほろぼすへし、しかるに陳《ちん》の叔宝《しゆくはう》はこの四つのもの、いづ

れも我が身にこのませ」十三オ 給へば、国をおさめたまはんとおぼしめし給ふとも、いかでかかなはせ給ふへき

（九行空白）」十三ウ

〔挿 絵「玉‐樹《きよくじゆの》新‐声《しんせい》」「陳後主」」十四オ 〔挿 絵〕」十四ウ

剪レ綵 為レ花《きつてさいをつくるはなを》

隋《すい》の煬帝《やうてい》と申て御門《みかと》一人おはしける、然るに煬帝あまりゑいぐわにおごらせ給ひて、宮中《きうちう》のほか又べつに宮殿《きうてん》をいとなみ、これを名《な》づけて西苑《せいゑん》といふ

さればぢぎやうのひろき事、四方《はう》へめぐれば二百里《り》なり、その中に海《うみ》をなし、海のまはりは十余里《より》なり、又この海中《かいちう》に蓬莱方丈瀛洲《はうらいはいちやうゑいしう》とて、三つの山をつかせ給ひて、東海中《とうかいちう》の三神山《しんさん》をかたどれり、山のたかさ百余丈、しかるに三つの山のうへにうてなをたて、宮殿《きうてん》をいとなみ、のきばをつらねてすきはなし、又海より北《きた》のかたに一つのほりをほりて、水をひきて海へ」十五オ そゝき、海と川とをまじへたまへり、すなはち此河《かは》のほとりに十六ところつぼねをつくり、あまたの美人《ひじん》をおき、つぼねごとに四品《ひん》のきさきをそなへ給へり、まことにつぼねを花麗《くわれい》にして、ほしひまゝにゆふらんあり

又秋冬の時節《じせつ》にいたりて、宮前《きうぜん》の樹木《しゆもく》、はなちり葉おちぬれば、すなはち五色《しき》のきぬをきり、花をつくりはをつくりて、木ゝのえだにこれをつけて、まことに春《はる》のけしきなり、又池《いけ》のなかにも五色のきぬをたち、荷《はす》をつくりひしをつくりて、水のおもに是をうかべ、春夏のけいきのことくなり、もしはなのいろかはりぬれは、あらたにつくりてふるきにかふ、それ」十五ウ 栄花《ゑいぐわ》におごり給ふ事、たとへを取にためしなし

然るに十六ところのつぼね〱のきさきたち、花をつくりはをつくりて、こゝをせんどゝかざりつゝ、たがひにこれをあらそいて、君のみゆきをのぞみけり、されは煬帝《やう》の御ゆふらんまします事、まいにちおこたる事なしといへとも、いまた御こゝろにたらずして、月のよすから馬にのり、おなしく宮女《きうちよ》数千ぎをともなひたまひて、苑《その》のうちにゆふら

んし、詞人《しじん》に仰せて清夜遊《せいやゆう》の歌曲《かきよく》をつくらせ、御とものの宮女《きう》に馬上《ばしやう》におゐてこれをうたはせ、御いふらんにひまもなし

さてそれよりも江都《こうと》と申ところへ、はる」十六オ〳〵みゆきなされつゝ、御いふらんのあまりにや、ひさしくかへらせたまはずして、つゐに国《くに》をうしなひ給ふ、つら〳〵あんずるに、煬帝《やうてい》の御父文《ちゝぶん》帝はつねにりよ〳〵（ママ）をこのませ給ひて、たからをつむ事山のごとし、煬帝《てい》はじめ晋王《しんわう》となつておはせしかとも、つゐにざんげんして太子をころし、則《すなはち》くらいをうばひとり、はじめてくらゐにそなはり給ひてより、国家《こつか》に財宝《さいほう》のおゝきを見て、たちまち栄華《ゑいくわ》におごりたまふ、こゝをもつてあんずれは、随《すい》の天下のほろぶる事、ひとり煬帝《てい》のとがのみにあらず、これ文帝のあやまちなり

されは天下の君《きみ》たる人、後世《こうせい》」十六ウ しそんあんらくにして、国家《こつか》長久《ちやうきう》の事を思ひなば、子孫《そん》にしめすにうやまひつゞまやかにして、仁儀《じんぎ》の道《みち》をもつて、おしへをよゝにのこすへし、才《さい》はうをたくわへて、子孫《そん》にあたうるものならば、

かならず天下をほろぼすべし

〔六行空白〕」十七オ

〔空　　白〕」十七ウ

〔挿　絵「剪《きつて》レ綵《さいを》為《つくる》花《はなを》」「隋煬帝」〕」十八オ　〔挿　絵〕」十八ウ

遊幸《ゆうかふす》 江都《こうとに》

随《すい》の煬《やう》帝、ある時御ふねにめされ、水上《すいしやう》にしたがひて揚《やう》州《しう》の江都《こうと》へみゆきし給ふ、のらせ給ふ龍《りよう》のふね、その高《かう》太《たい》なる事は申もおろかなるとかや、則《すなはち》舟のうへに四ちうにたかく殿《でん》をつくり、上《かみ》には正殿《しやうてん》、内殿《てん》、朝堂《ちやうたう》とて、三つのざしきをたてならべ、さてその次《つぎ》には百二十のつぼねをたて、さてそのつぎは金玉《きんきよく》をもつてかざりをなし、はなやかにつくらせ給ふ、第《だい》四ばんめをは内侍《たいじ》の官《くわん》のおる所としたまへり

また御きさきのめされたる舟をば、名付《なつけ》て翔螭《しやうち》舟《しう》といへり、龍《りやう》しうよりもすこしきなりといへ共、そのくわれい」十九オなる事は、まことにこれいちやうなり、そのほか九そうのふねあり、なづけてこれを浮景《ふけい》といふ、この九そうのふね、いつれも三重《ぢう》に殿《てん》をつくりて、離宮《りきう》の館《くわん》をかたどれり、このほか数《す》千そうのふねには、後宮《こうきう》、諸王《わう》、公主《こうしゆ》、百官《くわん》いつれもこのふねにのる

またふなこ八万余《よ》人みな〳〵錦《にしき》の衣裳《いしやう》をきて、こゝをせんとかさりけり、またあまたのぐんびやうども、数《す》千そうのふねにのり、きみをしゆこしたてまつる、かやうにおほくのふねなれば、そのあとさきにつゞく事、二百余里《より》のあひだには、水のいろめは見えさりけり

又馬《むま》にのりたるぐんびやう共、君《きみ》の御座《こざ》ふねをさし」十九ウはさみてりやうはうのきしをゆく、此とをらせ給ふみちすがら五百里《り》のうち、国《くに》〻こほり〳〵よりいんしよくをたてまつる、そのおほき事一州《しう》よりも車百両《りやう》はかりにや、山《さん》海《かい》のちんふつをつみて、われおとらじとたてまつる、故《ゆへ》にせんちうの人〻、美食《ひしよく》ちんぶつおゝくして、くひつくす事あたはざれは、おほくはこれをすてにけり

それ煬《やう》帝は我が身ひとりのたのしみをなし、たみ百しやう

のうれいをしらず、か丶る栄《ゑい》くわをなしたまへば、いまだ江都《こうと》よりくわんぎよあらざるに、長安《ちやうあん》、洛陽《らくやう》の二つのみやこもすでに他人《たにん》にうば（「は」脱）れて、くらゐをうしなひ給ふ事」二十オ是《これ》天下の君《きみ》たる人、か丶みとすへき所なり

（十行空白）」二十ウ

〔挿　絵「遊《ゆう》幸江都《かうすこうとに》」〕」二十一オ　〔挿　絵〕」二十一ウ

斜《しや》封除官《はうしてちよすくわんを》

唐中宗《たうのちうそう》と申て御門《みかと》一人おはしける、くらゐにそなはり給ひてより、つねに酒《さけを》このみ、女色《ちよしよく》におぼれて国家《こつか》のまつりごとをもつとめたまはす、よろづ朝廷《ちやうてい》のしよくじをもつて、御きさき皇后韋氏《くはうこうゐし》にはからはせたまひけり、これによつてまつりごとすたれ、朝廷《ちやうてい》のしよくじもみたれぬ然るに韋后《いこう》の御むすめ安楽公主《あんらくこうしゆ》、おなじく長寧《ちやうねい》公主《しゆ》、又そのいもうと郕国《せいこく》夫人《じん》、その外宮女上官婕妤《ほかきうちよしやうくはんせうよ》、また尚《しやう》容柴氏《ようし》、女巫《ぶ》英児《ゑいぢ》、何れも此宮《きう》女たち、ばんじをほしひま丶にして、国家《こつか》の官職《くわんしよく》をもつてみつからいて丶うられ

けり、故《かるかゆへ》に本」二十二オよりいやしきものといへ共、三十くわんの銭《せに》をいたせば、そうなくみかどの御はんをいたゝき、たつとき官位《くわんゐ》にあかりけり、しかる間天下の人官をかい、くらゐにあかるを、なづけて斜封官《しやはうくわん》といへり

又上官婕妤《せうよ》の宮女《きうぢよ》たち、君のはつとゆるかせなれは、いつれもほかに家をもち、いてたき時はほかへいで、またかへらんとおもひぬれば、こゝろにまかせてかへりけり、かやうにみたりにありぬれども、さらにとがむる人はなし、故《かるかゆへ》にくわんにん共、宮《きう》女たちの袖《そて》をひき、むつましげにぞみへにけり、かゝるみたりのありさまは、たとゑんかたはなかりけり

つら〳〵これをあん」二十二ウするに、中宗《ちうそう》ひさしく武氏《ぶし》が乱《らん》にあひたまひて、ひんくにくるしみ、かんなんをいとひたまひしも、つゐにりうんをえてくらゐにつかせ給ふゆへ、にはかにこゝろゆるかせにして、栄花《ゑいぐわ》におごりましますゆへ、天下のはつとみだりにして、きみをおそるゝものはなし、いまたいく年《とせ》すぎざるに、韋后《いこう》則《すなはち》心をへんじ、きみ

にどくをかひぬれは、たちまちむなしくなり給ふ、まことにぜんしやのくつがへるは、こうしやのいましめたるとかや、それ天下の君たる人、中宗《ちうそう》をもつてかゞみとすべし

（一行空白）二十三オ

（空　白）二十三ウ

〔挿　絵〕「斜《しや》—封《ほうして》除《ちよす》レ官《くわんを》」「婕妤」「韋后」「唐中宗」「安楽公主」「長寧公主」「郕国夫人」「主官婕妤（ママ）」〕二十四オ　〔挿　絵〕二十四ウ

観《みる》レ燈《ともしひをし》二　市—里《りに》一

唐《たう》の中宗末年《ちうそうまつねん》のころ、天下のまつりごとをば宮女《きうちよ》にまかせて、御身はこゝろのほしひまゝにして、あけくれゆふらんをたのしみ給へり、ある時正月くわん日の夜すがら、御きさき韋《い》皇后《くはうごう》をともなはせまたひて、ひそかに禁中《きんちう》をしのび、市町《いちまち》のちまたにいでゝ、灯籠《とうろう》を御覧じて、御なぐさみとしたまへり

それてんかの君たる人は、万乗《はんしやう》のたつときくらゐをもつて、九重《きうちやう》のかみにおり、まつりごとをつとめて、ゆふら

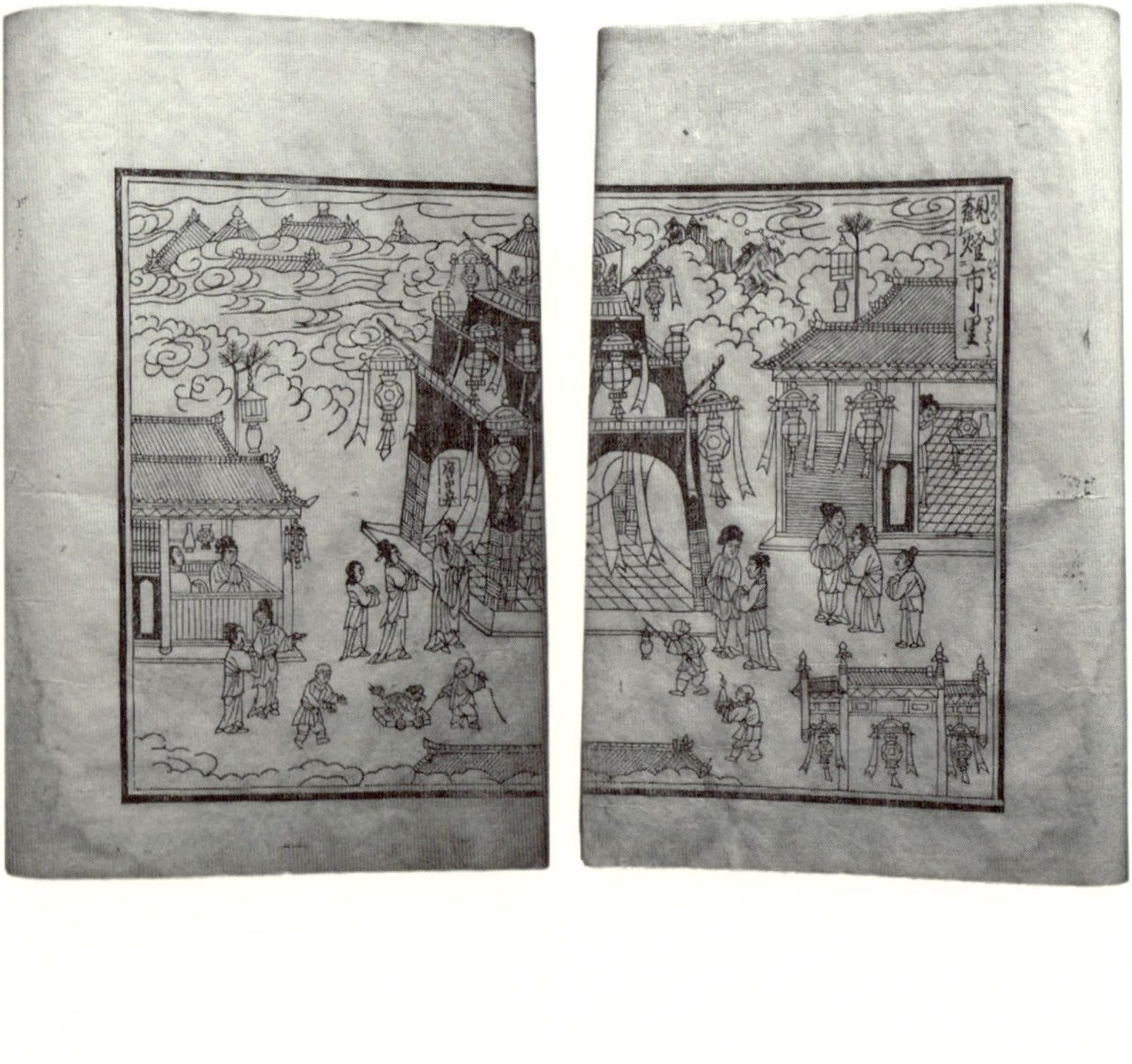

くをいましむべし、いはんや中宗は一たび天下の乱《らん》にあふて、今又そのうれいをわすれ、よろづにつけてつゝしみ」二十五オたまはず、まさしく天子《てんし》のくらゐをもつて、市町へしのび出《いて》、いやしきたみとまじはりて、かなたこなたとゆふらんし、ことさら御きさきをともなはせ給ふ事、これなんのいはれぞや、一つにはれいぎの道《みち》をうしなひ、二つにはちゐをくらまし、三つには天下の法度《はつと》をやぶり、四つにはいんらんのもとひをなす、是を四つのいましめとす、されば唐《たう》の中宗は此四つのいましめをやぶり、おごりをきはめ給ふ事、これ万世《はんせい》のかゞみたり

（一行空白）

帝鑑図説巻第十一終」二十五ウ

〔挿　絵「観《みる》レ燈《ともしひをし》二市里《りよに》（ママ）一」〕」二十六オ

〔挿　絵「唐中宗」〕」二十六ウ

帝鑑図説巻第十二目録

（三行空白）」目録オ

（空　白）」目録ウ

帝鑑図説巻第十二

寵《てう》二幸《かうす》番将《はんしやうを》一

唐《たう》の玄宗皇帝《げんそうくわうてい》と申て御門《みかど》一人おはしける、この時ひとりの胡人《こじん》あり、その名《な》を安禄山《あんろくさん》といふ、玄宗かれをもちゐたまひて、範陽《はんやう》といふところの節度使《せつとし》となされ、又御史大夫《ぎよしたいふ》のしよくをもつかさどらせたまひけり

しかるに安禄山《あんろくさん》しんたいおほきにこへて、腹《はら》たれてひざをすぐほかはぐちなるていにして、心のうちはじやけんなり、玄宗かれがこへたるていを御覧じて、とはせ給ひけるやうは、なんじがはらの中《うち》には、いかなるものゝありければ、かゝるおほきに」一オ こへたるぞ、禄山このよしうけたまはり、すなはち申けるは、さればそれがしがふくちうにはべつなる物《もの》は候はず、あかききもが候のみ、玄宗《けんそう》きこしめされて、御よろこびはかぎりもなし

又かれが宮中《きうちう》へいでいりする事をゆるさせ給ふ、あるとき玄宗、楊貴妃《やうきひ》とおなじざしきにましますとき、禄山すゝみいでゝまづ楊貴妃《やうきひ》をらいはいして、つぎに玄宗をらいはいす、このゆへをたづぬるに、玄宗、楊貴妃《やうきひ》を御てうあひましますゆへ、まづ楊貴妃をうやまひて、玄宗の御こゝろをよろこばしめんがためとかや、玄宗かくとはしろしめされず、御ふしんにおぼしめし、則《すなはち》」一ウ 禄山《ろくさん》にとはせたまひけるは、まづ楊貴妃《やうきひ》をらいはいして、つぎにわれをうやまふ事はいかなる事ぞとといたまふ、禄山こたへて申けるは、それ我が国《くに》のならひにて、まづ母《はゝ》をらいはいして、つぎにちゝをらいはいすと、かやうに申あげしかば、玄宗《げんそう》かれがいつはりを申事をばしろしめされずして、御よろこびましませり

又あるとき玄宗、謹政楼《きんせいろう》にうつらせ給ひて、もろ〳〵の臣《しん》下《か》をあつめ、みぎひだりにはんべらせ給ひて、御さかもりの事なるに、君はひがしのかたにざし給ひて、金鶏《きんけい》の障《しやう》子《し》をたてゝ、御坐《ござ》をべつにぞかまへけり、この時きみの仰せにて、安禄山《あんろくさん》をば」二オ もろ〳〵の臣下《しんか》のかみ座になをし、

かたじけなくも御まへのみすをあげさせ給ひて、禄山をちかづけて御物かたりなされけり

ある時張九齢《ちやうきうれい》と申者《もの》玄宗《けんそう》を諌《いさめ》けるは、安禄《あんろく》山がていを見まいらするに、かならずむほんをなすへきものとぞんずるなり、ねがわくはかれをしりぞけまし〳〵て、二たびちかづけ給ふべからずと、しきりにいさめたてまるりしかども、玄宗きゝ入ましまさず、いよ〳〵禄山を近付《ちかつけ》給へり

其後禄山むほんをおこして、唐《たう》の天下をくつがへす、然るに玄宗、張九齢《ちやうきうれい》が申せし事をおもひいださせ給ひて、こうくわいましますといへ共、などか其《その》かいあらざらん」二ウ

〔挿　絵「寵幸《てうかうす》番将《はんしやうを》」「安禄山」「唐玄宗」〕三オ　〔挿　絵〕三ウ

歛レ財侈費《おさめてさいをおこりついゆ》

唐《たう》の玄宗皇帝《けんそうくわうてい》、たからをこのませたまひて財宝《さいはう》をおしみ給ふ事、たとへをとるにためしなし

こゝに江淮《こうあい》といふところに韋堅《いけん》、王鉷《わうこう》と申て、二人の者《もの》のありけるが、禁中《きんちう》へしゆつしして、きみのざいほうをこの

ませ給ふよしを見て、すなはちまかりかへり、たみ百性《しやう》のざいほうをうばひとり、我が君へたてまつりて、君をよろこばせ申さんとて、まづあらたにふなぢをつくり、滻水《さんすい》をひいてふちとなし、功淮《こうあい》のふねをあつめてかのふちにうかべ、きみを望春楼《はうしゆんろう》へしやうじたてまつり、此よしを見せまいらせ、又あらたにふね」四オ 数《す》百艘《そう》をつくり、いろ〳〵のたからものをのせ、陝城県《せんしやうけん》といふ所の崔成甫《さいせいほ》といふ者《もの》を、身にはにしきのかざりをし、かうべにはくれなゐのはちまきをさせ、ふねのおもてにたゝせて徳宝《とくはう》のうたをうたはせ、又美人《びじん》百十人ゑらび、はなやかにかざらせて、とも〳〵にうたをうたはせ、ゆゝしかりしありさまを、玄宗御覧なされて御よろこびはかぎりもなし、故《かるかゆへ》に望春《はうしゆん》楼《ろう》のうちにして、一日しゆゑんにひまもなし

王鉷《わうこう》又毎年《まいねん》のかれいのほかに、銭《せに》ときぬとを百億《おく》万つみたてゝ、君へすゝめたてまつる、これみなたみ百性《しやう》のざいほうをうばひとりて、君へたてまつりしかども」四ウ 玄宗《けんそう》かくとはしろしめされす、たゞこれ天下のざいほうは、下《しも》ば

んみんにいたる迄《まで》、かやうにおほきものやらんと、つねにおほしめされけり、故《かるかゆへ》に金銀《きんきん》を見給ふ事はふんとのごとくにおもはれける、これよりして民《たみ》百性《しやう》みな〳〵ひんくわたへ（ママ）かねて、こゝかしこへとるらうして、天下おほひにみだれけり

されば玄宗皇帝、御くらゐにつかせ給ひてよりみとせがうちは、錦《にしき》をやき金《こかね》をとらかし、ゑいくわをきらはせ給ひしかども、つゐにはこゝろおごりつゝ、よくしんにまよひ、ゑいぐわをこのませ給ひけり、故《かるかゆへ》に安禄山《あんろくさん》天下にらんをおこして、玄宗くらゐをうしなひたま」五オへり

こゝをもつてあんずれば、みだるゝ事もおさまる事も、ゑいぐわにおごるとおごらざるとのうちにあり、さればてんかの君たる人は、たゞつゝしむにしくはなし

（七行空白）」五ウ

〔挿　絵「歛《おさめて》財《さいを》侈《おごり》費《ついゆ》」「唐玄宗」〕」六オ　〔挿　絵〕」六ウ

便殿《べんてんの》撃毬《けききう》

唐《たう》の敬宗皇帝《けいそうくわうてい》とてみかど一人おはしけり、しかるに敬宗の御父《ちゝ》ほどなくすぎさせたまひて、いまだいく日《か》もすぎざりしといへども、かなしみ給ふこゝろもなく、たゞあけくれゆふらんをこのませたまひて、内殿《ないでん》にみゆきなされ、列《りう》（ママ）克明《こくめい》をひきぐして、馬にのり毬《てまり》をうち、又かたはらにはくわげんをなし、つゞみをうち、ふへをふき、ほしひまゝなる御あそび、申もをろかなるとかや、又銭《せに》をもつてちからある人をやとい、あけくれかれらをめしつれたまひて、狐《きつね》をとり狸《たぬき》をとらへて御なぐさみとしたまへり

されば百官《くわん》」七オ公家《こうけ》の人〻たち、まい日《にち》しゆつしをなすといへ共、げんざんまします事もなし、かるがゆへにしんかたち、きみをうらみたてまつりて、しゆつしを申人もなし、其後つゐにむほんおこりて、敬宗位《けいそうくらゐ》をうしなひ給へり

されば敬宗皇帝は、もとこれ聡明《さうめい》のきみにして、そのちゐふかしといへども、たゞ幼少《ようせう》の御時がくもんせさせ給はざ

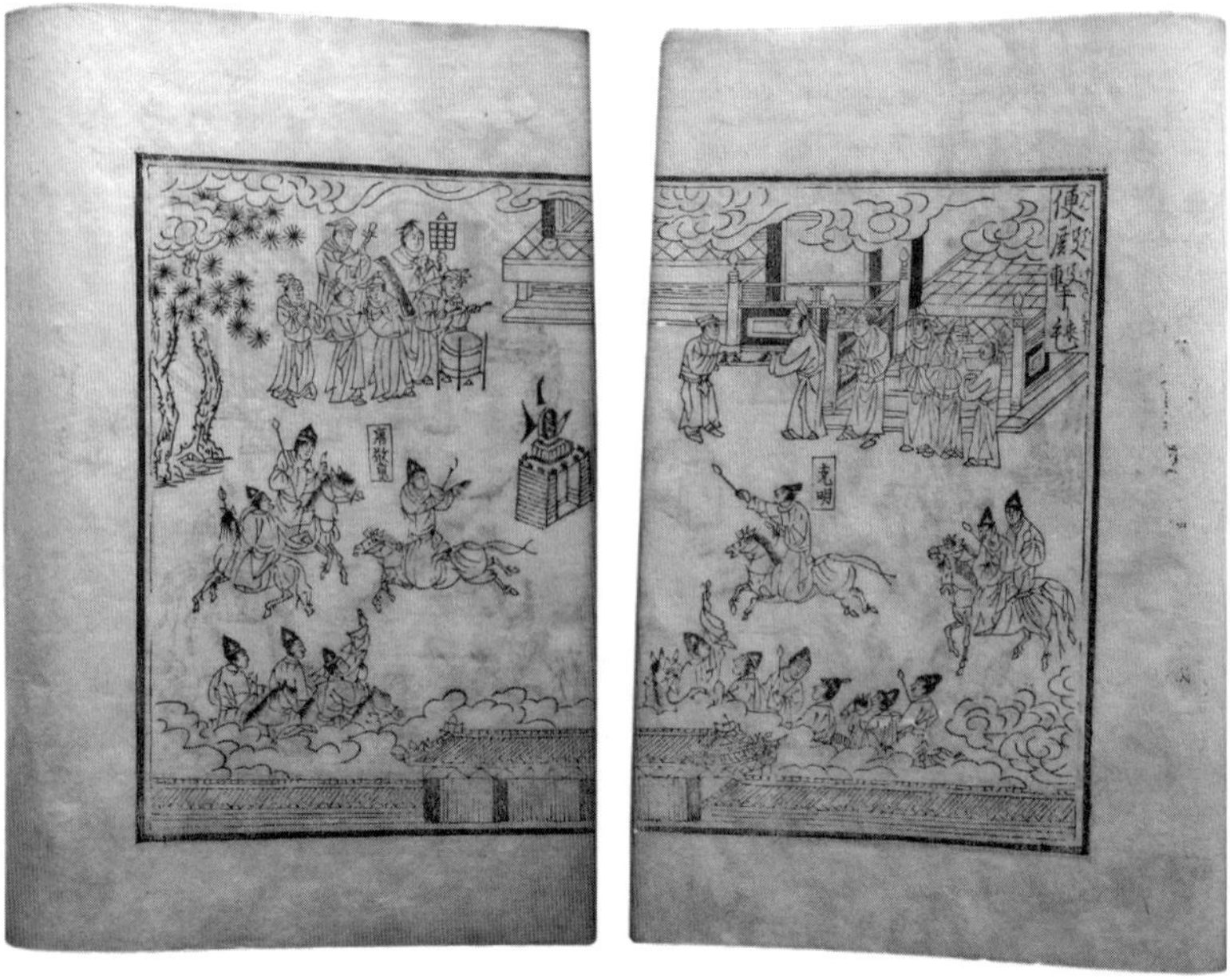

るにより、小人《せうじん》にひかされて、あくぎやくぶたうになり給ふ、こゝをもつてあんずれば、てんか太平《たいへい》におさまる事、これがくもんのしるしたり

（一行空白）」七ウ

〔挿　絵「便《べん》殿撃《てんげき》毬《きう》」「克明」〕」八オ　〔挿　絵「唐敬宗」〕」八ウ

寵《てう》レ信《しんす》伶‐人《れいちんを》一

唐《たう》の荘宗皇帝《さうそうくわうてい》と申てみかど一人おはしけり、しかるに荘宗皇帝よく音律《いんりつ》にたつし、五音《いん》の事をしろしめし、つねにおんがくをこのませたまひて、まい人《じん》おほくあつめたまへり

こゝに列夫人《りうふじん》(ママ)と申てきさき一人おはしけり、みかどてうあひあさからず、しかるにみかど列夫人《りうふじん》(ママ)をなぐさめんとて、御身をよそをひまいじんとまじはりて、御《ご》てんのにはにたちいで、まいあそびたまひしかば、もろ〳〵のまいじんども、きみをかろしめたてまつり、上下《しやうげ》のわかちをしらず、とも〳〵にたはぶれて、きみを名《な》づけて」九オ　李《り》天下といふ

あまつさへまいじん共宮中《きうちう》へいでいりて、士《し》大夫《たいふ》をそしり、こうある大将《たいしやう》をざんそうす、みかとこの事をまことなるらんとおぼしめし、士大夫をうとみ、諸将《しよしやう》をにくみたまひけり、かるがゆへにしんかたち、きみをうらみたてまつり、すでにむほんをくはたて、たちまち君をいころし、かのおんがくのだうぐをあつめて、きみのしがいのうへにつみ、火をもつてやきにけり

それ荘宗《さうそう》皇帝は、はじめかんなんをつくして、数度《すど》のかつせんをなし、あまたのてきをほろぼして、天下をとらせたまふといへ共、こゝろをほしひまゝにして、ゑいくわをきはめ給ふ」九ウ ゆへ、つゐに国をほろぼして、あざけりをまつだいまでのこさせ給ふぞうらめしけれ、それてんかの君たる人は、かゞみとすべき事とかや

（八行空白）」十オ

（空　白）」十ウ

〔挿　絵「寵《てう》信《しんす》伶《れい》人《じんを》」「唐荘宗」〕」十一オ　〔挿　絵〕」十一ウ

上清 道会《しやうせいのたうくわひ》

宋《そう》の徽宗皇帝《ちうそうくはうてい》とて御門《みかと》一人ましませり、然るに徽宗常《つね》に仏法《ふつはう》をしんじ給ひて、まづあらたに宮殿《きうてん》をたて、名《な》づけて上清宝籙宮《しやうせいはうろくきう》といふ、此宮《きう》におゐて、林霊素《りんれいそ》といひし僧《そう》をめされて御ときをくだされ、徽宗もともに御出《いて》なされ御ときをすゝめ給ふ、又御ふせとして銭《ぜに》三百貫《くはん》いだされけり、此くやうを名づけて千道会《せんたうゑ》と申なり

此時あまたのぼんにん、きせんの人をあつめ、みな〳〵宮《きう》へいれさせ給ひて、林霊素《りんれいそ》に経文《きやうもん》をとかせてちやうもんせさせ給ひけり、又徽宗《ちうそう》も霊素がまへにむかひ、高座《かうざ》にのぼらせたまひてちやうもん」十二オ なされ給ひけり、もし御ふしんなる所をば、霊素《れいそ》が前《まへ》に人をおき、らいはいさせてとはせらる、然るに霊素せつはうの中《うち》ざけうなどをいひければ、ちやうもんの人ゝ一度《と》にどつとわらひけり、君臣同《くんしんとう》坐《ざ》にまじはりて、つゝしみのれいぎなし、是より徽宗《ちうそう》を名《な》付《つけ》て教主道君《きやうしゆたうくん》皇帝といふ

されば徽宗は天下ばんみんの君として、王法《わうはう》のたゞしきを

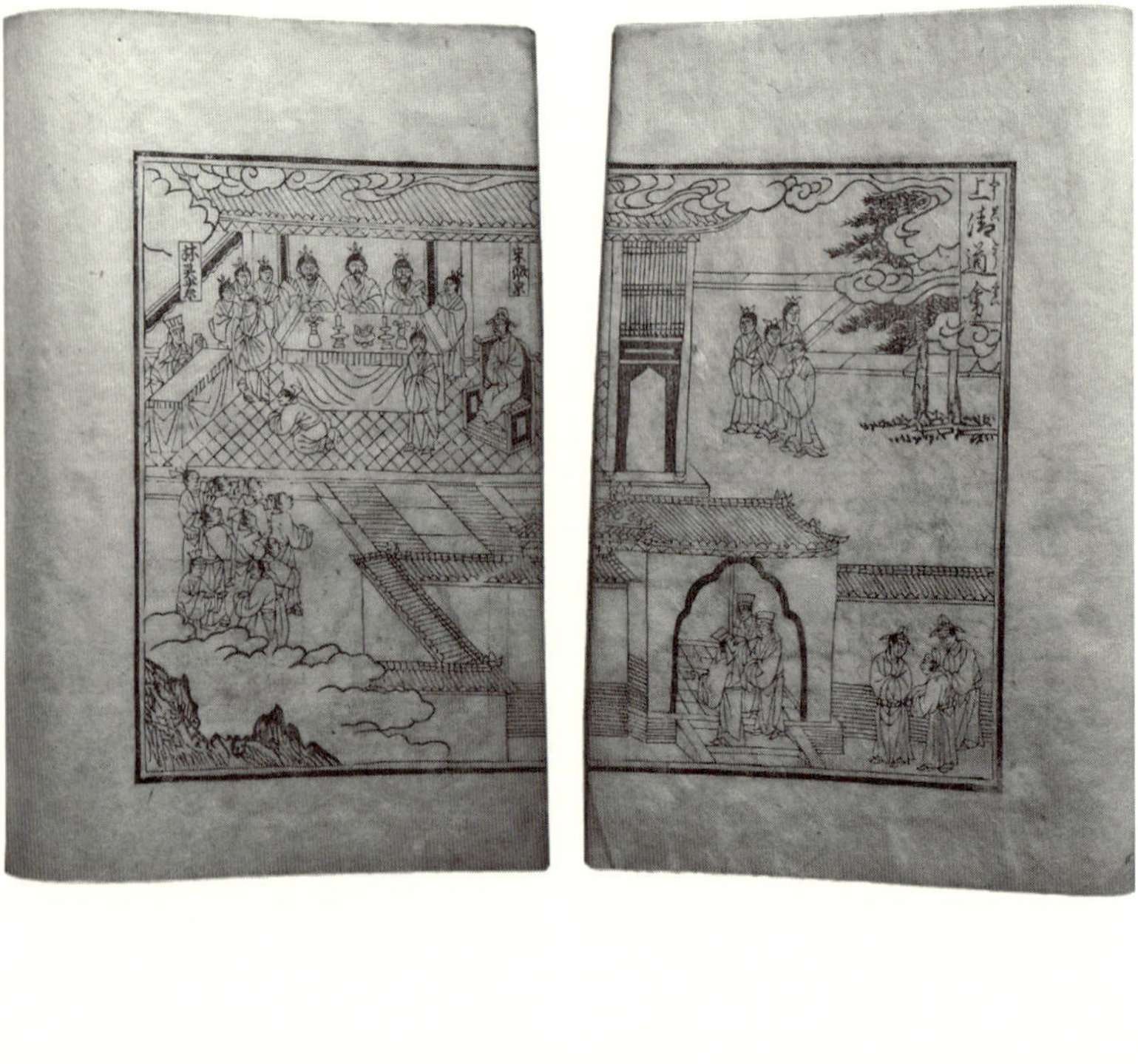

すて、道者《たうしや》のよこしまにしたがひ、みだりにぼんにんにましはり、ゐきなき道《みち》を聞《きゝ》給ふ事、是わざはひのもとひなり、ある時徽宗北《きた》の方にみかりなされ給ふ時、ふりよにわざわひ出《いで》きたり、五国《ごく》城《しやう》と云《いふ》所にて、つゐにむなしくなり給へり」十二ウ

〔挿　絵「上清道会《しやうせいたうくわい》」〕」十三オ　〔挿　絵「宋徽宗」「林霊素」〕」十三ウ

応奉《おうはうの》花石《くわせき》

宋《そう》の徽宗皇帝《ちうそうくわうてい》、つねに花木《くわぼく》をこのみ、石《いし》をあつめてにはをつくらせたまひけり、こゝに蘇州《そしう》の朱冲《しゆちう》といひし者《もの》、みかどの花《はな》をこのみ石《いし》をこのませ給ひて、方《はう》ゝよりもとめさせ給ふ由《よし》をうけたまはり、さらば花石《くわせき》をもとめ、我が君《きみ》へたてまつらんとて、すなはち浙江《せつこう》といふ所へいたり、はなをあつめ石をもとめて徽宗《ちうそう》へたてまつる、御門《みかと》ゐいらんましく〳〵て、御よろこびはかぎりなし、是《これ》よりして毎《まい》ねん年《ねん》貢《ぐ》にかけて花石《くわせき》をとらせ給ひけり、故《かるかゆへ》に淮水《わいすい》、汴水《へんすい》の二つの河《かは》に、花石《くわせき》をつみたるふねどもは、へんしもたゆるひまぞ」十四オなし

又蘇州《そしう》のうちに応奉局《おうはうきよく》とて花石《くわせき》をあつむるところをこしらへ、朱冲《しゆちう》が子《こ》朱勔《しゆめん》の仰《おほ》せつけられて花石《くわせき》のぶぎやうをせさせたまへり、朱勔君の仰せをうけたまはりて、あけくれ花石《くわせき》をもとめ、こゝの山のほら、かしこのやぶのうち、しんさんさわべにいたるまで、のこらずゆきてたづねけり、又人のにはのうちに石《いし》や花木《くわほく》のありけるを、朱勔此由《よし》きゝければ、あまたの人をひきぐし、いづれもきなるはちまきをして、かの家《いへ》にいたり、これみかどのおほせなりとて、石《いし》や花木《くわぼく》をほりおこし、家をこぼちかきをやぶりて、花石《くわせき》をはこびけるとかや

又高山《かうさん》のうへなどにみごと」十四ウなる石《いし》のあれば、おほくの人をもよをして、やまをくづしたにをうめて、車《くるま》をもつてひきにけり、又河《かは》のふちなどによき石《いし》のありければ、いかほどふかしといへ共、いろ〳〵のはかりことをめぐらして、思ひのまゝにとりいだし、いそぎきみへたてまつる故《かるかゆへ》に民百《たみ》性《しやう》あけくれやくにつかはれて、田はたをたが

へすひまもなく、みな〳〵ひんくわにくるしみて、妻《つま》や子をうりなどして、やう〳〵いのちをつらねけり、これみなきみのなすわざなり、かゝるぶたうのきみなれば、やがてむほんおこりつゝ、ほどなくむなしくなり給ふ」十五オ

（空　白）」十五ウ

〔挿　絵「応奉《おうはう》花石《のくわせき》」〕」十六オ　〔挿　絵「朱勔」「朱冲」〕」十六ウ

任《ぢん》コ用《ようす》六《りく》ー賊《ぞくを》一

宋《そう》の徽宗皇帝《ちうそうくわうてい》は、代《たい》ゝ太平《たいへい》のみよをつぎきたらせたまへば、金銀《きんぎん》ざいほうにいたるまで、さらにとほしき事はなしこゝに蔡京《さいけい》とて一人のしんかあり、君かれをうやまはせたまひて、宰相《さいしやう》のくらゐになし給ふ、故《かるかゆへ》に蔡京がいせひのほどよにならびはなかりけり、しかるに蔡京きみをすゝめたてまつりて、毎日《まいにち》ゆさんにひまぞなし、あるとき徽宗もろ〳〵のしんかをあつめ給ひてしゆゑんをなされ給ふとき、きみよりたまのさかづきをいださせたまひて、しんかにしめしてのたまひけるは、まことなるかな此」十七オ　さか

づきは、大花《たいくわ》にたりと仰せければ、蔡京《さいけい》うけたまはり、すなはち申あげけるは、きみ天子のたつときくらゐにましく〳〵て、あまねくてんかよりたからものをたてまつる事、そのかずさらにつくしがたし、しかるになんぞこのすこしきなるさかつきをもつて、大花《たいくわ》にたるなどゝてほめさせ給ふはいかならん

徽宗《ちうそう》又おほせけるは、我がちゝ御くらゐにましませしとき、すこしきうてなをたて給ふをだにいはれざる御事とて、ふかくいさめをなすときく、蔡京申けるは、されば人の申事はまことにいつはりおほし、かならすまことゝしたまふべ」十七ウ からず、たゞとにもかくにも君《きみ》の御心にまかせ給ひて、御なぐさみをし給ふべし、徽宗《ちうそう》けにもと思召、毎日《まいにち》ゆさんをこのみ、栄花《ゑいくわ》におごり給ひて、人の諫《いさめ》を聞《きゝ》給はず

蔡京《さいけい》又あらたに法度《はつと》を立《たて》て、民《たみ》の財宝《さいはう》をうばひ取、君一人の宝《たから》とし、又ひろく宮殿《きうてん》をつくりて君にゆふらんをすゝめけり、延福宮《えんふくきう》と申ておほきに御殿《てん》をたて、又其《その》かたはらに河《かは》をほりて景龍江《けいりやうこう》と名《な》づけ、たかく山をきづきて艮《（ママ）かん》嶽《（ママ）ごく》と名《な》づけ、いくばく金銀《きんぎん》をつゐやす事、其数《そのかず》さらにはかりがたし、是みなたみの宝をうばひ取て、かゝる栄花《ゑいくわ》におごらせ給ふ

故《かるかゆへ》に民《たみ》百性《しやう》次《し》第《たい》〳〵にをとろへて、君をうらみたてまつり」十八オ 天下に乱《らん》をおこさん事あけくれ思ひけるとかや、徽宗《ちうそう》かくとはしろしめされず、御心をほしひまゝにして、御ゆふらんにひまぞなし、又蔡京《さいけい》をうやまひ給ふ事いよ〳〵おこたる事はなし、故《かるかゆへ》に蔡京がいせひのほど天下四海《かい》にきこえしかば、おそれざる者《もの》さらになし

さて又梁師成《りやうしせい》、李彦《りけん》、此二人をば宝《たから》ぶぎやうをさせたまふ、又朱勔《しゆめん》は花木《くわぼく》や石《いし》のぶぎやうたり、王黼《わうほ》、董貫《とうくわん》、此二人は敵《てき》をせめ、あたをふせぐ大将《たいしやう》たり、故《かるかゆへ》に天下ばんみんをしなべて、此六人の者《もの》共を名づけて六賊《りくぞく》といへり、あくぎやく無道《ぶたう》なる事は申もをろかなるとかや、そのうち蔡京は六賊のかしらたり、此六」十八ウ 人の者《もの》ども、君をすゝめたてまつりて、栄花《ゑいくわ》をこのみゆふらんをたのしめり、

是《これ》によつて民《たみ》百姓《しやう》君にそむきたてまつり、靖康《せいかう》のとしのうち、金《きん》といひし所よりすでにみやこへせめ入、徽宗父子《ちうそうふし》をいけどりて、つゐに害《がい》したてまつる

つら〳〵是をあんずるに、みな六賊《りくそく》のわざはひたり、徽宗いとゞ無道《ぶたう》にてましますに、いはんや蔡京《さいけい》がごとくなるあくぎやく無道《ぶたう》の臣下《しんか》ありて、君をすゝめ申故《ゆへ》、いよ〳〵心みだれつゝ、よくをかまへおごりをきはむ、是わざわひをまねき、天下大乱《たいらん》のもとひたり

されば孔子《こうし》のの給へり、一言《いちげん》にして国《くに》をほろぼすものなり、それ忠臣《ちうしん》の輩《ともから》は君の無道《ぶたう》をいましめて、つねに諫《いさめ》をなし、忠言耳《ちうけんみゝ》にさかふと」十九オ いへ共、終《つゐに》はさいわひをえるとかや、又佞臣《ねいしん》の言《ことば》は一たん心にかなふといへ共、必《かならす》わざわひのもとひたり、それ天下の君たる人、これを能《よく》ゝ心へて、常《つね》に忠言《ちうけん》をこのみなば、天下太平にして、長久《ちやうきう》のみよたるべし

帝鑑図説巻第十二終

（一行空白）

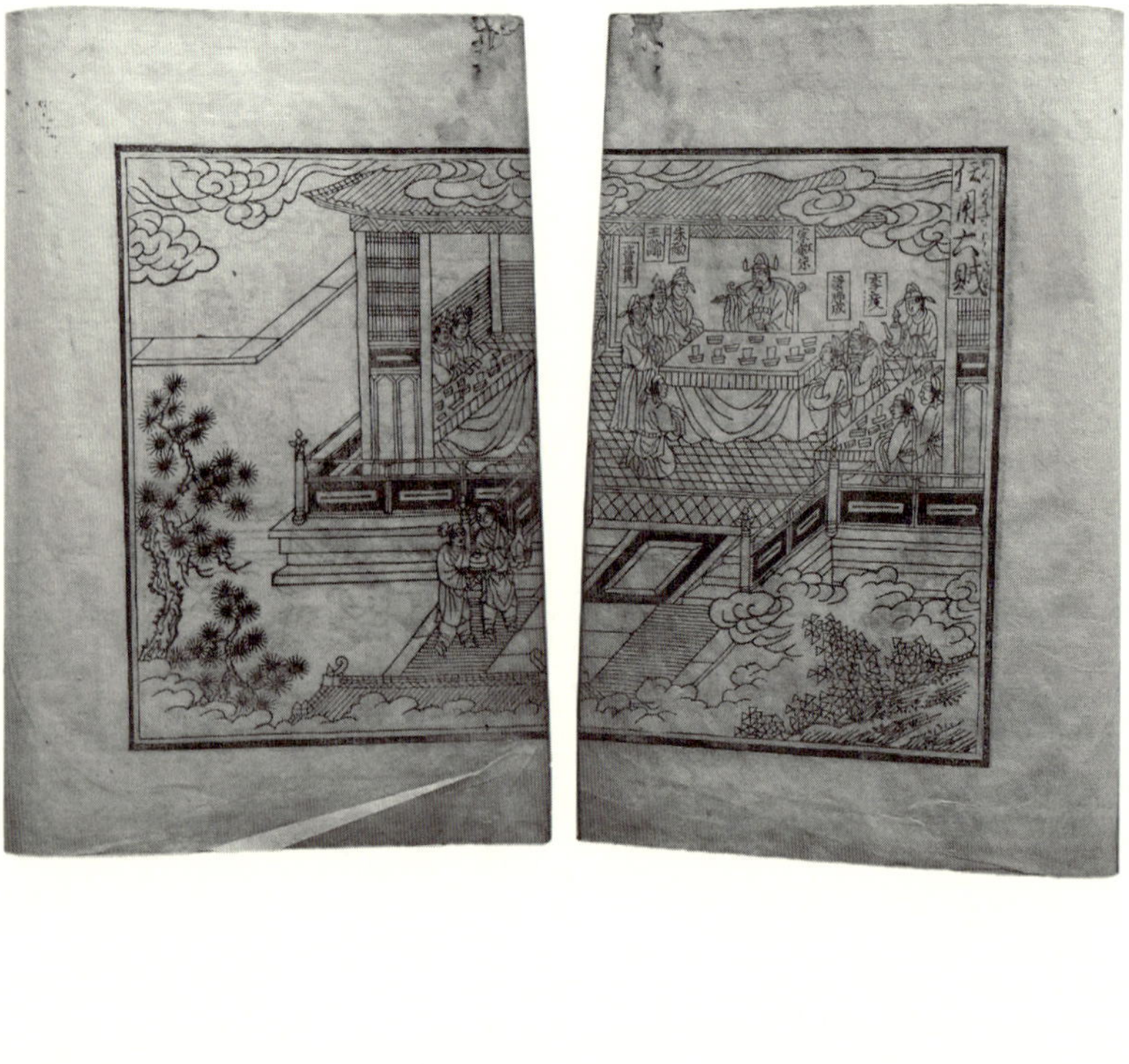

于時寛永四丁卯年
十一月下旬
洛陽三条寺町誓願寺前
八尾助左衛門尉開板」十九ウ
〈挿　絵「任《ぢん》二用《ようす》六賊《りくぞくを》一」「李彦」「梁師成」「宋徽宗」「朱勔」「王黼」
「董貫」〉」二十オ　〈挿　絵〉」二十ウ

棠陰比事加鈔

（整版本、三巻六冊）

刑《ケイ》獄《コクハ》、事《コトノ》之至重《テヲモキニシテ》 而、疑《ギ》獄《コクス》為尤《モツトモ》重《ヲモシト》、任《ジムスル》事《ニ》者《ノ》、
詎《ナムソヘケン》容《ル》不重用《ヲモクモチヒ》其心《ノヲ》哉《ヤ》、古《イニシヘ》昔盛《サカムナツシトキ》 時、象《カタトルニ》以《ス》典刑《テムケイヲ》、
未《タ》始《ハシメヨリツマビラカニ》詳《ス》 於条《テウ》目《モクヲ》、及《ヲヨムテコウ》後世《セイニ》、五刑《ケイノ》之属《タクヒ》、至《テ》于三
千《ニ》而、不以《テセ》為繁《シケシト》、蛮《ハム》夷《イ》寇《コウ》賊《ソク》、皐陶《カウヨウタリ》作士《シ》、兵《ヘイ》与《トト》刑《ケイ》
合《アワセテタリ》為一官《クワム》、而周官司《シテシウクワムシ》刑《ケイノ》之属《タクヒ》、其《ノ》多《オホキコト》至《ル》於六十《ニ》、
蓋《ケタシカツテカムカフルニ》嘗考之《ヲ》、帝降《テイクタテ》而王世《ワウヨ》変《カハリ》、風移《フウウツリ》、人《ノ》心不《ス》古《コナラ》、
情《セイ》偽《ギ》万《ハム》端《タムナリセイ》、成周《シウノセウ》小司《シ》寇《コウ》、聴《キクニ》万民《ミムノ》之獄訟《コクソウヲ》、以《テ》五
声《セイヲモトム》求民《タミノ》情《セイヲ》、在《テ》呂刑《リヨケイニ》、則《スナハチイフ》謂之《ヲコレ》惟貌《カタチ》有《リト》稽《カムカフルコト》、然《シカモ》
所《イハユル》謂五《ツノ》辞《コトハ》、簡《ヱラムテマコトアリ》孚、必継《スツクニ》之《ニ》、曰《フ》無《キヲハヱラフコト》簡 不《ストユルサ》聴、
先《セム》儒《シユヲモヘラク》謂、無《シトヱラフコト》簡 云《フハ》者、獄《コク》辞《シノ》之無《キ》可《キ》核《カムカヘマコト》実《、ス》、是為《ヲス》
疑《キ》獄《コクト》、既《ステニ》非《ス》貌《カタチノ》之可《ク》稽《カムカフコヱノ》、声之可《キニキク》聴、其欲《ノスルコトナカラムトアヤマリ》 勿 誤
也鮮《スクナイカナ》矣、此近《レキム》」序一オ 代《タイ》、所《ユヘムナリ》以有《テ》和氏疑獄集《クワシカキコクシフ》、鄭氏折獄《テイシカセツコク》
亀《キ》鑑《カム》、宋提刑《ソウテイケイカセイヱムロク》洗冤録、已《ステニヲコナハル、》 行於世《ヨニ》、其要皆《ノヱウミナアテ、スト》 期於勿《キニ》
誤《アヤマルコト》、 云《フ》爾《シカ》
大徳《タイトクキ》癸卯《ハウタクカフムツテメイヲ》沢 被命、推《スイ》刑《ケイタリラムレイニ》 蘭澧、得《ヱタリシ》四明《メイノケイシカ》 桂氏所《ロノアムタウ》編棠
陰《イム》比《ヒ》事《シヲ》、観《ミルニ》其釈《ノセキ》冤《ヱム》、弁《ヘム》誣《ブ》、擿《テキ》姦《カム》、発《ハツ》伏《フクヨリ》 以《テ》、至《マテヲサツ》察
慝《トクコウ》鈎慝《トクノ》之智《チ》、迹《セキ》賊《ソクケツ》譎賊《ソクノ》之術《シユツニ》、如《シ》良《リヤウ》医《イノミ》眡脈《ハク》候《コウノ》之生《セイ》
死《シヲ》、明《メイ》鑑《カムノワクカ》別物《ブツ》象《サウノ》之妍《ケム》媸《シヲ》、一見《タヒミテリヨウ》瞭然《セムトシテ》 在《リ》目《ニ》、輒《スナハチ》
因《ヨツテコウヨリマカルノ》公 退之暇《イトマニ》、取《テ》開封《カイホウノテイシカヒヤウ》鄭氏評語《ゴヲ》、列《ツラヌ》之各《ヲカク》条《セウノ》之下《ニ》、
且《カツ》復《マタカ、ク》掲其綱《ノカウ》要《ヨウヲ》、疏《シヨシテ》其音《ノ》義《ヲ》而標《ヒヨウタイス》題於上《ニ》、命《メイシ》工《コウニ》、
繍《ヌイモノシテシニ》 梓、用《テヒロム》広其伝《ノテムヲ》
俾《シテ》凡《シメハ》為《ヨソタルモノヲシ》 士師《シ》之官《ノ》掌《クワムシヤウ》、刑《ケイノ》之吏《リ》、得《エテ》是書《ノシヨヲ》而、熟《ウマク》
閲《ミセ》之、不《ヲ》惟《アラス》足《タ、タルノミニ》 以《テタスクルニ》資《ヒト〳〵ノ》 夫人《ノ》之多《ショクヲ》識、亦《タ》庶《コイネカハクハ》幾乎、
天下《ニ》無《ケン》」序一ウ 冤《ヱム》民《ミム》、無《ケレハ》冤民、則気《スキ》和《クワシ》、形《カタチシ》和、声《コヱ》和《シテ》
而、天地《ノ》之和応《ヨウセム》 矣、其於《シテ》嘉《カ》師《シノシヤウ》祥刑《ケイニ》、豈《ニ》曰《ハムヤト》 小《キヲキナイト》補、
云《フ》

時《ニシ》至《タイ》大元年、孟冬《マウトウ》吉日、承事郎《セウシ》澧州路総管《ラウレイシウロノソウクワムフ》 府推官《スイクワム》 居《キヨ》
延《ヱムノテムタク》田沢《ツ、シンテシヨス》 謹 序

（六行空白）」序二オ

（空　白）」序二ウ

棠陰比《毗至切》事序

開禧《カイキ》丁卯春《テイバウノハル》、僕《ホク》以《テ》饒之余《ニヨウノヨ》干尉《カムノイト云ヲ》趨郡《モククムニ》、書満《シヨミツ》斜曹《トウサウニ》、孫《ソム》公起予《コウキヨハ》、武陵《ブレウ》人也、留款《リウクワムシテ》、竟日話次《ヒネモソクワイシ》、因《ヨッテ》及《フ》臬《ケツ》倪結切法也書司臬事《ニ》、謂《イハク》凡典獄之官《ヲヨソテムコクノクワムハ》、実《マコトニ》生民《セイミムノ》司命《シメイ》、天心向《ノキヤウ》背《ハイ》、国祚脩短係焉《コクソノシュタムカヽレリ》、比《ヒスルニ》他職掌《タノシヨクシヤウニ》、尤《モットモ》当《シ》謹重《ニキムテウナル》近者《チカコロハ》番易《ヤウノ》音陽尉胥《イショ》、為《タメニ》人所《ノル》殺《コロサ》、昏暮《コムホ》莫《シ》知《ルコトシュ》主名《メイヲ》、承捕《セウホ》之吏《ノリ》、続執《ツイテトラヘテ》愈達《ユタツヲ》、以《テ》告《ツク》、証佐《セウサ》皆具《ソナハル》、亦既《タステニ》承伏《セウフクス》矣、且謀連《カツハカリコトツラネテ》三人結款《ヲケツスクワムヲ》、無《シ》一《ツモイ》異辞《シ》、某独《ソレカシヒトリ》不《ス》能《アタハ》無《キコト》疑《ウタカイ》、躬《ミツカラ》造《イタツテ》台府《タイフニ》、請《コフ》緩《ユルウセムト》其事《ノコトヲ》、重《カサネテ》立《テ、》賞榜《シヤウハウヲ》、広《ヒロク》布《テ》耳目《シホクヲ》、俾《シム》緝正《ツイテタヽサ》囚《シウヲ》、未幾《タイクハク》果《ハタシテ》得《テ》龔立《ケウリウト云》者《ノヲ》、以《テ》正《タヽ》典《ステム》刑《ケイヲ》、不然《ンハシカラ》、横《ヨコサマニ》致《イタサム》四《タリノ》無辜《キヲツミ》於」序三オ死地《シチニ》、銜冤《フクムテヱムヲ》千古《コニ》、咎将誰執《トカハタタレカトラムト云》

万栄聞之《キイテヲ》、瞿《ク》音句驚顧也然《トシテ》歛《ヲサム》衽《シムヲ》、因《ヨッテ》嘆《タムス》、吾夫子《ワカフウシ》、三絶《タヒタッテ》韋編《イヘムヲ》、特著《コトニアラハス》其議獄《ノハカリウツタヘヲ》緩《ユルウスル》死之象《ノヲシヤウヲ》於中孚《チウフニ》、而古《シテイニシヘ》之君子《ノ》、亦尽《タツクシテ》心《ヲ》於一誠《セイニ》、不可《ル》変《カラヘムス》者《ノ》、公《コウ》其有《レリ》焉《コレ》、既《ステニシテ》而《シテ》東帰《ニカヘル》参《マシハッテ》選《セム》待《タイニ》、次《ヤトル》建康《ケムカウノ》犴《カム》音岸獄也曹《サウニ》、屢《シハ〳〵》省《ミテ》斯《ノ》事《ヲ》、若《シ》有隠憂《ルカイタミウレウルコト》、遂《ツイニ》於暇《テイトマノ》日《ヒニ》、取《テ》和魯公《クワロコウ》父子疑獄《フシカキコク》（返り点ママ）集《シフヲ》、参《マシフルニ》以《テ》開封鄭公《カイホウノテイコウ》折獄亀鑑《カセツコクキカムヲ》、比《ナラヘ》事《ヲ》、属《ツラネ》辞《コトハヲ》、聯《ツラネテ》成《ナス》七十二韻《インヲ》、号《ナツケテ》曰《フ》棠陰比事《タウインヒシト》

凡《ヲヨソ》与《ト》我同《レ》志《フセンコヽロサシヲ》者《ノ》、類《ヲホムネ》能《ヨク》上体《カミテイシ》累代欽恤之意《ルイタイキムシツノイニ》、下究《シモキハメ》諸公《シヨコウ》編《ヘム》劘《マノ》音磨削也之心《ヲ》、研精《ミカキセイヲ》極《キハメ》慮《テヲモンハカリ》、不謂《ランハイハ》空言《コウケムト》、則《ス》棠陰《タウイン》著《アラハシ》明教《メイカウヲ》、棘林《キヨクリン》無《ナケン》夜哭《ヤコク》、曷《ナムソ》勝《タヘム》多福《タフクノ》之幸《サイハイニ》、是《ヲ》用《テ》、弗《ス》嫌《キラハ》於近《チカツク》名《コトヲナニ》」序三ウ擬《キスチリハメテコレヲキニ》鋟諸木、以《テ》広《ヒロメム》其伝《ノテムヲ》、歳《トシ》在《ル》重光協洽《ノテウクハフケフカフニ》、閏《ジュム》月望《マウ》日 四明《シメイノ》桂《ケイ》万栄《バンエイ》序《ショス》

（八行空白）」序四オ

（空　白）」序四ウ

棠陰比事目録

四《シ》明《メイ》桂《ノケイ》　万《バム》栄《エイ》編《ヘム》集《シフ》
居《キヨ》延《エン》田《ノテン》　沢《タク》　校《カウ》正《セイ》

巻下

棠陰比事加鈔巻上之上

（一行空白）

棠陰比事目録終」目四ウ

棠陰比事巻上之上

向相訪《シヤウシヤウトヒ》レ賊《ソクヲ》　銭推求《セムスイモトム》レ奴《ヌヲ》

〔釈レ冤《シエタケラル、》〕

向敏中丞相《シヤウヒンチウセウシヤウ》、判《ハンタル時ニ》二西京《セイケイニ》一、有《リ》レ僧《ソウ》、暮過《クレニヨキツテ》二村舎《ソンシヤニ》一求《モトム》レ宿《ヲ》、主-人不レ許《ユルサ》、求《ム》レ寝《イネンコトヲ》二於門-外車箱《ノシヤサウノ》中《ニ》一、許《ス》レ之《ヲ》、是-夜《コヨイ》有《リ》レ盗《ヌスヒト》、入《テ》二其家《ノニ》一、携《タツサヘテ》二一婦-人《ヒトリノフ》幷囊《ニナウ》-衣《イヲ》一、踰《コヘテ》レ墻《カキヲ》而出《イツ》、僧不レ寐《イネ》適《タマ〳〵》見《ル》レ之《ヲ》、自《ミツカラ》-念《オモフ》、不《シテ》二為《タメニ》レ主-人所《ノラレ》レ納《イレ》而、強《シイテ》求《ム》レ宿《ヲ》、明-日必以《ステ》二此事《ノヲ》一、疑《テ》レ我《ヲ》而執《トラヘテ》詣《イタラントケンニ》レ県矣、因《ヨツテ》亡《ニケ》-去《ル》、夜《ル》走《ハシリテ》二荒-草中《クワウノニ》一、忽《タチマチ》墜《ヲツ》二眢《ツフレタル》音鴛廃井也井《ニ》一、而踰《ルニコヘシ》レ墻《ヲ》婦-人、已《ステニ》為《タメニ》レ人所《ノレテ》レ殺《コロサ》、尸《カハネ》在《リ》二井中《ノニ》一、血汚《チケカス》レ僧-衣《ヲ》、主-人蹤-跡《セウセキシテ》捕-獲《トラヘテ》送《ヲクル》レ官《クワンニ》、不レ堪《タヘ》二掠《リヤウ》音亮笞也治《チニ》一、遂《ツイニ》自《ミツカラ》-誣《シヒテ》云《ク》、与《ト》二婦-人《フ》一奸-誘《ヲカシアサムイテ》、以《テ》」一オ倶-亡《トモニニク》、恐《ヲソテ》二敗露《ハイロセンコトヲ》一、因《テ》殺《コロシテ》レ之《ヲ》投《ス》二尸《カハネヲ》井中《ノニ》一、不レ覚《オホヘ》失《アヤマツテ》レ脚《アシヲ》、亦墜《ヲツ》二於井《ニ》一、贓《サウトト》与《ト》レ刀《カタナ》在《リ》二井傍《ノカタハラニ》一、不レ知《ナン》何-人持《ノモチ》去《ルコトヲ》

獄《コク》-成《テ》、皆《ミナ》以為《テス》レ然《シカリト》、敏中独《ヒンチウヒトリ》、以《テ》二贓仗《サウチヤウ》不《ルヲ》一レ獲《エ》、疑《ウタカフ》レ之《ヲ》、詰《ナシリ》

溪吉切問也問《トフコトス》数－四、僧但《タヽ》云《フ》、前生負《センシヤウヲフ》二此《ノ》－人命《ノヲ》一、無《シト》二可《キ》レ言《イフ》者《ノ》一、固《カタク》問《時ニ》レ之《ヲ》、乃《スナハチ》以《テ》レ実対《シツトコタフ》、於《テ》レ是《コヽニ》密《ヒソカニ》遣《シム》三吏《リヲシテ》訪《トハ》二其賊《ノゾクヲ》一、食《シヨクス》二於村店《ソンテンニ》一、有《リ》レ嫗《ウハ》衣遇切老母也聞《テ》二其《ノ》自《リ》レ府《フ》－中《チウ》来《ルコトヲ》一、不《ラ》レ知二其《ノ》吏《リナルコトヲ》也、問《テ》曰《ク》、僧某《ソレノ》獄《コク》如－何《イカン》、吏《リ》給《アサムイテ》音殆欺也レ之《ヲ》曰《ク》、昨－日《キノフ》已答《ステニムチウチコロス》二死於市《イチニ》一矣、嫗歎《ウハタン》－息《ソクシテ》曰《ク》、今《イマ》－若獲《モシエハ》レ賊《ソクヲ》如－何《イカン》、吏《リノ》曰《ク》、府《フ》已誤決《ステニアヤマテケッス》二此獄《ノゴクヲ》一、雖獲《フトモウト》レ賊《ソクヲ》、不《シ》二敢《アヘテ》－問《ハ》一也、嫗《ノ》曰《ク》、然《シカラハ》則《スナハチ》言《イフトモ》レ之《ヲ》無レ害《ケンカイ》、彼《カノ》婦－人《ヲハ》、乃《イマシ》此村《ノムラノ》少－年、某－甲《ソレカシカ》所《トコロナリコロス》レ殺也」一ウ吏問《フ》二其人《ノ》安－在《イツクンカト》一、嫗指《ウハサシ》二示《シメス》其舎《ノシヤヲ》一、吏往《リユイテ》捕并獲《トラヘテアハセテエタリ》二其贓《ノヌスミモノヲ》一、僧始得《テ》レ釈《タリユルサル、コトヲ》 出二涑水記聞一

向敏中《シヤウヒンチウ》、字《アサナハ》常之《シヤウシ》、開封《カイホウ》人也。後ニ丞相《セウシヤウ》ノ官《クワン》ニナル故ニ、向丞相《シヤウセウシヤウ》ト云。宋史《ソウシ》列伝《レツテン》八十二ニ詳《ツマヒラカ》ニアリ。向ハ姓《セイ》也。凡《ヲヨソ》向ノ字。姓ノ時ハ音《コヱ》シヤウ。名ノ時ハ音キヤウ也。漢《カン》ノ刘向《リウシヤウ》ハカリ。名ナレトモ。シヤウノ音也。判《ハン》ハ判官《ハンクワン》也。日本ニテ検非《ケンヒ》遺使《イシ》ノ官也。

敏中、其前ニ西京《セイケイ》ノ廷尉《テイイ》ニテ有シ時。西京ノ内《ウチ》ノ村舎《ソンシヤ》へ。日暮ニ僧《ソウ》カ来テ、宿ヲカルヘキト云。舎主《イヘノヌシ》カ否《イヤ》トテ許容《キヨヨウ》セス。然ラハ、門外ノ車箱《シヤサウ》ノ内ニ寝《イヌ》ヘシ、御カシアレト云程ニ。主－」二オ人カ許《ユル》ス也▲車箱ハ車ヤトリ也● 其夜、家へ盗人《ヌスヒト》カ入テ。一リノ婦人《フシン》ト、并ニ嚢《フクロ》ト衣《キルモノ》ナトヲ手ニモチ。牆《カキ》ヲ越《コヘ》テ出ル也。此僧、不寝《イネス》シテ、此仕形《シカタ》ヲ見テ念《オモ》フヤウハ。前《サキ》ニ宿《ヤト》ヲカラントニ。主－人ノ同－心ナキニ。シイテ宿ヲカリタリ。明日《アス》ニモナリテ、盗人ノ穿鑿《センサク》アラハ。我ヲ疑《ウタカ》ヒ執《トラ》ヘテ。所ノ奉行《フキヤウ》ヘツレテ行《ユキ》。糾明《キウメイ》ニアハンコト迷惑《メイワク》ナリト思テ。夜ヌケニスル也。夜ノコトナレハ、道モシカ〳〵不見。草ハウ〳〵トシタル中ヲ通《トヲ》リテ行《ユク》ニ。忽《タチマチ》ツフレカ、リタル。カラ井ノ中へ。落《ヲチ》タリ● 眢并ハ左《サ》伝《テン》ニアル字也。左伝ニテハ音《コヱ》ワン。水ノナキ」二ウ井ヲ云也▲然ル処ニ、盗人ト共《トモ》ニ出タル前《サキ》ノ婦人《フシン》。ハヤ人ニ殺《コロ》サレテ、死－骸《シカイ》カ井ノ中ニアリ。僧《ソウ》ノ衣《コロモ》ニ血《チ》ナトツキテ。前《セン》後忘《コハウ》シテアル処ニ。彼家主《カノイヘヌシ》カ迹《アト》ヲトメ尋《タツネ》テ、其処へ来テ。遂《ツイ》ニ僧ヲ搦《カラ》メ捕《トラ》ヘテ。所ノ士官《シクワン》へ送《ヲク》ル也。雑色《サウシキ》トモ水問拷問《スイモンカウモン》シテ、笞《ムチ》ヲ以テ扣《タヽイ》テ問《トフ》。此僧、糾－明《キウメイ》ニタヘカネテ。トテモ命《イノチ》ハタスカラシト思ヒ定《サタメ》テ。我ト偽《イツハリ》テ云ヤウハ。我ト婦－人ト密－通《ミツツウ》シテ、誘引《ソヽノカ》シテニケ

奔《ハシリ》テアレトモ。此事カ敗露《ハイロ》ト、ヤフレアラハレンコトヲ恐《ヲソレ》タル故ニ。婦人ヲ殺シテ、死‐骸ハ井ノ中ヘ投入《ナケイレ》タレハ。我モ不慮《フリヨ》ニフミアヤマリテ。井ノ中ヘ落《ヲチ》」三オタル也ト云▲失《シツ》‐脚《キヤク》ハ脚《アシ》ヲアヤマルト云意也● ソコテ主人カ問コトハ、其嚢衣《ナウエ》ト、又婦《フ》‐人《シン》ヲ殺《コロシ》タル刀《カタナ》ハト云。僧ノ云ヒヤウニハ、贓《サウ》‐物《モツ》ト刀ヲハ、井ノ傍《カタハラ》ニ置《ヲキ》タリ。何者カ取《トリ》テ去《サリ》タルモ不知ト云。公事《クシ》判断《ハンタン》スル者共。カヤウニコソ有ヘケレ、尤《モツトモ》也ト云テ。ハヤ罪《ツミ》ニ極《キハムル》也。

其《ソコ》テ敏中《ヒンチウ》一‐人思フ様《ヤウ》。イヤ〳〵主人ノ追《ヲイ》カケタルコト間モナシ。人ノ取テ逃《ニクル》コトハアルマシキカ。贓‐物モ刀モナキハ不審《フシン》ナト疑《ウタカヒ》テ。又三‐度モ四‐度モ問也▲詰（ママ）ハ詈テ問意也▲其ニテ僧ノ云ヤウハ。我過去《クワコ》ニテ、此人ノ命ヲ負《ヲフ》タルモノニテ有ヘケレ。別《ヘチ》ニ申《マウス》ヘキコトモ」三ウナシ。是非《セヒ》ニ及ハスト云。其テ又敏中《ヒンチウ》カ云コトハ。何事モ残《ノコ》サス有ヤウニ申セト云ケレハ。僧ノ曰、サラハ真実《シンシツ》ヲ申サントテ、始終《シシウ》ノ次第《シタイ》ヲ有ノマ、ニ語《カタ》ル。敏中サレハコソト思ヒ。雑《サウ》色《シキ》トモニヨク云含《フクメ》テ。近所《キンシヨ》ヲ尋《タツネ》、アタリヲ立聴《タチキカ》セテ。盗《ヌス》人《ヒト》ヲ尋ルト、人ノシラヌ様ニシテ遣《ツカハ》ス。

アル店屋《テンヤ》ヘ行《ユキ》テ息《ヤス》ム。店屋ノ嫗《ウハ》、此者共ノ府中《フチウ》ヨリ来タルコトヲ知テ。盗人ヲ尋ル雑色トハ不知シテ。吏《リ》ニ問《トヒ》ケルハ。其僧ノ公事《クシ》ハ、何ト済《スミ》タルヤト云。吏ハ元《クワン》‐来《ライ》敏中カ教《ヲシヘ》タルコトナレハ。偽《イツハリ》テ対《コタ》ヘケルハ。其僧コソ罪《ツミ》必《ヒツ》‐定《チヤウ》シテ。ハヤ昨日、市《イチ》ヘツレテ行《ユキ》」四オ扣《タヽ》キ殺《コロシ》タルト云▲惣《ソウ》シテ唐《タウ》ニハ、罪人《サイニン》ヲハ市《イチ》ニ徇《トナフ》ト云テ。市ニテ罪人ヲ殺ス也。市ハ人多クアツマレハ、諸‐人ニ見セシメノ為《タメ》也。是ヲ棄《キ》市《シ》スト云▲嫗《ウハ》、此ヲキ、、歎《ナケイ》テ吏《リ》ニ云ヤウハ。今モシ真実《シンシツ》ノ盗人《ヌスヒト》ヲ得《エ》タラハ、如何《イカン》ト有ヘキヤト云。雑色ノ曰、府中《フチウ》ニテ、所司《シヨシ》代殿《タイトノ》カ公事《クシ》ヲ聞分《キヽワケ》テ。罪《ツミ》ニ行《ヲコナ》ハレタ上《ウヘ》ハ。タトヒ今更《イマサラ》盗人カ出タリトモ。其ヲ又殺スナラハ。前《サキ》ノ僧ヲ殺タルハ非《ヒ》カコトニナレハ。真実ノ盗人アリトモ、問ニ及ハスト云。嫗カ曰、サアラハ、盗人ヲ申タリトモ苦《クルシ》カルマシキカ。其女‐房ヲハ、此在《サイ》‐所《シヨ》ノ少年《セウネン》、名《ナ》ハ何《ナニ》ト云者カ。殺」四ウタリト云● 某甲ハ公事《クシ》ノ時、メヤスヲ、一‐番《ハン》ノメヤスツケタル者、二番ノメヤスツケタル者ト呼出《ヨヒイタ》スコト也。

二字ヲソレカシト読《ヨム》也。某甲、某乙ト云コトアリ。誰《タレ》一、誰二ト云様ナル心ニテ。及第《キウタイ》ナトニ用《モチユ》ルコト也▲雑色《サウシキ》カ嫗《ウハ》ニ云様ハ。サテ其者ハ何《イツ》クニ有ソト問。嫗カ曰、アノ舎《イヘ》コソ彼盗人《カノヌスヒト》ノ舎ナレト云。雑色オシ入テ、盗人ヲ捕《トラ》ヘ、舎ヲ算考《サンカウ》スレハ、贓物《サウモツ》モアリ。取テ帰《カヘリ》テ士《シ》官《クワン》ニ捧《サヽ》ク。サテコソ僧ハ釈《ユルサ》レタリ

涑水紀聞《ソウスイキフン》ハ司馬温公《シハヲンコウ》ノ書《シヨ》也。温公ノ子《コ》カ編《アミ》タル也。温公ノ涑水ニ居《キ》ラレタルニヨリ。涑水先生《ソウスイセンシヤウ》ト云」五オ

鄭克《テイコクカ》曰《ク》、按《アンスルニ》士《シ》之《ノ》察《サツスル》獄《ウツタヘヲ》、苟疑《モウタカハ》其冤《ノエンヲ》、雖《フトモ》囚《シウニ》無冤詞《シトエンシ》、亦《マタ》不可遽決《ニハカニケッス》

鄭克《テイコク》カ評《ヒヤウ》ニ曰、能《ヨウ》々案《アン》スルニ。官獄《クワンコク》ノ奉行《フキヤウ》ヲスル者ハ。理非《リヒ》ヲ率爾《ソツシ》ニ決《ケツ》スヘカラス。次第《シタイ》ノ様子《ヤウス》ヲ分別《フンヘツ》シテ可察《サツス》コト也。少モ偽《イツハ》リ誣《シフ》ルヤウナルコト有ト疑《ウタカウ》ナラハ。猶以思慮《ナヲテシリヨ》スヘシ。縦《タト》ヒ冤《シヘタケ》ラレ、偽ノナキコトナリトモ。公事ヲ疎忽《ソコツ》ニシテ、遽《ニワカ》ニ罪《ツミ》ヲ決《ケツ》スヘカラスト也。

鄭克カ評モ、敏中《ヒンチウ》カ深《フカ》ク吟味《キンミ》シテ。贓杖《サウチヤウ》ノナキヨリ不《フ》審《シン》シテ。タヒ〳〵問タル故ニ、真実《シンシツ》ヲ知也。捕《トラヘ》（ママ）ヘタル者ナレハ。逃走《ニケハシ》ルコトニテハナシ。五日十日」五ウ ヲソク成敗《セイハイ》シテモ不苦《クルシカラス》。遂《ツイ》ニ盗人ヲサカシ出シテ罪《ツミ》ニ行《ヲコナ》ヒ。僧ヲ釈《ユル》シタルコソ。ヨク獄《コク》ヲ察《サツシ》タル者ヨト云意也。士《シ》ハ、柳下《リウカ》恵《ケイ》三為《ミタヒナル》士《シ》師《シト》、トアル士ニテ。獄ノ奉行《フキヤウ》ノ士官也。嫗《ウハ》ハ、漢書《カンシヨ》ノ高祖《カウソ》記《キ》ニ、老嫗《ラウヲウ》カ泣《ナクノ》トアル嫗也。老《ヲイ》タル女《ヲンナ》ノコト也

〔釈冤〕

宋《ソウノ》銭若水《センシヤクスイ》、為《タリ》同州推官《トウシウノスイクワン》、有《リ》富家《フカ》、女奴《チヨヌ》逃亡《タウハウス》、父《フ》母《ホ》訴《ウタウ》於州《シウニ》、録《ロク》参《サン》、常貸《カツテカリテ》富家銭《ニヲ》不獲《エ》、遂劾《ツイニガイスフ》富民父《ミンフ》子《シ》共殺《トモニコロシテ》女奴《ヲ》、失尸《シツスカハネヲ》於水《ニ》、或《アルイハシ》為元謀《ケンホウト》、或為《ハシ》加功《カコウト》、罪皆応死《ツミミナヨウスシニ》、獄具《コクソナハル時ニ》、若水独《ヒトリ》疑留《ウタカテトヽメテ》而不決《ケッセ》、州郡《シウクン》上下切怪《セツニアヤシム》之《ヲ》、録参誣《シフ》若水受賄《ウクトマイナヒヲ》、若水但笑《タヽワラッテ》謝《シヤスル》」六オ而已《ノミ》

旬余《シユンヨアリテ》詣州《イタリテニ》、屏人《シリソケテヲ》語《カタリテ》曰《ク》、某《ソレカシカ》留《ムル》獄者《コトハコクヲ》、所以《ユヘンナリ》訪求《トヒムル》女奴《ヲ》、今得之矣《イマエタリヲ》、因送《テヲクル》于州《シウニ》、既《ステニシテ》而、知州《チシウ》従簾中《ヨリレンチウ》推出《ヲシイタシテ》、示《シメス》其《ノ》父母《ニ》、父母驚《ヲトロイテ》曰《ク》、是《コレナリ》也、於《テ》

是富《ニフ》民《ミン》父子、皆《ミナ》得レ釈《タリユルサル、コトヲ》、知州欲《ス》レ奏《ソウセント》二其功《ノコウヲ》一、固辞《カタクジシテ》不レ願《ネカハ》、朝《テウ》廷聞《テイキイテ》レ之《ヲ》、驟《シハ〳〵》加《クハフ》二進《シン》擢《デキヲ》一 涑水記聞

銭若水《センシヤクスイ》、字澹成《ハタンセイ》、一字長卿《ノハチヤウケイ》。河南人。宋史《ソウシ》列伝《レッテン》十六詳《ニ》也、名ノ高《タカ》キ者也、推官《スイクワン》ハ、推察《スイサツ》ノ意ニテ。事ヲ能《ヨク》オシ尋《タツネ》テ察《サツ》スル官也。日本ニテ国ノ横目《ヨコメ》ノ意也。

時ニ、若水、同州《トウシウ》ト云所ノ司《ツカサ》ノ下ニ。推官ニナリテ居《ヰル》時ニ。公事《クシ》アリ。或富貴《アルフウキ》ナル家ノ、腰《コシ》モトニ仕フ女《チヨ》奴《ヌ》カ。何《イツ》クトモ」六ウ 不知走《シラスハシ》リタル也• 逃亡《タウハウ》ハ皆ニクルト読《ヨム》也• 女奴ノ父母《フホ》カ、州ノ司《ツカサ》ヘ訴《ソ》訟《セウ》シケルハ。女ノ走リタルトハ申セトモ。如何様《イカヤウ》ニ仕リタルモ不知。御穿鑿《センサク》アルヤウニト云。其時ニ、州ノ司ノ下ニ、録事《ロクシ》参軍《サンクン》トテ。軍陣《クンチン》ノ事ナトニ指出《サシイツ》ル者アリ。若水《シヤクスイ》ト同シ奉公人《ホウコウニン》也。此録参、コレヨリ始ニ。此冨家《フカ》ニ銭《セニ》ヲカルコトアレトモ。カサス。此公《ク》事《シ》ニ付テ、前日ノ遺恨《イコン》ヲハラサント思テ。遂《ツイニ》云様ハ。其女ノ子コソ子細《シサイ》有テ。冨民親子《フミンヲヤコ》ヨリテ打殺《ウチコロ》シ。死骸《シカイ》ヲ人ノシラヌヤウニ。水ニ沈《シツ》メ失《ウシナ》ヒタルカ必定《ヒツチヤウ》也ト云▲劾ストハ。カイトモコクトモ読。是コソ罪《ツミ》」七オ 也ト、罪《ツミ》ニヲトスヲ云▲時ニ、参軍《サンクン》カ言《イフコト》ヲ聞テ。所司代《ショシタイ》ノ下代《シタタイ》トモ。誠ニ是コソ罪ナレト。ヲチツクル也• 元謀《ケンホウ》トハ。律《リツ》ノ法《ハウ》ニ、私《ワタクシ》検断《ケンタン》ニ人ヲ殺《コロ》スヲ。又其者ヲモ殺ストカ。又流罪《ルサイ》トカ有也。加功《カコウ》トハ。律ニ、功ハ罪也トアリ。勲功《クンコウ》ト心得テハ悪キ也。罪ノコト也。加功ノ意ハ。此罪ハ法ニハ殺ト有トモ。磔《ハツケ》トカ 轘《クルマサキ》 トカ。或《アルイ》ハ流《ナカ》スト有トモ。余《アマリ》ニ悪キ仕形《シカタ》ナレハ。殺ストカ籠《ロウ》クタシトカ、云ヤウノコト也。此冨人ヲモ、律ノ法ノ如ニスヘキカ。又少キ女ヲ殺シテ、水ヘ棄《ステ》タルコト忍《ムコキ》コトナレハ。常《ツネ》ノ法度《ハット》ヨリモ。加増《カソウ》シテ罪ニ行《ヲコナ》フヘキ歟ト云。何《イツ》レニシテモ。」七ウ 死罪《シサイ》ハ逃《ノカレ》ヌ罪《ツミ》トテ。ハヤヲチツクル也。

其時、若水《シヤクスイ》カ独《ヒトリ》思《シ》案《アン》スルハ。参軍《サンクン》コソ冨家《フカ》カ殺《コロシ》タルトイヘトモ。証迹《セウセキ》タシカニ無ト疑《ウタカイ》テ。マツ殺スコトヲ留《トヽメ》テ不《ル》レ決《ケツセ》也。州郡《シウクン》ノ上下ノ者。シキリニサテモ怪《アヤシ》キコトカナト云。ソコニテ録参《ロクサン》カ云コトハ。若水コソ冨家ヨリ賄《マイナイ》ヲ受《ウケ》タル故ニ。コレ程究《キハマ》リタルコトヲ決《ケツ》セヌト云也• 賄トハ、銭銀ヲ出シテ罪ヲ免《マヌカ》レタキトテ。奉《フ》行《キヤウ》等《トウ》ニ潜《ヒソカ》

ニヤルコト也。笑謝《ワライシヤス》トハ。サテモヲカシキコトカナ。少モ左様ノ私《シ》欲《ヨク》ハナキト。コトハル也。
其後、十日アマリ有テ。州ノ守護《シユコ》ノ処ヘユキ。人ヲ屏《シリソケ》テ守護ニ語ル様ハ。前《マヘ》」八オ 方《カタ》ノ公事《クシ》ノ女ヲ。殺《コロシ》タルト録参《ロクサン》カ申シ。又我カ賄《マイナイ》ヲ得テ、罪《ツミ》ヲ決《ケツ》セヌナト云シコソ遺恨《イコン》ナレ。我ハ此罪、タトヒ十日廿日延《ノヒ》テモ不苦《クルシカラス》。ヨク考《カンカ》ヘタラハ。女奴ヲ尋出スコトモ有ト思フ故ニ。罪ニ不レ行シテ、今コソ彼女奴ヲ尋得タリトテ。州ノ守護殿《シユコトノ》ヘ送《ヲク》ル也。知州《チシウ》ハ唐ニテハ。アナカチ其国ヲ知行《チキヤウ》スルコトニテハナシ。其州ノ公事沙汰《クシサタ》、万《ヨロツ》ニ付テ。天子《テンシ》ヨリ仰《ヲホセ》付ラレテ聞《キク》者也。
伊勢《イセ》物語《モノカタリ》ニ、奈良《ナラ》ノ京《キヤウ》、春日《カスカ》ノ里《サト》ニ知ヨシシテ。トアルハ。春日ノ里ニ知行アルト云コト也。知州ハ州ヲ知《シル》トモ、州ニ知《チ》タリトモ読。既《ステ》ニシテトハ。其女ヲ淂ヨリト」八ウ 云コト也。知州《チシウ》、其女ヲ淂テ、簾中方《レンチウカタ》ニヲキ。女ノ父母ヲ呼寄《ヨヒヨセ》テ。簾中ヨリ此女ヲ推出《ヲシイタ》シテ。此カ汝《ナンチ》カ子カト示《シメ》ス。父母カ驚《ヲトロイ》テ、此コソ我等カ子ニテ有ト云也。サテコソ録《ロク》参《サン》ニ誣《シイ》ラレタル冨民《フミン》。親子《ヲヤコ》共ニ、罪《ツミ》ヲ釈《ユル》サレタリ▲女奴《チヨヌ》ヲ尋求《タツネモトメ》タル様ハ。皇朝類苑《クワウテウルイヱン》ニ委《クハシ》クアリ。此事ハ事文類聚《シモンルイシユ》ニモアリ、若水《シヤクスイ》カ獄《コク》ヲ謹《ツヽシム》ヲ、知州カ感《カン》シテ。此コトノ功業《クケウ》ノシワサヲ。内裏《タイリ》ヘ奏聞《ソウモン》可レ申ト云。若水、固《カタ》ク斟酌《シンシヤク》シテ。是程ノコト奏聞ニ及ハストテ。カマハス。然レトモ、遂《ツイ》ニ此コト禁中《キンチウ》ヘ聞ヘテ。其ヨリ進《スヽ》ミ擢《ヌキンテ》ラレテ。召仕《メシツカ》ハレタリ
鄭克《テイコク》カ評《ヒヤウ》ハ、此ニモ懸《カヽ》ル也。桂《ケイ》」九オ 万栄《ハンヱイ》カ此編様《アミヤウ》ハ、一対々同シ心ノコトヲ対スル也。評《ヒヤウ》ヲ互《タカイ》ニ用《モチユ》ル処、多アリ

曹攄《サウチヨ》明《アカシ》レ婦《フヲ》　裴均《ハイキン》釈《ユルス》レ夫《ヲツトヲ》

〔釈冤〕

晋《シンノ》曹攄《サウチヨ》、字《アサナハ》顔遠《カンヱン》、為《タリシ》二臨淄《リンシノ》令《レイ》一日《ヒ》、有《リ》二寡婦《クワフ》一養《ヤシナフコト》レ姑《シウトメヲ》甚《ハナハタ》謹《ツヽシメリ》、姑《トメ》以《テ》二其《ノ》年少《トシワカキヲ》一、勧令《スヽメテシム》二改適《アラタメユカ》一婦守《マモテ》レ節《セツヲ》不レ移《ウツラ》、姑愍《メアハレンテ》之《ヲ》、密自《ヒソカニシ》殺《サツス》、親《シン》党乃《タウスナハチ》以誣《テシフ》二其《ノ》婦《ヲ》一、婦不レ勝《タヘ》二官司《クワンシノ》拷《カウ》訊《シンニ》一、即《スナハチ》自《ミツカラ》誣《ブ》伏《フクス》、攄抽居切初《ハシメテ》到《テウ》疑《タカフ》二其《ノ》

冤《エンヲ》一、更《サラニ》加《クハヘテ》二弁《ベン》究《キウヲ》一、具《ツフサニ》得《タリ》二情実《セイジツヲ》一、時《トキニ》称《セウス》二其明《ノメイヲ》一
曹攄《サウリヨ》カ字《アサナ》ハ顔遠《カンエン》ト云。晋《シン》ノ代ノ者也。臨淄《リンシ》ト云所ノ令《レイ》ノ官《クワン》ニ成テ有シ時ニ。一人ノ寡婦《クワフ》アリ•寡ハ孟子《マウシ》ニ」九ウ老《ヲイテ》無《ヲ》レ夫《ヲツト》曰《フ》レ寡《クワト》、トアリ。夫ノナキヲヤモメト云。ヤモフト云モ同シ。姑《コ》ノ字ハ。シウトメトモ、又ヲハトモヨム。此類《ルイ》アリ。舅《キウ》ノ字ハ。ヲシトモ、又シウトトモヨム。甥《セイ》ノ字ハ。ムコトモ、又ヲイトモヨム也。爾雅《シカ》ニ、謂《イフ》二我甥《ヲセイト》一者《ノヲ》、我《レ》謂《フ》二之舅《ヲキウト》一、トアリ。尭《ケウ》ノ舜《シユン》ヲ甥《セイ》ト仰《ヲホセ》ラレタルハ、婿《ムコ》ト云意也。処ニヨリテ心ヲ可付也•。甚謹《ハナハタツヽシム》トハ、姑《シウトメ》ヲ養《ヤシナフ》テ、孝行《カウカウ》ニシテ仕ルヲ云。姑モ亦、婦人ノ年少《トシワカ》フシテ。寡《ヤモメ》ニテ仕ルコトヲ愍《アハレ》ミ。ス丶メテ、又嫁《カ》ヲ改《アラタメ》ヨト云。然トモ、此婦人、元来貞女《クワンライテイチヨ》ナレハ。賢女《ケンチヨ》不《ル》レ改《メ》二一夫《ヲ》一ノ貞節《テイセツ》ヲ守《マモ》リ。其マ丶、姑ニ仕ヘテ居《ヰル》也。姑イヨ〳〵愍テ、我《レ》年老《ヲイ》、カクテ有故ニ。夫《ヲツト》」十オノ義理《キリ》ヲ思ヒ。我ニ仕フルコトヨ。我モシ死タラハ、此婦人、嫁《ヨメイリ》スルコトモ有ント思ヒ。自害《シカイ》スル也。姑《シウトメ》ノ親類徒党《シンルイトタウ》カ。此婦人ノ仕業《シワサ》也ト、無理《ムリ》ヲ云ヒ懸《カク》ル也。遂《ツイ》ニ所ノ獄官《コククワン》ヘ申也。官司《クワンシ》ノ所ニテ拷問《カウモン》シテ糾明《キウメイ》スル故ニ。婦人ノコトナレハ、其誅《セメ》ヲ免《マヌカレ》ン為《タメ》ニ。姑ヲ殺《コロ》サネトモ、私《ワタクシ》コソ殺タレト云也▲

栲《カウ》ハ罪人ヲ攻《セム》ル道具《タウク》也。枷杻《カチウ》ノ類《タクイ》也。兼好《ケンカウ》カツレ〳〵草ニ。罪人ヲハ栲器《カウキ》ニ付テ問《トフ》。拷器《クヒカセテカセ》ノ作《ツク》リ様《ヤウ》ナト、今世《ノヨ》ニ知《ル》者ハマレナリト書タリ•婦人カ、我コソ殺タレトイヘトモ。曹攄《サウリヨ》、始テ其獄所《コクシヨ》ヘ行テ思フ様。イヤ〳〵是ハ疑《ウタカハ》シキコト也。余《アマリ》ニキツク」十ウ問《トフ》故ニ。迷惑《メイワク》サノマ丶、我ト冤《シヘタ》クル也ト推量《スイリヤウ》シテ。又別ニ弁《ワキマ》ヘ究《キハメ》テ問ケレハ。婦人、始ヨリノ様子具《ツフサ》ニ云也。サテハ婦人ノ科《トカ》ナキト云ニ究《キハマル》也。其時ヨリコソ、曹攄《サウリヨ》ハ公事聴《クシキク》ニ明《アキラカ》ナル者ト。世ニ云也

〔察姦〕

唐《タウノ》裴均《ハイキン》、鎮《チンスル時ニ》二襄陽《シヤウヤウヲ》一、部民之妻《ホウミンノメ》、与《ト》二其隣《ノトナリ》一通《トウス》、託《タクシテ》二骨蒸之疾《コツセウヤマイニ》一、謂《テ》レ夫《ヲツトニ》曰《ク》、医者言《イシヤノイハク》、食《クラハヽ》二猟犬之肉《レフケンノシヽヲ》一、即差《スナハチイヘン》、夫《ヲツトノ》曰《ク》、吾家《カイヱ》無《シ》レ犬《イヌ》、奈何《イカンカセン》、妻曰《メノク》、東隣《トウリンノ》犬常来《ツネニキタル》、可《シ》二繫《ツナイテ》而屠《ホフル》レ之《ヲ》、夫用《トテ》二其言《ノコトヲ》一、以《テ》レ肉餉《ヲカレイス》（式亮切 餌也）レ妻《メニ》、妻食《フ》レ之《ヲ》、余乃《アマリヲス》

留《ム》於篋笥《ケフシニ》、夫出《ト》命《時ニメイシテ》隣人《ニ》、遂《ツイニ》訟《タフ》于官《クワンニ》、収《トラヘ》捕《トラヘテ》鞫《キク》問《モンス》、立《コロニ》承《ウク》且《カツ》云《ク》、妻所《メカトコロ》欲《ホツスル》也、均曰《カク》、此乃妻《イマシメ》有《テ》外情《クワイシヤウ》、躓《ツマツカシ》」十一オ 音致踣也猶陥井 夫《ヲ》於禍《ワサワイニ》耳《ノミ》、追劾《ヲツテカイス》之《ヲ》、果然《シテシカリ》、妻及《メヨヨヒ》奸者《カンシヤ》、皆服罪《ミナフクスツミニ》、而釈《シテトク》其夫冤《ノノエンヲ》

唐《タウ》ノ世ニ、裴均《ハイキン》ト云者、襄陽城《シヤウヤウシヤウ》ノ節度使《セツトシ》ニナル。鎮《チン》スルトハ、日本ニテノ節度使《セツトシ》ノ心也。部民《ホウミン》トハ、部《ホウ》ハ軍陣《クンチン》ニ行時ニ。一ソナヘ〳〵人数《ニンシユ》立《タテ》ノ有ヲ部ト云。均《キン》ハ数十万ノ兵《ヘイ》ヲ預《アツカ》リ、襄陽城ノ留守《ルス》ヲスル也。其部兵《ホウヘイ》ノ中ニ民《タミ》アリ。其民ノ妻《メ》ト、其隣《トナリ》ノ吏《リ》ト密通《ミツツウ》アリ。其妻、我夫《ヲツト》ヲ。イカニモシテ殺シタク思故ニ。内心《ナイシン》ニ謀《ハカリ》テ云様ハ。骨蒸《コツセウ》ノ疾《ヤマイ》アリト云▲労瘵《ラウサイ》ノ極《キハマリ》タルヲ骨蒸ト云。骨《ホネ》ムスト云意也。医者《イシヤ》ハ骨蒸ト清《スン》テ読《ヨム》也● 鷹犬《タカイヌ》ノ」十一ウ 肉《ニク》ヲ食《クウ》ナラハ。此疾《ヤマイ》ナヲラント云▲差《サ》ハ格致余論《カクチヨロン》ニモ、春夏劇而《ハハナハタシウシテ》秋冬差《ハイユ》、トアリ。愈也▲夫《ヲツト》ノ曰、我家ニ犬《イヌ》ナシ、何トスヘキト云。妻《メ》ノ曰、東隣《トウリン》《ヒカシトナリ》ノ犬、イツモ此家へ来也。此犬ヲ繫《ツナキ》トメテ打殺《ウチコロ》シ。切割《キリサイ》テ給《タマ》ハレト云。夫、ヤカテ妻ノ云コトヲ用《モチ》イテ。犬ヲ殺シ、妻ニ食《クハ》シム。妻、此犬ノ肉ヲ食《クラ》ヒ。残《ノコ》リヲ篋笥《ケフシ》ノハコノ中ニ入テヲキ。夫ノ他行《タキヤウ》ヲ待テ、隣ノ檀《タン》郎《ラウ》ニ。犬ヲ我カ真《マコト》ノ夫カ殺タリト告《ツクル》也。遂《ツイ》ニ獄官《コククワン》ヘ訴《ソ》訟《セウ》シテ。夫ヲ収縛《トラヘシハリ》テ鞫問《キクモン》ト懇《ネンコロ》ニキワメ問。其《ソコ》テソノマ、承《ウケ》ヤウ也。且云《カツク》、此コトハ我妻カ食《クイ》タキトテ。此犬ヲ殺サセタリト申ス。

均《キン》」十二オ 是ヲ聞テ曰。此婦人ヨソ心アル故ニ。夫《ヲツト》ヲ禍《ハサハイ》ニダマシ入タル也▲躓《ツマツカシム》於禍《ワサハイニ》トハ。タトヘハ、陥穽《カンセイ》ヲ井ノ様ニ拵《コシラ》テ。人ヲ落《ヲト》ス様ナルコト也▲均《キン》、如《ク》此《ノ》思《フ》故ニ。其婦人ヲ罪《ツミ》ニ落シツケテ問《トヘ》ハ。果《ハタ》シテ然リ。婦人ト東隣《トウリン》ノ男《ヲトコ》ト。共ニ罪セラル。真《マコト》ノ夫《ヲツト》ノ犬《イヌ》ヲ殺タルハ許《ユル》サル、也▲奸《カン》ハ律《リツ》ニテハ。タハクルト読《ヨム》。強奸《キヤウカン》和奸《クワカン》トテアリ。強奸ハ、同心セサルヲ理不尽《リフシン》ニ誘ヲ云。和奸ハ、男女共ニ睦《ムツ》ミ和《ヤハライ》テ、同心シテ密通《ミツツウ》スルヲ云也。姦《カン》モ同シ字也

程顥詰翁《テイカウナシリヲウヲ》　丙吉験子《ヘイキツコヽロムコヲ》

〔覈姦〕

程察院《テイサツヰン》、知沢州晋城県《チタルタクシウノシンチヤウケンニ》日《ヒ》、富《フ》民張氏子《ミンチヤウシカコ》、其父《ノ》」十二ウ

死《シス》未《タイクハクナラ》レ幾《ルニ》有《リ》二老父《ラウフ》一、至《テ》レ門《ニ》曰《ク》、我《ハナンチカ》汝父也《ナリ》、来就《テツイテ》レ汝居《ニヲラント》、且《カツノフ》陳《ルニ》二其《ノ》由《ヨシヲ》一、張氏子《カ》驚《ヲトロキ》疑《テ》、相《アイ》与《トモニイタリテケンニ》詣レ県、請《コフ》レ弁《ヘンセント》、老父《フカ》曰《ク》、業《ゲウトシテイヲトヲクイツ》レ医遠出、妻《メ》生《ウム》レ子《コヲ》、貧《マスシウシテ》不レ能《アタハヤシナフコト》レ養、以与《テアタフ》二張氏《ニ》一、某《ソノトシ》年月日、某《ノ》人抱《イタキサル》去、某《ノ》人見《ミルト云》レ之《ヲ》、顒曰《カク》、歳久《トシヒサシ》矣、汝《ナンチナンソトクコトノ》何説之詳《ツマヒラカナル》也、老父曰《カク》、書《ショス》二于薬法冊《ヤクホウサツノコウニ》後一、某《ソレカシカヘッテ》帰而知《ル》レ之《ヲ》、使《シム》下以《テ》二其冊《ノサツヲス、メ》一進上、乃《スナハチ》曰《ク》、某《ノ》年月日、某《ソコノ》人抱《イタキテジヲアタフト云》レ児与二張三翁《ニ》一、顒問《トハク》、張氏子《カコ》年幾《イクツソ》、曰《ク》、三十六、又問《フ》、爾《ナンチカ》父《ノ》年幾《イクツソ》、曰《ク》、七十六、謂《テ》二老父《ニ》一曰《ク》、是《コノ》子《ノ》之生《ムマル、時》其父《ノ》纔《ワツカニ》年四十《ノ》人已《ノミ》、謂《ンヤ》二之《ヲ》張三翁《ト》一乎、老父驚《ヲトロキヲトロイテフクスツミニ》駭服レ罪　此《レ》聞《ケリ》二之《ヲ》前輩《ニ》一」十三オ

程明道《テイミヤウタウ》也。顒《カウ》ハ名也。察院《サツ井ン》ト云ハ監察院《カンサツ井ン》也。天子ヘ諫《イサメ》ナトヲ申ス官也。明道ノ察院ノ官ニ成タル故ニ。程察院ト云▲明道ノ第子《テシ》ノ游定夫《ユウテイフ》モ、察院ニナル故ニ。游察院ト云。蘇《ソ》内翰王丞相《タイカンワウセウシヤウ》ナト云ト心一ツ也●明道ノ察院ノ官ニテ。沢州《タクシウ》ノ晋城《シンシヤウ》ト云県《ケン》ノ事ヲ。知リ権《ハカ》ラレタル時ニ。冨貴《フウキ》ナル者アリ。氏ハ張氏《チヤウシ》也。死シテ程《ホト》モナキニ。張氏カ子ノ門ヘ年寄《トシヨリ》タ人、来テ曰。我ハ此家ノ子ノ真実《シンシツ》ノ父也。子ノ張氏ニツイテ、此家ニ居《ヲ》ルヘキト云。其イワレ、如何《イカン》トシテ左様ニ申ソト問《トヘ》ハ。其由来《ユライ》ヲ説陳《トキノフ》ル也。張氏カ子驚《ヲトロイ》テ。死タル親《ヲヤ》コソ真」十三ウ実ノ親ナルニ。此老人ノカホト慇《ネンコロ》ニ云上ハ。兎角不審《トカクフシン》ナル者カナト。共ニツレテ、県《ケン》ノ士官ヘ詣《マイ》リテ。理非《リヒ》ヲ弁《ワキマ》ヘント老人ニ請テ。県ニ行テ訴《ウツタ》フ。老夫《ラウフ》カ曰。我ハ医者《イシヤ》ヲ渡世《トセイ》ノ業《ワサ》トシテ。遠《ヲン》国他《コクタ》国《コク》ヲ仕ル。我妻《メ》、此子ヲ生《ウム》時ニ。家貧《マスシ》キ故ニ養育《ヤウイク》ナラスシテ。張氏ニ与《アタフ》ル也。何ノ年、其月ノ其日。何ト云人カ、此子ヲ抱《イタイ》テ行《ユク》ヲ。誰《タレ》ト云者マテ見タル由《ヨシ》ヲ慥《タシカ》ニ云。

明道《メイタウ》聞テ、歳モ隔《ヘタ、》リ久キコト也。汝《ナンチ》ハ何トシテ慥ニハアルト問《トヘ》ハ。私《ワタクシ》ハ昔《ムカシ》ヨリ医者ヲ仕ル故ニ。薬《クスリ》ノ法《ホウ》クミヲ書《カキ》タル本《ホン》ノ後《コウ》ニ。書《シル》シテ置《ヲキ》タル由ヲ申ス。他国ヨリ罷《マカリ》帰《カヘリ》テ。此書ヲ見」十四オ付テ知タルト云。其時明道《メイタウ》、サラハ其書冊《ショサツ》ヲ見セヨトテ。獄所《コクショ》ヘ進《ス、》メシムル也。其書ヲ見レハ。其年ノ其月其日ニ。誰《タレ》ト云人、此子ヲ抱《イタイ》テ。張三翁《チヤウサンヲウ》カ処ヘ与《アタ》ヘタルトアリ。明道、此文ヲ見了《ヲハッ》テ、張氏カ子

ハ、年ハイクツソト問。子カ曰、今年三十六ト。又問、汝《ナンチ》カ父ノ年ハイクツソト。曰、七十六ニテ有シト云。其時、明道。カノ老夫《ラウフ》ニ申サレケルハ。此子生《ウマル》ル時ニ。張氏、年ワツカ四十。汝カ書ニ張三翁トアリ。四十ノ人ヲ翁《ヲウ》ト謂ヘキヤ▲唐ニハ六十已《イ》-上《シヤウ》ノ者ヲ翁ト云。其ヨリ以下ハ翁トイハス▲彼《カノ》老-夫、興《ケウ》サメ顔《カホ》シテ驚《ヲトロ》ク。遂《ツイ》ニ罪《ツミ》ニ行《ヲコナ》」十四ウ フ也　此事ハ明道《メイタウ》ノ伝《テン》ニアリ。又行状《キヤウシヤウ》ニモアリ

細注ニ、此聞《キケリ》二之前《ヲセン》-輩《ハイニ》一、トアルハ。明道ノ伝カク時ニ云語也

鄭克《テイコク》曰《ク》、按《ルニ》凡《ヲヨソ》為《ナス》二巧《ハカウ》-詐《サヲ》一、必《ス》有《リ》二欠《ケツ》-漏《ロウ》一、推覈《スイタク》丁革切考也実也已《ステニ》-至《イタレハ》、姦《カン》-欺《キ》自《ヲノツカラ》-露《アラハル》、如《キ》下検《カンカヘテコ》二戸-籍《セキヲ》一以視《テミ》二孤《コ》-女《チヨヲ》所《トコロノ》レ冒《ヲカス》之非《ヒヲ》一、校《カンカヘテ》二年《ネン》-歯《シヲ》一、以験《テムルカ》中老-父《ノ》所《ロノ》レ記《シルス》之妄《マウヲ》上、皆《ミナ》此《ノ》術《シユツナリ》也、唯《タ、》尽《ツクス》レ心者《ヲモノ》、則《スナハチ》能《ヨクスル》レ之耳《ヲノミ》

鄭克カ曰。大凡《オホヨソ》ノ者カ詐《イツハリ》ヲハ如何《イカ》ホト巧《タクミ》ニスレトモ。必十-分ニナク欠《カケ》テ。詐ノ様子ノ少シナリトモ。漏《モル》ルコト有。其ヲ能推究《ヨクヲシキハメカンカヘタ、》覈正セハ。偽《イツハ》リ欺《アサムク》コトモ自《ヲノツカラ》

露《アラハル》ル」十五オ 者也。検《カンカヘコ》二戸-籍《セキヲ》一以視《ミ》二孤-女《ノ》所《ノ》レ冒《ヲカス》之非《ヒヲ》一、ト云ハ。此下-巻ニ、尹洙検籍《インシユケンセキ》トアルコト也。此ハ幼《エウ》ナル子カ家財《カサイ》ヲ奪《ウハ、》ン為《タメ》ニ。我コソ其子ニテアレト云ヲ。隣《トナリ》アタリノ人カ。中々左様ニテハ無トテ。家財ヲハ所《シヨ》司代《シタイ》ヘ没取《モツシユ》スル也。其後、隣ノ人カ死シテ。又興《ヲコ》シ出シテ、其家財ヲ御返《カヘ》シアレト云。

揔別《ソウヘツ》、唐ニハ国ノ下県《アカタ》。々ノ下邑《ユウ》。々ノ下閭《リヨ》マテ。人幾《イク》タリ有ト、民《ミン》-姓《セイ》ニ至《イタ》ルマテ。何ノ年生《ウマ》レ、何ノ年死《シ、》タルト云コトヲ。籍戸《セキコ》ニ書付テヲキ。人ノ多-少ヲ知也。其幼-子ノ年ヲ問《トイ》、其戸籍ニテ考《カンカ》ヘミレハ。死シテ三年アトニ生レタル子」十五ウ 也。故ニ、我コソ其死-人ノ子ナレト、犯《ヲカ》シタル偽《イツハリ》ヲ、戸籍ニテ検《カンカ》フルト。今コ、ニ年ヲ校《カンカ》ヘテ。老《ラウ》-父《フ》カ記《シル》シテ置《ヲキ》タル妄言ヲ知ト。皆欠《ケツ》漏《ロウ》ノ処ヲ明《アカ》スハ、此術《シユツ》也。加-様ニ理《リ》ヲ究《キワメ》テ非《ヒ》ヲ明スコトハ。能《ヨク》心ヲ尽《ツク》シテ推覈《ヲシカンカ》フル者カ。公事《クシ》ヲヨク弁《ワキマヱ》ルト也

〔弁誣〕

丙吉《ヘイキツ》、字《アサナハ》少卿《セウケイ》、漢宣帝時《ノセンテイノトキ》、陳留《チンリウニ》有《リ》二一《リノ》老人一、年《トシ》八十余《ヨ》、家《イエ》富《トミテ》而無レ子《シコ》、秖《タヽ》有《リ》二一女一、已《ステニ》適《ユク》レ人《ニ》、其《ノ》妻《メ》卒《シュッス》、翁《ヲウ》又取《メトリテ》二一妻《セイヲ》一、復生《マタウム》二一子《ヲ》一、後《ノチニヲウシス》翁死、其《ノ》妻《メ》育《ヤシナフコト》二其《ノ》子《ヲ》一数年、前妻女《サキノメノムスメ》、欲レ奪《シテウハヽントサイモツヲ》二財物一、乃誣《チシフ》三後《コウ》母《ホノ》所《ロノウム》レ生子《ハ》、非《スト》二我父之子《カノニ》一也、郡県《クンケン》不レ能《アタハコトハルコトキク》レ断、聞二於台省《タイセイニ》一、吉為《タリ》二廷《テイ》」十六オ 尉《イ》一、乃曰《チク》、吾聞《レキク》、老人之子《ノコハ》不レ耐《タヘ》レ寒《カンニ》、日中無《ニシ》レ影《カケ》、時《トキ》八月中、取《トツテ》二同歳《トウセイノ》小児《シヲ》一、均服《ヒトシクキス》二単衣《タンエヲ》一、唯《タヽ》老人之子《ノコ》、畏《ヲソツテ》レ寒変《ヲヘンスイロヲ》レ色、又令《シム》下与《ト》二諸児《ショジ》一立《タヽ》中於日中《ニ》上、唯《タヽ》老人之子《コ》、無《シ》レ影《カケ》、遂《ツイニウハツテサイフツヲ》奪二財物一、帰《ヘスコウノ》二後母之男《ナンニ》一、前女服《ハフクスシフルノヲ》二誣レ母之罪《ニ》一

丙吉字《ヘイキツアサナ》ハ少卿《セウケイ》ト云。漢《カン》ノ宣帝《センテイ》ノ時ノ者也。其時、陳留《チンリウ》ニ八十余ノ老人アリ。冨貴《フウキ》ナル者也。男子《ナンシ》ハナクテ、女《ムスメ》ノ子只一人モツ。已《ステ》ニ嫁《ヨメイリ》スル也。其女ノ母ハ死タリ。其後、又女房ヲ呼《ヨン》テ、一人ノ子ヲ生ム。翁《ヲウ》死シテ、其女房、子ヲ養育《ヤウイク》スルコト数年ニシテ。前腹《ハラ》ノ女《ムスメ》カ。父ノ跡《アト》十六ウ財宝《サイホウ》ヲ奪《ウハヽ》ントテ。後腹《ノハラ》ノ子ハ我父ノ子ニハアラスト云懸《カケ》テ。公事《クシ》ニナル。一郡《クン》一県《ケン》ノ者、判断《ハンタン》ヲヱセスシテ。摠《ソウ》政所《マントコロ》ヘ訴訟《ソセウ》ス▲台《タイ》ハ霜台《サウタイ》トテ、刑罰《ケイハツ》ヲ司《ツカサト》ル官也。省《セイ》ハ八省ノ省也。台省《タイセイ》ヘ申セハ。天子ヘ申ト同コト也▲時ニ、丙吉《ヘイキツ》カ廷尉《テイイ》ノ官ニ成テ。公事沙汰《サタ》ヲ聴也。此公事ヲ丙吉ニ聴《キケ》トアル也。

丙吉、ソコテ云様ハ。吾嘗《ムカシ》ヨリ聞リ。摠《ソウ》シテ老人ノ子ハ、寒《サム》キコトヲ。コラユルコト不レ成。又日中ニ立テ、影法師《カケホウシ》カナキト云▲素問《ソモン》ニ、女ハ二七ニシテ婬気《インキ》カ至リ。七々四十九ニシテ婬気絶《セツ》ス。其故ニ、四十九過《スキ》テ子ヲ産《ウメ》ハ、大《オホ》方《カタ》、母カ難産《ナンサン》ニテ死ル也。男」十七オ ハ二八十六ニテ婬気《インキ》カ至リ。八々六十四ニシテ婬気カ絶《セツ》スル也。故ニ、丙吉《ヘイキツ》カ云如《ク》也▲折節《ヲリフシ》、比《コロ》ハ八月半《ナカハ》ノコトナレハ。同シ歳ノ子共ト、彼老人ノ子トヲ。同シ様ニ単衣《タンエ》ヲキセテ置ニ。老人ノ子独リ寒《カン》ニ畏《ヲソ》レテ。顔ノ色カワル也。又子共ト日中ニ立《タヽ》シテ見ルニ。按《アン》ノ如ニ、此子ニ影《カケ》ナシ。サテハ老人ノ実《シッ》子《シ》也トテ。遂《ツイ》ニ財物《サイモツ》ヲ後腹《ノ》ノ男子《ムスコ》ニ帰《カヘ》ス也、前腹ノ女《ムスメ》ハ、継母《ケイホ》ニ偽ヲ云懸《カケ》タル罪ニ服《フク》ス

李崇《リソウ》還《カヘシ》泰《タイニ》　黄覇《クワウハ》叱《イサフ》娰《アニヨメヲ》　音似長 婦曰娰

〔摘姦〕

後魏《キノ》李崇《リソウ》、為《タル時ニ》揚州《ヤウシウノ》刺史《シ》、県民《ケンミン》荀泰《シユンタイト云モノ》者有《リ》子《コ》、三」十七ウ歳《ニシテ》失《フ》之《ヲ》、後見《ニミル》在《ルヲ》趙奉伯《テウホウハク》家《カイエニ》、各《ヲノ〳〵》言《イフ》己《ヲノレカ》子《コナリト》、並《ナラヒニ》有《リ》隣証《リンセウ》、郡県《クンケン》不能《アタハ》断《コトハルコト》、崇《ソウ》乃《スナハチ》、令《シタルコト》二父《ヲシテト》与児《シ》各《ヲノ〳〵》別《コトニ》禁《キンセ》、数《ス》日、忽《タチマチ》遣《シメテ》獄《コク》吏《リヲシテ》謂《イハ》曰《ク》、児《ジ》已《ステニ》暴《ニワカニ》卒《シユッス》、可《シ》出奔《イテ、ハシル》喪《モニ》、泰聞《タイキイテ》之《ヲ》悲《カナシンテ》不自勝《ミツカラタヘ》、奉伯嗟《ハサ》嘆《タンスル》而已《ノミ》、殊《コトニ》無《シ》痛意《イタメルイ》、遂《ツイニ》以《テ》児《シヲ》還《カヘス》泰《ニ》、奉伯服《フクス》罪《ツミニ》　出《タリ》北史《ノ》本伝

後魏《キ》ハ北魏《ホクキ》也。晋《シン》ノ末《スエ》、三国ヨリ後ノ南北ト分《ワカレ》テ、南ハ宋《ソウ》、南斉《セイ》、梁《リヤウ》、陳《チン》也。北ハ後北斉《ホクセイ》、後周《コウシウ》也。其時、北魏ニ李崇《リソウ》ト云者、揚州《ヤウシウ》ノ刺（ママ）史《シ》トナル也▲刺（ママ）史ノ官ハ、漢《カンノ》武帝《フテイ》、始テ置《ヲカ》レテ。十二州ニ十二人ニテ。一州ニ一人ツ、置レタリ。北史《ホクシ》ノ時ハ、北史ノ百官志《ヒヤククワンシ》ヲ可見也。太守《タイシユ》」十八オノコト也▲揚州《ヤウシウ》ノ県《ケン》ノ中ニ、荀泰《シユンタイ》ト云者アリ。一人ノ子ヲモツ。三歳ノ時ニ行方ヲ不知失《ウシナ》フ也。其後ニ趙奉伯《テウホウハク》ト云者カ家ニ。此子ノ居《ヰル》ヲ見付ル也。荀泰ハ我子ナリト争《アラソ》フ程ニ。互《タカイ》ニ証拠《セウコ》アルト云テ。奉行《フキヤウ》所へ出ル也。郡《クン》ノ主《シユ》県《ケン》ノ令《レイ》。理非ヲ弁《ワキマ》へ断《コトハ》ルコトナシ。李崇《リソウ》カ分別《フンヘツ》シテ、二人ノ父ト子ヲ。隔《ヘタ》テ、通路《ツウロ》ヲ禁制《キンセイ》シテ●四五日アリテ。此子、不慮《フリヨ》ニ頓死《トンシ》シタル由《ヨシ》ヲ披露《ヒロウ》シテ。二人ノ父ノ処へ吏《リ》ヲ遣《ツカハ》シテ。子カ死タル程ニ、喪礼《サウレイ》ニアヘト云。荀泰ハ流涕《リウテイ》コカレ、哀《カナシ》ミタヘサル也。奉伯ハカワイ、コトカナト嗟嘆《サタン》スルマテニテ。痛《イタ》ミ哀ム意ナシ。」十八ウ李崇《リソウ》カ察《サツ》シテ、遂ニ荀泰《シユンタイ》へ還《カヘ》ス也。奉伯《ホウハク》ヲハ。ソレ程ノ罪ニ行フ也

北史ハ李延寿《リエンシウ》カ撰《エラミ》タル書也、南史、北史共ニ百八十巻アリ

〔摘姦〕

前漢《カンノ》潁川《エイセンノ》太守《タイシユ》、黄覇《クワウハ》、本郡《ホンクンニ》有《リ》富室《フシツ》、兄弟《ケイテイ》同居《キヨス》、弟《ヲトヽノ》婦《フ》懐妊《クワイニンス》、其長《ノチヤウ》娰亦《シモマタ》懐妊、胎《ス》傷《タイヤフレテ》匿《カクス》之《ヲ》、弟婦《ノフ》生《ムメリ》男《タンヲ》、長娰輒《スナハチ》奪取《ウハイトッテ》、以為《テス》己《ヲノレカ》子《コト》、論争《リンサウスルコト》三年、訴《ウツトフ》於覇《ハニ》、覇使《シメテ》人《ヲシテ》抱《イタカ》児《ジヲ》於庭中《テイチウニ》、乃使《スナハチシム》娣《テイ》　音弟稚 婦曰娣　娰《シヲシテ》競《キソツテ》取《トラ》之《ヲ》、既《ステニシテ》而俱至《トモニイタル》、娰《ジ》持《チスルコト》之甚猛《ヲハナハタマウナリ》、弟婦《ノフ》恐《ヲソツテ》有《ンコトヲ》傷《ヤフルコト》於手《テヲ》而情甚《セイハナハタ》凄惨《セイサンス》、覇《ハ》乃《スナハチ》叱《イサフテ》長娰《ヲ》曰《ク》、汝貪《ナンチムサホリテ》

家《カ》財《サイヲ》一、欲《ス》レ得《マク》二」十九オ 此《ノ》子《ヲ》一、寧《ムシロ》慮《ヲモンハカラン》二意《コヽロニ》頓《ニハカニ》有《ンコトヲ》レ所《トコロ》レ傷《ヤフルヤ》乎、此《ノ》事審《アキラケシ》矣、似伏《フクス》レ罪《ツミニ》 出風俗通

黄《クワウ》覇《ハ》ハ前漢ノ者也。頴《エイ》川《セン》郡《クン》ノ太《タイ》守《シュ》トナル。其比、頴川ニ冨《フウ》貴《キ》ナル者アリ。兄弟同シ家ニ妻《メ》ヲ持テ居也。兄弟ノ妻、同シ時ニ胎《ハラ》ム。兄ノ女房ハ胎《タイ》内《ナイ》カ不レ調《トヽノハ》シテ。子ヲオロシテ、其ヲ匿《カク》シテヲク也。弟ノ女房、男《ム》子《スコ》ヲウム。兄ノ女房カ奪《ウハイ》取《トリ》テ、我子也ト云テ。弟ノ女房ト争《アラソウ》也。論《ロン》スルコト三年マテハテス。太守、黄覇へ訴《ソ》訟《セウ》スル也。黄覇分《フン》別《ヘツ》シテ。別人ニ其子ヲ抱《イタカ》セ庭《ニハ》ニ立セテ。兄弟ノ妻ニ、子ヲ奪トリタル者ニヤルヘシト云。二人ノ者トモ」十九ウ 奪《ウハウ》時ニ。兄ノ妻ハキツク引取也。弟ノ妻ハ手ヲモ臂《ヒチ》ヲモ。イタメテハト思ヒ恐《ヲソレ》テ。誠ニ迷《メイ》惑《ハク》シタル躰《テイ》也。黄覇、其躰ヲミテ、兄ヨメヲ叱テ曰。子ヲ奪イ我カ子トシテ。家《カ》財《サイ》ヲヱント思ヒ。今此子サへ取《トリ》勝《カタ》ハ。後ニ子ハ片《カタ》輪《ワ》ニナラウトマヽト思テ。キツク奪也。汝カ子ニアラサルコト審《アキラカ》ニシレタリトテ。其程ノ罪ニ行也

此事、前漢書ノ黄覇カ伝ニハナシ。後漢ノ応《ヨウ》劭《セウ》カ風《フウ》俗《ソク》通《トウ》ニ載《ノセ》タリ

欧《ヲウ》陽《ヤウ》左《サ》手《シュ》　惟《イ》済《セイ》右《ユウ》臂《ヒ》

〔証慝〕

都《ト》-官《クワン》欧《ヲウ》陽《ヤウ》曄《エフ》、知《チタル時ニ》二端《タン》州《シウニ》一、有《リ》二桂《ケイ》陽《ヤウノ》監《カン》民《ミン》一、争《アラソツテ》レ舟《フネヲ》殴《ウチ》-死《コロス》、」二十オ 獄《コク》久《ヒサシク》不レ決《ケッセ》、曄《エフ》切為輒出《イタシテ》レ囚《シウヲ》飲《イン》二-食《シセシメテ》之《ニ》一、皆還《ミナカヘス》二于獄《コクニ》一、独《ヒトリ》留《トヽム》二一-人《ヲ》一、留《トヽマル》-者色《ノイロ》-動《ウコク》、曄曰《カク》、殺《コロス》レ人者汝《ヲハナンチナラン》也、囚《シウ》不レ知《ラ》三所《ユヘンヲ》二-以然《シカル》一、曄曰《カク》、吾視《ワレミルニ》二食《ショクスル》-者《ヲ》一、皆以《ミナ》二右《テスミキノ》-手《テヲ》一、汝《チ》-独《リ》以《テス》レ左《ヒタリヲ》、今死《イマシヌル》者《ノキツヽク》傷《ノワキヲ》二右肋《》一、此《レ》汝殺《チコロスコト》レ之《ヲアケシ》明也、囚乃服《シウイマシフクス》 出《タリ》二欧陽文忠公《カ》所《ロノ》レ撰《フ》志《ニ》一

欧《ヲウ》陽《ヤウ》ハ復《フク》姓《セイ》也。宋《ソウ》ノ時ノ者也。欧陽曄《エフ》カ端《タン》州《シウ》ノコトヲサハク時ニ。桂《ケイ》陽《ヤウ》ト云処ニ。舟奉《フキ》行《ヤウ》ナトノ居《イル》家ニ民アリ▲監《カン》ハ国《コク》子《シ》監《カン》、郡《クン》監《カン》ナトヽテ。奉行カラ人ヲ、ク家也▲其民トモカ、舟ヲ人ト争《アラソウ》テ、一人殴《ウチ》殺《コロス》也。公《ク》事《シ》ニ成テ、奉行処ニテ穿《セン》鑿《サク》スレトモ。殴殺タル者カシレヌ故」二十ウ ニ。誰《タレ》ヲ罪トモ決《ケツ》セス。其時欧《ヲウ》陽《ヤウ》、其同《トウ》類《ルイ》ノ囚《メシ》人《ウト》トモヲ獄《コク》ヨリ出シテ。面々ニ食《ショク》物《モツ》ヲアタへテ見テ。又ミナ獄ニ還《カヘ》ス中ニ、

一人ヲ留《トヽ》ム。其者ハヤ色カチカウ也。欧陽カ曰、人ヲ殺タル者ハ汝《ナンチ》也。囚人ハ欧陽カ分別《フンヘツ》ヲ不知シテ請《ウケ》ヤハヌ也。欧陽カ曰、何トシテ知ソナレハ。囚人トモノ食《シヨク》スルヲミレハ、皆右ノ手ヲ用ユ。汝一人、左ノ手ニテ食《クラ》フ。死人ヲ見ニ。右ノワキニ傷《キス》アリ。打向《ウチムカフ》テキリタル傷ナレハ。左ノ手ニテ切タルコト争《アラソウ》ニ及ハス。殺タル者ハ汝カ必定《ヒツチヤウ》也。実証明白《シツセウメイハク》也ト云。囚人ツイニ白状ス

此事ハ欧陽永叔《エイシユク》カ曄《エフ》カ墓志《ホシ》ヲ撰《エラ》ハ」二十一オシムル。其中ヨリ出タリ

鄭克《テイコクカ》曰《ク》、按《スルニ》曄《エフ》以《テ》観《テ》二其験状《ノケンシヤウヲ》一云《ク》、傷《キツ、イテ》二右《ウ》肋《ロクヲ》一死《シス》、故《ニ》因《ヨツテインシスルニミル》二飲食一視二其所《ノモチユル》レ用《ヲ》手一、彼独《カレヒトリ》左《ノ》手持《ニチスルハヒヲ》レ匕者、乃《スナハチ》是《レ》殴《ウチ》殺之人《コロスノ》也、以《テ》レ此為《ヲス》レ証《シルシト》、其《ノ》辞《ミツカラ》自屈《クツス》、与《ト》二銭惟済《センイセイカ》弁《ヘン》誣之術《フノシユツ》一同《シ》矣、苟《イヤシクモ》非《ンハツクシテ》二尽《ヲサツスルニ》レ心察《ヲ》レ獄、則《チ》亦《タアニヨクシカラン》豈能然耶《ヤ》

鄭克カ評ニ、曄《エフ》カ此事ヲ察《サツ》シタルヲ按スルニ。其死人ノ状《シヤウ》ノ傷《キス》ノ躰《テイ》ヲ見ニ。向《ムカ》フ傷ニ、右ニ傷ノ有ハ。如何様、此囚人《メシウト》ノ中ニ。左ノキ、タル者アラハ。本人也ト思テ。

摠《ソウ》ノ囚人ニ食ヲクワセ。其手ツカ」二十一ウヒヲ見テ。左ノ手ニテ箸《ハシ》ヲ持《モチ》タルヲ以テ。此者ナリト思テ留ル時。其顔色《カンシヨク》ノカハルト、彼此《カレコレ》ヲ以テ知タリ。傷《キス》ノアリヤウト、左ノキ、タルトヲ。引合テ証跡《セウセキ》ニ云ツメタレハ。按《アン》ノ如ク白状《ハクシヤウ》スル也。此次ノ段《タン》ノ銭惟済《センイセイ》カ弁《ヘンシ》タルト同コト也。心ヲ尽シテ獄《コク》ヲ察《サツ》スル者ニテナクハ。中々常ノ人ハ及ハシ

〔弁誣〕

銭惟済《センイセイ》留後《リウコウ》、知《チタル時ニカウシウニ》二絳州一、民有《タミリ》二条《トル》レ桑《クワヲ》者《ノ》一、盗《ヌスヒトシヒテウハフ》強奪《ヲ》レ之、不レ能《アタハウルコトス》レ得、乃自斫《ミキリテ》二其右臂《ノミキノヒチヲ》一、誣《シフルニ》以《ス》レ殺《コロスヲ》レ人《ヲ》、官司《クワンシ》莫《シ》二能《ヨク》弁《ヘンスルコト》一、惟済引《ヒキ》問《トフ》、面《マノアタリタマフニ》給以《ス》レ食《シヨクヲ》、而盗《ヌスヒト》以《テ》二左《ノ》手《ヲ》一挙《アク》二匕箸《ヒチヨヲ》一、因《ヨツテカタリテ》語《ニ》レ之曰《ク》、他《タ》人行《ヲコナフ時ハシンヲ》レ刃、則《チカミ》上重《ヲモク》下《モ》軽《カロシ》、今《イマ》下《モ》重《ヲモクカミ》上」二十二オ軽《カロシ》、正《マサニ》用《テ》二左手《ヲ》一傷《キツクナリ》二右臂《ノヒチヲ》一也、誣《シフル》者乃《チ》伏《フクス》

見本伝

銭惟済《センイセイ》ハ宋《ソウ》ノ者也。留後《リウコウ》ハ唐ヨリ始ル。其昔ハ留守《リウシユ》ト云。城ナトノ留守《ルス》ニ居ル官也。惟済カ絳州《カウシウ》ノコトヲ知時ニ、公事アリ。或民カ蚕《カイコ》ヲ食《カハ》ン為ニ。桑《クハ》ヲ条《エタ》ナカラトル者アリ。

条桑《テウサウ》ハ毛詩ノ豳《ヒンノ》七月篇《ノヘン》ノ字也。其桑ヲ盗人カ奪《ウハイ》取ントスレトモ。ヤラスシテ、盗人ヨナト云テ呼ハル故ニ。此盗人カ、我ト右ノ臂《ヒチ》ヲ斫《キリ》テ傷《キス》ヲツケ。彼民カ殺ントシタルトテ。却テ訴訟《ソセウ》シテ獄官《コククワン》ノ司《ツカサ》ニ申也。彼民ハアリ躰《テイ》ヲ云。互《タカイ》ニ証拠《セウコ》ハナシ、士師《シヽ》ノ官モ弁《ワキマ》ヘカネタリ。時ニ惟済、傷ノ様子ヲ見テ不審」二十二ウシテ。何ト民カ汝《ナンチ》ヲ傷《キスツキ》タルガ定《チヤウ》カト問ヒ。食ヲクワセテ見也。此盗人、左ノ手ニテ箸《ハシ》ヲ挙《アケ》テ食《(ママ)クウフ》也。惟済《イセイ》、盗人ニ語ル様ハ。摠別《ソウヘツ》ニ刃《シン》ノ傷《キス》ハ、上重《カミヲモ》ク下軽《シモカロ》キカ常《ツネ》也。上重ク下軽トハ。刀ノ切サキノ当《アタ》ル処ヲ上ト云。切サキハ深ク入者也。此傷ハ上軽ク下深シ。自身《シシン》、左ノ手ニテ右ノ臂《ヒチ》ヲ切タルモノ也。争《アラソフ》ニ及ハスト云。盗人、白状《ハクシヤウ》ス

鄭克《カク》曰、按《ルニ》此《レハ》以《テ》二其傷下《ノキスシモ》重上軽《ヲモクカミカロキヲ》一、知《ル》レ為《スルコトヲミ》二自用《モチユルヲ》レ刃《シンヲ》矣、但《タヽ》疑《ウタカフ》レ在《ルコトヲ》二右臂《ユウヒニ》一故《ニ》、給《タマツテ》二之食《ニシヨクヲ》一、以験《テコヽロム》二其《ノ》手《ヲ》一、而誣《シテフ》状灼《シヤウシヤク》然《センタリ》、彼《カレ》安《イツクンソ》得《ンヤ》レ不服《ルコトヲフクセ》耶」二十三オ

鄭克カ評ニ、惟済《イセイ》カ理非《リヒ》ヲ決《ケツ》スルヲ按スルニ。是ハ其傷《キス》ノ浅深《センシン》、常ニ替《カハ》リタルハ。人ノ切タル傷ニテハナシ。思フニ、殊《コト》ニ右ノ臂《ヒチ》ニアルハ不審《フシン》也。若《モシ》此者カ左ノ手ノキ、タルニヤト。食ヲクワセテ見レハ。按《アン》ノ如ニ左カキ、タリ。民ニ無理ヲ云懸《イヒカケ》タルコト、灼然《シヤクセン》ト明カ也。何トテ争《アラソハ》ンヤト云コト也

沈括《シンクワツ》頴《ウナツカシメ》レ喉《ノトヲ》　南《ナン》公塞《コウフサク》レ鼻《ハナヲ》

〔釈冤〕

沈内翰《シンタイカンカ》云《ク》、世《ノ》人以《テ》二竹《チク》木牙《ホクカ》骨之属《コツノタクイヲ》一、作《ツクツテ》二叫子《ケウシニ》一、置《ヲイテ》二喉中《ノトノウチニ》一、頴《ウナツイテ》レ之能作《ヲヨクナササシム》二人言《ノコトヲ》一、予《ヨ》謂《ヲモヘラク》、瘖者《インシヤ》苦《クルシンテ》二煩冤《ハンエンヲ》一、無《シ》二以《テミ》自明《アキラムルコト》一、取《トツテ》二叫子《ケウシヲ》一、令《シム》二頴《ウナツイテ》レ之作《ヲナサ》レ声《コエヲ》、如《シ》二傀《クワイ》苦猥切儡《ライ》一魯猥切傀儡戯也」二十三ウ子《シノ》一、粗《ホヽ》能弁《ヨクヘンス》二其《ノ》一二《ヲ》一、冤《エン》或《ハ》可《シ》レ伸《ノフ》見《タリ》二沈括《カ》筆談一

沈括《シムクワツ》、字ハ存中《ソンチウ》ト云者也。翰林学士《カンリンカクシ》ニナル。翰林ニ内制《タイセイ》外制《クワイセイ》ト云アリ。内制ヲハ内翰《タイカン》ト云。外制ヲハ外翰《クワイカン》ト云也。存中カ思フヤウハ、世間《セケン》ノ人カ。或ハ木、或ハ竹。又象《サウ》牙《ケ》ヤ獣骨《シウコツ》ナトノ類《ルイ》ニテ。叫子《ケフシ》ト云者ヲ作テ、喉《ノト》ノ中ニヲキテ。喉ヲ動《ウコカ》シテウナツク時ハ。我ハ物ヲイハネトモ、気ノ思フ処。サ、ヤク如ク云ヘハ。叫子カラ声《コエ》カ出テ、人ノ

云ト同コト也。喉ニ二有。飲食《インシ》ヲ通スル喉ト、声ヲ出ス喉トアリ。此声ヲ出ス喉ニ傷《キス》ツケハ死ル也。物ヲ食《ク》フ通《カヨ》ヒ道ノ喉ノ穴《アナ》ハ。傷ツキテモ」二十四オ 苦シカラス。律《リツ》ノ上ニアルコト也。医《イ》ニモ知者マレナリ。
沈存中《シンソンチウ》カ思フヤウ。瘖《ヲシ》ナトハ、人ニ無理ヲ云カケラレテモ。声ナキ故ニ、理ヲ云ヘキ様ナシ。自ラ煩《ワツラハ》シク云ヒ明スコトモ不成也。若《モシ》瘖ナトノ争論《サウロン》アラハ。此叫子《ケフシ》ヲ喉《ノト》ノ中ニ入テ頷《ウナツ》カシタラハ。声カ出ヘキ也。左様ニアラハ、傀《クワイ》儡子《ライシ》トテ、木テ作タル人形《ニンキヤウ》ノ。人ノマネヲスルト同ヤウニテ。叫子ニヨリテ声カ出テ。十ニ一ツ二ツモ弁《ワキマ》ヘハ。人ニ無質《ムシツ》ヲ云レ誣《シイ》ラル、ヲ、理《コトハリノフ》伸ルコト可有也」二十四ウ
筆談《ヒツタン》ハ沈括《シンクワツ》カ著《アラハシ》タル書也
鄭克《カク》曰、按《ルニ》狂《キヤウ》者《シヤハ》人皆《ミナ》忽《コツ》略《リヤクス》、瘖《イン》者《ハ》人《ノ》所二鄙《ナリイヤシ》棄《シンシスツル》一、有《テ》レ冤《エン》不レ伸《ノヒ》、誠《マコトニ》亦可《タシ》レ憐《アハレム》、故著《ニアラハシテ》二此事《ノヲ》一、使《シム》三尽《クス》レ心《ヲ》君子《ヲシテ》得《セ》二以為《テスルコトヲカヽミト》一レ鑑也
鄭克カ評ニ、此存中《ソムチウ》カ叫子《ケフシ》ノコトヲ按ルニ。摠シテ狂人ナトノ物クルハシキ者ハ。何事ヲカ云《イフ》ナト云テ。人ニ軽《カロ》シメラレ。瘖《ヲシ》ハ人ニ鄙《イヤシ》マレ棄《ステ》ラル、者也。然ル故ニ、大カタ人ニ無質《ムシツ》ヲ云懸《イヒカケ》ラレテモ。云ハレモ不成。誠ニ憐《アハレ》ムヘキコト也。故ニ、此叫子ノコトヲ云テ。公事《クシ》キク人ハ可《キ》レ尽《ス》レ心《ヲ》ト也。君子ノ為ニハ理非ヲ察《サツ》スル鑑《カヽミ》トモナルヘキ也」二十五オ

〔鞫情〕

李《リ》南公《ナンコウ》尚書《シヤウショ》、提《テイ》二点《テンスル時ニカ》河北《ホクノ》刑獄《ケイコクヲ》一、有《リ》二班《ハン》行《カウ》一犯《ヲカス》レ罪《ツミヲ》、下《シテ》レ獄《コクニ》按《アンス》レ之《ヲ》、不レ服《フクセ》、閉《トチテ》レ口《クチヲ》不レ食《ルコトクラハ》百余日、獄《コク》吏《リ》不二敢《アヘテ》拷訊《カウシンセ》一、甚《ハナハタ》以為《テス》レ患《ウレヘト》、訴《ウツタフ》二于憲使《ケンシニ》一、南公曰《カ》、吾能《ワレヨクタチトコロニ》立使《メン》二之食《ヲシテクラハ》一、引出《ヒキイタシテ》問曰《テク》、吾欲《レス》三以《テ》二一物《モツヲフサカント》一塞二蘇則切閉也汝《ナンチカ》鼻《ハナヲ》一、汝能終《チヨクツイニ》不レ食乎《ンクラハカ》、其《ノ》人懼《ヲチテ》即食《スナハチクラヒ》、且服《カツフクス》レ罪《ツミニ》、蓋彼善《シカレヨク》服《フクスキヲ》レ気、以《テ》レ物《モノヲフサク時ハ》塞レ鼻《ヲ》、則《チキ》気結《ムスンテ》而不レ通《トウセ》、故《ニ》懼《ヲソル》、是以《ヲテ》自《ミ》服《フクス》、此《レ》亦博《ハク》聞《フンノ》之効也《シルシナリ》聞《ケリ》二之士林《ニ》一

李南公《リナムコウ》ハ宋《ソウ》ノ人也。後ニ尚書《シヤウショ》ニナル。始メ河北《カホク》ノ刑罰獄《ケイハツコク》ヲ提点《テイテン》スル官《クワン》ニテ居《イル》時ニ。班行《ハムカウ》トテ軍《イクサ》ノ兵ノ列班《レツハム》ノ者ノ中ニ。法度《ハット》ヲ背《ソムイ》タル者アリ。故ニ獄籠《コクロウ》」二十五ウ へ下シテ、糾明《キウメイ》シテ見レトモ。私ハ左様ノ科《トカ》ハセヌト云。獄《コク》ノ中ニテ

物モ不食シテ。不断《フタン》口ヲ閉《トチ》テ、百日余ニナル也。獄ノ雑色《サフシキ》モアキレテ、栲問《カウモム》ヲモセス。久シク食セヌ程ニ、死ヘキカト云テ。患《ウレ》ヘテ南公ニ申也▲憲使《ケンシ》ハ御史《キヨシ》也。南公ヲ云也▲南公カ曰、我今、其マ、是ニ食《クハ》セテ見スヘシ。人、百日余リ食ヲヤメテ、何トテ命アルヘキソ。眠気《メムキ》ノ法《ハウ》ト云テ、仙《セム》術《シユツ》ノヤウナルコト有テ。口《クチ》ヲフサイテ鼻《ハナ》ヨリ息《イキ》ヲシテハ。食事《シヨクシ》ヲ止《ヤメ》テモ不レ苦コトアリ。此者カ口ヲ閉テイルト聞テ。思ヒ当《アタ》リテ、南公カ其者ヲ獄ヨリ引出シテ云ケルハ。汝《ナンチ》久ク食セヌト」二十六オ キク。汝《ナンチ》カ鼻《ハナ》ヲ物ヲカウテ塞《フサク》ヘキガ。其ニテモ食スマシキ歟《カ》ト云。其者ガ思ヒケルハ。我服《フク》気《キ》ノ法ヲ南公亦シレリ。鼻ヲ塞レテハナルマイト思テ。即時ニ物ヲクヒ、旦《マタ》罪モアラハル、也。鼻ヲ塞ケハ、気カ結《ムスン》テ不通也。又口ヲアカネハ不成也。其故ニ、南公カ言ニ恐《ヲソレ》テ、我ト罪ニ落《ヲツ》ル也。服気ノ法ナト知タルコト。南公カ博聞《ハクフン》タル効《シルシ》也

聞《キケリ》二之《ヲ》士林《ニ》一トハ、桂万栄《ケイハンエイ》ガ此事ヲ昔《ムカシ》アル士ニ聞タリト云コト也。士ハ武士《フシ》ニカキラス、学《カク》ニ志《コヽロサシ》アル者ヲ云。士林ハ士ノ多ク聚《アツマ》ル処也。弟子《テイシ》伝《テム》五朱放伝《シユハウカテン》」二十六ウ ニ云、江淅《カウセツノ》名士如《シ》レ林《ノ》

鄭克曰《カク》、按《スルニ》士《シ》大《タイ》夫《フ》、不《ル》二為《タメニ》レ誘《ユウ》脅《ケウノ》所《レ》レ動《ウコカサ》者《ノハ》、近《チカシ》二於孟子《マウシ》之《ノ》不《ルニ》レ動《ウコカサ》レ心《ヲ》矣、彼《カレ》有《ル時ハ》レ負《ヲフコトトカヲ》レ犯、則《チ》豈能《ニヨク》一然《シカランヤ》、斯《コレ》可《シ》二反《カヘサフシテ》而用《モチユ》一也、故鞫《ニキク》一情《セイノ》之術《シユツ》、有《リ》下在《ル》二於是《コヽニ》一者《ノ》上、陳表《チンヒヨウカ》破《ヤフル》レ械《カイヲ》、是《レ》誘《アサムケリ》レ之《ヲ》也、南公塞《カフサクハ》レ鼻《ハナヲ》、是《レ》脅《ヲヒヤカスナリ》レ之《ヲ》也、所謂《イハユル》脅《ヲヒヤカストハ》レ之《ヲ》者、不二必《シモ》考《カウ》一掠《リヤウ》惨《ハン》（亡感切 酷毒也）酷《コクセ》一也、要《ヨウ》在《リ》下中《アタツテ》二其《ノ》忌《キ》一諱《ニ》使《シムルニ》中之《ヲシテ》悚《セウ》（息勇切 懼怖也）然《トシテ》畏《イ》一服《フクセ》上、故於《ニテ》二塞《フサク》レ鼻《ハナヲ》之説《セツニ》一、亦有《リ》レ取《トルコト》焉

鄭克カ評ニ、惣シテ士タル者、誘脅《イウケフ》トテ。誘ハ人ニタマサレテ白状《ハクシヤウ》スル也。脅ハ人ニヲトサレテ白状」二十七オ スル也。此二ツニ少モ心ヲ動セス。誠ヲ守ル者ハ、孟子ノ不《ル》レ動《サ》レ心《ヲ》ニ近キ者也。ソレハ無質《ムシツ》ヲ云懸ラレ、科《トカ》ニアフ時也。若犯《トカ》ヲ負《ヲフ》タルコトカ有ナラハ。何トテ心ノ動《トウ》セヌコトアランヤ。是皆誘脅《イウケフ》ヲ以テ。問ヲトスヘシ。故ニ鞫《キク》情《セイ》ト、其真実《シンシツ》ノ心根ヲ推極《ヲシキハム》ル術《シユツ》ハ。此誘脅ニアル也。此下巻ニアル、陳表《チムヒヨウ》カ壮士《サウシ》ヲ桎梏《シツコク》ヲ以テ糾明《キウメイ》スレトモ

不《ル》レ落ヲ。セメ道具《タウク》ヲ取ヲイテ。如何ニモ馳走《チソウ》シテ。其人ノ心ヲ歓《ヨロコ》ハシメタレハ。罪ノ次第ヲ具《ツフサ》ニ語タルヤウナル謀《ハカリコト》ハ、誘《イフ》ト云モノ也。

爰ニ罪人カ服気《フクキ》ノ法《ハウ》ヲ。南公知テ。鼻《ハナ》ヲ」二十七ウ 塞《フサ》カント云ニ驚《ヲトロイ》テ。食ヲクヒ、終《ツイニ》罪モシレタルコトハ、脅《ケフ》ト云者也。爰ニ云脅《ケフ》《ヲヒヤカ》スト云ハ。必シモ桎梏《シツコク》ヲイレ、水問拷問シテ。無理ニカスメ問惨《トイイタ》メ、酷《ハナハ》タ急《キウ》ニスルニハアラス。要《ヨウ》トハ其者ノ何トモナラヌヤウニ。彼カ嫌《キラフ》ヤウニスル故ニ。自然ト恐《ヲソレ》テ我トアサルヤウニナル也。是ヲ脅スト云。獄《コク》ヲ察《サツ》スル道ニハ取用《トリモチユ》ルコトアルト也

程琳炷竈《テイリンエイサウ》 強至油幕《キヤウチユハク》

程宣徽《テイセンキ》、知《チタルカイホウフニ》二開封府一時《トキ》、禁中《キンチウシツ》失火《クワス》、延焼《ヒイテヤク》二両宮《リヤウキウヲ》一、宦者《クワンシヤ》根《コン》二治《チシテモロ〳〵ノホウ》諸縫人《ヲ》一、已《ステニフ》誣服《フクス》、乃《スナハチヲクツテフニクス》送レ府具レ獄《コクニ》、琳弁《ヘンス》二其《ノ》」二十八オ 非《ルコトヲ》レ是《ニ》、又命《メイシコウニ》レ工、図《ツシ》二火所《ヒノトコロノフルヲ》レ経処《フ》一、且言《カツイハク》、後《コウ》一宮《キウ》人一多《シテ》而居溢《キヨセハシ》、其炷《ノエイ》淵圭切 行竈也 竈近《サウチカシハンヘキニヒサシクカハイテ》二板壁一、久燥《ヤク》而焚、此《レ》殆天災《ホトントテンサイナリス》、不レ可《ヘカラ》レ罪《ツミス》レ人《ヲ》、上為《シヤウタメニ》寛《ユルウシテ》二其獄《ノコクヲ》一、卒《ツイニ》無《シ》二死《シスル》者《モノ》一伝 見本

程《テイ》ハ氏《ウヂ》、宣徽《セムキ》ハ、禁中《キムチウ》ニ宣徽院《セムキイン》ト云御殿アリ。其殿ノ宿直《トノイ》ナトスル者也。サテ程宣徽ト云也。其程琳《テイリム》カ開封《カイホウ》ト云処ノ府《フ》ヲシル時ニ。禁中ニ失火《シツクワ》アリ。失火トハ。アヤマリテ火アルト云コト也。ワサト著《ツケ》タル火ニテハナシ。其火カアナタコナタヘマハリテ。両ノ御殿ヤケタリ。官人カ、此火ハ縫殿《ホウテム》《ヌイトノ》ヨリ出タレハ。縫殿ニ居ル諸人ノ中ニ。火ヲ著タル者アラント。根治《コムチ》ス」二十八ウ ル也。根治トハ、根《ネ》ホリ葉《ハ》ホリ問ヒ糾明《キウメイ》スルコト也。余ニキツク糾明スル故ニ。我ト誣《シイ》テ罪ニ服《フク》スル也。乃《スナハチ》此者ヲ開封府《カイホウフ》ヘ送テ、殺ニ極《キハム》ル也。

其時ニ、程琳《テイリン》カ画《ヱ》カキニ、禁中ノ火ノ出タル処ヲ、画ニウツサセテ。其画ヲ見テ云様ハ。此火ノ出タル後宮《コウキウ》ハ。人多ク有テ家ハセハシ。其中ニ炷竈《エイサウ》ナトアリ▲炷竈ハ、注ニ行《アン》竈《サウ》也トアリ。ヲキ囲爐裡《ユルリ》也。行ノ字ハ持《モチ》テアリク意也。行器《ホカイ》ノ意也▲其ヲキ囲爐裏、板壁《イタカヘ》ニ近クヨリテアル故ニ。其板連々《レム〳〵》カハイテ、今焚《ヤケ》タリ。此タ、ニ天災《テンサイ》也▲天災トハ

左伝《サテム》ノ例《レイ》ニ。天火《ヲ》曰レ災《ト》、人火曰レ火、トアリ。檜《ヒノキ》」二十九オ ナトノ共ニスレヤウテ火ノ出。又ハ雷《カミナリ》ナトノ落テ火ノ出ルハ。皆天火ニテ、天災ト云者也。此禁中ノ焼《ヤケ》タルハ、全《マツタ》ク人ノツケタル者ニテナシ。ヲキユルリヨリ、自然ト板《イタ》ニ火気ノ入テ焼タレハ。天災也。何トテ縫殿《ヌイトノ》ニヲル人トモヲ可レ殺ヤト云。天子、其事ヲ聞召《キコシメシ》テ。程琳《テイリン》カ事尤《モツトモ》也トテ。其為ニ其者トモノ罪ヲユルサル、也。如此アル故ニ、殺ル、者一人モナキト也。此事ハ程琳カ本伝ニアリ

鄭克《カ》曰、按《ルニ》琳図《リンツシテ》二火所《ヒノトコロノ》レ経処《フル》一《ヲ》、以弁《テヘンスリヤウ》下掠服《フクスルノホウ》縫人《ヲ》一之非《ルコトヲ》上レ是《ニ》也、火発《ヒハツシテ》二於後宮《コウキウヨリ》一、而《シテ》人多居隘《オホクキヨセハシマコトニ》、苟欲《セハ》」二十九ウ 二根治《コンチセント》一、豈無《ニランヤアウ》二枉濫《カン》一、故曰《ニク》、此殆《レホトンド》天災《サイナリ》、不レ可《ト カラ》レ罪《ツミス》レ人《ヲ》、於《テ》レ是為《ニタメニ》寛《クワンス》二其獄《ノコクヲ》一、豈有《ニン》二冤死者《エンシノモノ》一耶《ヤ》

鄭克カ、此程琳《テイリム》カ、火ノ出タル処ヲ画図《エツ》ニサセテ見タルヲ、按ルニ。此火ハ、縫殿《ヌイトノ》ニヰル者ノ著火《ツケヒ》ニテハナシ。火ノ出タルコトハ天災也。理不尽《リフシン》ニ糾明《キウメイ》スル故ニ。掠《カスメ》ラレテ罪ニ服《フク》シタルコトヲ弁《ワキマ》ヘタリ。火ノ発《ヲコリ》ハ後宮《コウキウ》ヨリ出タリ。此宮ハセハクシテ人ハ多シ。若此諸人ヲ無理ニ糾明シテ、罪ニ服スルナラハ。幾人《イクタリ》ノ者カ濫《ミタリ》ニ枉《マケ》殺《コロ》サルヘキナレハ。是ハ只、天火ナレハ。人ヲ殺スコトニテハナシト。申上ル故」三十オ ニ。天子聞召テ、其刑《ケイ》獄《コク》ヲ赦《ユル》サル、也。サテコソ冤《シヘタケ》ラレテ、偽《イツハ》リニ陥《ヲチイリ》テ死ル者ナシ

〔釈冤〕

強至《キヤウシ》祠部《シホウ》、為《タル》二開封府倉曹参軍《カイホウフノサウサウサンクン》一時《トキニ》、禁中露積油幕《キンチウロシノユハク》、一夕火《セキヤク》、主守者《シウシユノモノ》、法皆応《ハウミナヨウスシニ》レ死、至《シ》預《アツカレリ》レ聴《キクニ》レ讞《ケンヲ》魚蹇切 議獄也 疑《ウタカフテ》二火《ノ》所《ロヲ》レ起《ヲコル》、召《ヨムテ》二幕工《ハクコウヲ》一訊《トフ》レ之《ヲ》、工言《ノイハク》、製《セイスルコト》レ幕《ハクヲ》、須《ス》レ雑《タ》二他薬《ヤクヲ》一、相因《アヒヨルコトステニヒサシクシテ》既久、得《ウ》レ湿《シウヲ》則《スナハチ》燔《ヤク》、府為《フタメニ》上聞《シヤウフンス》、仁宗《ジンソウ》悟《サトリテ》曰《ク》、頃歳《キヤウセイ》、真宗山陵火《シンソウノサンレウヤク》、起《ヲコル》二油衣中《ユイノウチヨリ》一、其事正爾《マサニシカリ》、主守者《シユノモノ》、遂《ツイニ》伝《ツタフ》二軽典《ケイテンヲ》一 見行状

強至《キヤウシ》ト云者、祠部《シホウ》トテ、祭《マツリ》ノ事ニ指出《サシイツ》ル官ニナリタル也。此ヨリ先《サキ》ニ、開封府《カイホウフ》ノ倉曹参軍《サウサウサムクン》トテ。倉奉行《クラフキヤウ》ニ」三十ウ 成テヰル時ニ。禁中《キンチウ》ニ露積《ロシ》ノ油幕《ユハク》アリ▲露積ノ露ハ露顕《ロケン》也。積ハシノ音ニテ。ツミ重《カサネ》テアル也。セキノ音ノ時ハツム也。油幕ハ油《アフラ》ヲ引タル幕《マク》也。油幕ヲツミ重テ。ヤネヲ

モフカスシテ置也▲其油幕カラ火カ出テ、残ラス焼タリ。時ニ、其奉《フ》行《キヤウ》カ如在《チヨサイ》ナルユヘトテ、罪ニ落ル也。此ヤウナル罪ヲハ、律《リツ》ノ法《ハウ》ニ殺ス程《ホト》ニトテ。殺ニナル也。其時、強至《キヤウチ》モ天子ヨリ讞《ケム》ヲ聴《キク》人-数ニ入レト仰ラル、故ニ。公事《クシ》沙汰《サタ》ヲ聴コトニ預《アツカ》ル也▲讞《ケム》ハ、注ニ議《キ》獄《コク》也トアレハ。刑獄《ケイコク》ノコトヲ議《ハカ》ル者也。本ハ魚列《キヨレツノカヘシ》反ニテ。ケツノ音ナレトモ。此ニハ魚蹇《キヨケムノカヘシ》切ニテ。ケ」三十一オンノ音也▲強至《キヤウチ》思フ様ハ、油《アフラ》ハ火ノ道具ナレハ。火ノ起《ヲコ》リ所カ不審《フシン》ナル故ニ。油幕《ユマク》ヲ作ル細工《サイク》人《ニン》ヲ召《メシ》ヨセテ訊《トヒ》ケレハ。細工人カ申スヤウ、幕《マク》ヲ製作《セイサク》スル時。油ハカリニテモナシ、他《タ》薬《ヤク》ヲ雑《マス》ル也。其油幕ヲ多ク積《ツミ》カサネテ。久ク置ケハ蒸《ムス》故ニ。湿熱《シフネツ》ニテ湿気《シツケ》カ出来テ燔《ヤク》ル者也ト云。其ヲ聞テ、所司《シヨシ》代《タイ》ヨリ天子ヘ奏聞《ソウモム》ス。仁宗ノ仰《ヲホセ》ニハ、此-比、我-父真宗ノ御廟《コヘウ》ノ陵《ミサヽキ》カラ、火カ出テ焼《ヤケ》タルモ。其中ニ油衣《ユヱ》ノ。カツハナトノヤウナル者カ。中ニ有タル故ニ。陵カラ火カ出テ焼タリ。今此事モソレト思ヒ合レハ。サモ有ヘキコト也ト」三十一ウテ、主守ノ番者《ハンノモノ》、始ハ殺ス罪ナレトモ。イカニモ軽《カロ》ク典形ニ逢《アハ》スル

ト云《イヒ》伝ル也　強至《キヤウチ》カ行状《キヤウシヤウ》ニアリ

鄭克曰、昔晋武《ムカシシンノブ》-庫《コ》火《ヒアリ》、張華以-為《チヤウクワヲモヘラク》、積《ツンテ》二油《ユ》幕万《ハクバン》-匹《ヒツヲ》一而然《シカリト》、此皆《レミナ》油《ユ》-中《チウノ》火《ヒ》発《ハツス》、非《ヤク》二人《ス》所《ノトコロニ》レ致《イタス》、主《シウ》-者《シヤ》但《タヽ》有《ル》二守《シウ》-護《ゴ》一不-謹《キンノ》之罪《ツミ》一爾《ノミ》、坐《ツミスルニ》以《テセ》二失《ハシツ》-火《クワヲ》一則《スナハチ》為《タリ》二冤死《エンシ》一也

鄭克カ曰、昔晋《シンノブ》武庫《コ》ニ焼亡《セウハウ》ガイクト也。武-庫トハ一-切ノ物ニ。ナキ物ハナイ也。其ニヨリテ、杜預《トヨ》ハ物シリナレハトテ。人カ杜武庫《トブコ》ト云也。大恵《タイエ》ノ武庫ト云モ是也。此庫《クラ》ニハ代々ノ伝リ物アリ。孔子《コウシ》」三十二オノ履《クツ》、漢高《カンノカウ》祖《ソ》ノ剣《ケム》、王莽《アウマウ》カ頭《カウヘ》ナト、焼《ヤケ》タルト也。晋張華《シンノチヤウクワ》カ思フ様ハ。此武庫《フコ》ニ油《アフラ》ヲ引タル幕《マク》カ、一-万-疋ホトモ積《ツン》テ、然《シカ》トシテ置《ヲキ》タルカ。治《チ》定《チヤウ》、此油幕《ユマク》カラ火ノ出タルモノ也。人ノ知所ニテハナシ。然トモ守護《シユコ》ノ番《ハン》ノ者カ。勢ヲイレヌ故トテ。ソレ程ノ罪ニ落シテ。失火《シツクワ》ノ罪ニハセヌ也。油幕カラ火ノ出タルヲ不知《シラス》ハ。人ヲ冤《シヘタ》ケテ殺ス也ト云リ

妾《セウ》-吏《リ》酖《チンシ》【直禁切酒有酖毒】レ宋《ソウヲ》 玉《キヨク》素《ソ》毒《トクス》レ郭《クワクヲ》

〔竅妍〕

范純仁丞相《ハンシユンジンセウシヤウ》、知《チタルカ》二河中府《チウフニ》一時《トキ》、録《ロク》-事《シ》参《サン》-軍宋儋年《クンソウタンネン》、会《クワイシ》レ客《カクヲ》罷《ヤムテ》以《テ》レ疾《ヤマイヲ》告《ツク》、是《コ》-夜《ヨイ》暴《ニハカニ》卒《シユツス》、蓋《シ》其《ノ》妾《セウト》与《ト》二小吏《セウリ》一為《セリ》レ」【三十二ウ】レ奸《カンヲ》也、純仁知《テ》三其死《ノシヌルニ》以《テスルコトヲ》二不-理《リヲ》一、遂付《ツイニツケテ》二有《ユウ》-司《シニ》一按《アン》-治《チセシム》、会《アイヌ》下儋【都甘切】年子《カコ》以《テ》二喪柩《サウキウヲ》一帰《カヘルニ》上、移《イ》-文《フンシテヲツテ》追《コヽロム》験《ノ》二其尸《カハネヲ》一、九《キウ》-竅流《ケウナカシチヲ》レ血、睛《ヒトミ》-枯《カレ》、舌爛《シタタタレ》、挙《コソツテタイ》レ体如《シ》

有《ユウ》-司《シ》訊《トフ》レ囚《シウヲ》、言《イハク》、寘《ヲク》二毒《トクヲ》鼈蔵《ヘツシノ》【肉也】【側吏切】中《ウチニ》一、純仁問《トフ》、鼈蔵《ヘツシ》在《ル》二第《タイ》幾《イクハク》-巡《シユンニカ》一、豈《ニ》有《ン》二中《アタツテ》レ毒《トクニ》而能終《ヨクヲフルコト》レ席《セキヲ》耶《ヤ》、必非《スアラシ》二実情《ジツセイニ》一、命《メイシテ》再《フタヽヒ》劾《カイス》レ之《ヲ》、乃《スナハチ》因《ヨツテ》二客《カクノ》散《サンスルニ》一、酔《エツテ》帰《カヘル時ニ》、寘《ヲイテ》二毒《トクヲ》酒《シユ》-杯《ハイノ》中《ウチニ》一而殺《コロス》レ之《ヲ》、此《レ》蓋罪《シツミ》-人、以《テ》下儋年不《カ》レ嗜《シテタシマ》レ鼈《ヘツヲ》而為《タメニサ》二坐客《カクノラレン》一所《ヲ》上レ并《アハセ》、且《カツ》其《ノ》-後《ノチ》巡《シユン》-数尚多《スウナヲオホシ》、欲《スルセント》レ為《》二他-日《ホン》翻《ホン》-異《イ》逃《タウ》-死《シ》之《ノ》計《ハカリコトヲ》一爾《ノミ》 見《タリ》二范忠宣公言行録《ノ》一

范純仁《ハムシユムシム》ハ宋《ソウ》ノ名臣《メイシム》也。丞相《セウシヤウ》ノ位《クラヰ》ニナル也。始メ河《カ》中府《チウフ》ニ知《チ》タル時ニ。録事《ロクシ》参軍《サムクム》ノ官ニ、宋儋年《ソウタムネン》ト云シ人」【三十三オ】ノ客人ヲヨヒタリ。客カ帰テヨリ煩《ワツラウ》テ、其夜ニ頓死《トムシ》スル也。何トシテ死タルト云ニ。儋年《タムネム》カ召仕《メシツカ》フ若《ワカ》イ者ト、儋年カ妾《セウ》ト密通《ミツツウ》シテ。儋年カ此-世ニヲルコトヲ無-心ニ思ヒ、毒《トク》カイシテ殺ス也。不審《フシム》ナル死ヤウカナト沙汰《サタ》スル程ニ。純仁《シユムシム》カ聞テ、儋年カ非分《ヒフム》ノ死ヲシタルコトヲ。有司《ユウシ》ノ官ニ云付テ、穿鑿《セムサク》サスル也▲儋年カ子カ喪礼《サウレイ》ヲシテ。尸骸《シカイ》ヲ柩《ヒツキ》（ママ）ニ入テ、野辺《ノヘ》ノ送リヲシテ帰ルニ逢タリ。追付移文《ヲイツキイフム》シテ尸-骸ヲ見也▲移文ト云コトハ、北山移文《ノ》ト云モ是也。移ト云モ触状《フレシヤウ》也。譬《タトヘ》ハ天下取ヨリノ下知状《ケチシヤウ》ノ心也▲儋年カ尸ヲ見レハ、身-躰ノ九ノ竅《アナ》」【三十三ウ】ヨリ血《チ》カ流《ナカル》ル也、九竅《キウケウ》ハ、人ノ身ニ、目二ツ、耳《ミヽ》二ツ、鼻《ハナ》ノ穴《アナ》二ツ、口一ツ、大-小-便《ヘム》ノ通路《ツウロ》二ツ、九アリ▲九竅ヨリハ血カ流レ、眼《マナコ》ヲ開《ヒライ》テ見レハ、睛《ヒトミ》カシワミ。舌《シタ》ヲ見レハ、爛《タヽレ》テアリ。律《リツ》ノ上ニハ、毒《トク》カイニ逢《アフ》タル死-人ヲ一々見ヤウ有。挙《コソツテタイ》レ躰如—ト。如ノ字ノ下ニ闕字《ケツシ》アリ、本文ヲ考《カムカ》ヘス。其尸ノ体ヲ見テ。有司《ユウシ》カ云ヤウハ。此ハ毒ニアフテ死タル者也。家内《カナイ》ノ者カ知ヘシトテ。彼妾《セウ》ト小《セウ》吏《リ》ナトヲ訊《トフ》ナリ。已《ステ》ニ糾明《キウメイ》カキヒシキ故ニ云ヤウハ。昨日ノ振舞《フルマイ》ニ、鼈蔵《ベツシ》ノ中ニ毒ヲ入タリト云▲鼈ハ海カメ也。唐

人ハ好物也。胾ハ大ニ切肉《キルニク》也、」三十四オ 礼記《ライキ》ニテモ、胾《シ》ヲ。キレルシ、ト読也▲純仁《シユンシン》カ聞テ、其ハ始ノ肴《サカナ》ニ出タルカ。後ニ出タルカ。ナンベンメノ肴ニ出タルソ。毒《トク》ヲ食《カフ》タラハ、即時ニ坐席《サセキ》ニテ死ヘキニ。是ハ必真実《シンシツ》ニテハ有マシキ也ト云テ。又有司《ユウシ》ニ云付テ糾明シテ。真実ヲ白状セヨト云。其時云ヤウハ、客人退散《タイサム》シテヨリ寝《ネ》処《トコロ》ヘ帰テ。又酒ヲノム時ニ。毒ヲ酒ノ中ニヲイテ殺シタリト云。始メ問時ニ、鼈《ベツ》ニ毒ヲ置《ヲイ》タルト云ハ。僭年《タムネム》カ平生《ヘイゼイ》鼈ヲ嫌《キラ》フコトヲ、罪人カ能知テ。僭年カ、此鼈ニ毒ヲ入テ。客人ニ食セント思フタレハ。長坐《ナカサ》ニテ、酒カ幾度《イクタヒ》モマハリテ。終《ツイ》ニ我」三十四ウ 食テ死タリト。後日ニ批《ヒ》判《ハム》サセテ。我シタルコトヲ人ニヌリツケテ。毒《トク》ヲカウタル罪ニテ殺サル、コトヲ。遁《ノカ》レン為《タメ》ノ計《ハカリコト》ニ云タル也　此事ハ范純仁《ハンシユムシム》カ言行録《ケムカウロク》ニ見タリ

鄭克《カク》曰、凡《ヲヨソ》善覈《ヨクアキラムル》レ姦《カンヲ》者《ハ》、必《ス》善鞫《クキハム》レ情《セイヲ》也、若《モシ》不《ル時ハ》レ得二其情《セイヲ》一、則後《チノチ》必繇《スホン》異《イシテ》而姦《カン》人得《ウ》レ計《ハカリコトヲ》矣、推覈之《スイカクノ》際《アヒタ》戒《イマシメ》在《リ》二疏略《ソリヤク》一、是《ノ》故漢史称《ニカンシニシヨウス》、厳延年《ケンエンネンカ》之治《チスル》レ獄《コクヲ》也、文案《フンアン》整《セイ》密《ミツニシテ》、不レ可レ得《ウ》レ反《カヘスコトヲ》雖《フトモ》二酷《コク》吏《リ》無《シト》レ足《タルコト》レ道《イフニ》、然於《モテ》二此《ノ》一一節《セツニ》一、亦有《ル》レ取《トルコト》焉耳《ノミ》

鄭克カ曰、揔別《ソウヘツ》ニ公事キク者ハ、偽《イツハリ》ヲ云コトナトヲ。」三十五オ 明《アキラカ》ニ聴コトハ。人ノ真実ノ心根ヲ鞫《キハ》メテ計《ハカ》ル者也。若《モシ》其罪人ノ真実ノ情ヲ得シラヌナラハ。必後ニ偽《イツハリ》ヲ誠ニシテ、批《ヒ》判《ハン》スルコトアラン。罪人カ後ヲ分別シテ云者有故ニ。人ニ我トイハネトモ、ヌリ付ル様ニナルコトカ有ハ。其ハ盗人ノ計ヲソタツル也。真実ノ処ヲ推《ヲシ》覈《カムカフ》ルコトカ疎《ソ》略《リヤク》ニ。ハカヤリニスルコトヲ戒《イマシムル》也。如此アル故ニ。漢《カム》ノ史記ニ、厳延年《ケムエムネム》ト云者ガ刑獄《ケイコク》ヲ治ルハ。案文《アムモム》ニ書付テ、委《クハシ》ク整密《セイミツ》ニシテ置《ヲイ》テ分別スル程ニ。罪人カ反《カヘリ》クリシテ。人ニヌリツクルコトガナラヌト。漢史ニ書タリ•文案トハ公事訴訟」三十五ウ ノ文言《モムコム》、又ハ罪人ノ云コトヲ案文《アムモム》ニシテ置也。延年《エムネム》ハ、漢史ノ酷吏《コクリ》伝《テム》ニ載《ノセ》タリ。酷吏トハ、人ノ心中ノヱズイ者ノコト也。此延年ハ、心中ノヱスイ者ニテ。兎角《トカク》ト評判《ヒヤウハン》スル者ニテハナケレトモ。獄《コク》ヲ治ニ、文案整密《セイミツ》トアル一節ニハ。又取用ル処アリ

〔迹賊〕

唐中書舎《タウノチウシヨシヤ》人《ジン》郭正一《クワクセイイツ》、破《ヤフツテヘ》平壌《アンヲ》、得《タリ》一《リノ》高麗《カウリ》婢《ヒヲ》、名玉《ハギヨク》素《ソ》、極姝《キハメテカヲヨク》音枢好也艶《ミヤヒヤカナリ》、令《ム》専知《モツハラシラ》財《サイ》物庫《フツノクラヲ》、正一夜須《ヨルモトム》漿水《コンヅ》粥《シユクヲ》、非《レハ》玉素煮《カニルニ》之《ヲ》不可《キカ》、玉素乃毒《イマシトクス》之《ヲ》、良久《ヤ、シテ》覓《モトムレトモヒ》婢及《ヲヨヒ》金銀器《ノキヲ》不得、録奏《ロクソウス》、勅《チヨクシテシム》令長安万年《チヤウアンノハンネンノ》尉《イ》石良《セキリヤウヲシテトラヘ》捕之《ヲ》、石良主帥《カシユスイギ》魏昶《チヤウ》丑両切有《リ》策略《サクリヤク》請喚《コフテヨンテ》」三十六オ舎《シヤ》人家《ノカ》奴《ヌヲ》、取《トツテ》少年端《タン》正《セイノ》者《ノ》三人《ヲ》、布《フ》衫籠《サンロウ》頭《トウス》、及《ヲヨヒ》縛《ハクシテヱ》衛士《ジ》四人《ヲ》問《トフ》、十日《ノ》内何人《ウチナン》覓《カモトム》舎人家《ノイエヲ》、衛士《ノ》云、有《リ》投《マフ》化《ケル》高麗《カウリ》、留《ト、メテ》書遣《シヨヲシム》付《ツケ》舎人牧《ノホク》馬《ハ》奴《ヌニ》、索験《モトメコ、ロム》之《ヲ》、乃《チ》云、金《ク》城坊《キンシヤウハウ》中《チウニ》有《リト云》一空《ノクウ》宅《タク》、更《サラニ》無《シ》他語《タノゴ》、石良往《テ》彼《ノ》処《ニ》捜《サクル》之《ヲ》、至《ル》一宅《ノタクニ》、封《ホウ》鎖《サ》甚《ハナハタ》密《シ》、打《ウチ》開《ヒラケハ》婢与《ヒトト》化《ケ》士《シ》並《ナラヒニ》在《リ》其中《ノニ》、乃《チ》是《レ》化士共《トモニ》牧馬奴《ト》蔵《カクス》之《ヲ》、奉《ウケタマハツテ》勅斬《ヲキル》于東《トウ》市《シニ》

唐ノ時ニ、郭正一《クワクセイイツ》ト云者、中書舎人《チウシヨシヤシム》ノ官ニナル。其時高《カウ》麗陣《ライチム》カ有テ。此正一、平壌《ヘアム》ヲ破《ヤフ》ル也。高麗ニハ、八道トテ。日本ノ東海道《トウカイタウ》、南海道ナト云如ク。八ノ道スシ」三十六ウアリ。平壌道《ヘアムタウ》モ其一也。ヘアン道《タウ》ト読也。慶暹道《キヤクシヤクタウ》ト云モ

此類也。其陣ノ時ニ、高麗人《カウライシム》ノ奴婢《ヌヒ》ノ女ヲ一人ツレテ帰ル。名ヲハ玉素《キヨクソ》ト云也。人ニスクレテ。ミメヨキ女也。寵愛シテヲキ、財物《サイモツ》クラノコトヲハ。此者ニウチマカセテヲク也。正一《セイイツ》カ、毎夜湯《ユ》ヲノミ、粥《カユ》ヲ食《クウ》ニモ。玉素カ煮《ニ》タルニテ無レハ。食ハヌヤウニスル也。此女、子細アリテ、正一ニ毒《トク》ヲカフタリ。シハシ間アリテ、家財《カサイ》ヲ穿鑿《セムサク》スル時ニ。金銀ニテ作リタル茶碗《チヤワン》ナトノヤウナル道具見エス。玉素ニ尋ントスレハ、此女モ走《ハシ》リテイヌ也▲録奏《ロクソウ》トハ目録《モクロク》ニ書タテ、。御穿」三十七オ鑿アレト申上ル也▲其時、天子ヨリ、長安ノ万年県《ハンネンケン》ノ廷尉《テイイ》ニ、石良《セキリヤウ》ト云者ニ仰付ラレテ。玉素《キヨクソ》ヲ尋捕《トラ》ヘヨト宣旨《セムシ》アリ。石良カ侍大《サフライタイ》将《シヤウ》ニ魏《ギ》昶《チヤウ》ト云者アリ。策《ハカリコト》ノ有者ナレハ。私《ワタクシ》ニ御任《マカ》セアレトテ。正一《セイイツ》カ家ニツカハル、者トモヲ呼《ヨム》テ。其中ニ年ワカキ端正《タムセイ》ナル者ヲ三人トラヘ。布《ヌノ》ノ衫《ソテ》ニテ頭《カシラ》ヲカクシ。汝等ハ彼女ト密通《ミツツウ》ハセヌカト糾明《キウメイ》スル也▲端正ハ、倭《ワ》訓《クム》ニミメヨシト読也。唐ノ華清宮《クワセイキウ》ノ内ニ端正楼《タムセイロウ》ト云アリ。是モ玄宗《ケムソウ》ノ后楊貴妃《キサキヤウキヒ》ノ粧《ケハイ》所《トコロ》也。又仏経ニ、容顔端正《ヨウカムタムシヤウ》

トアルモ是也。八月十五夜ノ月ヲ端正月ト云モ。皆ミヲ」三十七ウ キ儀《キ》也。▲布衫籠頭《フサンロウトウ》ハ、罪人ヲ問時ニスルコト也▲又其家ノ衛士《エイシ》ヲ四人縛《シハ》ル▲衛士ハ門番也。日本ニテ衛士《ヱジ》ノ焼火《タクヒ》トアルモ。門番ノ篝火《カヽリヒ》ヲ云也▲其門番トモニ問ケルハ。此十日ノ内ニ。何者ソ正一《セイイツ》カ家ヘ余所《ヨソ》ノ者ハ来ラヌカ。胡参《ウサム》ナル者アラハ申セト云。門番申ケルハ。此間投化《トウケ》ノ高麗人《カウライシム》カ来レリ▲投化ハ文選《モンセン》ニモアリ。化《ケ》ヲ投《トウ》スルト読《ヨム》ハアシ、。投《トウ》シテ化《ケ》スルト云コト也。倭訓《ワクムニ》マウケリト読。投ハ来ト云意也。化ノ字ハ、彼カ此ニ成《ナル》ト云意也。日本ニモ高麗人カ来テ久ク居レハ。日本人ヤラ高麗人ヤラ。シレヌヤウ也。高麗ト」三十八オ アルハ、高麗人ト云コト也。眼ヲツクヘキ也▲高麗人カ書ヲ持《モチ》テ来リ。舎人《シヤシン》《トネリ》殿《トノ》ノ馬トリニヤレトテ。留メタルト云ケレハ。サラハ其文ミヨトテ。求《モトメ》テミ[レ]ハ。其中ニ、金城坊《キムシヤウハウ》ノ中ニ一ツノアキ家アリト書キテ。別ノコトハ一字モナシ。其テ石良《セキリヤウ》、金城坊ヘ行テ。何クニカト捜《サク》リ求ルニ。果《ハタ》シテ一間ノ家アリ。鎖《チヤウ》ヲオロシ封《フウ》ヲ付テ有也。ウチ開テ見レハ、彼高麗人ト玉素《キヨクソ》ト其中ニ居也。

化士《ケシ》トアルハ、投化《トウケ》ノ士ト云コト也。是ハ高麗人ト舎人カ馬トリトカ談合シテ。玉素ヲ蔵《カクシ》タル也。此事禁中ヘ聞ヘケレハ。宣言《セムケム》ニテ東市ニテ斬《キル》也▲東」三十八ウ 市ハ都ノ東ト西トニ市アリ。是ヲ東市西市ト云也。昔ハ日本ニモアリタルト也

鄭克《カク》曰、按《ルニ》祖喚《チヤウヨンテ》二舎人家奴《シヤノカヌヲ》一、取《テ》二少年端正《タンセイノ》者三人《ヲ》一、布衫籠頭《フサンロウトウス》、欲《ス》二以《テイツハリヲ》レ譎取《ラントヲ》レ之也、又縛《ハクシテ》二衛《ヱ》士《ジ》四人《ヲ》一、問《フハ》三十日以来何人曽覓《カカツテモトムト》二舎人家《ノイヱヲ》一、欲《ス》二以《テ》レ迹求《アトヲモトメントヲ》レ之也、雖《トモカネ》三兼用《モチユト》二二術《シユツヲ》一、然譎賊《モケツソク》不《シテシルシアラ》レ効 而迹賊効《セキソクシルシアリ》矣、譬《タトヘハ》猶《ヲ》二得《ル》レ雀《スヽメヲ》者網《ハアミノ》之一目《モクニシテ》 而不レ可下以《テ》二一目之《ノ》綱《アミヲ》一捕《トル》上レ雀《ヲ》也、祖《チヤウ》雖《トモ》二小人《ナリト》一、而善捕《ヨクトラフ》レ賊《ソクヲ》、与《ト》二蘇無名《ソムメイ》一、董行《トウカウ》成《セイ》一類《ルイセリ》矣、特著《ニアラハシテ》二其事《ノヲ》一、以勧《テス、ム》二能者《ノウシヤヲ》一不《ス》レ為《セ》レ無《シトヲキナイ》補 也

」三十九オ

鄭克カ評ニ曰、是ヲ按スルニ、魏《ギ》祖《チヤウ》分別シテ、中書舎人《チウシヨシヤシム》カツカフ者ノ中ヨリ。ミメヨキ男三人ヨリ出シテ。布《フ》衫籠頭《サムロウトウ》サセテ問コトハ。若《モシ》此男ノ中ニ、玉素《キヨクソ》ト密通《ミツツウ》ノ者アルカト不審シテ先《マツ》問也。是ヲタバカリテ、盗人ヲ知

ント思也▲譎《ケツ》ハイツハリトモ、タバカリトモ読也▲又門番ノ衛士《エシ》ヲ四人縛《シハリ》テ。十日以-来、舎人ノ家ヘ。何タル人カ来タルト問《フ》ハ。証迹《セウセキ》ニテ盗人ヲ知ン為也。二色ニ計《ハカリコト》ヲ用ヒタレトモ、効《シルシ》モナクシテ。高麗人ノ来タル証-迹ニ果《ハタ》シテ効アリ。是ヲ物ニ譬《タトユ》レハ、雀《スヽメ》ヲトル網《アミ》ノアルニ。雀ハ網ノ目一ツニカ」三十九ウ カレトモ。一-目ノ網《アミ》ニテハ取レヌ也。網ノ目ヲ多クコシラヘテ置《ヲク》故ニ、雀《スヽメ》カ懸《カヽ》ル也。魏《キ》昶《チヤウ》ハ小-人ナレトモ、盗人ヲヨク捕《トラユ》ル者也。蘇無名《ソフメイ》ヤ董行成《トウカウセイ》ナト、同様ナル者也• 下巻ニ此二人ノ事アリ。葬礼《サウレイ》ヲスル者ノ哀《カナシ》マスシテ笑ヲ。見トカメテ盗人ヲ知リ。市ニテ驢《ロ》馬ヲ引テ来者ノ。遠《トヲ》クヨリ来ルトモ見エヌニ。驢馬ガコト〳〵シク汗《アセ》ヲ流《ナカ》シタルヲ見テ。馬盗人ヲ知類也• 此事ハ小-人トモノコトナレトモ。刑獄《ケイコク》ヲ知ヘキ人。加様ノコトアリト聞-知ルナラハ。誠ニ少シハ補《ヲキナイ》ニモ可レ成コト也ト云リ」四十オ

彦超虚盗《ケンテウキヨタウ》　道譲詐《タウシヤウサ》-囚《シウ》

〔譎盗〕

漢《カンノホ》慕容顔超《ヨウケンテウ》、為《タル》二鄆帥《ウンノソツ》一日、置レ庫質《ヲイテコヲチス》レ銭《センヲ》、有《リ》二奸民《カンミン》一、以《テ》二偽《キ》-銀《キン》二-鋌《テイヲ》一質《ス》二銭《セン》十万《ニ》一、主《シユ》-吏《リ》久《シテ》之乃覚《イマシサトル》、彦超知《テ》レ之《ヲ》、陰《ヒソカニ》教《シテ》二主-吏《ヲ》一、夜穴《ヨルアナシコ》二庫墻《シヤウニ》一、尽徙《コト〳〵クウツシテ》二其金《ノキン》-帛《ハクヲ》於他《タ》-所《ショニ》一、而以《テ》レ盗《ヌスヒトヲツク》告、彦超即牓《スナハチハウシ》二于市《イチニ》一、召《ヨンテ》レ人収《ヲトラヘ》-捕《トラフ》仍《ヨツテシム》使《》二民《ヲシテミ》自占《ウラナハシメ》レ所《ヲ》レ質《チスル》、以償《テツクノハ》レ之《ヲ》、民皆争《タミミナアラソツテ》、以《テ》二所《ロノチスル》レ質物《ヲ》一自《ミ》-言《イフ》、已《ステニシテ》而得《タリチスルキ》二質レ偽-銀《キンヲ》者《ヲ》一、執《トラヘテ》レ之《ヲ》服《ス》レ罪《ツミニ》

唐ノ末ノ五-代ノ漢也。慕容《ホヨウ》ハエヒスノ復姓《フクセイ》也。慕容彦超《ケムテウ》ト云者。鄆《ウムト》云処ノ帥《イクサフ》奉行《キヤウ》ノカシラニナリタル時ニ。庫《クラ》ヲ立テ、銭ヲ人ニ借シテ質《シチ》ヲトル。盗人ニセ」四十ウ 銀ヲ二-鋌持《テイモチ》テ来テ。銭ヲ百貫カル也▲鋌《テイ》ハ餅《モチ》ナトノヤウナル銀ノコト也。目ヲ一-錠イカホト、定ルコトモアリ。又日本ノ大灰吹《ハイフキ》ノ如ニ。目ノ知レヌモアル也▲盗人ノ帰テ後ニ。ニセ銀ト知ル也。其テ彦超《ケムテウ》カ、我家ヲ悉皆《シツカイ》スル者ニ、陰《ヒソカ》ニ云ツケテ。或-夜、我庫《クラ》ノ屛《ヘイ》ヲキリ、金銀質物《シチモツ》トモヲ。人ノ知ヌヤウニ余-所ヘ遷《ウツ》シヲキ。盗人ニ逢《アフ》タル由ヲ云也。

其時、彦超カ在所《サイショ》ノ市ニ。フタヲ立テ、此盗人ヲ捕《トラヘ》テ来ル者ニハ褒美《ホウヒ》セント書付。又我処ヘ質ヲ置《ヲキ》タル者ハ。質ノ符《フ》ヲ持《モチ》テ来レ。ワキマヘント云也。其ヲ聞テ民トモカ。我サキニト争《アラソ》ヒ」四十一オ 来テ。質《シチ》ニ置《ヲキ》タルモノハ。何トシタ道具《タウク》ニテアルナト云也。彼ニセ銀ノ盗人。サキノニセ銀モ盗マレタラント思ニヤ。又来リテネタラントスルヲ捕《トラ》ヘテ、罪ニ行フ也

鄭克曰《ク》、彼有《レ》レ譎《テイツハルコト》レ之《ヲ》、不《ルコトハ》レ出《イテ》者何《ソヤ》哉、或盗転《テンシテ》而之《ユキ》レ他《タニ》、或《ハ》盗知《シル》二其為《ノタルコトヲ》レ譎《イツハリ》也、是《ノ》故用《ニモチユルコト》レ譎《ヲ》宜《ヨロシク・シ》二密《ミツニシテ》而速《スミヤカナルト》一、与二兵《ヘイ》法《ホウ》一同《シ》矣　彦超《ハ》出二五代史《ノ》本伝《ニ》一

鄭克カ評ニ。盗レタル者、タトイタバカリコトヲシテモ、盗人ノ出サルコトノ有ハ。ナセニト云ニ。或ハ盗人カ他国ヘ行コトモアリ。或ハタバカリコトヲ知テ」四十一ウ 出ヌコトモアルナリ。其故ニ。タハカリヲ用ルソナラハ。人ノ合点《カツテム》セヌヤウニ工夫《クフウ》シテ。時刻ヲ移《ウツ》サス早速《サウソク》ニスヘキト也。兵法ト同コト也、三略曰《ニ》、非《レハ》二譎奇《ケツキ》一無《シ》二以破《テヤフリ》レ姦《カンヲ》息《ヤムルコト》レ冠《アタヲ》(ママ)、トアリ。是此《レコヽ》ニ譎《イツハリ》ヲシテ、奸民《カンミン》ヲ破《ヤフ》リタルト同キ也。兵法ニ態《ワサ》トニケテ。敵《テキ》ヲオビキ出シ。敵ニヲワセテ、伏兵《フクヘイ》ナトヲシテ敵ヲウツコト。是ト同シタハカリ也　彦超《ケムテウ》ハ五代史ニ伝アリ

〔譎盗〕

後魏高謙之《キノカウケンシ》、字道譲《アサナハタウシヤウ》、為《タル時ニカ》河陰令《インノレイ》一、有《レ》レ人、嚢《ナウニモツテクワ》盛二瓦礫《レキヲ》一 音歴小石也 詐《イツハツテ》作《ナシテキント》レ金、以市《テカフ》二人馬《ノヲ》一、因《ヨツテ》而逃走《ノカレハシル》、詔《セウシテシム》令二人《ヲシテトラヘ》捕レ之《ヲ》、謙之乃伽《スナハチカシテ》二一囚《リノシウヲ》一、立《タテ、》二於《ハ》馬市《シンニ》一、宣《ノヘテ》言二詐《テイツハツテ》市《カフ》」四十二オ レ馬賊《ヲソクナリ》一、欲レ刑《ケイセント》レ之《ヲ》、密《ヒソカニ》遣《シテ》レ人《ヲ》、察《サツス》二市中《シ》私《ノヒソカニ》議《キスル》者《ヲ》一、有《リ》レ一人、忻《キン》然《トシテ》曰、無《シ》二復憂《マタウレヘ》一矣、遂執《ニトラヘヲクツテ》送案一問《ス》、悉《コト〳〵ク》獲《テ》二其党《ノタウヲ》一、服《フクス》レ罪《ニ》　出《タリ》二北史高恭之《カ》伝《ニ》一謙之《ハ》其《ノ》兄也《ナリ》

後魏ハ北魏也。高謙之《カウケムシ》カ河陰《カイム》ノ令《レイ》ニテ居タル時ニ。河陰ノ県《ケム》ノ中ニ。サル者カ嚢《フクロ》ニ瓦礫《クワレキ》ヲ入テ。詐《イツハリ》テ金チヤト思ハセテ。馬ヲ買《カフ》テ逃《ニ》ケ走《ハシ》ル也、日本ニテモ、盗人カ質屋《シチヤ》ヘ行テ。銀ヤラ銭ヤラヲカル時ニ。真《マコト》ノ金ヲ出シテ見セテ。符《フウ》ヲツケテ渡ス時ニ。又利分《リフム》ノコトナドヲ云テ。取カヘシ懐《フトコロ》ヘ入テ。又思案顔《シアンカホ》シテ。金ノ入タルト同様ナル嚢ニ。中ニハ、石ヤラ銅《アカヽネ》ヤラヲ入テ。」四十二ウ 符《フウ》マテツケテ

ヲイテ。懐《フトコロ》ニテ取カヘテ渡ス。質屋《シチヤ》ハ始ノ嚢《フクロ》ト心得テ、其マ、取テ。損《ソン》ヲシタルト云物語アリ。此モ左様ノコトナルヘシ▲サテ馬ノ主カ、此事ヲ訴《ウツタフ》ル故ニ。天-子ヨリ詔《ミコトノリ》シテ獄官《コククワン》ヲ司《ツカサト》ル人ニ。此盗人ヲ捕《トラ》ヘヨトアル也。県《ケム》ノ令謙之《レイケムシ》カ分-別シテ。獄ノ中ヨリ囚人《メシウト》ヲ一人取出シ。枷杻《クヒカセテカセ》ヲ入テ馬ノ市ニ立テ。此程ニセ金ニテ馬ヲカウタル盗人ナレ。即首《クヒ》ヲキルト詐《イツハ》リ云也。又雑色《サウシキ》ノヤウナル者ニ云ツケテ。此市《イチ》ノ中ニ。サ、ヤキゴトナド云者ノ有ナラハ。見出セト云ツクル也。如《ク》レ案《アンノ》、市ノ中ニ一人忻然《キムセム》トヨロコヒテ。」四十三オ モハヤ心ヤスシト云者アリ。遂ニ其者ヲ執《トラ》ヘ、獄官《コククワン》ニ送リテ、糾明《キウメイ》シテトヘハ盗人也。悉ク其同-類マテヲ得タリ。皆罪ニ服《フク》スル也

鄭克曰《カク》、按《ルニ》譎《ケツ》-盗之《タウノ》術《シユツ》、与《ト》二摘《テキ》-姦《カン》一同《シ》、彼《レ》亦用《テ》レ譎《ケツヲ》、以《テ》摘《サクル》レ之《ヲ》也

鄭克カ曰、獄ノコトヲ按ルニ。盗人ヲタハカル術《シユツ》ト。姦《カン》ヲ摘《サク》リ知《ル》術トハ同コトナルヘシ。此謙之《ケムシ》カ囚ノ表題《ヒヨウタイ》ニ、譎盗《ケツタウ》ト万栄《バムエイ》カ書タルモ。譎《イツハリ》ヲ以テ盗人ヲ摘リ知タル故也

孫甫《ソンホ》春《セウ》〔書容切 擣《ツキ》米也〕粟《ソクアハヲ》　許元《キヨケン》焚《ハンヤク》-舟《シウヲ》

」四十三ウ

〔厳明〕

待《タイ》-制孫甫《セイソンホ》、為《タル》二華《クワ》レ州推《シウノスイ》-官《クワン》一日《ヒ》、州《シウ》-倉粟《サウノソク》-悪《アシ》、吏《リ》当《ニ》レ負《ヨフ》二銭《セン》数-百-万《ヲ》一、転《テン》-運《ウン》-使《シ》李《リ》紘《クワウ》、以《テ》レ吏属《ヲス》レ甫《ホニ》、甫乃《スナハチ》令《シム》二取《テ》レ斗《ト》-粟《ソクヲツカ》春《ヲ》レ之、可《キ》レ棄者《スツノ》十纔《ニハツカニ》一-二、又試《コヽロムルニ》レ之《ヲ》亦-然《シカリ》、吏遂《リツイニ》得《タリユルフコトヲトラハレヲフコトセンヲ》レ弛《レ》繫、負《レ》銭纔《ニ》数-十-万而《ノ》-已《ミ》、紘《クワウ》因《テ》薦《テスヽム》レ之《ヲ》 見曽鞏所撰志

待制《タイセイ》ハ官ノ名也。天-子ノ佑筆《ユウヒツ》ノ意也。孫甫《ソムホ》カ華州《クワシウ》ノ横目《ヨコメ》ノヤウニテ居タル時ニ。華州ノ御倉《ヲクラ》ノ粟《ソク》カ悪キ也。此粟ヲ入タル吏《リ》カ科《トカ》ナレハ。此吏ニワキマヘサスヘシ。銭千貫ハカリノヒキ負《ヲヒ》ナルヘシトテ。李紘《リクワウ》ト云者、華州ノ転運使《テムウムシ》ニテ居タリシカ。此吏ヲ先《マツ》」四十四オ 孫甫《ソムホ》ニアツクル也•転《テム》運使《ウムシ》トハ。米ナトヲ船ヤ馬ニテ糶糴《ウリカヒ》ナトスル運送《ウムソウ》ノコトヲシル官也。孫甫カ思様。此吏《リ》ノ分際《フンサイ》ニハ、過-分ノヒキ負《ヲヒ》也ト思フ故ニ。米一-斗ヲ春《ツカ》シテ見ルニ。一-斗ニテ悪キ米

ハ、二升《セウ》カ一升也。サアレハ石《コク》ニ付テ。一斗カ二斗カ也ト思テ。又一斗取出シテ舂シテ見レハ、始ノ如ク也。如此ナレハ、吏ノ科《トカ》モ余リナキトテ。束縛《ソクハク》セラル、コトヲユルサレテ。ヒキ負ノ銭モ、始ハ数百万ニテ有シカ。纔《ワツカ》ニ数十万ニナリタリ。孫甫カヨク吟味《キムミ》シ出シタルヲ感《カン》シテ。李紘《リクワウ》禁中《キンチウ》ヘ申シアケ。官位《クワムヰ》ニス、メタル也」四十四ウ

曽鞏《ソウケウ》ハ宋ノ曽南豊《ソウナムホウ》也。孫甫《ソムホ》カ墓誌《ホシ》ヲ、南豊カ撰《エラミ》タル。其志ノ中ニ見ヘタリ

鄭克《カク》曰、按《ルニ》厳《ケン》明《メイハ》者、非《ス》レ若《ナルニセ》二世俗《ソクノ》以《テ》レ苛《カヲ》為《シ》レ厳《ケント》、以《テ》レ刻《コクヲスルカ》為レ明《メイト》也、持《チ》二循《シユンシシ》事理《リニ》一、照《セウ》二察《サツスルフツ》物情《セイヲ》一之謂《イヒナリ》一也、以《テ》二事理《ヲ》一言《イヘハ》レ之《ヲ》、則《ス》倉《サウ》粟《ソク》雖《ヘトモ》レ悪《アシト》、不二応《マサニコト〳〵クニ》尽可レ棄《キニスツ》也、以《テ》二物情《ヲ》一言《イヘハ》レ之《ヲ》、則《ス》負《フ》銭《セン》数百万、将《ハタ》何以《ヲ》償《テカツクノハンヤ》耶、甫《ホ》取《トツテト》二斗粟《ソクヲツク》一舂レ之《ヲ》、可《キ》レ棄《スツ》者《ノ》十纔《ニワツカニ》一二、但《タヽ》負《フ》銭《セン》数十万而已《ノミ》、吏《リ》既《ステニ》得《テ》レ弛《ユルフコトヲテウ》二重負《フヲ》一官《クワンモ》亦獲《エタリタモツコトヲ》レ保《キウシヲ》二旧積一、是《レ》持《チ》循《シユンセウサツノ》照察之効《シルシナリ》一也、可《シヤル》レ不レ謂《イハ》二之厳明《ヲケンメイト》一乎

鄭克曰、獄《コク》ヲ治《ヲサム》ルニ厳明《ケムメイ》ト云コトアリ。厳重明白《ケムチウメイハク》ニ」四十五オ理非ヲ知ヲ云也。今世《セ》俗《ソク》ニ苛《カ》法《ハウ》ノセハシキ。身ニノキハシノタツ如ク。油断《ユタム》モナラヌヲ、厳法《ケムハウ》ノキヒシキ法ト云ヒ。刻法《コクハウ》ノエスキ。切刻《キリキサ》ム如クナルヲ、明法《メイハウ》ト云フ。是ハ苛刻《カコク》ノ 政《マツリコト》 トテ。秦《シム》ノ商君《シヤウクン》カ国ノ成敗《セイハイ》スル仕《シ》ヤウニテ。誠ノ厳明《ケムメイ》ト云モノニテハナシ。真ノ厳明トハ、此孫甫《ソムホ》也。事ノ理ヲ以テ云フソナレハ。太倉《タイサウ》ノ粟米《ソクヘイ》ノ悪《アシ》ケレハトテ。残ラス棄《スツ》ヘキコトニアラス▲不二応《マサニコト〳〵クニ》尽 可レ棄《スツ》、ト不応可《フヨウカ》ノ時ハ。応ハマサニト読也。ヨミクセ也▲照察《セウサツ》ヲ以テ云ヘハ。此吏《リ》何トシテ数百万ノ銭ヲ償《ワキタム》ヘキヤ。此吏ヲ斬《キル》」四十五ウ トテモ。ワキタムヘカラス。粟《ソク》米《ヘイ》ヲ舂《ツカ》シテミテ。棄《スツ》ヘキ物。ノコル物ヲ考ヘテ。彼引負《ヒキヲヒ》ノ銭ヲ軽《カロ》クシ、重《ヲモ》キ科《トカ》ヲ弛《ユル》フシテ。又倉《クラ》ニ積《ツミ》タル旧《フル》キ米モ▲其マ、置《ヲキ》タルコトコソ。獄《コク》ヲ知ル 真《マコト》ノ厳明《ケムメイ》ト云ヘキ者ト也

〔厳明〕

待制《タイセイ》許元《キヨケン》、初為《メシテ》二発《ハツ》運判《ウンハン》官《クワント》一、患《ウレウ》三官舟《クワンシウノ》多《オホク》虚《キヨ》二破《ハスルコトヲ》釘《テイ》鞠《キクノ》之数《スウヲ》一、蓋《シ》以《テ》レ陥《ヲチイルヲ》二於水中《ニ》一、不レ可《カラ》二称盤《セウハンス》一、故得《ニ》レ為《タリナスコトヲ》レ姦《カンヲ》、元一日命《メイシテ》、取《テ》二新造船《シンサウノフネ》一隻《セキヲ》一、焚《ヤク》レ之《ヲ》、秤《ハカリテ》二其釘鞠《ノテイキクヲ》一、比《ヒスルニ》レ

所《トコロニ》レ破《ヤフル》、纔《ワツカ》十分《フンカ》之一、自《リ》レ是立《レタテ》、為《ス》二定《テイ》額《カクト》一見《タリ》二魏泰東軒筆録一。其死シテ後待制《タイセイ》ハ前ニモアリ。名ノ上ニ官位《クワムヰ》ヲ書コト。其死シテ後ニ書ニハ。其一生ノ間ニ。イチノ高キ官ヲ書也。是ヲ」四十六オ極官《コククワム》ト日本ナトニモ云リ▲許元《キヨケム》カ未タ待制《タイセイ》ノ官ニナラサリシ初ニ。発運判官《ハツウムハンクワン》ノ時。天子ノ御舟ヲ数多《アマタ》ツクル也。発運判官ハ船奉《フナフ》行《キヤウ》ノ官也●筆談《ヒツタム》ニモ、天章閣待制許《テンシヤウカクノタイセイキヨ》為《ナル》二江《カウ》淮発運使《ワイノハツウンシ》一、《ト》トアリ●其舟ニ思ノ外多ク釘《クキ》カ費《ツイユ》ル也●釘鞠《テイキク》ト云ハ、船ノ釘ハ鞠《マリ》ノ腰《コシ》ノ。ヌイメノ如ク。スチヲヤリテ打《ウツ》也。是ヲ釘鞠ト云也。虚破《キヨハ》ハ少シ入コトニ多ク入タルト。ウソヲ云カケラレテ、費ノアルコト也。破ハ費ト云心也▲然レトモ、最早《モハヤ》船板へ打コウテ置タルコトナレハ。釘ノ大《オホ》キサ重《ヲモ》サナト量《ハカ》リ知カタシ●称盤《セウハン》ハハカルト云コト也。算《サン》盤《ハン》ト書テ。ソロ」四十六ウハント読《ヨメ》バ。算盤称盤《サンハンセウハン》ト云時ハ。称盤モ。ソロハンナルヘキ也。コヽモ算用《サンヨウ》スヘキヤウナシト云コト也▲其故ニ、船大工《フナタイク》トモカ、姦言《カンケン》ノ私《ワタクシ》ヲスルコトヲ得タリ。其ヲ許元《キヨケム》カ患《ウレ》ヘテ。或時ニ、新造《シンサウ》ノ船一艘《ソウ》取出シテ焚《（ママ）ヤキ》キ敗《ヤフ》リ。其釘鞠《テイキク》ヲハカリミルニ。前カト大工《タイク》ノ入タルト云タル。十分一ヨリカ無ナリ。其後ヨリ、船一艘ニ釘《クキ》イカ程ト。法ヲ立テ定額《テイカク》トシテ定ル也▲定額ハ禁中《キムチウ》ムキニ、定額ノ女孺《チヨシユ》トテ。番所《ハムトコロ》ノ御ツカハレ者ノ。幾人《イクタリ》ト数ノアルヲ云。又定額ノ寺院トテ、禁中へ申上テ。某《ソコ》ノ寺《テラ》、彼《カシ》コノ院《ヰム》ト。禁中ニ御存知ナケレハ。寺ヲ造《ツク》」四十七オルコトナラサル程ニ。御帳面《ヲムチヤウメム》ニ付《ツケ》ヲクヲ、定額《テイカク》ノ寺院ト云也。額《カク》ハ頬《ツラ》ナミナリ

鄭克曰《カ》、按《スルニ》元不レ治《チセ》二虚《キヨ》破《ハノ》之罪《ツミヲ》一而、但立《タ、タテ、》為《ス》二定《テイ》額《カクト》一可《カナリ》也、然《レトモ》亦異《コトナリ》二乎劉晏《リウアンニ》一矣、蘇《ソ》軾尚書《シヨクシヤウシヨ》説《カセツニ》、晏為《アンタル》二江《カウ》淮《ワイノ》発運使《ハツウンシ》一時《トキ》、於《テ》二楊州《ヤウシウニ》一造《ツクル》レ船《フネヲ》、毎《コトニ》レ隻《セキノ》載《ス》二米《ヘイ》一一千石《セキヲ》一、破《ヤフル》二銭《セン》一一千貫《クワンヲ》一、而実費《モシツノツイヘハ》不レ及《ヲヨハ》二五百貫《ニ》一、或譏《アルヒトソシル》二其枉《ノワウ》費《ヒヲ》一、晏曰《カ》、大国不レ可《ハ》下以《テ》二小道《タウヲ》一理《ヲサム》上、凡所《ヲヨソ》二創《ロハシメテ》制《セイスル》一、須《スヘカラク》レ謀《ハカル》レ経《フルコトヲ》久《キヲ》、船場《センチヤウ》執《トル》レ事《ヲ》者《ノ》非《ス》レ一《ツニ》、有《ル時ハ》二余《ヨ》剰《セウノ》衣《イ》食《シヨク》一、則《ス》私《シ》用《ヨウ》不レ窘《タシナマ》渠殯切困也而官《シテクワン》物牢《フツラウ》固《コナリ》、由《ヨツテ》レ是《レニ》、船場人皆富贍《ミナトミニキハウ》、五十余年《マテニ》、餽《シウ》運《ウン》不《ス》レ闕《カケ》」四十七ウ至《テ》二咸通《カンツウノ》末《ニ》一、有《リ》二呉《コ》尭卿《ケウケイト云》者《ノ》一、始《ハシメテ》勘《カン》験《ケンシテ》、毎《コトニ》レ船合《アハセテ》二用《モチイル》物《ヲ》一、料《ハカリテ》二実《ジツ》一数《スウノ》估《アタヒヲ》一、給《キウス》二其《ノ》直《アタイヲ》一、無《シテ》二復《マタ》寛剰《クワンセウ》一、而《シテ》船場自《ヨリ》レ此《レ》破《ヤフレ》壊《ヤフレ》シ、

饋運《キウン》自《リ》レ此闕絶《レカケタフ》、晏言《カコトマコトニ》良可《シ》レ信《シンス》也、元定《サタムテイ》二釘‐鞠額《キクノカクヲ》一、
無‐乃《ムシロ》類《ルイスル》二呉兢卿《ニ》一乎《カ》、雖《トモ》二幸《サイハイニシテ》一而不《ト》レ至《イタラ》レ敗《ヤフルニ》レ事《ヲ》、然《モ》
則厳‐明《スケンメイハ》、乃俗士所《スソクシノ》レ誇《ニシテホコル》、君‐子所《ノ》レ鄙《ナリイヤシンスル》、不レ可レ為《ナス》二後‐
世法《ノハウト》一也

鄭克、此許元《キヨケン》カコトヲ按スルニ。虚《ウソ》ヲイヒ、多ク入サルコトヲ。過分《クワフム》ニ入タルト云、其罪ヲハ治メスシテ。只釘《クキ》ノ入ホトヲ知テ。法ヲ立テ、一‐艘《ソウ》ニ如何ホト、定額《テイカク》ヲシタルコトハヨキト也。然レトモ、唐ノ刘晏《リウアン》ガ」四十八オコトニクラブレハ。思ハシクハナキ也▲刘晏《リウアム》ハ玄宗《ケムソウ》ノ時カラ粛宗《シユクソウ》ノ時マテ。朝《テウ》ニ仕《ツカ》ヘテ名アル者也。刘、八‐歳ノ時ニ賦《フ》ヲ作リ、参内《サンタイ》シテ楊貴妃《ヤウキヒ》ノヒサニノリ。玄宗ノ手ツカラ眉《マユ》ヲ作リテ。ヤラレタル者也。

蘓軾《ソショクシヤウショ》 尚書ハ東坡《トウハ》也。三十四歳ニテ 尚書祠部《シヤウショシホウ》ノ官ニナルトアリ。又東坡カ尚書ノ注《チウ》ヲシタル書アレハ。其中ノ説《セツ》ト云コトカ知ヌ也。東坡カ尚書ノ注本《チウホム》、イマタ日本ヘ渡ラス。蔡氏《サイシカ》書ノ注ニ、蘓氏《ソシ》ト引タルハ東坡也。此説ノ中ニアルヘキカ。先《マツ》官ト可見也▲東坡カ説ニ、唐ノ刘晏カ、江淮《カウワイ》ノ船奉《フナフ》行《キヤウ》、伝《テム》」四十八ウ駅《エキ》ノ奉《フ》行《キヤウ》、ナニカニツケ運送《ウムソウ》ノコトヲ知時ニ。揚州《ヤウシウ》ニテ船ヲ多ク造《ツク》ル也▲江淮《カウワイ》ハ揚州ノ水ノ名也。江ハ淮ノ中ノ揚州也▲一‐艘《ソウ》コトニ米千‐石ヲ積《ツム》船ヲ造ルニ。銭千貫ノ費《ツイ》ヘカ入也。真‐実ハ五百貫モ不入也。或者《アルモノ》カ、過‐分ニ天‐子ノ費ノマイルヤウニスルト譏也。刘晏《リウアム》、聞テ曰ク、大‐国ハ小‐道ヲ以テ理《ヲサ》ムヘカラス。凡《ヲヨソ》物ヲ始テ作ルニハ、後マテ久クアルヤウニ可《キ》レ謀《ハカル》也。今此‐船場《セムバ》ニ事ヲ執《トル》者ノ役者《ヤクシヤ》アマタアリ。船ヲ造ル上テ似合《ニアイ》ノ徳分《トクフン》ヲモシテ。其余慶《ヨケイ》ニテ衣食《イショク》ヲ調《トヽノ》ヘ。妻子ヲモ養《ヤシナ》フ故ニ。私《ワタクシ》ノ用所《ヨウショ》モ」四十九オタシ。苦《クル》シマサル也。然ル故ニ、天‐子ノ御船ナトモ。ヨキ材《サイ》木《モク》ヲ以テ堅固《ケムコ》ニ造《ツク》ルホトニ。久クアル也。如レ此ナル故ニ、所モ贍《ニキ》ハシク。人モ冨《トミ》テ、商売《シヤウハイ》ノ運送《ウムソウ》、五十余年マテ不レ絶《タヘ》アリタリ。

其後四五十年シテ、懿宗《イソウ》ノ咸通《カンツウ》年中ノ末ニ成テ。江淮《カウワイ》ノ奉《フ》行《キヤウ》ニ、呉兢卿《コケウケイ》ト云者有テ。始テ勘《カンカ》ヘ験《コヽロ》ミテ。船一‐艘ゴトニ材‐木イカホト。釘《クキ》イカホト。其ヲ合テ真実ノ

アタイヲ料《ハカリ》テ。其直《アタイ》ヲ給《キフ》シテ大工《タイク》ニアテカウ程ニ。寛《ユルヤ》カナルコトナク。我身ニ余《ヨ》剰《セウ》ノ潤《ウルヲイ》ナクシテ。船場《セムハ》モ此カラヤフレ。運一送ノ米薪《ヘイシン》モ不レ来シテ闕《カケ》タヘタリ。刘晏《リウアン》カ」四十九ウ 大一国不《ハ》レ可二以《テ》レ小一道理《ヲヲサム》一、ト云ヘルコト。誠ニ可《キ》レ信《シンス》言葉《コトハ》也▲大一徳不《ハ》レ勤《ツトメ》二細《サイ》一行《カウヲ》一ノ心也▲許元《キヨケン》カ釘《クキ》ノ数ヲ定タルハ。呉堯卿《コケウケイ》カ実数《シッスウ》ノ估《アタイ》ヲ料《ハカリ》タルニ似ル歟。許元カ定額《テイカク》ハ幸《サイハイ》ニシテ。事ヲ敗《ヤフ》ルニアラサレトモ。後《コウ》世《セイ》ノ事ヲサハク者ノ。法《ハウ》トスヘキコトニテハナシ。許元ヤ呉堯卿カ如クニ。物ヲモリツメタルヤウナルハ。我コソ厳明《ケムメイ》ニスレト自慢《シマン》シテ、誇《ホコ》ルヘケレトモ。其ゴトクナルハ苛法《カハウ》ニテ。君子ノ鄙《イヤシ》ム道也トナリ

終リノ、不レ可レ為《ス》二後一世法《ノト》一也ノ七字。敗《ヤフル》レ事《ヲ》ノ下ニ有ヘシ。サナケレバ、語一路ガ豁通《クワツトウ》セヌ也」五十オ

棠陰比事巻上之下

宗元《ソウケン》守《シウ》レ辜《コ》　魏《ギ》濤《タウ》証《セウ》一死《シ》

〔議罪〕

待制《タイセイハ》馬宗元《ソウケン》、少《ワカ、》一時《リシトキ》、父《チ、》麟《リン》殴《ウッテ》レ人《ヲ》被《ル》レ繫《トラハ》、守《マモッテ》レ辜《ツミヲ》而傷《キスツク》者《ノ》死《シヌ》、将《マサニ》レ抵《イタサント》レ法《ニ》、宗元推《ヲスニ》二所《ノ》レ殴《ウツ》時《ヲ》一、在《ルコト》二限《カキリノ》一外《ホカニ》一四一刻《コク》、因《ヨッテ》訴《ウッタヘテ》二於郡《クンニ》一、得《タリ》レ原《ユルサル、コトヲ》二父罪《ノツミヲ》一、由《テ》レ是知《ラル》レ名《ヲ》

馬《バ》宗元《ソウケム》ハ、後ニ待制《タイセイ》ノ官ニナル也。ワカキ時ニ父《チ、》ノ馬麟《バリム》カ。人ヲ殴傷《ウチキスツ》イテ縛《バク》セラル。守《マモリテ》レ辜《ツミヲ》而傷《キスツクモノ》者死▲此事、律《リッ》ノ法《ハウ》ヲ知サレハ。合点《カッテム》ノイカヌコト也。律ノ法ニ、人ト諠譁《ケムクワ》口論《コウロム》シテ相手《アイテ》ヲ傷クレハ。即チ某《ソ》ノ年ノ某ノ月某ノ日ノ某ノ時ニ。某《ソコ》ノ人カ某ノ人ヲ傷クト書《カキ》」一オ ツケ。十日ヲ限《カキリ》ニシテ、一日一夜ヲ百刻《コク》ニツモリ、十日ニ千刻也。千刻スキテ、千一刻ニナリテ死レトモ。殴《ウチ》タル人ノ罪《ツミ》ハ、傷《キス》ツケタル科《トカ》ハカリニテ。死一罪ニハ不レ行也。人ヲアヤマリタル程ニ。相手《アイテ》カ十日ノ内ニ死タラハ。是一非ニ及ハス、此方

ノ者モ死-罪ニ行《ヲコ》ナハルヘキトテ。其傷ツキタル者ヲ。番《ハン》ヲシテ居ルヲ、守《ル》レ辜《ツミヲ》ト云也▲此ハ其殴《ウタ》レタル人ヲ、宗元《ソウケム》カ番ヲサセタルニ。其者死タル也。サウアル故ニ、法ノ如ク死罪ニ極《キハマル》也。宗元、刻《コク》ヲ考《カムカヘ》テ見ニ。千四刻ニナレハ。律《リツ》ノ法《ハウ》ノ限ヨリ四-刻スキタリ。因《ヨツ》テ郡主《クムシュ》ニ訴訟《ソセウ》スル也。郡主、聞-分」一ウテ馬麟《ハリム》カ死-罪ヲ原《ユル》シタリ。此事ニ由テ、宗元《ソウケム》ハ名ヲ知レタリ

鄭克曰、辜-限《ツミノカキリハカソヘテ》計レ日《ヲ》、而《シテ》日以《ハテ》二百-刻《ヒヤツコクヲカソフ》一計レ之《ヲ》、死《シ》在《ル時》二限《カキリノ》外《ホカニ》一、則不《ス》レ坐《ツミセ》二殴-殺《ウチコロスノ》之罪《ツミニ》一、而坐《ツミスル》二殴傷《ウチキズツクノ》之罪《ニ》一、法《ハウ》無《シ》二久-近之異《イ》一、雖《トモタヽ》二止四-刻《コクナリト》一亦在《リ》二限外《ノニ》一、有司《ユウシノ》議《キスルコト》レ法《ハウヲ》、自当《ミニ》レ如《ナル》レ此《ノ》、不《レ》下必《シモ》因《テ》二其-子訴《コノウタヘニ》一而-後《シテ》得《ニエ》上レ原《ユルスコトヲ》也、苟《イヤシクモセハ》為《シ》二鹵莽《ロホヲ》一、或致《ハイタサンワウカンヲ》二枉濫一

鄭克曰、辜《ツミ》ヲ守《マモル》ノ限《カキリ》ハ、日ヲ計《カソ》フル也。日ハ、一日一夜ヲ百刻《コク》ニシテ。十日ハ千刻也。千一刻ニテモ限ノ外ナレハ。殴殺《ウチコロシ》タル罪ニハ不成也。律《リツ》ノ法ニ、タトイ」二オ千刻ノ外。一刻過《スキ》テモ、百刻ニテモ、久近ノチカイハナシ。タヽ、四刻過タレトモ、日-限刻-限《ニチケムコクケム》ノ外也。奉行《フキヤウ》ナトニナリテ。法《ハウ》ヲ議《ギ》シテ獄《コク》ヲ決《ケツ》スル者ハ。自《ミツカラ》カヤウニ決スヘキコトナレハ。必シモ宗元《ソウケム》カ訴訟《ソセウ》ニ因《ヨリ》テ、後ニ馬《バ》麟《リム》カ罪ヲ原《ユル》スヤウニハセサレ。苟且《コウシヤ》ニ物ヲ鹵莽《ロホ》ト、率爾《ソツシ》楚忽《ソコツ》ニ決スルナラハ。或ハ理非《リヒ》ヲ枉《マゲ》ミタリテ。アヤマルコトアルヘシト也

〔弁誣〕

魏濤《キタウ》朝奉《テウホウ》、知《チタルトキキ》二沂州《シウノ》永県《エイケンニ》一、両仇《リヤウキウタヽカウテ》闘而傷、既《キスツクステニ》決《ケツシテヤル》遣、而《シテ》傷-者《キスツクノ》死《シス》、濤《タウ》求《モトメテ》二其《ノ》-故《ユヘヲ》一而未《タ》レ得《エ》、死-者《シヌルノ》子《コ》訴《ウツタフ》二于監司《カンシニ》一、監-司怒《イカル》、有《リ》二悪語《アクゴ》一、濤嘆《タンシテ》曰、官《クワンハ》可《シ》レ奪《ウハフ》、囚《シウハ》不レ可《ス》レ殺《コロス》、」二ウ後《ノチニ》得《タリ》二其実《ノジツヲ》一、乃因《チヨツテ》二是《ノ》-夕《ヘ》罷《ニヤメ》-帰《カヘルニノツテ》一、騎及《テ》レ門《モンニ》而墜《ヲチテシス》死、隣《リン》-証既《セウステニアキラカナリ》明、其誣《ノフ》自《ヲノツカラ》-弁《ヘンス》見二陳無己撰-志一

朝奉《テウホウ》ハ官也。魏濤《キタウ》カ沂州《キシウ》ノ永県ニ知タル時ニ。或《アル》者二人、互《タカイ》ニ意趣《イシユ》アリテ。闘《タヽカ》イテ一人手ヲアフ間。アタリヨリ出合テ分《ワケ》テヤル也。サテ手ヲヲフタル者死タリ。魏濤ニ此コトヲ訴《ウツタウ》レトモ、濤モ其者カ重《ヲモ》キ手ニテモナキニ。早《ハヤ》ク死タルハ不審《フシン》ナリト思故ニ。イマタ不レ決也△律《リツ》ノ法《ハウ》ニ、手ヲイハ日-限ヲ定テヲケトモ。若《モシ》十日ノ中ニ死レトモ。或ハ

毒《トク》ニアタリテ死ル歟、自害《シカイ》スル歟スレハ。相手《アイテ》ハ傷《キス》ツケタル罪マテ也。魏濤カ此」三オ 事ヲ決《ケツ》セヌ故ニ。其死人ノ子、監司《カムシ》ノ官ニ訴《ウツタウ》ル也。監司聞テ、相手《アイテ》ノ日限モナクシテ死タルニ。傷《キスツ》ケタル者ヲ、何トテ今マテ生《イケ》テ置《ヲク》ソトテ。濤《タウ》ヲ罵《シカ》リ悪口《アツコウ》シテ、其ニテハ官ハ知ヘキ者ニアラスト云。ソコテ濤カナケイテ云ケルハ。官ヲハ取アケラル、トモ、此囚人《メシウト》ヲハ。叨《ミタリ》ニ殺スヘキニアラス。其死ヤウカ胡乱《ウロン》也ト云。サテ穿鑿《セムサク》シテ死ヤウノ実証《シッセウ》ヲ聞出シタリ。闘諍《トウシヤウ》ヲヤメテ帰リニ。我家ノ門マテ来テ、馬ヨリヲチテ死タル也。其ヲ子カ隠《カク》シテ、相手ヲ殺サント訴ル也。穿鑿シタル故ニ、落馬《ラクバ》シテ死タルコト、隣《トナリ》アタリニモ証拠《セウコ》カ明」三ウ 白ニ有テ。其子カ相手《アイテ》ヲシイタルコト自弁《ワキマ》ヘタル也

陳無己《チムフキ》ハ宋朝《ソウテウ》ノ人也、后山先生《コウサムセムシヤウ》也

鄭克《カ》曰、按《スルニ》此《ハ》蓋死《シシヌル》者《ノ、コ》子、因《テ》㆓其嘗《ノカツテタヽカフニ》闘㆒、以《テシ》誣㆓仇《キウ》人㆒《ヲ》也、夫《ソレ》闘而《テ》即《スナハチ》決《ケツスルコトハ》者、傷《キスツイテ》不㆑至《イタラ》甚《ハナハタシキニ》、法無《シ》㆑保《タモツコトツミヲ》㆑辜、今乃《スナハチシフルニ》誣、以《ス》㆓傷而《テ》死《ヌルヲ》㆒也、且辜限内死《カツツミカキリノウチニシヌ》、若《モシ》有㆓他故《ラハタノコト》㆒、唯坐《タヽツミスシヤウ》㆓傷罪《サイニ》㆒、彼騎《カレノツテ》而墜《ヲツ》、是《レ》他故《タノコトナリ》㆑也、亦可㆑見《シ》㆓其《ツノ》傷《イテ》不《ルコトヲ》㆑応㆑保㆑辜《タモツツミヲ》也、濤《タウ》桃音能求《ヨクモトメエテ》㆓得其実《ノジツヲ》㆒、弁《ヘン》㆓明其誣《メイスノフヲ》㆒可《シ》㆑謂《フ》㆑尽《ツクスト》㆑心《ヲ》矣

鄭克曰、按スルニ傷《キスツイ》テ帰リ、落馬《ラクバ》シテ死タル者ノ子。父ノ意趣《イシュ》ノアル相手《アイテ》ヲ、其傷《キス》ニテ死タリト誣《シイ》ル」四オ ナリ。ソレ闘《タヽカフ》ヲ分テヤルハ、深手トモ不見。律《リツ》ノ法《ハウ》ニ辜《ツミ》ヲ保《タモ》チ守《マモ》ルコトナシ。今相手《アイテ》ヲ誣《シイ》ルニ、其傷《キス》ニテ即時《ソクシニ》死タルト云。人ヲ傷ケルニ、十日ノ日限《ケム》ノ内ニ死テモ。他ノコトニテ死タルハ。唯人ヲ傷ケタル罪ニ坐《ツミ》スル也。彼者、馬ニ騎《ノリ》テ帰リ、落《ヲチ》テ死タルハ別ノコト也。又キツノ浅《アサ》キ故ニ、馬ニ騎テ帰リタレハ。辜ヲ守ルヘカラサルコト可㆑知。然ル故ニ、濤《タウ》カ能《ヨク》其実証《シッセウ》ヲ求メ得テ。仇《アタ》ヲ誣タルコトヲ弁《ワキマ》ヘ明《アカ》シタリ。誠ニ獄《コク》ノ理非《リヒ》ヲ決《ケツ》スルニ心ヲ尽《ツク》シタル者ト可㆑謂也」四ウ

桑懌閉《サウヱキヘイ》《トチ》㆑柵《サク》《サクヲ》　蘇秦徇《ソシンシュン》《トナフ》松閏切行以令衆也㆑市《シ》《イチニ》

〔迹賊〕

桑懌初《ハシメ》以《テ》㆓右班殿直《ハンテンチヨクト云ヲタリ》㆒、為㆓永安巡検《ヤウアンノシユンケン》㆒、明道末《メイタウノスヱ》、京西《ケイセイ》

旱蝗《カンクワウアリ》、有《リ》二悪賊《アクソク》二十三人一、枢密院《スウミツイン》召《ヨンテ》レ懌《ヲ》音亦授《サツクルニ》以《テ》二賊姓《ソクノセイ》
名《メイヲ》一、使《シム》レ捕《トラヘ》レ之《ヲ》、懌《エキカ》曰、盗畏《ヲソル》二吾《カ》名《ヲ》一、決《サタメテ》潰《ツイヘン》去、宜《シ》二先《シクマツ》
示《シメスニ》以《テスツタナキヲ》レ怯、至《ル時ハ》則閉《チトチテサクヲ》レ柵音策村寨也戒《イマシメテクンリヲ》二軍吏一、不《サラシムエ》レ得レ出《イツルコト》、
其下《ノ》数《モシハ〳〵コフ》請二自《ミ》効《イタサントミナ》一、皆不《ス》レ許《ユルサ》、乃夜《チヨルト》与二数卒《スソツ》一服《フクシヌスヒトノフクヲ》二盗服一、
迹《タツネテ》下盗所《ノノ》二常《ツネニユク》行処《ヲ》上、入《ル》二民家《ミンカニ》一、老小皆《ミナ》走《ハシル》、独《ヒトリ》一媼《アフ》音懊女老也
留《ト、マツテタメニチス》、為治二飲食《インシヲ》一、如《シ》レ事《ルカクン》二群盗《タウニ》一、懌帰《カヘテトツルコト》閉レ柵《ヲ》、三日、
復《マタミ》自携《タツサヘテ》レ饌《センヲ》就《ツイテ》レ媼《アフニ》、而以《シテテ》レ余《アマリヲ》遺《ヲクル》レ媼《アフニ》、媼以《ヲモヘラク》為真《マコトノ》
盗《ヌスヒトナリト》、乃稍就《チヤ、ツイテトモニカタル》与語、因《テ》及《フ》二群盗《クンタウニ》一、媼《ノ》曰、彼聞《レキイテ》二桑殿直《サウテンチヨク》
来《キタルトミナ》一、皆」五オ遁《ノカレサル》去、近《コノコロ》知《テ》二閉《トチテヱイヲ》レ営不《コトヲイテヤウヤクカヘル》レ出漸還矣、某《ソレカシハ》
在《リ》二某《ソコノ》処《ニ》一、某在《ハリ》二某処《ノニ》一、懌後《ノチ》三日、又往《ユイテアツク》厚遺《ヲクル》レ之《ニ》、
遂《ツイニ》以《テ》レ実《ジツヲツケテ》告曰、我桑殿直《ハサウテンチヨクナリ》也、為《タメニ》レ我察《カサツセヨ》二盗之《ノ》実《シツ》的《テキノキヨ》居
処《シヨヲ》一、切《ニナカレ》勿レ泄《モラスコト》、乃分《チテ》二軍士《クン》一、悉《シヲコト〳〵クトリコニシテエタリ》擒獲レ之《ヲ》見《タリ》二本伝一

桑懌《サウエキ》ハ宋ノ時ノ人也。右班殿直《ウハムテムチヨク》ハ禁中《キムチウ》ノ御殿ニ。トノ居シテイルニ。左右ノ列班《レツハム》アリ。其宿直《トノイ》ノ右班也。桑懌カ初メ右班ノ宿直ニナリタル故ヲ以テ。永安《ヤウアム》ニ事アリテ。永安ノ横目《ヨコメ》ニ行《ユキ》タルナリ。宋ノ仁宗ノ天聖九年ノ後ニ、明《メイ》道《タウ》二年アレハ。明道ノ末《スヱ》ハ明道ノ二年也。

其帝都ノ西ニ旱《ヒテリ》カシテ。稲《イネ》ニ蝗《クワウ》カツキテ、凶年《ケウネム》」五ウナル故ニ。悪賊《アクソク》ノガンタウガ二十三人マテアル也。枢密院《スウミツヰム》ハ宋《ソウ》ニ始テ立タル官也。誰《タレ》ト云コトヲ知ラス。天下ノ政事《セイシ》ヲモ丞相《セウシヤウ》ニツイテ聞テ。軍《イクサ》ノサシ引ヲスル官也▲枢密副使《スウミツフシ》、枢密使《スウミツシ》ナト云モ、此ソヘ官也▲京西《ケイセイ》ノ枢密院ヨリ桑懌《サウエキ》ヲ召《メシ》テ。盗賊《タウソク》ノ姓名《セイメイ》二十三人書《カイ》テ授《サツケ》テ、此盗人ヲ捕《トラ》ヘヨト云也。

懌申ス様、我平生《カヘイセイ》ノ勇《ヨウ》ニヲソレテ。我《レ》盗人ノ穿鑿《セムサク》ヲスルト聞ナラハ。定テ潰《ツイ》ヘ去ン•潰《クワイ》ハ軍陣《クムチム》ニテ敵《テキ》ニテモ味方《ミカタ》ニテモ。ニゲクヅル、ヲ云也•我カ盗人ヲコハガルヤウニ思ハスベキトテ。京西ヘ行キ至ル時ニ。我カ居所ノ」六オマハリニ柵《サク》ヲフリ、門ヲ閉《トチ》テ。内ノ者ヲ禁制《キムセイ》シテ、柵ヨリ外ヘ不レ可レ出ト云テ。盗人ノ用心ヲスル体ヲ見スル也•怯《ツタナキ》トハ臆病《ヲクヒヤウ》ナルコト也。兵法ニ用ル字也•其下《ノ》数《モシハ〳〵》請《コフ》二自《ミ》効《イタサント》一トハ。余力《ヨリキ》同心ノ者、又ハ内ノ者也•通鑑《ツカム》ニ、為《タメニ》其下《ノノ》一被《サル》レ殺《コロサ》、トアルモ。余力ナトノ我カ下ニ付者也•其者トモカ何レモ云様ハ。何トテ盗人ヲカホトマテ御ヲソレ

アルソ。我等マイリ、盗人ヲ捕《トラ》ヘ可レ申ト云。懌許容《エキキヨヨウ》セス。夜ニ入テ、六七人ホト士卒《シソツ》ヲツレテ。盗人ノキルモノヲキテ。盗人ノ常ニ往来《ワウライ》スル処ヲ尋テ。民百姓《タミヒヤクシヤウ》ノ家へ。盗人ニ入タルマネヲスル也。

老若《ラウニヤク》」六ウ 皆ニケハシル。サル家ニ、老女ノ只独アリケルカ。此者トモヲ留テ、食ヲクハセ、酒ヲ飲セテ。此前《マヘ》ヨリ来ル盗人トモニ事《ツカフ》ルヤウニスル躰也。懌《エキ》帰テ柵《サク》ヲユイ、門ヲ閉《トツ》ルコト、イヨ〳〵堅《カタ》クシテ。三日有テ、又我ト弁当《ヘムタウ》ナトヲ携《タツサ》ヘテ、彼老女カ処へ行テ。宿《ヤト》ヲカリテ。シタヽメヲシ、余《アマリ》ヲ老女ニヲクリ食シムル也、老女イツモノ盗人ナリト思テ。ソハヘヨリテ相《アイ》トモニ語。懌カ云、其盗人ハイカニ。彼盗人ハ何トシタルソナト語リ問ヘハ。老女ノ曰、桑懌《サウエキ》ト云人、盗人ノ穿鑿《セムサク》ニ来ト聞テ逃《ニケ》ケルカ。桑懌ハ我家ノ用心マテヲシテ。外ヘモ出」七オ ヌト聞テ。又大方帰リタル也。某人ハ某ノ家ニ居リ。某ノ家ニハ何ト云人有ト語ル▲某在《ハリ》二某処《ニ》一、某在《ハリ》二某処《ニ》一、ト書タルハ、論語ニアル文法也△某後三日アリテ、懌《エキ》又老女ノ家へ往テ。財物《サイモツ》ヲ厚《アツ》クトラセテ。真実《シムシツ》ヲ告《ツケ》テ、我ハ桑殿直《サウテムチヨク》也。盗人ノアリ処ヲ目アカシセヨ。カマイテ此コト人ニ泄《モラ》シ語ナトテ。盗人ノ居所ヲヨク聞テ。手分《テワケ》ヲシテ残《ノコ》ラス捕《トラ》ヘタル也

鄭克曰《カ》、按懌《ニエキ》先《マツ》閉《トチテ》レ柵《サクヲ》、譎《イツハツテ》レ賊使《ヲシム》レ不《サラ》レ走《ハシラ》、乃《チ》因《テ》レ嫗《アフニ》、迹《タツネテ》レ賊使《ヲシム》レ不《ラ》レ覚《サトラ》、然後《シテ》悉《ニコト〳〵クニ》擒《ニス》レ之《ヲ》、皆兵法《ミナヒヤウハウナリ》也、後漢《コカンノ》虞詡《グク》況羽切為《タリ》二朝歌長《テウカノチヤウ》一時《トキニ》、賊寧季《ソクネイキ》等数千人《ラ》」七ウ 攻《セメ》二殺《コロシテ》長吏《チヤウリヲ》一、屯聚《シユンシウスルコト》連年《レンネン》、州郡《シウクン》不レ能レ禁《キンスルコト》、詡到《テ》レ官《クワンニ》、既《ステニ》誘《アサムイテ》令《メテ》二劫掠《コフリヤウセ》一、伏《フクシテ》レ兵《ヘイヲ》殺《コロス》レ之《ヲ》、又潜《ヒソカニ》遣《ツカハシテ》二貧人《ヒンノ》能《ヨク》縫者《ヌフヲ》一、傭《ヨウシテ》作《ツクツテ》二賊衣《ソクイヲ》一、以《テ》二綵線《サイセンヲ》一縫《ヌフテ》二其裾《ノキヨヲ》一為《ス》レ幟《シルシト》記也、有《リ》下出《ルシ》二市里《リニ》一者《ノ》上、吏輒《リスナハチ》擒《トリコニス》レ之《ヲ》、賊遂《ソクツイニ》駭散《ヲトロキサンスコト〳〵ク》、咸称《セウスシン》二神明《メイナリト》一、是亦兵法《ヘイハウナリ》一也、然於《モテ》二迹賊之術《セキソクノシユツニコト〳〵ク》一、悉皆有《リ》レ所《ロ》レ考《カンカフル》焉、顧《カヘリミルニモチイル》用者何如《ノイカン》耳《ノミ》、故並《ニナラヒニアラハシテ》著《ヲ》レ之、以備《テソナフサイタクニ》二採択一也

鄭克カ曰、按スルニ。懌《エキ》ガマツ柵《サク》ヲつ《(ママ)》リ門ヲ閉《トチ》テ畏《ヲソ》ル、躰《テイ》ヲ見セタハ。盗人ニアナヅラセテ、盗人ノ他国へ行ヌタバカリ也。又老女ヲコマツケテ、盗人ヲ問尋テ。人ノ知ヌヤウニシテ。後ニ皆盗人ヲ」八オ 捕《トラ》ヘタルコト。皆

兵−法軍陣《クムチム》ニスルコト也。後漢ノ時、虞詡《グク》ト云人。殷《イム》ノ紂《チウ》カ時ノ都《ミヤコ》、朝歌《テウカト》云所ノ長吏《チヤウリ》ノ長ニ成テ居ル時ニ。冠《(ママ)》賊一《イッ》−揆《キ》ガンタウ、寧季《ネイキ》ナト云者ヲハシメ。五六千人ホトアツマリ。長吏トモヲ攻殺《セメコロ》シテ。アナタコナタニ陣ナトノ如ク屯《タムロ》シテ。数−年居タリ。一−州一−郡ノ主令《シユレイ》モ、禁制《キムセイ》スルコトモナラス。盗賊イヨ〱ヲコリマハル。其時、虞詡、其所ノ官へ行テ。誘《アサムイ》テワサト盗人ノ劫《ヲヒヤカ》シ掠《カスメ》トルヤウニシカケテ。盗賊ヲオヒキ出シ、兵《ツハモノ》トモヲ伏《フセ》テ置《ヲイ》テ。出ル処ヲ殺シ。又ヒソカニ貧《ヒン》ナル者ノ。人ノ衣服《イフク》ナトヲ」八ウ シタツル者ヲ呼《ヨヒ》。日ヤトイニシテ賊人ノ衣ヲ仕立《シタテ》テ。五色ノ糸ヲ以テ其スソニ縫《ヌイ》ツケテ。シルシニシテ。市ヤ里へ出ル者アレハ。雑色《サフシキ》ヲヤリテ置《ヲイ》テ。即シバリ捕《トラユ》ル也。某《ソコ》ノ市ニテモ盗人ヲ縛《シハ》ル。某ノ里ニテモ盗人ヲ捕ルナト云コトヲ。真ノ盗人カ聞テ。目アカシノアレハト思テ。聞ニケニシテ四方へイヌル也。コレ神変《シムヘム》ナル譎《イツハリ》ナリト諸人ホメタリ。是モ軍陣《クムチム》ノ法也。シカモ賊ヲ尋ル術《シユツ》ニヲイテハ。桑懌《サウエキ》カ譎モ虞詡《クク》カ譎モ。共ニ考《カムカフ》ル所有也。此二ツヲ顧《カヘリミル》ニ。盗人ヲ尋ルニ用《モチ》フルソナラハ。何レニテモ」九オ シルヘキノミ。故ニ並《ナラヒ》ニ是ヲ書著《カキアラハ》シテ、獄《コク》ヲトリ択《エラフ》者ノ便覧《ヘムラム》ニ備《ソナ》フルト也

〔譎賊〕

蘇《ソ》秦《シン》在《リ》レ斉《セイニ》、斉大《ノタイ》−夫《フ》多《オホクト》与レ之争《レアラソフテフヲ》レ寵、使《シム》二人《ヲシテサ、》刺《ヲ》レ之、不《シテ》レ殄《タヘ》而走《ハシル》、求《モトムレトモソクヲ》レ賊不《エ》レ得、秦且《マサニシナント》レ死、乃《チ》謂《テ》二斉《セイ》王《ニ》一曰、臣死《シンシシテ》之後《ノチニ》、王車《クルマ》−裂《サキニシテ》二臣《ヲ》一、以徇《テトナヘテ》二 辞聞切行以示衆也 于市《イチニイヘ》一曰、蘇秦為《タメニエンノ》レ燕作《ヲコスト》二乱《ヲ》于斉《セイニ》一、如《ナラハ》レ此《ノ》則刺《サスノ》レ臣《ヲ》之賊《ソク》必得《スン》矣、王如《クス》二其《ノ》一言《コトノ》一、殺《コロスノ》二蘇秦《ヲ》一之賊《ソク》、果《ハタシテイツ》出、乃誅《チチウス》レ之《ヲ》 出《ツ》二春−秋後語一

蘇《ソ》秦《シム》ハ戦国《セムコク》ノ時ノ人也。蘇《ソ》秦《シム》、張儀《チヤウキ》トテ、合従連衡《カウセウレムクワウ》ノ事ヲ諸侯《シヨコウ》ニトイテ。諸国ヲ遊歴《ユウレキ》シタル者也。蘇秦カ斉《セイ》ノ国へ行テ。斉王ノ機《キ》ニ入テ、権《ケム》ヲ専《モツハラ》ニスル故ニ。」九ウ 斉《セイ》ノ大《タイ》夫《フ》トモカ。秦《シム》ト寵権《テウケム》ヲ争《アラサ》フテ。人ヲ頼テ秦ヲ刺殺《サシコロ》サシムル也。然トモ、ト、メヲ不レ指《サ、》シテ。命《イノチ》ノ緒《ヲ》ノタエサルニ逃走《ニケハシ》ル。其刺《サシ》タル賊《ソク》ヲ尋レトモ不レ得。秦カ死ントスル時。斉王ノ御見マイ有タルニ。斉王ニ申スヤウ。我死テ後ニ、

市《イチ》ニテ車ザキニシテ。蘇秦《ソシム》コソ燕《エム》ノ国ト内通《ナイツウ》シテ。斉ノ国ニ乱《ラム》ヲナサント。ハカリタル故ニ。法ニ行《ヲコナ》フナレトアラハ。刺殺タル盗人ガ出ヘキト云リ。斉王、其言《コト》ノ如ク行レケレハ。按《アム》ノ如ク秦ヲ殺タル賊カ。我ト申テ出タリ。即捕《トラヘ》テ誅《チウ》シタリ•車裂《クルマサキ》ノ法ハ左伝ニモアリ。左伝ニテハ、轘《クワン》ノ字ヲ。クルマサ」十オ キト読也。罪人ノ手足ヲ、牛《ウシ》四疋ニユイツケ。其牛ヲタ、ケハ、牛驚《ヲトロイ》テ。アチヘ引。コチヘ引シテ。人ノ四支ヲ引サク也

春秋後語ハ左丘明《サキウメイ》カ著《アラハシ》タル書也。国語ノコト也。斉ノ国ノ語ニアリ

任城示レ靴《シンセイシメシクツヲ》　楊津獲《ヤウシンウ》レ絹《キヌヲ》

〔迹盗〕

北斉《ホクセイノ》任城‐王、湝《カイ》音諧 領《リヤウス》二幷州《ヘイシウノ》刺史《シシヲ》一時《トキニ》、有《リ》レ婦《フ》‐人、臨《ノソンテ》二汾《フン》水《スイニ》一浣《アラフ》音緩濯也レ衣《ヲ》、為《タメニ》二乗《ノル》レ馬行《ニカウ》‐人《ノ》一、換《カヘテ》二其新《ノシン》‐靴《クワヲ》一而去者《サルモノアリ》、婦‐人持《チシテ》二故靴《コクワヲ》一、詣《イタツテ》レ州《シウニ》訴《ウツタフ》レ之《ヲ》、湝召《カイヨンテ》二城‐中《セイチウノ》諸嫗《シヨヲウヲ》一、以《テ》レ靴《クワヲ》示《シメシ》レ之《ニ》給《アサムイテ》一曰《ク》、有《リ》下乗《ノル》レ馬《モノ》於《ニ》レ路《テ》被《ミチニラル、》二賊《ソクニ》殺《サツ》‐害《カイセ》一者《モノ》上、遺《ヲトセリ》二此《ノ》」十ウ 一靴《クツヲ》一、得《シヤ》レ非《ルコトヲ》二親属《シンソク》一乎、一‐嫗撫《ナテ、》レ膺《ムネヲ》哭《コクシテ》曰《ク》、児《ジ》昨着《キノフツケテ》レ此《ヲ》回《カヘル》二妻家《メノイエニ》一也、即捕《スナハチトラヘテ》而獲《エタリ》レ之《ヲ》　出二北史本伝一

北斉ハ晋《シム》ノ末《スエ》、後‐魏《ギ》ノ後ノ北斉也。高歓《カウクワム》ト云者、始テ世ヲ立タリ。此湝《カイ》モ高歓カ親類《シムルイ》ニテ、高湝《カウカイ》ト申也。任城《シムシヤウ》ト云所ノ王ニ封《ホウ》セラレ。幷州《ヘイシウ》ノ刺（ママ）史《シシ》ヲ受領《シユリヤウ》シタリシ時。幷州ノ婦‐人、汾水《フムスイ》ト云水ノホトリニテ衣ヲ浣《アラフ》ニ。馬ニノリテ通《トヲ》ル人。フルキ靴《クツ》ヲ、婦‐人ノ新キ靴ニハキ換《カヘ》テ去也。婦人フルキ靴ヲ持《モチ》テ、州ノ奉行《フキヤウ》ニ詣《イタリ》テ訴訟《ソセウ》申也。王湝、思案《シアム》シテ、城中ニアリトアラユル。年ノヨリタル女ヲ召《ヨム》テ。其故キ靴ヲミセテ云コトハ。」十一オ 某《ソコ》ノ所ヲ馬ニ乗《ノリ》テ通《トヲ》リタル者。山タチニ殺サレタリシガ。此靴《クツ》ヲ盗人カ取ヲトシテ置《ヲキ》タリ。此人ノ中ニ親類《シムルイ》ハナキカト給《アサムイ》テ云也。一人ノ老‐女カ、膺《ムネ》ヲ撫《ナテ》テ哭泣《コクキウ》シテ云ヤウ。我ムスコ、昨日此靴ヲ著《ツケ》テ、妻《メ》ノ所ヘ回《カヘ》リタルガ、殺サレタルカト云。即其者ヲ捕《トラヘ》ニヤリテ獲タル也

鄭克《カ》曰、按《スルニ》湝《カイト、》留《ムルコトハコ》二故‐靴《クワヲ》一者、将《マサニ》二以《テ》レ迹《アトヲ》求《モトメント》レ之《ヲ》也、給《アサムク》二諸‐嫗《コトハシヨヲ》一者、兼《カネテ》以《テ》レ譎《イツハリヲ》取《トルナリ》レ之《ヲ》也、与《ト》二浟《イウカカウ》一買《カワヲ》レ皮

事《コト》一頗《スコブル》相類《アイルイス》、然居《モキヨ》城諸《セイノシヨ》嫗、所二以《ユヘンハ》可《キ》レ召《ヨフ》者、北斉《ホクセイ》承《ウケテ》二後魏喪乱《キサウランノ》之後《シリヘニ》一、幷州城中居《ヘイシウシヤウチウキヨ》人不《ス》レ多《オホカラ》、雖尽《トモコト〳〵ク》二召《ヨフト》レ之《ヲ》、」十一ウ 亦不レ為《セ》レ擾苟《ネウトイヤシクモ》、或蕃庶《ハハンシヨナラハ》、当《ニ》下《キ》如《ク》二楊津《ヤウシンカ》一下《クタス》上レ教《カウヲ》而已《ノミ》、此在《レリ》二随《シタカツテ》レ事制《ニセイスルニ》レ宜《ヲ》也

鄭克曰、按スルニ。湝《カイ》カ故靴《フルクツ》ヲ留テ置《ヲイ》テ。穿鑿《セムサク》セント思フハ、証迹《セウセキ》ヲ以テ盗人ヲ求ントスル也。城中ノ老女ヲ呼《ヲヒ》（ママ）テ 給《アサムイ》タルハ。証迹ノアルニ。又 譎《イツハリ》ヲ以テ兼《カネ》テ盗人ヲ 捕《トラユ》ル也。是ハ迹賊譎賊《セキソクケツソク》兼タリ。此ヨリ末ニ彭城《ハウシヤウ》王、浟《ユウ》ノ牛《ウシ》ノ皮《カハ》ヲ買《カハ》レシコトト同類也。然モ我居ル城中ノ老女ヲ呼《ヨハ》レタルハ。北斉ハ後魏ノ乱《ラム》ノ後ニテアレハ。幷州《ヘイシウ》ノ城中ニ人スクナシ。残サス呼トモ、国ノワツライニモ不成。小勢《コセイ》ナル」十二オ 故ニ呼《ヨヒ》タル也。若《モシ》人民モ繁《シケ》ク大勢アラハ。呼コトモナルマシ。其時ハ、此下ノ段ノ楊津《ヤウシム》カ教ヲ下シタルヤウニシテ捕《トラユ》ヘシ。事ノ理ニ随《シタカ》フテ制法《セイハウ》ヲスルトハ。此事ニアル也

〔譎賊〕

周楊津字《シウノヤウシンアサナハ》羅漢《ラカン》、為《タルトキニキ》二岐州刺（ママ）史《シウノシシ》一、有《リ》二武功《フコウノ》人一、齎《ツヽンテキヌ》二絹三百匹《ヲ》一、去《サルコトシヤウヲ》レ城十里《リニシテタメニソクノ》、為レ賊所《ル》レ劫《ヲヒヤカサ》、時《ニ》、有《リ》二使者《シシヤ》一、馳《ハセテキヲ》レ騎而至《イタル》、被《ル、》レ劫《ヲヒヤカサ》一人因以《テ》告《テツク》レ之《ヲ》、使者到《テ》レ州《シウニ》、以《テ》レ状《シヤウヲ》白《マウス》レ之《ヲ》、津乃下《チクタシテ》レ教《カウヲ》曰《ク》、有《リ》レ人、着《キ》二某色衣《ソノイロノ》一、乗《ノリ》二其色馬《ソノイロノニ》一、在《テ》二城東十里《シヤウトウリニ》一、被《ル》レ殺《コロサ》不レ知《ラ》姓名《セイメイヲ》、若有《モシ》二家人《ラハカ》一、可《キ》二速《スミヤカニ》収《ヲサム》一爾《ノミ》、有《リ》二一老母《ノラウホ》一、行哭《ユイテコクシテ》而出《イテ》云《ク》、是己子《レヲノレカコナリ》、於《テ》レ是収捕《コヽニトラヘトラヘテ》、幷《ナラヒニ》」十二ウ 絹倶獲《キヌトモニエツ》二出《タリ》北史楊播伝《ヤウハカニ》一、津其子《ハノナリ》也

周ハ後周也。北斉《セイ》ノ後也。楊津《ヤウシム》カ字《アサナ》ヲ羅漢《ラカム》ト云也。津カ岐州《キシウ》ト云所ノ刺（ママ）史《シシ》ニ成テ居ル時ニ。武功《フコウ》ト云所ノ人カ。絹《キヌ》三百疋ヲ物ニ齎《ツミ》テ。武功ノ城《シロ》ノ十里ハカリワキニテ。盗人ニ絹ヲ取ル、也▲武功ハ、三国ノ時カラ城ノアル所也。諸葛亮《シヨカツリヤウ》カ城ニテ有シ也▲折節《ヲリフシ》、幷州《ヘイシウ》ノ使者ガ馬ヲ馳《ハセ》テ至ル。劫《ヲヒヤ》カサル、者、其使者ニヨリ就《ツイ》テ。是々ノ様子ニテ絹《キヌ》ヲ取レタリ。幷州ノ守護殿《シユコトノ》ニ御申アリテ給《タマハ》レト頼《タノム》也。使者、幷州ニ到テ条《テウ》々ノ子細ヲ楊津ニ申ス。楊津、子細ヲ聞テ、即フレ状」十三オ ヲ下シテ曰。ナニ色ノ衣服《イフク》ヲ着《チヤク》シ。何毛ノ馬ニ乗テ。武功《フコウ》ノ城《シロ》十里ハカリ東ニテ。人ニ殺サレタリ。姓種生《セイシユシヤウ》ヲモ知ラス。若ソノ妻子モアラハ、

早々死《シ》-骸《カイ》ヲ収《ヲサ》メトレト云。一人ノ老-母カ其獄官《コククワム》へ行テ、泣《ナイ》テ出テ申ヤウ。其者コソ我子ナレト云。サテコソ其盗人ヲ捕《トラヘ》テ、絹《キヌ》ヲモ取カヘシタレ

此事ハ北史ノ楊播《ヤウハ》カ伝ニアリ。楊津《シム》ハ王播カ子也

鄭克曰、按《カスルニ》此《レト》与二高潜《カウカイカ》留《ト、メテ》レ靴《クツヲ》給《アサムク》レ嫗《ヲシユツ》術一同《シ》、彼《カレハ》以《テ》レ靴《クツヲ》為《シ》レ迹《アト、》、此《レハ》以《テ》二衣《ト》与《ヲ》レ馬之色《イロヲ》一為《ス》レ迹《ト》、而皆《シテミナ》用《テ》レ譎《イツハリヲ》取《トル》レ之、其《ヲ》異者《ノコトナルモノハ》、彼《カレハ》実得《ニウル時ハクツヲ》レ靴則主《チシユトシテ》二於迹《アトヲ》一而兼《カヌルニ》十三ウ以《ス》レ譎《イツハリヲ》、此空言《レハムナシクイツテ》二衣与《トトノ》レ馬之色《ヲ》一則主《チシユトシテ》二於譎《イツハリヲ》一而示《シメスニ》以《ス》レ迹《アトヲ》也

鄭克曰、此事ハ。前ノ段ノ高潜《カウカイ》カ靴《クツ》ヲ留テ。老-女ヲ給《アサムイ》テ盗人ヲ捕《トラ》ヘタル術《シユツ》ト同キ也。高潜ハ靴ヲ証迹《セウセキ》トシ。此楊津《ヤウシン》ハ衣ノ色ト馬ノ毛トヲ証-迹トシテ。皆譎《イツハリ》ヲ用テ盗人ヲ捕ヘタリ。此二ツノ中ニ。カハリノ有ハ。潜ハ靴ヲ得テ証-迹ヲ本ニシテ。老-女ヲタバカリタレハ。証-迹ニタバカリヲ兼《カネ》タリ。此津ハ、タ、馬ノ毛、衣ノ色ヲ。人ノ語ヲ聞テ。タバカリヲ」十四オ本トシテ。人ニ示《シメス》ニ証迹《セウセキ》ヲ以テセリ。盗人ヲ尋-知ル術ハ同シケレトモ。迹《アト》ヲ本トシテタバカリタルト。タバカリヲ本トシテ証-迹ヲ示シタルトノ異-術也

李傑《リケツ》買《カヒ》レ棺《クワンヲ》　重栄《テウヱイ》咄《トツス》レ箭《ヤヲ》

〔察姦〕〔懲悪〕

唐《タウノ》李傑《リケツ》、為《タリ》二河南《カナン》尹《ノイン》一、有《リ》二寡-婦《クワフ》一、告《ツク》二其子《ノ》不-孝《カウヲ》一、其《ノ》-子不《レ》能《アタハミ》二自理《コトハルコトタ、》一、但云《フ》得《タリツミヲ》二罪於母《ハ、ニ》一、死所《シストモロナリ》レ甘《アマンスル》レ分《フンヲ》、傑察《サツス》二其状《ノカタチ》非《ルコトヲ》レ不-孝《カウニ》、傑謂《テ》二寡-婦《ニ》一曰《ク》、汝寡《ナンチクワ》-居《キヨ》十-年、惟有《タ、リ》二一-子《シ》一、今告《イマツケテ》レ之罪《ヲツミ》至《イタル》レ死《シニ》、得《ンヤ》レ無《コトヲ》レ悔《クヒ》乎、寡-婦《クワフノ》曰《ク》、無《シ》レ頼《タノモシケ》不《レ》順《シユンナラ》二於母《ニ》一、寧《ムシロマタヲシマンヤ》復惜《ヲ》レ之、傑曰《カ》、審《アキラカニ》如《クナラハ》レ此《ノ》、可《シ》三買《カヒ》レ棺《クワンヲ》来取《テトル》二児《ジノ》尸《カハネヲ》一、因使《テシム》三人《ヲシテウカ、ハ》覘擬廉切窺也二其《ノ》-後《ヲ》一寡《クワ》-婦《フ》既《ステニイテ、》-出、謂《テ》二一《リノ》」十四ウ道-士《タウシニ》一曰《ク》、事《コト》-了《ヲハンヌ》矣、俄《ニワカニモツテクワンヲ》将《レ》棺至《ル》、傑尚《ナヲコヒネカツテ》冀《ノクヒンコトヲサイ》二其悔一、再-三喩《サンサトス》レ之《ヲ》、寡-婦《クワフ》堅-執《カタクトルコト》如《シ》レ初《ハシメノ》、時《トキニ》道《タウ》-士《シ》立《タテリ》二於門《モン》-外《クワイニヒソカニシム》一、密令《トリコニ》レ擒《ヲ》レ之、一-問《タヒ》承-伏《テセウフクシテ》曰《ク》、某《ソレカシ》与《ト》レ寡《クワ》-婦《フ》有《リ》レ私《ワタクシ》、嘗《カツテタメニジノラル》為《レ》児所《レ》制、欲《キンセ》除《スノソカント》レ之《ヲ》、乃杖《チツヘウチコロヲ(ママ)》二殺道-士及《ヲヨヒ》寡-婦《ヲ》一、即以《チテ》レ棺《クワンヲモル》盛《ヲ》レ之出二唐書本伝一

唐ノ李傑《リケツ》カ河南ノ尹《イン》ニテアル時▲尹ハ京兆《ケイテウ》ノ尹ナト、テ。

所ノツカサ也• 一人ノ女ノヤモメ有シカ。我子ノ不孝《フカウ》ナル由ヲ奉‐行ヘ告《ツケ》テ。如何様ニモ御ハカライアレト申ス• 告《コク》ノ字ハ、律ノ法ノ時ハ。人ノ事ヲワルサマニ云ニ。告ト書也• 其子ヲ召出シテ問ヘハ。其」十五オ 子ノ曰。母ニヨク孝《カウ》ヲ致スコト不レ成。罪ヲ母ニ得タレハ。今不‐孝ノ法ニアヒテ死トモ。我分‐上ニ願《ネカ》フ所也ト云• 甘《カン》分《フン》《アマナフフンヲ》ノ字ハ後漢書ヨリ出タリ。我‐身ニウケゴヒ願ト云コト也• 李傑《リケツ》、其子ノ状ヲ見ニ。中々不‐孝ナル者ニテハ有マシキト察シテ。母ニ云ヤウ。汝《ナンチ》ヤモメニテ居コト。十年ニナルト云。只一‐子ノ不‐孝ヲ、今官ニ告ク。子ヲ死‐罪ニ行フトモ。後《コウ》‐悔《クワイ》アルマシキヤト云。母カ申ヤウ、我‐子ナレトモ頼《タノモ》シケナケレハ。御殺シアルトモ惜《ヲシ》ムヘキヤト云。李傑カ曰、シカト其通ナラハ。子ヲ殺サン程ニ。棺《クワン》ヲ買《カフ》テ来テ尸《シ》‐骸《カイ》ヲ取テ帰レト云テ、母」十五ウ カ棺《クワン》ヲ取ニ行アトヲ。人ヲツケテ覘《ウカヽ》ハスレハ。母奉‐行所ヲ出テ。道‐士ニアフテ云ヤウ。公‐事ハサツトスンダト云テ。ヤカテ棺ヲ将《モチ》テ来ル。李傑《リケツ》、又母ニ、後‐悔ハスマジキカト、二‐三‐度教訓《キヨウクン》スレトモ。母キカス。只法ニ御‐行アレト、堅《カタ》ク初ヨリノ如ク云。彼道‐士ハ、李傑カ門‐外ニ立テアリシヲ。密《ヒソ》カニトラヘテ栲《カウ》‐問《モン》スレハ。ヤカテ罪ニ伏シテ云ヤウ。某トヤモメト密《ヒツ》‐通《ツウ》アリ。其‐子ムツカシキ故ニ。何トソシテノケント存ル故ニ。カクノ通リニ申ト白‐状ス。即道‐士トヤモメトヲ殺シテ。母カ将《モチ》テ来シ棺ヘ二人ノ尸ヲ盛《モリ》テ。子ニヤリケ」十六オ ルト也　此事ハ唐書ノ李傑カ伝ヨリ出タルト也

〔摘姦〕〔懲悪〕

晋《シンノ》安重栄《アンテウヱイ》、鎮《ル》二常山《ヲ》一日《ヒ》、嘗《テ》有《リ》下夫《フ》‐妻《セイ》共《ニ》訟《ル》二其子《ノ》不《フ》‐孝《カフヲ》一者《ノ》上、重栄面《マノアタリ》加《クワヘ》二詰責《テキツセキヲ》一、抽《ヌキンテ》レ剣《ケンヲ》令《シム》三自《シテ》二殺《サツ》レ之《ヲ》一、其父泣《ノチ、ナイテ》曰、不レ忍《シノヒ》也、其母詬《ノハ、ソシリノツテ》‐詈、仗《テ》レ剣逐《ヲフ》レ之《ヲ》、重栄問《トヘハ》レ之《ヲ》、乃継《チケイ》‐母《ホナリ》也、因咄《テトツ》当没切呵也‐出《シユツシテヨリ》 自レ後射《シリヘイテ》二一‐箭《センヲ》一而斃《タヲス》、聞《キク》‐者《ノ》莫《シ》レ不《ト云コト》増《マサ》レ快《クワイヲ》、由《テ》レ是境《レニケイ》‐内《タイ》以《テ》為《ス》二強明《キヤウメイノ》之政《マツリコトト》一

晋ノ時ニ、安重栄《アンテウヱイ》ト云モノ。常山ト云所ヲ鎮メタル時ニ。夫‐婦二人来テ、我子ノ不‐孝ヲ云テ。如何様ニモ御申付アレト訴‐訟スル者アリ。重栄、其子ヲ目ノ前ニテ。何トテ不‐孝ナルソト詰《ナシ》リ責《セメ》テ。我《カ》剣ヲヌイテ」十六ウ 自‐害セヨト

云。父泣《ナイ》テ、其ハアマリナルコトナリトテ、トムレハ。母ハ其子ヲ臆《ヲク》病《ヒヤウ》者、何トテ死ヌソト。ソシリシカリテ。其剣ヲトリテ子ヲ追フ•又自殺ハ、父ニ殺セト云義ニテモアルヘシ。其ナラハ、母カ夫《ヲット》ヲ訴詈《ソシリノリ》テ。夫ノ特《モチ》（ママ）タル剣ヲ取テ。子ヲ追フ成ヘシ▲重栄《テウエイ》、此仕形ヲ見テ。何タル子細ニテ、母ハ是程マテ悪《ニク》ムソト問ヘハ、継《ケイ》母《ホ》ナリト云。重栄ニクキコトカナト云テ。子ヲ追フ母ヲ、後ヨリ一箭ニテ射殺ス。是ヲ聞人ゴトニ。サテモ機《キ》サンジナルコトト云テ。常山境《ケイ》内《タイ》ノ者トモカ。強明ナル政ノシヤウカナト云也」十七オ

鄭克《カ》曰《ク》、按《ルニ》古《イニシヘノ》之後《コウ》婦《フ》、嫉《ムハ》二前《サキノ》妻《メノ》子《コヲ》一、亦《マタ》已《ステニ》多《シ》矣、苟《マコトニ》得《エハ》二其《ノ》情《セイヲ》一、則《チ》切《タシカニ》責《セメテ》而厳《キビシク》戒《イサメテ》レ之《ヲ》可《カ》也《ナリ》、何《ナンソ》必《シモ》取《トツテ》二快《クワイヲ》一時《シニ》一、加《クワヘンヤ》二之非《ニヒ》法《ハウヲ》一乎、語《コニ》曰《ク》、不レ教《シテヲシヘ》而殺《コロス》謂《フ》二之《ヲ》虐《キヤクト》一、重栄固《ハマコトニ》不レ足《タラ》レ道《イフニ》、此《ノ》事亦非《ス》レ所《ロ》レ取《ニトル》、旧《キウ》集載《シウノス》レ之《ヲ》故《ニ》略《ホ、》弁《ヘンス》焉

鄭克カ曰、古ヨリ。後ノ婦《フ》ノ、前ノ妻《メ》ノ子ヲ。ソネムコト。時々多キ也。訴訟ニ出ルニ、継母《ケイホ》ノネタミト知得ルナラハ。切《タシカ》ニ責問テ、厳《キヒシ》フ継母ヲ戒《イマシメ》テ置ヘシ。何ソ射殺テ機サンシナト。時ノ者ニ思セタルバカリニテ。法ニモアラヌ公事ノ聞ヤウヲ加ンヤ。」十七ウ 論語ニモ。不レ教《ヲシ》（ママ）シテ殺ヲ虐《キヤク》ト云トアリ。異見教訓《イケンキヤウクン》シテモ聞ヌヲ。殺スコソ理ナレ。ダマシテ殺スヤウナルハ悪虐《アクキヤク》ト云モノ也。重栄《テウエイ》カ此事ハイフニ不レ足。旧集ノ和魯公《クワロコウ》カ疑獄集《キコクシフ》ナトニモ載《ノセ》タル故ニ。コヽニ少シ略《リヤク》シテ弁シタルト也

蘇《ソ》請《イ》二祔《フ》柩《キウヲ》一　賈《カ》廃《ハイス》二追《ツイ》服《フクヲ》一

〔議罪〕

蘇《ソ》寀《サイ》為《タリ》二大理《タイリ》寺詳断官《ジノシヤウタンクワン》一、時有《ニリ》二父卒《チ、シユツシテ》一而母嫁《ハ、カスル》一、後聞《ニキイテ》二母死《シシテ》已《ステニ》葬《ハウムルト》一、乃盗《チヌスンテ》二其柩《ノヒツキヲ》一而祔《フス》音附合葬也二于父《ニ》一、法当《ハウタウスシニ》レ死、寀音采独《ヒトリ》曰《ク》、子《コ》盗《ヌスンテ》二母柩《ノヒツキヲ》一納《イル》二于父《ノ》墓《ツカニ》一、豈可《ニ》下与《シヤト》二発《アハキ》レ冢《アツツカヲ》取《トル》レ財《サイヲ》者《ノ》一比《ヒス》上、請《コツテ》レ之《ヲ》得《タリヲ》レ減《トスコトヲ》レ死《ヲ》見本伝一ニ」十八オ

蘇《ソ》寀《サイ》ト云シ者。大理寺ノ詳断官《シヤウタンクワン》トナル•大理寺ハ、日本テハ検非違使《ケンヒイシ》ナトノ居《ル》所ヲ大理寺ト云。詳断官ハ、訴

訟ヲ詳《ツマヒラカ》ニ断《コトハ》ル官也● 時ニ父死テ、母ヤカテ余処へ嫁《カ》《ヨメイリ》シテ死タリ。前ノ夫《ヲット》ノ子聞テ。其母ノ墓《ツカ》ヲアハキ柩《ヒツキ》ヲ盗テ。我父ノ墓へ一ツニ葬《ハフムリ》タリ● 祔《フ》ハ合セ葬ヲ云。礼記ニ、孔子少《シテ》孤《ニシテ》不レ知二其《ノ》父《ノ》墓《ヲ》一、及《テ》二顔氏死《ニ》一、殯《ヒンス》二於五父之衢《チマタニ》一、問《テ》二聊曼父《リヨウマンホ》之母《ニ》一、然《シテ》後《ニ》得《タリ》レ合二葬《フルコトヲ》一於防《ニ》一、トアルモ祔《フ》也● 律ノ法ニ、人ノ墓ヲ発《アハイ》テ。物ナトヲ取者ヲ。死罪ニ行也。後ノ夫カ訴訟シテ死罪ニ当ル也。宋《サイ》独リ云ヤウ。母ノ柩ヲ盗テ、父ノ墓ト一ツニ葬ハ礼也、孝也。何トテ」十八ウ冢《ツカ》ヲホリ財宝《サイホウ》ヲ盗取者ト。比類シテ殺スヘキヤトテ。上へ申請テ死罪ヲユルス也▲減《ケン》《ヲトス》レ死《シ》《ヲ》トハ、律ノ上ニ、死罪ヲ流罪シ。流罪ヲ杖《ツヱ》ニテ打《ウチ》ナントスルヲ減ト云

鄭克《カ》曰、按《スルニ》侯瑾少卿《コウキンセウケイ》、提《テイ》二点《テンスル》陝西《センセイノ》刑獄《ケイコクヲ》一時《ニ》、河《カ》中《ニ》有《リ》レ民《タミ》、父死《シテ》、其《ノ》母改嫁《アラタメトツク》、十余年《ニシテ》亦死《シス》、輒盗《スナハチヌスミ》三発《アバイテツカヲ》冢一取《テ》二其棺《ノクワンヲト》一与《レ》父合葬《アハセハウムル》、法当《ハウタウスタイ》二大辟《ヘキニ》一、有司《ユウシ》例《レイシテ》従《シタカフ》レ軽《カロキニキンコツテアラハス》、瑾請著二于令《レイニ》一、此《レ》乃用《チモチイテ》二宋《カ》所《ロヲ》レ請《コフスル》為《レイト》レ例者《ノナリ》、蓋《シハ、ト》母与《ノチノヲツト》二後夫一同《シテアナヲ》レ穴而葬《ハウムル》、於《テ》レ是発《ニアハキツカヲ》レ冢取《ル》二其柩《ノヒツキヲ》一、故《ニ》論《スルニ》以《テスヲヒヤカシツカヲ》二劫レ墓見《スノカハネヲ》レ尸之法《ハウヲ》一、而請《ルヲ》レ之《テ》僅《ヲワツカニ》得《タリヲトスコトヲ》レ減レ

死《ヲ》也

張唐卿《チヤウタウケイ》状元《シヤウケン》、通判《ツウハンタル》陝州《センシウニ》一時《ニ》、民《タミ》有《リ》下母《ハ、》再《フタ、ヒ》適《ユイテ》レ」十九オ人《ニ》而死《シスル》者《ノ》上、及《テ》二父之葬《ノハウムリニ》一、子恨《ウラミテ》二母《ノ》不レ得《ルコトヲエ》二相聚《アイアツマルコト》一、乃《チ》盗《ヌスンテモヲ》レ喪同葬《クハフムル》レ之《ヲ》、有司《ユウシ》請《コフ》、論《ロンスルコト》如《クセンハウノ》レ法、唐卿権《ケンスフ》二府事《シヨ》一、乃《チ》曰《ク》、是知《レテ》レ有《ルコトヲカウ》レ孝、不《ル》レ知《ラ》レ有《ルコトヲハウノミ》レ法耳、遂《ツイニユルシテ》釈レ之以《ヲイ》聞《フンス》、則異《コトナリ》二乎宋《サイカ》所《ロノコフ》レ請者《ニ》一、蓋《シ》後《ノ》夫尚《ヲツトナヲ》在《テ》而母《ハ、》死《シシテ》未《タ》レ葬《ハウムラ》、独盗《ヒトリヌスンテ》二其喪《ノヲ》一以帰《イテカヘル》、非《ル時ハアハキツカヲトルニクワンヲ》二発レ冢取レ棺、則法《ハウ》亦軽《カロシ》矣、雖《ス》レ釈《フトモユルスト》レ之可《ヲカナリ》也

鄭克カ曰、侯瑾《コウキン》少卿ト云人、陝西《カフセイ》ノ刑獄《ケイコク》ヲ点検《テンケン》セシ時。河中ト云所ノ民。父死シテ、ヤカテ母、別ノ所へ嫁シテ。十余年ホトアリテ、又母モ死タリ。其子、冢《ツカ》ヲアハイテ。母ノ棺《クワン》ヲトリ、父ノ墓《ハカ》ト一ツニ葬《ハウフリ》タリ。」十九ウ此事露顕《ロケン》シテ。大辟トテ、律ノ法ニ。死罪ニアタル也。其時ノ有司《ユウシ》カ先例《センレイ》アリトテ。罪ヲ軽《カロク》スルナリ。侯瑾《コウキン》、此コトハ今マテノ律令《リツレイ》ニナケレハ。令書《レイシヨ》ニ著《アラハ》シテヲカント請也。是ハ蘇宋《ソサイ》カ死罪ヲ申請テ。罪ヲ減《ヲトシ》タルヲ例トスル故也。惣別、母ノ棺《クワン》ヲ盗テ、父

ノ墓《ハカ》ニ葬ルハ。罪ニテ有マシキコトナレトモ。其母ヨメリヲスレハ。其夫《ヲット》ト一ツ穴ヘ葬カ礼儀也。毛詩ニ、生《テハ》異《ニシ》二其室《ヲ》一、死《テハ》同《ス》二其穴《ヲ》一、トアリ。夫婦ヲ同穴ノカタライト云モ是也。然トモ余所ノ冢《ツカ》ヲ発《アハイ》テ母ノ棺ヲトルハ。後ノ夫ノ怒《イカ》ルコトナル故ニ。人ノ墓ヲ発テ尸ヲ」二十オ見《アラハ》ストアル。律ノ法ニ論シテアリ。然ヲ、蘇寀《ソサイ》カ申請テ。ヤウ〳〵死罪ヲ申ナタメケルト也。

張唐卿《チヤウタウケイ》ト云人。陝州《カフシウ》ノ通判《ツウハン》ニテ居タリシ時。民ノ母、夫《ヲット》ノ所ヲノイテ。嫁シタル者アリ。父ノ葬《ハフムリ》スル時ニ。母ト同穴ニ聚《アツム》ルコトノ。ナラヌヲ憂ヘ恨テ。余所ヘ嫁シタル母ノ。イマタ喪礼《サウレイ》ヲセスシテ。喪《モ》ノ間ナリシヲ。忍入テ母ヲ盗出シテ。父ト一ツニ葬ル也。後ノ夫カ所司代ヘ申上ケレハ。法ノ上ヲ論シテ。其如クニスヘシト也。唐卿、陝州府ノ事ヲ。カリニサハキケレハ。唐卿申ケルハ、是ハ孝行ハカリヲ知テ。法ニ罪ア」二十ウルコトヲ不レ知。殊勝《シユセウ》ナルコトカナトテ。其子ノ罪ヲユルシテ。天子ヘ奏聞《ソウモン》申タルト也●唐卿《タウケイ》カサハキハ寀《サイ》カ纔《ワツカ》ニ死罪ヲナタメタルトハ異ナリ。是ヲヨク思フニ。後ノ夫アリテ、母死シテ喪ノ中ニ盗タレハ。冢《ツカ》ヲアハキ棺《クワン》ヲ取タルニハ。カハレハ。罪モ軽シ。唐卿カ釈《ユルシ》タルモ僻事《ヒカコト》ニアラス。ヨシト也

〔議罪〕

侍読《シトク》賈黯《カアン》、判《ハンスル》二流内銓《リウタイセンヲ》一時《ニ》、益州推官《エキシウノスイクワン》桑沢《サウタク》、在《リ》レ蜀《シユクニ（ママ）》、三年《マテニ》不レ知《ラ》二其父《ノ》死《ルコトヲ》一、及《テ》二代還《カハテカヘリテ》レ銓吏《センリニ》不《ルニ》レ為《セ》レ領《リヤウスルコトヲ》二文書《シヨヲ》一、始《ハシメテ》去《テハツスモヲ》発レ喪、既《ステニ》除《ノソイテ》レ服《フクヲ》且求《カツモトム》二磨勘《マカンヲ》一、黯《アン》乙減《イツカン》切言《ク》、沢与《ト》レ父不《ル》二通問《トウフンセ》一者《ノ》三年、借《タトイ》非《ストモ》レ匿《カクスニモ》レ喪《ヲ》、是《レ》豈為《ニセンヤ》レ孝《カウト》、卒《ツイニ》使《シム》二」二十一オ坐《ツミセラレテ》廃《ハイセ》レ田里《リヲ》一出《タリ》二王珪《カ》撰志《ニ》一

侍読《シトク》トハ、天子ノ御ソハニ伺侯シテ●書物ノ講釈《カウシヤク》ヲスル官也。賈黯《カアン》ト云シ人、流内銓《リウタイセン》ト云官ヲ判断《ハンタン》スル也。杜氏通典《トシツテン》ニ、流内官、流外官ト云コトアリ。内外ノ人類ヲ量《ハカ》ル官也。小補韻会曰。三銓《セン》広選法。尚書《シヤウシヨ》銓《センハ》掌《テ》二七品以上《ヲ》一選《エラヒ》。侍郎《シラウ》銓《センハ》掌《テ》二八品以下《ヲ》一選《フ》。流外謂《フ》二之《ヲ》小選《セント》一。又荘子輇才諷説《センサイフウセツノ》之徒《ト》。注輇《ニハ》量《ルナリ》二人物《ヲ》一也、輇与《トト》レ銓同《シ》。

時ニ益別ノ推官《スイクワン》桑沢《サウタク》ト云者、蜀《シヨク》ニ有テ。親ノ死タルヲ三年マテ不レ知。推官ヲアケテ代リテ。銓吏ニナリカヘリテ。大書ヲ領《リヤウ》スルコトモナラヌ時ニ。三年サキニ死タル父」二十一ウノ喪《モ》ヲ。始テ発《ヲコ》シタリ。既ニ喪ノ服《フク》ヲ除《ノソイ》テ、且又磨《マ》勘《カン》ヲ求ル也●磨勘ハ容斉随筆《ヨウサイスイヒツ》ニモアリ。官ヲアケテ、又後ニ官ヲ望コト也●桑沢《サウタク》カ親ノ死タルヲ知ナカラ。官ニ居テ俸《ホウ》禄《ロク》ヲトル故ニ。知ラヌ躰《テイ》ニテ居タレトモ。官モ又カハリカ来テ。アゲテ銓《セン》ノ吏《リ》ニナレハ。トル物ナキ故ニ。ソコテ親ノ喪ナリトテ引コモリ。服ヲノソイテ官ニナル時ニ。始ノ如クニ御ナシアレト求ル也。賈黯《カアン》カ云様ハ、桑沢カ三年マテ父ノ喪ヲ知イテ有タルト云。其ナラハ三年ノ間、父ト音信ヲ通ハサヽレハ。親ノ喪ヲ不レ匿《カクサ》トモ不孝ナリトテ。卒ニ知《チ》行《キヤウ》」二十二オヲ取アケタリ

王珪《ワウケイ》ト云者、賈黯《カアン》カ墓《ホ》誌《シ》ヲ書タルニ載《ノセ》タリ

鄭克曰《カ》、按《スルニ》黯《アンカ》議《キスルハ》二沢《タクカ》罪《ツミヲ》一、若《シ》二深《シン》文《フンヤル》者《ノ》一、蓋《シ》以《ス》二名《メイ》教《カウ》不《ルヲ》レ可《ラ》レ不レ厳《ンハアルケンナラ》、是《レ》春秋《シユンジウ》誅《チウ》意《イノ》之義《ギ》也《ナリ》

鄭克カ曰、賈黯《カアン》カ桑沢《サウタク》カ此事ヲ按シテ。深文アルモノ、如シトハ、無《ム》紋《モン》ナルモノニ。五色ノアヤヲ付ル如クニ。科《トカ》モナキ者ニ、科ヲ云懸《カク》ルヤウナレトモ。名《メイ》教《カウ》ノ厳《キヒ》シカラサルヲ見レハ、真実ハ罪アリ●名教トハ人倫ノ五典《テン》也。君臣父子夫婦兄弟朋友ノ道也。春秋ニ、誅《チウ》意《イ》誅《チウ》心《シン》、ト云コトアリ。面《ヲモテ》ムキハ科ノ」二十二ウナキヤウナレトモ。意根《コヽロネ》ヲハカレハ、罪アルヲ。意《イ》ヲ誅《チウ》スルト云也。誅《チウ》意《イ》誅《チウ》心《シン》ハ公羊伝《クヤウテン》ノ説也

子産《シサン》知《シリ》レ姦《カンヲ》　荘遵《サウシユン》疑《ウタカフ》レ哭《コクヲ》

〔察姦〕

鄭《テイノ》子産《シサン》、聞《キイテフ》二婦人哭《ノコクスルヲ》一、使《シム》二執《トラヘテ》而問《トハ》一レ之《ヲ》、果《ハタシテ》手《シユ》二刃《ジンスル》其《ノ》夫《ヲツトヲ》一者《ノナリ》也、或問《アルヒトトフ》、何以《ヲ》知《テカル》レ之《ヲ》、子産曰《カク》、夫《ソレ》人之《ノ》於《ヲケル》二所《シヨ》親《シンニ》一也、有《ル時ハヤマイ》レ病則憂《チウレウ》、臨《ノソンテハシニ》レ死則懼《チヲソル》、既死《ステニシヌル時ハ》則哀《チカナシム》、今《イマ》其夫已死《ノヲツトステニシス》、哭《コクスルコト》不《シテカナシマ》レ哀而懼《ヲソル》、是以《ヲ》知《テル》二其《ノ》有《ルコトヲ》一レ奸《カン》也

出二独異志一《ニ》

鄭《テイ》ノ子産《シサン》ハ戦国ノ時ノ人也。或時婦人ノ泣《ナク》声ヲ聞テ不審シテ。其母ヲ捕ヘテ拷《カウ》問《モン》シケレハ。果《ハタ》シテ手ツカラ夫《ヲツト》

ヲ殺シタル者也▲手ニカケテ殺ヲ手刃《シン》ト云。又」二十三オ手剣《シユケン》ト云也● 或人、子産《シサン》ニ問ケルハ。泣声ヲ聞テ、何トシテ此事ヲ知リタルソ。子産カ曰。親類《シンルイ》其外、シタシキ人ノ病アル時ハ。如何カ有ント憂《ウレ》ヘ。死ニサウナル時ハ。何トカセント懼《ヲソ》レ。已ニ死シテハ。歎《ナケ》キ哀《カナシ》ムコト人ノ常也。今此女ノ夫《ヲット》、死タルニ。ナクマネハスレトモ。哀マスシテ懼《ヲソル》ル形《カタチ》ノアルハ。如何様不審也。マヲトコノアル者ニヤト知タル也

独異《トクイ》志《シ》ハ類説《ルイセツ》ニモ見ヘタリ

荘遵《サウシユン》為《タリ》揚州刺史《ヤウシウノシシ》、巡行《メクリメクル》部内《ホウタイヲ》、忽《タチマチ》聞《キク》哭声《コクセイノ》懼《ヲソテ》而不哀《ルヲカナシマ》、駐《ト丶メテ》車問《ヲトフ》之《ヲ》、答《コタヘテ》曰《ク》、夫遭《ヲットアフテ》火焼死《ヒニヤケシス》、遵疑《ウタカフ》焉《コレヲ》、因《テ》」二十三ウ令《シム》吏《リヲシテ》守《マモラ》之《ヲ》、有《リ》蠅集《ハイアツマル》於尸首《カハネノカウヘニ》、吏《リ》乃披《チヒライテ》髻《モト丶リヲ》視《ミレハ》之《ヲ》、得《タリ》鉄《テツ》釘《テイヲ》焉、因《テ》知《ル》、此婦《ノフ》与《ト》奸《カン》人共《トモニ》殺《コロスコトヲ》其夫《ノヲットヲ》也、即按《チ》伏《シテフクス》其罪《ノツミニ》

荘遵《サウシユン》ト云者、揚《（ママ）》州ノ刺《（ママ）》史ト成テ。国中ヲ巡《メク》リテ。ケンミヲスルニ。人ノ哭《コク》スル声ヲ聞ニ。只懼《ヲソル》ル声ニテ、底《ソコ》カラ哀《カナシ》サウニハナシ。遵アヤシク思テ、車ヲ駐《ト丶メ》テ問セケレハ。答《コタヘ》テ申スヤウ。我カ夫《ヲット》、火《ヒ》ニアフテ焼死《ヤケシ》シタリト云。遵ウタカイテ。我カ内ノ者ニ、番《ハン》ヲセヨトテ。其尸《シ》骸《カイ》ヲ守ラスルニ。尸骸ノ首ヘ蠅《ハイ》カ飛来テ集《アツマ》ルヲ。番《ハン》ヲスル吏《リ》カ不審シテ。髻《モト丶リ》ヲ披《ヒライ》テ見レハ。鉄《クロカネ》ノ釘《クキ》」二十四オヲ首《カシラ》ニ打コウテ有ヲ。見付テ取出シタリ。是ニ因テ、此女ノ。マヲトコヲシテ。マヲトコト共ニ。夫ヲ殺タルト知テ。即拷問《カウモン》シテアレハ。罪ニ伏スル也

鄭克《カク》曰、此其事異《レノコトトコトニシテ》而理《リ》不異《レコトナラ》也、豈非《ニスヤ》亦用《テ》子産《シサンカ》之言《コトヲ》以察《テサッスルニ》奸《カンヲ》乎、蓋言《シコトイヤシクモアタル時ハリニ》苟中理無《シ》時《トキトシテ》不《ト云コト》験《シルシ》、非《ス》若《クナルニハ》譎詐《イツサシテインテ》忌人窺《ノウカ丶ヒハカランコトヲ》測己《レヲ》、陳《ツラネテ》芻狗《スウクヲ》用《テ》輒《スナハチ》為祟《スルカタ丶リト》雖遂切禍也、王者発《ハツスルニ》政《コトヲ》、必占《スシム》古語《コゴヲ》尽《ツクス》心《ヲ》君子、焉《イツクンソ》可忽《ケンイルカセニヤ》哉

鄭克曰、按スルニ。此上ノ段ト是段ト。事ハチカウタレトモ。道理ハ同者也。子産《シサン》カコトヲ用ヒテ、荘遵《サウシユン》ハ」二十四ウ奸人《カンシン》ノ所業《シヨケフ》ヲ知タリ。蓋シ言語理《リ》ニアタラハ。時々刻々事ニ験《シルシ》アルヘシ。我カ偽《イツハリ》ヲ人ノ知ンカト忌《イミ》テ。草ヤ藁《ワラ》ニテ狗《イヌ》ノ形《カタ》ヲ。イクツモシテ呪咀《シユソ》シテ、其人ノ

タ、リ。禍《ワサワイ》トナリテ死タルナト云類ニテハナシ。此事未レ考。惣シテ賢王ノ政《マツリコト》ハ。必ス古語ニアフコトニテ。政ヲ行《ヲコナ》ハル、也。今荘遵《サウシユン》モ子産《シサン》カコトヲ知テ。奸人ヲ察《サツ》シタル也。心ヲ尽《ツク》ス君子大人ノ。何トテ万事ヲユルカセニセンヤ

思《シ》競《ケウ》居陵切 詐レ客《イツハリカクヲ》 佐史《サシ》誣《シフ》レ裴《ハイヲ》

〔摘姦〕〔弁誣〕

唐則天時《タウノソクテンノトキ》、或告《アルヒトツク》二駙《フ》馬《ハ》崔宣《サイセン》謀反《ホウハンストチヨクシテ》一、勅《キヨ》二御史《シ》張行《チヤウカウ》」二十五オ 岌按レ之《キウニアンスヲ》、告者《ツクルノ》先誘《マツアサムイテ》二宣妾《カセウヲ》一蔵レ之《カクスヲ》、乃云《チク》、妾将レ発《セウマサニハツセント》二其《ノ》謀《ハカリコトヲ》一而宣殺レ之《コロストヲ》、行岌按《カウキウアンシテスレトモ》而無《モ》レ状《シカタチ》、則天怒《ソクテンイカツテシム》令二重《カサネテ》劾《カイセ》一、終《ツイニ》無レ実《シジツ》、則天厲レ色《ソクテンハケマシテイロヲ》曰、崔宣既殺《サイセンステニコロス》二其妾《ノセウヲ》一、反状《ハンシヤウ》自然《ニアキラケシ》明矣、妾今《セウイマ》不レ獲《エ》、何以《ヲ》自《テカミ》雪、行岌《カウキフ》魚及切懼《ヲソツテ》、逼《セメテ》二宣家《センカイエヲトフ》一訪レ妾《セウヲ》、宣再従弟《カサイシウテイシ》思競《キヨウ》、多致《オホクイタシテ》二銭帛《センハクヲ》一募レ之《ツノルヲ》、略無《ホヽキ》レ所《トコロ》レ聞耳《キクノミ》、宣家毎《カイエツネニ》議《キスル時ハ》レ事《ヲ》、則獄中《チコクチウ》告者《ツクルノシユ》須知《チス》、思《シ》競疑《キヨウウタカツテ》三宣家《カイヱニ》有《ランコトヲ》二同謀者《クハカルノ》一、乃詐《チイツハツテ》曰《ク》、須《スヘカラク》下雇《ヤトツテ》二俠《ケフ》音協客《カクヲ》一殺《コロス》中告者《ツクルヲ》上、語了《カタリヲハツテ》遂《ツイニ》侵レ晨《ヲカシテアシタヲ》伺《ウカヽフ》二於台側《タイノカタハラニ》一、有《リ》二門《モン》客《カク》一、素《モトヨリ》為レ宣《タメニセン》所《カラル》二信任《シンジンセ》一、乃至《チテ》レ台《タイニ》賂《マイナツテ》二門吏《リニ》一、以通《テトウス》二告《ツクル》者《ニ》一、思競因罵《ヨツテノツテ》二門客《モンカクヲ》一曰《ク》、若陥《モシヲトシイレハ》二崔宣《ヲ》一必殺《スコロサン》レ汝《ナンチヲ》矣、門客悔謝《クヒシヤシテ》、遂引《ツイニヒイ》」二十五ウ 思競於《ヲ》告者《ツクルノ》之党《タウニ》一、捜獲《サクリエタリ》其妾《ノセウヲ》一、宣始《ハシメテ》得レ免《マヌカル、コトヲ》

唐ノ則天皇后《ソクテンクワウコウ》ノ時ニ。或人カ、駙馬《フハ》ノ官崔宣《サイセン》カ謀反《ムホン》スル由ヲ奏聞《ソウモン》スル也。則天、聞召レテ、御史ノ官ニ張行岌《チヤウカウキフ》ト云者ニ勅宣《チヨクセン》アリテ。此事穿鑿《センサク》セヨトアリ。崔宣カ謀反ノ由ヲ奏聞シタル者。其以前ニ宣カ手カケノ女ヲ勾《ソヽ》引《ナハカ》シテカクシヲキ。申上ルヤウ、崔宣ニ妾《セフ》ノ有シカ。謀反ノ事ヲ人ニ告《ツク》ヘキカトテ。崔宣カ殺タルト云。行岌カ崔宣ヲ呼《ヨン》テ、穿鑿シテ問ヘトモ。迹《アト》モ形《カタチ》モナキコトナル故ニ。白状セス。行岌、状ノナキ由ヲ申上レハ。則天、怒《イカリ》タマイテ。既ニ妾ヲ殺ス上ハ、反状《ハンシヤウ》ハ」二十六オ カクレナシ。其妾《セウ》ヲ今不レ得ハ、崔宣《サイセン》カ謀反《ムホン》セヌト云コト。何トシテ晴《ハレ》ンヤト逆鱗《ケキリン》アレハ。行岌《カウキフ》モ、イヤ〳〵此躰ニテハ。同罪ニモ行《ヲコナ》ハレン歟ト懼《ヲソリ》テ。崔宣ニ云ヤウ、謀反偽《イツハ》リナラハ。妾ヲ出サレヨ。トクハヤクナト云テ。セツク也。

宣カ再従弟《マタイトコ》ニ思兢《シキヨウ》ト云者。妾ヲ尋ネ出シタク思ヒ。絹布《キヌヌノ》銭金《セニカネ》ヲ出シテ。此銭帛《センハク》ヲクレン程ニ。妾ヲ尋ネ出セトテ。多クノ人ニ募《ツノリ》ケレトモ。妾ノ在-所ヲ聞出スコトナシ•募トハ銭金ヲ出シテ。物ヲ尋-求ヲ云▲此事ヲ崔宣カ家ニ寄《ヨリ》テ宣《セン》-議《キ》スル度《タヒ》ニ。謀-反スルト告《ツケ》タリシ者ノ所ヘ聞ヘテ。其マ、知也•須知《シユチ》ハスナ」二十六ウ ハチ知《ル》ト云心也▲思兢《シキヨウ》カ思フヤウハ。崔宣《サイセン》カ家中ニ、同ヤウニ謀《ハカ》ル者ノアルニヤト疑《カヒ》テ。偽《イツハ》リテ云ク、侠客《ケフカク》ノ甲斐《カイ》〴〵シキ人ヲ頼《タノミ》ヤトイテ。崔宣ヲ謀《ム》-反《ホン》-人《ニン》ト告《ツケ》タル者ヲ殺サセント語リ了《ヲハリ》テ。夜ノ明カタニ、崔宣カ家ノ台《タイ》ノ側《カタハラ》ニ伺《ウカヽ》ヒ見ケレハ。崔宣カ門-客ノ、別シテ崔宣カ信《シン》スル者。台ニ至テ、門-番ノ者ニ物ヲクレテ。告ル者ニ通スル也。思兢、門-客ヲシカリテ云ケルハ。若《モシ》崔宣カ殺サレタラハ、必汝《ナンチ》ヲモ殺ヘシ。汝カシラヌ事ハ有マイト云。門-客、後悔《コウクワイ》シテワヒコトシテ。我罪ヲ御赦《ユルシ》アレトテ。思兢ヲ相-手ト内《ナイ》-通《ツウ》シタル者ノ所ヘ」二十七オ 連《ツレ》テユキ。其妾ヲサカシ出シテ、内-裏ヘ進《マイラ》セテコソ。崔宣《サイセン》ハ罪ナキ者ニナリケル

鄭克曰《カ》、按《スルニ》行岌《カウキフ》当《アタツテ》二酷《コク》-吏《リ》任《ジンスル》レ事《コトニ》之時《トキニ》一、独《ヒトリ》不《ス》二順《シタカツテ》レ旨《ムネニ》妄《ミタリニ》族《ソクセ》レ平《ヘイ》-人《ヲ》、雖《ヘトモ》三再《フタヽヒ》被《ラルト》二詰《キツ》-責《セキセ》一、亦全《マツタフス》二其所《ノ》レ守《ロヲマモル》、故卒《ニツイニ》能《ヨク》弁《ヘンス》レ誣《シフルヲ》也、其不《ノ》レ及《ルコトハ》二徐有功《ハシヨユウコウニ》一者、未《タ ス》レ能《アタ》レ無《キコト》レ懼《ヲソル、コト》矣、然其《モ》懼《ノヲソル、ハ》也、但逼《セマツテ》二宣家《カイヱニトフ》一訪レ妾《セウヲノミナル時ハ》而已、則《ス》異《コトナリ》二乎懼《ヲソツテ》而失《ウシナフ》レ守《マモルコトヲ》者《ニ》一、可《ケンヤ》レ不《ル》レ謂《イハ》二之賢《ヲケント》一哉、史《シ》逸《イツセリ》二其《ノ》-事《ヲ》一、故備《ニツマヒラカニ》言《イフ》レ之《ヲ》

鄭克按スルニ、行岌《カウキフ》ハ、唐ノ代ノ酷《コク》-吏《リ》トモノ、成-敗ヲマ、ニスル時ニ当リテアリ•史記ニモ酷-吏-伝ト」二十七ウ 云アリ。郅都《シツト》甯斉《ネイセイ》カヤウナル。ヱズキ悪《アク》-虐《キヤク》ナル者ヲ載《ノセ》タリ。酷《コク》ハ甚《ハナハタ》シキ也。ムシクリアツキヲ酷暑《コクシヨ》ト云。杜《ト》牧《ホク》カ詩ニ。大-暑酷-吏去《リ》。西-風故-人来《ル》ト作也•公-事訴-訟ヲ聞者ノ、理-非ヲオシツケテ決《ケツ》スル者ヲ酷吏《コクリ》ト云也•唐ノ則天《ソクテン》ノ時ニハ、色々ノ刑罰《ケイハツ》アリテ。人ヲ殺スコト数限《カスカキリ》モナシ。酷-吏ノ多ク徘《ハイ》-徊《クワイ》スル時-分ニ。行岌《カウキフ》ハ一-人、則天ノ旨《ムネ》ニ順《シタカ》フテ。妄《ミタリ》ニ科《トカ》モナキ平《ヘイ》-人《ニン》ノ崔《サイ》宣《セン》ヲハ殺サ、ル也•族《ソク》ハ三-族ノ罪トテ。重《ヲモ》キ科《トカ》ヲハ一-門ヲ殺スヲ族ト云。又ハ赤《ロキ》-族《ソク》トモ云也•行岌ハ両-度マ

テ則天ニシカラレタ」二十八オレトモ。崔宣《サイセン》ニハ科《トカ》ナキト。我守リツメタル処ヲ全《マツタウ》シテ違《タカ》ハサル故ニ。妾《セウ》ヲ尋出シテ。崔宣カ人ニ無理云カケラレタルヲ。卒《ツイ》ニ弁《ワキマ》ヘタリ。此下巻ニ、徐有功《ショユウカウ》ト云者。則天《ソクテン》ノ時ニ、公事ヲ聞シニ。二三度マテ則天ニシカラレタレトモ。カマハス我思フ如クニシテ、理非ヲ決《ケツ》シタルコトアリ。行岌《カウキフ》カ徐有功ニ及ハヌ処ハ。三度メニ宣《セン》カ家ニ逼《セマリ》タルコソ。アタハヌ処ナレ。サレトモ、其懼《ヲソレ》シモ宣ニ妾《セウ》ヲ尋テ出セ。妾カ出ネハ罪ニナル程ニト逼タレハ。懼テモ我守ル処ハ不レ失。誠ニ賢人トモ可レ言也。唐ノ史《シ》ニ此事ヲ泄《モラシ》」二十八ウヲトセリ。故ニネンコロニ此ニ申タリ

〔弁誣〕

唐《タウノ》垂《スイ》拱年《ケウノトシ》、羅《ラ》織《シヨクノ》事起《コトヲコル》、湖《コ》州《シウノ》佐《サ》史《シ》江琛《カウチン》、取《トツテ》二刺(ママ)史《シ》裴《ハイ》光《クワウカ》製書《セイシヨヲ》一、割《サキ》取《トツテ》其字《ノシヲ》一、輳合《アツメアハセテ》成レ文《ナシテブンヲ》、以詐《テイツハツテ》為下与《ナシテアタフルシヨ》二徐敬業《ケイケウニ》一反書《ハンシヨト》上、告《マウス》レ之《ヲ》、則天差《ソクテンサシテ》二御史《キヨシヲ》一往《ユイテ》推《ヲサシム》、光《クワウ》款《クワンシテ》云《ク》、書《シヨハ》是《レ》光書《カシヨ》、語《ゴハ》非《ス》二光《カ》語《ニ》一、前後三使《シ》皆《ミナ》不レ能レ決《アタハケツスルコト》、或《アルヒト》薦《スヽム》二張《チヤウ》楚《ソ》金《キン》能《ヨク》推《ヲスト》レ事《コトヲ》、乃令《チシム》二再《フタヽヒ》劾《コクセ》一紇得切推也不レ移《ウツサ》二前《セン》款《クワンヲ》一、楚金憂悶《キンウレヘモタヘテ》、偃《エン》二臥窓辺《クワスソウヘンニ》一、日《ジツ》光《クワウ》穿透《カチトヲル》、因取《テテ》二反《ハン》書《シヨヲ》一、向《ムカツテ》レ日《ニ》看《ミレハ》レ之《ヲ》、乃《ス》見《ミル》二書字《シヨジ》補葺《ホシフシテ》而成《ナルヲ》一、平《ニ》看《ミレハ》不レ覚《サトラ》、向《ムカツテ》レ日皆《ニミナ》見《ミユ》、遂集《ツイニアツメテ》二州県官吏《シウケンクワンリヲ》一、索《モトメテ》二水一盆《ホンヲ》一、令《シム》三琛《ヲシテ》投《トウセ》二書《シヨヲ》於水中《ニ》一、字字《シヽ》解《カイ》散《サンス》、琛叩頭《コウトウシテ》服《フクス》レ罪《ニ》、勅《チヨクシテ》決《ケツスルコト》一百、然《シテ》後《ニ》」二十九オ斬《キル》レ之《ヲ》

唐ノ則天《ソクテン》ノ垂拱《スイケウ》年中ニ、羅《ラ》織《シヨク》ノ事ヲコル也●羅織ノ事トハ唐書ニアリ。則天ノ時ヨリ始ル也。則天皇后、名ハ武（一字分空白）ト云。悪虐《アクキヤク》ナル人也。唐ノ太宗《タイソウ》ノ時カラノ功ノアル臣下トモニ。色々ノ科難《クワナン》ヲ云懸《カケ》テ殺シテ。天下ヲ我恣《ホシイマ、》ニ知ント思テ。鳥ナトニ網羅《マウラ》ヲ懸テ取如クニ。人ニ罪ヲオリツクル様ニスルヲ羅織ト云也●此時ニ、湖《コ》州《シウ》ノ刺(ママ)史ニ裴《ハイ》光《クワウ》ト云者アリ。其刺(ママ)史ノワキニ、佐《サ》史《シ》江琛《カウチン》ト云者アリシカ。裴光カ書簡《シヨカン》トモヲアツメ取テ置テ。其字ヲ一字々々ヲ切ヌキ。輳合《アツメアハ》」二十九ウセテ文ヲ一通ツクリ詐《イツハ》リテ。裴光《ハイクワウ》カ徐敬業《シヨケイケフ》カ方ヘ遣ス反書トスル也▲徐敬業ハ李勣《リセキ》カ子也。李勣ヲ、始ハ徐世勣《シヨセイセキ》ト云。後ニ太宗《タイソウ》ノ姓《セイ》ヲ賜《タマハ》リテ。李トカユル也。唐ノ高宗《カウソウ》ノ諱《イミナ》ヲ世《セイ》民《ミン》ト

云故ニ。世勣ノ世ヲノケテ李勣ト云。徐敬業モ、始ハ李敬業ト云也。則天《ソクテン》ノ乱非乱外ニ振舞ル、故ニ。一揆《キ》ヲ起《ヲコ》シテ則天ヲ殺シテ。天下ヲ鎮《シツメ》ントテ謀《ム》反《ホン》スル也。其時ニ、姓ヲハカレテ。又徐氏ニ成テ、徐敬業ト申也▲則天ノ裴光カ謀反スルト聞召テ。御史ヲ光カ処へ差遣《サシツカハ》シ。謀反ノ由ヲ穿鑿《センサク》サセラル、也。其テ光カ款《クワン》シテ云ヤウハ。書ハ私《ワタクシ》ノカ」三十オ キタル字ナレトモ。文言ハ私ノニテハナシト云▲款ハ目ヤスヲ書テ上ル時ニ。目ヤスヨリ外ニ、口上ニテ申スヲ款ト云也▲則天《ソクテン》ノ前後三度マテ使者ヲ替《カヘ》テ問シンタレトモ。何レモ決《ケッ》断《タン》セサル也。

或人ノ申ヤウ。張楚《チヤウソ》金《キン》ト云者、ヨク事ヲ推《ヲシ》ハカル者ニテ候ト、則天へ薦《ス、ム》ル也。即楚金ヲ召シテ、再ヒ光ニ何トテ謀《ム》反《ホン》シタルト推シテ問シムル也。然レトモ、光カ申分ハ前ト少モタカハス。楚金カ思ヤウ、何トシテ此事ヲ決《ケッ》へキト憂《ウレ》へモタへテ。窓《マト》ノアタリニ臥《フシ》テ思《シ》案《アン》スル也。折節《ヲリフシ》、日ノ影ノ窓ヨリ中へサス也。因テ彼謀反ノ書ヲ取上」三十ウテ、日ニ向テ見タレハ。一字ツ、ツキ合テ補葺《ホシフ》シタル書也。常ノ如クニシテ見テハ知レス。日ニスカシテ見レハ、ツキタル処見ル也。ヤカテ一州一県ノ獄官、内《ウチ》ノ者マテヲ呼《ヨヒ》アツメ。盆《ホン》ニ水ヲ入テ、此書ヲ水へ入レテ見ヨト云テ。江琛《カウチン》ニ入サセケレハ。一字々々皆ハナレケリ。其テ江琛、頭《カシラ》ヲ叩《タヽイ》テ罪ニ服シケル。則天《ソクテン》、勅状《チヨクシヤウ》ニテ罪ヲ決《ケッ》シ。杖《ツヱ》ニテ百タ、キテ後ニ斬ル

鄭克《カ》曰、按《スルニ》此《ハ》非《ス》二智《チ》算《サンノ》所《ロニ》レ及《ヲヨフ》、偶《クウ》然《セントシテ》見《ミル》レ之耳《ヲノミ》、荀卿《シユンケイ》有《リ》レ言《イヘルコト》、今夫《ソレ》亡《ウシナフ》レ箴《ハリヲ》者《ノ》、終日《ヒネモス》求《ニモトムレトモ》レ之《ヲ》而不《ス》レ得《エ》、其《ノ》得《ルハ》レ之《ヲ》非《ス》二目《メ》益《マス〳〵》明《アキラカナルニ》一也、静《シツカニシテ》而見《ミレハナリ》レ之《ヲ》也、心《ノ》之於《ル》レ慮《モリヨニ》」三十一オ 亦然《シカリ》、要《ヨウ》在《リ》二至《シイ》誠《セイニ》求《モトメテ》レ之《ヲ》不《ルニ》レ已《ヤマ》也、楚《ソ》金《キンカ》之求《モトムル》二獄情《コクセイヲ》一、何《ヲ》以《テカ》異《コトナランヤ》二於此《ニ》一哉、是《レ》亦尽《ツクスノ》レ心《ヲ》之効《シルシナリ》一也

鄭克カ按スルニ、此ハ知恵《チヱ》算術《サンシユツ》ノ及所ニテハナシ。只偶然《クウセン》トシテ、タマ〳〵見当リタル也。是ニツイテ、古へ荀卿《シユンケイ》カ曰。今針《ハリ》ヲ失フ者ノ有ンニ。一日尋テモ得ヌハ。目ノクラキニハアラス。又見出シタル時。俄《ニワカ》ニ目

ノ明ニ成タルニテモナシ。静《シツカ》ニ心ヲシツメテ見ル故也。人ノ心ノ思《シ》慮《リヨ》分《フン》別《ヘツ》モ是ト同キ也。物ヲ真実至《シ》誠《セイ》ニ求得ント思テ。タヘズヤマズシテ求レハ得ル也。此カ干要《カンヨウ》也。俄ニアタフトシ」三十一ウ タルトテ。知ヘキコトニアラス。楚《ソ》金《キン》カ獄《コク》ノ真実ノ情ヲ求タルハ。荀子《シユンシ》カ箴《ハリ》ヲ求タルト云ニ。チガイハアルマシキ也、是モ心ヲ尽タル効《シルシ》也ト云コト也

季珪鶏豆《ケイケイトウ》　張挙猪灰《キヨチヨクワイ》

〔証歴〕

宋《ノ》傅《フ》季《キ》珪《ケイ》、為《タリ》二山陰《サンインノ》令《レイ》一、有《リ》二争《アラソフ》レ鶏《ニハトリヲ》者《ノ》一、訴《ウツタフ》二於季《キ》珪《ケイニ》一、季珪問《トフ》、早《ツトニ》何《ヲカ》食《カフ》、一《リノ》云《ク》粟《モミ》、一《リハ》云《ク》豆《マメ》、乃《チ》令《シム》二殺《シ》レ鶏《ヲ》破《ヤフラ》レ嗉《モノハミヲ》、有《リ》レ豆《マメ》焉、遂罰《ニハツス》二言《イフ》レ粟《モミト》者《ヲ》一郡《クン》人称《セウシテ》為《ス》二神《シン》明《メイナリト》一　出二南史ノ本伝一

宋ノ傅季珪《キケイ》カ、山陰ノ令《レイ》ト成テ居タリシ時。鶏ヲ、我ノ人ノト論《ロン》スル者有テ。季珪へ訴訟スル也。季珪カ分別シテ問ケルハ。早朝ニ何ヲ食《クハ》セタルソト云。一人」三十二オ ハ粟《モミ》ヲ食セタルト云。一人ハ豆《マメ》ヲ食セタト云。即鶏ヲ殺シテヱブクロヲ破《ヤフリ》テ見レハ豆アリ▲嗉《ソ》ハモノハミトヨム▲遂《ツイ》ニ粟ヲ食《クハ》セタト云者ヲ罰《ハツ》ニ行《ヲコナ》ヒケル。一郡《クン》ノ者カ、季珪《キケイ》ハ神明ナリト申ケル

鄭克《カ》曰、按《スルニ》許宗裔《キヨソウエイ》之験《コヽロムルニ》レ贓《サウヲ》也、問《トフ》三紬《チウ》線《セン》胎《ノタイ》心《シンニ》用《モチユト》二何《ニ》物《モノヲカ》一、一《リハ》云《ク》杏《キヤウ》核《カク》、一《リハ》云《ク》瓦《クワ》子《シ》、開《ヒライテ》見《テ》二杏核《ヲ》一而罪《（ママ）ツニス》二言《イフ》レ瓦《クワ》子《シト》者《ヲ》一、其《ノ》術《シユツ》蓋《シ》本《モトツケリ》二於此《ニ》一

鄭克曰、按スルニ許宗裔《キヨソウエイ》ト云者ノ獄ヲ聴時ニ。両人シテ紬《チウ》線《セン》ヲ争《アラサ》フ者アリ。宗裔問ケルハ、胎《タイ》心《シン》ニ何ヲカ入タルト云●胎心ハ糸ヲ巻付《マキツク》ル物也● 一人《ハ》杏」三十二ウ ノ核《サネ》ヲ入タリト云。一人ハ瓦子《クワシ》ヲ入タリト云。開テ見レハ杏《カラモヽ》ノサネ也。瓦子ト云者ヲ罪ニ行フ。宗裔《ソウエイ》カ贓物《サウモツ》ヲ験《コヽロ》ミタルハ。季珪《キケイ》カ鶏《ニハトリ》ノコトニ本《モト》ツケル歟ト也

〔証歴〕

張《チヤウ》挙《キヨハ》呉《ゴ》人也《ナリ》、為《タルトキ》二句《ク》章《シヤウノ》令《レイ》一、有《リ》二レ（返り点ママ）妻殺《コロス》レ夫《ヲツトヲ》、因《テ》放《ハナツテ》レ火《ヲ》焼《ヤク》レ舎《シヤヲ》、乃《チ》詐《イツハツテ》称《イハク》、夫被《トルト》二火焼《ヒニヤケ》死《コロサ》一、夫《フ》家《カ》疑《ウタカツテ》レ之《ヲ》、訴《ウツタフ》二之《ヲ》於官《クワンニ》一、妻《メ》拒《コハンテ》而不レ承《ウケ》、挙《キヨ》乃《チ》取《トツテ》二猪《チヨ》二口《ヲ》一、一《ツヲハ》殺《コロシ》レ之《ヲ》、一活《ヲハイキナカラニシ》之《ヲ》、乃《チ》積《ツンテ》レ薪《タキヽヲ》焼《ヤク》レ之《ヲ》、察《サツス》二殺《コロス》者《モノヽ》口中《ニ》無《ク》レ灰《ハイ》、

活《イケル》者《ノ》、有《ルヲ》灰《ハイ》、因《ヨツテ》験《ココロミテ》夫《ヲツトノ》口中《ニ》無《コトヲ》灰《ハイ》、以《テ》此鞫《ヲキクス》之《ヲ》、
妻《メ》乃《チ》服《フクス》罪《ツミニ》

張挙《チヤウキヨ》ハ呉ノ者也。句章《クシヤウ》ノ令《レイ》ト成タル時ニ。或女房カ」三十三オ夫《ヲツト》ヲ殺シテ。我家ニ火ヲツケテ詐《イツハリ》テ云ヤウハ。焼亡《セウマウ》ニ焼死タリト云。夫ノ家人カ疑《ウタカイ》テ。此事ヲ獄官ニ訴《ウツタ》フ。獄吏《コクリ》トヘトモ、此女、中々存セヌトテ。ウケツケス。其テ死人ノ様体ヲ張挙《チヤウキヨ》カ見テ。即イノコ二疋ヲ取テ。一疋ハ殺シ、一疋ハイケナカラ。薪《タキヽ》ヲ積《ツミ》テ二疋ヲ焼《ヤイ》テ見ルニ。殺シタルイノコハ口中ニ灰《ハイ》ナク。活《イケ》ナカラ焼タルニハ口中ニ灰アリ。彼夫ノ口中ニ灰ナキヲ験《コヽロミ》テヲイテ。此条々《テウ〳〵》ヲ以テ鞫問《キクモン》シケレハ。其女房罪ニ服スル也▲二口ハ二疋也。人ヲモ一口二口十口廿口ト云也。一人ゴトニ。口一ツアレハ也。馬牛モ同《シ》」三十三ウ

鄭克《カ》曰、按《スルニ》孫宝《ソンホウ》以《テ》環散《クワンサン》一枚《マイノ》之重《ヲモキヲ》為《シテ》証《セウト》而、誣言《アサムイテイフ》三百枚《マイト》之慝《トク》顕《アラハル》矣、張挙《チヤウキヨ》以《テ》死《シ》猪《チヨノ》口中《ニヲ》無灰《ハイ》為《シテ》証《セウト》而、誣言《アサムイテイフノ》夫焼死《ヲツトヤケシヌト》之慝《トク》顕《アラハル》矣、是《ヲ》謂《フ》慝《トク》未《タ》顕《アラハレ》者《ハ》、以《テ》物証《モノヲセウスル時ハ》之《ヲ》則不《チスト》可諱《イム》也、然《ル時ハ》則《チ》荘《サウ》遵《シユン》守《マモリテ》尸《ヲ》而、首《カウヘニ》有《ルヲ》蝿《ハイノ》集《アツマル》為《スルハ》藪姦《カクカン》有《リト》効《シルシ》、豈若《ニシカンヤ》張《チヤウ》挙《キヨカ》験《コヽロミ》尸《ヲ》而、口《ニ》無灰《キヲハイノ》入《イル》為証慝尽理《スルニセウシトクヲツクストリヲ》乎

鄭克曰、按スルニ孫宝《ソンホウ》カ環餅《センヘヤウ》ヲ売《ウル》者ノ。ウソヲ云懸タルヲ顕《アラハ》シタルハ。餅一ツノ重《ヲモ》サヲ秤《ハカリ》ニカケテ見テ証《セウ》拠《コ》トス。夫《ヲツト》ヲ殺シテ焼死タルト云ウソヲ。猪《イノコ》ヲ焼テ験《コヽロ》ミテ顕シタリ。慝《カク》シテ顕レサル事有ハ。」三十四オ何ナリトモ、別ノ物ヲ取テ証拠《セウコ》トシテモ不苦《クルシ》トハ。此ヤウナルコトヲ謂ト也。荘遵《サウシユン》カ首《カシラ》ニ蝿《ハイ》ノ集《アツマ》ルヲ見テ。姦《カン》人《シン》ヲ覈《アキラ》カニスルヨリ張挙《チヤウキヨ》カ口ニ灰《ハイ》ノナキヲ不審シテ。慝《トク》ヲ証《アラ》ハシタルハ、莫大《ハクタイ》マサレリト也

定牧《テイホク》認《トメ》皮《カワヲ》　滄洲《サウシウ》市《カフ》脯《ホシヽヲ》　音甫乾肉也

〔迹盗〕

北斉《ホクセイノ》彭城《ハウシヤウ》王、浟《ユウ》、為《タル時ニ》定州《テイジウノ》刺史《シシ》有《リ》人、被《ル》盗《ヌスマ》黒牛《コクキウヲ》、上《ニ》有《リ》白毛《モウ》、長《チヤウ》吏《（ママ）シ》韋《イ》道健《タウケン》、謂《（ママ）テ》従《ジウ》事《シ》魏《ギ》道勝《ダウセウニ》曰《ク》、使《シ》君《クン》在《リシ》滄洲《サウシウニ》日《ヒ》、擒奸《トリコニスルコトカンヲ》如《シ》神《シンノ》、若獲《モシエハ》此賊《ノソクヲ》、実《マコトニ》如神《ケンシンノ》矣、浟《ユウ》音由乃《チ》詐《イツハリテ》、為《マネシテ》上《タテマツル》府《フ》市《ニカフ》皮《カワヲ》倍《マシテ》酬《ムクフ》其直《ノアタイヲ》、皮至《イタル》、使《シム》牛《キウ》

主《シユヲシテ》認《トメ》レ之《ヲ》、因《ヨツテ》獲《エテ》二其盗《ノヌスヒトヲ》一伏《フクス》レ罪《ニ》」三十四ウ
北斉《ホクセイ》ノ彭城《ハウシヤウ》王ニ浟《ユウ》ト云人アリ。定州ノ刺（ママ）史ニテ有シ時ニ。或者カ黒《クロ》キ牛ノ上ニ、白《キ》毛ノ有ヲ盗マレタリ●上ハ額《ヒタイ》又ハ首《カシ》（ママ）ノアタリヲ云歟●即獄ニ訟ル也。定州長《チヤウ》吏《リ》ニ韋《イ》道《タウ》健《ケン》ト云者。定州ノ従事《シウシ》魏《キ》道勝《タウセウ》ニ云ヤウ。使君ノ滄州《サウシウ》ニ居ラレタ時。盗人ヲ捕ルコト人間ノワサニテナキ様ニ沙汰アリ。今若此《モシ》盗人ヲ捕ヘラレタラハ。真実ニ神《シン》変《ヘン》ト云ヘシト云。其テ道勝カ詐《イツハリ》テ、浟《ユウ》カ牛ノ皮ヲ買《カフ》テ府中へ上ル程ニ。価《アタイ》ハ常ノニ一倍《ハイ》シテ可レ買ト云。サル程ニ、方々ヨリ皮ヲ持《モチ》テ来ル。彼牛ノ主ニ、イツレカ汝《ナンチ》カ牛ノ皮ソ見出セヨト云。」三十五オ 其中ニテ皮ヲ認出《トメイタ》シテ。盗人ヲ捕ヘテ罪ニ伏シタリ

[迹盗]

北斉《ホクセイノ》彭城《ハウシヤウ》王、浟《ユウ》、為《タリ》二滄州《サウシウノ》刺史《シ》一、有《リ》レ一人、従《ヨリ》二幽州《ユウシウ》一来《キタル》、驢《ロニ》駄《タシテ》二脯《ホ》鹿《ロクヲ》一至《イタル》二滄洲《サウシウノ》界《サカイニ》一、以《テ》二足《ソク》疾《シツヲ》一行《ユクコトヲソシ》遅、偶《タマ〳〵》遇《アフテ》レ一人為《ニス》レ伴《トモト》、遂《ツイニ》盗《ヌスミ》二驢《ロ》及《ヲヨヒ》脯《ホシ、ヲ》一去《サル》、明旦《メイタン》告《マフス》レ州《シウニ》、浟《ユウ》乃命《チメイシテ》二左《サ》右《ユウ》及《ヲヨヒ》府僚《フレウニ》一分《ワカツテ》市《カフ》二鹿脯《カノホシ、ヲ》一、不レ限《カキラ》二其価《ノアタイヲ》一、其主《ノシユ》見《ミ》而《テ》識《シル》レ之推《ヲヨシテ》獲《エタリ》二盗《ヌスメル》一者《ヲ》、遂《ツイニ》遷《ウツル》二定州《テイシウノ》刺史《シニ》一 並《ニ》出二北史《ノ》本伝《ニ》一

上ノ段ノ人ト同シ。所ノカハリアリ。或者カ、幽州《ユウシウ》ヨリ滄州《サウシウ》へ、驢馬《ロバ》ニ鹿《シ、》ノ脯《ホシ、》ヲ駄《ヲホ》セテ来ル。此者足《アシ》ニ疾《ヤマイ》有テ、路ヲアリクコト遅《ヲソ》シ。タマ〳〵一人ト路ツレシケレハ。脯ヲ驢馬共ニ盗テニケヽリ。夜明テ滄州ノ守《シユ》」三十五ウ 護《コ》へ告《マウ》ス。浟《ユウ》ソコテ左右ノ者及《ヲヨ》ヒ府中ノ諸侍《シヨサフライ》。共ニ。方々ニテ鹿ノ脯《ホシ、》ヲ買セケリ▲市脯《シホ》ノ字ハ論語ヨリ出タリ▲価《アタイ》ヲコキラス脯ヲ買テ。盗レタル主ニ見セケレハ、見知テ。盗ミタル者ヲ捕ヘケリ。其テヨク獄ヲ察《サツス》ルトテ、定州ノ刺（ママ）史ニ遷《ウツサル、》也

此事ヲ始ニ載テコソ順《シユン》ナレトモ。韻《イン》ヲ踏《フミ》タルモノナレハ、後ニ載タリ

鄭克《カク》曰、按《スルニ》浟《ユウカ》之二一事、皆《ミナ》有《リ》二迹《アトノ》可《キ》レ求《モトム》、若《シ》夫《ソレ》詐《イツハリ》、為《マネシテ》レ上《タテマツルフニ》府買《カフテ》レ皮《カワヲ》而倍《マシテ》酬《ムクフハ》二其直《ノアタイヲ》一、乃《チ》兼《カヌルニ》以《テ》レ譎《イツハリヲ》取《トレル》レ之者《ヲ》也《ナリ》

鄭克カ按スルニ、此浟《ユウ》カ二段ノコトハ、証《セウ》迹《セキ》ヲ以テ」三十六オ 盗人ヲ求ラレタリ。然レトモ、詐《イツハリ》テ府中へ皮ヲ買テ上

ルトテ。価《アタイ》ヲ倍《ハイ》シテ買レタハ。兼《カヌ》ルニタバカリヲ以テ。盗人ヲトラヘタリ
是ハ標題《ヒヨウタイ》ニ迹盗《セキタウ》トアレトモ。又譎《ケツ》盗《タウ》ニモカ、ルト云評
也

張《チヤウ》受《ウケ》二越《ヱツ》訴《ソヲ》一　裴命《ハイメイシテキウニハカシム》急吐

〔鉤慝〕
唐張允済《タウノチヤウインセイ》、為《タリ》二武陽令《フヤウノレイ》一、以《テ》二徳《トク》教《カウヲ》一訓《ヲシユ》レ下《シモヲ》、百《ハク》姓懐《セイナツク》レ之《ニ》、隣邑元武県《リンユウケンフケムニ》、有《リ》下以《テ》レ牸《ジ》牛《キウヲ》依《ヨル》二其妻家《ノメノイエニ》一者《ノ》上、八九年間《ノアイタ》、牸生《ウメリ》二十余《ヨ》牛《キウヲ》一、及《テ》レ将《マサニ》二異居《イキヨセント》一、妻《メノ》家《イヱ》不《アタヘ》レ与、本《ホム》県《ケン》累政《ルイセイ》不レ能《アタハ》レ決《ケツスルコト》、其《ノ》人乃越《チコヘテ》レ界《サカイヲ》、訴《ウツタフ》二於允済《インセイニ》一、允済曰《カク》、爾《ナンチ》自《ミ》有《リ》レ令《レイ》、何至《ソイタレル》レ此《ニ》也、其《ノ》人垂《タレテナミタヲ》レ泣、不《ス》二肯去《アヘテサラ》一、具《ツフサニ》言《イフ》二所《ユ》一」三十六ウ以《ヘヲ》一、允済遂《インセイツイニシメ》令三左右《サユウヲシテ》縛《ハクセキウ》二牛主《シユヲ》一、布《フ》衫蒙頭《サンモウトウシ》、将《ニ》詣《イタツテ》二妻《メノ》家《イエノ》村中《ソンチウニ》一、捕《トラフ》二盗《ヌスメル》レ牛《ウシヲ》賊《ソクヲ》一、悉《コト〳〵ク》問《トフ》三此村牛《ノソンキウノ》所《ヲ》二従来《シウライスル》一、妻《メノ》家《イヘ》不レ知《ラ》二其故《ノユヘヲ》一、恐《テ》レ致《ンコトヲ》二連及《ネスニ》一、乃曰《チク》、此是《ハ》女婿《レチヨセイカ》家牛《ノウシナリ》、允済《インセイシメテ》令《ヒラカ》レ発二其蒙《ノモウヲ》一、謂曰《イツテク》、此即《レ》女婿《チヨセイナリ》、当《シ》二以《テ》レ牛《ウシヲ》帰《カヘス》レ之《ニ》

唐ノ時ニ、張允済《チヤウインセイ》ト云者、武陽《フヤウ》ノ令《レイ》ニ成テ。徳ヲ以テ教《ヲシ》ヘテ。下タル者ヲ恵《メク》ム故ニ。允済ニ懐《ナツ》ク也。武陽ノ隣《トナリ》ノ邑《ムラ》ニ、元武県《ケンフケン》ト云所ニ。メウシヲ一疋以テ。入《イリ》婿《ムコ》シタル者アリ。八九年ノ間ニ此メウシカ。十二三疋、子ヲ生《ウム》也。後ニ舅《シウト》ト別ニ居ントスル時ニ。其牛ヲ舅カヤラヌ也。所ノ奉行へ婿カ訴訟スレトモ。決断《ケツタン》ヲハ」三十七オ スル人ナシ▲累政《ルイセイ》トハ、所ノ代官ノ幾人《イクタリ》モ替《カハ》ルコト也。政事ヲ累《カサヌ》ルト云義也▲其テ婿《ムコ》カ境《サカイ》ヲ越テ。隣《トナリ》ノ武陽県《フヤウケン》ノ允済《インセイ》ニ訟ル也▲此標《ヒヨウタイ》題ニ越訴《ヲツソ》ト書タルハ此也。貞永《テイエイ》ノ式目《シキモク》ニ越訴トハ。本所ノ聞テヲ閣《サシヲキ》テ。別ノ人ヲ頼テ訴訟スルヲ云。此ト意一ツ也▲允済カ曰ク、汝カ在所ニ県ノ令《レイ》ノアリテ訟ヲ聞ニ。何トテ此所へ来タルソト云。其テ此者泣《ナミタ》ヲ流シテ。前カトノ次第ヲ云テ。不去シテソコニ居也。允済、其者ヲ縛《シハリ》テ。布《ヌノ》ノ衫《ソテ》ヲ頭ニカフセ。彼カ舅《シウト》ノ村へ連《ツレ》テ行キ。牛盗人ニテアリシヲ捕ヘタリ。此村ノ中ニモ、此盗人ノ牛ノ有」三十七ウ ト云程ニ。面々此村ノ牛ノ出処ヲ申セト云。此舅《シウト》、謀トハ不知。モシ蔵《カク》シタラハ、同類ニモサ、レン歟ト恐テ。此牛ハ私カ婿《ムコ》ノ家ノ牛ナリト云。連及《レンキウ》

トハ同類ニテハナケレトモ。目アカシニ指《サヽ》レツナトシテ。巻《マキ》アワセニナルト云ツレ也。其テ允済《インセイ》、婿ノ頭ヲツ、ミタル。布《フ》衫《サン》ヲノケテ云ヤウハ。此即汝カ婿也。其牛婿ノナラハ帰セト云付ル也

〔鉤慝〕

唐《タウノ》衛州《ヱイシウノ》新郷県《シンキヤウケムノ》令《レイ》裴子雲《ハイシウン》、有《リ》二奇《キ》策《サク》一、部《ホウ》人王恭戍《ケウマモル》レ辺《ヘンヲ》、留《ト、メテ》二牸《ジ》牛《キウ》六頭《ヲ》於舅《シウト》李《リ》璡《シムカ》晋音家《イヘニ》一、養《カフコト》五年、産《ウメリ》二犢《コウシ》三十一頭《ヲ》、例《レイシテアタイ》直十千已《イ》上《シヤウナリ》、恭《ケウ》還《カヘツテ》乃索《チモトム》レ牛《ヲ》、舅《シウトノ》曰、」三十八オ牸《ジ》牛《キウ》二頭已《ステニシヌ》死、只《タヽ》還《カヘス》二四頭老牸《ノラウシヲ》一、余《ヨハ》並《ナラヒニ》非《ス》二汝《ナムチカ》牛《ノ》所《ロニ》レ生《ウメル》、恭忿《ケウイカツテ》敷断切怒也レ之訴《ヲウツタフ》二於子雲《シウムニ》一、令《シメテ》レ送《ヲクラ》二恭《ケウヲ》獄《コクニ》一、禁《キム》取《シユシテ》追《ヲフ》二盗《ヌスム》レ牛《ヲ》賊《ソクヲ》一、李《リ》璡《シム》惶《キヤウ》怖《フシテ》至《イタル》レ県《ケムニ》、子《シ》雲《ウン》叱《イサフテ》レ之《ヲ》曰《ク》、賊《ソクト》与レ汝《ナムチ》同《ク》盗《ヌスムテ》二牛三十頭《ヲ》一、蔵《カクセリナムチカサウ》二汝荘内《タイニ》一、喚《ヨムテ》レ汝《ナムチヲ》共《トモニ》対《タイセム》、乃以《チテ》二布《フ》衫《サムヲカウフラシメ》一蒙二恭頭《カカシラヲ》一、立《テヽ》二南墻《シヤウノモトニ》下一、命《メイシテ》レ璡《ニ》急《キウニ》吐《ハカシムコトハヲ》レ詞、云《ク》、牛三十頭、総《スヘテ》是外甥《レクワイセイノ》牸《ジ》牛《キウノ》所《ロ》レ生《ウム》、実《マコトニ》非《ス》二盗得《ヌスミウルニ》一、子雲遣《シム》レ去《サラ》二王恭布衫《ケウカフサムヲ》一、璡驚《ヲトロイテ》曰《ク》、此《ハ》是外甥《レクワイキウナリ》也、若レ是《ンハ》即《ノチ》当《ニ》レ還《カヘス》レ牛《ヲ》、更《サラニ》欲《スル》二何語《ラカカタラムト》一、璡黙《モク》一然《センタリ》、子雲曰《カ》、五年養《カツテ》レ牛辛《ヲシム》苦《クセリ》、与《アタフ》二璡《ニ》五頭《ヲ》一、余並還《ヨハナラヒニケヘス》（ママ）レ恭《ケウニ》、

一県伏《フクス》二其明察《ノメイサツニ》一

唐ノ時ニ、衛州《エイシウ》ニ新郷ト云県アリ。其令ニ裴子雲《ハイシウン》ト」三十八ウ云者アリ。奇異《キイ》ニメツラシキ策《ハカリコト》ヲスル也。其クミニ王《ワウ》恭《ケウ》ト云者アリ•戍《マモル》レ辺《ヘンヲ》トハ、唐ノ時ニモ、韃靼《タツタン》カラ中国へ攻《セメ》入ントスル程ニ。昔秦《シン》ノ時ニ、長城ヲ築《キツキ》シ所ニ。唐ノ時ニ番ヲ置也、三年カハリニ定テ人ヲヤル。其ヲ辺ヲ戍ト云•此王恭モ、其番ニ当《アタリ》テ行時ニ。家ニメウシ六疋アリシヲ。舅《シウト》ノ李璡《リシン》カ家へ預《アツク》ル也•牸牛《シキウ》ハメウシ也。潙山《イサン》ノ老婆《ラウハ》ニ逢テ。這老牸牛来也《コノラウシキウライヤ》トイワレシモ。婆ナレハ、譬《タトヘ》テ云リ•舅ノ所ニ、五年ノ間。カヒ立テ置中ニ。子ヲ三十疋ウム也。此ヲ例《レイ》ノ牛ノ直《アタイ》ニメツモレハ。銭十貫アマリ也。恭《ケウ》北方ヨリ還《カヘリ》テ。牛」三十九オヲハ何トメサレタルソ。御返シアレト云。舅《シウト》ノ曰、其方ノ牛六疋ノ内。二疋ハ死シテナシトテ。四疋ノメウシヲ返ス。其余ノ牛ハ、王恭《ワウケウ》カ牛ノ生《ウミ》タルニテハナシト云。恭腹《ハラ》ヲ立テ、所ノ奉行子雲《シウン》ニ訟フ。

子雲ソコテ恭ヲ獄官へ送テ縛《シハ》ラセ。牛ヲ盗タル者也。此

同‐類モ有トテ獄ニヲク。瑾《シン》カ思ケルハ。我牛ヲ過‐分ニ持《モチ》タリ。盗タルナト云レテハト、惶《ヲソ》リ怖《ヲソレ》テ県ニ至ル。瑾カ来ヲ見テ。子雲シカリテ云ケルハ。此ニ盗人アリ、汝ト同ク牛三十疋ヲ盗テ。其牛ヲ汝カ庄園《シヤウエン》ノ内ニ蔵《カク》シテ置タリ。汝ヲヨヘ、対決《タイケツ》セント云トテ。王恭ヲハ」三十九ウ 頭ヲ布衫《フサン》ニテツ、ミ。獄ノ南ノ屏《ヘイ》ノ下ニ立テ置テ。瑾《シン》ニ盗タルカ不《ル》レ盗歟。ハヤク云ヘト云。瑾申ケルハ。牛ハ三十疋アレトモ。其牛ハ、私ノ婿《ムコ》ノ牸牛《メウシ》ノ生《ウミ》タル牛トモニテ。盗タルニハアラスト云。子雲《シウン》ソコテ恭《ケウ》カフクメンヲ取セタリ。瑾驚《ヲトロイ》テ、是ハ私ノ婿ナリト云。子雲カ曰、婿ノ牛ト云程ニ。婿ヘカヘスヘシ。別ニ何カ申ヘキコトアルヤト云。瑾モノモイハスシテ居ル也。子雲曰、五年ノ間養《ヤシナ》ヒソタテ、辛《シン》労苦《ラウク》労《ラウ》シケレハ。瑾ニモ五疋、分テクレヨ。残ノ牛ハ恭カ方ヘトレトテ。恭ニ返シケル。県中ノ者トモ。サリトテハ明察《メイサツ》ナ」四十オ ル子雲トソ申ケル

鄭克《カク》曰、此《レ》乃用《チモチユル》二允済《インセイカ》鉤慝《コウトクノ》之術《シユツヲ》一者《ナリ》、但部民《タ、ホウミンハス》則易《ヤスシ》レ追《ヲイ》而非《ル時ハ》レ部‐民《ニ》則難《シ》レ追《ヲイ》矣、故允済《ニ》詣《テ》二彼村《カノソム》‐中《チウニ》一捕《トラフ》レ盗《ヌスヒトヲ》也、然越《モコヘテ》レ境《サカイヲ》有《リ》レ所《ロ》レ捕《トラフル》、召《メシ》二集《アツム》一‐村《ソムノ》牛《ヲ》一、亦‐是当《レソノカミ》‐時可《シ》二以《テ》為《ス》レ此《ヲ》、若《モシ》在《ラハ》レ異《イ》‐日《シツ》、止《タ、》合《シ》二移《イ》‐文《フンシテ》、追《ヲツテ》而詰《ナシル》レ之《ヲ》、如《キ》二趙《テウ》和《クワ》一者《カ》是《ノシ（ママ）ナリ》一也、但《タ、》欲《スルタクミニトカラムト》二巧一捷一者《ハ》、勢《イキヲヒ》須《スヘカラク》レ為《ヘキ》レ此耳《ヲノミ》

鄭克曰、此段ハ上ノ段ノ、允済《インセイ》カ鉤慝《コウトク》ノ術ヲ用ヒタリ▲鉤慝トハ、慝ハアシキ事アルヲ蔵《カク》シテ置ヲ云。慝《カクシタル》ヲツルト云コト也。表題《ヒヨウタイ》ニ鉤慝ト挙《アケ》テ、卦《ケ》ノ外ニ」四十ウ アリ。部民《ホウミン》トハ、我与力《ヨリキ》クミノ者也。与‐力ナトハ、我マ、ニ縛《シハ》リ。ク、リスルコトヤスシ。部民ニテナキ者ハ。縛リ追《ヲイ》ヤリニクキ也。故ニ允済《インセイ》ハ、我部民ナル故ニ。彼カ村ヘヤリテ。盗人ヲ捕《トラ》ヘ。殊《コト》ニ境《サカイ》ヲ越テ。一村ノ中ノ牛ヲ呼集《ヨヒアツメ》テ。蔵《カクシ》タル者ヲ捕ヘアラハシタリ。此事ハ当時《ソノカミ》、允済カ時‐分ハ如レ此スヘシ。異‐日今‐日、如レ此コトアラハ。移文《イフン》ノフレ状ヲツカハシテ。縛リタル者ヲ追ヤリ詰《ナシ》リトヒ。趙和《テウクワ》カヤウニスルナラハ可レ好《ヨカル》。趙和カコト下巻ニアリ。巧《タクミ》ニハヤク此コトヲセント思フ者ハ。此鉤慝《コウトク》ノ術ヲスヘシ。」四十一オ ユルヤカニスレハ。牛ヲ枉道《ワウタウ》スル者、合点《カツテン》シテ。我トアサリテ出スハ。スヘキ

ヤウナシ

王質《シツ》毋レ原《ユルスコト》　馬亮悉一貸《コト〳〵クユルス》（音太借也）

〔議罪〕

王—質待制知二《シツタイセイチタルトキニ》盧《ロ》州一《シウニ》、有レ盗《リヌスヒト》、殺二《コロシ》其党一《ノタウヲ》幷二《アハセテ》其—貲一《ノタカラヲ》（音髭財也）而遁《ニゲ》、邏《ラ》—者得レ《シヤエタリ》之《ヲ》、質抵二《イタス》之死一《ヲシニ》、転運使楊告《テムウムシヤウコク》、駁レ《ハクシテ》之《ヲ》曰《ク》、盗《ヌスヒト》殺二《コロス》其徒一《ノトヲ》者死《ハシ》、当レ《ニ》原《ユルス》、質云《カク》、盗殺二《ヌスヒトコロシテ》其徒一《ノトヲ》而自—首《シシユスル》者《ハ》、当レ《ニ》原《ユルス》、今殺レ《イマコロシテ》人《ヲ》而取二《トル》其貲一《ノヲ》、非二《ス》自—首一《スルニ》而捕二《トラヘ》—得之一《ヲ》、原レ《ユルスコト》死《ヲシ》、豈法—意《ニハウ》乎《イナラムヤ》、数《シハ〳〵》上—疏《ショスレトモ》不レ報《ホウセ》、降《クタシテカムセシムショ》監二舒—州霊《ノレイ》—仙—観一《セムクワンニ》、逾レ《コヘテ》年《ヲ》、韓琦《カンキ》知二《チタリシンケイインニ》審刑院一、謂《ク》、盗殺二《ヌスヒトコロシテ》其徒一《ノトヲ》而不レ《ル》首者《シユセハ》、毋《レ》レ（音無）得レ《ルコトユルスコトヲ》原、見二《タリ》本—伝一《ニ》」四十一ウ

待制《タイセイ》ノ官ニ王質《ワウシツ》ト云者アリ。盧州《ロシウ》ニ知《チ》タル時ニ。盗人カ其同—類ヲ殺シ。財—物ヲ取テ遁《ニク》ル者アリ。然ルヲ邏者《ラシヤ》カ捕ヘタリ●関《セキ》ナトヲ造《ツク》リテヲイテ。人ヲ改《アラタム》ル者ヲ邏者ト云●邏ハ遮《シヤ》也。サヘキル意也●王質、此盗人ヲ法ニアテ、、死—罪ニ定ル也。其時ニ、盧州ニ転運使《テンウンシ》ノ官ニ楊告《ヤウコウ》ト云者アリ。王質ト間コソ悪カリケン。王質カサハキハ悪トテ。状ヲ天子ニ奉ル●駁《ハク》ハ駁《ハク》—議《キ》トテ。人ノ云コトニスリチカウテ。云モトクヲ云也、楊告カ駁議ニ曰、盗人ノ其徒党《トタウ》ヲ殺シタル者ヲハ。死—罪ヲ原《ユル》スハ律ノ法也ト云。王質カ是ヲ聞テ。盗人ノ」四十二オ 其同—類ヲ殺シテ、我ト我ハ盗人ニテアレトモ。今ヨリハ盗賊《タウソク》ヲモ。仕ルマシナト云者ヲハ原《ユル》スヘキ也。今此盗人ハ。人ヲ殺シテ財—物ヲ取テニケタレハ。自《シ》—首《シユ》シタル者ニテハナシ●自—首トハ、我ト白—状スルヲ云也●自—然ト関守《セキモリ》カ捕《トラ》ヘタレハコソアレ。サナケレハ逃《ニケ》スマス也。此ヲ死—罪ヲ原スハ。律ノ法ノ意ナルヘキヤト云テ。シキリニ疏《シヨ》ヲ天子ヘ上ツレトモ、御返事ナク。結句《ケツク》官—位ヲ推《ヲシ》サケラレ。舒州《シヨシウ》ニ霊仙観《レイセンクワン》ヲ造《ツク》ラル、、其奉—行ニ仰—付ラル、也●宋ニハ道—士ヲアカメ尊《タツトヒ》テ。寺—観ヲ多ク造ラル、也▲サテ其年ヲ越テ、韓琦《カンキ》ト云」四十二ウ テ、宋ノ時ニカクレモアラサル名—臣、審刑院《シンケイキン》ヲ知ル也▲審刑院ハ、日本ニテ所司《シヨシ》代《タイ》ナトノ居ルヤウナ所ヲ云。刑罰《ケイハツ》ヲ審《アキラ》カニスルト云義也▲韓琦《カンキ》、其院ニスハリテ。刑ヲ行フ時ニ。盗人ノ其同—類ヲ殺シテ。我ト盗人ナリト申テ出サル者ヲハ。

死-罪ヲ原《ユル》サヌトテ殺也

鄭克《カ》曰《ク》、按《スルニシユスル時ハ》 首 則原《ユルスハ》レ之《ヲ》、許《ユルスナリ》二 自《ミ》-新《アラタニスルヲ》一 也、不《シテ》レ首《シユセ》而原《ユルスハ》、復《マタ》何《ノ》-謂《イヒソヤ》耶、殺《コロシ》二其徒《ノトヲ》一、取《トツテ》二其《ノ》-貲《ヲ》一遁《ノカレ》音囤遁逃去《サルヲ》捕《トラヘエタリ》-得、初《ハシメヨリ》 非《ス》レ悔《クフルニアヤマチヲ》レ過、而貸《ルヲユルスハ》二 其死《ノシヲ》一、失《ウシナヘリ》二 法意《ハウイヲ》一矣、宜《ムヘナルカナ》-乎議《キスル》 者《ノ》有《ルコト》二 是請《ノコフコト》一 也

鄭克曰、按スルニ首《シユ》スル時ハト云ハ、我ト申テ出」四十三オル自首《シシユ》ノ事也。其ハ死-罪ヲユルス也。イカニトナレハ。我ト云テ出テ。此以-後ハ盗-賊ヲセスシテ。善人ニナルヘシト。自新《アラタ》ニスル故ニ、罪ヲ原《ユル》ス也。其徒党《トタウ》ヲ殺シテ。其財ヲ取テ逃《ニク》ル者ヲ捕《トラ》ヘタリ。此ヲタスケハ、律ノ法ノ意ヲ失ヘリ。王質《ワウシツ》カ天-子ヘ疏《シヨ》ヲ上リ。此事ヲ議シテ。此者ヲ殺サント請《コウ》タルコト。尤ナリト云評也。

〔議罪〕

尚書《シヤウシヨハ》馬亮《リヤウ》、知《チタシ時ニタム》（ママ）二 潭-州《シウニ》一、属《ソク》-県《ケン》有《リ》二亡《ハウ》-命卒《メイノソツ》一、剽《ヒヨウ》-攻《コウシテナセリ》 為二郷《キヤウ》-民患《ミムノウレヘヲ》一、或謀《アルヒトハカツテコロス》 殺《ヲ》レ之、在《テ》レ法 当《ハウニアタルシニ》レ死者四《ノ》=人、亮《リヤウカ》曰《ク》、能為《ヨクタメニタミノソクカイヲ》レ民 除レ害、而 反 坐《シテカヘツテツミスルニ》 以《テス テセハ》レ 死《ヲ》、豈法意《ニハウイナラムヤ》 耶、乃《ス》悉《コトコトクユルス》 貸レ之《ヲ》出《タリ》二本 伝《ニ》一」四十三ウ

尚書《シヤウシヨ》ノ官ニ馬《ハ》亮《リヤウ》ト云者、潭州《タンシウ》ニ知タル時ニ。潭州ノ中ノ県ニ。亡《ハウ》-命《メイ》ノ士《シ》卒《ソツ》アリ• 亡-命ハ史記ヨリ出タル語也。亡ハ失フ也。命ハ名也。又亡ハニクル也。或ハ悪事ヲシテ、姓-名ヲ更《カユ》ルヲ云。張《チヤウリヤウ》良ハ始メ長《チヤウリヤウ》良也。秦《シン》ノ始《シ》皇《クワウ》ヲ鉄《テツ》槌《ツイ》ニテ打殺ントテ。力士《リキシ》ヲ頼タレトモ。打ハスシテ。其ヨリニケテ姓ヲカヘ。張良ト云トアリ。此類也。名ヲ失フト云義也。名ヲニカスト云義モアリ• 此ハ剽攻《ヒヨウコウ》トテ辻《ツシ》キリナトスルコト也。其ヤウナル悪事ヲシテ。始ノ名ヲ更テ居者アリ。此外ニ所ノ民百-姓ノ患《ウレヘ》」四十四オ ヲスル也。或人カ 謀《ハカリコト》ヲシテ此者ヲ打殺タリ。其カアラハレテ。人ヲ殺タル者ナル故ニ。律ノ法ニ、死-罪ニアフ者四人アリ。馬《ハ》亮《リヤウ》カ曰、此者トモハ諸-人ノタメニ。悪害《カイ》ヲ除《ノソキ》タリ。然ルヲ、反テ死-罪ニセハ。何トテ法ノ意ナルヘキヤトテ。皆罪ヲユルスト也

鄭克《カ》曰《ク》、按《スルニ》 剽《ヒヨウ》-匹妙切剽掠也攻《コウノ》之人、於《ヲイテハウニ》レ法 許《ユルストラフルコトヲ》レ捕、若《シ》非《シテ》レ名《ナツクルニトラフル》二 捕 者《ニ》一、輒《スナハチ》以《テハカリコトヲ》レ謀 殺《ス時ハ》レ之、則《ス》慮《ヲモンハカル》レ有《ンコトヲ》二 誣《フ》-枉《アフ》一、法《ハウ》所《ナリ》レ不《ル》レ許《ユルサ》也、能奏《ヨクソウシテキクヲサイスルコトヲ》 聴レ裁 尤《トモ》為《スト》レ得《タリトテイヲ》レ体 云《フ》

鄭克曰、按スルニ剽攻《ヒヨウコウ》トテ。辻《ツシ》キリ夜ウチナトスルヤウノ者ヲハ。捕《トラユ》ルコトハ不レ苦。捕ユルト云者テ」四十四ウモナクテ。謀《ハカリコト》ヲ廻《メクラ》シテ殺ハ、私撿断《ケンタン》也・我意趣《イシユイ》遺恨《コン》ヲ。ヒソカニスルヤウナル者ハ。誣枉《フワウ》ノシイマクルヤウナコトモ可レ有カト。奉行タル人ノ慮《ヲモンハカ》リアルナレハ。罪ヲ許《ユル》サヌ所也。此ヤウナルコトハ卒爾《ソツシ》ニ不レ可レ決。ヨク奏聞《ソウモン》ナト申シテ。裁許《サイキヨ》ノ後ニ罪ニナリトモ、許《ユル》シナリトモスルヲコソ。訴訟刑獄ヲ行フ体《テイ》ヲ得タリト云ヘケレト云評也

允済《インセイ》聴《キ、》レ葱《ソウヲ》　彭城《ハウシヤウ》書《シルス》レ菜《サイニ》

〔察盗〕

唐《タウノ》張《チヤウ》允済《インセイ》、初《メ》仕《ツカヘテ》レ隋《ニ》為《タリ》二武陽《フヤウノ》令《レイ》一、時《トキニ》道中《タウチウニ》見《ミル》二一姥《リノホ》莫補切老母也種《ウヘテ》レ葱《ソウヲ》結《ンテ》レ庵《ヲ》守《マモルヲ》レ之《ヲ》、允済曰《カク》、但《タヽ》帰《カヘツテ》不レ煩《ハツラハサ》レ守《コトヲ》」四十五オレ此《ヲ》、若《シ》遇《ハヌスヒトニ》レ盗、即《チ》来《テ》告《ツケヨ》、姥如《ホ》レ戒《クスノ》、帰《ルコト》一宿《シユクニシテ》而葱《ソウヲ》大《ニ》失《ウシナフ》、姥以《テ》告《ツク》二允済《ニ》一、乃召《スメシ》二集《アツメ》葱地《ソウチノ》左右《サユウノ》居人《キヨ》一、呼《ヨンテ》令《シメテ》レ前《スヽマ》、一一聴《キク》二其《ノ》手《ヲ》一、遂獲《ニエテ》二盗《ヌスム》レ葱者《ヲヲ》一、伏《フクス》レ罪《ニ》。此《レト》与《ト》下受二越訴《ヲ》一事上並《ニツ》出二唐書本伝《ニ》一

唐ノ張允済《チヤウイムセイ》、前ニモアリ。初メ隋《スイ》ノ煬帝《ヤウタイ》ニ仕ヘテ・武陽《フヤウ》ノ令《レイ》トナリタル時ニ。道ノホトリニ。一人ノ老女 葱《ヒトモシ》ヲ種《ウヘ》テ。其ワキニ柴《シハ》ノ庵《イヲリ》ヲ結《ムスヒ》テ、番ヲシテ居タリ。允済ミテ曰、汝ハ帰レ。番ヲセストモノコト也。葱ヲ盗タラハ、我所へ来テ告《ツケ》ヨト云。允済カ教《ヲシヘ》ニマカセテ。老女、宿へ帰ル。其夜、此葱ヲ、十ノ物ヲ七八モ盗マレタリ。」四十五ウ姥《ウハ》ソノマヽ来テ、允済《インセイ》ニ告ク。允済スナハチ 葱畠《ヒトモシハタケ》ノアタリニ、居人ヲ召集《ヨヒアツメ》テ。一人一人我前ヘヨヒ。手ヲカクニ、果《ハタ》シテ葱クサキ手ヲ聴《キヽ》アテヽ。即盗人ニサタメタレハ。罪ニ伏シタリ

此事ト前ニアル允済カ越訴《ヲツソ》ノ事トハ。並ニ唐書允済カ本伝ニ出タリ

鄭克曰《カク》、按《ルニ》周礼《シウレイニ》、以《テ》二五声《セイヲ》一聴《テコク》獄訟《セウヲ》一求《モトムミム》二民情《セイヲ》一、一《ツニハ》曰《ク》、辞《シ》聴《テイ》、観《ミルニ》二其《ノ》出《ス》レ言《ヲコトヲ》、不《ル時ハ》レ直《ナヲカラス》則煩《ハツラハシ》、二《ニハ》曰《ク》、色《シヨク》聴《テイ》、観《ミルニ》二其《ノ》顔《カム》色《シヨクヲ》一、不《ル時ハ》レ直《ナヲカラス》則赧《ハツ》奴版切赧而面赤、三《ツニハ》曰《ク》、気《キ》聴《テイ》観《ミ》二其《ノ》気《キ》息《ソクヲ》一、不《ル時ハ》レ直《ナヲカラス》則喘《アヘク》、四《ツニ》曰《ク》、耳《ジ》聴《テイ》、観《ミルニ》二其《ノ》聴聆《レイヲ》一、不《ル》レ時《ハ》」四十六オ直《ナヲカラス》則惑《マトフ》、五《ツニハ》曰《ク》、目《モク》聴《テイ》、観《ミルニ》二其《ノ》顧《コ》視《シヲ》一、不レ

直《カラス》 則眊《クラシ》音帽目《メ》、不レ明《ルソカナラ》二 允済召一集《アツメテソウ》 葱-地《チノサ》左右《ユウノキヨ》 居-人一《ヲ》、呼 令《ヨンテシメ》レ前《ス丶マ》、一-一聴《キイテ》レ之遂《ヲツイニ》 獲《エタリ》二盗《ヌスム》レ葱者一《ヲ》、蓋《ヲ》 用《シモチユルナリ》二 此術《ノシユツヲ》一 也、然《トモ》 其意《ノイ》-度《タク》、頗《スコフル》 渉《ワタルヲ》二衒《コリテラフニ》 衒一 音炫 自《ミ》衒《ルソ》二其能《ノニ》一、非《スハ》二不《シテ》レ得《ヤムコトヲ》レ已 而用《モチユルニ》レ之、則与《ヲスト》下郤《ケキヨウカミテ》雍 視レ盗《ヌスヒトヲ》、察《シテ》二其眉《ノビ》-睫《セフノ》 之間《ヲ》一、而得《ル》二其情《ノセイヲ》一 者《ノ》上、何《ヲ》-以《テカ》 異《コトナラム》一 哉《ヤ》、苟《イヤシクモ》 未《タ》レ能《アタハ》レ使《シムルコト》二 人《ヲシテ》 恥《ハチ》レ為《スルコトヲヌスミヲ》レ 盗、不《シ》レ若《シカ》聴《ニハホノマモルヲ》二姥守《ヲ》レ 之也

鄭克曰、周礼《シユライ》ヲ按スルニ。五-声ヲ以テ獄ノ訴-訟ヲ聴テ。民ノ善-悪真-実ノ意ヲ求ル也。一ニハ辞聴《シテイ》ト云、其人ノ言-語ノ出シヤウヲ見テ。直《ナヲ》カラヌ枉道《ワウタウ》」四十六ウ ナル者ハ。心マカル故ニ。言-語カ 煩《イタツカ》ハシク前-後シテ。ワケキコヘヌ也。二ニハ色聴《シヨクテイ》ト云、其人ノ顔-色ヲミルニ。イツハリアル者ハ、顔アカクナリテ赧《ハツル》色アリ。三ニハ気聴《キテイ》ト云、其人ノ物ヲイフヲ見ルニ。息《イキ》アイ不レ直シテクルシケナリ。四ニハ耳聴《ジテイ》ト云、其人ノ物ヲ聴躰《キクテイ》ヲ見ルニ。ソハツラナルコトヲ聴テ惑《マト》フナリ。五ニハ目聴《モクテイ》ト云、其人ノモノヲ見ルテイヲ見ルニツケテモ。正-直ニナケレハ。盲目《マウモク》同-前ニ。シカ〳〵目モ見ヘサル也。是ヲ五声トテ、周礼《シユライ》ニ挙《アケ》タリ。

允済《インセイ》カ 葱 畠《ヒトモシハタケ》ノ右左《アタリ》ニ、居人トモヲヨヒ集《アツメ》テ。」四十七オ 一-々我前ヘス丶マセテ。手ヲ聴テ。葱《ヒトモシ》 クサキ手ヲカキアテ。盗人ヲ得タルハ。思フニ、此術ヲ用タル者也。然レトモ、其允済《インセイ》カ意ハセ。大方モノニホコリ衒《テラ》フタル者也。衒トハ字書ナトニ、衒《ケン》ハ自《シ》 媒《ハイ》《ミツカラナカタチスル》 也ト注シタリ。我ト此事ヲ好ソ悪キソト。人ニ云ヤウナルヲ衒ト云也。允済カ若《モシ》葱ヲ盗タラハ。此術ニテ盗人ヲ可レ知ト思テ。姥《ウハ》ヲ帰ラセタルハ。允済カ自ホコリ衒タルニ以ル者也。是-非ニカナハヌコトテモナイニ。如レ此法ヲ用ルナラハ。郤雍《ケキヨウ》ト云者カ。盗人ヲ視テ。其者ノ眉《マユ》マツケ、目ノ色ヲ察《サツ》シテ。盗人」四十七ウ ノ真実ノ情ヲ得タルト何ソ異ナラン。是同-類也。人々ヲシテ。盗ヲスルコトヲ恥《ハツ》ルヤウニスルコトカ不レ成ハ。姥《ウハ》ニ守《マモラ》セテヲイタニハ。ヲトリタル者也

〔迹盗〕

北《ホク》-斉《セイノ》 彭城《ハウシヤウ》-王、浟《ユウ》、為《タリ》二滄州《サウシウノシ》 刺（ママ）-史《シ》一、有《リ》二老姥《ラウホ》一、姓《セイハ》 王、

独《ヒトリウフ》種二菜《サイ》三畝《ホヲ》一、菜数《シハ〳〵ル》被二盗売《ニウラ》一、湫乃令《ユウスレム》二人《ヲシテヒソカニ》密往《ユイテ》、書《シヨシテ》レ菜葉《ヱウニナサ》為レ字《ジヲ》、明日《メイジツ》市中《シチウニ》認《トム》レ之《ヲ》、遂獲《ツイニヱタリヌスヒトヲ》レ盗 出《タリ》二北史

本伝

北斉ノ彭城《ハウシヤウ》王、湫《ユウ》ノ滄州《サウシウ》ノ刺史《シシ》（ママ）トナラレタルコト前ニモアリ。其時、老タル女アリ、王姓ノ者也。自身菜《ナ》畠《ハタケ》ヲ三ウネ種《ウヘ》テ置タルヲ。盗人ニ切々盗マレテ売《ウラ》ルルナリ。姥、此コトヲ湫ニ訴ヘケレハ。即人ヲヤリ密《ヒソカ》ニ」四十八オ 菜《ナ》ノ葉コトニ。字ヲ書セテ置タリ。其夜モ盗マレタリ。夜明テ市《イチ》ノ中ニテ認尋《トメ》エタリ。サテ盗人ヲ捕ヘ得タリ

呂婦《リヨフ》断《タチ》レ腕《カイナヲ》 包牛《ハウキウ》割《ク》レ舌《ヲ》

〔察慝〕

呂公《リヨコウ》綽《シヤク》侍《シ》読《トク》、知《チタル時ニ》二開封府《カイホウフニ》一、有《リ》二営婦《ヱイフ》一、夫《ヲツト》出《イツル時ニ》二於外《ホカニ》一、盗《ヌスヒト》夜入《ヨルイル》レ舎《シヤニ》、断《タチテ》二其腕《ノカイナヲ》一而去《サル》、都人《ト》喧《カマヒスシク》一駭《ヲトロク》 胡駭切《コウ》 驚起《ナリ》也 公謂《イハク》、非《スハ》二其夫《ノヲツトノ》之仇《アタニ》一、不レ宜《ヘカラ》二快《ヨロシクコ、ロヨクスルコト》レ意《ヲ》如《クナルノ》レ此、遣《シム》三騎《キヲシテ》詰《ナシラ》二其夫《ノヲツトヲ》一、果《ハタシテ》獲《ヱテ》二同営《トウヱイノ》韓元《カムケム》者《ト云ヲ》一、具《ソ》二奸状《テカンシヤウヲ》一伏《フクス》レ誅《チウニ》 出《タリ》二王珪《ケイカ》所《ノ》レ撰志《ニ》一

宋ノ時ニ、侍読《シトク》ノ官ニ、呂公綽《リヨコウシヤク》ト云者。開封府《カイホウフ》ニ知タル時。営中《エイチウ》ニ婦人アリ。夫《ヲツト》ハ余所ノ国へ行タリ。或夜」四十八ウ 其家へ盗人カ入テ• 其婦人ノ腕《カイナ》ヲ断テ去タリ• 開封府ハ都ナレハ、都人ト書タリ• 都中ノ者トモサハイテ。トリ〳〵ニ沙汰《サタ》スル也。呂公カ思フハ。其夫《ヲツト》ニ敵《テキ》ノアリテ。其モノカセスハ。此コトク気サンシニ。我思フヤウニ。シヲホスルコトハ。ナルマシキト思テ。騎馬《ムマノリ》ヲ、其夫ノ居ル外国へツカハシテ。コレ〳〵ノコトナルカ。誰モ仇《アタ》ナトアル者ハナキカト詰《ナシ》リ問フ。夫ノ申ケルハ、我同営《エイ》ノ中ニ。韓元《カンケン》ト云者、我ト仇アリト云。果《ハタ》シテ韓元ヲ捕《トラ》ヘテ。奸状《カンシヤウ》ヲ具《ソナ》ヘテ誅《チウ》シタルト也

鄭克曰《カク》、按《スルニ》此《レ》蓋知《シル》二営婦《ヱイフノナリ》為《トル》レ人非《ル》レ不レ良者《ニヨカラヲ》一故《ニ》、」四十九オ 特《コトニウタカフ》疑三其夫仇《ノヲツトアタノシヤウ》戕 音牆猶殘也 害《カイスルコトヲ》之《ヲ》一也、既《ステニヱテ》得二其事《ノコトヲ》一、乃《ス》察《サツス》二其実《ノジツヲ》一、彼《カレカ》之隠慝《イントク》、将《ハタ》何所遁《レノロニカノカレンコレ》、斯亦可《タシ》三以謂《テイフ》二之《ヲ》明《メイト》一矣

鄭克カ按スルニ。此ハ蓋《ケタシ》営中《ヱイチウ》ノ婦人ノ人トナリカ。貞女ナルコトヲ知タルニヨリ。特《コト》ニ其夫《ヲツト》ノ仇《アタ》カ、如レ此

害《カイ》シタル者ナルヘシト疑《ウタカ》フ也▲戕《シヤウ》ハコロス也。左伝ニ戕-死トテ。内-外ノ差別《シヤヘツ》ヲ云ワケタリ●呂公カ如レ此思フ故ニ。夫ニトフタレハ、果シテ仇アリ。其仇ノ有コトヲ得テ。其実《シツ》-証《セウ》ヲ察シタリ。韓元カ隠《カク》シタル曲事《クセコト》。遁《ノカ》ルヘキヤウナシ●此亦獄ヲ明カニ」四十九ウ シタル人ト云ヘキ也

［鉤慝］

包拯副《ハウセウフ》枢《スウ》、初知《ハシメチタリヤウシウノテンチヤウケンニトキニ》二楊州天長県時、有《リ》下訴《ウツタフル》三盗割《サクト》二牛舌《ノシタヲ》一者《ノ》上、拯密《セウヒソカニ》諭《サトシテシム》、令下帰《カヘツテホフツテ》屠二其《ノ》牛《ヲ》一而鬻《ヒサカ》上之《ヲ》、遂《ツイニ》有《リ》下告《ツクル》二其私《ノヒソカニ》殺《コロスト》レ牛《ヲ》者《ノ》上、拯詰《ナシツテ》レ之《ヲ》曰《ク》、何《ナンスレソサイテソレノイヘノ》-為割二某家牛舌《ノシタヲ》一而又告《ツクル》レ之《ヲ》、其《ノ》-人驚《ヲトロキ》服《ス》見本伝

包拯《ハウセウ》ハ包考粛《ハウカウシユク》ト云者也●孝粛《カウシユクカ》笑《ハ》似《タリ》二黄河清《ノスメルニ》一トテ。常ニ笑フコトノナキ者也●宋ノ時ノ人也。後ニ枢密《スウヒツ》ノ副使《フシ》ニナル也。其初ニ揚州ノ天長県《テンチヤウケン》ニ知タル時ニ。サル家へ盗人カ入テ。牛ノ舌《シタ》ヲ割《サカ》レタルト訴-訟スル者アリ。時ニ拯、密《ヒソカ》ニ其者ニ言含《ユイフクメ》テ家へ帰シテ。其舌ヲ」五十オ 割《サカ》レタル牛ヲ斬屠《キリホフリ》テ売シム。遂ニ又人来テ、其家主《イヘヌシ》コソ。私ニ牛ヲ殺シテ売ルト告《ツク》ル也●呉訥《コトツ》カ棠陰決事《タウインケツシ》ニハ。此時ニ牛ハ大《タイ》廟《ヒヨウ》ノ牲《ニヘ》ニナリ。農人ノ耕作《カウサク》ヲタスクル。モノナレハトテ。我牛ナレトモ、何ノヤウモナキニ。殺スコト禁制《キンセイ》ナリトアリ。故ニ牛ノ舌ヲ割《サキ》タルト訴へ。殺シテ売ト告《ツク》ル也ト云リ。私ノ字ニテ可レ知也●拯、其告ル者ニ詰《ナシ》リ問ケルハ。汝ハ何トテ某《ソレ》カ家ノ牛ノ舌ヲ割ナカラ。又殺シタルト告ルヤト云。其テ此盗人、驚《ヲドロイ》テ罪ニ服スル也

鄭克《カ》曰《ク》、按《スルニ》銭鉌嘗《セムクワカツテ》知《チタリシウ》二秀-州嘉《ノカ》興県《コウケムニ》一、有《リ》三村《ソン》-民《ミン》」五十ウ 告《クル》、牛為《ウシタメニヌスヒトノル、ト》レ盗所《コロサ》レ殺、鉌令《クワシメテスミヤカニカヘラ》二亟帰《レ》一、勿《イフコトマウストクワンニ》レ言レ告レ官、但召《タ、ヨンテトウ》二同-村《ソンヲ》一、解《トイテ》レ之遍《ヲアマネク》以《テ》レ肉餽《シ、ヲヲクレ》二音饋遺食也知-識《チシヨクニアルイハアラハアタ》一、或有レ怨、即倍《チマシテアタヘヨ》一与、民《タミ》如《クス》二其言《ノコトノ》一、明《メイ》-日《シツ》有《リ》下持《チシテシ、ヲ》レ肉、告《ツクルタミヒソカニコロスト》二民私-殺レ牛者《ヲノ》上、鉌《クワ》即収《チトラヘトフ》-訊、果《ハタシテ》其所《ノナリコロセル》レ殺、此《レ》-乃用《チモチユルセウカコウ》二拯鉤-慝《トクノ》之術《ヲ》一者、蓋《ナリ》以《シ》レ揣《テノハカリ》二知《シルヲ》非《ンハアタニ》レ仇不《ンコトヲシカラ》レ爾故《ニ》、用《テ》二此譎《ノイツハリヲ》一使《シムルナリマタイテ、ツケ》二復出告一也

昔《ムカシテウクワウカム》趙広漢、善為《ヨクナシテコウキヨヲ》二鉤距一、以得《テタリコトノセイヲ》二事情一、晋灼《シンシヤクカ》職略切云《ク》、鉤《コウハチナリ》致-也、距《キヨハヘイナリ》閉-也、蓋以《シテトチテ》閉二其術《ノシユツヲナ》一為レ距《キヨト》、而能使《シテヨクシム》二彼《カレヲシテサラ》不レ知《シラ》レ為《スルコトヲコウ》レ鉤也、夫惟《レタ、フカクカクシテ》深-隠而不レ可レ得故《ニ》、

以《テ》レ鉤《ヲ》致《イタス》レ之《ヲ》、彼若知《カレモシシル時ハ》二其為《ノタルコトヲ》レ鉤、則其隠《チノカクル、コト》必愈《スイヨ〳〵》深《フカシ》、譬《タトヘハ》猶《ナヲ》下魚《シ》逃《ノカレテ》二於淵《フチニ》一而終《ツイニ》不《ルカ》上レ可《ラ》レ得《ウ》矣」五十一オ 是故《ノニ》史称《シニイハク》、惟《タヽ》広漢《クワウカンシ》至-精《セイニシテ》 能用《ヨクモチユ》レ之《ヲ》、他《タ》-人効《ノナラフ》-者莫《ノシ》二能《ク》-及《ヲヨフコト》一也、此士《レシ》-君《クン》-子材知《シノサイチ》、過《スキタル》レ人《ニ》亦庶《タコヒネカハ》-幾《ンカ》焉

鄭克曰、按スルニ銭鮴《セムクワ》ト云者、嘗《カツ》テ秀州ノ嘉興県ヲ知-時ニ。其村ノ民カ、盗人ニ牛ヲ殺レタト告《ツク》。牛殺コト禁《キン》制《セイ》ナル故ニ。迷惑カリテ訴-訟スル也。銭《セン》ヤカテ合点《カツテン》シテ。定テ仇《アタ》アリテコソト思ヒ。其牛主ニ、汝ハ早々帰レ。カマヘテ奉-行へ此コトヲ告タリト云コトナカレ。同在-所ノ者ト屠解《ホフリトイ》テ。其肉《ニク》ヲ知《チ》-音《イン》トモノ方へヲクレ。又仇ナトノアラハ、殊更《コトサラ》多ク肉ヲヤレト教《ヲシユ》ル也▲解《カイ》ノ字ハ牛ニ限《カキ》リタル字也。故ニ」五十一ウ 角刀牛《カクタウキウ》ト字ヲ書也。其カラ。物ヲ云ホトクヤウナルコトヲ。注解《チウカイ》ナト、云也● 其民、銭《セン》カ教《ヲシヘ》ノ如クスル也。明日ニナリテ、牛ノ肉《ニク》ヲ持-来リ。其者コソ私ニ牛ヲ殺シテ。我等マテモ肉ヲクレタレト。告ル者アリ。銭告ル者ヲ捕ヘテ、糾-明シテ問タレハ。果シテ牛ヲ殺タル者也。是ハ包拯《ハウセウ》カ鉤慝《コウトク》ノ術ヲ以テ。盗人ヲ知タル者也● 鉤-慝ハ悪キコトヲシテ隠密《ヲンミツ》シテヲクヲ。其者、我ト云テ出テ。別ノコトヲ云ヲ以テ知ハ。魚ナトヲ 鉤《ツリハリ》 ヲカケテ釣《ツリ》出ス心也● 蓋シ仇《アタ》ニテナクハ、加様ニハセシト推量シテ。此 譎《イツハリ》 ヲ用ヒテ。盗人ニ告サ」五十二オ セテ知也。

後漢ノ趙広漢《テウクワウカン》ト云者。ヨク鉤距《コウキヨ》ノ術ヲナシテ。人ノ事ノ真-実ノ情ヲ。知-得タルトアリ。

其ヲ晋灼《シンシヤク》カ漢書ノ注ニ。鉤《コウ》ハ致《チ》也、距《キヨ》ハ閉《ヘイ》也ト云リ。距ハアコトモケツメトモ読也。蓋シ其コトニツキテ術ヲカマヘテ。相手ノ不レ知ヤウニシテ。 鶏《ニハトリ》 ノケツメノ物ニ懸リ。魚ノアコノ鉤ニ懸リタル如ク。ノカレヌヤウニシテ。彼者ノ不レ知ヤウニシテ。此方ニハ彼者ノ。シヤウヲ見ツケテ知也。人ノ深ク隠密《ヲンミツ》シテヲクコトハ知レヌコト也。故ニ鉤ヲカマヘテ。彼ニ云出サスル也。彼者、モシ是ハ我ヲタハカラン為ニ。加様」五十二ウ ニスルト知ハ。ナヲ〳〵隠密スル也。物ニタトへハ。餌《エ》ニ馴《ナレ》タル魚ハ我ヲツル為ト知テ。餌ヲ見テ深ク渕《フチ》ノ底《ソコ》へ入テ。終ニ

得ラレヌ也。故ニ漢書ニ、広漢《クワウカン》ハ至精《シイセイ》ニシテ能《ヨク》用ルト書リ。中〳〵常ノ人ナトノ。鉤距《コウキヨ》ノ術ハナラヌコト也。他人ニ此術ヲ効《ナラ》フ者アレトモ。及フコトニテモナシ。此ハタ、士‐君‐子ノ材芸能知《サイケイノウチ》ノアル人。願タラハナルヘシト也

崔黯《サイアム》乙減切 捜《ソウ》‐帑《タウ》 帳略《チヤウロ》行穴《カウケツ》

〔察姦〕〔懲悪〕

唐《ノ》崔黯《サイアン》、鎮《チンタル時コ》二湖南《ナンニ》一、有《リ》二悪《アク》‐少《セウ》一、不二為《タメニ》レ郷《キヤウ》‐里所《リノラレ》レ容《イレ》、乃《チ》‐自《ミ》髠鉗《コムレイシテ》音鈴以レ鉄束レ物以《テ》依《ヨツテ》二仏《フツ》‐教《ケウニ》一、為《ナリ》二傭《ヨウ》‐隷《レイト》一、仮《カリ》二‐託《タクシテ》焚《フン》‐修《シユニ》一、幻《ケン》三‐惑《コクシ》（ママ）」五十三オ愚《ク》俗《ソクヲ》一、積《ツムコト》レ財《サイヲ》万《バン》‐計《ケイ》、黯始《メテヲル、トキクルマヨリ》下《》レ車、恐《ヲソレテ》二其《ノ》‐事《コトノヤフレムコトヲ》敗《》一、乃持《チチシテテフヲ》レ牒、詣《イタツテフニ》レ府云《ク》、某《ソレカシヲコシテクワンヲ》発《ブン》レ願焚《シユスルコト》‐修三‐年、今《イマ》‐已《ステニヲハムヌ》畢、請《コフタツシテ》レ脱鉗《ヲカヘラムフクニ》（ママ）帰俗、黯問《アムトフ》、三‐年教化《ノケウケ》、所《トコロ》レ得《ウル》幾《イクハクゾ》‐何、曰《ク》、旋《ヤ、》‐得《テヤ、》旋‐用《モチフ》、不《ス》記《キセ》二其《ノ》数《カスヲ》一、又‐問《トフ》、費《ヒ》‐用《ヨウ》幾《イクソハクソ》‐何、曰《ク》、三‐千‐緡《ヒン》不《スタ、ナラ》レ啻 施智切止如レ是也 不二黯《アムカ》曰《ク》、給《キウスル》者有《ノリ》レ数《スウ》、納《イル、》‐者不《ノス》レ記《キセ》、豈無《ニラムヤアサムキ》二欺‐隠《カクスコト》一、乃命《チメイシテサクラシム》捜二其室《ノシツヲ》一、妻帑《サイタウ》他嚢切蔵《ル》二金《ヲ》帛一舎《ソ》蓄《サク》‐積、甚《シハナハタシ》二於俗《ソク》‐人《ヨリモ》一、既服《ニフクスケウ》二矯居夭切詐也妄《マウニ》一、即《チ》‐以付《テフス》レ法《ハウニ》、並《ナラヒニ》以《テ》二財《サイ》‐物《モツヲ》一、施《ホトコス》二之貧《ヲヒン》‐下《ニ》一

唐ノ時ニ、崔黯《サイアン》ト云者、湖南ノ鎮メニナリタル時ニ。湖南ニ悪事ヲスル者アリ。悪少《アクセウ》ハ悪キ事ヲスル少‐」五十三ウ年也。日本ニテハ美‐人、美‐麗ナルハカリヲ。少年ト云ナレト。唐ニハ若キ者ヲハ。大方少年ト云也• 余リニ悪事ヲスル故ニ。所ノ者モマセス。マセラレヌ故ニ。我ト髠鉗トテ頭ヲソリ。鉄《クロカネ》ニテ身ヲイタムル道‐具ヲコシラヘ。其ヲ身ニツケテ。仏教者《フツケウシヤ》ヲ頼ミ、傭隷《ヨウレイ》トテ。日ヤトヒノ者ニナリ。焚修《ハンシユ》トテ、日本ニテノ腕香《ウテカウ》、又ハ手ニ燈明《トウミヤウ》ヲトホスヤウナル修行《シユキヤウ》ヲスルト事ヲヨセテ。愚《ヲロカ》ナル世‐俗ヲ。タフラカシ惑《マトハ》シテ。施物《セモツ》ヲ取故ニ。財宝《サイホウ》ヲ数‐万ホト積持《ツミモチ》タリ。崔黯《サイアン》カ此国ノ守護《シユコ》ニ来タリトテ。車ヨリヲリラル、時。此者思フヤウ。崔」五十四オ黯ハ尋常《ヨノツネ》ノ人ニアラス。我此コトヲ見出サレ。敗露《ハイロ》シテハ悪カラント思ヒ。牒《テフ》トテ。我今マテ。イカヤウノ次第也ト書アクルコトアリ。乃‐牒《ス》ヲ持テ、崔黯《サイアン》カ所へ 詣《イタリ》テ申ケルハ。某《ソレカシ》ハ道‐心ヲ発《ヲコ》シテ焚修《ハンシユ》ヲ三年マテ。仕テアルカ。行《キヤウ》モハヤ畢《ヲハリ》タレハ。此鉗ヲモ取テ

ノケ。還俗《ケンソク》仕タキト請也。崔黯云ケルハ。三年ノ化教《ケケウ》ノ間ニハ、施物《セモツ》モ多アルヘシ。如何程アリタルソト問フ。此僧、答ヘケルハ。施物モ多アリタレトモ。又某ホト用ヒツカヒタレハ。其数ハ不レ存ト云。崔黯、又問、サテ用ヒツカハレタルハ如何程ソ。答曰、三千緡《ヒン》不レ啻《タヽナラ》ト。大方三」五十四ウ千貫ホト遣《ツカ》ヒタリ。不啻《フシ》トハ、三千貫ト云コトハアルマイ。其ヨリ多カラント云意也。漢書ニアル文法也●崔黯《サイアン》云ケルハ。遣《ツカイ》タルコトハ数アレトモ。人ヨリ取コミタル程ハ不レ知ト云。是ハ我ヲ欺《アサム》キ隠《カク》ス者也トテ。乃《ス》内ノ者ニ云ツケテ。其者ノ家ヲサカサセケレハ。妻モアリ。土《ト》蔵《サウ》ヲ立テ、金銀絹布《ケンフ》ヲ蓄《タクハ》ヘ積《ツミ》タルコト。冨ル俗人ヨリモ甚シ●帑ハ左伝ニ、以《テ》レ帑《ヲ》之《ク》レ他《ニ》、トアルハ。妻子諸道具ヲモチ、他国ヘ行コト也。此ノ帑ハ金帛《ハク》ヲ蔵《カクシ》タル舎也●既ニ其坊主カ矯妄《イツハリマウ》語《コ》カ必定アラハレテ。即法ニ付テ罪ニ行フ也。並ニ財物ヲ、下ノ貧乏《ヒンハウ》ナル」五十五オ者ニクレケルト也

鄭克《カク》曰、按《ルニ》矯《ケウ》妄幻《マウケム》惑《コクハ》、乃妖《チエウ》民《ミンナリ》一也、与下仮《カツテ》レ鬼《キ》神《シンヲ》以《テ》疑《ウタカハシメ》レ衆《ヲ》、執《トツテサ》レ左道《タウヲ》以《テミタル》乱《マツリコトヲ》レ政《ノ》者上同《シ》矣、可《ン》レ不《ル》レ懲《コラサ》歟《ヤ》

鄭克カ曰、按スルニ矯妄幻惑《ケウマウケンコク》ノ妄語ヲ云。人ヲタラスハ。バケ者ノ如クナル類ナレハ。妖民《エウミン》ト云也。仮《カツテ》二鬼神《ヲ》一以《テ》疑《シメ》レ衆《ヲ》、執《テ》二左道《ヲ》一以《テ》乱《ル》レ政《ヲ》、トハ礼記《ライキ》ノ語也。鬼神、怨霊《ヲンリヤウ》ニバケテ。衆生《シユシヤウ》ヲ疑《ウタカ》ハシ。左道《サタウ》トテ、正道ニモアラヌ邪道《シヤタウ》ヲ以テ政事《セイシ》ヲ乱リ。国ヲ動《ウコカ》ス者ト。矯妄幻惑ハ同シ類也。加様ナル者ハ、懲《コラ》サイテハ。カナハサルコト也」五十五ウ

〔覈姦〕〔懲悪〕

石晋《セキシムノ》高祖《カウソ》、鎮《チムスケフヲ》レ鄴音葉県名時《トキニ》、魏《ギ》州《シウノ》冠氏県《クワムシケムノ》華村《クワソムノ》僧院《ソウヰムニ》、有《リ》二鉄仏《テツフツ》一軀《ク》一、高《タカキコト》丈《チヤウ》余《ヨ》、中心《チウシム》且空《カツムナシ》《ウツホナリ》、一旦《タム》忽《タチマチ》云《ク》、仏能語《ホトケヨクモノイフ》以《ニ》レ垂《タリタル》二教戒《ケウカイヲ》一、徒衆《トシユ》称賛《セウサムス》、聞《キコフ》二于郷県《キヤウケムニ》一、士庶《シシヨ》雲《クモノ如ニ》集《アツマツテ》、施利《セリ》填《ミチ》委《アツマル》、県申《ケムマウス》二州府《シウフニ》一、高祖《カウソ》莫《シ》レ測《ハカルコト》二其事《ノコトヲ》一、命《メイシテ》二衙将《エイシヤウシヤウ》尚謙《ケムニ》一、持《チシ》レ香設《カウヲマウクグヲ》レ供、且験《カツコヽロミシム》二其事《ノコトヲ》一、有《リ》二三衛張輅《エイチヤウロト云モノ》（ママ）一路音、謂《コツテ》与偕行《トモニトモニユイテ》詰《ナシル》二其妖状《ノエウヲ》一、乃《ス》率《ヒキイ》レ人囲《ヲカコムテテラヲ》レ寺、尽《コト〳〵ク》遣《シム》三僧《ソウヲシテ》出《イテ》赴《ヲモムカ》二道場《タウチヤウニ》一、輅《ロ》乃《ス》潜《ヒソカニ》開《トチテ》（ふりがなママ）二其僧房《ノソウハウヲ》一、捜《サクツテ》

得《エタリ》二一穴《ケツヲ》一、通《トウス》二仏《フツ》座《サ》下《ケニ》一、即由《チヨリ》レ穴《アナ》入《テ》レ仏《フツ》身《シンニ》、厲《ハケマシテ》レ声《コエヲ》歴《アマネク》数《セム》二諸《シヨ》僧過悪《ノクワアクヲ》一、衙《エイ》(ママ)将《シヤウ》遂《ツイニ》擒《トリコニス》二其魁《クワイヲ》一、高祖《カウソ》命《シテ》、就《ツイテ》レ彼《カレニ》戮《リクス》レ之《ヲ》、以《テ》レ輅《ロヲ》(ママ)為《ス》二長河《チヤウカ》県《ケムノ》主簿《シユホト》一」五十六オ

石晋《セキシン》ハ、南北朝ノ前ニ石勒《セキロク》ト云者。天下ノ乱ヲ興《ヲコ》シテ。国ヲトル。其ヲ石晋ト云。姫《キ》周《シウ》嬴秦《エイシン》ノ類也。鄴《ケフ》ハ県《ケン》ノ名也。硯《スヽリ》ノ名所也。其ニヨリ硯ヲ鄴瓦《ケフクワ》ト云。高祖《カウソ》、鄴ノ鎮《シツメ》ニテ有シ時。魏《ギ》州《シウ》ノ寇氏《コウシ》(ママ)県《ケン》ノ内ニ。華村《クワソン》ト云村アリ。村ノ内ニ寺アリ。寺ニカナ仏一躰アリ。元来腹《ハラ》ノ中ハ空《ウツヲ》也。或時ニ云出スコトハ。此仏モノヲ云リ。人ニ教戒《ケウカイ》ヲ垂《タル》ルニ似タト云。門徒ノ衆生トモカ。サテモ奇《キ》特《トク》カナト云テ。一郷一県カクレモナク聞伝ヘテ。諸人雲《ウン》霞《カ》ノ如クニ集リテ。散銭《サンセン》ハ填委《ミチアツマル》也。寇氏県ノ主ヨリ。華村ニ加様ノコトアリト、魏州ノ主ヘ申ス也。高」五十六ウ祖、此ヲ聞テ。何トモ分別ニノラストテ。衛将《エイシヤウ》ニ尚謙《シヤウケン》ト云者ニ云付テ。我ハ彼寺ヘ行テ香《カウ》ヲタキ、供養《クヤウ》シテ。事ノ様子ヲ験《コヽロミ》ヨト仰ケレハ。三衛ノ官ニ張輅《チヤウロ》ト云者。我モ行ントテ。倶ニ寺ヘ行。不審ナル妖《エウ》事《シ》ヲ問ヒ詰《ナシ》(ママ)リテ。連《ツレ》テイタル者トモニ。寺ノ四方ヲ囲《カコ》マセ。僧トモヲハ悉《コト〳〵》ク仏殿ヘ追出シテ。張輅ヒソカニ僧房トモヲ開《アケ》テ。アナタコナタ見マハスニ。不審ナル一穴《ノアナ》アリ。奥《ヲク》ヘハイレハ。仏ノ座ノ下ヘ路アリ。張輅ソレヨリ仏身ヘ入テ。大《タイ》音《ヲン》声《シヤウ》ヲ揚《アケ》テ、諸僧ノ加様ニ悪逆《アクギヤク》ヲスルコトトモヲ。セメテシカリケル。尚謙ヤカテ其法燈《ホツトウ》トリ」五十七オヲ捕《トラ》ヘテ帰リケレハ。高祖、仰付ラレテ。即《ス》彼寺ニテ誅戮《チウリク》セラレケリ。此褒美《ホウヒ》ニ、張《チヤウ》輅《ロ》ヲハ長河《チヤウカ》県《ケン》ノ主簿《シユホ》ニナサレケリ

古今説海ニ此ニ似タル事アリ。嘉《カ》興《コウ》ノ精厳寺《シヤウコンシ》ニ大ナル仏アリ。婦人ノ子ナキ者。一夜此寺ニ籠《コモ》リテ独ヌレハ。必子アリト沙汰スル也。籠《コモル》者アレハ。戸《ト》ヲヨクサシ、鎖《ジヤウ》ナト。ヲロサセテヲク也。サル士ノ妻カ、子ヲ祈《イノリ》テ籠リタレハ。夜半ニ僧来テ、此婦人ト会合《クワイカウ》セント云。是非ナクシテ其鼻《ハナ》ヲカム。翌《ツキノ》日、寺ヲトリ囲《カコ》ミ穿鑿《センサク》シケレハ。一《ノ》僧煩《ワツラフ》ト云テ、被《フスマ》ヲカフリ臥《フシ》テアルヲ引起《ヒキヲコ》シテ見タレハ。果《ハタ》シテ鼻ニ傷《キス》ア」五十七ウリ。其子細ヲ問ヘハ。僧房ノ中ヨリ仏ノ腹《ハラ》ノ中ヘ。穴《アナ》ヲホリ通路ヲシテ。仏ノ頂《イタヽキ》ヨ

リ出テ密《ミツ》-通《ツウ》シ。諸人ノ妻ヲ誑《タフラカ》シケルトソ。遂《ツイニ》其寺ヲ廃《ハイ》
ス
鄭克《カク》曰、按《スルニ》此《レ》亦以《テ》二矯妄幻《ケウマウケム》-惑《コクスルヲ》一而戮《リクス》レ之《ヲ》也
鄭克曰、按スルニ。此事モ、前ノ矯妄幻惑《ケウマウケンコク》ト同ヤウナル
故ニ。其様子ヲ不審シテ。サカシ出シテ誅戮《チウリク》シタル也。
加様ノ怪異《クワイイ》ナルコトハ。スマシキ事也

（三行空白）

」五十八オ

棠陰比事巻中之上

杜《ト》鎬毀《カウヤフリ》レ像《サウヲ》　次《シ》翁戮《ヲウリクスタム》レ男《ヲ》

〔議罪〕
杜《ト》鎬侍《カウシ》-郎《ラウ》兄《カコノカミ》、仕《ツカヘテ》二江《カウ》-南《ナムニ》一為《タリ》二法《ハウ》-官《クワン》一、嘗《カツテ》有《リ》下子《コ》毀《ヤフリテ》二父《チヽノ》
画像《クワサウヲ》一、為《タメニ》二近《キム》-親《シンノ》一所《ル、》レ訟《ウツタヘ》者《ノ》上、疑《ウタカツテ》二其法《ノハウヲ》一、未《タ》レ能《アタハ》レ決《ケツスルコト》、形《アラハル》二
於顔《カム》-色《シヨクニ》一、鎬《カウ》音浩尚《ナヲ》幼《イトケナシキ》、聞《キヽテ》二知其故《ノヲ》一、輒《スナハチ》曰《ク》、僧《ソウ》-道《タウ》毀《ヤフルトテム》二天-尊《ソン》
仏《フツ》-像《サウヲ》一可《シ》二以《テ》比《ヒス》一也、兄《コノカミ》甚《ハナハタ》奇《キナリトシテ》レ之《ヲ》、遂《ツイニ》以《テ》レ此《ヲ》為《ス》レ
断《コトハルコトヲ》　見二本-伝一
侍《シ》郎《ラウ》ハ刑部《ケイホウ》侍郎也。杜《ト》鎬《カウ》カ兄ハ江南ニ仕ヘテ。刑法《ケイハウ》ヲ司《ツカサトル》
ル官トナル。其時サル人ノ子カ。父ノ画像《エサウ》ヲヒキサイテ棄《ステ》
ケリ。近キ親類《シンルイ》ノ中ヨリ。加様ノ曲事シタル不孝《フカウ》ノ者アリ。
御申付有テ給レト訴-訟スル也。」一オ　鎬《カウ》カ兄、其トカヲ何ホ
トニ。ハカラヒテ然ルヘキヤラント。律法ノ上ニナケレハ。
決《ケツ》セスシテ思案《シアン》スル程ニ。其躰《テイ》カ顔-色ニアラハレタリ。
鎬ハ其比マダ一向幼稚《エウチ》ニテ有ケレトモ。其次-第ヲ聞知テ

云ケルハ。此事ハ出家ノ上ニ。寺ノ本尊《ホンソン》ノ像《サウ》ヲ残《ソコナ》ヒ毀《ヤフ》ルヲ。律ノ上ニ。如何様ニスルト云コトアレハ。其ト比類《タクイ》シテ罪ヲ決スヘシト云•天尊ハ韋《イ》駄《タ》天《テン》、毘《ヒ》遮門天《シャモンテン》。又ハ釈迦《シャカ》達磨《タルマ》ナトノ類也•鎬カ兄、是ヲ聞テ。深ク奇《キ》特《トク》ナル事カナト思ヒテ。遂ニ鎬カ言《イフコト》ニマカセテ決断《ケツタン》シケリ

鄭克《テイコクカ》曰《ク》、按《アムスルニ》荀子《シムシカ》言《イハク》、有《アル》レ法者《ハウモノハ》以《テ》レ法《ハウヲ》行《ヲコナフ》、無《キ》レ法《ハウ》者《ハ》一以《テ》レ類《ルイヲ》挙《キヨス》、此《レ》以《テ》レ類《ルイヲ》挙《キヨスル》者《ノナリ》一也、若夫《モシソレ》黄覇《クワウハカ》戮《リクスルハ》二姦《カム》一男《タムヲ》一、蓋《ケタシ》挙《アクル》二其事之《ノコトノ》類《ルイヲノミ》一耳、法《ハウ》不レ禁《キムセ》二禽獣《キムシウノ》聚《トモニスルコトヲ》一レ麀《メヲ》麀音憂牝鹿也然《トモ》人殺《コロス時ハ》二禽一獣《キムシウノ》無《ナキヲ》一レ罪《ツミ》、則戮《リクシテ》レ之可《ヲカナリ》一也

鄭克曰、按スルニ荀子《シユンシ》カ言《コト》ニ、法ノ上ニ有ホドノ事ハ。法ヲ以テ行フヘシ。法ノ上ニ無コトナラハ。其類ヲ挙テ聞トアリ▲荀子ハ戦国《センコク》ノ時ノ者也。即著《アラハ》シタル書ヲモ荀子ト云▲此《レ》鎬《カウ》カ類《ルイ》ヲ挙《アケ》テ兄ニ知セタモ。荀子カ言ニカナヘリ。黄覇《クワウハ》戮《リクス》二姦男《カンタンヲ》一トハ。此下ノ段ノ黄覇カコトノ評一論也。黄覇、サル一人ノ女ニ。三人男ノ有ルトテ。男ヲ戮《リク》シタルモ。事ノ類ヲ」二オ挙《アケ》タリ。律ノ法ニ、不レ禁《キンセ》二禽《キン》一獣《シウノ》聚《トモニスルヲ》レ麀《メヲ》トハ▲礼記ニ、鸚《アフ》一鵡《ム》能言《ヨクモノイヘトモ》不レ離《ハナレ》二飛一鳥《ヲ》一。猩《セイ》一々能一言《トモ》不レ離《レ》二禽獣《ヲ》一。今一人而無レ礼《レイ》。雖二能一言《ト》一不《ヤ》二亦禽一獣之《ノ》心一乎。夫惟《ソレタヽ》禽一獣無《シ》レ礼。故父《ニ》一子聚《ニス》レ麀《ヲ》、ト曲礼《コクライ》ノ文也▲法ノ上ニハ、鳥一獣ノ親一子尾《ツルム》ヲ禁制《キンセイ》セネトモ。然モ人トシテ、鳥一獣ノ罪モナキヲ殺タルヲハ。其人ヲ誅戮《チウリク》シテモ。ヨカルヘシトアリ。此三人ノ男ハ。麀《メ》ヲ聚《トモ》ニシタレハ、禽一獣ト同一前也。人トシテ、加様ナル非一礼非一義ハ。有ヘキコトカトテ殺也

〔議罪〕

黄覇《クワウハ》字《アザナハ》次翁《シヲウ》、漢《カムノ》宣帝《セムテイノ》時《トキ》、為《タリ》二丞《セウ》一相《シヤウ》一、燕代之《エムタイノ》間《アヒタ》、有《リ》二三一男《タム》一、共《トモニ》娶《メトル》レ一一女《チヨヲ》。因《ヨツテ》生《ウメリ》レ二一子《ヲ》、乃欲《ス》二分《シテフム》一離《リセムトヲノ／＼》一、各争《アラソフ》二其《ノ》」二ウ子《コヲ》一、遂訟《イツニウツタヘテ》(ママ)二於台《タイニ》一、請《コツテハニコトハラシム》レ覇断レ之《ヲ》、覇曰《カク》、非《ス》レ同《ニ》レ人一類《ルイニ》、当《マサニ》二以《テ》レ禽獣《キムシウヲ》処《ショス》一レ之《ヲ》、遂《ツイニ》戮《リクシテ》二其《ノ》三一男《タンヲ》一、以《テ》レ子《ヲ》還《カヘスハヽニ》レ母

黄覇《ハ》字ハ次翁《シヲウ》ト云。後漢ノ宣帝《センテイ》ノ時ニ丞相《セウシヤウ》トナレリ•上巻ニ覇カ事アリシモ。覇カ本伝ニナシ。風俗通《フウソクトウ》ヲ引タリ。此事モ本伝ニナシ。燕《エン》ハ韓魏《カンギ》燕趙《エンテウ》ノ燕也。代《タイ》ハ趙代《テウタイ》トツ、キタル国ニテ。燕ヨリチト西ニアリ。漢ノ文帝ノ即《ソク》位ナキ

前ハ。代王ニテ御座アリタリ、其燕ト代ノ間ニ、一女ヲ男三人シテ娶《メト》リ、子ヲ二人生ム也。三人ノ男カ、二人ノ子ヲ分テ取ントテ争フ程ニ。内儀ニテスマヌ故ニ。政所《マントコロ》へ訟フル也。覇ニ仰」三オ付ラレテ、此事決断《ケツタン》セヨトアリ。覇曰、禽獣ハ麀《メ》ヲ聚ニスレハ。禽獣ト同処ニ置タランコソトテ。遂ニ其三人ノ男ヲ誅戮《チウリク》シテ。子ハ母ニ還《カヘ》サレケルト也

傅《フ》令鞭《レイムチウチイトヲ》糸　李《リ》恵撃《ケイウツ》塩《シホヲ》

〔證慝〕
宋傅琰《ノフエム》字季珪《ハリ(ママ)ケイ》、為《タリ》山陰令《サムイムノレイ》、有《リ》売《ウリ》糖《アメヲ》売《ウル》針《ハリヲ》両《リヤウ》家老母《カノラウホ》、争《アラソフテイト》糸一団《タムヲ》、訴《ウツタフ》之季珪《ヲキケイニ》、季珪令《シム》掛《カケ》糸《イトヲ》於柱《ハシラニ》鞭《ムチウタ》之《ヲ》、有《リ》少《スコシキ》鉄屑《テツセツ》焉、乃《ス》罰《ハツス》売《ウル》糖《アメヲ》者《ヲ》　出《タリ》南史本伝《ノニ》

宋ノ傅琰《フエン》、字ハ季珪《キケイ》ト云者。山陰ノ令トナル時ニ。糖ウリト針《ハリ》ウリト、二人ノ老女カ。糸ヲ一マロカシ争テ。我カ人ノトテ、山陰ノ令へ訴ル也。季珪ソコテ糸」三ウヲ柱《ハシラ》ニカケテ引ハリ。杖ニテ打シケレハ。鉄《テツ》ノクズ少シ出タリ。サテハ針《ハリ》ウリノ糸ナリトテ。糖《アメ》ウリヲソレ程ノ科《トカ》ニヲトス也

後魏李恵《キノリケイ》、仕《ツカヘテタル時ニ》為雍州刺史《ヨウシウノシシ》、有《リ》負《ヲヒ》薪《タキヽヲ》負《ヲフ》塩《シホヲ》者、争《アラソフ》一羊皮《ヤウヒヲ》、各《ノ〳〵》言《イフ》藉《シク》背《セナカニ(ママ)》之物《ヲ》、恵謂《ケイテ》州吏《ニ》曰《ク》、此《ノ》羊皮《ヤウヒ》可《クハ》栲《ウツ》知《ラン》其《ノ》主《シユヲ》、群下《クンカ》嘿《モク》（默作）然《タリ》、恵令《ケイシメテ》置《ヲカ》羊皮《ヤウヒヲ》於席上《セキシヤウニ》、以《テ》杖《ツヱヲ》撃《ウツ》之《テ》、見《ミル》少許《スコシキハカリヱム》塩屑《セツヲ》（先結切　末也）使《シム》争者《アラソフ》視《ヲシテミセ》之《ヲ》、負《ヲフ》薪《タキヽヲ》者乃《ノイ》伏罪《フクスツミニ》　出《タリ》北史本伝《ノ》

後魏ハ北魏也。恵《ケイ》ハ朝廷《テウテイ》ニツカヘテ、雍州《ヨウシウ》ノ刺史《シシ》(ママ)ニナリタリ。其時ニ薪《タキヽ》ヲ負《ヲフ》テ売《ウル》者ト、塩《シホ》ヲ負テ売者ト。」四オ二人羊《ヒツシ》ノ皮《カハ》ヲ争フテ。何レモ背《セナカ》ニアツル物ナリト云。李恵《リケイ》カ州吏《シウリ》ニ云ケルハ。此皮ヲ栲《ウツ》テミタラハ、本主ヲ知ント云。惣ノ者トモ黙然《モクネン》トシテ。モノモイハスニ。合点《カツテン》セスシテ居ルナリ。恵ソコテ羊ノ皮ヲ取テ。席《ムシロ》ノ上ニ置テ。杖ニテ打タレハ。果《ハタ》シテ塩《シホ》少シ打出シテ。二人ノ者ニ見セケレハ。薪《タキヽ》ヲ売《ウル》者、罪ニ伏シケリ

塩屑《エンセツ》ト云ニ。末《マツ》也ト注《チウ》シタルハ。細抹《サイマツ》スルトテ。薬《クスリ》ナトヲコマカニスルヲ。末スルト云也。塩ノコマカナルクズト

云コト也
鄭克《カク》曰、按《スルニフ》傅琰《エムムチウツイトヲコト》鞭レ糸事、異《コトニリ》理同、《シ》皆《ミナ》以《テ》レ物《モノヲスル》為」四ウ
レ証《セウ》者《ナリ》也
鄭克曰、按スルニ伝琰《テンエム》カ糸ヲ鞭《ムチ》ウツテ。本主ヲ知タルト。此李恵《リケイ》カコトトハ。事ハ別ナレトモ。道理ハ同モノ也。何レモ其物ヲ以テ証拠《セウコ》トシテ知タル者也

楊牧《ヤウホクウチ》咎レ巫《ミコヲ》　薛向《セツキヤウトラフアキヒトヲ》執レ賈 古音

〔懲悪〕〔釈冤〕

後魏《キ》李崇《ノリソウ》、為《タル時》二楊州刺史《ノシシ》一、有《リ》二定州流《テイノリウ》人解思安《カイシアント云モノソムイテ》一、背レ役《エキニニケテ》亡帰《ル》、其《ノ》一兄慶賓《コノカミキヤウヒム》、規《ハカテタヽムコトヲメイ》レ絶二名貫《シツヲ》（ママ）一、乃認《トヽメテ》二城外《ノ》死尸《シシヲ》一、詐《イツハテ》称《スレヲトく》下是弟《ニ》為《ソ》二蘇顗甫《ケムホ》、李蓋《リカフ》二所《カルト》上レ殺《コロサ》、有《リ》二女巫《チヨフ》、楊氏《ヤウシト云モノタクシテキニ》託レ鬼、附《フ》二説《セツスシ》思安被《アム》レ害《ル、ノカイセ》之苦《クヲ》一、李蓋《リカフラ》等不《シテタヘ》レ勝二其《ノ》楚《イタメルニヲノく》一、各《ミ》自款服《クワンフクス》、崇疑《ソウテ》二其非《ノコトヲ》レ実、乃遣《ニチシメテ》下二一人《ヲシテイツハツテ》偽従《ヨリ》レ外《ホカ》」五オ来《キタルマネシテイタテ》、詣《キヤウ》上レ慶賓《ヒムニ》曰、某住《ソレカシ》在《シテ》二北州《リ》一、有《ニ》レ一《リ》人、夜《ヨル》過《ヨキツテキ》寄宿《シテ》云《ク》、是流兵《レリウヘイソムクヤクニ》背レ役人、解思安《カイシ》、欲《アムナリ》レ送《ヲクラムト》二之官《ヲニネムコロニ》一、苦《ム》求レ見《レムコトヲユルサ》レ免、且謂《カツイハク》、有《リ》二兄慶賓《コノ》一、見《ケムニ》住《ス》二楊《ヤウ》州《シウニ》一、君脱《キミモシアハレミメクマハタメニユイテコク》矜憫、為往告報《ホウセヨスヘカラクヲモク》、須《シ》二重相酬《アヒムクユ》一、今但見《イマタヽレヨ》レ質《タヽサ》、若往《モシユイテ》不レ獲《ハヱ》、送《ヲクラムコト》レ官《ニ》未《タ》レ晩《ヲソカラ》、慶賓悵然《チヤウセムトシテウシナフイロヲ》失レ色、求《モトム》二其少《ノスコシキヤメムコトヲ》停一、此《ノ》人具《ツフサニ》以《テ》報《ス》レ崇、崇乃摂《セツシテ》而問《トフ》レ之、即《チ》自《ミ》引服《イムフクス》、数日間《ノアヒタニシ》、思安《アム》亦為《タヽメニ》レ人縛《ノハクセラレテ》至《ル》、崇咎《ソウウツコトチヨ》二女巫《フヲ》一百、遂《ツイニユルスカフラヲ》釈二蓋等一　出北史本伝

後魏ノ時ニ、李崇《ソウ》ト云者、揚州《ヤウシウ》ノ刺史《シシ》（ママ）ニテ有シ時。定州ノ流《ル》人《ニン》ニ、解思安《カイシアン》ト云者アリ。科《トカ》アリテ流人タル故ニ。天子ヨリ役《ヤク》ヲ仰付ラレタルニ。役ヲ背《ソムイ》テ亡《ニケ》テ」五ウ帰ルナリ。其兄ニ慶賓《キヤウヒン》ト云者アリ。思安、役《ヤク》ヲ背《ソム》イテ亡《ニケ》タレハ。名《メイ》籍《セキ》ヲ削《ケツ》ラレ、迹式《アトシキ》ヲモ没収《モッシュ》セラレンコトヲ迷惑カリテ。名《メイ》貫《シツ》（ママ）ヲ絶《タヽレ》テハト思ヒ。揚州ノ城ノ外ニテ。死人ヲ認尋《トメ》テ。是コソ我弟ノ思安屍骸《カシカイ》ナレ。蘇顗甫《ソケンホ》、李蓋《リカイ》、両人ノ為ニ殺サレタリト云。又楊氏ノ女ミコヲ頼テ。日本ノ女巫《ミコ》ノ口ヨスルヤウニ。思安カ怨霊《ヲンリヤウ》ニ託《タク》シテ。蘇李《ソリ》ニ殺サレタル苦《クルシ》ミヲ。イハシメテ。其事ヲ李崇《リソウ》ニ訴ヘケレハ。李蓋等ヲ水問栲問シテ。アマリキツク糾明スル程ニ。李蓋等コトノ外ニイタミ。コラヘカネテ。両人共ニ知ラヌ事ナ

レトモ。我トナ」六オ キコトヲ作リ出シ。始メ終リ加様ノ次第アリテ。殺シタリト款服《クワンフク》スルナリ。

李崇《リソウ》思フヤウ。如何ニシテモ実《ジチ》カラ。左様ニハ有マシキト疑《ウタカ》ヒテ。雑色《サウシキ》ナトノヤウナル者ヲ二人コシラヘテ。偽リテ余‐所カラ来リタル者トテ。解慶賓《カイキヤウヒン》カ所ヘヤリテ語ラセケルハ。某カ住‐所ハ北州也。北州ニ居タル時。サル者一人、夜中ニ某カ所ヘ来テ宿ヲカリ。物語セラレケルハ。我コソ流人ト成テ。役《ヤク》ヲ背《ソム》キタル者、思安《シアン》ナリト有ケル程ニ。左様ノ科人《トカニン》ナラハ、奉《フ》行《キヤウ》所ヘ送ルヘシト云ヘハ。苦《ネンコロ》ニ免《ユル》シテクレヨト求メラレ。其上、我兄ニ慶賓ト」六ウ 云者、現在《ケンサイ》揚州ニ居ルコトナレハ。君モシ我ヲ矜《アハレ》フヒント思ヒテ。免《ユル》シテ給ルナラハ。慶賓《キヤウヒン》カ所ヘ行テ告《ツケ》ラレヨ。過‐分ニ褒美《ホウヒ》ヲモスヘキ也。此事偽ニアラス、モシ疑《ウタカ》ハシクハ。今質《タヽシ》テ慶賓ニ御問アレ。若‐又、揚州ニ往テ。慶賓ヲ尋エラレスハ、帰テ後。官ニ送ラル、トモ、遅《ヲソ》クモナラヌコトナリトテ。我等ノ所ニ居ラル、ガ。サテ如何ニト慶賓ニ語ル也。又ノ義ニ、今‐但ト云ヨリ未《タ》レ晩《ヲソカラ》ト云マテ十二字ハ。其語ル者ノ詞《コトハ》也。加様ニ語ルコト不審ナラハ。慶賓ニ、今北州へ往テ。其人ニ逢テ実否《シツフ》ヲ質《タヽサ》レヨ。若‐偽ニテアラハ。其後、官ニ送ル」七オ ヘシ。其マテ待テモ遅《ヲソ》クモナラヌコトナリト。馳走《チソウ》フリニ語リナス也。

慶賓《キヤウヒン》、悵然《チヤウセン》トウレヘテ、色ヲ失ヒ。今程公事ナカハナレハ。此沙汰ヲ、少シ公事ノ相済《アイスム》マテ停《トヽ》メテ。誰ニモ語ラレナ。其者モ其方ノ所ニ。カクシテ置テクレヨト頼ム也。ソコテ二人ノ者帰リテ。慶賓カ云ヤウヲ具ニ李崇《リソウ》ニ語リケリ。李崇スナハチ慶賓ヲ摂取《セッシュ》シテ。問ケレハ。カクノ次第ナリト引‐服スル也。数日ノ間ニ、思安《シアン》モ亦人ニ縛《シハラ》レテ。揚州ヘ来タリ。李崇ソコテ、彼鬼《キ》ニ託《タク》シタル女巫《ミコ》ヲヨヒ。杖ニテ百ウツ也。遂ニ李蓋《リカイ》等ヲハ釈《ユル》シケリ」七ウ

鄭克《カク》曰、按《スルニ》此《レ》亦察《サッシテ》二其面《ノヲモテノ》之色《イロ》、款《クワムノ》之辞《コトハ》、事《ノ》之情《セイヲ》一而疑《フ》二其《ノ》誣《フ》‐報《ホウヲ》一者《ノナリ》也、但《タヽ》用《モチイテ》レ譎《イツハリヲ》鉤《コウシテ》レ慝《トクヲ》、以《テ》験誣《フ》告《コクヲ》一為《スル》レ異耳《ノミ》、然《レトモ》所三以《ハ》給《アサムイテ》而験《コヽロミル》レ之《ヲ》者、欲《ナリ》レ釈《ト》二誣《シイルノ》レ物《ヲ》之冤《エムヲ》一也

鄭克曰、按スルニ李崇《リソウ》ハ何ヲ疑《ウタカ》フタソナレハ• 李蓋《リカイラ》等

カ面ノ色。又ハ栲問ニイタミテ申シタル款ノ辞。又真実ノ事ノ情ハ、李蓋等カ、流人ノ殺シサウモナイ事ヲ察《サツ》シタル故ニ。誣服《シイフク》シタル者ナリト疑《ウタカ》ヒタル也。但譎《イツハリ》ヲ用ヒテ匿《カクシ》テ置タルヲ。釣《ツリ》出シナトスルト。少シ意チカウトテ。標題《ヒヨウタイ》ニ懲《コラシ》レ悪釈《ヲユルス》「八オ」レ冤《ヘンヲ》ト挙《アケ》タルハ。偽リヲカイモク無コトヲ云処ガ異《コト》ナルマテ也。慶賓《キヤウヒン》ニ告サセテ。給《アサムイ》テ其真実ヲ験《コヽロミ》ント思フ処ハ。人ニ誣《シイ》ラレタル者ノ。冤ヲ釈《ユルサ》ント思テ也

〔察姦〕

枢《スウ》密《ミツ》薛向《セツキヤウ》、初為《ハシメタリ》二京兆府司《ケイテウフノシ》戸《コ》一、兼監《カネテカムス》二商《シヤウ》税《セイヲ》一、有《リ》二賈《コ》（音古）胡《コ》一、過《テ》二税務《ムニ》一出《シテ》二銀二篋《ケフヲ》一、書《シルシテ》二其上《ノニ》一曰《ク》、枢密使《シ》遺《ヲクル》二涇《ケイ》原《ケムノト》都監《カムニ》一、向曰《カク》、此決偽《レサタメテイツハリナラム》也、安《イツクンソ》有《テ》下大臣《タイシム》餉《ヲクルコト》中（音向饋也）人物《ニヲ》上、而使《シメムヤ》二賈胡《ヲシテイタサ》致《ヲ》レ之、執《トラヘテイタリテフニチス》詣レ府治《ヲ》レ之、果《ハタシテフクス》伏二其詐《ノニ》一見《タリ》二呂大防《カ》所《ノ》レ撰墓誌《ニ》一

枢密《スウミツ》ノコトハ上ニ見タリ。司戸《シコ》ハ家ニ何カイカ程ア「八ウ」ル。何トヤウナルコトカ有ト云コトヲ。司《ツカサト》ル官也。商税《シヤウセイ》ハ往来商売《シヤウハイ》ノ天子ヘノ上リ物ヲ云也。兼監《ケンカン》トハ其ヲモカネ司ルト云儀也。賈胡《ココ》ハ、南蛮人《ナンハンシン》ナトノ其国ヘ来リテ。アキナイヲスルヲ云。税務《セイム》ハ商税ヲ監スル者ノ居ル所也、薛《セツ》向《キヤウ》イマタ京兆府《ケイテウフ》ノ司戸《シコ》ニテ。商税ノコトナトヲモ進退スル時ニ。他国ノ商人カ、税務ノ前ヲ過ルヲ見レハ。銀ハコ二ツヲ。何ニモツヽマズアラハシテ。其ハコニ枢密《スウミツ》以下《ノ》八字ヲ書タリ。按《アン》スルニ定テ是ハ。他国ヨリ来ル商人ノ。賈物又ハ銀ナトヲモ。如何程アルナトヽ。此税務ニテ算考《サンカウ》スルヲ「九オ」六カシカリテ。似セコトヲシタルナルヘシ。薛向《セツキヤウ》、其ヲ見テ曰。此書付ハ偽ナラン。其子細ハ、大臣カラ人ニ物ヲ贈《ヲク》ルトテ。商人ナトニコトツクル事ハ。有マシキト云テ。其主ヲ執《トラ》ヘテ府中ヘツレテ行テ。穿鑿《センサク》ヲシケレハ。按《アン》ノ如ク似セコト也

程戡仇門《テイカムキウモン》　仲游帥宇《チウユウソツウ》

〔弁誣〕

程戡宣徽《テイカムセムキ》、知《チタリ》二処州《ニ》一、民《タミ》有二積《ツムテスル》為レ仇《アタヲ》者《ノ》一、一日、諸子《シヨシ》私《ヒソカニイツテ》謂二其母《ノハヽニ》一曰、今母老且《イマハヽヲヒテカツ》病《ヒサシクヤメリ》、恐《ヲソラクハシ》不レ得二更寿《サラニイノチナカキコトヲ》一、

請《コフ》以《テ》㆓母死《ノシヲ》㆒報《ムクインアタヲ》㆑仇、乃殺《チコロス》㆓其母《ノヲ》㆒、置《ヲイテ》㆓于仇《キウ》-人《ノ》之門《カトニ》㆒而訴《ウツタフ》㆓于
官《クワムニ》㆒、仇《キウ》-者《シヤ》不㆑能《アタハ》㆓自《ミ》明《カニスルコト》㆒、而戢音堪《モカム》疑《ウタカフ》㆑之《ヲ》、僚《レウ》-属皆《ソクミナ》」言《イフ》、
理《リ》」九ウ 無㆑足《シトタルコト》㆑疑《カフニ》、戢曰《カク》、殺《シテ》㆑人《ヲ》而自《ミ》置《ヲク》㆓于門《ニ》㆒、非《スヤ》㆑可《キニ》㆑疑耶《フ》、
乃親《ミツカラコク》劾-治《チシテ》、具《ツフサニ》得《タリホム》㆓本-謀《ホウヲ》㆒出《タリ》㆓王珪《ケイカノ》所㆑撰墓《フ》-誌《ニ》㆒
宣徽《センキ》ハ前ニモアリ。程戡《テイカン》、処州ト云所ニ知タル時ニ。久ク
仇《アタ》アル民アリ。其子トモ私《ヒソ》カニ母ニ云ケルハ。今母ハ年モ
ヨリ、其上煩《ワツラ》ヒアレハ。恐《ヲソラ》クハモハヤ命モ永クハ有マシ
キ程ニ。願《ネカハ》クハ母ヲ子トモカ殺シテ。父ノカタキノ門ニ
ヲキ。彼者カ殺タルト云カケ。刑罰《ケイハツ》ニ行ハセ。親ノ仇ヲ報《ムク》
ヒタキト請《コウ》也•母同-心シケレハ•其母ヲ殺シテ人ノシラ
ヌヤウニ•仇ノ門ニ置テ。奉行《フキヤウ》ヘ行。我等カ母ヲ某ノ者
カ殺シタリ。死《シ》-骸《カイ》モ即其カ」十オ 門ニ有ナト訴ル也。彼仇《アタ》
ハ言ヒラクコトモ不㆑成、迷-惑スル也。程戡《テイカン》ハ是ヲ不-審
ナリト思ヘトモ。傍輩《ハウハイ》ノ奉行《フキヤウ》何レモ。此事ハ理《リ》ニヲイテ
疑《ウタカイ》ナシト云。程戡カ曰•人ヲ殺シテ我門ニ置事ハ有マシ。
如何ニモカクシテ余-所ヘスツヘキコト也。疑ハシキコト
ナリトテ。程戡自-身、双方《リウハウ》ヲ糾-明シテ問タレハ。母ヲ殺
シテ仇ノ門ニ置タルコトガ。具ニシレタリ

〔弁誣〕

畢《ヒツ》仲游《チウユウ》、為《タリ》㆓河東《カトウノ》提《テイ》-刑《ケイ》㆒、丞《セウ》-相韓縝《シヤウカムシム》音軫 出《イテ、》縝《ス》㆓太原《ヲ》㆒其家《ノカ》-
奴《ヌ》胡《コ》-童《トウ》、自《ミ》陳《チムス》、有㆑卒《リ》剽《ソツムハイヲヒヤカス》㆓劫其衣《ノイ》-服《フクヲ》於黄《クワウ》-堂《タウ》之側《カタハラニ》㆒、
公《コウイカツテ》怒以付《テフシ》㆑吏《リニ》、将《ニイレスミシテハイセムト》㆓黥配㆑之《ヲ》、仲游《チウユウカイハク》謂、小《セウ》-童《トウノイ》衣」十ウ
服《フクタヘタリ》戢音鮮㆑薄《ウスキニ》、而剽《ルヲヒヨウ》匹妙切 剽掠也 掠《リヤクス》於大-帥《ソツコ》故-相《シヤウノ》之宇《ウ》下《カニ》㆒、
似《タリ》㆑非《ルニ》㆓人-情《ニ》㆒、易《カヘテリヲアム》㆑吏按-治《チス》、其《ノ》-誣乃《ス》弁《ス》見㆓陳恬所㆑作墓誌㆒
畢《ヒツ》ハ姓《セイ》也。仲游《チウユウ》、河東ノ提刑《テイケイ》ニテ有シ時ニ。韓縝《カンシン》ハ其比、
太原《タイケン》ノ鎮《シツメ》ニナリタリ。胡童《コトウ》ハ夷国《イコク》ノヲサナキ者ソ。韓縝
カ家ニツカハレタリ。其カ云コトハ。サル者カ、私カ衣服《キルモノ》
ヲ黄堂《クワウタウ》ノ側《カタハラ》ニテ。剝《ハイ》デ取タルト告ル也•黄堂ハ黄屋《クワウヲク》ノ
意也。丞相《セウシヤウ》ノ居ル処ヲ云•韓公イカツテ、其卒《ソツ》ヲ捕ヘテ。
黥《イレスミ》シテ逐《ヲイ》ハラハント也。仲游カ曰ク。小童ノ衣服ハ価《アタイ》
ヲイハヽ、少ノ物也。然ルヲ、大-帥《ソツ》ノ屋形《ヤカタ》ノ前ニテ、ヨ
モヤ剝トルコトハアルマシキ也。人ノ」十一オ 情ヲモチタル
者ハ。セマジト云。ソコテ又人ヲカヘテ穿鑿《センサク》シテ。能タ、
シタレハ。其誣《シイ》ラレタルコトヲ弁シタル也

鄭克曰、按《スルニ》誣《シイルニ》有《リ》二難《キ》レ知《リノ》者一、有《リ》二易《ヤスキ》レ知《リノ》者一、智《チ》不レ足《レハタラ》、則有《テ》レ所《ロ》レ惑《マトフ》而、於《テ》二難レ知者《ニ》一、不レ能《ハ》レ弁《（ママ）ヘンルコト》矣、勇不レ足《レバタラ》、則有《テ》レ所《ロ》レ懼《ヲソル、》而、於《テ》二易《キ》レ知者《ニ》一、不二敢《アヘテ》弁《セ》一矣、苟《イヤシクモ》不《ンハ》レ能《ハ》レ弁《スルコト》亦奚《ナムソ》足《タラム》レ責《セムルニ》、若《モシ》不《ハ》二敢《テ》弁《セ》一、斯《レ》実《マコトニ》可《シ》レ罪《ツミス》、孟陽《マウヤウカ》之鞫《キクスル》レ賊《ソクヲ》、不レ同《シカラ》二中-丞《セウノ》意《イニ》一、仲游《チウユウカ》之案《スル》レ劫《ケウヲ》、不《ス》レ避《サケ》二大《タイ》-帥《ソツノ》怒《イカリヲ》一、皆所《イハユル》-謂勇《イサメル》二於義《キニ》一者《ノナリ》一也

鄭克曰、按スルニ知リ難キ者ト。知リ易キ者トア」十一ウリ。然レトモ、智ノ不レ足者ハ、惑《マト》フ所アル故ニ。知リ難《カタ》キ事ハ、曽《カツ》テ弁《ヘン》スルコトハ不レ成也。勇《ヨウ》ノ不レ足者ハ懼《ヲソ》ル、事アル故ニ。知リ易《ヤス》キ事ヲモ敢《アヘ》テ弁セヌ也。其ツレナル者ハ。何カト論スルニ及ハス。誣《シイ》ルコトヲ弁スルコト不レ成者ハ。獄《コク》ヲオサムル者ノ罪人-也。孟陽《マウヤウ》ヤ仲游《チウユウ》カ、中丞大帥《チウセウタイソツ》ヲモ不レ懼《ヲソレ》シテ。義ヲミテ勇《イサ》メルコソ。誠ニ獄ヲオサムル人ナレト云儀也•論語ニ、見《テ》レ義《ヲ》不《ルハ》レ為《セ》無《キナリ》レ勇《イサミ》也

符《フ》融《ユウ》沐《ホク》-枕《シム》　獄《コク》-吏《リ》滌《テキ》音粂 洗也-履《ク》

〔釈冤〕

前《セム》-秦《シム》符《ノフ》融《ユウ》字《アサナハ》傅《フ》林《リム》、為《タリ》二司《シ》隷《レイ》校《カウ》-尉《イ》一、善《ヨク》断《ハル》レ獄《ヲ》、京兆《ケイテウノ》」十二オ董豊《トウホウ》、游《ユウ》-学《カク》三-年《ニシテ》而帰《テシユクス》宿二妻家《メノイヘニ》一、是《コ》-夜《ヨイ》、妻《メ》為《タメニ》レ人《ノ》所《ル》レ殺《コロサ》、妻《ノ》兄《コノカミ》訴《ウツタフ》二豊《ホウ》殺《スト》レ之《ヲ》、不レ勝《タヘ》二楚《ソ》-掠《リヤクニ》一、遂《ニ》自《ミ》誣《フ》-服《フクス》、融《ユウ》疑《テ》而問《テ》曰《ク》、汝《チ》行《ユイテ》往《ワウ》-還《クワムスルニ》、頗《スコフル》有《リ》三怪《ヤクワイ》-異《イ》及《ヲヨ》二卜《ホク》筮《セイニ》一否《イナヤ》、豊言《カク》、嘗《テユメミラク》夢、乗《ノツテ》レ馬《ニ》入《ル》二一-水《ニ》一、自《ヨリシテ》レ北《キタ》而南《ナムス》、俯《フシテミル》見三両《リヤウ》-日《ノ》在《ルヲ》二水中《ニ》一、又馬左《ヒタリノ方ムカフトシツニ》向レ湿、寤《サメテ》而心悸《ムネヲトロク》其季切 心動也筮《セイ》-者《シヤノ》云《ク》、憂《ウレフ》レ獄《コク》-訟《セウヲ》遠《サケ》二三-枕《シムヲサケヨ》一避二三-沐《ホクヲ》一、既《ステニ》至《イタル時ニ》、妻《メ》為《タメニ》具《ソナフ》レ沐《ホクヲ》、夜《ヨル》授《サツク》二豊《ホウニ》枕《マクラヲ》一、憶《ヲモツテ》二筮《セイ》-者《シヤノ》言《コトヲ》一而皆《ミナ》拒《コハム》レ之《ヲ》、妻《メ》乃《ス》自《ミ》沐《カミアラツテ》、以《テ》二其枕《ノマクラヲ》一眠《ル》、融《カ》曰《ク》、在《リ》レ易《エキニ》、坎《カムヲ》為《シ》レ水《ト》、為《ス》レ北《キタト》、離《リヲ》為《シ》レ馬《ト》、為《ス》レ南《ミナミト》、馬北《ヨリ》渡《テ》、従《ヨリシテ》レ北《キタ》而南《ナムス》、従《ヨリ》レ坎《カムユク》之レ離《リニ》、三-爻《カウ》同変《クヘムス》、離《リヲ》為《ス》二中女《チウチヨト》一、坎《カムヲ》為《ス》二中-男《タムト》一、馬左《リニムカテ》-向而湿《ウルホフ》レ水《ニ》也、左《ニシ》レ水《ヲ》右《ニスルハ》レ馬《ヲフノ》馮字《ナリ》、両《リヤウ》」十二ウ日昌《ハシヤウノ》字《ナリ》、其馮《レフ》昌《シヤウ》殺《コロセルカ》レ之《ヲ》乎、推《ヲシ》-験《コヽロミテ》、獲《エテ》レ昌詰《ヲナシル》レ之《ヲ》、具《ツフサニ》服《フクスト》下与二豊《ホウカ》妻《メ》一奸《カムシテ》、故《コトサラニ》謀《ハカテ》レ殺《サムト》レ豊《ホウヲ》、誤《アヤマツテ》中《アツト》上レ婦《フ》-人一　出《タリ》二晋載《ノ》一記本《ニ》-伝一

符融《フユウ》ハ晋ノ時ノ人也。符堅《フケン》カ臣-下也。ヨク獄《コク》ヲ断《コトハ》ル者也。其比、京兆《ケイテウ》ノ董豊《トウホウ》ト云者。学文《カクモン》ナトシアリキテ。三年ハカ

リシテ故郷ニ帰リテ。妻《メ》ノ処ニ寝《イヌ》ル也。其夜、其妻。人ニ殺サレタリ。妻ノ兄ノ有ケルカ。奉行所ヘ行テ。董豊カ殺シタリト訴フル故ニ。董豊ヲ捕ヘテウチタ、キ、糾‐明スル程ニ。コラヘカネテ、中〳〵私カ殺シタリト請《ウケ》カウ也。符融疑《ウタカ》ハシク思テ問ケルハ。若汝《モシナンチ》カ旅《タヒ》ニアル中ニ。怪《アヤ》シク不思儀ナルコトバシア」十三オ リテ。占《ウラ》ナハセタル事ハナキヤト尋ヌル也。董豊《トウホウ》カ語リケルハ。或夜ノ夢ニ。馬ニ乗《ノリ》テ水ニ入リ。北ヨリ南ヘ渡《ワタ》スニ。水中ニ日ノ二ツ有ヲ見ル。又馬ノ左ノ方ハ湿《ウルヲイ》タリト見テ夢サメテ。ムナサハキスル程ニ。占ナハセタレハ。是ハ公事ノ憂《ウレ》ヘアリ。三枕《サンシン》ヲサケ、三沐《サンホク》ヲサケヨト筮《セイ》‐者《シヤ》カ云也•三‐枕、三‐沐ノ三ノ字ニ意ハナシ•既ニ妻《メ》ノ家ヘ帰リタレハ。髪《カミ》ヲ洗《アラ》ヘトテ搚《コシラ》ヘタリ。夜ハ又此枕《マクラ》ヲセヨトテ。妻カヲコセタリ。サレトモ、占ナイノ者ノ云ケルコトヲ思テ。髪モアラハス。枕モセサレハ。妻‐則髪ヲアライ、其枕ヲシテ眠リタ」十三ウ リト語ル也。

符《フ》融《ユウ》カ曰ク。易《エキ》ニ、坎《カン》ハ北方ニテ水也。離《リ》ハ南方ニテ午《ムマ》也。午ハ馬也。馬ガ北カラ渡リ南ヘ行ハ、従《ヨリ》レ坎《カンユク》之レ離《リニ》也。之ハ変《ヘン》スル也。離ヲ中‐女トシ。坎ヲ中男トスルコトハ。易ニ乾坤《ケンコン》ノ二卦《ケ》ヲ父‐母ニシテ。残ル六卦ヲ子‐孫ニスル時ニ。離《ハ》中女。坎《ハ》中男也。コ、ハ男女ノウワサ也•馬カ左ニムイテ水ニヌレタレハ。字義ニ取テ見レハ。水ヲ左ニシテ馬ヲ右ニスルハ、馮《フ》ノ字也。日ノ二ツアルハ昌《シヤウ》ノ字也。馮昌《フシヤウ》ト云者ガ殺シタルカト云テ。推《ヲシ》タツネテ、馮昌ト云者ヲ捕ヘテ。セメ問タレハ。董豊《トウホウ》カ妻ト心ヲ通シテ。トテモノ事ニ董豊」十四オ ヲ殺サント云合テ。誤《アヤマ》リテ婦‐人ヲ殺シタリト。具ニ服スル也。髪《カミ》ヲアラヘ、此枕《マクラ》ヲセヨト云ケルヲ。董豊《トウホウ》、否《イヤ》ト云タレハ。妻髪ヲアライ、其枕ヲシテ殺サレタレハ。兼テノ約束ニ。夜中ナレハ、洗《アライ》タル髪ト枕トヲサクリテ。其ヲシルヘニ殺セト定メケルニヤ

鄭克曰《カク》、按《スルニ》古之《ノ》察《サツスル》レ獄《コクヲ》亦多《ヲホシ》レ術《シユツ》矣、卜《ホク》‐筮《セイ》怪《クワイ》‐異《イ》皆《ミナ》尽《ツクス》レ心《ヲ》焉、至《シイ》‐誠《セイ》哀《アイ》‐矜《ケウシテ》、必獲《スウ》二冥《メイ》‐助《シヨヲ》一、是以《ヲ》馮《テフ》昌《シヤウカ》之罪《ツミ》、具明《ツフサニアキラカニシテ》 而董豊《トウホウカ》之冤得《アタエタリトクコトヲ》レ釈 也

鄭克曰、按スルニ古ヘノ公事ノサハキヲ具《ソナフ》ルニ。イ

ロ〱ノ術アリ。卜筮《ホクセイ》ナトノコトヲ問尋《トイタツ》ヌルハ。能《ヨク》」十四ウ心ヲ尽シタル者也。若ソテモナキ者ヲ罪シテハト。至誠《シイセイ》ニ哀矜《アイケウ》アル故ニ。冥加《ミヤウカ》ニカナイ。奸-人馮昌《フシヤウ》カ罪アラハレテ。董豊《トウホウ》ハユルサレタリ

〔覈姦〕

江《カウ》-南《ナムノ》大《タイ》-理《リ》-寺《ジ》、嘗鞫《カツテキク》二殺《サツス》人《ヲ》一、獄《コク》未《タ》レ得《エ》二其実《ノジツヲ》一、獄-吏《リ》日夜《ヒルヨル》憂《ウレヘ》懼《ヲソテ》、乃《ス》焚《テ》レ香《カウヲ》懇《コム》-口狼切至誠也禱《タウシテ》、以求《テモトムシム》二神-助《シヨヲ》一、因夢《ヨツテユメミラク》過《スキテ》二枯《コ》河《カヲ》一上《ノホルトカウ》二高-山《サムニ》一、寤《イネテ》而思《ヲモフテ》レ之曰《ヲク》、河無《カニハ》レ水、乃可字《スカノナリ》、山《ニシテ》而高《キハ》、乃《ス》嵩《スウノ》字《ナリ》、可嵩《カスウハソウノナナリ》僧名一也、或言《アル人ノイハク》、崇孝寺《ソウケウジニ》有レ僧《ソウ》、名《ナツク》二可《カ》嵩《スウト》一、乃《ス》白《マフシテ》二長《チヤウ》-官《クワムニ》一、下《シテ》レ符《フヲ》摂《セツス》レ之《ヲ》、既《ステニ》至《イタル時ニ》、訊《シム》-問《モムス》、亦無《シ》二奸《カム》-状《シヤウ》一、忽《タチマチ》見《ミル》三履《クツノ》倶遇切履属上《ウヘニ》有《ルヲ》二墨《スミノ》汚《ケカレ》一、因《ヨツテ》問《フ》二其由《ノヨシヲ》一、云《ク》、墨《スミナリトコロナリソヽク》所レ濺、使《シム》二脱《ヌイテミセ》視《ヲ》一レ之、乃墨《ノヌレルナリ》塗一也、復《マタナシル》詰《ヲ》レ之、僧色《イロ》」十五オ動《ウコク》、遂《ツイニス、キ》滌《テ》二去《ノスミヲ》其墨一、即《スル》見《チノアトヲ》二血痕一、以《テ》レ此鞫《ヲキクス》レ之《ヲ》、僧乃服《ソウスフクス》レ罪《ツミニ》　見《タ》二呉叔校理秘閣閑談一

江南ノ大理寺ニテ人ヲ殺ス。殺シタル者シレヌ程ニ。獄吏《コクリ》、昼-夜ウレヘテ。何トソシテ此コトヲアラハサント思テ。香《カウ》ヲタキ神ニ禱《イノリ》テ。神-助ヲエントス。或夜ノ夢ニ。カレテ水ノナキ河ヲワタリテ。高山へ上ルト見ル。夢サメテ思フヤウ。河ニ水ナキハ可ノ字也。山ノ高キハ嵩《スウ》ノ字也。可《カ》嵩《スウ》ハ僧ノ名也ト思テ。人ニ尋ケレハ。或人ノ云ケルハ、崇《ソウ》孝寺《ケウシ》ニ可嵩ト云僧アリトツク。乃《スナハチ》官へ申テ。穿鑿ヲシニ崇孝寺ニ行テ、問へ」十五ウトモシレス。履《クツ》ヲ見タレハ、墨《スミ》ノツキタル処アリ。此履ハ何トテ墨ノツキタルソト問フ。答テ曰、墨ノコホレタル也ト。ヌガセテ見タレハ。ヌリタル墨也。何トテ加様ニハ。シタルソト問《トイ》ツメラレテ。僧ノ顔《ノ》-色カ変《カハ》ル也。サラハトテ、其墨ヲ洗《アラフ》タレハ、血《チ》ノ痕《アト》アリ。此ヲ以テ栲-問スル程ニ。僧ヤカテ服シタリ

鄭克《カク》曰、按《スルニ》可嵩《スウカコト》事、与《ト》二馮《フ》昌《シヤウ》一類《ルイセリ》矣、然《トモ》未《タ》レ見《カム》二奸-状《シヤウヲ》一、時若《トキモシ》不《ンハ》レ着《ツケ》二血《ケツ》-汚之履《ヲノクツヲ》一、将《ハタ》何《ヲ》-以《テカアキラカニセム》覈《ノカムヲヤ》二其奸一乎、蓋《ケタシウルコトメイシヨヲ》獲二冥助一、如《キ》二蕭儼《セウケムカ》禱《リテ》レ神《ニ》而雷震《ライシムシテウシシヌルカ》牛死一、非《チ》二智-算《サムノ》所《ロニ》レ及《ヨフ》也、和凝《クワギヨウカツテ》嘗曰、潔《ケツ》-誠斎《セイサイ》-戒、祈《カイシテイノリエムコトヲサイハイヲ》レ獲二祐於」十六オ上《シヤウ》-穹《キウニ》一、鋭《トクシテイヲテム》二意典《フムニ》-墳一、思《ヲモフ》レ有《コトヲウルコト》レ得《テ》二於邃《スイ》-雖遂切深遠也古《コニ》一、兼《テ》二此二者《ノノ》一用《ヲモチイテ》、以折《テサタメハウタヘヲマコトニ》レ獄、諒無《シ》レ難《カタキコト》矣

鄭克曰、此事ト馮昌《フシヤウ》カコトト同シ類也。然レトモ、其

シルシヲ不レ見ニ。若《モシ》其屨《クツ》ヲハカスハ。何トシテカ其奸《カン》ヲ知ン。唯《タヽ》神ノ助《タスケ》ヲエタル也。蕭儼《セウケン》ガ雷震《ライシン》ノヤウナルコトハ。智恵《チエ》算勘《サンカン》ノスル処ニテハナキ也。蕭儼カ事ハ下巻ニアリ。和凝《クワギヨウ》ハ唐ノ和魯公《クワロコウ》也。嘗テ曰。精進潔斎《シヤウシンケッサイ》シテ天ニ禱《イノ》リ。意ニ聖人ノ道ヲネガイ。上古ノ如クナランコトヲ思ヒテ。此二ツヲ用ヒテ獄ヲ拆《コトハラ》ハ。何タル事モ可《キ》レ済《スム》ト也。上穹《シヤウキウ》ハ天也。典墳《テンフン》ハ」十六ウ 五典三墳ニテ、聖人ノ道也。邃古《スイコ》ハ上古也

宗裔《ソウエイ》巻《マキ》音捲レ紬ヲ　高防《カウハウ》校《カムカフ》音教験也レ布ヲ

〔証慝〕〔釈冤〕

王蜀《ワウシヨクノ》時《トキ》、有二許宗裔《キヨソウエイト云モノ》一、守《タリ》二剣州《ニ》一、部民《ホウミム》被《ル》レ盗《ヌスマ》、燈下《トウカニ》識《シルス》レ之《ヲ》、迨《ヲヨヲテアカツキニツケテクワムニトラヘエタリ》レ暁告レ官、捕二獲一人《ヲ》一、所《ロノ》レ収贓物《ルサウモツ》、惟《タヽ》糸《シ》絢《ク》音句糸絢也紬絖《チウクワムノ》而已《ミ》、宗裔《ソウエイ》引問《フ》、縲囚《ルイシウウツタヘテアタヲイハク》訴レ冤称、是《レ》本家物《カノモノナリト》、与《ル、》二被レ盗《ヌスマ》人一互《タカイニ》有《リ》二詞説《シセツ》一、乃命《スメイシテ》、取《テリヤウ》二両家《カノサウ》繰糸車《シシヤヲ》一、以《テ》二糸絢《シクヲ》一量《ハカル》二其大小《ノヲ》一、与《ト》二囚家車軖《シウカノシヤキヤウ》音狂紡車也一同《シ》、又問、紬絖《フチウクワム》巻時《マクトキ》、胎心《タイシムモチフナニモノヲカ》用二何物一、一云《リハク》、杏核《キヤウカク》、一云《リハク》、瓦子《クワシ》、因令《ヨッテシメテアイ》二相対《タイセ》一、開示《ヒライテシメスヲ》レ之、見《ミル》二杏核《ヲ》一、与《ト》二囚款《シウノクワム》一同《シ》、於《テ》レ是被《コニル、》レ盗《ヌスマ》人、服《フクスミタリニトムルノ》二妄認之罪《ツミニ》一、巡捕吏《シユンホリ》当《アツ》二拷決之辜《カウケツノツミニ》一」十七オ 指顧《シコノ》之間《アヒタ》、便《スナハチキヨムエムアフヲ》雪二冤枉一

王蜀ノ時、許宗裔《キヨソウエイ》ト云者、剣州《ケンシウ》ノ守護《シユコ》ニテ有シ時。部民《ホウミン》、盗人ニアフ。燈《トモシヒ》ノカケヨリ見付タレトモ。ハヤニケタリ。夜ノ明ルヲ待カネテ。暁ニナリテ官ヘ告テ捕ヘタリ。贓物《サウモツ》ハ只糸絢《シク》、紬絖《チウクワン》ハカリ也• 糸絢ハ日本ニテ唐ヨリ来ル白糸ヲ。三カマユイ、四カマユイト云、カマノ字ノ意也。紬絖ハ日本ニテノ手毬《テマリ》ヲマク様ニ。内ヘ心《シン》ヲ入テ巻タル糸也• 宗裔ヨヒヨセテ問フ。囚《シウ》ノ云、是ハ我物也、盗ミハセヌト云。乃両方ノ糸ヲクル。ワクヲ取ヨセサセテ。大小ヲ糸絢ニクラベテ」十七ウ 見タレハ。囚《シウ》ノワクト同事也。又問。紬絖マキ付ル時。心《シン》ニハ何ヲ入タルソト問フ。一人ハ杏核《キヤウカク》トテ。カラモヽノサネヲ入タリト云。一人ハ瓦子《クワシ》トテ。カハラヲ入タト云。則二人ノ前ニテ開テ見レハ、杏核アリ、囚ノ云タト同シ。盗マレタト云者ハ、楚忽《ソコツ》ナルコトヲ云カケタリトテ、罪ニアフタリ。指顧《シコノ》之間《タ》、便雪《スム》二

冤枉《ヲ》、トハ。此盗人、其者ト仇《アタ》アル故ニ。我内ヨリ、糸《シ》絇《ク》、紬紈《チウクワン》ヲ持《モチ》テ行テ。仇ノ家ヘ夜ル入テ。盗タル躰《テイ》ニシナシ。見ツケラレツナトスルヤウニシテ出テ。公事ニシカケサセテ。仇ニ楚忽ナルコトヲ云懸タリトテ。罪ニア」十八オワセタル者也

〔釈冤〕

周《シウノ》世宗《セイソウノ》時《トキ》、高《カウ》防《ハウ》知《チタリ》蔡《サイ》州《シウニ》、部《ホウ》民《ミム》王義《キ》、為《ニ》賊《ソクノ》所《ル》劫《ヲヒヤカサ》、捕《トラヘ》得《エタリ》五人《ヲ》、繫《トラヘテ》獄《コクニ》窮《キウ》治《チス》、贓《サウ》仗《チヤウ》已《ステニ》具《ソナハル》、将《ス》加《ニクワヘント》極《コク》刑《ケイヲ》、防《ハウ》疑《ウタカツテ》其《ノ》枉《ワウヲ》、取《トツテ》贓《サウヲ》閲《ミル》之《ヲ》、召《メシテ》義《キヲ》問《フ》、所《ロノ》失《ウシナフ》衫《サム》袴《コハ》、是《レ》一端《タンノ》布《ナリヤ》否《イナヤ》、曰《ク》然《リ》、防《ハウ》令《シム》校《タクラヘ》其《ノ》幅《フク》尺《セキ》広《クワウ》狭《ケウヲ》、疎《ソ》密《ミツ》不同、囚《シウ》乃《スナハチ》称《セウス》冤《アタヲ》、問何故《フノニ》服罪《カフクスト》、曰《ニ》、不任《タヘ》捶《スイ》楚《ソニ》、求《モトムル》速《スミヤカニ》死《ンコトヲ》耳《ノミ》、居《ヲルコト》数日《ス》、獲《ニシテエテ》本賊《ヲ》、而五人乃《イマシ》免《マヌカル》、防《ハウ》帰《カヘツテ》本朝《ニ》、終《ヲフ》於尚《シヤウ》書《ショ》左《サ》丞《セウニ》見本伝

周ノ世宗《セイソウ》ノ時、高防《カウハウ》ト云者。蔡州《サイシウ》ニ知タリ• 部民《ホウミン》ノコトハ上巻ニ沙汰アリ• 王義《ワウキ》ト云者、賊《ソク》ニアフテ。賊五人」十八ウヲ捕ヘテ。獄ニトラヘテ糾明ヲスル也。サル程ニ贓物《サウモツ》ナトモ出タル程ニ。極刑《コクケイ》ヲ加ヘテ罪セントス。高防《カウハウ》疑ハシク思テ。盗ミ物ヲ取テ。王義ヲ召テ問フ。盗マレタル物ハ、一端《タン》ノ布《ヌノ》デシタルモノカ。又タケハバヲ問フニ。贓物ト口《クチ》ト不同。ソコデ囚人カ曽《カツ》テナキコトヲ云懸ラレテ。加様ノ迷惑ニアフト云。高防カ問云。然ラハ何トテ罪ニ伏シタルソ。囚人云、ウタルル苦《クル》シミニタヘカネ。早ク死タル方ハマシタリト存シテ。シラヌコトナレトモ、罪ニ服シタリト。其後ヤカテ実《マコト》ノ賊ヲ捕ヘテ。五人ノ者ハ免レタリ。高防ハ、加様」十九オノ公事トモヲ能《ヨク》サハキタル故ニヤ。京ヘ召帰サレテ。尚書左丞《シヤウシヨサセウ》ノ官ニマテ昇《ノホ》リケルトソ

鄭克曰、按《カク》防《スルニハウカ》校《カムカフル》布事《フヲコト》、与《ト》許宗裔《キヨソウヱイカ》験《コヽロミル》贓《サウヲ》術《シユツ》同《シ》、然《モ》所《ロノ》獲《ウル》衫《サム》袴《コ》、本《モト》非《ス》真《シム》贓《サウニ》、若《モシ》其不幸《レフカウニシテ》而疎《ソ》密《ミツ》広《クワウ》狭《ケウ》如《ナラハ》一《ノ》、則《ス》奈何《イカン》、苟《イヤシクモ》於《テ》情理《セイリニ》、有《ラハ》可《キ》疑《ウタカフ》者、雖《フトモ》贓《サウ》証《セウ》符《フ》合《カウスト》、亦未《タ》宜《ス》遽《ク》決《ニハカニケツス》

雍《ヨウ》熙中《キチウニ》、邵曄《セウエフ》為輒切諫議《カムギ》、為《タリ》蓬州録《ホウシウロク》事《シ》参軍《サムクム》、知《チ》州楊全《シウヤウセム》、性《セイ》率《ソツニシテ》而悍《カムナリ》音汗勇也部《ホウ》民《ミム》十三人、被《ラレテ》誣《シイ》為《ナル》劫盗《ケウタウトコトヽヽク》、悉寘《ヲク》于大《タイ》辟《ヘキニ》、曄察《エフサツシテ》其枉《ノアウヲ》、曰《ク》、請再《コフフタヽヒ》劾《コクセム》、不聴《シテキカス》乃取《トツテ》一人《ヲ》棄《キ》市《シス》、余械《ヨハカイシテ》送《ヲクル》闕《ケツ》下《カニ》、次日《ツキノヒ》果《ハタシテ》得《タリ》正《セイ》賊《ソクヲ》、全《セム》

坐《ツミセラレテ》削《ケツテ》」十九ウ㆑籍《セキヲ》為《ナル》㆑民《タミト》、曄《ハ》賜《タマツテ》㆓緋《ヒ》魚《コ》袋《タイヲ》㆒、授《サツケラル》㆓光録《ロク》
寺《シ》丞《セウニ》㆒
景《ケイ》徳《トク》中《チウニ》、梁《リヤウ》顥《カウ》内《タイ》翰《カム》、知《チタリ》㆓開封府《カイホウフニ》㆒時《トキニ》、開封県尉《ケムノイ》張易《チヤウエキ》、
捕《トラフ》㆓盗《ヌスヒト》八人《ヲ》㆒、獄《コク》成《テ》坐《ツミス》㆑流《リウニ》、既《ステニ》決《ケツシテ》、乃《ス》獲《エタリ》㆓真《シム》盗《タウヲ》㆒、御《キヨ》史《シ》
台《タイ》劾《コク》問《モムシテ》得《タリ》㆑実《ジツヲ》、官《クワム》吏《リ》皆《ミナ》坐《ツミセラレテ》、貶《ハム》責《セキセラル》
此《レ》乃《ス》但《タヽ》憑《ヨツテ》㆓贓証《サウセウニ》㆒、不《シテ》㆑察《セ》㆓情《セイ》理《リヲ》㆒而遽《ニハカニ》決《ケツスル》㆑之《ヲ》者也《ナリ》、蓋《シ》
贓《サウ》或《アルイハ》非《ス》㆑真《シムニ》、証《セウ》或《ハ》非《ス》㆑実《ジツニ》、惟《タヽ》以《テ》㆓情理《セイリヲ》㆒察《サツシテ》㆑之《ヲ》、然《シテ》後《ニ》不㆑
致《イタサ》㆓枉《アウ》濫《カムヲ》㆒、可《ケンヤ》㆑不《ル》㆑謹《ツヽシマ》哉
鄭克カ按シテ曰。高防《カウハウ》カ布《ヌノ》ヲ考《カンカウ》ルハ。宗裔《ソウエイ》カ糸《シ》絇《ク》ヲ
ワクニクラヘ。紬《チウ》絖《クワン》ノ胎心《タイシン》ヲ験《コヽロ》ミルト同シ術也。其
贓物《サウモツ》、モシ不幸ニシテ。王義カ言口《ユイクチ》ト。チガハヌ時」二十オ
ハ。何トアラフゾナレトモ。情理ヲ推《ヲシ》ハカリテ。疑ハ
シキコトアラハ。贓物《サウモツ》ト言口《ユイクチ》ト。符《フ》ヲ合セタル如クナリ
トモ。俄《ニワカ》ニハ決《ケツ》スヘカラス。
爰ニ物語アリ。雍熙《ヨウキ》年中ニ。邵曄《セウエフ》ト云人、蓬州《ホウシウ》ノ録事《ロクシ》参《サン》
軍《クン》ニテ有シニ。知州楊全《ヤウセン》ハ性《セイ》アラ〳〵シキ人也。其比、
部民《ホウミン》十三人マテ。ムシチヲ云懸ラレテ。盗人ニ極リテ。
大辟《タイヘキ》ニアツヘシト定ル也。邵曄ハサハアルマジト思フ
故ニ。今一度セメ問ントイヘトモ。楊全、不㆑聴シテ。
二人マツ斬《キリ》テ捨《ステ》タリ。残リノ者トモヲハ、械《ホタシ》ヲカケテ。
闕下《ケツカ》トテ禁中《キンチウ》ニ送ル也。其次ノ日、マコトノ賊ヲ捕」二十ウ
ヘタリ。楊全《ヤウセン》ハ楚忽《ソコツ》ニソテモナキ者ヲ。殺シタルニ坐《ツミ》セ
ラレテ。官爵《クワンシヤク》ヲハガレテ民トナル。邵曄《セウエフ》ハ緋《ヒ》魚袋《キヨタイ》ヲタ
マフテ、光録寺丞《クワウロクシセウ》トナル●緋《ヒ》ハ赤キ襞束《シヤウソク》也。魚袋《キヨタイ》ハ銀
魚袋トテ銀ニテ作リタル魚ヲ。天子ヨリ賜《タマ》フ也。高
官ノ人ノ腰《コシ》ニサクル物也。白楽天モ銀魚袋ヲ佩《ヲヒ》タリ。金
魚袋トモスル也●
又景徳《ケイトク》年中ニ梁顥《リヤウカウ》ト云人。開封府《カイホウフ》ニ知タリシニ。開封
県ノ尉張易《チヤウエキ》ト云者。盗人八人捕ヘタリ。穿鑿《センサク》キハマリ
テ流罪スル也。其後マコトノ盗人ヲ得タリ。卒爾《ソツシ》ニ獄
ヲ決シタル科《トカ》ニ坐《ツミ》セラレテ。官吏トモソレ〳〵」二十一オ
ニ録《ロク》ヲオトサレ、責《セメ》ヲ受《ウク》ル也。是等ハ、但贓物《サウモツ》証迹《セウセキ》ハ
カリヲ本トシテ。情理ヲ察《サツ》セスシテ決シタル者也。贓
物ト思ヒテモ、真実ノ贓具《サウク》ニテ無コトモアリ。証迹モ

誠ナラヌコトアリ。獄ヲ断《コトハ》ル人ハ。ヨク其情理ヲ察シテ。枉《ミタ》リナルコトノ無ヤウニ可㆑謹也トソ

江分《カウワカチ》㆓表《ヒヨウ》裏《リヲ》㆒　章弁《シヤウワキモフ》㆓朱《シユ》墨《ホクヲ》㆒

〔察姦〕

陵州仁寿県《レウシウノシムシウケムニ》、有㆓里胥洪氏《リリシヨコウシ》㆒、利《リトシテ》㆓隣人田《ノノヲ》㆒、紿《アサムイテ》音殆欺也㆑之曰《ヲク》、我為㆑若税《レタメニナムチカセイシテ》　免《マヌカレシメム》㆓　若役《カエキヲ》㆒、隣人《リム》喜《ヨロコムテ》、刻《ケツリテ》㆓其税《ノセイヲ》㆒帰《ス》㆓之《レカ》名《ナヲ》於洪氏《コウシニ》㆒、踰《コヘテ》㆓二十年《ヲ》㆒、且偽為《カツイツハリテツクテ》㆑券《ケムヲ》去願切券契約也以《テ》㆑茶染《チヤヲソメテ》㆑紙《カミヲ》、類《ニセテ》㆓遠年者《ヱムネムノニ》㆒、訟《タフ》㆓之《ヲ》于県《ケムニ》㆒、県令江某郎中《レイカウソレカシラウチウ》、」二十一ウ取《シ》㆓紙積《セキヲ》㆒、伸《ノヘテ》㆑之《ヲ》曰《ク》、若遠年紙《モシヱムネムノカミナラハ》、裏《ウチ》当《ニ》㆓色白《イロシロカル》㆒、今表裏《イマヒヨウリ》如《シ》㆑一偽也《ノイツハリナリ》、訊《トフテ》㆑之果服《ヲハタシテフクス》江乃衢州開化人今失㆓其名㆒事見㆓李泰伯主簿所㆑撰墓志㆒

陵州《レウシウ》ノ仁寿県《シンシユケン》ニ洪氏《コウシ》アリ• 里胥《リシヨ》トハ所ノ口ヲキク大百姓ヲ云• 其隣《トナリ》ノ人ノ田ヲ奪取《ウハイトラ》ントタクミテ。隣人ヲ紿《アサムイ》テ云ヤウハ。汝《ナンチ》カ為ニ、我年貢《ネンク》ヲハカリテヤリ。汝カ役《ヤク》ヲ免《マヌカ》レサセント云。隣人喜テ。サアラハ憑《タノミ》申ストテ。其税《セイ》ヲ刻《ケツ》ル也• 刻《サン》税《セイ》トハ田ノ主ノ名ヲケツリテ。洪氏カ名ニ書カユル也• 今ヨリハ公界《クカイ》ムキヲ、其方ノ田ノ分《フン》（ママ）ニシテ給ハレト云合《ユイ》セタリ。廿年後」二十二オ ニ、洪氏偽券《キ》ヲ作リ。紙《カミ》ヲ茶《チヤ》ニ染《ソメ》テ。古キヤウニシテ。隣人ニ公事ヲ云懸テ、県ニ訟フ。県ノ令、江郎中《カウラウチウ》、紙積《シセキ》ヲ伸《ノヘ》テ曰。久シクナル紙ナラハ。紙ノ内《ウチ》ハ白カルヘシ。此ハ表裏《ヒヨウリ》同シ色ナレハ。偽券ナルヘシトテ。責問《セメトイ》ケレハ。果《ハタ》シテ服スル也• 偽券ハニセ証文也。紙積トハ紙ノ巻メノ。シワノヨル所ヲ云

〔察姦〕

侍御章頫《キヨシヤウヒム》、知㆓彭州九《チタリハウシウノキウ》隴県《ロウケムニ》㆒時《トキニ》、眉《ビ》州大《ノタイ》姓孫延世《セイソムヱムセイ》、為《ツクテ》㆓偽《ギ》契《ケイヲ》㆒、奪《ウハフ》㆓族《ソク》人田《ノテムヲ》㆒、久《ヒサシク》不㆑能《ハ》㆑弁《ヘムスルコト》、転《テム》運使《ウムシ》委㆑頫験《イシテヒムニケム》治《チセシム》、頫《カ》曰、券《ケム》墨浮《ホクウカヘリ》㆓朱《シユ》上《ニ》㆒、決先盗用《ケツシテマツヌスムテモチヒテ》㆑印《イムヲ》而後書《シテノチニシヨス》㆑之《ヲ》、既《ステニ》引伏《テフクス》、獄未《コクタ》㆑上《タテマツラ》、而其家《ノカ》人復訴《マタウツタフ》㆓于転《テム》運《ウム》使《シニ》㆒」二十二ウ更命《サラニメイシテ》㆓知《チ》益州華陽県黄夢松《ヱキシウクワヤウケムノクワウホウセウニ》㆒覆案《フクアムセシム》、亦無《シ》㆑所《ロ》㆑異《コトナル》、黄《クワウ》用《テ》㆑此召《ヲメサレテ》為《ナル》㆓監《カム》察御史《サツキヨシト》㆒、頫乃《ヒムハス》坐《ツミセラル》㆑不《ルニ》㆓即《ス》具㆑獄《ソウナヘコクヲ》　州監酒見㆓本伝《タリ》㆒頫以《ニ》㆓景祐《テケイユウ》二年使《ヲ》㆑虜卒《ヒシテロニ》㆓于道《ス》㆒

章頫《シヤウヒン》、彭州《ハウシウ》ノ九隴県《キウロウケン》ニ知タル時。眉州《ヒシウ》ノ大姓孫延《ソンエン》ト云者。偽契《キケイ》ヲ作ル。偽契ハニセ文也• 然シテ族人ノ田ヲウハフ。久シク公事決セス。後ニ章頫ニ云付テ、公事ヲ聴シムル也。章頫、偽契ヲ見テ曰。墨《スミ》カ朱《シユ》ノ上ニウカミタリ。是ハ朱《シユ》

印《イン》バカリ始ニヲシテ。後ニ書タルモノナリト云。其者、罪ニ伏シケルヲ。章頻イマタ法ニ行ハサル故ニ。又其家—人カ転運使《テンウンシ》ニ訴ル程ニ。更」二十三オ ニ益州ノ黄夢松《クワウホウセウ》ニ仰付ラレテ。覆案《フクアン》トテ、重テ穿鑿《センサク》アレトモ。章頻《シヤウヒン》カ云所ニカハラス。黄夢松ハ此事故ニ。メサレテ監察御史《カンサツキヨシ》トナル。章頻ハ真《シン》—偽《キ》ヲヨク弁《ワキマ》ヘタレトモ。獄ニソナヘサル科《トカ》ニヨリテ坐《ツミ》セラレケルトソ　此ニ二字闕文アリ

鄭克曰《カク》、按《スルニ》偽《キ》—券《ケムノ》之姦《カム》、世多《ニオホク》有《リ》レ之《レ》、巧《カウ》—詐《サ》百—端、不レ可二勝《アケテサツス》察一、箸（ママ）《アラハスニ》以《ス》二一—二事《シヲ》一、亦足《タレリ》二以鑑《テカヽミルニ》一也

鄭克曰、ニセ状ヲ作ル姦人、世ニ多ク。品《シナ》ヲ替《カヘ》テ百—端モアレ。此朱印《シユイン》ノ墨《スミ》ノ上ニアルト。前ノ段ノ紙《カミ》ノ表裏《ヒヨウリ》、色ノ同シキトノ二事ヲ。公事ヲ聴者ノ監《カヽミ》」二十三ウ トスヘキコト也

胡質《コチ》集《アツメトナリヲ》レ隣　高柔察《カウシウミル》レ色《イロヲ》

〔察慝〕

魏《キノ》胡質《コチ》字文徳《ハフムトク》、為《ナル》二常山《シヤウ》太守《ノタイシユト》一、東莞《トウクワンノ》音官魯鄆邑名士《シ》盧《ロ》顗《ケム》、為《タメニ》レ人《ノ》所《ル》レ殺《コロサ》、求《モトムレトモ》レ賊《ヲ》未《ス》レ得、質曰《カク》、此《ノ》士無《シテ》レ讐《アタ》而有《リ》二少妻《セウセイ》一、所《ユヘ》二以《ム》死《シヌルカ》一乎、悉《コト〳〵ク》集《アツム》二其隣《ノリム》—居《キヨノ》少—年《ヲ》一、有《リ》二書《シヨ》—吏李若《リシヤクト云ノ》者一、見《テ》レ質《ヲ》而色動《イロウコク》、遂《ツイニ》窮《キハメ》二—詰《ナシル》情《シヤウ》—状《シヤウヲ》一、若即自《ジ》—首伏《シユシテフクス》レ罪《ニ》出本伝

魏ノ胡質《コチ》、常山ノ太守ニテ有シ時。東莞《トウクワン》ニ盧顗《ロケン》ト云士アリ。人ニ殺レタリ。賊ヲ尋レトモシレス。胡質カ曰。盧顗ハ讐《アタ》ハナケレトモ、若《ワカ》キ女—房ヲ持《モチ》タレハ。左様ノ」二十四オ コトニテ殺サレタル歟トテ。其アタリノ少—年トモヲ集ル也。其中ニ書史李若《シヨシリシヤク》トテ、物—書奉—行ナトスル者ノ有ケルカ。胡質《コチ》ニマミヘテ顔—色カ変《カハ》ル也。サテ其ヲ捕ヘテ問ケレハ。穿鑿《センサク》ナキサキニ色ノ変ル程ノ者ナレハ。ヤカテ罪ニ伏シケリ。自《シ》—首《シユ》ノコトハ上巻ニモアリ

鄭克曰《カク》、按《スルニ》高柔《カウシウ》知《ル》下竇礼《トウレイカ》無《シテ》レ讐《アタ》而与《ト》レ人交《マシヘテ》二銭物《セムフツヲ》一所《ユヘン》中以《ヲ》死《スルコトヲシスル》上也。故察《ニサツシエタリ》二得焦子文《セウフン》一、胡質《コチ》知《リ》下盧顗《ロケンカ》無《シテ》レ讐《アタ》而有《リ》二少《セウ》—妻《セイ》一所《ユヘ》中以《ム》死《ヲシスル》上也、故察《ニサツシ》二得李若《タリリシヤクヲ》一、夫《ソレ》人之相殺《アイサツ》—害《カイスル》者《ノ》、苟《イヤシクモ》無《ハ》二讐—恨《コム》一、若不《モシ》レ因《ル時ハヨラ》レ財《サイニ》則是《レ》」二十四ウ 因《ヨル》レ色《イロニ》、推《ヲシテ》二此《ノ》二者《ツノヲ》一、足《レリ》三以《テ》得《ルニ》二其人《ノヲ》一矣、然所《モユヘ》二以《ムノ》察《サツスル》レ之者《ヲノ》、皆《ミナ》不レ過《スキ》二色与《イロトトノ》レ辞《コトハ》之間《アヒタニ》一、亦惟《タヽ》聡《ソウ》—明《メイナルカ》故《ニ》不レ可レ欺《アサムク》也

鄭克按シテ曰、此下ノ段ノ高柔《カウシウ》ハ、竇礼《トウレイ》ガ。讐《アタ》ナフシテ殺サレタルヲ、銭物《センモツ》ノ故ニテ有ント推量シケル程ニ。其穿鑿ヲシケレハ。焦子文《セウシフン》ヲ察《サツ》シ得タリ。胡質《コシツ》ハ盧顕《ロケン》カ。讐ナフシテ殺レタルヲ。少《ワカキメ》妻ノ故ニテアラント推量シテ。李若《リシヤク》ヲ察シ得タリ。凡ソ人ノ殺害《セツカイ》スルコトハ。讐《アタ》恨《ウラミ》ナクハ。色-欲ノ二ツノ者ヲ推《ヲシ》ハカリテ。人ノ顔-色ト辞《コトハ》トヲ察セハ。欺《アサム》クコトハアル」二十五オ マシキト也

〔察慝〕

魏《キノ》高柔《カウシウ》、為《タリ》二廷《テイ》-尉《イ》一、護《コ》軍《クム》営《ヱイノ》士《シ》竇礼《トウレイ》、近《チカクイテ、》出不レ還《カヘラ》レ営《ヱイニ》、以《テ》為《ス》レ没《ホツスルコトヲ》レ身《ヲ》、其《ノ》妻《メ》盈氏《ヱイシ》及《ヲヨヒ》男《タム》-女《チヨ》、称《セウシテ》レ冤《アタヲ》自《ミ》-訟《ウツタフ》、莫《シ》レ有《ルコトセイスル》二省者《ノ》一、乃《ス》詣《イタル》二廷尉《テイイニ》一、柔問《シウフ》、何《ヲ》-以《カ》知《ル》二夫《ヲツトノ》亡《ハウスルコトヲ》一、盈氏《ヱイシ》泣《ナイテコタヘテ》対曰《ク》、夫《ヲツト》非《ス》下軽《ケイ》-狡《カウニシテ》古巧切猾也不《ル》レ顧《カヘリミ》二室《シツ》-家《カヲ》一者《ノニ》上、又-問《トフ》、汝《ナムチカ》夫不《ト》二与《スヤト》レ人有《ラ》レ讐《アタ》乎、曰、夫良《トリヤウ》-善《セムニシテト》与レ人無《シ》レ讐《アタ》、汝《ナムチカ》夫不《トスヤ》三与レ人交《マシヘセム》二銭-物《フツヲ》一乎、曰《ク》、嘗《テ》出《シテ》レ銭与《アタフトウ》二同-営《ヱイノ》焦子《セウシ》文《フムニ》一、求《ムレトモ》不レ得、時《トキニシ》子文《フムタマ〳〵》適《ツミセラレテ》坐レ事繋《ニツナカル》レ獄、柔《シウ》乃《ス》召《ヨムテ》問《フ》レ所《ヲ》レ坐《ツミセラル、》、語《キヨシ》次問《フ》、曽《カツテキヨスルヤ》挙二人《ノ》-銭《ヲ》一否《イナヤ》、対《コタヘテ》曰《ク》、単《タム》-貧《ヒムニシテ》不三敢《アヘテキヨセ》挙二人《ノ》銭《ヲ》一、察《サツシテ》二其《ノ》色《ノウコクヲ》動一、遂《ニマタ》復-問《トフ》、汝《ナムチ》曽《テ》挙《ス》二竇礼《カ》銭《ヲ》一、何言《ソイフ》レ否《シカラストヤ》耶、子《シ》」二十五ウ 文怪《フムアヤシミ》二-知《テコトノアラハル、コトヲ》事露一、応《ヨウ》-対《タイフ》不-次《シナリ》、柔《シウ》詰《ナシツテ》レ之《ヲ》曰、汝《ナムチ》已《ステニ》殺二竇礼《トウレイヲ》一、便《スナハチ》宜《ク》二早《ハヤク》服《フクス》一、子《シ》文於《テ》レ是《コ、ニ》叩頭《コウトウシテ》、服《フクス》レ罪《ツミニ》 出本伝

魏ノ高柔《カウシウ》、廷尉《テイイ》タル時•廷-尉ハ所-司-代也•竇礼《トウレイ》ト云者。カリソメニ出テ帰ラス。人皆ハシリタリト思ヘリ•没《ホツ》ハハシリタルト云義也•其妻《メ》盈氏《エイシ》及ヒ男-女、訟フレトモ。誰モトンチヤクスル者ナシ。廷尉ニ詣《イタ》リテ訟フ。柔カ曰。何ヲ以テカ夫《ヲツト》ノ死タルコトヲ知ル•亡《ハウ》ハ此ニテハ。死タルコトヲ云ト見ヘタリ•妻泣《ナイ》テ曰。我夫ハカル〳〵シク家ヲ思ハヌ者ニハアラス。今マテ帰ラヌ程ニ。必ス死タル者也ト云。又問フ、讐《アタ》アリヤ。答云」二十六オ 夫《ヲツト》ハ人ニヨク思ハレタル者ニテ、讐ハナシト云。又問フ。人ニ物ナトヲカシタル歟。答云、焦子文《セウシフン》ト云者ニ銭ヲカス。求レトモ返サスト云。其折節《ヲリフシ》、焦子文獄《コク》ニ繋《ツナ》カル、也。則召-出シテ。マツ獄ニ繋カレタル子-細ヲ問テ。其次テニ問曰。汝人ノ銭ヲカルヤ•挙《キヨ》トハカルコト也•答云、我ハウスク貧《ヒン》ナル故ニ。人モ銭ヲカサネハ。カリタルコトモナシト答ルウチニ。

ウロタク色ノアルヲ察シテ。又問フ。汝、賨礼《トウレイ》カ銭ヲカル。何トテカラヌト云ヤ。子文、サテハ此事ノ露《アラハ》レタルカト驚テ。言語モ後《アト》前《サキ》ニナル程ニ。高柔《カウシウ》ソコテ問ツメテ曰。汝《ナンチ》、賨」二十六ウ礼ヲ殺シタルコト隠《カク》レナシ。何トテアラカフソト云。ソコテ子文、罪ニ服スル也

鄭克《カ》曰、按《スルニ》慝《トクト》音忒悪也与奸異《カムコトナルコトハ》者、奸《カムハ》必巧《スタクミニ》詐《イツハリ》、慝唯隠諱《トクハタヽカクシイム》、如釘《テイ》殺《サツシテ》其夫《ノヲツトヲ》而云《イフ》遭火焼死《サルトヒニヤキコロ》、是巧詐《タクミニイツハルナリ》也、如挙賨礼《キハアケテトウレイカ》銭《ヲ》而云単貧《イフカタムヒムニシテ》不《ト》敢《アヘテセ》、是隠諱《カクシイムナリ》也、礼近出《レイチカクイテ、》不還《カヘラ》、疑《ウタカフ》為《タメニ》人所《ノルト》殺《コロサ》故《ニ》、首《ハシメニトヒ》問其讐《ノヲ》、次《ツキニ》問《フ》交《マシユルセム》銭物《フツヲ》者《ヲ》、嘗《カツテ》出《シテ》銭与焦子《ヲアタヘテセウシ》文《フムニ》而求《モトムレトモ》不得、或《アルイハ》縁嫌《ヨツテケム》恨《コムニ》以致《テイタス》此禍《ノハサハイヲ》、於《テ》是《ニ》察《サツスル時ハ》其色《ノイロ》動辞《ウコキシ》対《タイフ》不次《シナルヲ》、則隠諱《イム》之《キノ》情得《セイヱタリ》矣、故詰《ニナシツテ》之服《ヲフクスツミニ》罪、是善察《レヨクミル》慝《トクヲ》者《ナリ》也」二十七オ

鄭克按シテ曰。慝《トク》ト奸《カン》トノ替《カハ》リハ。奸ハタクミ偽リ。慝ハカクシイム。夫《ヲツト》ヲ釘《クキ》ウチ殺シテ。焼死《ヤケシ》タリト云ハ、巧詐《タクミイツハ》ル也。上巻ニ有コト也。此ノ銭ヲカリナカラ。貧《ヒン》ナル故ニ人モカサス。カラヌト云ハ隠諱《カクシイム》也。賨礼《トウレイ》カ出テ帰ラヌヲ。人ニ殺サレタル歟ト疑フ故ニ。先《マツ》其讐《アタ》ノアルカト問ヒ。次ニ物ヲ人ニカシタル歟ト問テ。子文《シフン》ニ銭ヲカシタルガ。コヘトモクレヌト聞テ。サテハコフコトヲ嫌《キラ》イ恨《ウラミ》テ、此禍《ワサワイ》ヲコソ。シツラウト察シ。顔色ノ動《ウコ》キ、辞《コトハ》ノ胡乱《ウロン》ナルハ。隠《カク》シ諱《イム》モノナリト心得テ。問ツメタルハ、能《ヨク》慝ヲ見」二十七ウル者也

蔣常覘嫗《シヤウシヤウウカヽイウハヲ》　思彦集児《シケンアツムコヲ》

〔譎賊〕〔釈冤〕

唐貞観中《タウノチヤウクワンチウニ》、衛州板橋《ノハムケウノ》店主《テムシユ》張逖《チヤウテキカ》妻《メ》帰《キ》寧《ネイス》、有《リ》魏州《ギ》王《ノ》衛楊《ヱイヤウ》正等《セイラ》三人、投《トウシテ》店宿《テムニシユクス》、五更《カウニ》早発《ハヤクハツス》、夜《ヨル》有人、取《トツテ》王衛《ヱイカ》刀《カタナヲ》殺《コロシテ》逖《テキヲ》踢音其刀《ノヲカヘツテ》却内《イル》納音鞘中《サヤノニ》、正等《セイラ》不知《チ》覚《カクセ》也、至《テ》明《ニ》店《テム》人趁《ヲフ》正等《セイラヲ》、抜《ヌク》刀《ヲチ》血甚《ハナハタ》狼籍《ラウセキタリ》、囚《シウ》禁《キムシテ》正等《セイラヲ》栲《カウ》訊《ジムク》苦痛《ツウス》、遂《ニ》自《ミ》誣《フ》服《フクス》、上疑《ウタカツテ》之、差《ヲサシテ》御史《キヨシ》蔣常《シヤウシヤウヲ》覆推《タシム》、至《ル時ニ》則総《スヘテ》追《ヲツテ》店《テム》人年十五《ノ》以上《ヨリ》者《ノヲ》、集《アツメテ》為《シ》人数《スウ》不《ト》足《タラ》、且放《カツハウ》散《サムス》、唯留《タヽム》一老嫗《ラウウヲ》、年八十余、日晩《クレテ》放出《ハナチイタス》、令典獄《シメテテムコクヲシテ》密覘《ヒソカニウカヽハ》之《ヲ》曰《ク》、嫗出《イツル時ニ》当《ニ》有《ル》人」

共《トモニ》語《ル》者《ノ》、即《ス》記《シルシテ》姓《セイ》名《メイヲ》勿《ナカレ》令《シムルコト》漏《ロウ》泄《セイセ》、果《シテ》有《リ》一人、二十八オ即《ス》記《キス》之《ヲ》、明日復爾《マタシカリ》、其《ノ》人又問《テ》嫗《ニ》云《ク》、使人作《ナス》何《ノ》推《スイ》問《モムヲカ》、如《スルコト》是《ノ》三日、並《ナラヒニ》是《レ》此《ノ》人《ナリ》、因《ヨッテ》総集《テアツム》男《タン》女《チヨ》三百余人《ヲ》、就《テ》中喚《ニヨ》出《ヒ》与《スト》老嫗語《カタル》者《ヲ》、余《ヨハ》並《ナラヒニ》放《ハウ》散《サムス》、問《フニ》之《ヲ》具《ツフサニ》伏《シテ》云《ク》、与《ト》逖《テキカ》妻《メ》奸《カムシテ》殺《ス》逖《テキヲ》、具《ソナヘテ》実《ジツヲ》奏《ソウス》之《ヲ》、勅《チヨクシテ》賜《タマフ》常《シヤウニ》絲《イロキヌ》二百匹《ヲ》、遷《ル》侍《シ》御《キヨ》史《シニ》

唐ノ太宗ノ貞観《チヤウクワン》年中ニ。衛州《エイシウ》ノ橋《ハシ》ノ辺《アタリ》ノ茶屋、張逖《チヤウテキ》カ妻《メ》ハ親ノ所ヘカヘル也● 詩ニ父母ヲ帰寧《キネイ》ストアリ。親ノ所ヘ帰ルヲ帰寧ト云也。日本ニテ里カヘリト云意也● 其夜、王衛《ワウエイ》、楊正《ヤウセイ》ナト、テ。魏州《キシウ》ノ者カ三人」二十八ウ 連《ツレ》テ茶屋ニ宿《ヤト》ヲカリ。暁ヨリ起《ヲキ》テ出タリ、其夜タレトモナシニ王衛《ワウエイ》カ刀《カタナ》ニテ、宿主《ヤトヌシ》ノ張逖《チヤウテキ》ヲ殺シテ。刀ハ又鞘《サヤ》ニサシテ置タリ。正等《セイラ》モ不知シテ出タリ。夜明テ其辺ノ者トモ。王衛等カ殺シタルト思テ。追《ヲイ》カケテ正等ヲ捕ヘテ。刀ヲ見レハ、血狼籍《ラウセキ》タリ● 狼籍ハ乱ル、意也。狼《ヲホカミ》ノ物ヲ踏《フミ》チラシタル。ヤウナト云義也。サテ其者トモヲ禁獄《キンコク》シテ、セメ問ホトニ、堪《タエ》カネテ。中〳〵我等カ殺シタリト請《ウケ》ヤウ也。

太宗疑《ウタカ》ハシク思召テ。蔣常《シヤウシヤウ》ニ仰付ラレテ。重テタ、サシム。蔣常、其茶屋ヘ行テ。其辺ノ年十五ヨリ上ノ者ヲ集《アツ》メテ。此《レ》ニテモ人数」二十九オ カ不足ホトニ。先《マツ》カヘレトテ皆帰シテ。八十アマリノ老女ヲ一人留テ。日クレテ帰ストテ。其後《アト》二人ヲ見ヘガクレニ付テヤリ。老女出ル時ニ、誰ニテモアレ。老女ト物語スル者アラハ、其姓名ヲ記《シル》シテ、其者ヲニガスコトナカレト云付テヤル。按《アン》ノ如ク一人有テ、老女ニ物ヲ問フ、則其ヲ記ス也● 明日復爾《マタシカス》トハ。前日ノ如ク。人ヲ集テ帰シテ。老女ヲ留テ後ニ帰ス也。其人トハ。前日老女ト物語シタル者也● 三日マテ同シヤウニシテ。其後、男女三百余人アツメテ。一人、老女ト語リタル者ヲ留テ。余人ハ皆帰シテ問ケレハ。伏シテ云。張逖《チヤウテキ》」二十九ウ カ妻ト奸《カン》ヲシテ殺スト云。則アリノマ、ニ太宗ヘ奏シケレハ。勅《チヨク》ニテ絹《キヌ》ヲタマイ。又官ニ昇《ノホ》ル也● 上ハ太宗也。帝王ヲ上ト云コトハ、司馬遷《シハセン》カ史記ニ書ハシメタリ。記《ス》姓名《ヲ》トハ。書付ルコトニテハナシ。覚《ヲホ》ヘヨトト云義也。使人ハ太宗ヨリノ使ト云義也、蔣常《シヤウジヤウ》ヲサス也

鄭克《カ》曰、按《スルニ》李《リ》崇《ソウ》用レ譎《テイツハリヲ》鉤《コウシ》レ慝《トクヲ》、蔣常用レ譎《テイツハリヲ》察《スル》レ賊《ヲ》、而
皆《ミナ》能《ヨク》釈《トク》レ冤《エムヲ》、斯《レ》無《シ》レ悪《ニクムコト》二於譎《イツハリヲ》一矣
鄭克按シテ曰。李《リ》崇《ソウ》ハ慝《トク》ヲ鉤《コウ》シ、蔣常ハ賊ヲ察スルニ。
皆偽ヲ用イテ冤《エン》ヲ釈《ユル》シタリ。此ヤウナルコトハ、譎《イツハリ》テ
モヨシト云評也。李崇カコトハ上巻ニアリ　」三十オ

〔釈冤〕〔譎賊〕

唐《ノ》韓思《カムシ》彦《ケム》、使《タリ》二并《ヘイ》州《ニ》一、有《リ》レ賊《ソク》殺《コロス》レ人《ヲ》、主《シユ》名《メイ》不レ立《タ、》、酔《スイ》胡《コ》懐《イタイテ》レ
刀《カタナヲ》而汗《ケカル》、訊《ジム》掠《リヤウシテ》已《ステニ》伏《ス》、思《シ》彦《ケム》疑《ウタカフ》レ之《ヲ》、晨《ツトニ》集《アツメ》二童《トウ》児《シ》几数《ソ》一
百《ヲ》一、暮《ニ》乃《ス》出《ス》レ之《ヲ》、如《クスル》レ是《ノ》者《ノ》三《タヒ》、因《ヨツテ》問《フ》、児出《シル時ニ》亦有《リヤ》二問《フ》レ之《ニ》
者《ノ》一乎、皆《ミナ》曰《ク》、有《リ》レ之、即《ス》物《フツ》色《シテ》其《ノ》人《ヲ》一而訊《トフ》レ之《ヲ》、於《テ》レ是果《ニハタシテ》
獲《タリマコトノヌスヒトヲ》二真盗一　見《タリ》二唐書本伝《ニ》一
唐ノ韓思《カンシ》彦《ケン》ト云者、并州《ヘイシウ》ニ使《ツカイ》ス。賊アリ、人ヲ殺ス•主
名不レ立トハ。誰トモシレヌ也。酔胡《スイコ》ハエヒスノ酒ニ酔タ
ル者也•其カ刀ヲ持テ、ヨコレテ居ルヲ。此者カ殺シタル
歟ト問ヘハ。殺シタト云。思彦疑《ウタカ》ハシク思テ。童児《ハラハヘ》ヲ百
人ハカリ集メテ。日暮ニ帰シ出ス。如レ此」三十ウ　スルコト
三日也。人ニ云付テ、其者トモカ帰ル時ニ。問イ語ル者ア
ルカ。見ヨト云タレハ。按ノ如ク其ヤウナル次第アリト。
目付ノ者カ云程ニ。サラハ、其者ハ何タル男フリ。何タ
ル色ノ物ヲ衣《キ》タル者ナリト。穿鑿《センサク》シテ捕ヘテ問タレハ。果《ハタ》
シテ其者カ人ヲ殺シタリ
鄭克《カ》曰、按《スルニ》此《レ》亦用レ譎《テイツハリヲ》、獲《エテ》レ賊《ソクヲ》而冤《アタイ》乃釈《トク》、但《タヽシ》不《ル》レ若《シカ》下
蔣常《シヤウジヤウカ》独《リト、》留《メテ》レ一嫗《ヲ》、密《ヒソカニ》覘二問者《フヲ》一為《タルニ》上レ精《セイ》審《シンノミ》耳
鄭克カ曰、按スルニ。是モ偽ヲ用イテ賊ヲ捕ヘタリ。此
シヤウヨリモ、前ノ段ノ、蔣常《シヤウシヤウ》カ老女一人ヲ留テ。
帰ル時、ヒソカニ人ノ問言《トイコト》スルアルカト。ハ」三十一オ　カ
リタル方ハ。マサレリト評スル也

劉相隣証《リウシヤウリムセウ》　韓参乳医《カムサムニヨウイ》

〔覈姦〕

丞《セウ》相《シヤウ》劉沆《リウカウ》、知《チタル》二衡州《カウシウニ》一日《ヒ》、有《リ》二大《タイ》姓《セイ》尹氏《イムシ》一、欲《シテ》レ買《カハムト》二隣《リム》人《ノ》
田《テムヲ》一、莫《シ》二能《ヨク》得《ウルコト》一、隣人老《ヲイテ》而子《コ》幼《イトケナシ》、乃《ス》偽為《テツクル》レ券《ケムヲ》、及《テ》二隣《リム》人《ノ》
死《ルニ》一、即《ス》逐《ヲフ》二其子《ノコヲ》一、訟《ルコト》二十年《マテニ》不レ得レ直《ナヲキコトヲ》、沆《カウ》至《ル時ニ》又訴、
尹《イムシ》氏出《シテシ》二積歳《セイ》所《ロノヲサムル》レ収戸鈔《コセウヲ》一、為《ス》レ験《シルシト》、沆下党切詰《ナシリテ》レ之曰《ヲク》、若《ナムチカ》

田《テム》百頃《キヤウ》、戸《コ》鈔《セウ》豈特収《ニコトニヲサムル》レ此乎《ヲカ》、始為レ券時《ハシメツクルケムトキ》、嘗《カツテ》問《フ》レ隣乎《トナリニヤ》、其人《ノ》固多《マコトニヲホク》在、可《シ》二取為《トツテス》一レ証《セウト》、尹氏《イムシ》不レ能レ対《コタフルコト》、遂《ツイニ》伏《ス》レ罪《ツミニ》　見本伝

刘沆《リウカウ》、衡州《カウシウ》ニ知タル日。尹氏《インシ》ノ大百姓アリ。隣《トナリ》ノ人ノ」三十一ウ田ヲ買ント求レトモウラス、隣《トナリノ》人ハ年ヨリテ、其子ハ幼《エウ》少《セウ》也。尹氏《インシ》イカニモシテ此田ヲ得ント。計リコトヲシテ。偽券《キフン》（振り仮名ママ）ヲ作リ。隣人ノ死スルヲ待テ。其子ヲ遂《ヲヒ》ウシナイ。田ヲ取ントス。廿年マテ不レ決、刘沆《リウカウ》カ衡州《カウシウ》へ至ル時、又訴《ウツタ》フ。尹氏カ毎年ヲサムル戸《コ》鈔《シヤ》ヲ出シテ験《ケン》トス•戸鈔ハ一家カラ何ホトノ役《ヤク》ヲスル。何ホトノ田ヲ作ルトノ書付也▲其ヲ考《カンカ》ヘテ刘沆カ云ケルハ。汝カ田ハ百頃《キヤウ》トアリ。戸鈔ノ外ニ又此田ヲ収《ヲサム》ルヤ。又始券《フン》ヲ作ル時。其辺《アタリ》ノ者カ多ク知タルカ。証人カアラハ出セト云。尹氏対ルコトモナクテ。罪ニ伏スル也　」三十二オ

鄭克曰《カク》、按《スルニ》売《ウリテ》レ田問《ヲトヒ》レ隣《トナリニ》、成《ナシテ》レ券《ケンヲ》会《クワイス》レ隣《ヲ》古法《ノハウナリ》也、使《シメハ》二当時法《ソノカミノハウシテ》不《ラ》レ存《セ》、則《ス》将《ハタ》何以《ヲ》覈《テカアキラメム》二其姦《ノカムヲ》一乎《ヤ》、近年《キムネム》有司《ユウシ》苟《イヤシクモ》取《テ》二小快《クワイヲ》一、遂改《ニアラタム》二此法《ノヲ》一、未《タ》二之思《ヲヲモハ》一歟《カ》

鄭克カ曰、田ヲ買時ニ、隣《トナリ》ノ者ニ。此田ヲ買ガ子細ハナイ田カト問《トヒ》。証文《セウモン》ヲ取テハ。其辺《アタリ》ノ者ヲ呼《ヨン》テ。酒ナトヲモリ。此田ノ主ニ成タルト披露スルガ。古ヘヨリノ法度也。古法ニツイテ穿鑿《センサク》ヲセスハ。何トシテカ奸《カン》ヲタ、サンヤ。此比ノ有司《ユウシ》ハ小快《セウクワイ》ヲ本トシテ。古法ニヨラス。但シ古法ニ思ヒヨラサル歟ト也•刘沆《リウカウ》ヲホメテ評シタ詞也•小快トハ少シ」三十二ウ我カエカタナコトヲ云

〔証慝〕

参《サム》政韓億《セイカムヨク》、知《チタル》二洋州《ヤウシウニ》一時《トキ》、土《ト》豪李《カウリ》甲《カウト云》者《ノ》兄《コノカミ》死《ス》、迫《セメテ》嫁《トツカシム》二其嫂《ノアニヨメヲ》一、因誣《テシイテ》二其子《ノコヲ》一為《シテイ》二異姓《セイト》一、以専《テモハラニス》二其貲《ノシヲ》一、嫂《アニヨメ》歴《アマネク》二訴《フ》于官《クワムニ》一、甲輒《カウスナハチ》賂《マイナヒシテリニ》レ吏、使《シメ》三掠《リヤウ》服《フクセ》二之《ヲ》一、積《ツムテ》二十余年《ヲ》一其訴《ノヘ》不レ已《ヤマ》、億視《ヨクミルニ》二旧牘《キウトクヲ》一、但未《タヽタ》下曽引《カツテヒイテ》二乳医《ニヨウイヲ》一為《セ》上レ証《セウト》、一日尽《コト〱ク》召《ヨムテ》二其党《ノタウヲ》一、以《テ》二乳医《ニヨウイヲ》一視《シメス》レ之《ヲ》、衆乃《シユス》無《シ》レ辞《コトハ》、其冤《ノエム》遂白《ツイニアキラカナリ》　見二本伝一

参政韓億《サンセイカンヨク》、洋州《ヤウシウ》ニ知タリ•参政モ尚相《シヤウ〱》ノ官也•土豪《トカウ》ニ李《リ》甲《カウ》ト云者アリ▲土豪トハ所ノハヾヲスル者ヲ云•洋州ニテ。口ヲキク李甲カ兄、死シテ後。李甲カ才覚《サイカク》ヲシテ。嫂《アニヨメ》ヲ

又嫁《ヨメリ》サセテ。兄ノ子ヲ異《イ》-姓《セイ》ニテ。兄ノ子ニテ」三十三オナシト云テ。兄ノ貲財《シサイ》ヲトル程ニ。嫂《アニヨメ》カ官ニ訴ル也。李甲《リカウ》、官ノ者トモニ物ヲヤリテ。嫂ヲイタメテ栲問《カウモン》ヲシテ、掠《カスメ》テ服セシメツナトスル程ニ。十年アマリモ引シロイテ。公事カ不レ済《スマ》。韓億《カンヨク》カ知-州ニ成テ至ル時。又訴フル程ニ。韓億マツ旧牘《キウトク》ヲ考《カンカ》ヘテ見ル也●旧-牘トハ其所ノ。古ヘヨリノ公事ノサハキヤウヲ。書トメタル書也●其ニ此公事ノ次-第ヲ書ノセテアレトモ。乳医《ニヨウイ》ヲ証拠《セウコ》トシタルコトハナシ●乳医トハ、産後《サンコ》、産前《サンセン》ノ時ノ医師《クスシ》ヲ云●サテ訴-訟-人トモノ徒党《トタウ》ヲ皆召テ。其子ノ産ノ時ノ医者《イシャ》ヲ証拠トス。其ヘ集リタル者トモ。理」三十三ウニヲレテ。黙《モク》シテ居ル也。サテコソ冤《ヘン》ハ明-白ニアラハレタレ

鄭克《カク》曰、按《スル》昔《セキ》-人嘗《カツテ》云《ク》、推《ヲスニコトヲ》レ事有《リ》レ両《フタツ》、一察《ツハサツシセイヲ》レ情、一《ツハ》拠《ヨル》レ証《セウニ》、固《マコトニ》当《ニ》三兼《カネ》二-用《モチフ》之《ヲ》一也、然《シカ》証有《モセウ ル時ハ》二難《キ》レ憑《ヨリ》者《ノ》一、則不《ス》レ若《シカ》四察《サツシテセイヲ》レ情可《キニ》三以中《テアツ》二其肺腑之隠《ノハイフノ カクレタルニ》一、情《セイ》有《時ハ》二難《カタキ》レ見《ミ》者《ノ》一、則不レ若《シカ》四拠《ヨツテセウニ》レ証可《キニ》三以屈《テクツス》二其口-舌之争《ノコウ セツノ アラソヒヲフタツノ》一、両-者迭《ノタカイニモチイテ》用、各《〳〵》適《カナフ》二其宜《ノヨロシキニ》一也、彼誣《カレシイテ》二其子《ノヲ》一、為《スル》二他《タ》-姓《セイトノ》一者、所《ノ》レ引《ヒク》之証《セウ》、想《ヲモフニ》亦非《アラシ》レ一《ツニ》、独《ヒトリ》未《タ》三嘗引《テヒカ》二乳医《ニヨウイヲ》一、則其情《ノセイ》可《シ》レ見《ミツ》矣、故《ニ》尽《コト〳〵クヨムテ》召二其党《ノタウヲ》一、以《テ》二乳-医《ヲ》一示《シメス》レ之《ヲ》、既《ステニ》有《リ》三以中《テアツルコト》二其肺《ノハイ》-腑《フノ》之隠《カクレタルニ》一、又有《時ハ》三以屈《テクツスルコト》二其口《ノコウ》-舌《セツノ》之争《アラソヒヲ》一、則衆《シウ》」三十四オ無《シテ》二以為《テツクルコトハヲ》レ辞、而冤遂《エムツイニヘムス》弁、不《ス》二亦宜《タムヘナラヤ》一乎

鄭克按シテ曰。昔ノ人ノ云ケルハ。公事ヲ聴ニ二ツノ干《カン》要《エウ》アリ。其情ヲ察《サツ》スルト。証拠《セウコ》ヲトルトノ二ツヲ。兼用《カネモチ》ユヘシト也。証-迹アレトモ、疑《ウタカ》ハシキ時ハ。情ヲ察シテ。彼カ肺腑《ハイフ》ノ中ニ隠《カク》シ置タルヲ。推テ知ヘシ▲太学ニ、如《シ》レ見《カ》二其肺《ノ》-肝《ヲ》一、ト云意也。小-人カ不-善ヲシテ隠セトモ益《エキ》ナシ、ト云ト同シコト也▲情ノ見カタキ者ハ、証-拠ヲタ、シテ。対決《タイケツ》ノ上ニテ弁《ヘン》スヘシ。此二ツヲ其宜《ヨロシ》キ処ニツイテ。迭《タカイ》ニ用ユヘシト也。李甲《リカウ》カ兄ノ子ヲ。他-人ノ子ナリト誣《シウ》レトモ。乳医《ネウイ》ヲ以テ」三十四ウ証迹トスレハ。彼カ肺腑《ハイフ》ニ隠《カク》シタ処アラハル、也。此ノ隠レタルニ中《アタ》ルト云ハ。今俗《ソク》ノ諺《コトハサ》ニ。推量ノ合タコトヲ。星《ホシ》ヲ中《アテ》タト云意也。事皆理ニアタル程ニ。口舌《コウセツ》ノ争《アラソヒ》ニ屈《クツ》シテ。奸-人カ辞《コトハ》ヲツクルヘキヤウモナクテ。冤《シヘタクル》モ遂ニ弁

スル也、昔ノ人ノ云ケルコト。ケニモナリト評セリ

袁《エム》滋《シフ》鋳《キ》レ金《ヲ》　孫《ソム》宝《ホウ》秤《ハカル》レ散《ヲ》

〔釈冤〕

唐《ノ》李《リ》汧《ケム》公《コウ》勉《ヘム》、鎮《チムタリ》二鳳翔《ホウシヤウニ》一、有《リ》二属《ソクノ》邑《ユウノ》耕《カウ》夫《フ》一、因《テ》レ耨《クサキルニ》（奴豆切　耕耨也）レ田《ヲ》、得《タリ》二馬《バ》蹄《テイ》金《キム》一甕《コウヲ》一、送《ヲクル》レ県《ケムニ》、為《ル》レ令《レイ》者《ノヲモムハカル》慮《ル》二公蔵《サウノ》主《シユ》守《シウ》不《フ》謹《キムナリト》一、而寘《ヲク》二之《ヲ》私《シ》室《シツニ》一、翌《ヨク》（音弋　明日也）日開《ヒライテ》視《ミレハ》レ之《ヲ》、則《ス》」三十五オ皆《ミナ》土《ト》塊《クワイ》耳《ノミ》、以《テ》レ状《ヲ》聞《フムス》、府《フ》遣《シム》二掾《テムヲシテ》案《アムセ》一レ之《ヲ》、不《シテ》レ能《アタハ》二自《ミ》明《ムルコトシイテフクスカヘタリト》一、誣服換《ヲ》レ金、初《メ》云《ク》、蔵《カクシテ》二之《ヲ》糞《フム》土《トニ》一、被《ル》二人《ニ》窃《ヌスミサラ》去《ル》一、後《ニ》云《ク》、投《トウシテ》二之《ヲ》水中《ニ》一、失《フ》二其所《ノヲ》一レ在《アル》、雖《トモ》レ未《タ》レ窮《キハメ》二易《カヘルノ》用之所《ロヲ》一、而《モ》皆以《ミナヲモヘラクカフルコト》為《ヲ》二換《シト》一レ金無《シト》レ疑矣

府《フ》中《ノ》宴《エム》集《シウスル時ニ》語《テヲヨンテ》及《ノ》二此事《ニ》一、咸《ミナ》共《トモニ》嗟《サ》嘆《タムス》、時袁《ニエム》滋《シフ》在《テ》二幕《バク》府《フニ》一、独《ヒトリ》俛《フシテ》レ首《カウヘヲ》無《シ》レ語《ゴ》、汧《ケム》公《コウ》詰《ナシル》レ之《ヲ》、滋《ク》曰《ク》、某《ソレカシ》疑《ウタカフ》二此《ノ》事《リ》有《ト》一レ枉《アフ》勉《ヘム》、乃《ス》移《ウツシテ》レ獄《コクヲ》、就《ツイテ》レ府《フ》倅《シム》二滋《ヲシテ》鞫《チク》実《シツセ》一、滋閲《ケミシテ》二甕《ヨウ》間《カムヲ》一、得《タリ》二一百五十余塊《ヨクワイヲ》一、詰《ナシレハ》二其初《メ》獲《ウル》者《ヲ》一、則《ス》二農《リノウ》夫《フ》以《テ》二巨《コ》竹《チク》一舁《ヲカイテ》（音傘）対《イタルケムニ》挙也至《ル》レ県、乃於《ステ》二別《ヘツ》肆《シニ》一索《モトメテ》レ金《ヲ》、依《ヨツテト》二土塊《クワイノ》形《ケイ》状《シヤウニ》一鎔《トラカシ》一瀉《ウツシテ》、校量《ハカリハカル》、始《テハカテ》秤《ノ》二其半《ヲ》一、已《ステニ》乃《フ》二三百斤《キムニ》一、計《ルニ》二其総《ノソウ》数《スウヲ》一、非《ス》下二人以《シテ》二竹《テ》檐《チクタムヲ》一可《ニ》上レ挙《アク》、即《チ》是在《レル》レ路《ニ》」三十五ウ之時《トキ》、金已《キムステニ》化《ケシテナル》為《ツチト》レ土矣、於《テ》レ是《コヽニ》群《クム》情《セイ》大《イニホカラカニシテ》豁、邑《ノサイ》宰《エタリ》獲《キヨムルコトヲ》レ雪（出唐　軿劇）（ツ・カ）二

談録《ニ》一又見《タリ》二

唐書本伝《ニ》一

唐ノ李汧《リケンコウヘン》公勉、鳳翔《ホウシヤウ》ノ鎮《シツメ》ニテ有シ時ニ。鳳翔ニ属《ソク》シタル邑《ムラ》ノ百姓カ。田ノ草ヲ取トテ。馬蹄《ハテイ》ノナリシタル。金ノ入タル瓮《カメ》ヲ得テ、県《ケン》ニ送ル也。県ノ令《レイ》思フヤウ。公ノ蔵《クラ》ヲアツカリタル者ノ。ブサタナリト思フテ。金ヲ私宅《シタク》ニヲク•私宅ハ県ノ令カ所也•アクル日開テ見レハ、皆土クレナリ。則其次第ヲ府中へ申ス。則掾《テン》ヲシテ案《アン》セシム•掾ハ官也、サクワント読•県ノ令ユイワケモ不成シテ。是非ナク金ヲ土塊《ツチクレ》ニ換《カヘ》タリト」三十六オ請ヤウ。サラハ其金ヲ出セト云へハ。糞土《フント》ニ蔵《カク》シテ置タルヲ。人ニヌスマレタト云テ。後ニハ又、河水ノ中へナケ入タルガ。其所ヲ認失《トメ》フタト云。慥《タシカ》ナルコトハナケレトモ。金ヲ換《カヘ》テ取タルコトハ無レ疑ト、人皆思フ也

府中ノ酒宴《シユエン》ノ座ニテ。此沙汰出タリ。座中ノ人聴テ、県ノ令ガヒケウナルコトヲシテ。迷惑ニアフコトヨトテ嗟嘆《サタン》

スル也。其時、袁滋《エンシフ》ハ幕府《ハクフ》ニアリテ。モノヲモイハズ。ウツムキテ居タリ●幕府ハ此ニテハ汧公《ケンコウ》ヲサス、将軍ノアル所ヲ幕府ト云。陣《チン》ニ幕《マク》ハリテ居ル故也●袁滋カ躰《テイ》ヲ汧公カ見テ。汝ハ何ト思テ無言シテ居」三十六ウルソト問ヘハ。袁滋《エンシウ》カ曰。某《ソレカシ》ハサハアルマシキト存スルト云。汧公《ケンコウ》、サラハ其者ヲ府中ヘ召ヨセテ。袁滋ニ穿鑿《センサク》サセヨトテ。獄《コク》ヲウツス也。袁滋マツ甕《カメ》ノ内ヲ見タレハ。二百五十塊《クワイ》アリ●其始メ得タル者ニ問ヘハ。二人シテ竹ニテカイテ。県《ケン》ニ至ルト云。袁滋、別肆《ヘッシ》ヨリ金ヲ求テ。土《ト》塊《クワイ》《ツチクレ》ノ大キサ程ニ鋳《イ》テ。重《ヲモ》サヲカケテ見レハ。土塊ノ数、半分ホトノ重サガ。三百斤アル也●三百斤ハ四十八貫目也●皆合セタラハ。二人シテ竹ニテ持《モッ》ヘカラス。是ハ路ニ有タル時ハ金ナレトモ。化《ケ》シテ土塊トナリタル也ト云。ソコデ人皆不審《フシン》ヲ晴タ」三十七オリ。サテコソ邑《ムラ》ノ宰《サイ》モ、其間ノハヂヲキヨメタレ

此事劇談録《ケキタンロク》ニ見ヘタリ。又唐書ニモアリ

〔証歴〕

漢《ノ》孫宝《ソンホウ》為《タルトキニ》二京兆《ケイテウノ》尹《イム》一、有《リ》二売《ウル》レ鏝《セム》散《サムヲ》者《ノ》一、今之《ノ》鏝《セム》餅《ヘイナリ》也、偶《タマ〳〵》与《ト》二村《ソム》民《ミム》一相《アイ》二逢《アフテ》於都《ト》市《シニ》一、撃《ウチ》二落《ヲトシテ》鏝《セム》餅《ヘイヲ》一尽《コト〳〵ク》砕《クタク》、民《タミ》認《トメテ》塡《ミツ》二五十枚《マイヲ》一、売《ウル》者《ノ》堅《カタク》言《イフ》、三百枚《ナリト》、因《テ》致《イタス》二喧争《ケムサウヲ》一、至《イタル》二太《タイ》守《シュノ》之前《ニ》一、引《ヒキ》問《トフ》、無《シ》二以《テ》証《セウ》明《メイスルコト》一、宝《ホウ》令《シメテ》三別《コトニ》買《カハ》二鏝《セム》餅《ヘイ》一枚《マイヲ》一、秤《ハカリ》二見《ミル》分《フム》両《リヤウヲ》一、乃《ス》都《スヘテ》秤《ハカテ》二砕《クタク》者《ヲ》一、紐《チウ》折《セツス》、立《タチトコロニ》見《ル》二元《ケム》数《スウヲ》一、衆《シウ》皆《ミナ》嘆《タム》服《フクス》、売《ウル》者《ノ》乃《ス》服《フクス》二虚《キヨ》誑《ワウノ》之罪《ツミニ》一

漢ノ孫宝《ソンホウ》カ京兆《ケイテウ》ノ尹《イン》ニテ有シ時。鏝餅ヲ売者アリ●鏝散《センサン》モ鏝餅《センヒヨウ》モ同シ物也。マカリモチノコト也●村民ト」三十七ウ都ノ市ニテ行アタリテ。鏝餅ヲ残ラズ。ウチクタキタリ。民、其ヲトメテ五十枚ヲカヘス。売者ハ三百枚ナリト云テ争《アラソ》フホトニ。太守ノ前ヘ出タレトモ不レ決。ソコデ孫宝《ソンホウ》、鏝餅一枚ヲ求テ。カケテ見テ。其クタケタル鏝餅ヲアツメテ。其数ヲ知ル、紐折《チウセツ》ハ砕《クタケ》タヲ。一所ニアツムルヲ云、衆人カ尤ナリトテ嘆服《タンフク》スル也。売者ハ云懸《カケ》ヲシタル罪ニアフ也

鄭克曰《カク》、按《ルニ》魏《キノ》太《タイ》祖《ソノ》時《ニ》、孫権《ソムケム》致《イタスコ》二巨象《サウヲ》一、欲《ス》レ知《ラント》二其斤《ノキムノ》重《ヲモサヲ》一、訪《トフ》二之群《ヲクム》下《カニ》一、莫《シ》三能出《ヨクイタスコト》二其理《ノリヲ》一、鄧哀王冲《トウアイワウチウ》、方《マサニ》数《ス》歳《サイ》、請《フ》置《ヲイテ》二象《サウヲ》大《タイ》船《セムノ》之上《ウヘニ》一、刻《キサムテ》二水痕《スイコムノ》所《ヲ》レ至《イタル》、而秤《ハカテ》」三十八オ

レ物《ヲ》以《テ》載《ノセテ》レ之《ヲ》、校《カンカヘテ》 可《シ》レ知《ル》也、与《ト》二秤《ハカルノセム》レ鐶-散《サムヲ》声上之理《リ》一同《シ》矣、
宝《ホウ》以《テ》二鐶《セム》-散《サム》一枚《マイノ》之重《ヲモサヲ》、校《テ》二砕《クタクル》 者《ノ》之重《ヲモサヲ》一而枚《マイ》-数《スウタチトコロニ》立一
見《ミユ》、冲《チウ》以《テ》二載《ノセテサウヲ》レ象 所《ロノイタル》レ至 之痕《アトヲ》一、校《カムカヘテハカルモノヲ》二秤レ物 之痕《アトヲ》一、而斤《キムノ》
重《ヲモサ》可《シ》レ知《ヌ》、皆《ミナ》其智《ノチ》有《リ》レ余《アマリ》 也
夫《ソレヘム》片-言《ケムニシテ》、可《キ》二以折《テサタムウタヘヲ》レ獄 者《ノハ》 何-其為《ソレタメニ》レ人信-服《ノシム》、《フクセラル、コト》 至《ル》二
於如《クナルニ》レ 此哉《ノヤ》、蓋《シ》以《ノ》二智《チ》有《テアマリ》レ余而言中《コトアタルヲリニユヘノミ》レ 理故爾、欺《キ》-誑《ワウノ》 之
慝《トク》、以《テ》レ此《レヲシテ》為《セウト》レ証 而不レ可レ諱《イム》矣、彼《カレイツクンソ》 焉 得《ンヤ》レ不《ルコトヲフクセ》レ 服 耶、
是《ノ》-故《ニヘム》片-言《ケムニシテ》 可《シ》二以折《テサタムウツタヘヲ》レ 獄 也

鄭克按シテ曰、魏ノ太祖ノ時、孫権大キナル象ヲ進上致シタリ。太祖、其重《ヲモ》サ。イカホト有ト云コトヲ。何」三十八ウトシテ知ヘキソト、群-臣ニ尋ラレケルニ。其理ヲ云出ス者ナシ。鄧《トウ》ノ哀王冲《チウ》、字ハ倉舒《サウショ》ト云、太祖武帝ノ子也。其時五六歳ハカリニテ、側《カタハラ》ニヲハシテ曰。象《サウ》ヲ大-船ニノセテ。船ノ水ニ入タル処ニ。キザヲシテ置テ。其キサノ処マテ。船ノアシノ入ホト。何ニテモ物ヲツミテ。其ヲ秤《ハカリ》テ校《カンカ》ヘタラハ可レ知ト也。此ノ孫宝《ソンホウ》カ鐶餅《センヒヨウ》一枚ヲ秤《ハカリ》テ。砕《クタケ》タル数ヲ知タルモ。皆智恵《チエ》ノ余リタルコト也。片-言《ヘンケン》ニシテ獄《ウツタヘ》ヲ折《サタム》ル者ハ。人ニ信服セラル、也。智アマリアリテ。言-程ノコト、皆理ニアタル故也。此ノ片-言ニシテ訟ヲ折ルト」三十九オ 云ハ。論語トハ義-理少シ替《カハ》ル也

程《テイ》簿《ホ》旧銭《キウセム》　王璩《ワウキヨ》故《コ》簡《カム》

〔証慝〕

程顥察院《テイカウサツイム》、初為《メタル時ニ》二京兆府《ケイテウフノ》鄠《コ》音戸県名県 主-簿《ケンノシユホ》一、民《タミ》有《リ》下借《カツテコノカミノ》二兄之
宅《タクヲヲル》一居《ノ》-者上、発《ハツス》二地中蔵銭《ノサウセムヲ》一、兄之《ノ》-子《コ》訴《ウツタヘテ》一曰《ク》、父所《チ、トコロナリカクス》レ蔵 也、
令言《レイイハク》、無《クハセウ》二証-佐《サ》一、何《ヲ》-以決《カケツセム》レ之《ヲ》、顥《カ》音浩曰《ク》、此易《レヤスキワキマヘノミ》レ弁 耳、
問《テ》二兄之《ノ》-子《コニ》一曰《ク》、爾《ナムチカ》-父蔵《チ、カクスコト》レ 銭 幾《ヲイクハク》-年矣《ソ》、曰二-十年、
遣《シメテリヲシテトツテ》下吏 取《ヲ》二一-千《ミセ》一視《ヲ》上レ之、謂《イツテ》-曰《ク》、今官《イマクワムノ》 所《ロ》レ鋳《イル》、不《シテ》二五-
六-年一則偏《スアマネシ》レ天-下《ニ》、此《ノ》-銭乃《ハス》爾《ナムチカチ》父、未《タ》レ居《ル》前数《ヲラサキ》-十-年
所《ナル》レ鋳何《ハイル》-也《ソヤ》（ママ）、其《ノ》-人遂《ツイニ》-伏《フクス》 見《タリ》二程伊川所レ撰《ノスル》行状一

程顥察院《テイカウサツイン》ハ程明道ノコト也。上巻ニ詳也。京兆府ノ鄠《ウ》（ママ）」三十九ウ県ト云所ノ主簿《シユホ》ニテ有シ時ニ。或-民カ兄ノ家ヲ借テ居ケルカ。其屋敷ノ中ニ埋蔵《ウツミカクシ》タル銭ヲ。ホリ出シタリ。兄ノ

子訴テ曰。我父ノヲサメタル銭ヲ。発《アハキ》出シタリ。仰付ラレヨト云。県ノ令曰。サハイヘトモ。証-拠ニナル者。カナクハ。何ヲ以テカ決セント云、程顥《テイカウ》曰。是ハ弁《ハキマヘ》ヤスキコトナリトテ。兄ノ子ニ問曰ク。汝カ父ノ銭ヲ蔵タルコト。幾年《ナンネン》ホトニナルソ。対テ曰。二十年バカリニナル也。ソコ。テ吏《リ》ヲヤリテ。銭一-貫取ヨセテ見テ曰。今官ノイル銭。五六年ナラスシテ。天-下ニアマネクヒロマルニ。此銭ハ皆フルキ銭也。汝カ親ノイ」四十オ マタ不レ居サキ、五六十年モ。昔ノ銭也ト云程ニ。伏スル也

鄭克曰《ク》、按《スルニ》旁《アマネク》求《テ》二証《セウ》-佐《サヲ》一、或有《リ》レ偽《イツハリ》也、直《タヽチニ》取《ハ》二銭《ノ》験《シルシヲ》一、斯《コレヲ》為《ス》レ実《マコト》矣、彼《カレ》言《イフ》二地-中《ノ》蔵《サウ》-銭《ハ》、是《レ》其《ノ》父《ノ》所《ナリトカクス》レ蔵《ノ》者、取《トツテ》レ銭《セニヲ》験《コヽロム》レ之《ヲ》、皆《ミナ》古《コ》-銭《セムナリ》也、又豈能選《ニヨクエラヒ》二択《エランテ》、古-銭《ヲ》一蔵《カクサムヤ》レ之《ヲ》耶、以《テ》レ此《ヲ》為《ス》レ証《セウト》、妄《マウ》-訴《ソ》明《アキラケシ》矣、是《ノ》-故《ユヘニ》其《ノ》人不二敢《アヘテ》不《ン》レ服《ハフクセ》也

鄭克曰、証-人ヲ求テモ。其ニ偽ノアルコトモアル也。今此ニ其銭ヲ証拠トス。父カヲサメ置タル銭ナリトイヘトモ。其ヨリ五六十年モサキノ銭也。何ト」四十ウ テ古銭ハカリヲヱリテ蔵ンヤ。此ヲ証-迹トスル程ニ。妄《ミタリ》ナルコトヲ訴ルコト。明-白ニアラハル、程ニ。伏セマシキ様ハナイソ

〔証慝〕

寺《ジ》-丞王璩《セウワウキヨ》音渠 嘗《カツテ》為二襄州中盧令《シヤウシウノチウロノレイ》一、有《リ》二賊《ソク》-人一、久訊《ヒサシクトヘトモ》不レ得レ情《セイヲ》、偶《タマ〳〵》於《テ》二賊橐《ノフクロノ》他各切詩于橐于嚢中《ウチニ》一、得《テ》二故《コ》-簡《カムヲ》一、而掲《カヽケシメス》二-示之《ヲ》一、乃房《ハウ》陵商《ノシヤウ》-人、道《ミチニシテタメニ》為レ賊所《ノラル、カスメ》レ掠者、賊《ナリ》即《ソクス》引《イム》-伏《フクス》、不レ爾《ンハシカラ》幾《ホトムトマヌカレナマシ》脱 見王珪所撰墓誌

寺丞ハ官也。王璩《ワウキヨ》、中盧《チウロ》ノ令《レイ》ニテ有シ時。賊《ソク》アリ、訊《トヘ》トモヲチスシテ。久ク程ヘタリ▲偶《クウ》ハ偶-然ノ意也● アナガチ其ヲ尋ントモ思ハスニ。賊ノ袋ノ中ヨリ。故キ簡《フタ》ヲ取」四十一オ 出シタリ、見レハ。房陵《ハウレウ》ノ商-人ガ。此賊ニトラレタルモノ也。賊モソコテ伏シタリ

鄭克《カ》曰《ク》、按《スルニ》此非《レ》二智《チ》算《サムノ》所《ニ》レ及《ヲヨフ》、偶《クウ》-然《セムトシテ》得《ル》レ之耳《ヲノミ》、亦可レ見三璩《キヨカ》之治《チスルコト》レ獄能尽《ヲヨクツクスコトヲ》二其心《ノヲ》一、獄之鞫《コクノキク》-情《セイ》、有《リ》レ頼《ヨルコト》二於証《セウニ》一也、欧陽曄《ヲウヤウエフハ》、以《テ》二右《ユウ》-肋之傷《ロクノキスツクヲ》一、為《シテ》レ証《セウト》而殴《ヲウ》-殺《サツノ》者《ノ》辞《コトハ》-窮《キハマル》、王璩《キヨハ》以《テ》二橐《タク》-中之《ノ》簡《フンタヲシテ》一為レ証《セウト》而劫《コウ》-掠《リヤウノ》者《ノ、》情《セイ》-

得《ヱタリ》、証慝之《セウトクノ》術《シユツ》、焉《イツクンソ》可《ケンヤ》レ忽《イルカセニ》諸

鄭克按シテ曰。此ヤウナルコトハ。智恵算勘ノ及コトニテハナシ。天-然自-然ト得タルマテ也。王璩カ獄ヲ治ルコト。心ヲ尽ス者也。賊ヲ久ク栲《カウ》-問《モン》スレトモ、ヲチ」四十一ウヌヲ卒爾《ソツシ》ニ決セサル故ニ。偶然《クウセン》ト証-迹ヲ得タリ。欧陽《ヲウヤウ》曄《エフ》ガ右ノ肋《ワキ》ノ傷《キス》ヲ証-迹ニシテアレハ。殴殺《ウチコロ》シタル者。ノガル、辞ナシ。王璩ハ橐《フクロ》ノ中ノ箇《フタ》ヲ証迹トスル程ニ。久クヲチサル賊モ伏シタリ• 欧陽曄カコトハ、上巻ニ見ヘタリ。忽諸《コツシヨ》ノ字ハ、左伝ヨリ出タリ

（四行空白）

」四十二オ

棠陰比事物語

（寛永頃無刊記板、五巻五冊）

棠《たう》陰《ゐん》比《ひ》事《じ》 巻《くわん》第《だい》一目録《もくろく》

」目録一オ

（二行空白）」目録一ウ

棠陰比《たうゐんひ》事《じ》物語《ものがたり》巻《くわん》第《だい》一

向相《しやうしやう》訪《とふらふ》レ賊《ぞくを》

丞相《せうじやう》向《しやう》敏中《びんちう》といへる人。西京《せいけい》といふ所にありし時。あんぎやの僧あり。道にゆき暮て。一むらありける里にゆきいたり。とある家に一夜をあかさん事をもとめける。あるじ出合《いであひ》て。かなふまじきよしいへり。僧のいはく日暮。道しらずして行がたなし。せめて門外《もんぐわい》に。一夜をあかさせて。たまはれかしなどと。わびければ。あるじゆるしてげり。かゝりける所に。こよひぬす人ありて此家に入。ひとりのをんなにさま〳〵のざいほうをもたせ。ひそかにかきをこえて。出ゆきけり。かの僧よもすがら。いねられぬまゝに。たま」一オ〳〵此事を見出せり。

此僧つく〳〵と。あんじけるは。ゆふべやどもとめしとき。あるじのおしみけるを。しゐてもとめし事なれば。夜あけなば。かならずわれをとらへ。こよひの盗人《ぬすびと》なりとうたがひて。とらへて。うきめにあはすべし。さらばわが身にとがなくして。かへつてとがにしづむべし。せんなきやどかりあわせて。ひはうのしにをせんよりはとおもひ。ひそかに此所を。夜にまぎれてにげ出けり。道に草ふかき所をゆきけるが。つぶれたるふる井のありけるを。此僧しらずして。ふる井の中へおち入にけり。

かゝりければ。こよひあるじの家より物ぬすみして出たる女。人にころされたりと見えて」一ウ そのしがい。僧のおちたる。ふる井の中にもとよりありけり。其上へおち入たる事なれば。僧の衣《ころも》も血《ち》にそみけり。

さて夜あけぬれば。あるじ盗《ぬす》人にあひたりとて。あはてさはぎ。先あしあとをしるべに。たづねありきしに。たちまちふる井の中に。ゆふべやどかりし僧。ころもみなちにそまりて。しゝたる女一人と。ありけるを見出せり。則此そうをとらへ。奉行所《ぶぎやうしよ》にいたり。事のやうを申。官人《くわんにん》きゝたまひて。此僧をがうもんせられけり。

もとよりおくびやうなる。ほうしにてやありけん。又いかゞおもひけん。がうもんのくるしみにたえかねて申やう。されば此女と。此事をたくみ。ともにぬすみ出しけれども。事のもれんことを」三一オ かへりみて。をんなをころし。ふる井の中へをし入。たちのかんとせしが。此僧もあやまりて。井の中へともにおちたり。女をころせしかたなとざうもつは。井のかたはらにをきしが。何人のきたりてとりたるもしらずと。あるとあらぬ事まで。はくじやうしけり。きく人みる人。さもありぬべし。此僧のとが。のがるゝ所なしと。人ゝいひあへり。

中にもしやうびんちう。おぼしめしけるは。此ざうもつのゆくへなき事を。ふしんなりとおもひ。僧をめしよせ。たしかにとひきわめ給ふ事。三度四度におよぶ。その時此そう申やう。されば此女のいのちばし。前生《ぜんじやう》にて。おひけん。別《べち》にいふべき事なしとばかりにて。さらに物をもいわず。しやうびん」三一ウ ちう。此こと葉をきゝ。いよ〳〵とひつめ給ふ時。此僧よひに。やどかりしより此かたの事。ありのまゝしんじつにこそこたえけれ。

さてしやうびんちう、はかりことをめぐらし。人をつかはし。こゝかしこ。里〳〵村〳〵にいたり。何となく盗人《ぬすびと》をたづねありかせけり。此ものども。とある小家にゆきて。食物《しよくもつ》をもとめければ。其家にとしおひせまりたるうばあり。

此ものども奉《ぶ》行所《ぎやうしよ》の。つかひなりといふ事をしらずして。此うばいひけるは。さる事ある。かの僧の公事《くじ》は。いかゞすみたるやらんと。とはずがたりをし出してげり。つかひのもの。やがて心得。いつはりていひけるは。其僧こそ。とが人にきはまりたるとて。きのふのひるほどに。ころされ」三二オ 侍《はんべ》り。あなあはれやなどいへば。うばきひて。なげいていわく。扨ゝ《さて〳〵》其僧はふびんのしにかな。いまもしぬす人の本人ありといはゞ。いかゞならんといひて。かなしみけり。

かのつかひの者どもいひけるは。すでにあやまりて公事《くじ》をばきかれたり。かの僧をばころしつ。たとひまことの盗人《ぬすびと》ありといふとも。定而《さだめて》さたなしにてこそあらめと。かやうにたばかりけり。
此うばよきほどたばかられていひけるは。かのふる井にころされてありし女は。此里のわかきおのこ。そんりやうそれがしの。ころしたりし事也。つかひの者。其人の家はいづくぞととへば。うばがいはく、則かしこの家なりと。まことにねんごろにぞをしへける。
かのつかひのもの。うばがをし」三ウへのまゝにゆきいたりて。盗人をとらへ。ざうもつ残《のこ》らず取出して。則つみにおとしける。さてこそはじめなんぎにあひし僧。つゝがなくして。冤《しゐたげ》らるゝをゆるされけるとなん
鄭克《ていこく》此事を論《ろん》じていわく。うつたえの大事は。かならずとらわれ人の。しへたげられたらん事を。うたがふべし。たとひとらはれ人の。冤詞《ゑんし》なくとも。あはてゝさだむる事なかれとぞ。

銭推求《せんすいもとむ》レ奴《ぬを》

宋《そう》の代《よ》に。銭若水《せんじやくすい》といふ人。同州《とうしう》の代官《だいくわん》にて有し時に。其里に大ふつきなる人あり。めしつかひの女。ゆくゑなくにげはしりけり。

かのはしりたりし女のふたおや。奉《ぶ》」四オ行《ぎやう》所にうつたふ。もとよりはしりし女のおや。つね〳〵我子をきしゆへ。かのふくにんに。きん〴〵をかりもとめし事あれども。終《つゐ》にかすことなし。其いしゆにやよりけん。此ふたおやうつたえ申けるは。かのふくにん我子をころし。しがいをは水《すい》中《ちう》にしづめられたりと。いひかけたり。もとより人をころせるとがなれば。大ふくにんたりといへども。父子《ふし》ともに。これはとがのほん人。是はどうるいなどいわれて。つゐにしざいにさだまりてげり。

かゝる所に。せんじやくすい一人は。此事のうたかはしき事をおもひ。しばらくとゞめて。しざいをこなはず。十日あまりも日数《ひかず》をへにけり。まことに其心中さとりがたきゆへに。人ゝみなせんじやくすい」四ウをあやしめり。

又はしりたりし女のちゝはゝ。奉行所にうつたえていわく。せんじやくすい。かのふく人よりまいなひをとり。たのま

れたりなどいへり。銭若水《せんじやくすい》これをきき。さる事やあらんと。うちわらひゐたり。

のち十日あまり有て。せんじやくすい。ほんぶぎやうへまいり。あたりなる人をのけ。ひそかに申けるは。それがししざいにきはまりたりしふくにんを。十日あまり延引《えんいん》せし事は。かのはしりたりし女を。たづね出さんためなりき。今すなはち彼女《かのをんな》。たづね出したりとて。ほんぶぎやう所へぞをくりける。さてこそ此をんなを出して。かのちゝはゝに見せければ。ちゝはゝ大きにおどろき。是則我子《わがこ》なりと申。是によつてかのふく人。父子《ふし》ともに」五オ みなゆるされはんべり。

さてこそせんじやくすいがちゐあらはれて。その功《こう》を天子《てんし》へ申あげ。おんしやうに申をこなふべしと。すゝめられけれども。せんじやくすい。つゐにかたくじたいして。おんしやうをのぞまず。其後朝廷《てうてい》にきこえて。めしあげられはんべるとなり。

是又うつたへは。あはてゝさだむべからざるのいひか

曽攄《そうちよ》明《あかす》レ婦《ふを》

晋《しん》のそうちよといひし人。臨淄《りんし》といふ所に。ぶぎやうたりし時に。ひとりのやもめあり。しうとめをやしなふ事。まことに孝行《かう〱》なり。

しうとめおもひけるは。我よめのいまだとしわかくしてやもめとなり。又いづかたにも。みのよるべをももとめず。わが身のよはひかた」五ウ むきたるを。やしなはんため。ていぢよの心をつくしけるこそ。あはれにも。かなしかりける。しよせんわが命《いのち》の。つれなくいきてあればこそ。かくわかきよめにも。心をつくさせ侍るめれとおもひ。みづからくびれて。此しうとめしにゝけり。

かゝりしかば。しうとめの一門しんるい。此やもめ。しうとめをころしけりとうつたえたり。此やもめ、がうもんの。かなしみに。たえずして。つゐにみづから。しうとめをころし侍りと。心ならず申けり。

そうちよ此事をきゝ給ひて。此やもめみづからとがをおひ。

そのしへたげられたるかとうたがひ。いよ〳〵たづねきはめられければ。其後此やもめ。はじめおはりのありさまを。つゐにしんじつをもつて。こたえ」六オ侍り。もとよりとがなきやもめなれば。ゆるされける。さてこそ。そうちよといひし人。天下に其明人《めいじん》たりし事をほめたりき

裴均《はいきん》釈《ゆるす》レ夫《おつとを》

唐《たう》の代《よ》に。はいきんといひし人。襄陽《じやうやう》といふ所に所司代《しよしだい》たりし時。さる人の女房《にようばう》。そのとなりのおとゝ。人しれずかよひしが。のちはしたしくなりたり。

ある時このにようばう。わがおつとにかたりけるは。わがやまひすでにおもし。つねにたのみしくすしのいわく。たかいぬのしゝむらを。にてくろふべし。さあらば此やまひ。すみやかにいゆべしと。をしへられ侍り。いかゞせんとぞかたりける。

おつときひて申やう。このごろ」六ウわれらが家に犬《いぬ》をかはず。いかゞしていぬをもとめんとぞこたえける。女房《にようばう》ひそかにおつとにかたりけるは。さいわい此家のとなりに犬あり。つねに此所にきたる。此犬をくゝりて。食物《しよくもつ》にとゝのへたまはれとぞ申ける。此おつとうけやひて。かのとなりの犬をうちころして。食物《しよくもつ》にとゝのへ。此にようばうにぞあたへける。

女房《にようばう》これを食《しよく》し。其あまりをば。いれ物におさめ置《をき》。我《わが》おつとの。他所にゆきたるひまをうかゞひ。つゐにとなりの人につげて。則うつたへさせけり。やがてとなりのおのこ。奉行所《ぶぎやうしよ》にいたり。いぬころせしとがにんありとうつたふ。

いぬころせしおとこをめしよせ。すでにがうもんにをよばんとする時に。おとこ」七オ申やう。なにの子細《しさい》なし。われとし月なれし女房。くすりのためとてもとめしゆへ。犬ころせし事一定《ぢやう》なりと。ありのまゝにぞ申ける。

はいきん此よしきゝ給ひ。是則にようばう。よそごゝろありて。わがおつとをとがにおとしいれんと。たくみしものなりとて。かの女房をめし出し。がうもんにをよびければ。

あんのごとくなり。つゐに此女房《にようばう》又となりのおのこ。つみにおもむき。犬ころせしおつとゆるされけり

程顥《ていかう》佶《なじる》レ翁《おうを》

ていかうといひし人。沢州《たくじう》の晋城県《しんせいけん》といふ所に。ぶぎやうたりし時に。大ふくにん張氏《ちやうし》といふものあり。かのもの死して。いまだいくばくの日かずもたゝざり」七ウけるに。ひとりの老人《らうじん》有て。張氏が子のもとへいたりて申やう。われはこれなんぢかちゝなり。ねんごろにしてやしなふべし。これ〳〵の子細《しさい》あり。なんぢがちゝなる事うたがひなしとぞ申ける。張氏が子大きにおどろき。かの老人をつれ。ともに奉行所にいたり。事の子細《しさい》を申。

老《らう》人のいわく。それがしくすしをことわざとして。他国《たこく》へいでしとき。わがつまあとにて子をうめり。いへまどしうして。子をやしなふこと。なりがたかりしゆへ。そのとしのその月日。此子をちやうしにやしなはせ。その人はいだひてゆき。その人はこれを見たりなどゝ。さま〴〵のしようこ。まことにまがふべくも。なきやうにぞ申ける。ていかうきゝ給ひて」八オそのとしの事。まことに久しき事なり・いかゞして老人はかくのごとく。月日《つきひ》証人《しようにん》まで。くはしくはおぼえ侍るぞとゝひ給へば。老人こたへていわく。医書《いしよ》のおくに。ねんごろにしるしとゞめて侍り。それがしたこくよりかへりて。これを見侍ると申。則かきつけをいださしめ給へば。げにもいしよのをくに。しるしていわく。そのとしのその月日。そんりやうたれといふ人。此子をいだひて。張《ちやう》三翁《おう》にあたふとかきつけたり・ていかうこれをくはしく見たまひて。張氏が子をめして。なんぢがとしは。いくつになりたるぞとゝひ給ふ・張氏が子こたへていわく。それがしとし三十六。ていかうとふていわく。なんぢがちゝ。ちやうしがとしは」八ウこたへていわく。七十六。ていかう老人にむかひていわく。此子のうまるゝ時。そのちゝのとし。わづかに四十の人なり。しかるになんぢが証文《しようもん》に。張《ちやう》三翁《おう》にあたふとかきつけたり。翁《おう》は老人の名なり。とし四十の人を翁といふべからず。なん

ぢひが事なりとのたまへば・大におどろきて。則とがにおちたりき。

鄭克《ていこく》此事をろんじていわく。をよそいつはりをたくむのは。かならずおつどあり。あきらかにたづねきはむる時は。則かのかだましく人をあざむくもの。をのづからあらはるゝならひ也。いんしゆが日記の年《ねん》がうをかんがへて。みなしごのいつはりをあきらめ。ていかうは老人のしるす所をかんがへて。」九オ そのみだりなる事をしる。これみな此てだてなり。たゞよく心をつくす人にあらずは。いかでかかくのごとく。あきらかならんや

丙吉《へいきつ》験《こゝろむ》レ子《こを》

へいきつは。漢《かん》の宣帝《せんてい》の時の人なり。陳留《ちんりう》といふ所に。ひとりの老人《らうじん》あり。年《とし》八十あまりにして。家とみて子なし。たゞひとりのむすめあり。すでにひとゝなりて。よめ入せり。そのゝち此老人のつましにけり。又此老人。のちにつまをもとめて。一人のおのこをうめり。此老人やう〳〵よはひつまりて。しにゝけり。そのつま子をそだて。はごくむ事とし久し。

さきのつまのむすめ。ざいほうをうばはんために。のちのはゝのうむ所」九ウ の子は。わがちゝの子にあらずと申かけたり。

所の代官《だいくわん》此公事《くじ》をことはる事あたはずして。つゐにへいきつにきこえたり。へいきつのいわく。われきく老人の子はさむき事をこらへず。又日中にかげなしといへり。今八月のなかばなり。おなじきとしの子ども。あまたあつめて。かたびらをきせて出したれば。たゞ此老人の子ばかり。さむさをおそれて。いろをへんず。又あまたの子どもと。日中にたゝせければ。たゞ老人の子のみかげなし。これによつて。つゐにざいほうを。こと〳〵くのちのつまのこにあたへ。さきのつまのむすめは。母《はゝ》をしゆるのつみにおとされ侍り

李《り》崇還《そうかへす》レ泰《たいに》

」十オ

後魏《ごぎ》のりそうといひし人。楊州《やうじう》といふ所にありし時。さるあがたのたみに。荀泰《じゆんたい》といふものあり。子ありけるが。此子をとしみつのころ。いづくともしらずうしなへり。其後趙奉伯《てうほうはく》といふものの家に子あり。これをみれば。まさしき我子なり。たがひに此子をあらそふて。両方《りやうはう》をのく〳〵しようこ有。いづれも此事ことはる事あたはず。りそうこれをきゝ給ひて。ふたりのちゝとその子とを。をのく〳〵別《べつ》にをきて。ある時此子。にわかにしにたるといふ事をぞつげさせけり。じゆんたいこれをきひて。かなしみにたえず。なきこがれたり。てうほうはくはこれをきひて。たゞなげきたることばばかりにて。心中にかなしむとも見えず。

つゐに此子をとりて。じゆんた」十ウ いにかへし。てうほうはくは。とがにおちにけり

黄覇《くわうは》叱レ姒《いさふあによめを》

前漢《ぜんかん》のくわうはと云し人。穎川《えいせん》といふ所に太守《たいしゆ》たりし時に。福《ふく》人あり。兄弟《きやうだい》おなじ家にすみけり。きやうだいのにようばう。ともにおなじくくわいにんせり。あによめの子は。たいないにて。そこねてしゝたり。此子のしゝたる事。ふかくかくしていふ事なし。おと〳〵よめおのこをうめり。あによめこれをうばひとりて。おのれが子とす。これをろんずる事三年に及《およ》べり。すでにくわうはにうつたえけり。

くわうは此子を人にいだかせて。庭中《ていちう》にをいてふたりの女房《にようばう》にうばはせけり。両方《りやうばう》ともにうばひけるが。あによめは。たけくいさみ」十一オ かゝりて。子のてあしもきるばかりにうばひける。弟《おとゝ》よめは。その子のてあしのそんぜん事を。かなしむと見えて。そのこゝろばへ。はなはだいたはれり。

くわうはのいはく。なんぢあによめ家財《かざい》をむさぼりて。此子をぬすまんとほつす。又子のてあしを。そこなはん事を

かなしむは。にはかにつくり出せる心にあらず。此事あきらかなりと。のたまひて。あによめをとがに落《おと》しける

欧陽《わうやうが》左《さ》手《しゆ》

欧陽曄《わうやうよう》といひし人。端州《たんしう》といふ所にありし時。桂陽《けいやう》のたみ。ふねをあらそふて。一人の人をうちころせりとて。人あまたとらへて。獄《ごく》にいれけれとも。此事久敷」十一ウ わからずして。本人しれざりけり。

ある時わうやう。めしうとを籠《ろう》より出して。食物《しよくもつ》をあたへて。くはせられしが。いづれもをの〳〵もとの籠へかへし。其中にて。一人の者をとゞめをかれけり。此とゞめられしおのこ。おもてのいろ。其ふぜいたゞならず見えけり。わうやうのいわく。人をころせし者は。なんぢなりとのたまふ。めしうとかく見しられしゆへは。何ゆへといふ事をしらず。

わうやうのいわく。われさきに食物をくふ者を見るに。みな右の手にてくひけり。なんぢひとりは。ひだりの手にて食をくらふ。今又ころされしものは。右のわきにきずあり。これをもつてみれば。なんぢがころせる事。うたがひなしとのたまへば。めしうと則」十二オ とがにふくしけり。

ていこく此事をろんじていわく。わうやうころされし人のみぎのわきに。きずのあるをあやしみて。めしうとにものくはせて。そのもちゆる所の手をうかゞひこゝろみければ。其中にひだりのきゝたるめしうとありて。ひだりにてめしくひけり。人おほき中に。みぎのわきをうつたるものは。則此者なり。これ人をうちころせしは。これをもつてしようことす。さてこそめしうと。みづからおちにけり。是と銭惟《せんい》済《さい》が。しゆるをわきまへし。てだてとおなじ事也。まことに心をつくして。うつたへをきく人にあらずは。何として如レ此。よくあきらめんや」十二ウ

惟済《いさいが》右臂《いうひ》

せんいさいといひし人。絳州《かうしう》にありし時。さる所のたみに。桑《くわ》をとるものあり。

ぬす人あり、来て此くわをうばひとりけれども。此もの桑《くわ》をあたへず。ぬす人みづから。をのれが右のひぢをきつて。うつたへていわく。此ものわれをころさんとせしが。さいわいにいのちをば。たすかりけりと申あげたり。官司《くわんし》いづれも。此事を能《よく》わきまへがたし。

せんいさいこれをきゝて・此きずつける人をめしよせ。食物《しよくもつ》をあたへてくらはせけり。ぬす人ひだりの手にて。はしをもちてめしくひけり。せんいさいこれを見て。ぬす人にむかつていわく。人にきられたるきずは。かみおもくしもかろし。今」十三オ なんぢがきずは。しもおもくかみかろし。是ひとつのしようこなり。其上なんぢひだりの手にて。右のてをみづからきりたり。なんぢいつはるべからずとの給へば・則とがにふくしてげり

ていこく此事をろんじていわく。そのきずの。しもおもくかみかろきをみて。みづからきりたるといふ事は。一定《ぢやう》たれども。其右のひぢにきずある事うたがはし。これによつて。その用《もちひ》たる手をうかゞひみんとおもひて。食物をあたへければ。左にてくらひけり。則左の手にて。みづから右のひぢをきりける事うたがひなし。此者人をしひたる事あきらかなり。いかゞとがにふくせざらんや」十三ウ

沈括《しんくわつ》　顙《うなつかしむ》レ喉《のどを》

内翰沈括《だいくわんしんくわつ》といひし人のいわく。木竹《きたけ》あるひは。ざうけのやうなる物にて。叫子《けうし》をつくりて。のどの中に入て。うなづかせければ。をのづから人の物いふごとくに。きこゆるといへる事あり。さる程にをしなどの。人になんぎをいひかけられたらんは。もつともあきらめがたき事おほかるべし。まことにかの叫子《けうし》をもつて。うなづかせんには。かならず十に一二の。たすけにもなりなん。人にしへたげられたらんも。あるひはことはる事あらんか

ていこく此事を評《ひやう》じていわく。狂人《きやうじん》はかならず。人是をゆるかせにす。をしなどのたぐひは。人かならず」十四オ いやしみすつ。かるがゆへにたとひ理ありといへども。ことはる事あたはず。是又あはれむべき事也。かるがゆ

へに此事をこゝにしるして。心をつくしうつたえをきかん人のために。ひろくしるせるものなり

南公《なんこう》塞《ふさぐ》レ鼻《はなを》

李《り》南公《なんこう》といひし人。河北《かほく》の獄官《ごくくわん》たりし時に。班行《はんかう》といふものあり。

此者とがをおかせり。是をせめとひけれども。つゐにはくじやうせず。此もの口をふさぎて。食物《しよくもつ》をくはざる事。百日あまりなり。つゐに一言《ごん》をもいわざるゆへに。人みな是をがうもんする事あたはず。いかゞせんとあんじわづらひける。

りなんこう此事をきひていわく。此ものにたちまちものくら」十四ウ はせん事。やすかるべしとて。此者を引出してとふていわく。たゞいま物をもつて。なんぢがはなをふさぐべし。それにてもなんぢ。つゐに食物《しよくもつ》をくらふまじきかととひければ。たちまちをのれと。とがにおちたりき。

おもふに此者。をのれがはないきの出入ばかりにて。いのちいくる事をする術人《じゆつにん》なり。たゞ今物にてはなをふさぐ時は。いきつまりてつうぜず。かるがゆへに此者。みづからおちたりき。是又ひろく事をきゝをきたる人にあらずは。いかゞしてかくのごとくなる事をしらんや

鄭克《ていこく》此事をろんじていわく。大かた人たるもの。人にあざむかれ。あるひはをびやかされては。かならず」十五オ心をうごかさざる者あらじ。孟子《もうじ》の心をうごかさずといへるは。気《き》をやしなふものゝわざなり。もし人とがある者あらば。いかゞ心をうごかさゞらんや。もうじのいひし事。かへつそうして。もちゆべき事あり。かるがゆへに人のこゝろばへを。をしきはむるに。かやうのてだてを用《もちひ》て。利《り》をうる事あり。陳表《ちんひやう》がざいにんの。てかせ。くびかせをときすてゝ。こと葉をやはらかにして。そのとがをとひおとせしは。是をあざむくといふもの也。只今なんこうが。はなをふさぎしは。これをびやかすといふもの也。いわゆる是をびやかすといふ事は。あながちに。がうもんがうしんの。きつきいためをこなは

ずして。たゞ」十五ウ かのとが人のいむ事を見出して。おそれしむるをいへり。故《かるがゆへ》になんこうが。はなをふさぐてだてもときとして。もちゆる事あるべし

程琳《ていりん》 烓竈《かいさう》

ていりんといひし人。開封府《かいほうふ》といふ所にありし時、禁中《きんちう》に失火《しつくわ》出来て。御てん二つやけたり

いづれも火を出したりしものどもを。たづねきわむるに。きさきがたのつぼねより。火出たりとて。ものぬひして。ゐたりつる女などを。あまたとりあつめて。とが人なりとてうつたえけり。

ていりんつく〴〵とき、給ひて。此女ども本人《ほんにん》にてあるべからずと。うたがはしくおもひて。又大工《だいく》にいひつけて。火のはじめてやけ」十六オ 出し所などを。くはしくうつさせてぞみられける。そのうへにようばうたちのありし所。人おほくして居所《きよしよ》せばし。かまどの火たきや。板《いた》かべちかくして。年久しくふすぼりかはける所なり。能〻《よく〳〵》かんがへ見るに。火の出し事は天災《てんさい》なり。人のとがにあらずといひて。つゐにそのめしうとをゆるされ。一人もしざいにあふものなかりけり

ていこく此事をろんじていわく。ていりん火の出し所をうつさせて。かすめられし女の。本人にあらざる事をわきまへたり。火後宮《こうきう》より出て。人おほく居所《きよしよ》せばし。こゝにをいてたづねきはめんとほつせば。かならずみだりに。ざいくわにあへる者ある」十六ウ べし。是又正直《しやうぢき》の道にあらず。かるがゆへに是ほとんど。天道《てんたう》しぜんのさいなんなり。人をつみすべからずといひて。かのとらはれ人をゆるせり。かくのごとくなる時は。天下に寃死《えんし》のものなし

強至油《きやうしがゆ》 幕《まく》

きやうしといひし人。開封府《かいほうふ》といひし所の。倉曽参軍《さうそうさんぐん》の官《くわん》たりし時に。禁中《きんちう》にゆまくをつみをきける所より。失火《しつくわ》出来てこと〴〵くやけたり。ゆまくのばんに。をきける

ものどもをとらへて。一〳〵しざいにあふべきにさだまれり。きやうしめしうとの申所をきひて。火の出る所をうたがはしくおもへり。是によつて。ゆまくをつくれる。さいくにんをめしよせて。此事」十七オ をぞたづねける。さいく人のいわく。ゆまくをつくるに。さま〳〵薬《くすり》を油《あぶら》にねりまぜてつくれり。此ゆへにゆまくをおほくつみ置事久しくして。湿気《しつけ》をうる時はをのづからやけ出る物なりと申。きやうしきひて・則天子《てんし》へそうもん申されければ。仁宗《じんそう》くわうていのたまはく。このごろ真宗《しんそう》くわうていの御びやうより。火の出けるも。ゆまくのうちよりおこれり。其事もまさしく是ににたりと。のたまひて。則はじめとらはれしばんのものども。つゐにしざいをばゆるされ侍りき。

ていこく此事を評《ひやう》じていわく。むかし晋《しん》の武庫《ぶこ》に。火出来たりしを。張華《ちやうくわ》といひし人。此くらにゆまく一万疋《びき》ほどつみをけり。火は是よりおこれりと」十七ウ おもへり。只今の火もあぶらのうちより。をのづからやけ出たり。人のいだせる事にあらず。たゞまぼるもののとがとては。つね〴〵につゝしまざるばかりなり。もし此もの共を。失火《しつくわ》のとがにをこなはゞ。則冤死《ゑんし》ならずや。

妾吏《せうり》酖《ちんす》レ宋《そうを》

范純仁《はんじゆんじん》といひし人。河中府《かちうふ》といふ所にありし時。宋儋年《そうたんねん》と申せし人あり。ある時客人《きやくじん》と参会して・はなしやみてのち。心中《しんぢう》わづらはしといひて。やがて今宵《こよひ》にはかに。身まかりてげり。此事はそうたんねんが。こしもとづかひのをんなと。めしつかひのおとことが。しわざなりと見えたり。はんじゆんじん。此事」十八オ をきひて。そうたんねんがしにやう。道理《だうり》にあたらずとおもひて。まづ此者をめしとりてげり。

さてそうたんねんが子。ひつきをもつてかへるにあへり。文をつかはして。其死人《しにん》のかばねをこゝろみけるに。九竅《けう》よりちながれ。ひとみかれ。したたゞれ。一身《しん》みなどくにあたりたる人のごとし。

めしうとをめし出し。がうもんしければ。めしうとのいわく。どくもつを鼈肉《べつにく》といふ。さかなの中に入たりと申。はんじゆんじんのいわく。べつにくは。座中《ざちう》各〻くひし食物なり。どくにあたりたるもの。いかゞして其座をおはる事あらんや。なんぢがいふ所。かならずしんじつにて。あるべからずといひて。又かさねてがうもんせられければ。則」十八ウ いわく。きやくじんをの〳〵かへり。酔《ゑひ》てかへられし時。さかづきの中に入て。ころしたりとぞはくじやういたしけり。

めしうとどくのかひやうを。いつはりけるは。そうたんねん。もとよりべつをすかずして。そのうへ客人《きやくじん》おほく。べつをくひけり。のちにてん〴〵して。わがしざいを。のがれんといふ。はかり事をめぐらせしものなり

ていこく此事をろんじていわく、をよそよくかだましき者を。あきらむる事は。かならずよくそのもの〻。こゝろねをしきはむべし。もしその心ねを。きはめ得ざるときは。かならずてん〴〵して。かだましき者。はかり事をしとぐる事あり。をし」十九オ あきらめん事は。かならず心をつくすべし。そりやくにする事なかれ。かるがゆへに。かんの厳延年《がんゑんねん》が。うつたへをきくに。めやすくわしからざれば。さだむる事なし。はんじゆんじんがごとくなる酷吏《こくり》は。いふにたらずといへども。かくのごとくなる事は。又すつべからざる者歟《か》

玉素《ぎよくそ》毒《どくす》レ郭《くわくを》

唐《たう》の代《よ》に。郭正一《くわくせい》といひし人。平壌《へいじやう》といふ所をやぶりし時に。ひとりのかうらいをんなを得たり。その名をぎよくそとぞ申ける。此おんなきわめて。みめかたちいつくしかりけり。くわくせい一。此をんなに。ざいほうのくらをあづけしかば。きん〴〵をいたし」十九ウ いるゝ事。みな此おんなのまゝなり。

ある夜くわくせい一。粥《かゆ》をくらふべしとて。ぎよくそにかゆをぞにさせられける。ぎよくそ此かゆに。どくを入てすゝめしかば。つゐにくわくせい一。其身まかりてげり。

のちにきん〳〵ざいほうをもとむるに。なく成にけり。此女もゆくすへなくうせたり。

是によつて事のしさいを。天子《てんし》にそうもん申たりければ。長安《ちやうあん》の所司代《しよしだい》。石良《せきりやう》といひし人に勅定《ちよくぢやう》ありて。ぬす人をとらへさせられけるに。せきりやうがうちに。魏《ぎ》昶《ちやう》といふもの有。小人《しやうじん》なりといへども。はかり事に長《ちやう》じたりし者なるが。此ぬす人をとらへ出さんとて。まづくわくせい一が家に」二十オ ありし。おさなきもの三人をとらへて。かしらをつゝみ。人に見しられぬやうにこしらへて。こゝかしこ。ぬす人をたづねありかせけり。

又くわくせい一が家のさふらひ。四人をしばりて。とふていわく。此十日のうちに。何者にても。くわくせい一の家にきたりて。ことゝふ者ありつるかとぞとふたりける。さふらひこたへていわく。他国《たこく》よりとり物にしてきたりし。かうらい者と見えしが。文をくわくせい一が。馬取《むまとり》におこしけると申。則此馬やの者をとらへて。とひきはめければ。馬やのものゝいわく。金城坊《きんせいばう》といふ所に。ひとつのあき家ありとばかりいひて。さらに別《べつ》の事をばいわざりけり。せきりやう是をきゝ。則かの所にゆきて。是を」二十ウ もとむるに。あんのごとくあき家有。戸《と》をとぢ、かどをふさぎける事。はなはだきびしかりけるを。打ひらき見てげれば。かのぎよくそと。かのかうらい者と・二人ともに此中にぞゐたりける。是かの馬取と。かうらい者と同心して。此をんなをかくしをきける者なり。

みことのりをうけて。各〻とがにんをぞきりにける

ていこくがろんにいわく。ぎちやう。くわくせい一が家のわらんべ。三人をとらへて。かしらつゝみけるは。たばかりをもつて。かの女をとらんとす。又さふらひ四人をしばりしは。十日よりうちに。きたりし者をとひ出して。其あとをとめて。をんなをとらんとす。此てだて二つながらもちゆといへども。たばかり」二十一オ は。事の用にたゝずして。あとをとむるただてにて。盗人をもとめ出せり。たとへばとりのかゝりたるは。あみのめひとつにかゝりけれども。めの一つあるあみにては。鳥をと

る事あたはざるにおなじ。ぎちやうは。小人《しやうじん》たりといへども。かくのごときは。よく盗人をとらへたりといひつべし。かの蘇無名《そぶめい》。董行成《とうかうせい》など。いひし人のたぐひなり

彦超《げんてう》　虚《いつはる》レ　盗《ぬすびとを》

五代《だいの》時漢《かん》のげんてうといひし人。鄆《うん》といふ所にくらをたて。代官《だいくわん》をゝき。しち物とりて。ぜにをかしけるに。かだましき者ありて。にせがねをもちきたりて。れうそく百くわんもん。かりてぞかへりける」二十一ウ　やゝ久しくして。是みなにせがねなる事をさとれり。げんてう此事をきひて。ひそかに代官にをしへけるは。夜のまにくらのかきかべをきりやぶり。中なるざいほうを他所《たしよ》にかくし置《をき》。こよひぬす人ありて。ざいほうしち物など。ぬすまれたりとひろうさせける。

さてげんてういちまちにふだをたて。此夜《こよひ》入たるぬす人を。なにとなくたづねとらへさせけるに。とりをきし。しちもつおほきゆへに。をの〳〵しちぬしきたりて。それがしは何やうの物を。しち物にをきたり。たれがしはいかやうの物なりなどいひて。しちぬしのきたる事。其かずをしらず。其中にかのにせがねをきたるものきたれり。則とらへてげれば。とがにふくしける」二十二オ

ていこく此事をろんずるに。かやうのてだてにいつわれども。ぬす人の出ざる事あるは。いかんとなれば。あるひはぬす人他所にゆき。又はぬす人其いつはりなりといふ事をさとればなり。此ゆへにかやうのいつはりをもつて盗人《ぬすひと》をもとむる事は。いかにもきびしくはやきをほんとす。まことにへいほうのてのごとし

道譲《たうじやう》　詐《いつはる》レ　囚《とらはれを》

後魏《ごぎ》の高謙之《かうけんし》字は道譲といひし人。河陰《かゐん》といふ所にありし時。さる者ふくろに石かはらのたぐひを入て。いつはりてかねのごとくして。馬市《むまいち》に出て。人の馬をかひとり、人おほきまぎれににげはしり。つゐにその」二十二ウ　者を見うしなふ。を

のく＼人を出し。此ぬす人をたづねけり。かうけんし。一人のめしうとをつくり。くびかせを入て。馬市の場中《ばなか》へ引出し。此者にせがねをもつて。馬かひし盗人なりとふれて。すでにこれをきらんとす。ひそかに人をもつて。市中《いちぢう》の人をうかゞはせければ。こゝに一人ありて。いかにもよろこばしげなるけしきにていふやう。又うれふべき事なしなど、申。つゐに此ものをとらへて。せめとひければ。こと〴〵く其どうるいをとらへ得たり

ていこくがいわく。盗人をいつはるてだてと。かだましきものを。さぐるてだてと同じ

孫甫《そんほ》 舂《うすづく》レ粟《あわを》」二十三オ

そんほといひし人。華州《くわしう》といふ所にありし時。おさめの御倉米《くらまい》。ことの外あしかりけり。倉奉行《くらぶぎやう》わきまへになるべき事。れうそく数《す》百貫もんにおよぶ。是によつて。転運使李《てんうんしり》紘《くわう》といふ人。倉《くら》ぶぎやうをとらへ孫甫《そんほ》にあづけ。其ざいくわをぞたゞしける。そんほすなはち。心みに此米をつかせて見られければ。たとへば十分《ぶん》にふたつほど。すたるべきもの有。かさねてこれをこゝろみければ。又はじめのごとし。くら奉行つゐになはをゆるされ。わづかにぜにをおふ事。数十貫もんなり。りくわう。そんほが厳明《げんめい》なる事をほめたりき

ていこく此事をろんじていわく。世間にげんめいといふ」二十三ウは。からくひとをいたむるをもつて。げんめいなりといへり。まつたくその義理《ぎり》にあらず。たゞ事の道理《だうり》にしたがひ。物の心ばへをあきらかに見そなはすをもつて。げんめいとは申べし。まことに事の理をもつていへば。倉の米たとひあしくとも。こと〴〵くにすつべきにあらず。又ものゝ心ばへをもつていへば。数百貫もんのおひぜに。いかゞして何をもつてかわきまへんや。そんほ一斗の米を取て・うすづかせて見るに。すつべきもの。十にし其一二なり。是によつてわきまふべきぜに。わづか数十貫文のみ。則倉ぶぎやうは。おもきおひめをゆるされ。上《かみ》にも旧米《ひねごめ》をたもつ事を得たり。是」二十四オ

りにしたがひ。情《こゝろばへ》をあきらめししるしなり。是又げんめいといわざるべけんや

許元焚《きよげんやく》レ舟《ふねを》

きよげんといひし人。発運《はつうん》の判官《はんぐわん》たりし時に。官舟《くわんしう》のおほくそんじける事を。いかゞせんとうれへけれども。もとよりくぎかなもののかずは。ふねの板《いた》の中《なか》。木の中にかくれてある物なるゆへに。かぞへはかる事あたはず。かるがゆへにせんどう。そのほか 姦《かだまし》き事をする事あり。ある時きよげん。しんざうのふね一そうをとつて。火をつけやきくづして。くぎかなものをはかり見るに。そんじたるものは。わづかに。十分《ぶん》が一なり。是よりふね一そうにつき。かなもの十分一の」二十四ウ はそんをかけて。さだめられけり。

ていこく此事をろんじていわく。きよげん。はそんのとがをたゞさずして。十分一をさだめたり。さもありぬべし。

しかれども又刘晏《りうあん》が心にはちがひたり・蘇軾《そしよく》がいわく。りうあんといひし人。江淮《こうわい》といふ所の発運使《はつうんし》たりし時。楊州《やうじう》といふ所にて舟をつくらせけるが。千石舟《ごくぶね》一そうにつき。ぜに千貫もんのつゐゑなりと定《さだ》めたり。その実《じつ》は五百貫もんもいらざりけり。ある人そのつゐゑのおほき事をそしれり。りうあんがいわく。大国《たいこく》は 小道《しやうたう》をもつておさむべからず。およそはじめてふねつくる時に。久しき時はかならず。はそんのつ」二十五オ いゑある事をかんがふべし。そのうへ船中《せんちう》の用一つにあらず。定《さだ》まりの外に。をの〱わたくしの衣食《いしよく》をつむ時は。かならずわたくしの用所《ようじよ》もとゝのひ。又運送《うんそう》の 官物《くわんもつ》をそんずる事なし。又是によつて。ふなつきの者どもも。とみにぎはひて。五十余年《よねん》まで。うんそうのたよりじゆうなりしを。咸通《かんとう》のねんがうの比より。呉堯卿《ごぎやうけい》といひし者。はじめてつみのする所の物を。一ゝてんげんして。一物《もつ》ものこさず。あたひを定《さだ》め取たりければ。是よりふなつきやぶれて。うんそうの自由《じゆう》もかなはざりけり。

りうあんがいひし事。まことに道理《だうり》にかなへり。きよげんがくぎかなもの丶。はそん」二十五ウ のくわせんをさだめたりしは。かのごぎやうけいがたぐひ也。さいわいにして。事のやぶれにはならざりしかども。かくのごとくなるげんめいは。世俗《せぞく》のほこる所にして。君子《くんし》のいやしむ所なり。のちの世の法《ほう》とする事なかれ

宗元《そうげん》守《まもる》レ辜《つみを》

馬《ば》宗元《そうげん》といひし人。いまだ年わかかりし時。そのち丶馬麟《ばりん》といひし人。ひとをうつてとらへられたり。そのうちにうたれる人しにけり。

すでにばりんは。人をころしたりしとがに。おとされんとせし時に。子のばそうげん申けるは。其人をうつ時の時刻《じこく》をかんがふるに。かぎりのほかに。四刻すぎたりといひて。ぶぎやう」二十六オ 所《しよ》へうつたえ申ければ。則ち丶のつみをゆるされたり。是によつて天下に名をしられたり

ていこく論《ろん》じていわく。人をうちしつみのかぎりは。かならず日をはかる。日をはかるとは。一日一夜の分《ぶん》。百刻《こく》をもつてかぎりとす。人にうたれたる人。此かぎりの外にしぬる時は。則うちころすのとがにをこなはずして。人をうつのとがにおこなふべし。かぎりのほかに出たる事。たゞ四刻《こく》なりといへども。法度《はつと》をこなふ人は。かならず如レ此あるべし。其子如レ此うつたへずとも。しざいをゆるし。人をうちやぶりたるとがにおとすべし。心をつくしてき丶わけずんば。みだりなる事あるべし」二十六ウ

魏《ぎ》濤《たう》証《あらはす》レ死《しを》

ぎたうといひし人。沂州《きしう》の永県《えいけん》といふ所にありし時に。両人た丶かふてきずをかうふれり。をの〳〵しせざるゆへに。たがひにかんにんすべしとてかへしけり。とかくして。一人のきづつくものしにけり。ぎたう其もの丶しにける子細《しさい》を。とひきはめけれ共。つゐに其子細をしりがたし。さるによつてかのしにけるもの丶子《こ》。ほん奉行所にうつたえければ。是をき丶給ひて・ぎたうは道理《だうり》にくらかりける

とぞ。いかられけり。ぎたう是をきひてなげひていわく。官《くわん》をばうばふべし。一人のとらはれ人は。ころすべからずと申ける。

其後かのしにけるものゝしさいあらはれけり。則そのゆふべわが」二十七オ屋にかへるとて。馬にのりけるが。門《もん》に入ときに。落馬《らくば》してしにけると申。其しようこ隣家《りんか》に有て。実正《じつしやう》めいはくなりければ。其人をしひける事。をのづからあらはれたり

ていこく此事をろんじていわく。是しにけるものゝ子。我おやの人とたゝかふたるゆへをもつて。そのあたをほうぜんために。無実《むじつ》を申かけたり。それたがひにたゝかひて。たがひにそのきず。はなはだしからざるゆへに。たがひにかんにんすべしとわけたり。是則いづれも。とがにおとすべきにあらず。いま又一はうきずつくゆへにしぬ。そのうへかぎりのうちにしにけり。しかれどももし又別《べつ》の子細ありて。」二十七ウしゝたらんものは。そのあひてをば。たゞ人をやぶりたるとがにおとすべし。人をころしたるとがにはあらず。しかるにかの者落馬《らくば》してしにき。是則別《べつ》の事なり。あひてのとがにかくる事なかれ。ぎたうといひし人。よくその信実《しんじつ》をもとめ得たればこそ。人をしひる者をばあきらめけれ。ぎたうはよく心をつくしたる人なりと。いふべきなり

桑懌《さうゑき》閉《とづ》レ柵《さくを》

さうゑきといひし人。永安《ゑいあん》といふ所にありし時。明道《めいだう》といふ。ねんがうの比の事なるに。その年いなむしといふ物いで来て。でんばくあしかりければ。人みな飢《うへ》けり。かゝるおりしも。ぬす人廿三人ありて。万民《ばんみん》のわづ」二十八オらひとなれり。かゝりしかば。さうゑきをめして。ぬす人の名《な》をしるしつけて。これをとらへさせられける。

さうゑき申けるは。われかの所にいたりなば。ぬす人わが名をしりて。かならずにげさるべしといひて。かの所にいたりて。まづ門戸《もんこ》をとぢて。手の者一人もいださす。いかにもつたなきていにぞ見せたりける。人みなわれ出て。ぬ

す人をとらふべしなど申けれども。ゆるす事なし。則夜《よる》ひそかに人四五人つれて。みなぬす人のきるものをき。たうぐその外。みなぬす人のていにゝせて。ひそかにぬす人のつねにゆく所をたづねて。ある家にゆきいたりければ。老《らう》少男女《しやうなんによ》是を見て。みなにげさりけり。其内に只ひとり。年おひくゞまり」二十八ウ たるうば一人ありて。食物をとゝのへ。此ものどもにちそうする事。中〻いふに及《およ》ばず。いつもきたれる。ほんぬす人どもに。ちそうするがごとし。さてさうゐきわがやにかへりて。又もとのごとくにして。人をも出《いだ》さず。われも出ずして。三日ほどして。又さけさかな。さま〲のしたゝめをもたせ。かのうばが所にゆき。をの〲是をしよくして。あまりたるものは。みなうばにぞとらせける。うばおもひけるは。是まことのぬす人なりけりとて。いよ〲心ゆるし。まかり出て。さま〲の事共物がたりしけるが。つゐにほんぬす人の事共。ありのまゝにかたり出して申けるは。此ごろさうゐきどのとやらん申奉行。此所にきたりたりとて。をの〲」二十九オ にげさりけるが。よく〲うけたまはれば。門戸《もんこ》をとぢて。いづかたへもいでられざりけりとて。又こゝかしこよりかへりあつまれり。そんりやうそれがしは。いづくにあり。それはかしこにゐるなどゝ。うちとけがほにぞかたりける。さうゐき此事をきゝすまして。又わがやにかへり。のち三日ありて。又うばがもとにいたり。われこそかのさうゐきどのよ。ぬす人のあり所。一〻のこさずしらすべし。此事もらすべからずといひて。をの〲てわけして。こと〲くにぬす人をとらへ得たり

ていこく此事を評《ひやう》じていわく。さうゐきまづさくをとぢて。ぬす人をたばかりて。にげかくるゝ事なからしむ。則うばにつゐて盗人をたづねて。うばに」二十九ウ さとられず。さてこそ盗人一〻にとらへける。是みな兵法《ひやうほう》なり。

後漢《ごかん》の虞詡《ぐく》といひし人。朝歌《てうか》といふ所にありし時に。盗人あり。甯季《ねいき》などいふものを大将《たいしやう》として。ぬす人のかず数千《すせん》人あり。あるひは所の奉行代官《ぶぎやうだいくわん》などいふ者をば。

せめころし。人数《にんじゆ》をあつめ。こゝかしこにはいくわいして。人のわざわいをなす事。年月《としつき》におよべり。人みなせんかたなくして。いかゞせんとあんじわづらふ所に。ぐく他所《たしよ》に出てゆき。ぬす人をあざむきたばかりて。伏兵《ふくへい》とてつはものをかくしをき。大半《たいはん》是をころしけり。又民《たみ》のまどしきもの、中に。よく物ぬふ女などをやとひ。こゝかしこにをきて。ぬす人の」三十オ きるものをぬはせけるが。いかにもほそきいとをもつて。きる物のすそなどに。ぬひじるしをさせけり。ぬす人此事ゆめにもしらざりしかば。此きるものをきてありく者をば。一ゝにとらへてざいくわにをこなふ。人みなふしぎのおもひをなして申やう。ぐくはまことに神明《しんめい》なるべし。あらふしぎの人かなと申あへり。是も又兵法《ひやうほう》なり。それ盗人をもとむるてだてはさま〲おほし。かるがゆへにこゝにしるして。のちの人のかんがへにそなふるもの也

蘇《そ》秦徇《しんとなふ》レ市《ゐちに》

戦国《せんごく》の時。そしんといひし人。斉《せい》のくにゝつかへてゐけり。せいのくにのしよさふらひ。是といせいをあらそ」三十ウ ひけるが。ある時人をやとひ。此そしんをひそかにころさせけり。ころせし時とゞめをやさゝざりけん。しにもきらざりけるが。則かのころせしものを。たづねもとめけれども。つゐに得ざりけり。

そしんはいたでなりければ。すでにいまをかぎりの時に。斉王《せいわう》にひそかに申上けるは。それがし身まかりてのちは。かならずそれがしを。くるまざきにして。市町《いちまち》を引わたし。そしんこそ。燕《ゑん》のくにゝたのまれて。此国をみださんとの。はかり事をせしむほん人なり。只今此事あらはれたりと。ふれまはるほどならば。さだめてほんにんいづべし。いでたらば。かたきをとりてたび給へと。申ことばをさいごとして。つゐにむなしくなりたり。

せいわうふ」三十一オ びんにおぼしめし。そしんが申せしごとくにめされしかば。かのころせし本人《ほんにん》出たりけり

任城《じんせい》示《しめす》レ靴《くつを》

任城《じんせい》の王諧《わうかい》といひし人。幷州《へいじう》にありし時に。ひとりのをんな川水《かはみづ》に入て。きる物をあらひけるが。いづくよりかきたりけん。馬にのりたる人一人きたりて。その女のぬぎをきたる。あたらしきくつをはきかへ。をのれがふるぐつをば。ぬぎすてゝぞゆきける。此者馬にのり。かけちらしてゆきければ。とゞむるにおよばず。女此ふるぐつをもちて。しかく〳〵の次第なりとうつたえ申ける。

わうかい其在所中《ざいしよちう》のうばどもをあつめて。此くつをいだして。たばかりて申けるは。今日のなん」三十一ゥどきに。馬にのりける者。一人ぬす人にころされけるが。此くつをはきしおのこなり。此うちにたれにても。しんるいとてはなきか。ふびんの事なりなどゝいひきかせければ。一人のうばすゝみ出て。むねをうつてなひていわく。わが子きのふ此くつをはきて。しうとのもとへゆきけるが。さては人にころされ侍りけるかと。なきかなしむ事かぎりなし。則此うばをとらへて此者を得たり

ていこくがいわく。わうかいがふるぐつをとゞめしは。あとを以てぬす人をもとめんため也。うばどもをたばかりけるは。いつはりを以てぬす人を取しもの也。是と王《わう》湫《ゆう》が牛《うし》のかはをかひし事とにたり。う」三十二ォば共をよびよせけるは。此時大乱《たいらん》ののちなるゆへに。幷州《へいじう》の居民《きよみん》。いくばくもあらず。人すくなきゆへに。こと〴〵く人民《じんみん》をよびあつむるとも。事わづらはしからず。所ひろく人民おほくは。岐州《きしう》の楊津《やうしん》が。ごとくにしてしかるべし。をの〳〵事にしたがふて。よろしくすべし

楊津《やうしん》獲《う》レ絹《きぬを》

周《しう》のやうしんといひし人。岐州《きじう》といひし所にありし時に。ある人きぬ三百疋《ひき》をつゝみて。周《しう》の都《みやこ》をさる事十里にして。ぬす人にとられけり。おりしも他所よりの使者《ししや》馬にのりて。其所をはせとをりけるに。ぬす人にとられし人。かくのごとくの次第《しだい》ねんごろにかたりて。」三十二ゥひらにたの

むべきよし申ける。使者《ししや》きしうのみやこに入て。しか〱のやうすを申上る。
やうしんこれをきひて。時刻《じこく》をうつさず。一在所中《ざいしよちう》をふれさせけるは。何ものとはしらず。何いろのきるものをき。いかやうなる馬にのり。是より十りいづくのかたにてころされたり。その名をしらず。もししる人あらば。そのしがいをとりをくべしと。ふれさせければ。一人のとしよりたる女。なく〱出て申けるは。それは則わが子なりと申。是をとらへて。ぬす人ならびに絹《きぬ》をの〱得たり
鄭克《ていこく》ろんじていわく。是と王諧《わうかい》がふるぐつをとゞめて。うばどもをあざむきし。てだてとおなじ。かれはくつをもつてあとをもとめ。これは。きる物と馬」三十三オ とのいろをもつてあとゝす。みないつはりをもつてとりしもの也。すこしことなる所は。かれは実《まこと》に。くつを得てあとをもとゝして。又いつはりをかねたり。此はむなしく。きるものと馬との色をもつて。いつはりをもとゝして。又あとをしめす事をかねたり

李《り》傑《けつ》買《かふ》レ棺《くわんを》

唐《たう》のりけつといひし人。河南《かなん》といふ所にありし時。ひとりのやもめあり。わが子の不孝《かう》なりといふをもつて。うつたえ申ける。

其子をめしよせ。事の子細《しさい》をたづね申されば。子別《べつ》にことはる事もなく。たゞ母《はゝ》の儀にそむきしとがにんなり。たとひころされ侍るとも。子として何事をか。ことはり侍らんやと申。

りけつ此よし」三十三ウ きゝ給ひて。定而《さだめて》ふかうのとがにて。あるべからずとさとり。やもめにむかひてのたまひけるは。なんぢ十年此かたやもめとなり。一人の子をそだて。今子のとがありとてころさせたらんは。けふよりのちに。くやしかるまじきかととひ給ふ。

やもめこたへて申けるは。此子はゝにふかうなり。すこしもたのもしげなし。しぬといふとも。なにしにおしみ申べしと申。

りけつがいわく。なんぢ其儀にてあるならば。たゞ今こゝにをいてきつて出すべし。くわんをもとめ来りて。しがいをとりをくべし。とく〳〵ゆきて。くわんをもちきたれとて。則やもめをかへされけり。

さてあとより人をつけ。女にしらせぬやうにして。其ありさまをみせけれ」三十四オば。此やもめ一人の道士《だうし》にあひて。かたりけるは。則本望《ほんもう》をばとげたり。事おはんぬといひて。にはかにくわんをもちてきたれり。

りけつ又やもめにむかひていひけるは。なんぢ此子をころさば。かならず後悔《こうくわい》すべし。能〻《よく〳〵》分別《ぶんべつ》をおちつけよと。三度四たびまで。しひて申けれ共。やもめかたくはじめのごとく申。

此時かのやもめに物がたりしける道士《だうし》、もんぐわいに立たり。ひそかにこれをとらへて。がうもんしければ。ふた事ともなく。はくじやうしけるが。それがしかのやもめと内心をかよはしけれども。かの子一人あるゆへに其事とげず。それがしとやもめと。はかり事をめぐらし。此子をのぞかんとせし事のやう。一〻におちたりけり。則やもめと道士《だうし》と・」三十四ウ二人うちころして。かのもとめてきたりしくわんに入てすてけり

重栄咄《てうゑいとつす》レ箭《やを》

晋《しん》の安重栄《あんてうゑい》といひし人。常山《ぢやうさん》といふ所にありし時。夫婦《ふうふ》ともにきたりて。其子の不孝《ふかう》なりといふを以てうつたえ申ける。

てうゑいこれをきひて。その子をめしよせ。もつての外にいかり。なんぢきけ。およそくびをきるとが三千あり。其中にふかうを第一とす。なんぢ是にてじがいすべしとて。かたなをぬひて出し給ふ。そのちゝ是をみて。きうていこがれ。なきかなしみけり。そのはゝ是を見て。のろひとこふて。かたなをとり。とく〳〵じがいすべしとて。まことにおそろしげにぞ」三十五オせめはたりける。てうゑい是をみて。能〻とへば。まゝはゝなりと申。此をんなをひつたて。出しさまに。うしろよりゆみをもつて。たゞひとやに

ぞ。いころされける。見る人きくもの。さてもきのうまき事かなといへり。是によつててうゐいは。強明《きようめい》の政《まつりこと》をおこなへりと申きていこく此事をろんじていわく。いまのみならず。いにしへにも。まゝはゝのまゝ子をにくみし事。又すでにおほし。能〻きゝとゞけて。左様の事ならんは。きびしくまゝはゝをいましめて。重而《かさねて》まゝ子をねたまんは。かならずざいくわに。をこなふべしなどいふべし。なんぞかならずしも此者をいころして。非《ひ》法《ほう》をくわへんや。いにしへのひじりのふみにも。をし」三十五ウへずしてころす。これをぎやくといふとこそかゝれしに。あんてうゐいがごとくなるさたにんは。いふにたらすといへども。もとより此事をかきのせたり。かるがゆへにすてずして。今こゝにことはれり

蘇《そ》請《こふ》二祔《ふ》柩《きうを》一

蘇《そ》寀《さい》といひし人。大理《り》寺《じ》といふ所にありし時に。ちゝしゝて。はゝ他《た》所によめ入せしが。その所にてしにけり。はじめの家の子。その母《はゝ》の柩《ひつき》をぬすんで。わがちゝをはうふりし所へ。あはせはうふりけり。そのとが死罪《しざい》にさだむべしといへり。

そさいひとり申されけるは。子はゝの柩をぬすんで。ちゝのつかにいるゝは。人のつかをほりくづし。たからをぬすむ者とは。おなじとがに」三十六オおこなふべからずといひて。則しざいをゆるされ侍りき

ていこくがいわく。侯瑾《こうきん》といひし人。陝西《せんせい》といふ所の。刑獄《けいごく》をつかさどりし時に。河中《かちう》といふ所にたみ有。ちゝ死《し》して母《はゝ》あらため嫁《か》する事。十年あまりして又死《し》にけり。すなはちかのつかをほりおこし。其くわんをとりて。ちゝのつかにあはせはうふりけり。其とがしざいにあたれり。しかれ共こうきん死罪《しざい》をなだめて。かろきにしたがふ。是則そさいが例《れい》にしたがふもの也。けだし是は。

母《はゝ》とのちの夫《おつと》と。同穴《おなじあな》にはうふれり。しかるをつかをひらきその柩《ひつき》をとる。かるがゆへに人のつかをおびやかし。人の」三十六ウ かばねをあらはす法《ほう》をもつて。これをろんじて。わづかに死罪《しざい》をなだめらるゝ事を得たり。張唐卿《ちやうたうけい》といひし人。陝西《せんせい》にありし時。あるたみ。そのはゝ又よめ入して。その所にてしぬるもの有。父《ちゝ》をはうふりし時に。其はゝおなじくあひあつまる事を得ざる事をうらみて。則かの喪《も》をぬすんで。わがちゝとおなじくはうふれり。此者をとらへ。法度《はつと》のごとくをこなふべしと申けるを。ちやうたうけいがいわく。此者の心は。おやに孝《かう》をつくす事をしりて。法《ほう》ある事をしらざりけりとて。つゐに是をゆるしてげり。是はそさいが。しざいをゆるせしとはことなり。けだしのちのおつと。なをありて。母《はゝ》しゝていまだはう」三十七オ ふらず。しかるをその喪《も》をぬすんでかへる。つかをひらき。くわんをぬすむにあらざれば。法《ほう》又かろし。是をゆるすといふとも。くるしかるまじきか

賈《か》廃《はい》二追《すつい》服《ふくを》一

賈黯《かあん》といひし人。内銓《だいせん》の官《くわん》にてありし時に。益州《えきじう》の推官《すいくわん》に。桑沢《さうたく》といふものあり。此人蜀《しよく》といふ所に居《ゐ》て。三年まで其ちゝの死《し》ける事をしらず。蜀のぶぎやうを。他《た》人にわたしてかへり。はじめて父《ちゝ》の喪《も》をおこなひしが。すでに其もをのぞひて。又もとのぶぎやうをぞもとめける。かあん是をきひていわく。さうたくがふかうなる事。ちゝとゐんしんをつうぜさる事。三年におよべり。たとひちゝの喪《も》を。かくすにあらずとも。」三十七ウ かう〳〵といふべからずとて。つゐにつみせられて。田夫《でんぶ》となされけるとなん

ていこくがいわく。かあんがさうたくをつみせる事は。まことにぶんふかきものゝごとし。けだし父子《ふし》のあひだ。子たるものゝ道をつくし。名教《めいかう》を厳《げん》にすべきがゆへ也。是則春秋《しゆんじう》の誅意《ちうい》ならし

（二行空白）

棠陰比事物語巻第一終

（三行空白）」三十八オ

（空　白）」三十八ウ

棠陰比事《たうゐんひじ》 巻《くわん》第《だい》二目録《もくろく》

」目録一オ

宗裔《そうゑい》巻《まき》レ紬《つむぎを》

高防《かうほう》　校《かんがふ》レ布《ぬのを》

（二行空白）」目録一ウ

棠陰比《たうゐんひ》事《じ》物語《ものがたり》巻第《くわんだい》二

子《し》産《さん》知《しる》レ姦《かんを》

鄭《てい》のしさんと申せし人は。婦人《ふじん》のなくものをとらへて。是をせめとひければ。はたしてみづからおつとをころせしもの也。

ある人しさんにとふていわく。いかんしてか。能《よく》如レ此見しりけるぞとたづねければ。しさんこたへていわく。それ人は。したしきもの丶やめるときは。かならずうれふ。やうやくしなんとする時はおそる。すでにしぬればかなしむ。しかるに今此おんな。其おつとすでにし丶けり。其なくこゑかなしまずして。おそる丶けしきあり。是をもつて。此女かだましきもの也と。しれりとぞこたへける」一オ

荘遵《さうしゆん》疑《うたがふ》レ哭《こくを》

さうしゆんと申せし人。楊州《やうじう》にありし時。ある時里のまは

りを。とをりゆきけるに。人のなくこゑあり。其こゑをきくに。おそれてかなしまず。さうしゆん車をとゞめさせて。事のやうをたづねけるに。なくおんなこたへていわく。わがおつと火にやけしにけりと申。

さうしゆんきひて是をうたがふ。則そのしがいに。番《ばん》をそへてをきけるに。しがいのかうべに。蠅《はい》共おほくあつまりむらがれり。ばんのもの。蠅《はい》のたかりける所を。かみをわけて能〻見れば。くろがねのくぎを以て。みゝのあたりへ。したゝかにうち入てころせしもの也。

これによつて此女ふた心ありて。おつとをころせしもの也とはし」一ウられけり。則がうもんに及《およん》で。つみに伏《ふく》す

ていこくがいわく。是その事は異《こと》なりといへども。理《り》は則ことなる事なし。鄭《てい》の子産《しさん》がいひし所をもつて。此事をしれり。一言《ごん》理にあたりたることは。いつまでも用《もちゆ》るにしるしあり。天下をおさめん人は。かならず古語《こご》を用《もちい》て。心をつくすべし

思競《しけう》詐《いつはる》レ客《かくを》

唐《たう》の則《そく》天皇后《くわうごう》の御時に。ある人申あげけるは。駙馬《ふば》崔宣《さいせん》といふもの。むほんをくはたてけるよしを申あげけり。

御史《ぎよし》張行岌《ちやうかうきう》と申人に。おほせつけられて。此事をただされけるに。かのつげし者のはかり事には。まづさいせんがめしつかひの女を。一人とりかくし置《おき》て申けるは。さい」二オせんがむほんの事。めしつかひのをんな。此事をあらはさんとせしゆへに。崔宣《さいせん》まづ此女をころしけりと申。ちやうかうきう。さま〳〵のてをつくして。さいせんをせめたづねけれども。一円《えん》なき事なりとておちざりけり。

そくてんくわうごう大きにいかつて。のたまひけるは。さいせんがむほん陳《ちん》ずべからず。すでにめしつかひのおんなをころして。此事をかくせり。むほんの条《でう》其うたがひなし。かの女を出さずんば。いかゞして此事を申はれんやと。のたまひければ。ちやうかう大きにおどろひて。さいせんが家にいたり。かのめしつかひの女を。出すべしとぞせめたりける。

こゝにさいせんがまたいとこに。思兢《しけう》と申人あり。此事の無実《むじつ》なる事をかなしみて。きん〳〵」三ウ ざいほうを出して。此をんなのありかをきゝけれ共。つゐにもとめ得ず。しけうおもひけるは。さいせんが家に。大事の談合《だんかふ》評定《ひやうぢやう》ある時は。かならず獄中《ごくちう》につぐるものあるべし。さあらばさいせんが家に。此事つげしものと。同心《どうしん》せしものあらんとおもひ。則まづいつはつていひけるは。此事つげしものあり。よく人をうつものをやとひて。此者をたばかりころすべしと。談合《だんかふ》しおはつて。ひそかに出て。あさまだきに。台《たい》のかたはらにかくれゐてうかゞひ見るに。一人の門客《もんかく》あり。能〻みれば。つねはさいせんと中よきもの也。此者台《たい》にいたりて。もんばんの者に物とらせて。此事つげし者にあふべきよし。たのむおとしけり。

しけうされぱこそと」三オ おもひよつて。かの門客《もんかく》をとらへ。罵《のつ》ていわく。もしさいせんを。無実《むじつ》の罪《ざい》におとしいれたらんは。かならずなんぢを。のがすまじといひければ。門客《もんかく》ぜひにおよばずして。つゐにしけうをひいて。かのつげし者。同類《どうるい》までをあかしければ。さてこそかのめしつかひの女をも。もとめ得て。さいせんがざいくわはのがれ侍となん

ていこく此事をろんじていわく。ちやうかきうが時代《じだい》。いづれも酷吏《こくり》たりといへども、皇后《くわうごう》のむねにしたがふて。とがなき人をそこなはず。ふたたびせめとふといへども。其ことばをかへず。かるがゆへに能《よく》人にしひられたるをわきまへけり。然ども徐有功《じよゆうこう》が例《れい》によるを。なじるにおよばざる事は。くわう」三ウ ごうの御意を。おそれざる事あたはず。おそるゝといへども。たゞさいせんが家にいたりて。めしつかひの女を。せめとひしばかりなり。しかれば又おそれて。わがまぼりをうしなふ者には。はるかまされり。又賢《けん》なりと申べき。唐《たう》の史官《しくわん》其事をのせず。かるがゆへにこゝに。ねんごろに是をろんず

佐《さ》史《し》誣《しゆ》レ裴《はいを》

唐《たう》の垂拱《すいけう》の年号《ねんがう》の比《ころ》。人に無理《むり》をいひかけぬる事おほし。

湖州《こしう》の左史《さし》に。江琛《こうしん》といふ者あり。裴光《はいくわう》がかきし書物をとりて。其中の文字《もんじ》をきりぬき。あつめあはせて。いつはりて文《ふみ》をつくりて。徐敬業《じよけいぎよふ》といふ人につかはしける。むほんの回文《くわいぶん》なりと申て。則天皇后《そくてんくわうごう》へ申上」四オたり。そくてん御史《ぎよし》をつかはして。裴光《はいくわう》をせめたづねさせ給ふに。はいくわう是をみて申けるは。文字《もんじ》のてぶりは。それがしのかきし物なれども。文章《ぶんしやう》にをいては。一円《ゑん》それがしのかきし物にはあらずと申。

いづれも此事をきひて。ことはりさだむる事なりがたかりければ。張楚金《ちやうそきん》といふ人。よく理非《りひ》に達《たつ》せりと申て。此人をつかはして。はいくわうをせめたづねさせけれども。はいくわう一言《ごん》もかはらず。まへのごとく申て。その色かはらざりければ。ちやうそきんもせんかたやなかりけん。あんじわづらふて。まへにあかりのさしける。まどのかたにのへふして。いねたりければ。日のひかりまどの障子《しやうじ》をすかして。すきとをりける。是にちゑづきて。」四ウかのむほん状《じやう》をひきひろげて見るに。文字みなものにをしつけたる物也。ひらにをきてみれば。すこしも見えず。日にむかへば。みな見えたり。

つゐにをの〳〵ぶぎやうどもをよびあつめ。水一鉢《はち》とりよせ。江深《こうしん》にいひつけて。此状を水の中へいれさせければ。文字一〻にとけはなれけり。こうしんがいつはりあらはれて・つゐにきられ侍りし

ていこくがいわく。此事まことに。知恵《ちゑ》さいかくのおよぶ所にあらず。たま〳〵しあてたるもの也。いにしへの荀子《じゆんじ》といへる人のいひしことあり。今それ人の針《はり》をうしなふものあり。ひめもす是をたづねもとむれども得ずして。又是をふと尋《たづね》出す事あり。はじめには目が」五オあしくてたづね得ず。のちには目があきらかになりて。得たりといふにはあらず。しづかにして是をみるがゆへ也。人の心のおもんばかりも。又そのごとく也。たゞいかにも。信実《しんじつ》にまことをつくし。いかゞしてか此事をことはらんと。しづこゝろもなくもとめて。やまざる時は。かならず其実《じつ》を得る事あり。張楚金《ちやうそきん》が。此うつたえを

ことはりしは是なり。是又心をつくしぬる。しるしといわざらんや

季珪《きけい》 鶏豆《がけいづ》

宋《そう》の伝季珪《てんきけい》と申せし人。山陰《さんゐん》といふ所にありし時に。鶏《にはとり》をあらそひて。われがの人のよといひて。つゐにてんきけいにうつたえけり。

てんきけい是をきひて。此あ」五ウ さ此には鳥に。何物をか食物にかひけるぞととひければ。ひとりの者のいわく。こめをかひたりと申。又ひとりは。まめをくらはせけりと申。則此にはとりをころして。ゑぶくろをさきて。是をみればまめあり。つゐにこめくはせしと申者の。ひがことになりけり。人みな神明《しんめい》なりと申あへり

ていこくがいわく。許宗裔《きよそうゑい》がぬすみものをこゝろむるに。いとのつぐりの中へは。何をかいれたるぞととへば。ひとりはあんずのさねを入たりと申。ひとりはかはらのわれを入たると申。是をほどけばあんずのさね也。かはらといひし者。とがにおちたり。其てだても。是にもとづきしものならずや」六オ

張挙《ちやうきよ》 猪灰《がちよくわい》

ちやうきよは呉国《ごこく》の人なり。句章《くしやう》といふ所にありし時に。ある女おつとをころして。わが家に火をかけて。いつはりて申けるは。わがおつと火にやけしゝけりと申。おつとの一門《もん》是をきひて。うたがはしくおもひて。つゐにちやうきよにぞうつたへ申ける。

女をめしよせ。たしかにとひきはめ給ふ時。女事の外なる事かなといひて。つゐにおちざりければ。ちやうきよがはかり事には。ぶたといふけだものを二つ取よせ。一つをばころし。いま一つをば。いきながら其上にたきゞをつみ。火をつけてぞやきけり。はじめころせしぶたの口の中をみれば。灰《はい》すこしもなし。いきながらやきし」六ウ ぶたの口には灰《はい》あり。よつてかのやけしおとこの。口中《こうちう》をひらきみければ。はいすこしもなし。これをもつて。女をせめければ。

つゐにおちたりけり

ていこくがいわく。孫宝《そんほう》といひし人は。さら一まいのおもさをかけて。三百まいなりと。いひかけし者のひが事をしり。ちやうきよは。しにけるぶたの口中に。灰《はい》のなきをしやうことして。おつとやけしにけりと。いつわるをあらはしけり。是その悪《あく》あらはれずんば。物をもつてしるしとする時は。いむべからずといふもの也。しからば則。荘遵《さうしゆん》がかばねをまぼらせて。かうべに蠅《はい》のあつまるをみて。あらはせしは。ちやうきよがかばねの口中に。灰のなきをしよう」七オ ことせしには。おとれりと申べき。ちやうきよが理をつくせしには。しかずとなん

定牧《ていぼく》認《とゞむ》レ皮《かわを》

北斉《ほくせい》の王湫《わうゆう》。定州《ていしう》にありし時。有人黒牛《くろうじ》をぬすまれけり。上《うへ》にすこし白毛《しろげ》ありといふ。韋《い》道健《たうけん》と申人。魏《ぎ》道勝《たうしやう》にかたつていわく。其方むかし滄州《さうじう》にありし時。よく奸人《かんじん》をとりこにする事。神《しん》のごとしといへり。もし今此ぬす人をいださば。まことに神《しん》のごとくならんとぞ。かたりける。わうゆう則いつはりて。上《かみ》へたてまつるまねして。市にてうしの皮《かは》かひけり。そのあたひをましてかひければ。いかほどともなく。うしの皮あつまりけり。其中にて。かのうしぬしにみせければ。つゐに見出」七ウ してぬす人をとらへけり

滄洲《さうじう》市《かふ》レ脯《ほしじしを》

北斉《ほくせい》の彭城王湫《ばうせいわうゆう》。さうじうにありし時。一人幽州《ゆうじう》といふ所より。驢馬《ろば》にほしじかをのせて。あきものにして出けるが。此おとこ足《あし》をいたみて。ありく事なりがたかりけるが。道《みち》にてたま〳〵一人の者と。ゆきつれけるに。此道づれに。ろばもほしじかも。ともにぬすまれける・夜あけければ。早ゝにうつたへ申けり。

王湫《わうゆう》おほく人を出して。市町《いちまち》にてほしじかをかはせけるが。あたひをかぎらずにもとめけり。此うちにて。かのぬしかはをみしりて。つゐにぬす人を得たり

ていこくがいわく。わうゆうが右の二つの事。みなぬす」八オ 人のあとをもとむべし。いつはりて上《かみ》へたてまつるまねして皮をかひ。あたひをかきらざりし事は。いつはりをもつて。とりしものなり

張受《ちやううく》二越訴《こへうつたふるを》一

唐《たう》の張允済《ちやういんさい》といひし人。武陽《ぶやう》といふところにありし時。徳教《とくかう》をもつて。下《しも》ををしへければ。人みな能《よく》これになつけり。

鄭邑《ていゆう》の元武県《げんぶけん》といふ所に。ある者牝牛《めうじ》を。しうとのもとにあづけをきて。八九年の間に。子牛《こうじ》を四五ひきもうめり。のちにせたいをわけて。別《べつ》〳〵にならんといふ時に。しうと牛《うし》をあたへず。所のぶぎやう代官《だいくわん》に。此事うつたへけれども。をの〳〵ことはる事あたはず・かるがゆへに其人さかひをこえきたりて。ちやういん」八ウ さいにうつたへ申けり。

いんさいがいわく。なんぢ在所《ざいしよ》にぶぎやうあり。なんぞ此所にきたるやといへば・其人なんだをながして。つゐにさらず。つぶさに事のやうをぞ申ける。いんさいまづ此うしぬしを。たかてこてにしばらせて。かしらをつゝみ。目ばかりを出させ。めしうとにこしらへ。ぶぎやうあまたそへて。かのしうとのありし在所《ざいしよ》にいたり。うしぬす人のめあかしなりといひて。村《むら》〳〵里〳〵のうしをみせければ。うしぬし、此うしは。いかやうなる所より。もとめたりなどいひて。そのしようこを申。かのめしうと。そんりやうそれは。うしぬす人なりなどいひて。とらへつなんどしけり。かのしうとが家へもゆきけるが。うしおほきゆへに。ゆへも」九オ なく牛どもをとられては。いかゞとおもひ。かのしうと一〻に子細《しさい》を申けるが。此うし、いかほどはそれがしがうし・いかほどは。それがしのむこのうしなりと。ことはりけるところに。かのめしうとの。はうかぶりをはづして。是則なんぢがむこなり。そのうし此者に。かへすべしとぞ申ける

裴命急吐《はいめいじてきうにはかしむ》

唐《たう》の衛州《ゑいじう》の新郷県《しんきやうけん》の。裴子《はいし》雲《うん》といひし人は。きはめてきどくなるはかり事あり。

王恭《わうけう》といふ人。他《た》国《こく》へやくに出けるが。めうじ十六ひきを。しうと李《り》璡《しん》と申人に。あづけをきて。五年の程をへしがは（ママ）。子《こ》牛《うじ》三十六ひきほどうめり。そのあたひ。十貫《くわん》文以上におよべり・」九ウ わうけう他国よりかへりて。うしをとりかへしけるにしうと申けるは。あづかりしめうじ二ひきは。しにけりとて。たゞめうじのおひぼえれうじを。四ひきかへして・のこりはなんぢが牛にあらずと申。わうけう大にいかつて。此事をはいしうんにうつたへ申けり。

わうけうをとらへ。ろうに入をきて。さて牛ぬす人をたづぬると。ひろうしけり。かのしうとりしんなどいふ者も。同類《どうるい》なりといひしかば。りしん大きにおどろひて。子雲《しうん》がもとにいたり。此事申ひらかんなど申せし所に。しうん、りしんを見て。大にいかつて申されけるは。なんぢうし盗《ぬす》人《びと》と同心して。牛三十ひきあまり。ぬすみをきし事。其かくれなし・めあかし是にあり。則かの者とたいけつして・」十オ その難《なん》をのがるべし。いそいでめあかしにたいして。ことはれといひて。わうけうがかしらをつゝませ。すがたをかへ。うそくらがりにぞをゐたりける。

りしん此たばかりは。ゆめにもしらず申けるは。牛三十ひきは。則是それがしが。むこのうしのうみしもの也。いかゞしてぬすみたるとは。申かけけるぞといふ。しうん、わうけうが。はうかぶりをはづしければ。りしんがむこなり。りしんきもをけし。興《けう》をさまして。則牛をかへし申べしと。領状《れうじやう》しける。

しうんがいわく。五年のあひだ。うしをかひししんらう分《ぶん》に。りしんにうし五ひきとらすべしとて。のこりはみな。わうけうにかへさせけり。みる人きく人。明察《めいさつ》なることかなとて。舌《した》をふるひけり」十ウ

ていこくがいわく。是又いんさいが。てだてを得たるもの也。たゞしその部内《ほうない》のたみなれば。則とらへやすし。

ほうないの者にあらざれば。とらへがたし。允滑《いんさい》はかれが村中《むらぢう》にて。ぬす人をとらへ。しかもさかひをこえてとらへたり。又村中の牛をあつめし事も。その時はさもありぬべし。のち〳〵はたゞ移文《いぶん》をつかはして。そのさいかくをいたすべし。唐《たう》の趙和《てうくわ》が。八十貫《ぐわん》のぜにを。とりかへせしがごとくすべし

王質《わうしつ》毋《なし》レ原《ゆるすこと》

わうしつといひし人。廬州《ろじう》といふ所にありし時に。ぬす人其同類《どうるい》をころして。そのざいほうをとりあはせて。にぐる事あり。

おりしもさるつはもの。是をとらへ」十一オ て。わうしつがもとへをくりければ。則是をうちころし侍り。転運使《てんうんし》楊告《やうこく》と申人。わうしつをそしつて申上けるは。ぬす人その徒党《ととう》をころせしは。ゆるすべきもの也と申。

わうしつがいわく。ぬす人其同類《どうるい》をころして出たるは。ゆるすべし。今此者同類《どうるい》をころして其ざいほうをとりたるは。みづから出たるにあらず。そのうへ。にぐるをとらへたり。是則ゆるす法《ほう》あらんやといひて。さい〳〵ことはり申あげけれども。わうしつつゐに。くらゐをおとされ。舒州《じよじう》の霊《れい》仙観《せんくわん》といふ所へぞ。つかはされける。

さてその年をこえて。韓琦《かんき》と申せし人。所司代《しよしだい》となれるに。ぬす人其同類をころすといふとも。みづから申て。出ざらんものは。ゆるすといふ事なかれと。」十一ウ 法《ほう》をかれけり

ていこくがいわく。あんずるにぬす人。首《しゆ》するときゆるすは。そのひが事をあらたむるゆへ也。又不《ざる》レ首《しゆせ》ものを。ゆるすといふ事あらんや。その徒党《ととう》をころし。そのたからをとつて逃去《にげさる》。しかるをとらへ得たり。此者はじめよりあやまちをくゆるにあらず。その死罪《しざい》をゆるさば。是を法《ほう》といはんや。むべなるかな。王質《わうしつ》がいひし事

馬亮《ばりやう》悉《こと〳〵く》貸《ゆるす》

尚書馬亮《しやうしよばりやう》といひし人。潭州《たんじう》にありし時。さる所に人にに

くまれはてたる。いたづらものあり。こゝかしこにかくれありきて。人民《じんみん》のわづらひをなし。人のざいほうをかすめ」十二オ とる事。其かずをしらず。ある人はかり事をめぐらし。此いたづら者をうちころしけり。人をころしたるとがにをこなふべくは。ころすべき者四人あり。ばりやう是をきひて申けるは。よく人のためにがいをのぞき。悪党《あくたう》をころせし者を。かへつてつみにをこなふべくは。是正直《しやうぢき》の法《ほう》にあらずとて。こと〴〵く是をゆるされ侍り

ていこくがいわく。か様《やう》なるいたづら者をば。たれなりともとらふる事をゆるすべし。しかれどもそのとらふるやくしやにあらずして。とらへぬれば。自身《じしん》のはかり事をもつて。とがなきものをしゆる事あるべし。是又ゆるさざるところなり。能《よく》まへかどに申あげて。そのことはりをきくものを。ほんとすべし」十二ウ

允済聴《いんさいきく》レ葱《きを》

唐《たう》の張允済《ちやういんさい》と申せし人。はじめ隋《ずい》の代《よ》につかへて。武陽《ぶやう》といふ所にありし時に。ある所にゆきけるに。道のほとりに。としおひくゞもりたるうば。葱《き》をうへたるはたけに。ちいさきいほりをたて。葱《き》の番《ばん》をしてぞゐたりけり。ちやういんさい是をみて。としうちよりたるうばの。あはれにも心をせめて。ばんをしけるよとおもひ。いかにうば。左様《さやう》にしんらうなる事をすべきより。たゞわがやにかへれ。もしぬすむ者あらば。それがしがもとへつげきたるべし。とく〳〵かへれとぞ申されける。

うばきひて。うれしくも又かたじけなくおもひ。をしへのごとくわがやにかへりしが。その一夜《ひとよ》の間に。ひとはたけ」十三オ のひともじを。みなぬすまれけり。うばきもをけして。いんさいにつげたり。ちやういんさいそのうばが・家ちかき所の者をめしよせて。一ゝにそのものどもの手をかゞせければ。葱《き》をぬすみしもの。とがにおちたりけり

ていこくがいわく。周礼《しうれい》といひし文《ふみ》にも。人の五声《ごせい》をきひてうつたへをしり。人の心ねをもとむる事有。其一にいわく。辞聴《してい》といふは。そのこと葉をいだすに。正直《しやうぢき》

ならざるものは。ことばいたづがはし。二にいわく、色聴《しよくてい》といふは。其かほをみるに。正直《しやうぢき》ならざるものは。かほのいろはぢてあかし。三にはいわく気聴《きてい》といふは。そのいきざしをみるに。正直ならざるものは。いきざし」十三ウ あへぐ。四にはいわく、耳聴《じてい》。そのものきくをみるに。其きく事なをからずしてまどふ。五には、目《ぼく》聴。そのものをみるに。正直ならざるものは。物を見る事くらしといへり。

いんさい 葱《ひともじ》ばたけの。あたりの者をめしあつめ。一ゝにこれをかゞせて。つゐにぬすみし者を得たり。けだし此てだてをもちひたる者也。しかれども此意おこりてらふべからず。たゞやむ事得ずして。是をもちゆるにあらずは。郤雍《けきよう》がぬす人のめもとを見て。其心ねをみそなはせしにことならず。たゞまへかどに。人ゝぬすみをするを。はづるやうにする事あたはずは。しかじ、うばにもとのごとく。はたけのばんをさせたるの。まされるには。」十四オ

彭城《ほうせい》書《しるす》レ菜《なに》

北斉《ほくせい》の彭城王滶《せいのわうゆう》と申せし人。滄州《さうしう》の刺史《しし》たりしときに。さる所に年おひたるうばあり。やさいをおほくつくりけるが。ぬす人にうらるゝ事。数度《すど》におよべり。わうゆう是をきゝたまひて。ひそかに人をつかはして。なの葉あるひは。大根《こん》の葉などのうらに。文字《もんじ》をかかせてをきけり。あくる日市町《いちまち》にて。うりけるやさいをこゝろみければ。あんのごとく文字のかきたる有。則是によつて。ぬすみし者をとらへ得たり

呂婦《りよふ》断《たつ》レ腕《うでを》

呂公綽《りよこうしやく》と申せし人。開封府《かいほうふ》にありし時に。婦人《ふじん》有。おつとの他所に出たりし時。ぬす人夜此家に入て。此」十四ウ 女のうでをうちきつて。にげさりけり。人みなおきあひ。かまびすしくおどろきあへり。りよこう此事をききおもひけるは。其おつとのあたありて。おつとかとうたがひ。かくのごとくいたせりとおもひて。

そのおつとをなじりとひければ。おつと申やう韓元《かんげん》といひし者あり。此者われと中不和《わ》なりとぞ申ける。則是をとらへて。とがにおちたりけり

ていこく此事をろんじていわく。これけだし此女房《にようばう》の心もち。あしきものにあらず。かるがゆへにたゞおつとのあたありて。これをころせりとうたがふ。すでにおつとにとふて。其事を得て。又其実《じつ》を見そなはしけり。ふかくかくすとも。いかゞあらはれざらんや。りよ」十五オこうは。明人《めいじん》といふべき人歟

包牛割《はううしさく》レ舌《したを》

包拯《はうせう》といひし人。楊州《やうじう》の天長県《てんちやうけん》といふ所にありし時。ぬす人ありて。それがしの牛《うし》のしたをさきたりと。うつたへ申ものあり。

はうせうこれをきひて。ひそかにうしぬしにをしへけるは。やがてわがやにかへりて。その牛をきりさいてれうりして売《うる》べしとをしへける。

牛ぬしをしへのごとくいたしければ。ある者はうせうがもとへきたりてつげけるは。わたくしに牛をころしてうる者あり。法度《はつと》のごとくに。おほせつけらるべしと申。

はうせう此者にむかひて。のたまひけるは。なんぢ人の家の牛のしたをさきて。かへつて如レ此つげきたる事は。なんぞや」十五ウ と申されければ。其人おほきにおどろきて。みづからとかにぞおちたりけり

ていこくがいわく。銭龢《せんくわ》といひし人。秀州《しうしう》の嘉興《かけう》といふ所にありし時に。村民《そんみん》あり・ぬす人のために。牛《うし》をころされたりと申。せんくわ是をきひていわく。すみやかにかへれ。此事われにつげたりといふ事をふかくかくせ。則その牛をきりさき。なんぢが隣家《りんか》にあたへよ。つね〴〵なんぢと中あしき者あらば。其者にはおほくあたへよとぞをしへける。民《たみ》則かへりて。をしへのごとくいたせり。その次の日。あんのごとく此牛の肉《にく》をもちて。せんくわにつぐるものあり。わたくしにうしをころせしとが人あり。法度におほせつけ」十六オ らるべし・そのた

めしようこをもちきたれりと申。せんくわ則此者をとらへて。がうもんせしかば。此者則うしをころせし者也。是又包拯《はうせう》が鉤慝《こうとく》の術《じゆつ》をもちゆるもの也。けだし其者のあたにあらずんば。かくのごとく成事をすべからず。かるがゆへに此いつはりをもつて。又みづから出てつげさせしむ。

むかし趙《てう》の広漢《くわうかん》といひし人。能鈎距《よくこうきよ》の術《じゆつ》をもつて。人の情《こゝろばへ》を得たり。晋灼《しんしやく》がいわく。鈎致《こうはち》也。距《きよ》は閉《へい》なりとて。其てだてをとぢかくして。かの者をつり出す事を。しらせぬやうにする事也。ひが事ある者は。ふかくかくれて得がたし。かるがゆへにつりばりにて。つり出すごとくにす。かの者又つらるゝといふ事をしる時は。いよ〳〵ふかくかくれてしれがたし。たとへはひと」十六ウたびのがれたる魚《うを》のふちの中ににげ入て。とられざるがごとし。此故《このゆへ》に史記《しき》にいわく。たゞくわうかんは至精《しせい》にして。能此じゆつを得たり。他人此事をならふとも。くわうかんにはおよぶべからず。たゞ能人にすぎたる。さいかくあるものにあらずんば。およひがたしと云ゝ

崔黯捜レ帑《さいあんさぐるおのを》

唐《たう》のさいあんといひし人。湖南《こなん》といふ所にありし時に。其里にいたづら者あり。わかき時より。所の者どもにも。擯《ひん》出《じゆつ》せられてゐけるが。いかゞしたりけん。をのれとかみをそりおとし。出家《しゆつけ》のさまになりて。祈禱修行者《きたうしゆぎやうじや》などゝいわれて。おろかなるものどもをたぶらかし。をんなわらべをまどはして。ふせもつをとりけるが。其金銀米銭《きんぎんべいせん》をつみをきし」十七オ事は。さながらたとへんかたもなし。

其比さいあんはじめて。此所に奉行《ぶぎやう》として。ゆきたりしに。此いたづらもの。をのれがひが事の。あらはれ事をおそれて。さいあんがもとにきたりて申けるは。それがし発《ほつ》願《ぐわん》の事ありて。三年の間。きたうしゆぎやういたしたりけれども。ことし事成就《じやうじゆ》つかまつりしほどに。それがしが還俗《げんぞく》を。ゆるされ候へとぞ申上ける。

さいあん此よしきひて。とふていわく。三年のあひだ教化《けうけ》

して。得たる所のざいほう。何ほどかあるととはれければ。

こたへていわく。得たる所のざいほう。又やうやくつかひけり。其かずをしるさずと申。

又とふていわく。なんぢがついやしつかひしほどはいかん。

こたへていわく。三千ぐわんあまりと申。

さいあんがいわく。つかひし所の」十七ウ 物はかずあり・いるゝ所のものをしるさず。さだめて人をあざむきかくす事。うたがひなしとて。人をつかはし・其者の家をさがさしければ・女房子《にようばう》どもそのかずをしらず。きん〳〵ざいほうをつみをきし事は。中〳〵俗《ぞく》人のおよぶ所にあらず。則此者矯妄《けうばう》のとがにおとされ。其きん〳〵ざいほうは。まどしき民《たみ》にこと〴〵くくだされけり
ていこくがいわく。みだりにいつはりて。民《たみ》をまどはすものは。鬼神《きしん》をかりて人をうたがはしめ。左道《さたう》をとりて。まつりごとをみだる者とおなじ。かならずこらすべきものなり

張略《ちやうろ》行《めぐる》レ穴《あなを》

晋《しん》の高祖《かうそ》の時に。魏州《ぎしう》の冠氏県《くわんしけん》といふ所に。僧《そう》のあつまりをりし寺あり・その持仏《ぢぶつ》にたけのたかさ。一丈《じやう》あまり」十八オ のかなぼとけあり。其中はうつろかなり
ある時たちまちに。此ほとけ能物いひて。仏法《ぶつはう》をとく事。大聖世尊《しやうせそん》のふたたび出世《しゆつせ》したるがごとし。一寺の衆徒《しゆと》此事をいひろめ。帰依渇仰《きえかつがう》する事。中ゝいふにおよばず。是によつて在《ざい》ゝ所《しよ》ゝにいひつたえて。貴賎《きせん》上下むらがりあつまりて。くんじゆする事なのめならず。参詣《さんけい》のふせもつみち〳〵て。ざいほうをつみあつめけり。
是によつてかうそ此よしきこしめして。ふしぎの事におぼしめし。尚謙《しやうけん》といふ人におほせつけられて。香花《かうけ》をさゝげて。此事をこゝろみさせたまふおりふし。張略《ちやうろ》と申せし人。ともにかの寺にいたり。事の由をうかゞひみるべき由。申うけてぞまかりけり。
則かの寺にいたり。さま〴〵になじりとひて。年の者どもおほ」十八ウ く寺ゝにさしつかはし。僧呂《そうりよ》を一人ものこさず。

かの道場《だうぢやう》におひ入て。ひそかに僧房《そうばう》のうちに入て。こゝかしこをみまはしければ。ひとつのあなをさぐりいだせり。此あなをはひ入ければ。ものいひしかなぼとけの。座《ざ》のしたへゆきいたれり。それよりほとけの腹《はら》の中へ入て。たかごゑをあげて申けるは。此ほどの御せつはう。ちかごろしゆせうに候とあざわらふて申やう。此仏の中うつろなり。なんぢら仏のまねして。人民《じんみん》をあざむくといひて。諸僧《しよそう》どもをせめはたりければ。つゐに此事たくみし本人《ほんにん》をとらへ。をの〳〵死罪《しざい》にくだされて。ちやうろはおんしやうかうふれり

ていこくがいはく。これ又矯妄《きやうばう》のとがによりて。ころ」十九オされけり

杜《と》鎬《かう》毀《やぶる》レ像《ざうを》

とかうといひし人。いとけなかりけるころ。そのこのかみ江《こう》南といふ所にありし時。さる人の子・ちゝの御ゑいをうちやぶりし事ありて。しんるいのために。うつたへられけり。

此ざいくわの法《ほう》。いかゞあらんとあんじわづらひて。いまだいかゞとも。ことはる事あたはず。其いろおもてにあらはれてや見えたりけん。とかういまだいとけなくして。あにのまへに侍りけるが。つく〳〵と此事をきひて申けるは。たとへば僧道《そうだう》の仏像《ぶつざう》を・やぶりたるとがと。おなじかるべきものをと申ける。

このかみ是をきひて。まことにきどくの事かな。理にあ」十九ウたりて申けるとて。つゐにかくのごとくにことはりける

ていこくがいわく。むかし荀子《しゆんじ》といひし人のいわく。法あるものは。法をもつてをこなふ。法なきものは。るいをもつてあぐるをいへり。是るいをもつてあげしもの也。黄覇《くわうは》がかだましきおのこをころせしは。けだしその事の類《るい》をあげしのみ。たとへばとりけだものゝ。麑《め》をともにしけるは。いさはざるの法なり。しかれども人のつみなきとりけだ物をころす時は。又是をころしても。くるしかるまじ。

次《し》翁《おう》戮《りくす》レ男《なんを》

漢《かん》の宣帝《せんてい》の時。黄覇《くわうは》あざなは次翁《しおう》と申せし人あり、そのころ燕《ゑん》のくにといひし所に。おのこ三人して。」二十オ 女一人をめとれり。此をんな二人の子をうめり。其のち此三人のもの。別《べつ》〳〵にならんとせしが。をの〳〵此子をあらそひ。われがの人のよといひて。つゐにうつたへ申ける。くわうはこれをきひて。此ものども人類《じんるい》にあらず。三男《なん》一女《によ》にとつぐ。是又ちくしやうにおなじとて。三人のおとこをころし。其子をばはゝにぞ。かへされ侍るとなん。

傅令《ふれい》鞭《むちうつ》レ糸《いとを》

宋《そう》の傅琰《ふゑん》と申せし人。山陰《さんゐん》といふ所にありし時に。さる所にさたうりと針《はり》うりと。となりつからゐけり。此両家《りやうか》の老母《らうぼ》。ひとまろかしほどある。糸《いと》をあらそひて。たがひに此事わからざりしかば。つゐにふゑんにう」二十ウ つたへ申ける。ふゑん此いとをめしよせ。はしらにかけてをき。つえをもつてうたせければ。くろがねのすりくづ。すこしばかりこぼれけり。是によつてさたううりが。まけになりたりし

李恵《りけい》撃《うつ》レ塩《しほを》

後魏《ごぎ》のりけいと申せし人。雍州《ようじう》の刺史《しし》たりし時に。たきゞをおふてうる者と。しほをおふてうりける者と。二人して。一まいのひつじの皮《かわ》をあらそひて。是はそれがしが。せなかにしきたりし皮なりと申。又それがしも是なりとて。つゐにうつたへ申ける。

りけい申けるは。此ひつじのかは。うつて見たらんは。則そのぬしをしるべしと申けるに。人みな其りをしらざりければ。口をつぐみて。さらに」二十一オ ものいふ者もなかりけり。りけい此ひつじの皮を。むしろのうへにをき。つえをもつてうたせければ。こまかなるしほこぼれけり。あらそひし者にみせられしかば。たき木おひし者。ひが事におちたりき

ていこくがいわく。ふゑんがいとをうちしと。理おなじ事也。是みな物をもつて。しるしとせし者也

楊牧《やうぼく》笞《うつ》レ巫《みこを》

後魏《ごぎ》の李崇《りすう》と申せし人。楊州《やうじう》にありし時。流《る》人《にん》解《かい》思《し》安《あん》といひし者あり。合戦《かせん》のこぐちをはづして。にげてかへりけり。そのあに慶賓《けいひん》といふ者。もし其難《なん》われにおよびなば。いかゞとおもひ。わがしんるい断絶《だんぜつ》せんとはかつて。則野《や》外《ぐわい》に出て。一人のしびとをもとめきたりて。いつ」三十一ウはりて申けるは。是わがおと、かいしあんなり。蘇顕甫《そけんほ》。李蓋《りかい》なといふ。此二人の人にころされたりとて。さま〳〵になきなげき。をんなのくちよせみこをよび。あづさによせていわせけるは。かいしあん人のためにころされて。しゆらのちまたにさまよひ。うかみもやらざりけりなんど、。いわせければ。きく人さもありなんと申。りそう此由き、給ひて。まづそけんほ。りかいの二人をとらへ。がうもんにおよびければ。二人の者共がうもんのくるしみにたへがたければ。つゐにとがにおちたりけり。然どもりすうおぼしめされけるは。此事実義《じつぎ》にあるべからずとおもひ。人二人こしらへ。いつはりて他国《たこく》よりきたるまねして。けいひんがもとにゆき。それがしは是よりほつこくがた」三十二オのもの也。此ごろ一人の者。夜にいりてそれがしのもとにきたり。やどもとめし人あり。夜ふけ人しづまる比《ころ》。此者申けるは。われはかいしあんといふ者なるが。合戦《かつせん》のこぐちをはづし。わが在所《ざいしよ》ににげかへりしを。とらへてぶぎやう所へあげんとす。これによつて身のなんをのがれんために。これまでにげくだれり。ひらにをの〳〵たのむべし。そのうへ楊州《やうじう》にけいひんと申て。それがしのあにあり。をの〳〵もしもの、あはれをしろしめさば。此よしをあににて候けいひんに。しらせてたび給へ。いのちのおんをばほうずべしと。事もあはれにきこえしゆへ。ひそかに此事申さんためにきたりたりと。まことしげにぞ申ける。

けいひん此よし」三十二ウきくよりも。きもたましひもきえ

はてゝ。いろをうしなひ申けるは。まづしばらくその地にとゞめて。此さたなからんやうにとたのみける。
此二人の者ども。やがてりすうのもとにはせかへり。此由かくとぞつげたりける。りすう則けいひんをめしよせ。とひ給ひければ。ちんずるにみちなふして。やがてとがにぞおちにける。
さて其のち数日《すじつ》ありて。かいしあん又人のために。しばられてきたりたり。りすうかのくちよせしみこをとらへ。むちうつ事百ばかりして。そけんほ、りかいの二人は。ゆるされけるとぞ
ていこく此事をろんじていわく。是又其おもてのいろ。又はみづからしひられたる事のふぜいを。よく」二十三オ見しりて。さだめてがうもんのくるしみをかなしみて。をのれとがにおちたりけりとおもひ。いつはりをもつて。かくれたるをつり出し。人をしひけるをこゝろみける。是又異《い》なるかな。さてあざむひて是をこゝろみけるは。とがなきものゝしひられたるを。ゆるさんためなりき

薛向《せつきやう》執《とらふ》レ賈《あきびとを》

せつきやうといひし人。はじめ京兆府《けいてうふ》といふ所にて。あき人のくわやくをとりし時に。さる商《あきびと》くわやくの出《いで》し外《ほか》。別《べつ》に銀子《ぎんす》ふたはこを出して。其うへに枢密使《すうみつし》と申官人《くわんにん》より。経原《けいげん》といふ所の。都監《とかん》の官人へつかはさるる。かねなりといふ事をかきつけて。此分《ぶん》にはくわやく出《いだ》」二十三ウすまじきよしを申。

せつきやう是をきひて。此事さだめていつはりなるべし。大臣《しん》のみとして。人に物ををくるとて。あきんどにことつて。つかはすべからずとて。此者をとらへて。則けいてうふにいたりて。此事たゞしければ。あんのごとくいつわり也。つゐにくわやくのこらず取たりける

程戢仇門《ていたんきうもん》

ていたんといひし人。処州《しよじう》という所にありし時。一人のた

み。久しくあたをもちたる者あり。ある時子ども。そのは、にひそかに申けるは。いま母《は、》のみ。よはひおひせまり。そのうへやまひおもし。いくほどのいのちをか、まちたまはん。是よりゆくさき。たとひひととせ、ふ」二十四オたとせを。たのみたまふとも。かれ木に花のさくべきにもあらず。あはれ母をころして。われらのあたのかどのまへにをき。そのあたをほうぜんとて。則かくのごとくして。ていたんにぞうつたえ申ける。

かのあたなりし人も。ふしぎのおもひをなし。又ていたんも此事をうたがふ。人々みな申けるは。その人のかどのまへにころされし人。なんのうたがふところかあるべしと申・ていたんがいわく。人をころして。みづからわが門のまへにをく。是うたがふべきにあらずやとて。則劾治《こくち》して本人《ほんにん》を得たりけり

仲游師宇《ちうゆうすいう》

畢仲游《ひつちうゆう》といひし人。河東《かとう》の提刑《ていけい》たりし時に。烝《せう》相《しやう》韓《かん》」二十四ウ縝《しん》と申せし人。太原《たいげん》といふ所にありし時。其こものに。胡《こ》国《こく》よりとりてきたりしはらんべあり。かんしんの御ざありし。御てんのあたりにて。きる物をはぎとられしと申。かんしん此よしをきひて。則一人の者をとらへて。いれずみせんとぞせられける。

ひつちうゆう申されけるは。小《こ》わらはのいしやう。まことに何ほどの物ならず。しかるを大師《たいし》故《こ》相《しやう》の。御てんのあたりにて。はぎとられしと申。是人情《じんせい》のあるべきところにあらず。まさしくいつはりなるべしとて。ぶぎやうをかへてせめとはれければ。則人をしひてかく申せしと。はくじやうしけり

ていこく此事をろんじていわく。人をしひかすむる」二十五オに。しりがたきものあり。又しりやすきものあり・其ちゑたらざるものは。まどふ所ありて。そのしりがたきものをば。わきまふる事あたはず。又いさみたらざるものは。其しりやすきものをも。わきまへがたし・すこしもわきまへざる事あらば。いかゞして人をせむるにたらん

や。むかし孟陽《もうやう》といひし人。鞫賊中丞《きくするにぞくをちうせう》の心におなじからず。いま又ひつちうが・人をおびやかせしをことはるに。大師《たいし》かんしんどのゝいかりをさゝげず。みな義《ぎ》にいさめる人なりと申べき

符《ふ》融沐枕《ゆうぼくしん》

前秦《ぜんしん》のふゆう。あざなは伝林《てんりん》と申せし人。能獄《よくごく》を断《ことはり》けり。京兆《けいてう》の董豊《とうほう》と申せし人・三年他国にゐて。ことし」二十五ウはじめてこきやうにかへり。我が家にいねたりしに。此《こ》よひいかなる者のしわざにや。わが女房《にようばう》のくびをきつてぞをいたりける。女房のきやうだい是をきひて・ふゆうにうつたえ申けるは。とうほう是をころしたりと申。やがてとうほうをめしよせ。がうもんありしかは・いたみにたえかねて。みづからとがにぞおちたりき・

ふゆう此事をうたがひて。とひ給ひけるは。なんぢたこくよりかへるころ。何事にても。ふしぎに心にかゝりし事ありて。うらかたなどにとひし事はなきかと。御たつねありければ。とうほうこたへていわく。あるよのゆめに。それがし馬にのりて。水をわたりしが。きたの方より南へゆきしに。水中《すいちう》をみれば二つの日輪《にちりん》あり。又馬の」二十六オひだりのかたをみれば。さはなどのごとくに。しつけ有所なりとおもひつゝ。そのゆめほどなくさめしに・さめてむねおどる事やまざりき。此事をうらべのはかせにとひたりしかば。はかせのいわく・なんぢくぜつにあふべし。是よりのち三夜まくらをすべからず。三どかみあらふべからずとをしへまいらせし間。それがしの女・ぎやうずいをそなへしかども。是をもうけず。又よるまくらをあたへしかども。此枕《まくら》をもせざりしが。それがしの女。此ゆにてかみあらひ。まくらをしていねたりと申。

ふゆう此よしをきひて申けるは。周易《しうゑき》に此事あり・坎《かん》の卦《け》を水として北《きた》なり。離《り》の卦《け》を馬として南なり・きたよりわたりて南にゆく。是は則坎《かん》より離《り》にゆく・」二十六ウ三爻《かう》おなじくへんず。離《り》を中女《ちうじよ》とし。坎《かん》を中男《ちうだん》とす。馬ひだりにむかふて水にうるほふ。水をひだりにして。馬をみぎりにす

るは馮《ひやう》の字《じ》也。日輪《にちりん》ふたつありしは。昌《しやう》の字《じ》也。それ則馮《ひやうしやう》昌といへる者。これをころせしかといひて。をしこゝろみて。馮昌といふ者を得て。これをせめとひければ。馮昌申けるは。とうほうが妻《め》とそれがしと。ない〳〵かよひしが。とうほうをころさんはかり事をせしが。あやまつてをんなをころせしと。ありのまゝにぞおちたりける

ていこくがいわく。いにしへのうつたへをさだむる事。そのてだておほし。卜筮怪異《ぼくぜいくわいい》の事まで。みなこゝろをつくせし事は。まことにふゆうといひし人。至誠哀矜《しせいあいけやう》にして。天の冥助《みやうぢよ》を得し人なり。是によつて馮昌がつみ。」二十七オあきらかにして。とうほうが寃《べん》ゆるさるゝことを得たり。ふしぎなりといふもおろかならずや

獄吏《ごくり》滌《すゝぐ》レ履《くつを》

江南《かうなん》の大理寺《だいりじ》にて。ある時人をころせしことあり。此事いづれをしるしともなくして。をの〳〵きゝわづらひ。そのほんにんを得がたかりしゆへに。獄吏《ごくり》よるひる此事をあんじわづらひ。いかゞせんとおもひ。則香《かう》をたき身をきよめ。神明《しんめい》の冥助《みやうじよ》をまちたてまつりしに。ある夜のゆめに。水なき川《かは》をわたりて。高《たか》き山にのぼるといふゆめを見て。ゆめさめてつく〴〵とこれをあんずるに。河《かわ》に水なきは。可《か》の字《じ》也。山にしてたかきは。嵩《すう》の字《じ》也。可嵩《かすう》といふは。僧の名《な》なりとおもひけるに。ある人のいひ」二十七ウけるは。嵩孝寺《すうかうじ》のうちに。可嵩《かすう》といふ僧ありと申。

則此僧をめしよせ。ぶぎやう所に申てとひきはめけるに。少《すこし》もそのけしきなかりけり。此僧のあしにはきし所のくつに。すみのけがれたるあとあり。あやしみて此ゆへをとひければ。墨《すみ》のそゝきたるあとなりと申。則ぬがせて是をみるに。墨をぬりしもの也。又せめとひければ。すこし僧のかほのいろちがひけり。つゐに此すみをあらひてみれば。すみはながれおちて。もとの血《ち》のいろすこし見えたり。是によつて此僧をせめたづねければ。つゐにそのとがにぞおちられけり

ていこくがいわく。可嵩《かすう》がこと馮昌《ひやうしやう》とおなじるいなり。

しかれども奸状《かんじやう》を見ざる時は。もし血《ち》のつきたるくつを」二十八オ はかずんば。いかゞしてそのかだましき事をあきらめんや。けだしてんのみやうじよをうる事。蕭儼《せうげん》が神にいのりて。天雷《てんらい》おちて牛《うし》をころせしがごとくなるは。ちゑのおよぶところにあらず。和凝《くわけう》かつていわく。身をしやうじやうけつさいして。天道《てんたう》にいのり。心をむかしの五典《てん》三墳《ふん》につくして。ふるき書物《しよもつ》に得《う》る事あらんと。此ふたつのものをかねもちゐて。うつたへをさだめば。何のかたき事かあらんや

宗裔巻《そうゑいまく》レ紬《つむぎを》

許宗裔《きよそうゑい》といひし人。剣州《けんじう》にありし時。部内《ほうない》のたみものぬすまれしが。よひに火をともせしころおもひ出して。あかつきがたにおよんで。うつたへきたれり。一人の者を」二十八ウ とらへて。其ざう物《もつ》といひしは。糸《いと》まきしつぐといふもの。又はいとまきたる。くだなどいふやうのものなり。きよそうゑい此者にむかひて。いかゞして人の物をば。ぬすみけるぞととへば。とらはれ人申けるは。是は則それがしが家の。くりをきしいとなり。ぬすみし物にはあらずと申。又かれはぬすまれたりといひて。たがひにもんだうやまざりける処に。両方《りやうばう》のいとつむぎし。くるまをめしよせ。くるまにかけたる糸《いと》の大小を。くらべければ。いづれもおなじ事也。

又とふていわく。此つぐまきし時に。中へは何をかしんに入たるぞととひ給ふ。とらへられし人のいわく。もゝのさねを入たりと申。又かのひとりは。かはらのわれを入たりと申。是に」二十九オ よつて両人あひたいして。是をひらかせて見ければ。もゝのさねあり。かるがゆへに。とらへられし人ゆるされて。ぬすまれたりといひし人は。みだりにとむるの。とがにおとされ侍り

高防《かうはう》校《かんがふ》レ布《ぬのを》

周《しう》の世宗《せいそう》の時に。かうはうといひし人。蔡州《さいじう》に有し時。部《ほう》民《みん》に王義《わうぎ》と申せし者。ぬす人に物とられしが。五人の者を

とらへて。がうもんしければ。則ざうもつみな出たり。此者どもを極刑《きよくけい》にをこなはんとす。

しかれどもかうはうは。此事をうたがふて。わうぎをめしよせ。なんぢがうしなふ所の衫袴《さんこ》は。一だんのぬのなりやいなや。丈尺《じやうしやく》はたゞのひろさせばさ。いかんととふ。わうぎこたへ」二十九ウていわく。一だんのぬのなり。たけはゞ何丈何尺《なんじやうなんじやく》と申。かうはうかの五人の者の。出したる衫袴《さんこ》をめしよせて。丈尺《じやうしやく》ぬのゝよしあしを見給ふに。こと〳〵くわうぎが申せしに。おなじからず。其時めしうと寃《べん》を申。

かうはう囚人《とらはれびと》にむかひていわく。しからば則なんの義にか。とがにはおちたるぞととへば。めしうとのいわく。がうもんのいたみにたえず。たゞすみやかにしなん事を。もとめたりと申。

其後数日《すじつ》ありて。ほんぬす人を得たり。五人の者ゆるされて。かうはうは朝廷《てうてい》へめしかへされて。尚書左丞《しやうしよさせう》の官《くわん》にぞおはりけり

ていこくがいわく。かうはうがぬのをかんがふる事は。許宗裔《きよそうゑい》がざうもつをかんがふる。てだてとおなじ」三十オしかれども得たる所の衫袴《さんこ》。ほんざうもつにあらず。もしそれ不幸《かう》にして。はゞのひろさせばさ。ぬのゝよしあしおなじくは。いかゞせんや。すこしなりとも人の心ばへに。うたがはしき所あらば。たとひざうもつは。おなじといふとも。すみやかにさたむべからず。

雍熈《やうき》のねんがうの比。邵曄《せうゑう》と申せし人。ほうじうといふ所に有し時。知州《ちしう》の楊全《やうせん》といひし人。つねに心たけき人にて。部内《ほうない》の民《たみ》十三人しひられて。大辟《へき》のとがにおちたり。邵曄《せうゑう》此者どもの。まげてとがにおちたるかとうたがひて。ふたたびきはめんと申けれども。つゐにきかずして。此内二人の者をうちきつて。のこりの者どもは。をの〳〵てかせ」三十ウくびかせを入て。ほんぶぎやう所へ。つかはしければ。其つぎの日。ほんぬす人を得たりけり。是によつて楊全《やうせん》ら。みなつみせられて。官位《くわんゐ》をはがれて。民《たみ》になりけり。せうゑうは光録《くわうろく》の官《くわん》に。めしあげ

られたり。
景徳年中《けいとくねんぢう》に。梁顥《りやうかう》と申せし人。開封府《かいほうふ》といふ所ありし
時。張易《ちやうゑき》と申せし人。ぬす人八人をとらへて。獄成《ごくなり》て
流罪《るざい》にさだめられしに。べちにまことのぬす人出たり。
此者をがうもんして。しんじつを得たり。是によつて。
官吏《くわんり》をの〳〵つみせられてげり。
是みなざうもつのしようこによつて。其人の心ねをみそ
なはさずして。あはて丶さだめたるゆへにあらずや。け
だしざうもつまことにあらず。しようこしん」三十一オじ
つにあらずんば。たゞ其者の心ばへをみそなはして。ひ
が事なきやうにことはるべし。まことにつ丶しまざらん
や

（二行空白）

棠陰比《たうゐんひ》事《じ》物語《ものがたり》巻第《くわんだい》二終《おはり》

（六行空白）」三十一ウ

棠陰比事物語巻第三目録

」目録一オ

文《ぶん》成《せい》括《くゝり》レ書《しよを》

郎簡《らうかん》校《かんがふ》レ巻《けんを》

（二行空白）」目録一ウ

棠陰比《たうゐんひ》事《じ》物語《ものがたり》巻第《くわんだい》二

江分《かうわかつ》二表裏《へうりを》一

陵州《れうしう》の仁寿県《じんじゆけん》といふ所に。洪氏《こうし》といふものあり。わが家どなりの人。よき田地《でんち》をもちたるを。うらやましく思ひ。此者をあざむきて申けるは。われなんぢがために。でんちのうはまいを出して。なんぢが役儀《やくぎ》をとゝのへて。なんぢが公役《くやく》をゆるすべしといふ。となりの者。うれ敷《しき》事におもひ。此事ひらにたのむべしとて。毎年《まいねん》のくやく。其外のさしだし以下まで。みな洪氏《こうし》が名を。かきつけてぞをきける。かくのごとくする事。二十年をこへて。洪氏《こうし》いつはつてうりけんをつくり。茶《ちや》をもつて紙《かみ》をそめて。とし久しきかきものにゝせて。此田《でん》」二オ 地《ち》二十个年以前《いぜん》に。かひ取たると申かけたり。となりの人。是をぶぎやう所にぞうつたへ申ける。

其時のぶぎやう。江氏《かううじ》のそれがしとやらんいひし人なるが。

此うりけんを取て。ひろげてつく〴〵とみて申されけるは。遠年《おんねん》のかみならば。かみのうちしろかるべし。かみのうらおもてともにおなじもの也。是則いつはりなりとて。せめとひ給へば。則とがにおちたりき

章《しやう》弁《わきまふ》レ朱《しゆ》-墨《ぼくを》一

彭州《ほうじう》の章頻《しやうひん》といひし人有。

其比眉州《びしう》の福人《ふくにん》。孫延世《そんゑんせい》と申せし者。いつはりてうりけんをつくりて。我ちかづきの間の。田地《でんぢ》をぞうばひける。

此事久敷わからずして。転運使《てんうんし》。しやうひんにおほせつけられしに。しやう」二ウひんうりけんを見ていはく。朱印《しゆゐん》のうへにすみうかめり。此者まづしゆゐんをぬすんで。のちにすみをもつて。其上にぶんしやうをかきたりとて。せめとひければ。みづからとがにおちたりけり。

此事わかりたりし事。いまだかみへも申あげざりしに。又かのあひてより。転運使《てんうんし》へうつたへければ。華陽県《くわやうけん》の黄夢《くわぶ》松《せう》と申せし人に。おほせつけられて。きかせられしかば。又さきのしやうひんがごとくにわけたり。是によつてくわうぶせうは。めされて監察御史《かんさつぎよし》の官《くわん》になさる。しやうひんは。そくじに。獄《ごく》をそなへずといふとがによつて。官《くわん》をめしおろされ侍り

ていこくがいわく。あんずるに謀判謀書《ばうはんばうしよ》のかだまし」二オき事。まことに世におほき事也。そのいつはりのてだて。さま〳〵にして。こと〳〵くにのべつくしがたし。右の二条《でう》をあげて。こゝにしるしてもつて。のちのかんがみに。そなふるものなり

胡《こ》質《しつ》集《あつむ》レ隣《となりを》

魏《ぎ》のこしつ。あざなは文徳《ぶんとく》と申せし人。常山《ぢやうさん》の太守《たいしゆ》たりし時に。魯国《ろこく》の東莞《とうくわん》といふ所の。盧顕《（ママ）ちけん》と申せし者。人のためにころされ侍り。本人《ほんにん》をもとむれども得ず。こしつがいわく。此者讎《あた》なふしてしせり。わかきつまをもてり。かやうの事さだめて。しにけるゆへにてや。あらんかとうたがひて。ろけんが隣家《りんか》の。としわかきおのこども

を。めしあつめられしに。其中に李若《りじやく》と申」二ウせし者あり。こしつにあひしより。かほのいろたゞならず見えて。いぶかしかりければ。則此者をとらへて。せめとはんとせしが。りじやく。ろけんをころせし本人は。それがしなりとぞ。おちたりけるとなん

ていこくがいわく。高柔《かうじう》は。竇礼《とうれい》があたなふして。しにけるは。銭財《ぜにたから》をかしたるより。事おこりし事をしつて。焦子文《せうしぶん》を得たり。今魏《ぎ》の胡質《こしつ》は。盧顕《ろけん》があたなふして。少妻《わかきつま》あり。是則しにけるゆへなり。かるがゆへにりじやくを察《さつ》し得たり。それ人のころさるゝに。内ゝのあたもなく。もしざいほうの事にもあらざるは。是色《いろ》によるもの也。此みつの間にて。をしはかれば。則人のかだましき所を。見そなはす」三オべし。この見やういかんとならば。たゞ其人のおもてのいろと。又は言葉《ことば》とのうちにてしるべし。きく人聡明《そうめい》ならば。いかゞしてあざむくべけんや

高柔察《かうじうみる》レ色《いろを》

魏《ぎ》のかうじうと申せし人。廷尉《ていい》護軍《こぐん》の官《くわん》たりし時に。竇《とう》礼《れい》といふ者。近所《きんじよ》へたち出けるが。いかゞしたりけん。それわがやどへかへらざりけり。人みな此者。身をなげたりとおもへり。とうれいがつま。其外けらいのものども。けふよりのちはたれたのみ。たれにかよらんとなげきて。そのありかをしらまほしくおもひ。つゐに廷尉高柔《ていいかうじう》にぞうつたへ申ける。

かうじうとふていわく。なんぢがおつとの見えざりけるに。何事にても」三ウ心おぼえのある事はなきかととふ。をんなこたへていわく。わがおつと心すなをにして。かろ〴〵しからざるゆへに。妻子《さいし》のゆくすゑを。かへり見ざるものにはあらず。又とふていわく。なんぢがおつと。内ゝ人とあたのある者にあらずや。をんなこたへていわく。心善良《せんりやう》にして。人とあたなし。又とふ、ざいほうのかりかしはなきか。をんなこたへていはく。ある時焦子文《せうしぶん》と申者に・ぜにをかしたりしが。是をもとむれども。つゐに得ざりけり

と申。

おりしも此せうしぶんといふ者。何事にかとがあるよしにて。ろうしやしてゐたりしを。かうじうめし出して。なんぢがざいくわ。何ゆへかくろうしやしたりなど丶。とひけるつゐでに。なんぢ人のぜにをか」四オりたるかいなやとゝふ。せうしぶんこたへていわく。それがし貧窮《びんぐう》なりといへども。人のぜにをからずと申て。かほのいろ少かはりたるをみて。又とふ、なんぢ竇礼《とうれい》がぜにをかりたり。なんぢなにをかかくすや。是よりせうしぶん。くせ事のあらはれん事をあんじけるか。こたふること葉《ば》。みなあとやさきとみだれたり。かうじうかさねていわく。なんぢとうれいをころしたり。すなはちはやくおつべし。いつはるべからずと申されければ。せうしぶんこ丶にをいて。みづからとがに服《ふく》しぬ

ていこくがいわく。あんずるに慝《とく》と奸《かん》と。ことなるものは。奸《かん》はかならずたくみにいつはる。慝《とく》はかくしいむ。たとへばかのおつとをころして。火にやけしに」四ウたりといひしは。たくみにいつはるもの也。とうれいがぜにをかりて。単貧《たんぴん》にしてからずといふは。是かくしいむものなり。とうれいちかく出てかへらざるは。人にころされたるかとうたがふ。かるがゆへにはじめには。あたあるかととひ。つぎには銭物《せんぶつ》を。まじへたるかととふ。かの銭《ぜに》を出してせうしぶんにかして。もとむれども得ず。あるひはぜにをもとむる。そのうらみによつて。かくのごとくのわざはいをなせり。こ丶にをいて。そのおもてのいろあらはれ。こと葉《ば》みだる丶時は。かくしいむのこ丶ろばへを。さぐり得たり・かるがゆへに。此者をなじりとふて。つゐにつみにふくす。是よく慝《とく》をみそなはすと。いつつべし」五オ

蔣常《しやうぢやう》覘《かがふ》レ嫗《ばを》

唐《たう》の貞観年中《ていくはんねんぢう》に。衛州《ゑいじう》の板橋《はんけう》といふ所に。旅人《りよじん》をとむるやどあり。亭《てい》の名を張逖《ちやうてき》とぞ申ける。ちやうてきがつま。此夜《こよひ》はおやのもとへ。里がへりとていにけり。か丶るおり

ふし。魏《ぎ》州《しう》の王衛《わうゑい》、楊正《やうせい》などいふ人。二三人同道して。此いへにぞとまりける。いそぐ用《よう》やありけん。あさまだきにやどを立ゆきけり。其夜何者かしたりけん。わうゑいがかたなをとつて。やどのあるじ。ちやうてきがくびをうちおとし。そのかたなを。もとのさやに入。そろりともとのごとくしてをきけるを。やうせいもわうゑいも。かやうの事ゆめにもしらずして。刀を取。こしにさし。やどを出行けるが。夜のあくるにした」五ウがふて。あとより大ぜいにておつかけて。まづわうゑいがこしにさしたる。かたなをひんぬいてみれば。あけになりたり。則此ものどもをとらへて。てかせくびかせを入て。がうしんする事なのめならず。がうもんのかなしみ。その苦痛《くつう》まことに。たえがたかりければ。つゐにみづからしひ服《ふく》して。ころせしもの也と申。人みなさもありなん。うたがふ事なしとおもへり。

みかど此事を叡聞《ゑいぶん》ありて。此事うたがはしとおぼしめし。御史《ぎよし》蔣常《しやうぢやう》と申人をつかはされて。此事をたゞしきはめさせ給ふに。まづ此宿中《しゆくぢう》の。とし十五よりうへのものを。一人ものこさずめしあつめ。此人数《にんじゆ》にてもたらずとて。こと〳〵くおひかへし。いかにもおひたるうばの。とし」六オの比八十あまりに見えしを。たゞ一人とゞめをきて。日くれて此うはをかへされけるが。ひそかにあとより人をつけて。何となくしらぬよしにてやり。道にて此うばに事とふ人あらば。その人をよそごとにとひしるして。人にもらする事なかれとぞ。いひつけけり。

あんのごとく一人のものありて。うばと物がたりしけり。則此者を能しるしとめてをき。又あくる日も。きのふのごとくしければ。又きのふの一人の者。うばにとひけるは。うば一人をとめ置《をき》て。日くれていだしけるは。何やうの事をかとひけるぞと。かくのごときの事をぞ申ける。毎日《まいにち》大ぜいをめしあつめて。かくのごとくする事。三日におよべり。三日ながらうばに事とふ者は。此一人」六ウなり。

さて四日めには。おとこをんな。以上三百余《よ》人のものをめしあつめて。其中にてかのうばと。ものいひし人をよび出して。のこる人数《じゆ》をこと〴〵くおひ出して。此者をとひきはめけるに。つぶさに伏《ふく》して申けるは。それがしちやうてきがつまと。内ゝ心をかよはしけるが。よきひまをうかゞひて。ちやうてきをころせしと申。

則此実《じつ》をそなへて。そうもん申ければ。しやうぢやうに。御ひきでものくだされて。侍御史《しぎよし》の官《くわん》になされける

ていこくがいわく。あんずるに李崇《りそう》は。いつはりをもつて。かくれたるをつり出し。しやうぢやうは。いつわりをもつて。賊《ぬすびと》をみそなはす。みなよく冤《べん》(ルビママ)をと」七オきしもの也。

是をもつてみるときは。いつはりをあしゝとする事なかれ

思彦《しげん》集《あつむ》レ児《こを》

唐《たう》の韓思彦《かんしげん》。幷州《へいじう》といふ所にありし時。賊《ぬすびと》ありて人をころせり。何者のしたりといふ事をしらず。酔狂人《すいきやうじん》ありて。血《ち》のつきたるかたなをもちたり。此者をとらへて。がうもんしければ。すでにおちたりけり。

かんしげん。此者をうたがはしとおもひて。早天《さうてん》より小《こ》わらんべを。数《す》百人めしあつめて。くれがたにおひ出しけり。かくのことくする事三日して。わらんべどもにむかひて問ていわく。なんぢら出る時に。事とふ者ありやととへば。みな申けるは、とふもの有と。則其人をしるしてとらへ。」七ウがうもんにおよぶ時に。ほんのころしたるぬす人。出たりとなん

ていこくがいわく。是又いつはりをもつて。ぬす人を得て。しへたげられし者をゆるせり。しかれども。しやうぢやうがうばをとめて。ひそかにとふ者を。うかゞひしのくわしきには。まさらずとなん

劉相《りうしやう》 隣証《りんしよう》

丞相劉沆《せうしやうりうかう》と申せし人。衡州《かうじう》といふ所にありし時。福人尹《ふくにんいん》氏《し》といふもの有。隣人《となりうど》の田地《でんち》を。かひ取たき事におもひけれども得ず。となりの者としおひて。子いまだいとけなし。かのふくにん則いつはつて。うりけんをつくり。とな

りの者のしぬるにおよんで。其子をおひ」八オ 出して。うつたふる事廿年なれとも。つゐに理非《りひ》わからざりしに。りうかうにぞうつたえけり。いんしは毎年《まいねん》出せし所の物なりを。しようことす。

りうかう是をなじつていわく。なんぢが田地。もとより百頃《ひやつきやう》ばかりもあり。此ものなりばかりをおさめたるを。しようことする事あるべからず。そのうへはじめうりけんをかきたりし時。となりの人をあつめて。つくりたりしや。又其時分の人。いまにをいておほくあり。引出してしようことせよとありしかば。いんしこたふることあたはずして。つゐにとがにおちたりき

ていこくがいわく。でんぢをうる時。となりをあつめて。うりけんつくるは。いにしへの法《ほう》なり。此時もむ」八ウ かしの法なくんば。いかゞして如レ此理非《りひ》わかれんや。しかるに今のぶぎやうたるもの。かき物ばかりをしるしとして。つゐにむかしの法を。あらためすてたり。かやうの事を思はさるゆへ歟《か》

韓参乳医《かんさんにうゐ》

韓億《かんおく》といひし人。洋州《やうじう》といふ所にありし時に。李甲《りかう》といふ者あり。其あにしゝたりありければ。其家に入て。無理《むり》にあによめを他所へよめ入させけり。さて其子をば。あにの子にあらずとて。そのざいほうを。わがまゝにぞしたりける。あによめ此事をうつたへ申ければ。かの李甲《りかう》と申者。こゝかしこのぶぎやう。した代《だい》などいふ者に。きん〳〵をとらせて。此をんなを。無理にかすめさせ」九オ ける間。十年あまりも。此うつたへやまざりけり。

かんおくかの者共の。（「共」に濁点あり）もとよりあげをきたりし。めやす訴《そ》状《じやう》をひらきみる。しようこさま〴〵にかきのせけれども。いまだ乳医《にうゐ》を引てしようことせず。ある時両方のうつたへ人を。をの〳〵めし出して。乳医《にうゐ》をよび。かの子をみせければ。人みな一言《ごん》をも不レ申して。そのしへたげられたる事。つゐにあきらかなり

ていこくがいわく。むかしの人の申せしは。うつたへの

事をしはかるにふたつ有。一は心ばへをみそなはし。一はしようこによる。まことに此ふたつをかねもちゆべし。しかれども其しようこ。よりがたきものあらば。たゞこゝろばへを見そなはして。其」九ウ肺《はい》。腑《ふ》のうちに。かくれたるを見出すべし。又こゝろばへに見えがたきものあらば。則しようこによつて。あらそひをやむべし。ふたつながら用《もちゐ》て。をの〳〵そのよろしきにかなふ。かの其子をしひて。他人の子なりといふ。さだめて引《ひく》所《ところ》のしようこ。ひとつにあらじ。しかれどもいまだ乳《にう》医《ゐ》をひかず。そのこゝろばへ見るべきものなり。かるがゆへに。こと〳〵くその人をあつめて。乳医をめしてみせられける。その肺《はい》、腑《ふ》のうちにかくれたるを。あらはすにたれり。是によつて。又そのあらそひをやむべし。をの〳〵こと葉を。出す事あたはずして。しへたげられし人は。わきまへたり。是又むべならずや。」十オ

袁滋《えんし》鋳《いる》レ金《かねを》

唐《たう》の李勉《りべん》といひし人。鳳翔《ほうしやう》といふ所にありし時に。此所の百姓《しやう》。田《た》をくさぎりけるが。黄金《わうごん》をひとつぼほりいだせり。則公儀《こうぎ》へあげたり。

此こがねをうけとりて思ひけるは。公儀《こうぎ》の御くらぶぎやう。御ばんのぶさたによつて。かくのごとくなり。明日此さたすべしとて。まづをのれがうちにをきて。夜あけて是をみれば。こと〳〵くつちくれなり。かねにあらず。きもをけして。かくのごとくの由を申あげければ。とかく此事をとひきはむべしとて。せめたづねられければ。みづからしひふくして申けるは。それがしかねをかへたりと申。その金を糞土《ふんど》の中にかくしをきしを。人にぬすまれたりと申。」十ウのちに又、いや此かねを。水の中へなげしが。其ところをわすれたりとも申。かへたりとは申せども。そのかねのやり所なし。しかれども人みな申けるは。かねをかへたる事は。うたがひなしと申。

ある時をの〳〵あつまり。さかもりありし時に。さま〳〵

のはなしのありし次《つゐで》に。此事をかたり出して。さりともふしぎの事かななど。いひあへる時に。袁滋《ゑんし》といふ人。李《り》勉《べん》どの丶まへにさふらひけるが。かうべをうなたれて。何ともこと葉なかりしに。りべん是をみて。いかゞおもひたまふぞと。たづねられけり。ゑんしこたへていわく。それがしは此事にうたがひありと申。

りべん則ゑんしをつかはされて。此事をきはめられしに。ゑんし行て是を見れば。かの金」十一オ の入しつぼの中に。つちくれのわうごんのなりしたるもの。二百五十あまりもありけり。さてゑんしはじめ・百性《しやう》のもちてきたるやうすをとへば。みな申。大きなる竹《たけ》をもつて。百性二人して。になふてもちきたりたりと申。ゑんし則別《べつ》の所にいたりて。別にこがねをもとめ。かのつちくれのかたちほどに。ゐかたをつくり。こがねをゐさせ。かの二百五十の半分《はんぶん》ほど。いできたりし時。此かねのおもさをかけてみければ。はや四十八貫めばかりもありけり。

すべて是をかんがへけるに。二人してたけをもつて。になふべきものにあらず。則是道にありし時。こがねへんじてつちくれとなれり。こ丶にをいて人みな大にさとりて。をの〳〵とらはれし人〻。」十一ウ そのはぢをす丶げり

孫宝《そんほう》秤《はかる》レ散《さんを》

漢《かん》のそんほうといひし人。京兆《けいてう》にありし時。市に出て。鐶《くわん》餅《びん》とて。やきもの丶さらなどいふ物をうる人あり。人おほくたちたる市にて。一人の者とゆきあたりて。うちおとして。こと〴〵くみぢんにうちわれて。粉《こ》になりけり。半分《はんぶん》ほどもわきまゆるになりて。大かた此われをとりあつむるに。五十まいばかりもあらんと。さだめられしに。うりぬし申けるは。もとより三百まいなりといひて。こうろんけんくわして。そんほうにうつたへたり。しかれども此われ物。何ほどありし事をしらず。そのしようこあきらめがたし。

そんほうひそかに」十二オ 人をつかはし。かくのごとき鐶《くわん》餅《びん》一まいかひよせて。是をはかりて。其おもさをみて。た

ちまちくだけしものは。いかほどといふ事をしれり。人〻みな舌《した》をふるへり。かのうりし人も。いつはりをいひかけし。つみにふくしてげり

ていこくがいわく。魏《ぎ》の太祖《たいそ》の御時に。孫権《そんけん》と申せし人。大なる象《ぞう》一ひきを出して。此おもさ何程あるべきぞと。とひ給ふ時。臣下《しんか》をの〳〵此りをしらざりしに。哀王冲《あいわうちう》と申せし人。其比いまだ十歳《さい》ばかりにて。おはせしが。すゝみ出てのたまひけるは。此大象《たいぞう》を大船《たいせん》のうちにのせ。水のとゞく所にしるしをきざみ。又ものをはかつて是をのせて。其かんがへにてしられけり。只今の鐶餅《くわんびん》の理とおなじ。

そんはうはくわん」十二ウ びん一まいのおもさをもつて。くだけしもの、おもさをしり。あいわうはざうをのせて。水ぎはにしるしをきざみ。物をのせておもさをしれり。是みなちゑのあまりある者也。かの片言《へんげん》にして。うつたへをさだむる人は。いかゞして如レ此しんがうせらるゝや。けだしちゑあまりあつて。こと葉理にあたるゆへなり。人をあざむきたぶらかす者。是をもつてしようことする時は。のかるべきかたなし。彼《かの》者なんの服《ふく》せずといふ事あらんや。此ゆへに片言《へんげん》にして。うつたえをさだむべき也

程簿旧銭《ていはくきうせん》

河南《かなん》の程伊川《ていいせん》と申せし人。京兆《けいてう》の鄠県《こけん》といふ所にありし時。さる者兄《あに》の家をかりてをれり。ある時地中《ぢちう》よ」十三オ り銭《ぜに》をほり出せり。あにの子うつたへていわく。此ぜには。我等が父《ちゝ》のうづみし銭なりと申。人みなきゝわづらひて申けるは。いづれしようこなくんば。何をもつてかことはらんやといふ。

程伊川《ていいせん》のいわく。此事わきまへやすしとて。則あにの子にむかひて。なんぢがちゝの銭をうづみしは。いくばく年にかなるとひ給へば。こたへていわく二十年以前《いぜん》と申。則此ぜにをゑらして見給ひて。則かの者にむかひていわく。今の官《くわん》の鋳《い》出す銭《ぜに》は。五六年ならずして。天下にあまね

くひろまるものなるに。此銭はなんぢが父《ち》のをらざる。数十年さきに。鋳《い》たる銭ばかりなり。いかゞして古銭《ふるせん》ばかり。うづまんやとのたまへば。りにつまりて。則とがにおちたりき」十三ウ

ていこくがいわく。あまねくしようこを。もとめしかども。あるひはいつはり有。たゞぜにのしるしをもつて是を実《じつ》とす。かの者地中のうづみ銭は。父のおさめし物なりと申。銭をとつてゐらしければ。みな古銭《ふるせん》也。いかゞして古銭ばかりを。ゐつてうづまんや。是をもつてしようことす。みだりにうつたへし事。あきらかなり。此ゆへにとがにおちずと。いふ事あらじかし

王璩故《わうきよこ》簡《かん》

わうきよと申せし人。襄州《じやうしう》にありし時。ぬす人あり。此者をとらへて。ひさしくとへども。其心ばへを得ず。ぬす人のもちしふくろのうちを見れば。ふるきふだ一ツあり。とり出して能〻《よくよく》みるに房陵《ばうれう》といふ所のあき人の。」十四オ ぬす人にとられしにてぞありける。是によつて。ぬす人則伏《ふく》してげり。しからずはほとんど。此者のがれましものを

ていこくがいわく。是人のちゐさいかくの。およぶ所にあらず。たま〳〵見出したる事也。是をもつてみるに。わうきよが獄《ごく》をおさむる事。能〻《よく》心をつくし。こゝろばへをしきはめ。しようこによる事有。欧陽曄《わうやうえう》はみぎのわきに。きずのあるを見て。うちころす者のこと葉きはまる。わうきよはふくろの中の。ふだをしようことして。人をびやかせしものゝ。心ばへを得たり。人のかくすをあらはすてだて。ゆるかせにすべからず

公綽《こうしやく》破《やぶる》レ柩《ひつきを》

柳公綽《りうこうしやく》といひし人。襄陽《じやうやう》といふ所の節度使《せつとし》たりし」十四ウ時に。其比年《とし》みのらずして。ききんにおよばんとする事あり。隣郷《りんがう》いよ〳〵飢《う》へんとす。おりしもさうれいの。いでたちしたる者。ものいみのきる物衣《き》て。なく〳〵りうこうしやくにむかひて申けるやうは。それがし三代《だい》のせんぞの

くわんくわく十二を。武昌県《ぶしやうけん》と申所へ。うつさんとつかまつりしに。津《つ》をまぼりしぶぎやうにとめられて・めいわくつかまつるよしをぞ申あげける。

りうこうしやく此よしをきひて。此者をとらへ。そのうつさんと申ひつきをめしよせ。うちわらせて見ければ。まことのくわんにはあらず。十二のくわんのなかに。こと〴〵く米を入てぞありける。

是けだしかやうなるききんのとしに。三代のひつぎ十二を。うつすべからず。是さだめて。いつはり」十五オ なるべしといふ事をしれり

ていこくがいわく。あんずるに。是きりどりがうどうのたぐひにあらざれども。かの元膺《げんよう》といひし人の。さうれいのくるまを。さがしたるにゝたり。しかれども天下ききんにおよんで。人のかひよねをとむる事。よき事にはあらざらんなれども。只今こゝにしるしとゞめしは・もし別《べつ》の事につきても。かやうのたくみあらん事もやと。りうこうしやくが。めいさつなる事をしるせり。後代《こうたい》にもぬす人をみそなはす。かんがみともならんか

元膺《げんよう》擒《とりこにす》レ輿《こしを》

唐《たう》の呂元膺《りよげんよう》。あざ名《な》は景夫《けいふ》と申せし人。岳陽《がくやう》といふ所にありし時に。高《たか》きおかにのぼりて。とをく見はら」十五ウ したるに。さうれいの車を。道のほとりにとゞめて。男女《なんによ》五人いろをきて。此くるまにつきそひたり。りよげんよう是を見て。遠《とを》きよりはうふれる者ならば。その人たなびけり。ちかきよりはうふれるものならば。其人はぶけり。是はさだめて。ぬす人どものよりあひて。いつはりて事をたくむものならんとて。人をつかはして。此くるまをとめてさがさせければ。くわんくわくの中は。こと〴〵く兵具《ひやうぐ》を入たり。

則此者どもをとらへて。其ゆへをたづねければ。此者江水《こうすい》をわたり。むかひの在所《ざいしよ》にこへて。きりどりがうどうをせんためなるが。いつはりてかりにさうれいの車をつくりて。其内に兵具《ぐ》を入《いれ》。江《え》のわたしをわたる時に。人にうた」十六オ

がはれまじき。たくみなりと申。則此者どもをとらへて。せめとひければ。その同類数《どうるいす》十人ありて。いづれの所に。よりあつまらんといふ。やくそく有と。ありのまゝにおちたりければ。則をの〳〵からめとつて。ざいくわに。をこなひ侍りしとなり

柳《りう》冤《しへたげる》二瘖《ゐん》‐奴《とを》一

唐《とう》の柳渾《りうこん》といひし人。江西《かうせい》といふ所の。判官《はんぐわん》たりし時に。ある僧人にかくして。酒をわかしてのみけるが。てあやまちにて家を焼《やき》けり。

僧のつかひものに。瘖《をし》なりけるやつこあり。此僧のこりのものどもに。ざいほうをとらせて口をふさぎ。さて此をしに。失火《しつくわ》のとがをぞおほせける。もとよりきん〳〵をうけて。口を」十六ウ ふさぎたるものどもは。かくせる事なれば。此をしすでに。ざいくわにおよばんとする時に。柳渾《りうこん》と崔《さい》祐甫《ゆうほ》と申せし人と。をしがしへたげられたらん事をうたがひ。魏《ぎ》少游《せうゆう》と申せし。本奉《ほんぶ》行《ぎやう》人に申て。此僧をとらへて。がうもんにおよびしかば。ありのまゝに此僧。おちたりけりとなん

ていこくがいわく。僧の身として酒のみしとが。失火《しつくわ》のとが。此両条大科《りやうでうたいくわ》たるによつて。をしをとらへて。失火のとがをおほせ。酒のみたりし事を。かくさんとす。もしざいほうをうけて。口をふさがずんば。此事いかゞしてわきまへがたからんや。しかれども上下ともに。人をあざむきけるゆへに。わきまへがたし。」十七オ 柳渾《りうこん》と崔祐甫《さいゆうほ》は。一代《だい》の英賢《ゑいけん》たるゆへに。この事をあはてゝさだめず。魏《ぎ》少游《せうゆう》も又能きゝもちゐたり。是によりて此僧のとが。うたがひなし。是又称《せう》すべきもの歟《か》

王《わう》扣《たゝく》二狂《きやう》‐嫗《おうを》一

大卿王罕《たいけいわうかん》といひし人。潭州《たんしう》にありし時に。物ぐるをしきうばあり。此うばさい〳〵来りて。事をうつたえしに。そのこと葉みだれて。事おかしかりければ。折《をり》ふしありあふ人ゝ。けうがるうばかなとて。おひやりけり。

又あるときは。此うばきたりて。さま〳〵の事ども。きゝわけがたくいひければ。例《れい》のごとく人みなおひ出さんとする所に。王罕《わうかん》うばをよびかへして。事のやうをくは」十七ウしくきゝしに。もとより物ぐるひの事なれば。こと葉みだれて。きゝがたしといへども。そのうちにすこしは。ことはりある事もきこえしに。そのこと葉にいわく。いにしへは人の嫡婦人《ちやくふじん》など。いわれし人なりしが。子なかりしゆへに。おつとしゝて。めかけにおひいだされ。家財《かざい》そのほか。みなうばわれぬるにてぞありける。其折《おり》にたび〳〵うつたえけれども。しか〳〵きゝとゞくる人もなきゆへに。しんいのほむら。いつしかくるひいでたるものなり。たま〳〵わうかん此事をきゝわけて・家財等《かざいとう》。此うばにあたへられけるとなん

李《り》公《こう》験《こゝろむ》レ欅《きよを》

尚書李南公《しやうしよりなんこう》といひし人。長沙県《ちやうしやけん》にありし時。闘《たゝかふ》もの有。」十八オ 一はうはつよく。一はうはよはし。そのたゝかひ。事おはりて。両方ともにうたれたるあとなりとて。あをくあかきをさしいだして。をの〳〵うつたふる事あり。りなんこう此者どもを。前ちかくめしよせ。そのうたれたる跡《あと》を。ゆびにてひねりて見給ひけるが。いかゞおもはれけん。一はうはまことなり。一はうはいつはりなりとのたまふ。其いつはりける者をとらへて。がうもんしければ。りなんこうの申されしに。たがふ所なかりけり。けだし南《なん》方《ばう》に。欅柳《きよりう》といへる木あり。此木の葉をもみ出して。そのしるを。人のはだへにつくれば。そのいろあをくあかふして。うたれたるきずのごとし。その木の皮《かわ》をはぎて。人のはだへにをき。火をもつてその上《うへ》をのせば。あた」十八ウ かもうちきずのいろに。すこしもたがはず。水にてあらへども。おつる事なし。しかれどもまことに。うたれたる者は。その血《ち》あつまりて其所かたし。いつはる者はしからず。りなんこう則此事をもつて。是をわきまへたりとなん

ていこくがいわく。たゝかへるうつたへは。その身のきずをもつて。しようことする事なり。しかれども。かく

のごときのいつはりおほし。まことにわきまへざらんや。このゆへにこゝにしるす

王臻《わうしん》弁《わきまふ》レ葛《かつを》

王諫議《わうかんぎ》。福州《ふくしう》にありし時。閩国《びんごく》の人あたをむくゆる事ありて。野葛《やかつ》とて大毒草《だいどくさう》をのみて。のちてきにむかひて。たゝかふてしぬといひて。則あひてをしゆる」十九オ 事あり。王臻《しん》此事をきひて。きずによつてしゝたるかとて。人をつかはし見せければ。其きず死《し》すべきにあらずと申。王臻此事をうたがひて。つぐる者をがうもんしければ。つゐにその実《じつ》を得たりとなん

ていこくがいわく。賈昌齢《かしやうれい》といひし人。饒州《ねうしう》の浮梁《ふりやう》といひし所にありし時。其所の人民《じんみん》。みなよくこのんで死《し》をかろんず。もしあたある時は。野葛《やかつ》をのみて。かへつて人をしゆる者おほし。賈昌齢《かしやうれい》是をよくわきまへたり。王臻がきずをとふににたり。是みなふかく察《さつ》したる者なり

穎知《ゑいしる》二子盗《このぬすびとを》一

欧陽穎《わうやうゑい》と申せし人。歙州《きうしう》にありし時。ぬす人ありて。」十九ウ さる福人《ふくにん》の蔵《くら》をひらき。ざいほうをこと〳〵くぬすめり。此ぬす人をとらふる事。久しといへどもつゐに得ず。人みなめいわくにおよぶおりふしに。欧陽穎《わうやうゑい》のいわく。ぬす人はほかにもとむべからずといひて。其福人《ふく》の子《こ》二人ありけるを。をの〳〵とらへて。がうもんせしかば。ありのまゝにぞおちたりける。

しかれども人みな申けるは。この子ども。がうもんのかなしみにたえかねて。みづからしひふくしたるかと。うたがひけれども。其ぬすめる所のざうもつ。こと〳〵くいでたるによつて。人みなうたがひをさんじけるとぞ。

孫科《そんはかる》レ兄《あにの》一殺《ころすを》一

孫長卿《そんちやうけい》といひし人。和州《くわじう》にありし時。ある民《たみ》おと〳〵を」二十オ 人にころされたりと。うつたへ申事あり。

そのこと葉。まことあらざる事をうたがひて。則とふていわく。なんぢが戸《こ》幾《いくばく》等《とう》ぞ。こたへていわく。上等《しやうとう》なりと申。又とふ、なんぢが家に。いくばく人かある。こたへていわく。たゞおとゝ一人なりと申。長卿《ちやうけい》がいわく。おと〳〵をころすものはあにならん。さだめておとゝのざいほうをあわせて。とらんとたくむものならんといひて。是をがうもんしければ。あんのごとくなり

ていこくがいわく。かだましきものゝ。心をかくし。いつはりをつくるをば。其こゑをきひて是をしり。あるひは其いろを見て。是をしり。あるひはそのこと葉をなじりてこれをしり。あるひは其事をとふ」二十ウ てこれをしる。けだしこの四つのものを以て。そのこゝろばへを得るもの也。かるがゆへに。かだましくいつはれる人も。能《よく》あざむく事かたし。まことに奸《かん》を察《さつ》する術《じゆつ》に。あきらかならずは。いかゞしてかくのごとくならんや

郭躬《くわくきう》明《あかす》レ誤《あやまりを》

後漢《ごかん》の郭躬《くわくきう》といひし人。郡吏《ぐんり》たりし時に。きやうだいともに。人をころす者あり。此とが一人にかたづけがたし。明帝《めいてい》ののたまはく。人のこのかみとして。おと〳〵ををしへざるとが。おもきあひだ。あにをしざいにをこなひ。おと〳〵の死《し》をゆるすべしと。のたまひて。常侍《ぢやうじ》孫章《そんしやう》といふ官人《くわんにん》をめして。しか〳〵のとをり・」二十一オ おほせくだされければ。そんしやうあやまりて申けるは。きやうだいともに。しざいにをこなふべしと。申つけてぞきらせける。尚書官《しやうしよくわん》の人。此事をうけたまはりて。孫章《そんしやう》がつみの軽《きやう》重《ぢう》をたゞしけるに。天子《てんし》のみことのりを。いつはりけるとがなれば。孫章《そんしやう》は腰斬《ようせん》のとがに。あたりたるよし申。みかど此事いかゞあらんと・おぼしめして。郭躬《くわくきう》をめされ。御たづねありければ。勅答《ちよくたう》申ていわく。孫章《そんしやう》がとがは。罰金《ばつきん》をいだして。あかなふべしと申。その時みかど。のたまはく。孫章朕《ちん》がみことのりをいつはりて。人をころせり。なんぞ其とがの罰金《ばつきん》にあたらんやとのたまふ。郭《くわく》

躬《きう》こたへて申さく。勅定《ちよくぢやう》をつたゆるのあやまり。事にをいて是あやまりなり。」二十一ウ あやまるものは。其文《ぶん》かろしと申。みかどののたまはく。めしうと、孫章と。おなじ在所《さいしよ》の者なり。しかるうへはいかゞゆへありて。かくのごとくはからひたるか。此事うたがはしきよしのたまふ。こゝにをいて。郭躬《くわくきう》こたへて申さく。周道《しうたう》は砥《と》のごとし。其なをきこと矢《や》のごとし。君子《くんし》はいつはりをむかへず。帝王《ていわう》は天にのつとる。刑《けい》法は。委曲《いきよく》して意を生《しやう》ずべからずと申。ていわうよしとのたまひて。郭躬を廷尉《ていい》の官《くわん》にうつしたまふ

ていこくがいわく。あんずるに。つとめてからきまつりごとをこなふものは。委曲《いきよく》して心を生ずる事あり。君子はいつはりをむかへずといふ事は。そのおはりてん〳〵して。かならずかくのごとくなる事。あ」二十二オるをもつてなり。郭躬《くわくきう》が理官《りくわん》をつかさどりし時。獄《ごく》をさだめ刑《けい》をことはるに。めぐみふかゝりければ。代《だい》〳〵法律《ほうりつ》をつたへて。公《こう》のくらゐにいたるもの一人。廷尉《ていい》のくわん七人。侯《こう》のくわん三人。二千石《じせき》の官。侍中郎将《しちうらうしやう》たるもの。二十余《よ》人。侍御史《しぎよし》。正監平《せいかんへい》の官たるものは。はなはだおほし。積善《しやくぜん》の慶《よろこび》とは。かやうの事にや

希亮《きりやう》救レ亡《すくふにぐるを》

陳希亮《ちんきりやう》といひし人。開封府《かいほうふ》の司録《しろく》たりし時に。青州《せいじう》の男《だん》子《し》趙宇《てうう》といふ者あり。元昊《げんかう》といふ人。むほんつかまつるのよし。申あげたりしが。そのむほんのてだて。あらはれざりけるにや。趙宇はとがにせめられて。」二十二ウ 文学参軍《ぶんがくさんぐん》の官になして。福《ふく》州といふ所へ。ながされてありしが。そのつぎのとし。元昊《げんかう》あんのごとく。むほんをおこせり。此時かの趙宇《てうう》。みづからうつたえけれども。所のぶぎやうたる人も。きゝとゞけざりければ。則《すなはち》福州《ふくしう》をにげさりて。京都《きやうと》へぞのぼりける。こゝにをいて執政《しつせい》の人。趙宇は官にありて。ゆへなふして。福《ふく》州の廃所《はいしよ》をにげたりしとがあり。法《ほう》にをこなふべしと申。

陳希亮《ちんきりやう》此事をきゝ。そうもん申ていわく。最前《さいぜん》趙宇が上《かみ》

へたてまつりし。訴状《そじやう》をめし出して。有司《ゆうし》につけて披見《ひけん》し。すなはちそのことばの内に。しるしある事あらば。趙宇にはせめをくわふべからずとぞ申ける。是によつて趙宇は。つゐにゆるされ侍り」二十二オ

ていこくがいわく。あんずるにそのありさまをろんずれば。趙宇は文学参軍《ぶんがくさんぐん》のくわんとして。福州にながされながら。にげて京都《きやうと》にのぼる事。まことにゆへなくして。官をにげたる法をもくわへつべし。しかれども其心ねをあんずれば。趙宇何のゆへもなくして。廃所《はいしよ》をにぐるものならんや。もとより元昊がむほんを。申あげたるとがによつてながされしに。今又元昊すでにむほんの事。一定《ぢやう》なり。なんぞ趙宇をつみせんや。陳希亮は。よく状《じやう》をすてゝ。情《こゝろばへ》をさぐれる者といつつべし

商《しやう》原《ゆるす》㆓詐《さ》服《ふくを》㆒

晋《しん》の商仲堪《しやうちうたん》といひし人。荊《けい》州の牧《ぼく》たりし時に。桂陽《けいやう》」二十三ウ　といふ所に。黄欽生《くわうきんせい》といふ者あり。ふたりのおやなくなりてのち久しかりしに。いつはりて身にいろをきて。父《ちゝ》の喪《も》をむかふるといふ事あり。所のぶぎやうなどいはれし人。此事をきひて。此法は棄市《きし》のとがにあたれりとて。法のごとくをこなはんとす。

こゝにをいて商仲堪《しやうちうたん》がいわく。此法意《ほうい》をあんずるに。此者二親《しん》のぞんじやうなるうへに。みだりにかくのごとき事をたくむものならば。その心ね道理《だうり》にそむけり。いふにやをよぶ。棄市《きし》のとがにも。さだむべけれども。此者二親《しん》すでに死《し》してのちの事なれば。是はたゞ誕妄《たんばう》のとがのみなりといひて。つゐに死《し》をまぬかれたりとなん。私《わたくしニ》云《いわく》三年の喪《も》には。公役《くやく》をゆるさるゝゆへなり」二十四オ

ていこくがいわく。あんずるに郭躬《くわくきう》は。をのれが心ををしてものをはかり。その状《じやう》をすてゝ。人のこゝろばへをさぐる。それをのれををして。物をはかるは恕《じよ》なり。状《じやう》をすてゝもつて。こゝろばへをさぐるは忠《ちう》なり。只今の仲堪《ちうたん》も又これなるべし。まことに一事の理をわきまへん人。忠恕《ちうじよ》の道をしらずんば。黄欽生《くわうきんせい》が棄市せられ

ん事。うたがひあるまじ。是又俗吏《ぞくり》のあたはざる者也

竇阻《とうさふ》二免喪《べんさうを》一

唐の竇参《とうしん》といひし人。はじめ奉先《ほうせん》といふ所にありし時に。男子《だんし》曹芬《そうふん》といひし者。兄弟《きやうだい》北軍《ほくぐん》にありしが・酒《さけ》にゑひて。そのいもうとを暴《しひ》けるを。その父《ちゝ》いろ〳〵に」二十四ウ すくひけれどもやまず。父おほきにいかりて。井《ゐ》におち入て死《し》にけり。

竇参《とうしん》此兄弟の者を。重辟《てうへき》のとがに。おとさんとせしを。北《ほく》軍《ぐん》の衆《しゆ》をの〳〵申けるは。此者ども三年の間の喪《も》を。とげしめんとぞ申うけけり。竇参がいわく。子の事によつて父しゝたり。もし喪《も》の事をもつて。此とがをのばさば。是ちゝをころして。つみせざる者なりといひて。兄弟の者を。みなころされてげり

ていこくがいわく。あんずるに唐の代の法に。その県《あがた》の令《れい》たる人は。死罪《しざい》を決《けつ》する事をゆるす。竇《とう》参廷尉《ていゐ》たりし時に。令《れい》の事をかねをこなひけるが。北軍《ほくぐん》の人〻奉先《ほうせん》にあつまりて申けるは。その父」二十五オ のために。喪《も》をとげさしめて。そのけいばつをすこしゆるふせんとす。是けだし中官《ちうくわん》の人にまいなひて。倖《さいわい》をもつて。つゐにそのとがを。のがれしめんとするものなり。竇参そのありさまをきゝわかちて。すみやかに是をさだめてころせし事は。右のゆへをもつてなり

薛絹互争《せつけんたがひにあらそふ》

前漢《ぜんかん》の時。臨淮《りんわい》といひし所に。一人の者かとりをもちて。市に入者あり。にわかに雨《あめ》にあふて。縑《かとり》を以てひらきてかづきけるが。かゝりける所に。ある者一人きたりて。そのかげにすこしたちよらん事を申ける間。そのかとりのかたはしをあたへて。雨のはるゝあひだ。」二十五ウ 道をゆきつれける。さて雨はれてのち。此かとりはわれがの。人のよとぞあらそひけるが。両人ともに太守薛宣《たいしゆせつせん》のもとにまいりて。しか〳〵のよしをうつたへ申ける。

薛宣《せつせん》此よしをきひて。此かとりを半《なかば》よりきりて。を

の〳〵その半分《はんぶん》をとらせてぞかへしける。さてあとより人をつけて。事のよしをきかせけるに。一人のものゝいわく。このかとりは。太守薛宣《たいしゆせつせん》どのゝ。たまものなりと。ひとりごとしてゆきける。かとりのほんぬしは。しえたげられたる事を申てやまず。かくのしだいなりと申あけければ。薛宣此由きひて。彼《かの》あひてをとらへて。せめとひければ。則とがに伏《ふく》してげり

ていこくがいわく。あんずるに是黄覇《くわうは》が。児《ちご》をいだ」二十六オかしむるてだてとおなじ。薛宣はくわうはが術《じゆつ》をもつて。あらそふ所のきぬをたつにもちひ。于仲文《うちうぶん》といふ人は。とむる所の牛をきづつくにもちゆ。その事はことなりと申せども。りのおなじきを以てなり。のちの人も。能姦人《よくかんじん》をさぐらんとほつせば・黄覇《くわうは》が術《じゆつ》。又用《もち》ゆべきものなりと云〻

符《ふ》盗並走《とうならびわしる》

前秦《ぜんしん》の符融《ふゆう》といひし人。冀州《きじう》の牧《ぼく》たりし時に。ひとりの老《らう》

母《ぼ》あり。日のくれがたに。とある所をゆきけるに。一人のぬす人にゆきあひて。こと〳〵くはぎとられけり。おりふし道ゆき人。おりあひて。此老母《らうぼ》がために。かのぬす人をおひせめてとらへしに。彼《かの》ぬす人かへつ」二十六ウてわれをとらへしを。ぬす人なりとぞしひける。

符融《ふゆう》此よしきゝたまひて。此者ども二人ともにはしりて。奉陽門《ほうやうもん》をひとあしなりとも。さきへはしりぬけたらん者は。ぬす人にてあらじとのたまふ。さて二人のものども。おもふさまはしりあひてかへりければ。符融いろをたゞしふして。はしりまけたりし者にむかひていわく。なんぢうたがひなき。ぬす人なりと申されければ。みづから罪《つみ》に伏《ふく》す。

およそふゆうが奸人《かんじん》をあらはし・かくれたるをさぐる事かくのごとし。符融といひし人は。その生《むまれ》つき明察《めいさつ》にして。能その事をはかり見る人なるゆへ。もし此ぬす人能あしつよく。はしれるものならば。のちにおつかけぬる人には。よもとらへられ」二十七オじ。是をもつて是をみるに。よくはしれる者は。おひせめてとらへたる人なりとおもへり

ていこくがいわく。あんずるに薛顔大卿《せつがんたいけい》は。江寧府《かうねいふ》にありし時。さるいたづら者ありて。ひる中に人の物をかすめとりて。かへつて平人《へいにん》をとらへて。ぬす人なりとてうつたへけるに。その顔色《がんしよく》のたゞならざりけるをみて。なんぢすなはちぬす人なり。平人に無じつをかくべからずといひて。則とらへてがうもんしければ。あんのごとくおちたりけり。是も又この類《たぐひ》なり。けだし弁誣《べんふ》の術《じゆつ》は。たゞひろくきき。ふかくみそなはして。人にあざむきまどはされざる者にあらずんば。いかでか如レ此ならんや」二十七ウ

蕭儼震レ牛《せうげんしんすうしを》

南唐《なんたう》といひし所には。物をぬすみて。ぜに二貫《ぐわん》におよぶ事には。はや人をころしけり。

盧陵《ろれう》といふ所のたみ・きる物をほしけるが。いかにもあたらしき。きぬぶすま一ツうしなひけり。そのあたひ。十貫文ばかりにも。およぶ事なり。あたりの里村《さとむら》も。ほどとをくして。人のかよふともなき所なりければ。そのとなりの家より。ぬすみたりとうたがひて。即うつたへける。これによりて。そのとなりの者。さま〳〵がうもんにおよんで。そのかなしみにたえかね。みづから此物をぬすみたりと申。そのざう物《もつ》はととへば。市に出てうりたると申。それによりて。そのゆくゑたづぬべきにもあら」二十八オずして。則此者をめし出して。法にをこなはんとて・ゆきける道すがら。此者なきかなしみて。大きなるこゑをあげ。むりをもつて。法におもむくよし。きく人もおどろくばかりに。のゝしりければ。長吏《ちやうり》此よしかくと申あげたり。則蕭儼《せうげん》におほせつけられて。此めしうとを。まづ〳〵さしをかれけるに。蕭儼しやうじんけつさいしてみをきよめ。心にまことをぞんじ。神明《しんめい》にきせいして。此冤枉《べんわう》（ルビママ）をきよめんと。あひまちけるが。彼《かの》物うしなひし村《むら》へたちこえしに。晴天《せいてん》にはかにかきくもり。たちまちあめふりて車軸《しやぢく》をながし。西北《さいほく》の方《かた》より。雷《いかづち》なり渡りて。つゐにかの物をうしなひし家に。雷おちてげり。その家にひごろかひ置《をき》ける。

牛《うし》のうへ」二十八ウ におちて。牛のはらさけたりしをみれば。かのうしなひしきぬ。いまだすこしもそこねずして。引《ひき》出したり。能〻みれば。牛此きぬをくらひたるにてぞありける。ふしぎとも中〻ならずや

ていこくがいわく。あんずるに是智算《ちさん》のおよぶ所にあらず。たゞ諸《しょ》天神明《しんめい》の冥助《めうぢょ》に。かゝれる者なり。至《し》誠哀矜《せいあいけふ》のしるし。うたがふべきにあらず

懐武《くわいぶ》用《もちゆ》レ狗《いぬを》

王蜀《わうしょく》の時に。蕭懐武《せうくわいぶ》といふ者あり。尋事《じんし》団《たん》の官《くわん》をつかさどる。此官はその一郷《がう》をまはりありきて。けみをするよこめなどのるいなり。そのしたづかひ百よ人あり。又此百よ人のしたづかひの者。一人ごとに十余《よ》」二十九オ 人づゝありけり。その名《な》を狗《いぬ》とぞつけたりけり。此いぬども。あるひはふかき小路《こぢ》のおく。こつじきひにんばい〳〵の人より。貴賤《きせん》上下。をんなわらべにいたるまで。それ〳〵の中にまぎれゐて。公私《こうし》の事。かりそめのさゝめごと。茶《ちゃ》のみ物が

たりにいたるまで。すこしものこす事なく。きゝとゞけて。即時《そくじ》に蕭懐武《しようくわいぶ》にいひきかせける間。その身におもはずはからず。ね物がたりまで。しられけるゆへに。上下万民《ばんみん》をしなめて。きもをけさずといふ事なし。いかなる事ぞとうたがひて。ひそかに心をつけて見ければ。こと〳〵くかの狗《いぬ》なり。是によつて蕭懐武《せうくわいぶ》が人をころす事。そのかずをしらず。

郭崇韜《くわくそうたう》といひし人。蜀《しょく》にいりて。蕭懐武」二十九ウ が事は申におよばず。其一類等《るいとう》にいたるまで。誅してげり。懐《くわい》武《ぶ》がごときは。人の奸《かん》を察《さつ》せしめて。かへつて姦《かん》をこなふもの也といつつべし

文成《ぶんせい》括《くゝる》レ書《しょを》

唐《たう》の張鷟《ちゃうさく》といひし人。河陽《かやう》の尉《い》たりし時に。呂元《りょげん》といふもの有。御倉奉行《くらぶぎやう》。馮忱《ひやうしん》といひし人の。にせぶみをつくりて。御倉《くら》のうり米《ごめ》をぬすむ事。度《ど》〻におよべり。馮忱《ひやうしん》は実正呂元《じつしやうりよげん》がしわざといふ事を。認《とめ》ざるゆへに。なじり

とひけれども。呂元はかたくちんじける。

張鷟《ちやうさく》此由をきひて。呂元がさゝげたりしめやすの。かみしもをふさぎ。たゞ一字《じ》を見せて。とふていわく。是なんぢが書《しよ》ならば。なんぢが書なりといへ。なんぢが」三十オ 書《しよ》にあらずは。あらずといへととひければ。呂元是を見て。是はわが書にあらずと申。則此書のかみしもをあらはし。ひろげてみせけるに。是則呂元が書なり。是にてまづ十が五つは。しれたる事也。又かのいつはりて。馮忱《ひやうしん》が書をつくりし内《うち》の二字《じ》を。出してとひければ。呂元がいわく。是すなはちわが書なりと申。こゝにをいて。かみしもをひろげてみせけるに。是かのいつはりて。かける書なり。こゝにをいて。つみにふくすと云々

ていこくがいわく。あんずるに。張鷟。呂元が人をしひけるを。能しりけれども。呂元つみにふくせざりけるゆへに。ふくせしめんがためなり。字《じ》をふさ」三十ウ ぎてそのかだましきをあらはし。書をとふてそのかくせるをあらはす。かくのごとくならば。いかゞして。つみにおちざらんや

郎簡《らうかん》校《かんがふ》レ券《けんを》

郎簡《らうかん》といひし人。竇州《とうしう》にありし時に。さる代官《だいくわん》などいわれし人有。此人しにけり。その子いとけなかりしころなりしに。その家に入《いり》むこあり。此いりむこいつはりて。うりけんをつくりて。こと〴〵く田地《でんぢ》を。わがまゝにぞしたりける。

そののちかの家のそうりやう。おとなしくなり。わが田地を。人に押領《をうりやう》ぜられたりとおもひ。さま〴〵にうつたえけれども。此事つゐにらくぢやくなかりしかば。いかゞしたりけん。朝廷《てうてい》まで」三十一オ きこえ侍りしかば。らうかんにおほせつけられて。きかせられけるに。らうかん彼《かの》しにけるしうとの。書《かき》し書《しよ》をとり出し。みせていわく。これはなんぢがしうとの。書し物なりや。いなやととひけるに。こたえていわく。是しうとの書し物なりと申。則かのいつはりてかきたりし。うりけんをひろげて。くらべけるに。

一字《じ》もそのるいにあらず。まことにいつはりて。つくりし物なり。こゝにをいていりむこ。つみに伏《ふく》し侍るとかや

ていこくがいわく。あんずるにこれその。かだましきをあらはすゆへは。旧案《きうあん》をもつて。いつはりし書をかんがふるに。其類《るい》にあらざるゆへなり

棠陰比事物語巻第三終

」三十一ウ

棠陰比事巻第四目録

」目録一オ

孫亮《そんりやう》験《こゝろみ》レ蜜《みつを》

杜亜《とあ》疑《うたがふ》レ酒《さけを》

（二行空白）」目録一ウ

棠陰比事《たうゐんひじ》物語《ものがたり》巻第《くわんだい》四

孝粛《かうせう》杖《うつ》レ吏《りを》

包拯《はうせう》といひし人。開封府《かいほうふ》といふ所にありし時。下《した》づかひの者をむちうつて。厳明《げんめい》なりと号《がう》する事あり。其ゆへは。民法《たみほう》をおかして。其とが背《せなか》をむちうつにあたれり。しかるに下づかひの奉行《ぶぎやう》。かのとが人のまいなひをうけて。とが人にいひきかせけるは。只今包拯《たゝいまはうせう》にま見へば。さだめてわれにいひつけて。なんぢをせむべし。其時なんぢ。さけびよばわりて。さまぐ〵とがなきよしをいへ。其上にては。なんぢむちうちたるゝならば。われも又うたるべし。ともに汝《なんぢ》と。とがを分《わかち》て。たがひにうくべしと。やくそくしてげり。

かゝる所に。包拯」一オ彼《かの》めしうとを引出《ひき》して。さまぐ〵の事どもとひおはりて。あんのごとくした奉行の者にわたし。がうもんさせけるに。内ゝのやくそくのごとく。さけびよばふて。とがなきよしいひやまざりければ。した奉行の者大にいかりて。高《たか》ごゑにいひけるは。なんぢ脊杖《せきぢやう》をうけて出さるべし。なんの多言《たげん》する事やあると申。

包拯此よしをきひておもひけるは。此者はたゞ権《けん》をまねく者なりとおもひ。則彼した奉行をとらへて。十七つえうつて。めしうとのとがはゆるしてげり。

包拯ほどの者なりといへども。小吏《せうり》の権勢《けんせい》を。やむる事をしりたれども。小吏にあざむきぬかれたる事を。しらずとうん〳〵」一ウ

ていこくがいわく。あんずるに包拯《はうせう》といひし人。吏《り》の権《けん》勢《せい》を。ふせぐ事をしれども。そのあざむかるゝと。いふ事をしらず。大かた人の姧《かだましき》を見しる事は。吏《り》の権をあながちに心つくべからず。たゞとがむちひしうつにあたらば。則うつてをくべし。けつく枉《まがれる》をためて。正《せい》をあやまり。つゐにめしうとの罪《つみ》をゆるして。人にあざむかるゝ事あり。是みな小吏の権勢に。心をつくるゆへなり。のちの人。奸《かん》を見しらんとならば。此事をかんが見ずんば。あるべからず

周相《しうしやう》収《とらふ》レ掾《ゑんを》

後漢《ごかん》の周紆《しうう》といひし人。召陵侯《せうれうこう》の相《しやう》たりし時に。」二オ おなじくそのはうばいに。廷掾《ていゑん》なりし人ありしが。此人周紆《しうう》が万事に厳明《げんめい》なるをにくみて。そのいせいを。おとさん事をたくみしが。ある時道のかたはらに。ひとりの死人《しびと》ありけるを。其てあしをきつて。周紆《しうう》が門外にたてをきけり。

周紆此よしをきひて。便《すなはち》かの死人のほとりにたちより。かの死人にむかひ。さま〳〵物がたりするよしに見せて。此死人を能ゝ見ければ。めくちのあたりに。わらのちりおほくつきてありけり。それより則門ばんのもとへゆき。たれにてもわらをもちて。きたれる人ありやととひければ。門ばんの者こたえていわく。廷掾《ていゑん》どの、わらをのせてかへられしがと申。

それより又鈴下《れいか》の者にとふていわく。」二ウ それがし死人と。物がたりせし事を。あやしめうたがふ者はなしやととひけ

れば。鈴下《れいか》の者こたへていわく。廷掾《ていえん》どのこそ。そのはうのおほせられし事を。ふしぎのおもひをなされつれと申。こゝにをいて廷掾《ていえん》をとらへて。是をとひければ。則伏《ふく》したりとなん

ていこくがいわく。あんずるに死人の目くちに。わらのちりのつきたるを見たりしは跡《あと》なり。又死人にむかひて。語《かた》るまねしけるは譎《いつはり》なり。跡をもつて其事をあきらめ。譎をもつてそのこゝろばへをさぐる。又ひそかにとふてもつて。まじへかんがへて。則姦人《かんじん》を得たり。又いわく。周紆《しうう》死人のかたちを見て。わらのあくたを見いだし。彼《かの》姦《かん》を」三オ するあとをもとむ。是姦をあらはすものなり。死人とかたるまねして。人にうたがひあやしましめて。是によつて。姦《かん》をいだくの心をうごかす。是姦をさぐる者なり。姦をあきらかにするには。正跡《しやうぜき》をもつてし。姦をさぐるには。いつはりを以しける。是その異《こと》なるゆへなり

方偕《はうかいが》主名《しゆめい》

方偕《はうかい》といひし人。澧州《れいしう》といふ所に。御史台《ぎよしたい》の推直官《すいちよくくわん》にてありし時に。さる一人の者と。又その里《さと》の大ふく人と。うらみをむすぶ事ありしに。かの一人の者申あげけるは。此ふく人としごとに。人十二人づゝころして。磨駞神《ばだじん》といふ神をまつりて。かやうにふつ」三ウ きになりたりしよしを申あげけり。

此うつたえ久しくりひわからざりければ。方偕《はうかい》におほせつけられて。そのりひをわきまへさせられしに。方偕かの此事つげたりし者に。ふく人のころしたりし。十二人の者どもの名《な》を。一ゝにかきつけさせて。一ゝにかんがへこゝろむるに。此人どももあまた。つつがなくしてありけり。これによつて。つゐにふく人とがなきよし。あらはれし

ていこくがいはく。あんずるに王珪丞相《わうけいせうしやう》が墓誌《ぼし》にいはく。唐介《たうかい》といひし人。岳州《がくじう》にありし時に。その所の民《たみ》に。李氏《りし》といふ者ありけり。大ふく人にして。ざいほうおほき者也。是によつて。其所の下《した》」四オ 奉行などいわれて。

大よくの者ども。此ふく人にさま〳〵のことどもいひつけて。ざいほうどもをとりけるが。まことに欲《よく》にはきはめのなきゆへにや。あるとき此ふく人。まい年人をころして。鬼神《きじん》をまつりしよしを申ける。

其ころ当所《たうしよ》に。孟合《まうかう》とて。をとにきこえし。大悪《あく》ぶたうの不仁《ふじん》なるぶぎやうありしが。此事をきゝつけしといなや。かのふく人をとらへ。おとこ、をんな、老少《らうせう》をいわず。さま〳〵がうもんにおよぶ事ひさし。されどももとよりなき事なれば。つゐに伏《ふく》する事なし。

其のち唐介《たうかい》が能《よく》うつたへをわきまふるによりて。唐介《たうかい》におほせつけて。此事をとはせられしに。唐介いろ〳〵のてだてをま」四ウ はして。とひきはめけれども。さらに別《べつ》条《でう》なかりけり。

こゝにをいてかの孟合《もうかう》大にいかりて。つゐに朝庭《ちやうてい》にうつたえけり。則《すなはち》侍《し》御史《ぎよし》方偕《はうかい》といひし人に。おほせつけられて。澧州《れいしう》といふ所へ。かのめしうとどもをめしよせて。此事をたづねきはめられしに。唐介がとひし時と。

さらにたがふ事なし。その後かのふく人に。きつくあたりし者ども。みな〳〵官《くわん》をはがれて去《さり》けり。

方偕といひし人は。すでに死《し》する者をたすけしによつて。官《くわん》を得たり。唐介《たうかい》はみづからが功《こう》をいわず。されば方《はう》偕《かい》は。あらぬ事をうつたへし人に。そのころされし者どもの名《な》をかゝせける。是又誣《しゆる》をわきまふるてだて。取《とる》に足《たる》事ある」五オ 者か。故《かるがゆへ》にこゝにしるしとゞむる者なり

宋文《そうぶんの》墨迹《ぼくせき》

宋《そう》の元嘉《げんき》二十二年に。孔熈先《こうきせん》といひし人。徐湛之《じよたんし》。許耀《きよよう》。謝綜《しやそう》。范曄《はんやう》などいひし人と。彭城王義康《ほうせいわうぎかう》と申せしを。御くらゐにたて申さんといふ。はかり事をめぐらせし所に。その内のだんかう人。徐《じよ》たんしといふ人。たちまちうらがへりて。則《すなはち》天子《てんし》へ此事ありのまゝにぞ申上ける。上《かみ》には此事をきこしめして。いそぎかのむほんの与党《よたう》どもをとらへて。せめとはれけるに。各〻《をの〳〵》しさいなく白状《はくじやう》し

てげり。その中に范《はん》やう一人おちざりけり。上意《じやうい》しきりにくだつて。きはめとはせられければ。范やう申けるは。孔《こう》きせん人をしひて。とがもなき」五ウ それがしまで。同類《どうるい》の由申上る由を申。こゝにをいて。文帝《ぶんてい》范やうがつくりし。むほんの連状《れんじやう》。すみつきを取いだして。則范曄《はんやう》にみせ給ひければ。こと葉《ば》なくして。つみにふくせしとなり

陳議《ちんぎす》二捍《かん》一取《しゆを》(一)

陳奉古《ちんほうこ》といひし人。貝州《ばいしう》にありし時に。奉行の内につかはれし卒《そつ》あり。ある時盗人《ぬすびと》あり。卒是をとらへんとせしが。そのはゝおりふしびんぎやよかりけん。すゝむで此ぬす人をとらへんとす。卒《そつ》その母《はゝ》をしのけ。ぬす人をとらへんとせしが。母つきたをされて。そのあくる日におよんで。つゐに死《し》にけり。しかる間此卒《そつ》をとらへて。奉行所にわたし。人をころせしとが」六オ 人たる間。棄市《きし》のとがに。をこなはんとぞろんじける。

陳《ちん》ほうこ此よしをきゝ申されけるは。此卒《そつ》ぬす人をとらゆるやく人として。もし盗人をとりにがす事あれば。法《ほう》をうしなふ。しかるに人是をとらへんとす。しからばかならず。捍《ふせ》ぐべき道理《だうり》にあたれり。捍《ふせい》でかの母死《はゝし》す。しかるを闘《たゝかひ》をもつてろんず。是まぼる者。盗人をつかさどる事を得ざらん。たゞ今此卒をころさば。一人のつみなき者をころして。生事《せいじ》をうばふものなり。法《ほう》にをいて。此卒をころすべからずとて。則上《かみ》へ申あげけるに。此卒をば。杖罪《じやうざい》にをこなふべしと宣《せん》下(「下」に濁点あり)せらる。見る人きく者かんじけるとかや

ていこくがいわく。むかしの罪《つみ》をはかる人は。まづ」六ウ 名分《めいぶん》をたゞし。つぎに情理《せいり》をたづぬ。かのすゝんでとらんとほつするは。とらへらるゝのぬす人なり。母したしゝといふとも。たやすくとらゆる事を得じ。子のふせいであたへざるは。ぬす人をとらゆるぬしなり。卒よはしといふとも。たやすく人にあたふる事を得じ。すゝんでとらゆるの情《こゝろばへ》は。うばふに有。あたへざるの情《こゝろばへ》は。ふせぐにあり。うばふてふせぐ。其かたちまことに

た丶かふにたり。しかれども実《じつ》はた丶かふにあらず。た丶かひをもつて。此事をろんぜば。名分《めいぶん》をたゞさず。情理《せいり》をたづねざるなり。さるによつて。ちんほうこがいはく。法あし丶と。又法ふせぐ事を得べしと。しかるを」七オ いかんぞ。此卒を死罪《しざい》にをこなはんや。法をもちゆるもの丶。あやまれるのみ

胡《こ》争《あらそふ》二竊《せつ》食《しよくを》一

胡向《こきやう》といひし人。はじめ袁州《ゑんしう》にありし時。さる者あり。食物《しよくもつ》をぬすむ。しかるを食《しよく》のぬし。此者うちころせり。人みな此事をろんずるに。人をころせしとが・死刑《しけい》にあたれりと申。

胡向《こきやう》此よしをきひて。あらそひていわく。此法まさに。杖罪《ぢやうざい》にをこなふべしと申。しかれども人みなきかず。朝《てう》廷《てい》へうつたへ申ければ。胡向がさだめしごとくなりていこくがいわく。名分《めいぶん》をもつてこれをいへば。うたる丶ものは。食《しよく》をぬすみしぬす人なり。うつ者は。」七ウ

食をまもれるぬしなり。情をもつていへば。およそ人のたがひにた丶かひて。ころされたると道理《だうり》ことなり。しからば此者をころせりといふとも。死《し》ざいにをこなふべきとがにあらず。此食ぬし人をうつといへども。もとより人をころさんといふ心なし。不利《り》に此ぬす人死《し》にけり。杖罪にをこなふといふとも可《か》なり。もし又かたなをもちゐ。又時刻《じこく》をへだて。あるひはうちやぶりたらんは。もとより心。此者をころさんとするにあり。法死《ほうし》ざいをゆるさざるべし。かやうの事にをいては。かならずその情《せい》理《り》をたづぬべし。一槩《いちがい》におもふべからず。心をつくすの君子察《くんしさつ》すべき者なり」八オ

御史《ぎよし》失《うしなふじやうを》レ状

唐《たう》の高祖《かうそ》と申せしみかど。李靖《りせい》といひし人を。岐州《きじう》といふ所の刺史《しし》に。おほせつけられしに。ある人そうもん申けるは。岐州《き》の李靖《りせい》むほんの条《でう》。そのうたがひなしと申。高祖《かうそ》此事をえいぶんありて。御史《ぎよし》におほせて。岐州にゆか

しめて。此事をたゞさしむ。李靖がむほんまことならば。則処分《しよぶん》いたすべしとのたまふ。

御史《ぎよし》心におもひけるは。李靖《りせい》がむほんの事。申ものゝいつはりなる事をしりて。此事申あげし人と。同じく彼所《かの》へゆき。事の実否《じつふ》をたゞすべしとて同道せしが。道のほどやうやくかの所へちかくなりて。御史《ぎよし》たばかりていひけるは。さるにても」八ウ わが身の上《うへ》の大事御さんなれ。そのはうのあげられしつげぶみを。天子《てんし》よりうけとりてきたりしが。いかゞしたりけん。路次《ろし》にてとりうしなひし事。いちごの浮沈《ふちん》こゝなりとおどろきさはぎ。まがほになりていひけるやうは。いかにもして。それがしが。いのちをすくひ給へと。まことにきくもあはれにぞ申ける。

こゝにをいて此事しさいあるまじとて。則状《じやう》一ツをかきて。御史にぞあたへける。御史此状をうけとりて。もとよりうしなはざりし状と。引《ひき》くらべて見ければ。すこしもおなじからず。則時《そくじ》に京都《きようと》へはせかへり。此よし高祖《かうそ》へ申あげしかば。高祖大におどろき給ひて。李靖は難《なん》をのがれけり。無実《むじつ》を申あげ」九オ し者。則誅《ちう》せられしとなん

ていこくがいわく。しゆるをわきまふるの術《じゆつ》は。正《せい》あり譎《いつはり》あり。李崇《りそう》といひし人は。その人をしゆるかとうたがふ。故《かるがゆへ》にいつはりをもつて。心ばへをもとむ。御史《ぎよし》はその人をしゆるをしる。かるがゆへにいつはりをもつて。質《しち》をとる。心をつくす者にあらずんば。いかゞしてくはしからんや

国淵求レ箋《こくゑんもとむせんを》

魏《ぎ》の国淵《こくゑん》といひし人。魏郡《ぎぐん》の太守《たいしゆ》たりし時。正直《しやうぢき》にしてわたくしなし。

何人やらん落書《らくしよ》をして魏の太祖《たいそ》をそしりたてまつるものあり。太祖これをきこしめして。おぼしけるは。いかにもして。此ほん人を」九ウ たづねばやとありし時。国《こく》ゑん此事をうけたまはりて。かの本書《ほんしよ》をとゞめをきて。すこしも人に見せず。

此書《しよ》の中に二京賦《じけいのふ》をひきてかきけり。則功曹《こうそう》の官《くわん》人に申

つけけるは。此郡《ぐん》すでに大にして。しかもみやこちかき所にありといへども。学者《がくしや》すくなし。少年《せうねん》のものゝ。いかにもりこんならんずるをたづねて。師匠《ししやう》につけて。がくもんさすべき由ありしかば。則功曹《こうそう》なりし人。三人の少年をえらひて。此者ども。師《し》につけ申べきよしを申。その時かの少年どもに。いひをしへられけるやうは。いまだ二京《じけいの》賦《ふ》をまなびず。是博物《はくぶつ》の書《しよ》なりといへども。人みなゆるかせにして其師《し》なし。ねがはくは二京の」十オ 賦を能よまん人をたづねて。師とたのむべきよし申ければ。そのゝち十日程ありて。能よむ人ある由にて。つゐに其所にゆきてまなびけり。

その後此師匠《ししやう》に。書《しよ》をつくらせ見ければ。かのはじめの落書《らくしよ》と。文法筆勢《ぶんほうひつせい》。おなじ人の作《さく》にいでたり。則此人をとらへとひければ。則罪《つみ》に服《ふく》してげり

ていこくがいわく。あんずるに王安礼《わうあんれい》といひし人。開封《かいほう》府《ふ》にありし時。ある人落書していひけるは。そんれうそれがしといひし福《ふく》人あり。逆謀《げきぼう》のくわたてあり。都城《とじやう》の人みなおそるゝ事あるよし書付《かきつけ》たり。王安礼《わうあんれい》此書を見て。すこしもまことなりとおもはず。其後数日《すじつ》あり」十ウ て。ふかく手をまはして。かの福人のありさまを。たづねきはめけれども。すこしもあとなき事なり。よつてかの福人をよびよせ。なんぢたれにても。うらみをかうふり。あたのある事はなきかととひければ。こたへていわく。此数月《すげつ》さきの事なりしに。馬生《ばせい》といふ者あり。それがしにざいほうをかりけれども。それがしあたへず。このうらみによりて。それがしにたいし。さん〴〵あつこう申つるがと申上ける。こゝにをいて別《べつ》の事にかこつけ。かの馬生《ばせい》といふ者をよびよせて。物をかゝせて見けるに。さきの名をかくして書《かき》ける落書の字《じ》と。手ぶりすこしもたがふ事」十一オ なかりけり。則とらへてがうもんして。とがにふくしけり。是則国渕《こくゑん》がてだてを用《もちゆ》る者也

偉《い》冒《おかす》二范祚《はんそを》一

刘敞《りうへい》といひし人。永興軍《ゑいこうぐん》という所にありし時。范偉《はんい》と申せし者。武功《ぶこう》の令《れい》。范祚《はんそ》といひし人を祖父《おうぢ》として。すなはち范祚《はんそ》がつかをうがちて。祖母《うば》を此つかに。あはせはうふりけり。則はかり事をめぐらし。公役《くやく》をさけて。つとめざる事五十年。たび〳〵法をおかし・徒流《とりう》にいたる。すなはちあかなひをもつて。そのとがをまぬかれけり。

長安《ちやうあん》の人民《じんみん》。ともに是をくるしみけれども。吏《り》あへて范《はん》偉《い》がとがをも。をしきはめざりしかば。刘敞《りうへい》やがて其事を心得て。獄《ごく》いまだそなへずして。」十一ウ 范偉をめしよせ。事の由をたづねきはめられしかば。そのこと葉たび〳〵かはりて。りひ分明《ふんみやう》ならず。数《す》百人のものどもを証人《しようにん》として。さま〳〵にことはりける間。連年《れんねん》まで此事決《けつ》せざりしかば。則范偉をとらへて。御史台《ぎよしたい》の官《くわん》につけて。こゝろみしるされければ。つゐにりうへいが発《はつ》せしに。すこしもたがはずとなん

ていこくがいわく。此事をあんずるに。范偉か横行《わうぎやう》。人みな是をうれふ。こゝにをいて。りうへいかの范偉が。人の墓《つか》をうがちて。そのしそんなりといひ。公義《こうぎ》の役《やく》をつとめずして。数《す》百人の者どもを証人《しようにん》として。久しく此事を決《けつ》せざる事はなんぞや。そのゆへはかの范偉といひし者が。徒党《ととう》をむすぶこと」十二オ かたし・そのうへかのしようことして。いでし者どもは。みな范偉が徒党《ととう》なり。是豈《あに》其心を。をしきはめやすからんや。又長安の人。ともに范偉か横行《わうぎやう》をうれひくるしむ。しかれども吏《り》あへて。此事をおさむる事なし。こゝにをいてりうへいが。せんさくし出したるは。まことにちゑのすぐれたる人と。いわざらんや。りうへいがごとく。厳明《げんめい》なるにあらずむば。その事を発《はつ》する事あたはじ。鞫問《きくもん》する事。かくのごとく厳明ならずは。其真実《しんじつ》を得ることあたはじ。此ゆへに奸民《かんみん》おほく。まぬかるゝ事あり。うつたへのことば。さい〳〵かはれる事も。けだしこのゆへをもつて歟《か》
十二ウ」

棠陰比事物語巻第四

処傚二鄧賢一《しよならふとうけんに》

沈括《しんくわつ》が筆談《ひつたん》にいわく。江南《こうなん》の人。よくうつたへをこのむ。かきける書《しよ》なり。侮文して得ざる時は。あざむきしひて。もつてこれをとる。あざむきしひて得ざるときは。そのつみをもとめて。もつてをびやかす。鄧思賢《とうしけん》は人の名《な》なり。はじめて此術《じゆつ》を。つたへしによりて。其書の名にぞつけたりける。およそ此書をもつて。村中《むらぢう》の者共。ならひよみて。此法にたつしける。一書《しよ》あり。是を鄧思賢《とうしけん》となづく。みなうつたへの法を。かきける書《しよ》なり。をしゆるに侮文《くわいぶん》をもつてす。

ある時韓琚《かんきよ》といひし人。処《しよ》州にありし時。ある民《たみ》いつはりて。冤状《べんじやう》（ルビママ）をつくり。人にしへたげられたる躰を見せて。かなしみい」十三オ きどをり。なきさけびけるありさまは。さながらまことしくぞ見えける。此処州《しよしう》の守《しゆ》のかけたる時しも。韓琚《かんきよ》たまく此郡《ぐん》をおさめける間。その所のならはしを。能ゝ見きはめ。人の曲 直《きよくちよく》をかんがへければ。其所の者どもも。韓琚をあざむく事なりがたし。只今のいつはりて。辞伏《じふく》しけるものも。此者冤《べん》（ルビママ）なしとおもへり。韓琚といひし人は。魏公琦《ぎこうき》といひし人の兄《あに》なり。両浙《りやうせつ》のてんうんしといふ官《くわん》にゐて。身をおはりけるとなんていこくがいわく。しからば則。かんきよが。其所の風《ふう》俗《ぞく》をきはめ。人の曲 直《きよくちよく》をかんがへしりけるは。其下《しも》たる人の。能あざむく事なきのみならず。けだし又人にをびやかされざる者なり。こゝをもつて厳《げん》と」十三ウ す。能あざむく事なきは明《めい》なり。かの辞伏《じふく》する者は。是冤《べん》（ルビママ）なきものなりといひしは。まことに厳明《げんめい》のゆへならずや

次武《しぶ》各駆《をの〳〵かる》

周《しう》の于《う》仲文《ちうぶん》。あざなは次武《しぶ》と申せし人。安固《あんこ》といふ所の大《たい》守《しゆ》たりし時に。任氏《じんし》と杜氏《とし》と。両家《りやうか》の者あり。いづれも牛《うし》をうしなひけり。其のち牛《うし》一ひきを得て。此両家《りやうか》の者。われがの人のよとあらそひけり。人みな是を。わきまふる事あたはず。

しかる所に。益州《ゑきじう》の長史《ちやうし》韓伯携《かんはくけい》がいわく。安固《あんこ》の于《う》仲文《ちうぶん》

といひしこそ。少年《せうねん》といへども。能《よく》物の理に。たつしたりし人なりとて。此事をきかせけるに。于仲文やがてかの両家の牛《うし》を。ある程」十四オひき出して両方《りやうばう》にたてならべさせて。かの一ひきの牛を。その間へはなちたりければ。此うしつゐに。任氏《じんし》が牛《うし》の中へぞかけ入ける。又人をつかはして。かの牛をすこしきりて。きづづけしかば。任氏おどろきさはぎ。かなしみけるに。杜氏《とし》はさまで。さはぐけしきもなかりけり。是によつて。つゐに杜氏つみにおとされける

ていこくがいわく。是又王覇《わうは》が摘レ姦《さぐるかんを》のてだてを。もちゆる者なり。隋《ずい》の代《よ》に。襄州《じやうしう》の総管《そうくわん》裴政《はいせい》がいわく。およそ事を推《をす》にふたつ有。ひとつは。かれが情《こゝろばへ》を見そなはし。又は証《しよう》による。その曲直《きよくちよく》をあきらかにして。是非《ぜひ》をさだむべし。証拠《しようこ》による事は。姦《かん》をあきらむるに是を用《もち》ゆ。情《こゝろばへ》を見そ」十四ウなはす事は。姦《かん》をさぐるに。是を用ゆべし。けだし証《しよう》をもたのみがたく。情《こゝろばへ》も見がたきには。譎《いつはり》をもつて。そのかくれたるをさぐるべし。しかる時は。姦人《かん》のがれがたし。

憲之《けんし》倶解《ともにとく》

宋《そう》の代に顧《こ》憲之《けんし》といひし人。建康《けんこう》といひし所にありし時。牛《うし》をぬすめる者あり。ほんぬしと是をあらそひしが。両方ともに。をのれが牛なりと申。両家《りやうか》ともに。をの〳〵しようこをぞひきける。人みな是をさだめがたし。憲之《けんし》此由をきひて。則かの牛《うし》のつなをときすてゝ。その牛のゆき次第《しだい》にしてをきければ。つゐにすみなれし。ほんぬしの家へぞかへりける。ぬす人はじめて。とが」十五オにおちたりけり

ていこくがいわく。此事をあんずるに。しようこに人を用《もち》ゆれば。たがひにいつはりをいひ出だす。かるがゆへに。人みな能けつする事あたはず。物をもつてしようことすれば。かならず真実《しんじつ》を得て。則ぬす人罪《つみ》にふくす。かの于《う》仲文《ちうぶん》がうしをはなつて。ほんぬしをわきまへしも。是とおなじたぐひなり。そのすこしことなる事あるもの

は。かれは家とをくして。牛をおほくもちし者どもなり。是はその家ちかくして。牛をおほくもたざりし者なり。事にしたがひて。いづれもよろしき事を得たりしは。理《り》のことなる事なきを以てなり」十五ウ

張昇《ちやうべん》窺《うかがふ》レ井《ゐを》

張昇丞相《ちやうべんせうしやう》と申せし人。潤州《じゆんしう》と。いふ所にありし時。さるにようばう有。そのおつといづくへかゆきけん。数日《すじつ》かへらざりしを。かのにようばう。さま〴〵たづねありきてげり。かゝる所に。とある菜園《さいゑん》の中の。ふかきふる井《ゐ》の中に。死人《しびと》ありとて。かのにようばうゆきて見けるが。是則わがおつとなりとて。なきかなしみけり。

此事つゐに官《くわん》へきこえしかば。張昇《ちやうべん》人をつかはして。かのにようばうの。となりあたりの者をめしよせ。かの女のおつとなりや。いなやととひければ。みる人みな申けるは。死人《しびと》とは見えながら。此井《ゐ》ふかきゆへに。何者といふ事をしらず。此かばねを引出」十六オ して。みるべきよしを申。張昇がいわく。ちかきとなりの者どもまで。此者みわけがたきよしを申。そのにようばうは。いかゞして。一人わがおつとなりとは。見つけ侍るぞとて。すでにがうもんにおよびしかば。まおとこなりし者がころせしを。此をんなも。ほのしりたるにてぞありける

蔡高《さいかう》宿《しゆくす》レ海《かいに》

蔡高《さいかう》と申せし人。福州《ふくしう》の長渓《ちやうけい》といふ所にありし時に。さる所のうば。二人の子をもちけるが。海《うみ》へ魚《うを》とりにゆきしが。二人ともにかへらずなりにけり。

此うばかなしみのあまりに。蔡高がもとへうつたえ申けるは。そんりやうたれと申者。それがしの子を。海《うみ》に」十六ウ てころせしよしを申。捕賊《ほぞく》の吏《り》。此よしをきひて申けるは。海にはいつとなく風波《ふうは》あり。水におぼれて。死《しに》たるもしるべからず。又人にころされたるもしられず。もし此かばねをたづね出さずは。法にをいていかゞせんや。うばが申ところ。いわれざるよしを申。

蔡高のいわく。しかれども此うばがふぜい。道理《だうり》なき者にあらずとて。ひそかにかのころせしとおぼしき者を。たづねさせけるに。ころせし者を。あらましたづね得たりしかば。蔡高かのうばにむかひて申けるは。十日がうちに。かのかばねを得ずは。なんぢわれをうらむべしといひて。海《かい》上《しやう》に出て。七日七夜たづねけるに。ある時死人《しびと》のかばね二ツ。うしほにつれてながれ」十七オ きたれり。是を引あげ。よく〳〵見けるが。みなころせし者なり。則かのころせしと。おぼしき者をとらへて。がうもんせしが。そのとがちんじがたくして。つゐにとがにをちてげり

ていこくがいわく。此事をあんずるに。人のうつたへは。をさへふさがるゝにくるしむ。かの小吏《せうり》かばねを得ずんば。此事あきらめがたしといひしは。おさへふさぐにあらずや。それ奉行たる者は。かやうの事をきゝわくるをもつて。をのれがしよくとす。しかるに人のうつたえをも。わきまへず。をのれがしよくをつとめざるは。あくをにくみ。義《ぎ》をしたふ人の。しはざならんや。しかりといへども。蔡高が此事」十七ウ をことわりしは。又ゆへある事なり。小吏かのかばねを。得ざる事をうれふ。しかるに海中にあるもの。みなうしほにしたがふていでたり。たゞ不幸《かう》にして。他所へながれよらん事をおそる。かるがゆへにうばにむかひていわく。十日がうちに。かばねを得ずんば。われをうらむべしといひて。海上に宿《しゆく》する事七日にして。つゐにみちくるしほに。ふたつのかばねをうかべて。きたりたり。是則さいかうがしんじつをつくして。めぐみふかゝりしかんわうなり。俗吏《ぞくり》のうれふる所。なんぞおもんばかるにたらんや。是によつてかのうば。つゐに本意《ほんい》をたつしてげり

劉湜《りうしよく》焚《やく》レ尸《かばねを》 」十八オ

刘侍《りうし》制《せい》といひし人。耀州《えうじう》のふくへいといふ所にありし時。ぬす人ありて。人の子をかどはしてげり。則此ぬす人をとらへ得たり。ぬす人いつはりて。そらじにをしけるゆへに。人〻此者にあざむかれて。此ぬす人をとりにがしけり。其

後又此者をとらへければ。又まへのごとくしてにげうせけり。劉湜《りうしよく》のちには此ぬす人を。火にてやかせけるとなん

ていこくがいわく。かの者いつはりしなば。則つゐに。まことにしにたりとて。つちの中へうづむべし。如ㇾ此して姦《かん》をくじき。悪《あく》をこらすにたれり。なんぞかならず。此者をやくべけんや。しかれどもかのぬす人の。徒党《ととう》どもの来りて。ほりおこしてにが」十八ウ す[べ]き事を。おもんばかるか。されども人の子女《こむすめ》をかどはしたるとが。法にをいて。かばねまできりさくべきとがにあらず。此者をうづみて。時をかぎりて。人をつけ。ばんをきたらんには。いかゞしてかの徒党《ととう》どもの。ほりおこす事あらんや。たとひぬす人。いかやうの術《じゆつ》をしりて。いきせずといふとも。埋《うづみ》たらんには。つちにてかのものゝ鼻《はな》は。ふさがるべし。さあらんには。日をへてのちは。火にて焼《やき》たると。おなじ事ならずや。此ぬす人は。やかずとも。よからましものを

高防劾《かうほうこくす》ㇾ病《やまいを》

高防《かうほう》といひし人。宿州《しよくしう》にありし時。さる者あり。をのれ」十九オ がつまを。ひそかにころせり。則つまのしんるいなりける者。此事をうつたえしが。のちにはまひなひを取。たのまれて。にわかに中風《ちうぶ》をわづらふよしいひて。一言《ごん》をも申さゞりけり。

さてかのほん人もろともにめしよせ。かくのしだいなるよしを申あげしかば。いづれも杖罪《ぢやうざい》たるべしとて。つえにてうたせらるゝに。さだまりけり。

こゝにおよんで高防申けるは。その者中風をやみて。物申さゞればとて。医者《いしや》の見さだめたるにもあらず。なにをしるしに。杖罪《ぢやうざい》にをこなふべきや此者を十日も廿日も。是にとめをきたらんに。そのうちになどかは。食物《しよくもつ》をもこはざらんや。その時にふたゝび其事をきはめて。其者の本《ほん》情《せい》を見るべしと」十九ウ 申ければ。もつともしかるべしとて。つゐにとがにおとされける

ていこく此事をろんじていわく。それ人のうつたえをさ

だむる道は。まづかならず。其者の心ばへをたづねきわめて。さてのちにそのざいくわをさだむべし。今此者の心ねを。見きはめざるさきに。はや杖罪《ぢやうざい》とさだめらる丶事。道理《だうり》にそむけり。只今の高防《かうほう》が心は。此者かのほん人に。まいなひをうけて。是をふかく。かくさんとする者なりとおもへり。是によつて高防は。かくのごとくせんぎしけり。その上此者を。にわかにきはめずして。ふた丶び其事をきはめんといひしは。悪《あく》をにくむといへども。此者の」二十オ頑《かたくな》なるをあはれむ者なり。かつうは此事わきへひろごりて。さしたるとがなき者の。めいわくにおよぶ事もやと。おもんばかりし故《ゆへ》にや

王鍔《わうかく》匿《かくす》レ名《なを》

唐《たう》の代《よ》に王鍔《わうかく》といひし人あり。淮南《わいなん》の節度使《せつとし》の官《くわん》にてありし時に。何人ともしれず。名《な》をかくしたる書《しよ》を。わうかくが前《まへ》におとしをきたり。当座《たうざ》の者ども是をとりあげ。わうかくにわたしければ。わうかく是をとりて。一めも見ずして。はきたりしくつのあひへ。をしこみてをきしが。別《べつ》に又くつのあひへ。それによくにたる書を入てをきて。其のち此くつの中より。書《しよ》をとり出して。火にうちくべて。やきすて」二十ウけり。是をみる者ども。みなおもひけるは。さきのとりあげてわたしける文を。やきてすてられたりとおもへり。

さて其のちに。かのつげぶみを。人しれずよみて。何たる人の。いかやうなる曲事《くせ》を。おかしたりとおもひ。より〳〵人のおもひがけもなき時に。かのつげしらせし事ども。ありのま丶に申けるあひだ。人〻ふしぎのおもひをなし。わうかくは。神明《しんめい》につうじたる人やらんと。おそれあへり

ていこくがいわく。此事をあんずるに。南斉《なんせい》の時に。予《よ》章《しやう》の王嶷《わうぎよく》といひし人は。人のとがあやまりをきく事を。よしなき事とおもひしかば。人〻何ほども落書《らくしよ》して。さま〴〵の事ども。つげしらせけ」二十一オれども。みな鞾《くつ》の中へをし入をきて。つゐに一めを見ず。まことに火に

やきてすてられけり。今のわうかくは。人のとがあやまりをこのんで。きゝおとさんとおもへり。王凝《わうぎよく》が正路《せいろ》なるには。はるかおとれるいつはりならずや

至《し》遠《ゑん》憶《おもふ》レ姓《せいを》

唐《たう》の李《り》至《し》遠《ゑん》といひし人。知《ち》選事《せんじ》の官《くわん》たりし時。令史《れいし》の人にたのまれて。まいなひをうけて。上意《じやうい》をいつはりて。ほうこう人以下《いげ》までを。しりぞけかへて。よろづをのれがよくをかまへける。又その小吏《り》も。人のまいなひをうけて。斂手《れんしゆ》しけり。

李《り》至《し》遠《ゑん》是をにくしとおもふおりふしに。王忠《わうちう》といふ者あり。此者とがに」二十一ウ よりて。おひはなされたりし者なるを。かの吏《り》いつはりて。士姓《しのせい》をかきつけて。人のめさるゝにことよせて。此者をめしかへさんとせしところに。李《り》至《し》遠《ゑん》がいわく。めしあげられし人。三万人の中に。士《し》姓《せい》の者なし。これはさだめて。王忠《わうちう》が事ならんといひければ。小吏《せうり》肝《きも》をけして。かうべをたゝひて。とがにおちたりけるとなん

希《き》崇《そう》並《ならびに》付《つく》

晋《しん》の張《ちやう》希《き》崇《そう》といひし人。邠州《はんしう》にありし時。さる者あり。郭氏《くわくし》がまゝ子なりしが。おさなき時より。成人《せいじん》ののちにいたるまで。いたづらなるものにて。郭氏《くわくし》がいへる事にそむきしかば。郭氏此者をおひ出してげり。郭氏ふうふともに。ほどなく死《しに》けり。嫡子《ちやくし》あり」二十二オ けるが。此時すでに成人《せいじん》しけり。郭氏がしんるいども。かのまゝ子《こ》にをしへていわせけるは。それがし郭氏が子なり。おやのざいほうを。わかちとるべしとぞうつたへける。

をの〳〵此事を。ことはる事あたはざりしに。希崇このうつたえをきひて申けるは。ちゝの存生《ぞんじやう》のうちに。すでにはなれて。又その母《はゝ》しぬるにもきたらず。たとひ養子《やうし》なりとも。廿年の間。父母《ちゝはゝ》やういくの恩《おん》をそむく。もし又しんじつの子なりといはゞ。三ケ条《でう》のざいにんなり。親子《しんし》の名《めい》教《かう》をそこなへり。なんぞおやのざいほうを。とらんやといひて。こと〳〵く嫡子《ちやくし》につけあたへられて。かのまゝ子

によりきして。うつたえをいわせける者どもまで。それ〳〵のとが」二十二ウに。をこなはれしかば。きく人みなかんじけるとかや。

ていこくがいわく。あんずるに唐《たう》の代《よ》には。人をえらふに。判断《はんだん》三条《でう》をこゝろみて。そのこと葉《ば》、理にあたりて。決断明白《けつだんめいはく》なれば。是を抜萃《ばつすい》とぞ申ける。希崇が此事をきゝわけたりしは。まことにりにかなひて。めいはくなりしかば。人みなかんじける者なり

斉賢《さいけん》両《ふたつながら》易《かふ》

張斉賢《ちやうさいけん》丞相《せうしやう》といひし人。中書《ちうしよ》たりし時。其所にざいほうをわかちとる者あり。をの〳〵ひとしからずといひて。あらそひうつたえけるが。十余断《よだん》をかへて。さばかれけれども。をの〳〵あらそひやまざりけり。張斉賢《ちやうさいけん》此事をきひていわく。是台省《たいぜい》の能《よく》ことはりた」二十三オまはん事にあらず。それがしにおほせつけらるべしといひて。かのうつたえきたれる。ふたりの者どもを。中書堂《ちうしよだう》へめしよせてとひけるは。なんぢらは。かのわかつ所のざいほう。をの〳〵すくなきといひて。たがひにあらそへるかととひければ。ふたりの者こたへていわく。御意のごとくと申。

則をの〳〵能口《よくくち》をかためてのち。張斉賢《ちやうさいけん》がめしつかひける小吏《り》どもを。両人の家へつかはして。彼方《かのはう》のざいほうは。此はうへうつし。此方のざいほうは。かのはうへうつさせて。すこしもちがはず。もとのごとくにして。をの〳〵文《ぶん》書《しよ》をかへてわたしければ。うつたえすなはち。正《たゞ》しくなりけり

ていこくがいわく。あんずるに。曽肇《そうてう》といひし人。」二十三ウ王延禧《わうゑんき》が墓誌《ぼし》を撰《せん》していわく。延禧《えんき》岳《がく》州にありし時に。きやうだいの者。ざいほうをわけて取けるに。おとゝのとりける田地《でんぢ》は。ことの外あしくて。あにのとりし田地《でんぢ》と。ひとしからずと申。そのあにのいわく。おなじ物なりと申。則此二人の田地を。たがひに取ちがへてぞわたしける。此あに又此国のあるじへうつたえければ。則事

のやうをき丶たまひて。大にわらひていわく。是則張《ちやう》斉賢《さいけん》が。ききたりし所の法《ほう》とおなじ。王延がき丶しに。別義《べちぎ》なしとぞのたまひける

王珣《わうしん》 弁《わきまふ》レ印《ゐんを》

王珣《わうしん》といひし人。昭《せう》州にありし時に。いつはりて。州王《しうわう》の」三十四オ 印《ゐん》をつくれる者ありと。申あげたり。此事久しく決《けつ》せざりしに。吏《り》は此印《ゐん》のもん。すこしにざる所ありとて。此者をとがにおとすべきよし申。

わうしんが景徳《けいとく》より以前の。ふるき書物《かきもの》どもを取出して。その印のもんを見ければ。此印にすこしもたがはず。則此者をしひて。うつたえけるもの。とがにふくしけり。

此印のある書物《かきもの》は。景徳《けいとく》の時の事なり。まことに景徳の時の。ふるき書物を取出して。かんがふべし。吏《り》は印《ゐん》の文《もん》の。かはれる時をしらず。是によつて。けつせざるなり

ていこくがいわく。あんずるに。これつげきたりし人の。しひたるにあらず。たゞ此印のにざるによつ」三十四ウ て。つげたるばかりなり。此文書《ぶんしよ》景徳の時の事也。景徳の時の。ふるき書物を。かんがへてしるべし。吏《り》此事をしらずして。とがなき人を。久しくとらへをきしは。まことにあはれむべき事なり。たゞわうしん。よく心をつくす。是によつて。ゆるさる丶事を得たり。しからずんば。此者つゐに。冤死《べんし》（ルビママ）しなまし

尹洙《いんしゆ》 検《かんがふ》レ籍《せきを》

尹洙《いんしゆ》といひし人。河南府《かなんふ》の伊陽県《いやうけん》といひし所にありし時に。さるをんなあり。いとけなき時より。みなし子《ご》なり。賀氏《かし》の者の田地《でんぢ》をとりて。年月《としつき》をくりしに・そのとなりの人。証人《しようにん》として是則此をんなの。しよりやうにあらずといひて。則こと〳〵く。上《かみ》へ没収《もつしゆ》せられ」三十五オ けり。其のち此となりの者。死《し》したりければ。又うつたえていわく。もつしゆせられしところの田地は。それがしの分《ぶん》なりと申。此事久しく。りひわからざりしかば。尹洙《いんしゆ》とふていわく。なんぢがとしは。いくつになりけるぞ。をんなこたへてい

わく。卅二と申。咸平《かんへい》の年籍《ねんせき》をかんがへ見るに。咸平二年に。賀《か》氏死《し》して。その妻劉氏《つまりうし》といふものをもつて。公《く》やくをつとめしが。なんぢ卅二なりといはゞ。咸平《かんへい》五年にうまれし者なり。その時いかゞして。賀氏あらんやと。とはれければ。則《すなはち》とがにおちたりけり

孫登《そんとう》比《たくらぶ》レ弾《たんを》

呉《ご》の太子《たいし》孫登《そんとう》と申せし人。ある時馬《むま》にのりて。とをり」二十五ウたまひけるに弾丸《だんぐわん》ありて。御身《み》ちかくとびきたれり。此弾丸を射《い》ける者を。たづねさせければ。さる者弾《はじき》をもち。丸《たま》をこしにさげて居《ゐ》ける者あり。此者をとらへ。只今弾《たん》丸射《ぐわんい》ける者なりとて。ひき出し。ちやうちやく。かしやくせんとしけるに。此者おどろく気色《けしき》もなく。それがしのしはざにてなきよしを申。

孫登《そんとう》此由を見て。かのうつてをこしたりける。弾丸をたづね出して。かの者のもちたりける丸《たま》と。くらべて見ければ。一向《かう》ちがひたる。丸にてぞありける。是によつて此者。ゆるされけるとぞ

ていこくがいわく。人のとがなくして。冤《ゑん》をかうふることは。かならず事のにたること。あるによれり。能」二十六オきゝわけざる人は。かならずかの者のいひわけを。つまびらかにきゝわかたずして。一たんのいかりに威《い》をふるひて。つゐにひが事をいたす事おほし。此事すこしなる事なりとはいへども。是を以て大に喩《たとふ》べし

徳裕《とくかく》（ママ）摸《うつす》レ金《こかねを》

唐の李《り》徳裕《とくかく》（ママ）といひし人。浙西《せつせい》といふ所にありし時に。甘露《かんろ》寺《じ》の住寺坊《じうじばう》。一寺《じ》の交割常住物《かうかつぢやうぢうもつ》のきがねを。此さきの知《ち》事《じ》の僧に。そくばくぬすまれたりと申て。さきの数輩《すはい》の僧を証拠《しようこ》として。たがひにふうをつけ置《をき》。其文籍《もんじやく》みなありと申。則此たびの知事《ちじ》の者。さきの知事を。ぬす人なりと申かけたり。しかれども其ざいほう」二十六ウを。いかゞしてとり。又何の用《よう》につかひけりといふ事は。しれざりけり。李徳裕此事をきゝて。此事真実《しんじつ》にて。あるべからずとぞう

たがひける。

かの知事の僧も。うつたえ申けるは。寺におる者は。知事をもつ事を。たのしみとおもへり。その上積年《しやくねん》よりこのかたの文籍《もんじやく》を。たがひに書《かき》をきし事なれども。其実《じつ》は金《こがね》はなし。たゞそれがし一人。出家《しゆつけ》のぎやうぎをたて。余《よ》の僧のふぜいとちがひ。へいぜい衆僧《しゆそう》とまじらはさりしかば。事を是によせて。それがし一人を。めいわくにおよぼさんと。たくめる者なりと。さま〴〵にことはり。なみだをながして申ければ。李徳裕此ことをきひて。あはれにおもひ。僧にむかひて。此事しりがたからずと」二十七オ いひて。やがて武士《もの〻ふ》数十人つかはして。一寺《じ》の僧を一ゝにとらへて。たがひに別《べち》〳〵にをき。ひとところへよせずして。あかつちを能うちねやして。さき〴〵寄合《よりあひ》し時。ふうをつけたりといふ所の。きがねのかたちを。めん〳〵のおぼえしごとくに。つくるべしとて。つくらせて見ければ。もとよりなき事なるゆへに。其かたちをしらざりければ。たがひにちがひて。ひとつもおなじ物なかりけり。是によつて。一ゝにとがにおとされしとなり

梁《りやう》適《てき》重《をもんず》レ詛《そを》

りやうてきといひし人。詳議官《しやうぎくわん》たりし時に。梓州《ししう》といふ所の妖人《ようじん》に。白がんくわんといひし者あり。此」二十七ウ 者鬼神《きしん》によりて。法《ほう》をこなひ。人をのろひければ。しなずといふ者なし。此白がんくわんをとらへて。いかゞとがにをこなひ申べきや。又人をころすといへども。人をきりそこなひたるにもあらず。いかゞせんとうたがひしを。梁適がいわく。ころすにやいばをもつてする者をば。ふせぐべきやうもおほし。しかるに此者。人をしゆそしてころしければ。いかゞしてまぬかれむや。此者重辟《ちやうへき》にをこなふべしとぞろんじける

ていこくがいわく。あんずるに。鬼神《きしん》によりて法をなし。人をのろひころすは。蠱毒厭魅《とどくようくわい》をたくはへて。人をころすのたぐひとおなじ。此者をとひきはめて。其真実《しんじつ》を得たり。しかれども人」二十八オ をきずづけざるによつて。

其法《ほう》をうたがふ物なり。法《ほう》なきものは。其類《るい》をもつて是ををして。義《ぎ》ををこなふべし。かやうの大獄《ごく》をことはらんとするには。かならず古義《ふるきぎ》をつたふべし。いかゞして俗吏《ぞくり》の者の。しる事なからんや

袁象悪《えんたんにくむ》レ淫《いんを》

南斉《なんせい》の袁象といひし人。荊州《けいしう》にありし時。江陵県《かうれうけん》といふ所に。荀将之《こうしやうし》といふ人のおとゝに。胡之《こし》といふ者あり。その女房《ねうぼう》。曽口寺《そうこうじ》の僧《そう》に。おもひかけられしが。ある夜此僧《そう》。荀将之が家へしのび入しに。荀将之此しのび者を。うちころしてげり。

人ころせしとて。官司《くわんし》にかんがへられて。めいわくにをよびしに。」二十八ウ 荀将之おもひけるは。一家《け》の見ぐるしき事を。一ゝのこさず。人まへにていひつくさん事も。はぢがましき事なり。又いわざれば。事大《おほ》きなる事なり。其実《じつ》はをのれがころせし者なり。しかじ（ママ）我一人しにたらんにはと。おもひける所に。又おとゝの荀胡之も。わが女房ゆへに。事おこりし事なれば。われしなんといひて。たがひに死《し》をぞあらそひけり。

江陵《こうれう》の代官《だいくわん》。いかゞせんとおもひ。国主《こくしゆ》の前《まへ》にまいり。ひろく人のいけんをとふらふ所に。袁象此事をきひていわく。此将之《せうし》と胡之《こし》とが心ね。まことにあしき者にあらず。此事を弁《べん》ずる時。人みなあはれにぞおもひける。むかし文《ぶん》挙《きよ》。そしりを引て。疏網《しよこう》にもるゝ事を得たり。今の二人の」二十九オものども。古人《こじん》の心とおなじ。此者をあらき刑罰《けいばつ》にをこなふ物ならば。善人《ぜん》をそこなふににたりとて。きやうだいともに。死《し》をゆるされ侍りし

ていこくがいわく。その心ばへおもんばかるべき事あらば。大なるとがなりとも。ゆるすべき事あり。かの孝子《かうし》の牛《うし》をころし。義士《ぎし》の獄《ごく》をこへ。きやうだいの死《し》をあらそふ。みなこれなり。人の夜をおかしけるは。かろきとがなりといへども。此時そこつにして。威《い》をたてゝ。此者をころし。此者どものこゝろねをたづねきはめずんば。いかゞして能《よく》かくのごとく。おもんばからんや。是又あ

やまちをなだむる。かんがみたるべき者なり」二十九ウ

曹駁《そうはくす》レ坐《つみすることを》レ　妻《つまと》

沈存中《しんそんちう》といひし人の。いへることあり。寿州《じうしう》といふ所に。ある人其妻の父母兄弟《ちゝはゝきやうだい》。数人をころせし事あり。所の司《し》。此者不道《ぶたう》人なりとて。妻子等《さいしとう》まで。刑罰《けいばつ》にをこなはんとせしを。曹《そう》がいわく。妻の父母《ちゝはゝ》をうちころすは。則是義絶《ぎぜつ》なり。いわんや謀殺《ぼうさつ》するものをや。その妻《つま》をばつみすべからずといへり

孔議《こうぎす》レ罟《のることを》レ　母《はゝを》

宋《さう》の孔深之《こうしんし》といひし人。尚書比部郎《しやうしよひほうらう》たりし時に。応城県《をうせいけん》といふ所に。張江陵《ちやうかうれう》といひし者あり。其妻《つま》とともに。其母黄氏《はゝくわうし》といひし人をのつていはく。年《とし》うちよりながらへて。いらざる身を。はやく死《しせ》かしといひければ。」三十オ　母《はゝ》黄氏《くわうし》いかりうらみて。つゐにみづからくびれ。むなしくなりけり。

其比《ころ》しも。天下一とうの赦《ゆるし》にあひて。とが人をゆるさるゝ事あり。しかれども律《りつ》にいわく。子《こ》としておやをうちころしたる者をば。ゆるされざる法なり。其子のくびをとりて。木の上にかけて。さらすべし。人をのりしかりたるをば。棄市《きし》すべし。赦《しや》にあふては刑《けい》をなたむべし。これのりしかりたるとて。其身をころすべきにあらずとせんぎしけるを。孔深之《こうしんし》是をきひていわく。それ里《さと》を逆心《げきしん》となづけければ。仁者《じんしや》はいらず。里《さと》の名をにくむ法あり。いはんやめの前にある人事《じんじ》をや。かるがゆへに人をころしのろひとこひたるをば。ゆるすべからざる法なり。いわんやおや」三十ウ　をのりころせしとが。法にをいて。なだむべからず。たとひ江陵《こうれう》。赦《ゆるし》にあふたりとも。そのくびをばがうにかくべし。其上人の女房《ねうぼう》は。義《ぎ》をもつてあひする者なり。父子の天属《てんしよく》のごとくなる者にはあらず。母黄《はゝくわう》がうらむる所は。此女房呉氏《ごし》にあり。死《し》をゆるすは。正法《しやうほう》にあらずと申ければ。御《み》ことのり下て。孔深之《こうしんし》が申せしごとく。をこなはれけり。女房は棄市《きし》せられしと也

ていこくがいわく。はゝをのりてしなせける。うちころせしより其とがおもし。ゆるさざる事は道理《だうり》にかなへり。呉氏《ごし》もしおつとのとがにしたがひ。つみせられば。あるひはゆるすべし。しかれども呉もともにのりしかば。棄市せられし事尤《もつとも》なり。」三十一オ みことのりは。深之《しんし》がたらざる所を。おぎなひし者也

孫亮《そんりやう》　験《こゝろむ》レ蜜《みつを》

呉《ご》の廃帝《はいてい》のまご亮《りやう》。あざ名をば子明《しめい》とぞ申ける。ある時園《その》に出て。青梅《あおむめ》をとりて。あそびたまひけるが。黄門《くわうもん》の官《くわん》なりし人に。おほせつけられて。銀缾《ぎんひやう》ならびに盖《ふた》などをもつて。蔵吏《さうり》がもとへ。蜜《みつ》をとりにやられしに。黄門《くわうもん》もとより蔵吏《さうり》をうらむる事有。是によつて。ねずみのふんをかの蜜《みつ》の中へ入をきて。蔵吏《さうり》こそ。不謹《きん》なる者なりとぞさゝへける。

子明すなはち蔵吏《さうり》をよびたまひければ。則蜜つぼをもちて。御前へまいりける。子明とふてのたまはく。蜜の缾《つるべ》すでにふたをして。又かみをもつておほへり。」三十一ウ 鼠屎《そし》のいるべきやうなし。黄門なんぢにうらむる事ありやと。とひたまひければ。吏《り》がいわく。かの者まへよりそれがしをたのみて。官席《くわんせき》をもとめしかども。あたへざりし事ありと申。子明のいわく。さだめて此しさいによるべし。しからば此事しりやすき事とて。かのねずみのふんを。ふたつにわりて。見させられしかば。そとばかりしめりて。中はかはきたるふんにてぞありける。是則只今入て。かの蔵《くら》ぶきやうを。さゝへたをさんとせし物なり。是によつて。黄門すなはちつみにをちたりとなん

ていこくがいわく。此事をあんずるに。裴松之《はいせうし》がいわく。ねずみのふんも・あたらしげれば。うちそと共」三十二オ にみなうるほふ。黄門もしあたらしきふんを入たらんには。その奸《かん》をうる事なからん。さいわひよくひたるふんを入たればこそ。子明《しめい》がちゑはかしこきになれりとぞ申ける。ていこく此事をおもふに。子明がいわれしは。必定《ひつぢやう》の道理《だうり》なり。裴松之がいふ所は。たま／＼さもあらん事な

り。理《り》は決定《けつぢやう》也といへども。ことあるひは偶合《ぐうがう》す。かるがゆへに理をとつて。事をなさんとするに。しぜん時ありて通《つう》ぜざる。事あり。理をふさぐ人。かへつて事を暁者《さとす》に。わらはるゝ事あるは。かやうの事あるをもつてなり。たゞ珠円《たままどか》にして不レ滞《とゞこをら》。鑑照《かんがみてら》して。あざむきがたきやうなれば。子理《じり》ともにかねあき」三十二ウ らかにして。黄門がもとよりうらみしをとひて。その心ばへをしり。鼠《ねずみ》のふんのかはきたるをみて。其かたちを得たり。かるがゆへにまじへて。両説《りやうせつ》をとれり。かるがゆへに。其本末《ほんまつ》をそなへのせ侍り

杜亜《とあ》疑レ酒《うたかふしゆを》

唐《たう》のとあと申せし人。維陽《ゆやう》といふ所にありし時。さる富民《ふくみん》あり。父《ちゝ》死してのち。まゝ母にあしくあたれり。元日《ぐわんにち》のことなりしに。母のもとへいわひのために。礼にゆきたりければ。母うれしくおもひ。さかづきを出して。則子にぞたびにける。酒をうけて。すでにのまむとせしが。心に思ふやう。此さけには。どく物のいりたるやらんとて。地にうちこぼしければ。まことに大」三十三オ どく入たるとおぼしくて。土《つち》みなうごもてり。則母をのつていわく。酖《ちん》どくをもつて人をころす。天ばつなむぞ。たすけんやとぞいかりける。母大にきもをけし・むねをうつていわく。天のせうらんかみにあり。我子にどくをかふ法やある。いかゞしてかくのごとくに。我を思ひけるぞと。むねをうつて伏《ふく》せざりければ。則母をとらへて。杜亜《とあ》がもとへきたり。しか〳〵の由《よし》を申。

杜亜とふていわく。なんぢ母のことぶきをたてまつるに。酒《さけ》はいづくよりきたれるやと申。こたへていわく。長婦《ちやうふ》。爵《しやく》をとりてまいれりと申。母なんぢに觴《さかづき》をたまふ。是又いづくよりきたれりや。こたへていわく。長婦がとる所の爵《しやく》なりと申。その長婦といへるはたそ。」三十三ウ 此子《こ》の女房《ねうばう》なり。こゝにをいて。杜亜《とあ》大にいかつていわく。此どくは長婦より出たり。なんぞ母を誣《しひん》やとのたまひて。をの〳〵かたはらへ引のけて。きはめとひければ。則此ふう

ふの者ども。はかり事をめぐらし。ままは丶を誣《しひ》たるにて
ぞありける。つゐに法におかれしとなり
ていこくがいわく。あんずるにしゆるをわきまふるてだ
ては。物をもつて其かくれたるをあらはす。李《り》徳裕《とくかく》（ルビママ）が。
つちにて金《こがね》をつくらせける、是なり。又あるひは事を
もつて。其かだましきをあかす。杜亜さかづきをとふて。
酖《ちん》をしる、これなり。これみなたゞしうして。いつはら
ざるものなり」三十四オ

棠陰比事物語巻第四終

（十一行空白）」三十四ウ

棠陰比事巻第五目録

（五行空白）」目録一ウ

棠陰比事《たうゐんひじ》物語《ものがたり》巻第《くわんだい》五

伝隆《てんりう》議《たばかる》レ絶《たつことを》

宋《そう》の文帝《ぶんてい》の時に。剡県《せんけん》の人に。黄初《くわうしよ》といひし人あり。その妻《め》趙氏《てうし》。子息《しそく》の載《さい》といふ者が妻《め》王氏《わうし》をうちころせり。其のち赦《しや》にあふ。王氏《わうし》が父母《ぶも》と。子息《しそく》に称《せう》といふものあり。法にまかせて。趙氏《てうし》を二千里《り》のほかへぞながしける。司徒《しと》伝隆《てんりう》と申せし人。此事をせんぎしていわく。人の父子《ふし》は至親《ししん》なり。もとおやのかたちをわけてうまれ。気《き》をおなじうせしもの也。称《せう》と載《さい》とがあひだは。載《さい》と趙《てう》とがあひだとおなじ。趙氏《てうし》は載《さい》が母《は、》なり。載は称《せう》が父《ち、》なるゆへなり。三代《たい》の時なりといへども。是を一躰《たい》といふべし。称が身となりては。たとひ」一オ身にきりきずをおひて。いたみふかしといふとも。まごとして。うばをあたする道理《だうり》なし。かるがゆへにいにしへの人は。父《ち、》の命《めい》をもつて。おうぢ、うばの命をそむかずといへり。もし称《せう》うば趙氏をころすべしといはゞ。趙氏が子載《こさい》が身として。いかゞすべけんや。父子、おうぢまご。たがひにころし、ころさるゝ事は。堯《ぎやう》舜《しゆん》の代《よ》に。皐陶《かうよう》がたてし法にては。あるべからず。是によつて旧令《きうれい》にも。人の父母《ち、は、》をころしたるをは。二千里の外へながすべし。おやこ、おうぢまごには。かゝるべからずといへるは。是がためなり。今の趙氏《てうし》は。王氏が期功《きこう》をさけて。千里の外へ出ておるべき事なり。その上《うへ》。令《れい》にいわく。ながされ人の同籍《とうせき》しんるいの。あ」一ウひしたがひてゆかんといへるをば。是をゆるしてやる法なり。今の趙氏《てうし》ながされば。載《さい》は趙氏が子なれば。なじかはしたがひゆかざらんや。載したがひてゆくならば。称《せう》は載が子なれば。是も又ゆか[ず]していかゞせん。是によつて。是を見れば。趙氏はたとひ。身のはぢは。かなしけれども。内にゐて身をおはるならば。称も又たとひ。かなしみにたえずとも。ふかくなげきて。月火《つきひ》をくるべし。しからば則祖孫《そそん》の義《ぎ》。たえまじかりしものをといへり。此理《り》まことにしかり

漢武明レ継《かんのぶあかすつぐを》

漢《かん》の景帝《けいてい》の御代《みよ》に。廷尉《ていい》なりし人。一人のめしうとをたてまつりけり。防年《ほうねん》が継母《けいぼ》陳氏《ちんし》といふ者。」二オ 防年《ほうねん》が父をころしけり。防年是によつて。まゝはゝ陳氏《ちんし》をころしてげり。是則母《はゝ》をころすは。大逆《だいぎやく》なりとて。とがにおとさんとぞろんじける。

景帝《けいてい》此事をうたがはしく。おぼしめされけるが。おりふし太子武帝《たいしぶてい》の。いまだいとけなくして。とし十二さいにならせたまひけるが。御前《ごぜん》にましませに。此事いかゞあらんとぞ。とひたまひける。太子《たいし》おさな心に。こたへたまひけるは。継母《けいぼ》はゝのごとくなれども。母にあらざるは一定《ぢやう》なり。父《ちゝ》によるがゆへに。是を母といふ。今この防年がけいぼ。なさけなくてづから。その父《ちゝ》をころすときは。則その父をころさんと。てをくだす時に。母のおんはたえはてたり。たとひ」二ウ 此母《はゝ》をころしたりとも。たゞ人をころしたるとがと。おなじかるべし。大逆《だいぎやく》をもつて。ろんずべからずとぞのたまひける

ていこくがいわく。それ防年《ほうねん》は。継母《けいぼ》のおんをたつ事を得たるは。父をもつてのゆへなり。さきの称《せう》が。そのうばのおんをたつ事を得ざるも。又ちゝのゆへなり。冤痛《ゑんつう》の情《せい》。あるひはのび。あるひは屈《くつ》す。いづれも天りにかなへる者也。法はすなはちそれによつて制《せい》す

戴争レ異レ罰《たいあらそふことにすることをばつを》

唐《たう》の戴冑《たいちう》といひし人。大理少卿《たいりせうけい》の官《くわん》たりし時に。長孫無忌《ちやうそんぶき》と申せしは。ていわうの御一門《もん》たりしが。内裏《だいり》」三オ へめされけるに。刀《かたな》わきざしをさしながら。太子の御座ちかき。東上閤《とうしやうかく》といへる御殿《ごてん》まできたれり。尚書《しやうしよ》右僕射《ぼくや》封徳彝《ほうとくい》と申せし大臣。此事をろんじていわく。監門校尉《かんもんかうい》の官は。かやうの事を見とがめける官なるに。是をしらずして。そのまゝとをしける。そのざいくわ。死刑《しけい》にをこなふべし。長孫無忌《ちやうそんぶき》をば。其とが贖金《しよくきん》なるべしとぞせんぎしける。

戴冑《たいちう》がいわく。校尉《かうい》がとがと。無忌のとが。いづれもおな

じ事なりと申。その上。人の臣子《しんし》たるものは。君父《くんふ》のあやまちありとても。是こそあやまちなりといひがたし。法《ほう》にいわく。御湯薬飲食《ごたうやくいんし》舟船《しうせん》にいたるまで。あやまりて法のごとくにせざるものは。みなころすといへり。天子《てんし》」三ウ いま長孫無忌《ちようそんぶき》の功《こう》をおもんぜば。ゆるさるべし。もし又長孫無忌をば。金《かね》をいだして其とがをあかなはせ。監門校尉《かんもんかうい》をば。ころしたまはゞ。祥刑《しやうけい》とはいひがたしとぞ。そうもん申ける。

帝《みかど》ののたまはく。法は天下のおほやけなるものなり。ちんがしんるいなりといへばとて。いかゞして法をまげんやとのたまひて。又みことのりして此事をせんぎありしに。封徳彝《ほうとくい》はかたく所存《しよぞん》のとをりを申。帝王《ていわう》も此むねにきはめたまはんと。おぼしめしける所に。又戴冑《たいちう》是を駮《はく》して申けるは。校尉《かうい》があやまちは。無忌より事おこれり。法にをいては。かろきにしたがふべし。もしみなあやまちより出たる事ならば。一人ころすべからずと申。」四オ これによつて。長孫無忌も監門校尉《かんもんかうい》も。ともにみなゆるされ侍りき

鄭克《ていこく》がいわく。此事をあんずるに。戴冑が臣子《しんし》の君父《くんふ》における。そのあやまちを。あげがたしと申けるは。ふかく長孫無忌を。そしれること葉《ば》なり。監門校尉《かんもんかうい》は。無忌によつてとがをいたせし事なれば。無忌とそのつみおなじかるべし。法にをいてかろきにしたがふべし。すでに無忌をゆるさば。無忌ゆへにつみを得たる者。いかゞしてゆるされざらんや。戴冑がかやうに。つとめあらそひし事は。是又忠恕《ちうじよ》の義なり

徐《しよ》詰《なじる》レ縁《よることを》レ例《れいに》

唐の徐有功《しよゆうこう》といひし人。司刑丞《しけいしやう》の官《くわん》たりし時に。韓純」四ウ 孝《かんじゆんかう》といひし者あり。徐敬業《しよけいげう》が偽官《ぎくわん》をうけて。此前すでにしゝたりけり。推事使《すいじし》の官に。顧仲琰《こちうゑん》といひし人あり。此事をきゝ出して。韓純孝《かんじゆんかう》が一家《け》を。こと〳〵く同類《どうるい》のがに。をこなふべしと申上たりしかば。上意《い》くだつて。をの〳〵没取《もつしゆ》せらるべきに。あひさだまりけり。徐有功《しよいうこう》此事をきひていわく。律《りつ》にいわく。むほんをくはた

つる者をば。其身をきらるべし。其身死する時は。きるべき法なし。もしむほん人。心ねしはざにつきて。すてがたきふるまひ。あるにをいては。其かばねをはつけにもかけ。又はきりさらす事もあるべし。その余《よ》はかくのごとくすべからず。此道理まことに」五オ至極《しごく》のむねなり。同類とほん人と。きるべき者ときるべからざる者と。いかゞしておなじかるべきや。同類といはする本人。すでにしなば。同類といはるゝつみは。すくなくなるべし。そのつみ減《げん》じては。たゞ徒坐《とざ》すべきのみ。いま此者ども。赦恩《しやをん》にあふといへども。かへつてをの〳〵官にめし入らる。此例《れい》何《いづれ》のれいにかよれるやと。りをつくして申ければ。則徐有功《じよいうこう》が。せんぎのむねにまかせられて。をの〳〵放《はな》され侍りき。これによつて。没取《もつしゆ》をまぬかるゝ者。数《す》百家《か》におよべり

ていこくがいわく。易《えき》にいわく。聖人《せいじん》は南面《なんめん》して。天下に聴《きく》といへり。是によつて。漢《かん》の史官《しくわん》もいへる事あり。高祖《かうそ》はかり事をこのみ。能《よく》きくといへり。それ」五ウ聴《きく》は。まことに人の主《しゆ》たるものゝ職《しよく》なり。たゞいまも。仲琰《ちうゑん》が申せし所をきく時は。数《す》百人の者ども。没取《もつしゆ》せらるべかりしを。徐有功《じよいうこう》がせんぎをきゝたまひて。数《す》百家《か》の者。まぬかれ侍りき。かやうの間にをいて。能ゝ理をわきまへ。取捨《しゆしや》のふたつをよくしる人を。明人《めい》と申べきにや。徐有功《じよいうこう》がわざわひをのがして。名をなせし事も。偶然《ぐうぜん》ならず。りの一定《ぢやう》とおもふべし

刑曹駮《けいそうはくす》レ財《ざいを》

沈存中《しんそんちう》がいわく。刑州《けいじう》にぬす人あり。さる所の一家《け》をこと〳〵くにころしけり。ふうふの者も。二人ともにその時にころされ侍りき。子一人ありしが。その当座《たうざ》に」六オはしなざりしが。次《つぎ》の日是もむなしくなりけり。所の奉行《ぶぎやう》たりし人。その家のざいほうは。其家たえたりしかば。法にまかせて。よそへよめ入したりしむすめに。たまはりけり。刑曹《けいそう》是をきひて。駮《はく》していわく。其家のちゝはゝの死ける時に。其子いまだ。いきてありけり。しからばすなはちざいほうは。その子の物なり。かのむすめは。則出嫁《しゆつか》の姉《あね》

妹《いもふと》なり。いかゞして此ざいほうを。わかちとる事あらんや

ていこくがいわく。さきの寿州《じゆ》の断《だん》は。人の情理《せいり》をたづねざるによりて。あやまれり。この刑州の断は。名分《めいぶん》といふものを。たゞさざるによつて。あやまれり。世間の俗吏《ぞくり》の。法をもちゆるやう。大かたかくの」六ウごとき事おほし。法をもつてかへつて。とがとなすものか

左《さ》丞《しやう》免《べんず》レ譎《いつわりを》

宋《そう》の文帝《ぶんてい》の時に。劫盗《こうたう》をせし人の。同類ちかきしんるいを。とらへて。兵人《へいじん》《つみびと也》におぎなひ入らるゝ事ありしに。余杭《よこう》といふ所に。薄道挙《はくたうきよ》といひし者。ぬす人なり。そのおひに。代《たい》公《こう》、道生《たうせい》とて。二人あり。ならびに大功《だいこう》の親《しん》なり。ある人。代公が母《は、》のあるを。薄道《はくたう》挙がおとゝひなり。其子則《すなはち》母にしたがふて。兵《へい》《刑也》に補《をぎな》はるべしと申けるを。尚書《しやうしよ》何承天《しやうてん》といひし人。議《ぎ》して申されけるは。それ婦《ふ》人には三従《じう》あり。おつと死《し》すれば。子にしたがふ。いま道挙は母かたのおぢなり。しかれどもすで」七オに死せり。代公、道生は。ならびにおひなり。此ものどもに。そのせめをかくる事あるべからず。則叔母《しゆくぼ》をもつて。朞《き》親《しん》なりとして。二人の子を。母にしたがはせたらんは。是すでに。大功《こう》不謫《てき》の法にそむき。又は婦《ふ》人三従《じう》の道をうしなふ。たゞ母子ともに。ゆるさるべしとぞ申ける

ていこくがいわく。それ男女《なんによ》のことなるをも。わきまへず。婦人をせめて。兵《へい》におぎなはゞ。名分《めいぶん》をたゞさず。情理《せいり》をたづねざるの。はなはだしきものなり。是みな俗《ぞく》吏《り》のしはざなり。知《し》らずんば。有べからず

従事《じうじ》函《はこにす》レ首《くびを》

このごろさる人あり。物あきなひしに。他所に出ぬるそのひまに。妻《つま》何者にかころされけん。かばねばかりをのこして。くびをとりていにけり。此妻のしんるい。則此おとこをとらへて。女房《にようばう》をころせし。むこなりけりとて。則官にをくる。」七ウ

吏《り》是をうけとりて。きびしくせめはたり。とひければ。がうもんのくるしみにや。たえかねけん。みづからとがにおちけり。事きわまりしかば。此者を従事《じゅうじ》の官なりし人に。わたされける。

従事《じゅうじ》此者をうけとり。事のやううたがはしくおもひ。まづ此者を。しばらくさしをきて。いまひとたび。きはめたづね申べきよし。申あげしかば。太守《たいしゅ》すなはち従事《じゅうじ》が申むねに。まかせられしかは。則ほう」八オないの人家《じんか》。又は行人《かうじん》とうにいたるまで。あまねくそなへ。近日《きんじつ》人のはうふりしける。はか所とうにいたるまで。一ゝ其ところをたづねきはめ。人ゝになじりとひ。又何事にても。人の見あやしめる事など。ありやといひて。さま〳〵にとひきはめければ。一人の者あり。

此者申けるは。それがしこのごろ。豪家《かうか》にゆきしに。事をあぐる事あり。何事ぞととへば。たゞおちの人のしなれけりと申。夜もはや五更《こう》のはじめになる比《ころ》。ひそかに凶器《けうき》をかき出せり。いかにもかろくして。中には物のなきやうにありしが。いづくのほどに。うづみてをきけりと。事くはしくぞかたりけり。

やがて人をつかはして。かのうづみし所にゆき。ほり」八ウおこして。見させたりければ。女のくび一つあり。則此くびをもちかへりて。かのかばねにつぎあはせて。かのおとこをよびよせて見せければ。是はわがつまにあらずと申。やがてかの豪家《かうか》をよび出して。せめとひければ。一人の嬭《ない》子《し》をころして。そのくびをば。はこに入て。はうふりをして。かばねをば。かの所にかへをき。かのあきんどの妻《め》をば。ひそかにかくしてぞをきたりけり。かの豪民《がうみん》は。棄市《きし》のとがにをこなはれ。なんぎにあひたりしむこは。ゆるされ侍りき。是又五代《だい》の時の事とかや

ていこくが曰《いわく》。このごろの事なりしに。ひとりの婦人《ふじん》あり。一人のわかきおのこをともにつれて。」九オある所へゆきたりしが。にわかに大雨にあひて。ふるき廟《やしろ》のありける中へたちよりて。雨のはるゝをまちゐたりしが。われよりさき。はや人もおほく此中へたちより。雨やど

りしけるものもあり。

かゝる所に。此めしつれたりしおのこ。いたく酒《さけ》にゑひしが。ぜんごもしらずねいりて。日の暮がたに目さめて。かつはとをき。こなたかなた見けれども。人のおとなひもせず。見ればかの女房《ねうばう》。人にころされたりとおぼえて。かばねばかりのこりて。其くびはなかりけり。此おとこおどろき。あはてさはぎ。よばひさけび。はしりまどひけるを。とらへて官へぞをくりけり。吏《り》是をうけとりて。がうもんかしやく。たびか」九ウ さなりしかば。みづからしひふくして。あらぬ事をぞ申ける。この女房の事は。われらのおもひかけしに。したがはざりしあひだ。ころしてくびとかたなとを。江《え》の中へしづめけりと申。つゐにかく申けるあひだ。死《し》ざいにをこなはれ侍りき。

その丶ちかの婦《ふ》人のつまなりけるおとこ。盧陵《ろれう》といひし所へゆきたりしに。けいせい町《まち》のやうなる所にて。まさしきわが女房を見出して。つれてかへり侍りき。かの廟の中にゐたりし伶人《れいじん》ども（立やすらふ人也）。こと〲くにげかくれしをとらへて。法にをこなはる。

けだしかのくびのなきかばねは。さきより廟の中にゐたりし人なり。伶人《れいじん》ども。此くびをきりて。かの女房のきたりし。き」十オ る物をとりかへてきせて。かの女房を。つれてかへりけるにてぞ。ありける。かのめしつかひのおのこの冤《べん》(ルビママ)は。かくのごとし。これらの事をきゝては。其ざうもつしようこふんみやうならずんば。あはてゝけつだんすべからず。まことに心をつくすべき事也。

宣歙《せんきふ》（別名也）のあひだの事なりしに。ぬす人あり。夜ひとりの旅《たび》人をきりころし。其くびをとつてさりけり。その夜のあけがたのころなりしに。さる者。かゝりけるあとを。とをりあはせて。其なまぢのうへをふみすぎ。是は人ころせし。ありさまなりとおもひ。其所をとくにげさりしを。所の者此事を見出し。人をころしてにぐるはとて。おつかけ。つゐにとらへ」十ウ て。獄《ごく》につながれけり。此事半年《はんねん》ほども。らつきよせざりしかば。奉行などゝいはれしものども。いかにもして。此くびを此者に取出させて。事の是非《ぜひ》を。はやくさだめたき事におもひ。かの里の頭人《とうにん》などいふ者どもに。おほせつけ。あるとあらぬ所まで。ほりうがちたづねさせけれども。なかりしかば。くびたづぬる者ども。たいくつして。うき事におもひ。かしこの。つちあなの中に。一人のこつじきの。たをれふしたるを見出して。此くびをきりて。おほせつけられしくび。こゝにありとて。もち出たり。めしうとも又ながく獄《ごく》につながれ。がうもんにたえかね。ながきくるしみに。あはんよりはとおもひけるか。つゐ」十一オ にみづからとがにふくして。誅《ちう》せられ侍りき。

そののち真州《しん》といふ所にて。かの旅人《たび》ころせしぬす人どもの。とらへられし事有て。此くびの事とはれしかば。かのころせし。歙懸《きうけん》のさかひに。うづみをきたりしがと申。

かのくびたづねし者どもの。みだりに人をころし。さきの平州《べいじう》のおのこの。まげてころされしは。みな奉行たる者の。いそぎかのくびをとり出して。はやく事をけつせんとせしゆへなり。然《しからば》すなはち。ざうもつしようこうの事につき。いよ〳〵つまびらかにつゝしみ。心をつくすべき事なり。政和年中《せいわねんぢう》の事なり。獄《ごく》をつかさどらん者の。いましめとすべし」十一ウ

乖崖《くわいかい》察《さつす》レ額《ひたいを》

張詠尚書《ちやうゑいしやうしよ》と申せし人。江寧府《かうねいふ》といひし所に有し時に。僧あり。此僧。牒《てふ》《ふだ》をつらねて出きたれり。張詠此僧を。つく〴〵と見る事。やゝ久しくありて。判《はん》だんして。此僧司《し》理院《りゐん》にをくりて。人をころせし賊《ぬすびと》あり。是をかんがへ出すべしと。申つけられしに。人〻是をうけたまはりて。すこしも其ゆへをさとらざりしかば。張詠かの僧をよびよせて。とふていわく。なんぢ剃髪《ていはつ》《かみをそる事也》してより。いくばく年になりけるぞと。とはれしかば。僧こたへていわく。七年以前なりと申。又とふていわく。七年以前ならば。何ゆへに。俗躰《ぞくたい》の時の。巾《きん》をかづきたるあと。なんぢがひたいに見え

ける事。」十二オ ふしぎなりとの給ひければ。此僧事あらはれたりと。おそれをのゝきて。二言《ごん》となく。みづから首伏《しゆふく》し侍り。

則《すなはち》是さる一民《みん》。僧《そう》と同道して。ゆきけるが。人なき所にて。同道の僧をうちころして。其ころされたる僧《そう》の。祠部《しぶ》の戒牒《かいてう》をぬすみとりて。をのれとかみをそりて。にはかに僧の躰となりて。をのれが人ころせしを。かくさんとする者なり

ていこくがいわく。此事をあんずるに。能ぬす人を察《さつ》する人は。かならず見しる事あるによつて。あざむきがたきもの也。能ぬす人の情《こゝろばへ》を。さぐりしる人は。かならず其しようこを。見出す事あり。いかゞして。かくさんや。たゞいまの張詠《ちやうゑい》は。此二つの」十二ウ てだてを。能《よく》かねてしりたる人なり。是又明人《めいじん》といわざらんや

無《ぶ》名《めい》破《やぶる》レ冢《つかを》

唐《たう》の則天《そくてん》皇后《くわうごう》と申せしきさき。太平《たいへい》公主《こうしゆ》と申せしひめ宮《みや》に。鈿器《てんき》金宝《きんほう》とて。御身のかざりとする。たから物どもを。まいらせられし事あり。一年ばかりのちに。此重宝《てうほう》ども。何者かぬすみけん。こと〳〵くうしなはせ給ひけり。くわうごう此事をきゝたまひて。大にいかり。洛州《らくじう》の長《ちやう》史《し》をはじめ。以下の小史《せうし》とうにいたるまで。此ぬす人をたづねさせらるゝ事。はなはだ急《きう》なり。ぬす人たづぬる吏卒《りそつ》ども。こなたかなたとめぐりありけ共。何をしるべに。たづぬべき」十三オ やうあらざれば。たゞあきれたるばかりにて。よりあひゐたる所に。湖州《こしう》の別駕《べつか》蘇無名《そぶめい》と申せし人に。道にゆきあひけるが。蘇無名《そぶめい》を是非《ぜひ》なくとらへて・本《ほん》奉行所へ。同道すべき事ありとて。つれてまいり。盗人《ぬす》こそめしつれたりと申。

県《けん》《あがた奉行》の尉《い》是をうけとりて。事のやうをたづねとはれければ。こたへていわく。われは是《これ》湖州《こしう》の。別駕《べつか》蘇無名《そぶめい》と。申者なりとこたふ。尉《い》又とふていわく。なんぢらいかなる事ありて。此蘇無名どのをば。かくのごとくしひはづかしめて。ゆへなき事を申かけけるぞと。た

づねられしかば。蘇無名がいわく。さる事あり。なあやしみたまひそ。それがし官にゐてよりこのかた。奸人《かんじん》をとらへ。ぬす人をさぐ」十三ウ り出し。伏《ふく》したるをあらはす事。度《ど》〻にをよべり。定而《さだめて》これらの事をきゝをよびて。それがしをとらへたる者なりと。ぞんずる間。いかにもして。それがしの分別をめぐらし。かごみをとかん事。あんのうちなりとて。つゐに長史《ちやうし》の前にまいり。すでにそうもんをへければ。くわうごうやがて。蘇無名《そぶめい》とやらんをめせとて。則めされて。御前にまいりて申けるは。こゝかしこの。府《ふ》県《けん》をもゆるされて。此事をさたなくして。此程ぬす人を。とらへんとてありきし。あまたの吏卒《りそつ》共を。それがしにあひそへられたらんには。十日の中に。ぬす人ども。のこらずとらへ出すべしと。申あげしかば。かれが申すむねにまかすべしと。おほせくださる。」十四オ

則蘇無名《そぶめい》。吏卒《りそつ》をめしぐして。東北《とうほく》の門に出て。事のやうをうかゞひ見る。胡国人《ここくじん》十余《よ》人あり。いづれもそうれいの出たちにて。衰経《さいてつ》喪礼にきる衣服也をきて。北の野外《やぐわい》をさしてゆきけるを。あやしきありさまなりとおもひ。あとをしたひてみれば。かの者ども。胡《こ》人の一つのつかある所へゆきて。はかまつりをしけるに。哭《こく》してかなしまざりけり。すでにまつりをはりて。又つかのかたはらを。めぐりありきしが。たがひにあひみて。わらふけしき見えたり。蘇無名。則此者どもをとらへさせて。そのつかを。ほりくづしてみければ。かのうしなはせたまひたる宝《たから》物。こと〴〵く此つかの中にありけり。

やがてかくとそうもん申ければ。蘇無名は・いか」十四ウ なる術《じゆつ》をぞんじたれば。此ぬす人どもを。とらへ得たるぞとありしかば。無名《ぶめい》こたへていはく。それがし別のはかり事なし。たゞぬす人をみしるゆへなり。それがし都へまいりける日。此胡国人《ここくじん》の。野外《やぐわひ》へ出て。さうれいをいたせしが。此者どもは。みなぬす人也と見候へども。たゞしいづくにうづめるとも。その所をしらざりしに。今日は天も清《せい》明《めい》なり。さだめて此者ども。拝掃《はいさう》のために。野外へいづべし。しからば則。かの者のあとをしたひて。其所を得つべ

し。かの者ども。哭《こく》してかなしまざるは。此うづみける物。人にあらざるゆへなり。そのうへつかをめぐりて。わらひけるは。物のやぶれも。いできざるを。よろこべる者」十五オなりと見えたり。さきにもし府県《ふけん》をきびしく。せめもとめて。たづねたまはゞ。此ぬす人ども。かならずにげかくるべきがと。申上たりしかば。くわうごう大に御かんありて。蘇無名《そぶめい》は。秩《じつ》《知行》一等《とう》《官位》をうつされ侍りき

行成《かうせい》叱《いさふ》レ驢《ろを》

唐《たう》の懐州《くわいしう》の。河内県《かだいけん》といふ所に。董行成《とうかうせい》といふ人有。能《よく》ぬす人を見しれる人なり。さる者ありて。河陽《かやう》といひし所より。旅《たび》人の驢馬《ろば》ならびに。荷物《にもつ》ども。ぬすみ取て。夜のあけがたに懐州までにげきたれり。

董行成。市中《いちなか》をとをりけるが。此者のありさまを見て。叱《いさふ》ていはく。此者ぬす人なりとて。駈馬《ろば》よりひきおろして。せめとひければ。則《すなはち》あらそふべきやうなくして。」十五ウ伏《ふく》しけり。かゝる所へ。しばらくして。かの驢馬《ろば》のぬし。ぬす人のあとをたづねて。いきもきるゝばかりに。はしりきたれり。

ある人とふていはく。いかゞして。此者をぬす人なりと。見しりけるぞといへば。董行成《とうかうせい》がいはく。此馬ゆくこと急《きう》にして。身にあせを出せり。しかれども。長道《ながみち》をゆきたりとも見えず。その上《うへ》人を見て。馬をひき。とをくすぎゆけるは。是怯《つたなき》なり。このゆへに。そのぬす人たる事を。見しれりとうん〳〵

ていこくがいはく。右の両条《りやうでう》をあんずるに。蘇無名《そぶめい》も董行成《とうかうせい》も。世のきこえある・者どもにもあらず。しかれどもよくぬす人を見しる。尺寸《せきすん》のはかり事に。長《ちやう》じたればとて。かくふるき文《ふみ》にものせをき。」十六オ今の世までもつたへ。又すゑの世までも。くちせぬ名なるぞかし。これを見きく人も。又能《のう》にすゝまざらんや

王曽《わうそう》験《こゝろむ》レ税《ぜいを》

丞相《せうしやう》王曽といひし人。わかき時に。所の奉行所にゆきた

りしが。折ふし負郭《ふくわく》《所領ノ田地也》の田《てん》を。あらそふ人あり。田地のかぎりさかひもしれず。又むかしのうりけんなども。うせてなかりければ。人みな此事を。決断《けつだん》することあたはず。王曽がいはく。その毎年《まいねん》の税籍《ぜいせき》《年貢帳也》を。かんがへこゝろ見ば。すなはち其人の曲直《きよくちよく》を。よくわかつべきものをと申ければ。郡将《ぐんしやう》《所の奉行》これにしたがふて。毎年ものなりの帳をかんがへければ。其人則つみに伏《ふく》してげり」十六ウ

ていこくがいはく。あんずるに。田のさかひめ。あきらかならざるゆへに。あらそひうつたえけり。うりけんなきゆへに。ことはりがたし。こゝにをひて。しょうことすべき者は。税籍《ぜいせき》にしくはなし。其人のことばと年籍《ねんせき》と。おなじければ。其人の理《り》。直《ちよく》なりとしるべし。ことばと年籍と。たがへるものは。其理。曲《きよく》なり。曲直《きよくちよく》わかれなば。いかんぞ伏《ぶく》せざらんや。

大観《たいくわん》年中の事なりしに。朝議《てうぎ》曽諤《そうがく》といひし人。越州《ゑつしう》にありし時に。四明《しめい》といふ所の冨民《ふくみん》。はじめ子《こ》只一人あり。のちにうちにつかひし。奴僕《ぬぼく》《下部の事也》の妻《め》にかよひて。又一人の子をうめり。此子を。はごくみやしなひしが。年十六の比。此子母《はゝ》とだんかうして。かの奴《ぬ》」十七オ僕《ぼく》をひ出してげり。そののち数年《すねん》ありて。その母も。又嫡子《ちやくし》の母も。みな死《し》にけり。かへりて。喪服《もふく》の事をつとめてのち。家《か》ざいをわかちとらんと申けり。此事累年《るいねん》まで。決《けつ》せざりしを。監司《かんし》より。曽諤《そうがく》におほせられて。此事をしきはめられしに。さま〴〵にとはれけれども。つゐに屈《くつ》する事あたはず。是によつて。かの者ども。本邑《ほんさと》の戸版《こはん》《家持をしるす日記》をもとめ出して。その丁歯《ていし》《家もち》をかんがへ見られしかば。富民《ふくみん》かの幼《よう》子を。籍《せき》にしるしをきしかば。つゐにのちの子も。此者の子なりとて。ざいほうをわかちとる事を。ゆるされ侍りしなり。

是又簿籍《ぼせき》《日記也》をもつて。しようことするものなり。田をあらそふうつたえは。税籍《ぜいせき》を」十七ウもつて。しようことすべし。ざいほうを。わかたんとするうつたえは。丁籍《ていせき》をもつて。しようことすべし。心中にあくをかくして。健訟《けんせう》《すこやかにうつたう》するものなりといふとも。又かならず。おそれて屈《くつ》

服《ふく》するならひなり。これあくをあらはすの術《てだて》。まことにたつとふべきものなり

司《し》空《こう》省《見る》レ書《しよを》

前漢《ぜんかん》の代《よ》に。沛郡《はいぐん》といふ所に。大ふつきなる老人《らうじん》有。ざいほう廿余《よ》万貫《くわん》におよべり。一人の子をもてり。わづかに三さいのとし。母しにてげり。別《べち》にしんるいとてもなし。女子《によし》のおとゝひ一人あり。此むすめ。いかにもひすかしにして。不賢者《けんしや》なり。かの老人。やまひに」十八オ ふして。今やかぎりならんと見えし時に。おもひけるやうは。われしゝてのちは。あまたのざいほうをあらそひて。此おさなき子に。まつたく。まかすべからずとおもひて。したしき人をよびよせ。ゆいごんをかきつけさせて。こと〳〵くざいほうを。むすめにとらせ。刀《かたな》一こしを。此おさなき子にあたふるなり。此子十五さいにならん時。此かたなを。わたすべしとぞ。かきをきける。すでに十五さいになりけれども。此かたなをも。わたさざりければ。大守司《しゆし》空何《こうか》武《ぶ》と。申せし人の前《まへ》にまいり。しか〳〵の由を申上る。則かのむすめと。むこをよびよせ。老人のゆいごん状など。能〻見すまして。掾吏《ゑんり》にかたりたまひけるは。此むすめ心つよく。」十八ウ あしき者なり。むこも又よくふかく。いやしき者なり。老人これを能かんがへしりて。かのおさなき子を。ころす事もや。あらんずらんとおもひ。又はおさなきものゝ身として。おほくのざいほうを。あたへをきたらんには。かならずうしなはんことを。おもんばかりて。むすめとむことに。あたへをきけれども。真実《しんじつ》はみな此子に。とらせたくおもひし者なり。それかたなは。物を決断《けつだん》するものなり。又十五年といひ置《をき》しは。その子のちゑさいかくも。十五にして。みづから事をはかるにたれり。むすめとむこ。かならず此かたなを。あたへずんば。奉行所《しよ》にいたり。あるひは能《よく》しようこを。あきらかにして。道理を得させんためなりき。大よく不」十九オ 道《たう》の。むことむすめ。いかゞしてかくのごとくの。ふかきちゑあらんやと。のたまひて。こと〳〵くかのざいほうをうばひとり。かのおさな

き者にぞ。たまはりける。
此弊女悪婿《へいぢよあくせう》《むすめむこ》。二人のものども。十年の間。あくまでくらひ。あたゝかに衣《き》ける事は。ふしぎのさいわひなりと。のたまひければ。きく人ごとに。をしなへて。歎服《たんふく》せぬはなかりけり

ていこくがいはく。あんずるに。張詠尚書《ちやうゑいしやうしよ》。杭州《こうしう》にありし時に。さきのごとくなる。冨民《ふくみん》あり。やまひはなはだしくして。しなんとせしころに。子わづか三さいになりけり。すなはちむこに。ざいほうをあづけて。遺言《ゆいごん》状《じやう》などまでも。をの〳〵むこにあたへ」十九ウ ていはく。のちに此子。ざいほうをわかたんといはば。十が内《うち》。三ツを子にあたへよ。七ツをば。むこにあたふるなりとぞ。いひをきける。

其のち子ひとゝなりて。ざいほうはそれがしの物なりとて。うつたえ申ける。むこかの遺書《ゆいしよ》をもちて。奉行所にいたりて。しうとの申せし。元約《げんやく》のごとく。いたさんと申。

張詠《ちやうゑい》このよし見たまひて。大におどろきていはく。なんぢがしうとは。まことにありがたき大智《たいち》の人也。しぬる時に。子いとけなきゆへに。ざいほうを。なむぢにあづけたり。しからずんば。此子はなんぢにころされなんものをといひて。則《すなはち》かのざいほう三ぶんをば。むこにあたへ。七分《ぶ》をば子にぞくださ」二十オ れける。みな道理《だうり》至極《しごく》して。まかりてげり。是又さきの何武《かぶ》が事ににたり。それいわゆる厳明《げんめい》とは。つゝしんで法理《ほうり》をさだめて。ふかく人の情《こゝろばへ》を。あきらむるをいへり。さきに何武が。こと〴〵くうばひとりて。子にあたへたりしは。是を法理といへり。三分をむこにとらせけるは。これを人情《にんじやう》といふ也。さて又厳明のふたつにていへば。何武が厳《げん》をもつてことはり。こと〴〵くうばひとりて。むこにすこしもあたへざりしは。はじめのやくそくをたがへ。かのかたなをさへ。子にあたへざりしゆへなり。只今の張《ちやう》詠《ゑい》が。明《めい》をもつてことはりしは。かのむこやくそくのごとく。子に十が内。三ぶんをあたへん」二十ウ

と申せしゆへなり。此両条《りやうでう》。すこしことなりといへども。大かたはおなじ事なるべし。いづれもみな法理《はうり》人《にん》情《じやう》を。げんめいにせし。まつりごとならずや

韋皐《いかう》劾《こくす》レ財《たからを》

唐《たう》の韋皐といひし人。剣南《けんなん》といひし所を。おさめし時に。他国《こく》のあき人をとむる宿《やど》ありしが。一人の商人《あき》。ざいほう万貫《ぐわん》にをよびて。持《もち》きたれり。此商人《あき》すこし病居《やみゐ》たりけるに。毒物《どくもつ》をのませて。其ざいほうをかくしとりて。ふく人となれる者あり。韋皐《いかう》是等《ら》の事をよくしりけり。折ふし又北国《ほつこく》の人に。蘇延《そゑん》といひし者あり。蜀《しよく》の国へきたりて。商売《しやうばい》をしけるが。やみ出して死《し》けり。此事いかゞあるべきとて。うつたえ「二十一オ 来《きた》れる事あり。韋皐かのあき人の簿籍《ぼせき》《日記の類》を。かんがへ見られけるに。すでにはや。宿《やど》ぬしのために。かへられたりと見えし間。能〻たづねきはめて。ひそかに其辺《へん》の者に。きゝかんがへければ。いづれもことばおほく。かはりけり。さては此店主《てんしゆ》に。ひが事ありとて。宿《やど》ぬしと。同じくあひ宿《やど》しける商人《あき》とをめしよせ。きびしくたつねきはめければ。たちまちはくじやうしけり。をよそ数《す》千貫《ぐわん》ぬすみをきけり。いづれもとらへて。法にをこなはれしかば。是より剣南《けんなん》のあひだに。横《わう》死《し》をいたす旅人《たび》なかりき

ていこくがいはく。陳執方《ちんしうはう》が時に。漢水《かんすい》のほとりのふなかたども。たび〳〵旅の商人《あき》を。漢水に「二十一ウ しづめて。其ざいほうをぬすむ事あり。此事をなじりとへば。漢水《かんすい》ながれつよくして。ながれしにけりなどいひてありしを。陳執方《ちんしうはう》こと〴〵くとらへて。法にをこなひ。漢水のほとりの者を。数《す》十家《か》ほど。公役《くやく》をゆるし。わたりの所をしるさせ。水のふちせををしへさせければ。是よりのち。漢水をわたる者。横死《わうし》する事なかりけり。韋皐《いかう》がてだてと。あひにたるものか

趙和《てうくわ》贖《あかなふ》レ産《さんを》

唐《たう》の咸通《かんとう》のころの事なりしに。趙和《てうくわ》といひし人。江陰《かうゐん》の令《れい》

たりしに。うつたえを能ことはりける。そのきこえかくれなかりしに。折ふし楚《そ》国《こく》の。淮陰《わいゐん》とかやい」二十二オ ひし所に。ふたりの農家《のうけ》あり。家をならべ。所をおなじうして。たがひにゆきかよふ中なりけり。ひとりの東家《とうか》の者。事の用やありけん。その西隣《にしどなり》の農家《のうけ》に。銭《ぜに》百貫《くわん》かりてげり。のちにそのかり銭を。かへしけるに。まづたくはへをきたる銭。八十貫をかへして。後《ご》日に。残る二十貫を。持《もち》きたるべしとやくそくして。もとより借状《しやくじやう》。そのほかある事なれば。八十貫の。請取手《うけとり》がたなど。いふにおよばざりけり。さてやくそくのごとく。後日にのこる所の銭をもちゆきて。百貫のつがう。かへすべきよしいひければ。西隣《にしどなり》の農家いひけるは。百貫の銭をかして。弐十貫とる法やあるとて。事の外にぞいひける。しかれどもはじめ渡しける。八十貫」二十二ウ に。しようこあるにもあらず。又文籍《もんじやく》を。とりかよはしたるにもあらず。すべきやうなくして。つゐに州県《しうけん》にうつたえけるが。いづれも。此事。ことはる事あたはず。かの東家《とうか》の農夫《のうふ》。うき事におもひ。いかゞせんとまどひありきしが。江陰《かうゐん》の趙和《てうくわ》が。明《めい》さつなるをきひて。さかひをこえて。うつたえきたれり。

趙和《てうくわ》ことの由をきひていはく。それがしもとより。明《めい》さつなるにあらず。そのうへさかひをこえて。うつたふる事なり。いかなるはかり事ありてか。此事をわきまへんやと。申されければ。かの東家《とうか》の農夫《のうふ》。なきなげひて申けるは。はる〴〵此所にいたりて。ことはりを得ずは。又いかなるてだてありて。わが道理《だうり》をのべんやと。なみだをながし申ける。

趙和きひて。しあんしける」二十三オ が。ある時ぬす人をとらゆる。小吏《せうり》どもに申つけて。めやす一通《つう》もたせ。かの農家のゐける。淮陰《わいゐん》といふ所へつかはし。此所に海賊《かいぞく》あり。ことすでに一定《ぢやう》せり。これによつて。海ぞくの本人《ほんにん》。同《どう》類《るい》をさすことあり。いづくの程《ほど》にあるよし。そのかくれなし。いかなる家の。なにといふ者なりと。すこしもまがふべくも。なきやうに申けるが。すなはちかの銭《ぜに》をかしける。にしどなりの農家《のふけ》の事なり。すなはちめあかしの。をしへにしたがひ。西隣《にしどなり》の農家《のうけ》をとらへ。たかてこてにいましめ。是非《ぜひ》をいはせず。江陰の趙和《てうくわ》がまへにぞ。ひさすえける。

趙和とふていはく。なんぢかいぞくの同類たり。そのとがのかるべからず。いつはる事なかれと。の」二十三ウたまひければ。此めしうとなみだをながし申けるは。それがし山《さん》野《や》の農夫《のうふ》とうまれ。ふねとやらん。かぢとやらんは。かつて手にふれたる事も。候はずと申。趙和のいはく。なんぢきんぎんけんふのざいほう。家にみち〳〵たり。是又農家の。あるべきものにあらず。ぬすめるにあらずしてなんぞ。もしことはるべきやうあらば。一〻にことはるべきよし。おほせられしかば。こゝにをいて。かのめしうと。さてはわがとがなき事。かくれあるまじと。まことにうれしく。心とけて申けるは。それがしの家に。米《こめ》なん十石もちけるは。そんりやう何と申者の。あづけをきし米なり。そのしようこあり。けんふなん百疋《ひき》は。それがし年中」二十四オの。をりをきしきぬなり。銭《ぜに》なん十貫は。それがしが東隣《ひがしどなり》の者の。しち物《もつ》をうけし銭なり。その外かいぞくの。あづかり物など申事。ゆめ〳〵なき事なりと。うちとけがほに申ける所に。趙和《ていくわ》のいはく。なんぢかいぞくの者にあらず。いかゞして。東隣《ひがしどなり》の銭《ぜに》を。かすめとるや。則《すなはち》此者にかへすべしとて。かくしをきたる。東隣の農夫《のうふ》を。よび出して。たいめんさせければ。はづかしともおそろしとも。中〻こと葉なくして。つみにおちにき。是によつて。をの〳〵本土《ほんど》にかへし。かの借状《しやくじやう》うりけんども。とりかへして。東《とう》家にあたへ。西隣は法にをかれしとなり

ていこくがいはく。あんずるに趙和が用ゆる所の」二十四ウ術《てだて》は。かの張允済《ちやういんさい》が流《りう》なり。このごろの事なりしに。侯臨《こうりん》といひし人。東陽《とうやう》といふ所に令《れい》たりし時に。さる所に。ひとりの民《たみ》あり。ざいほうをわかちとる事ありしが。そのざいほうを。あひむこにあづけけり。あひむこ此ざいほうをかくして。かへさざりしかば。所の令《れい》に。たび〳〵うつたえ申けれども。つゐになをからず。是によつて。東陽《とうやう》の侯臨《こうりん》は。をとにきこえし。めいさつなる人

なりとて。東陽にきたり。事の様《やう》をしか〳〵と申。侯臨のいはく、われなんぢが封内《ほうない》と。所をへだてたる事なれば。いかゞして。此事をおさめんや。さりながらそのあづけ物の名と。あづかりける人とを。能《よく》いひをきて。」二十五オ とく〳〵かへるべしといひて。則此訴訟《そせう》人を。をひかへされける。

その後半年《はんねん》ほどもありて。一人の強盗《かうだう》を。とらへ得たる事ありしに。此がうだうをしばらくゆるして。いはせけるは。それがしのぬすみをきしざう物は。そんりやうその家にあづけをきける。何やうのざいほうどもなりといはせて。かのあひむこを引出《ひき》して。強盗《がうだう》の同類《どうるい》なりとて。せめはたりければ。此めしうとなげひて。うつたえていはく。それがし盗《ぬす》人の同類にあらず。強盗のさしけるざいほうは。こと〳〵くそれがしのしんるいの。あづけ物なりと申。こゝにをいて・侯臨《こうりん》かのはじめ。うつたえきたれるたみを。たづねいだ」二十五ウ させて。こと〳〵く此ざいほうを。かへしてげり。

趙和《てうくわ》が鉤慝《こうちよく》かくす悪をつり出事也のてだての。たくみにして。しかもすみやかなるには。およばずといへども。いかにもふかくひそかなる事は。趙和にもこたえたる術《てだて》なり。たとへば大《たい》軍《ぐん》にむかふ大将《しやう》の。奇異《きい》なる事をもつて。かたざれば。又正路《せいろ》にもとづくてだてあり。趙和侯臨が。いつはりのごとくして。事のやぶれなき者なり。もつともたつとふべき。術《てだて》にあらずや

柳設《りうまうく》二榜牒《はうてうを》（一）

後周《ごしう》の時。雍州《ようじう》の別駕《べつか》に。柳慶《りうけい》と申せし人有。その比胡国《ころここく》人《じん》に。ふつきなる者ありしが。ぬす人にあひて。そくばくのざいほうを。うしなふ事あり。郡県《ぐんけん》所の代官也此事を」二十六オ きひて。ぬす人をたづねけれども。そのあり所をしる事なかりしに。かの胡国人の。家ちかき所の者ども。あまたとらへられて。ぬす人なりとて。めいわくにをよばんとするもあり。

かゝる所に。柳《りう》けいおもひけるは。それぬす人は。畜生《ちくしやう》

のよりあひなれば。いつはりをもつて。もとめ出さば。などかはいでざらんとおもひ。まづ名《な》をかくせるふだを。いかほどもこしらへて。奉行頭人《とうにん》と。いはるゝほどのもんに。ひそかにかくしてうたせけり。そのふだのかきつけにいはく。われら同類《どうるい》とあひともに。胡《こ》国人《こくじん》のざいほうを。ぬすみとりけるが。同類のうちみだれやぶれて。つゐにこの事あらはれんとす。いまそれがし。めあかしとなり。出でん事」二十六ウ をぞんず。しかれどもさだめて。誅《ちう》せられん事。うたがひあるまじ。もしそれがし一人のとがを。ゆるされば。つげきたるべしとぞ。かきたりける。柳《りう》けい此ふだを見て。則《すなはち》そのわきに。ふだをたてそへていはく。たとひ同類たりといふとも。そのとがをゆるし。をんしやうにあづかるべきよし。かきつけしに。その後二日ありて。広《くわう》陵《れう》の王欣《わうきん》といひし人の下人《げにん》。かのふだのもとにきたり。めあかしの者。それがしなりと申。則此ものをとらへて。同類あまた引《ひき》出せりとなん

陳《ちん》具《そなふ》二飲饌《いんせんを》一

呉《ご》の陳表《ちんひやう》。あざなは文奥《ぶんあう》といひし人。父《ちゝ》の敵場《てきぢやう》にて。死《しに》けるゆへをもつて。めされて将《しやう》となれり。其比の事」二十七オ なりしに。天子《てんし》の官物《くわんぶつ》をぬすめる者数人《すにん》あり。此時ただ施明《しめい》といふ人。一人をとらへて。拷問《がうもん》さま〳〵なりしに。施明もとより。心たけき者なりしかば。死なんとすれども。つゐにはくじやうせず。

廷尉《ていい》の官《くわん》なりし人。此者のはくじやうせざりけるを。ふしんにおもひ。孫権《そんけん》の御前へ申あげしかば。孫権やがて陳《ちん》表《ひやう》をめされ。施明を陳表にわたされ。意《い》をもつて。此施明が情実《せいじつ》をもとむべきよし。おほせられしかば。陳表此事うけたまはりて。まづ施明が。てかせくびかせをときすて。食物《しよくもつ》をあたへ。ゆをあびせ。かみあらひ。さま〴〵のちそうをして。まづの心をよろこばせける。施明すなはちはくじやうして。その同類一人ものこさず。引つらね」二十七ウ ければ。陳表此よしを。そんけんへ申あぐる。

そんけんよろこび給ひて。陳表が名を。まつたくせんとお

ぼしめし。施明一人をゆるされ。その同類を。こと〴〵くころされ侍りき。施明も陳表にかんじて。その行跡《かうせき》をあらため。ぬすみをやめて。つゐに健将《けんしやう》となりて。のちに将《しやう》軍《ぐん》の官《くわん》まで。へのぼりけるとかや

ていこくがいはく。あんずるに梁《りやう》の傅岐《ふぎ》と申せし人。新安郡《しんあんぐん》といふ所に。ありし時に。その所の人。鬪諍《たうじやう》《いさかひ》をおこして。うちころさるゝ者あり。ころされし者の一門《もん》。やがて奉行所にぞ。うつたえ申けり。官人《くわんにん》やがて。そのあひてをとらへて。がうもんにをよぶといへども。つゐにとがなき由を申。是によつ」二十八オ て。此めしうとを。新安県《しんあんけん》へぞわたしける。傅岐《ふき》此者をうけとりて。まづてかせ、くびかせをときすて。気《き》をしづめ。こと葉をやはらげて。とひければ。めしうとすなはち。はくじやうしけり。是又よろこびを以て。みちびくもの也

朱《しゆ》詰《なじる》レ賕《きうすることを》レ民《たみを》

朱寿昌《しゆじゆしやう》と申せし人。閬州《らうしう》に知《ち》たりし時。大ふく人に。雍《よう》子良《しりやう》といひし者あり。人をころす事。どゞにをよぶといへども。ざいほうおほく。そのうへいきほひある者なるゆへに。つゐにころされざりけり。ある時又人をころせり。此事せんさくにをよびしかば。その里《さと》の貧民《ひんみん》に。きん〴〵をおほくとらせて。をのれか」二十八ウ 代《かへ》にぞたてたりける。則人ころせし。囚人《とらはれびと》をめし出して。事すでにらつきよせんとする時に。朱寿昌《しゆじゆしやう》この者の。本人にあらざる事をうたがひて。かのめしうとを。人なき所へめしよせ。ひそかに事のやうをとひけれども。そのこと葉かはる事なし。則朱寿昌。めしうとにむかひて。申されけるは。なんぢいのちをもつて。人の死《し》にかはれり。たとひなんぢ死《しゝ》たりとも。なんぢがあとにありし者ども。こうくわいする事あるべし。そのゆへいかんとなれば。ふく人雍子良《ようしりやう》。なんぢにぜに百貫《くわん》をとらせ。なんぢがむすめをむかへて。雍子良がよめとせんとす。そのむすめ。なんぢが家に有けるや。

いかんととひければ。めしうとかほがはりし」二十九オ てありしに。朱寿昌又いはく。なんぢは只今ころさるべし。さあらんのちには。なんぢがむすめをば。雍子良がつかひ者として。かの百貫の銭は。なんぢがいのちを。かひけるあたひとして。そのむすめをば。他人《たにん》の妻《め》となさん事。うたがひあるべからず。しからばなんぢいかゞせんと。こと葉をつくし。申されければ。めしうとこゝにをひて。心にさとり。なみだをながして。真実《しんじつ》をこたへけり。やがて雍子良をとらへ。法にをこなはれしかば。一郡《ぐん》の人ゝ。上下万民《ばんみん》をしなへて。朱寿昌《しゆじゆしやう》は。神明《しんめい》なりと。ふしぎのおもひをなせり

ていこくがいはく、あんずるに。大理《だいり》評事《ひやうじ》の。侯詠《こうゑい》といひし人。虢州《くわくしう》にありし時に。なまさふらひの。ふくにん」二十九ウ 趙宝《てうほう》といふ者あり。人をころせしが。人をやとひて。をのれが死《し》にかはらせけり。そのうへ小吏《しやうり》どもに。きん〳〵をとらせて。獄《ごく》につく時。その事のやぶれざらんやうにぞしける。侯詠《こうゑい》此事をきゝて。たちまち実正《じつしやう》をきゝ出せり。かの雍子《ようし》良《りやう》が事と。大かたあひにたり。ひとりは獄吏《ごくり》にまいなふて。やとひ者を死《し》に代《かへ》。ひとりは里《さと》の民《たみ》にまいなふて。身をかはらせ。その姦人《かんじん》たる事は。みなおなじきのみ。侯詠は。能《よく》かの獄吏《ごくり》の。まいなひをうけたるを。わきまへて。罪《つみ》をたゞし。朱寿《しゆじゆ》昌《しやう》は。よく里民《りみん》の。まいなひをうけたる情《じやう》を。さぐり出して。まことを得たり。是みな能姦《かん》をあきらむる者ならずや」三十オ

孔察レ代レ盗《こうさつすかふることをぬすびとに》

後唐《ごたう》の孔循《こうじゆん》と申せし人。領夷門《れいいもん》の。軍府事《ぐんふし》たりし時に。長垣県《ちやうゑんけん》に。四人の大ぬす人あり。ざいほうをたくはへ。ふつきなる事。いふにおよばざりしが。事あらはれて。すでに法にをこなはるゝ時。本人なりとて。いだす所の者は。四人の貧民《ひんみん》なり。このゆへをたづぬるに。都虞侯《とぐこう》の官なりし人に。韓《かん》といひし者あり。かの大ぬす人に。まいなひをうけて。ひそかに郭崇韜《くわくそうたう》がむこにいはせて。かの典獄《てんごく》の

吏《り》をたのみ。此者どもと一味《み》して。四人の貧民《ひんみん》をとらへ。むりにとがをおほせて。何事をもいはせず。もとより訊鞫《じんきく》におよばずして。すでに事さだまりて。四人の者どもを。孔循《こうじゆん》の前へ」三十ウ たてまつりけり。

此者ども法にをいては。棄市《きし》のとがにあたれり。しかれども孔循《こうしゆん》。此事をうたがはしく思ふ。めしうと一言《ごん》をも。出さずしてありしが。めしうと共をひきつれ。孔循の前をとをりしに。めしうとさい〳〵にみかへりて。うらめしげにみえしかば。孔循もしや此者ども。其情《こゝろばへ》をきはめずして。かくなれるかとおもひ。めしうとをめしよせ。事のやうを申させければ。めしうと申けるは。それがしら。まことのぬす人にあらず。しかれどもそのことはりを。申さんとすれば。典獄《てんごく》の小吏《しやうり》。くびかせ、てかせを。たかくつりあげ。身もたえがたきほどに。いためられしゆへ。申事を得ざりき。御前の人をのけて。事こまかに。そのしさいを申あげし」三十一オ かば。やがて州獄《しうごく》にうつされて。当《たう》郡《ぐん》の主簿《しゆぼ》の官なりし人におほせつけ。たづねきはめられしかば。都虞《とぐ》侯韓《こうかん》をはじめとして。その外まいなひをうけし者ども数《す》十人と。ならびに四人の本ぬす人と。ともに法にをこなはれて。かの四人の貧民《ひんみん》は。もとよりとがなき者どもなれば。ゆるされ侍りき

ていこくがいはく。あんずるに。ぬす人をとらへありく小吏《しやうり》ども。あるひは本ぬす人をゆるして。とがなき民《たみ》をとらへて。仰せつけられし者は。これにて候と申。あるひは本ぬす人は。とりにがして。平人《へいにん》をとらへ。をのれがせめをのがれ。又はぬす人をもとめながら。平人をとらへ。盗人《ぬす》なりなどいひて。まい」三十一ウ なひをうけ。又典獄《てんごく》の小吏《しやうり》。かのとが人と一所《しよ》になり。きん〴〵のまいなひをうけて。をのれがまゝにふるまふならば。まことに冤死《あんし》する者。かぎりあるまじき事也。たゞ是を能わきまへん事は。能きゝて。みあきらむべきより外の。てだてあるべからず。孔循《こうしゆん》が見出しけるは。かの本《ほん》ぬす人をゆるして。平人をとらへて。仰《おほ》せつけられし。命《めい》に応《おう》ずる者なり。又ぬす人をうしなひて。平民《へいみん》をとらへ

て。をのれがなんをのがれんと。かまゆる者もあるべし。又はぬす人もとらへながら。平民をとらへて。つくなひをうくべしと。はかる者もあるべし。

范正辞《はんせいし》といひし人。江南《かうなん》の転運使《てんうんし》たりし時に。饒州《ねうしう》といふ所に。ぬす人あ」三十二オり。ふく人の家《か》ざいをぬすみしかば。その時十四人をとらへて。をの〳〵ころすべきに。さだまりしかば。范《はん》せいし。饒州《ねうしう》にゆきたりし比《ころ》。此十四人をめしよせ。事のやうをたづねきゝ。此者ども。真実《しんじつ》のぬす人に。あらずとおもひ。めしうとを他所へうつして。とひきはめさせければ。さる民《たみ》。本《ほん》ぬす人の。あつまりゐける所を申けり。やがて監軍王愿《かんぐんわうげん》におほせつけ。とらへさせられしに。王愿いまだ。その所に。ゆきいたらざるさきに。ぬす人ども。をの〳〵にげさりしかば。范正辞《はんせいし》みづから。郭外《くはくぐわい》までおつかけ。こと〴〵くとらへて。みな法にをこなひ。十四人の者共は。ゆるされけり。

又趙稹《てうしん》といひし人。益州路《ゑきしうろ》の転運《てんうん》」三十二ウ使《し》たる時に。邛州《けうじう》の蒲《ほ》江県《かうけん》といふ所に。ぬす人をたづぬる事ありしに。とらへ得ざりければ。平民《へいみん》を数《す》十人とらへてしばり。しひかすめ。うちたゝきて。むりにぬす人になしける間。まことにうたがふべくも見えざりけり。その比趙稹《ころてうしん》。たま〳〵部内《ほうない》をめぐる事ありしに。此者ども。しひられけるかとうたがひて。やがて県獄《けんごく》へゆきて。こと〳〵くきゝわけ。そのとがなきを。かすめけるやうをきゝ出して。ゆるし侍りしなり。

又枢蜜使《すうみつし》の官に。薛向《せつきやう》といひし人あり。河北《かほく》の刑獄《けいごく》をことはりける時に。深州《しんしう》の武強県《ぶきやうけん》といふ所に。盗《ぬすびと》ありて。人をころして。そのざいほうをぬすみけり。此ぬす人をとらへさせけるに。吏《り》ぬす人」三十三オを。とりにがしけるあひだ。平民《へいにん》をとらへて。むりにいため。しひふくさしめて。ぬす人にさだめ。ざうもつは他所《たしよ》に有。此者かのぬす人なりと申。薛向《せつきやう》此者を見て。うたがはしくおもひ。みづからめしうとにとふて。そのとがなきよしをきゝ出し。死《し》をのがれける者。六人までぞありける。

そのむりに。平人をしひける尉《い》は。つみにをこなはれ侍《はんべる》となり。

右の三つの事どもは。かの孔循《こうじゆん》が。めしうとを。おもんばかりし事に。すこしもたがはず。かくのごとくの事に。他のてだてあるにもあらず。たゞ心をつくし。めしうとの情《こゝろばへ》をさつし。にはかに事をさだめざるゆへなり。かるがゆへに。能冤《よくしへたげらるゝ》を。ゆるされ侍りし事ども也」三十三ウ

崇亀《そうき》認《とむかたなを》レ刀

唐《たう》の刘崇亀《りうそうき》といひし人。南海《なんかい》をおさめし時に。さるふつきなる。商人《あきびと》の子あり。としわかくして。しかも美男《びなん》なりしが。江《え》のきしにいたりて。船《ふね》をとめて。風をまつことありしに。あたりを見れば。むねかどたかき家あり。そのうちに。かたち世にすぐれたるむすめあり。たちより見けれども。見る人をはづるとも。なきよしにて。ありし程《ほど》に。此おのこたわむれにいひけるは。こよひはかならずまちたまへ。夜にまぎれて。おとづれ侍らんなどいひてありしに。かのむすめ。うちなびきたる躰《てい》に見えけるが。あんのごとく。やくそくをたがえじとおもひ。つまどをすこしひらきて。いまやき」三十四オ たるとまちゐしに。まつおのこはきたらずして。こよひしもあれ。ふしぎにぬす人の入きたりて。もとよりひらきたるつま戸《ど》なれば。やす〳〵としのび入。かのむすめのすみける。ねやまできたり。物とりなどせんとおもひ。さぐりあしして。こゝかしこはひまはりけるを。むすめは此事ゆめにもしらず。よひのやくそくの。つまにてありけりとおもひ。うれしくて。いだきつきければ。ぬす人たちまちおどろき。いけどられたりとおもひ。やがてかたなをぬき。たゞひとかたなに。さしころして。からきいのち。たすかりける事よとて。うれしくもおそろしくて。あはてけるが。かたなをおとして、をのれが身ばかりにげうせけり。

かゝりける所に。かの」三十四ウ 商人《あきひと》の子。さもあれかのむすめの。まつ事もやあらんとおもひ。よひにをしへし道を。

まどひゆきけるに。かのぬす人の人ころせし。血《ち》のうへをふみて。すべりて地にぞたをれける。おきあがらんとせしが。なにやらんてにさはる物ありけるを。よくひねりて見るに人なり。たゞいまの事なりとおぼしくて。ながれいづる。血《ち》のこゑさへやまず。こはいかなる事ぞとおもひて。きもたましゐも身にそはず。あとをもかへり見ず。こひもさめはてゝ。をのれがふねへはしりかへり。夜半《やはん》にともづなをとき。波路《なみぢ》はるかに。もみにもふでぞにげのびける。すでにその夜あけければ。かのむすめの家。事の外なるありさまかなとて。まづ血のつきたる。あ」三十五オ しあとをしるべに。ふなつきまでとめきたりて。船中《せんちう》に。あやしき人やあるとたづねければ。人ゝみな申けるは。夜半《やはん》の事なりしに。やうありげに。いそぎていだせるふねあり。その間いくほどか。へだゝらんなどゝ申ければ。ながせんぎしてかなはじとて。まづ公義《こうぎ》にうつたえて。つゐに此ふねををつかけて。かのわかきおのこをとらへ。てかせくびかせをかけて。すでにがうもんにをよびしかば。事のやうありのまゝにかたりて。つゐに人ころせしとは。いはざりけり。こゝにをいて。劉崇亀《りうそうき》。かのおとしてをけるかたなを。能ゝ見れば。屠刀《ととう》とて。牛《うし》やひつじをころす。れうりがたなにてぞありける。是によつてその所中《しよぢう》にある程《ほど》の屠者《としや》」三十五ウ をめしよせ。鞠《まり》の場《には》にて。ほうてうを。御らんあるべきよしありて。すでにその日もくれければ。をの〳〵明日早ゝにまいるべし。いづれの屠者《としや》も。屠刀《ふがたな》をば。このはうにのこしをくべしとて。屠能《としや》どもを。一人ものこさずかへされけり。あんのごとく。明日にもなりしかば。いづれもの屠者まいりて。めん〳〵の刀《かたな》をこひけるに。そのうちのかたな。一ツぬきかへて。かのひところせしかたなを。さしかへてぞをかれける。これをもしらで。めん〳〵にかたなうけとりて。ゆきけるに。かの人ころせしかたなをうけとりて。何ともいわてゐる。屠者《としや》をとらへて。なんぢ此かたなの。ぬしなりやととひければ。能ゝ見て申けるは。これそれがしの」三十六オ 屠刀《ととう》にてあらずと申。しからばこれたが刀ぞととひければ。これそんれうそこの人の。屠刀なりと申。

やがてその所へ人つかはして。その者をめしとらせんとせしかば。此者やがてさとり。ちらりとうせて見えざりけり。さてすべきやうなかりければ。其つぎの日。かのさきのあき人をしばり。江《え》のふなつきにて。人のむすめをころせし。あき人なりとふれまはり。さてこよひうちきつたりとぞ。しらせける。かのにげかくれたる屠者《としや》。あき人のきられたりときひて。わがやどにかへり。さらぬていにてゐたる所を。やがてとらへて。ざいくわにをこなはれけり。かの商《あき》人の子は。夜中《やちう》に人の家へ。しのびけるとが人なりとて。杖背《ちやうはい》して」三十六ウ ゆるされけり

ていこくがいはく。あんずるに。をよそしへたげらるゝを。ゆるさんとほつするには。かならず術《じゆつ》あるべし。かの屠《と》刀《とう》をかへたりしは。是を迹賊《せきぞく》のじゆつといふ。いつはりて。めしうとをころせしまねしけるは。譎賊《きつぞく》のじゆつとなづけたり。かの本人を得ずんば。商子《しやうし》の冤《ゑん》。いかゞしてゆるさるべきや。かるがゆへに。仁術《じんじゆつ》かやうの事に。ありとしるべし。君子《くんし》あにおもはざらんや

司馬《しば》視《みる》レ鞘《さやを》

後魏《ごぎ》のとき。司馬悦《しばゑつ》といひし人。予州《よしう》の刺史《しし》たりし時に。上蔡《しやうさい》の董毛奴《とうもうぬ》といふ者あり。銭《ぜに》五貫文《くわんもん》もち」三十七オ て。さる所へゆきしが。道にてころされ侍りき。人みな申けるは。是すなはち張堤《ちやうてい》といふ者が。ころせりとて。張堤をとらへければ。あんのごとく。張《ちやう》ていが家にも。銭五貫ありけり。張堤あつくしひふせられて。がうもんかしやくせられけるが。いたみをおそれ。みづからころせりと申。

しかれども司馬悦《しばゑつ》。これをうたがはしくおもひ。董毛奴《とうもうぬ》があにをめされて。とひたまひけるは。人をころして。銭をとる事なれば。さだめて何にても。おとしをきたる事やあると。とひければ。あにこたへていはく。かたなのさやを。ひとつおとしをきたりと申。すなはち此さやをめして見たまひ。此さやへたざいくの。こしらへたる物にあら」三十七ウ

ずとて。国中《こくちう》のかたなの。さや細工人《ざいくにん》をめしよせ。みせたまひければ。その中に郭門《くわくもん》といふ者あり。すゝみ出て申けるは。此さやはそうりやうその手《て》の。つくれるさやなりしが。去年《きよねん》の比《ころ》の事なりしに。郭人《くわくじん》の董及祖《とうきうそ》といふ人に。うりけるさやなりと申。司馬悦やがて。その董きうそをめしよせ。是をとひたまひければ。則とがにぞおちたりける

ていこくがいはく、あんずるに。司馬悦が。よく董及祖をとらへ出したるは。ちゑのなす所とはいひながら。是又てんねんの偶然《ぐうぜん》なり。もし此かたなの。さやをもおとさず。たとひおとしたるとも。又国中の者の。つくれるさやにてあらずんば。いかゞして董」三十八オ きうそが。ぬすみあらはれんや。しかれども司《し》ばゐつがきどくは。たゞあはれみふかくして。能つまびらかにつゝしみ。かの中孚《ちうふ》の卦《け》とかやに見えし。獄《ごく》をはかり。死《し》をゆるふするの義《ぎ》に。あひかなへり。かるがゆへに。つゐに本人を得て。とがなき人はゆるされし

張鷟《ちやうさく》捜《さぐる》レ鞍《くらを》

唐《たう》の張鷟《ちやうさく》。あざ名《な》は文成《ぶんせい》と申せし人。河陽《かやう》の尉《い》たりし時に。他国《たこく》の人あり。くらをきながら。馬をうしなへり。三日たづぬれども。得ざりしかば。つゐに県《けん》《あがた》の尉《い》にまいり。此よしをうつたへ申けり。

張鷟《ちやうさく》此ぬす人をたづぬること。はなはだ事きうなりしかば。ぬす」三十八ウ 人やがて。其夜に馬をはなしかへして。くらばかりをとめて。かへさざりけり。此由《よし》かくと申。張鷟きひていはく。是すなはち。しりやすきつみといひて。かの馬かへりしより。まくさをも。ぬかをもかはずして。此馬をうやし。くつばみをときすてゝ。夜中にをひはなし。馬《むま》のあとにつゐて。認《とめ》ゆきければ。昨夜《さくや》ものくはせし家へ。たゞちにいたりけり。其家に入。こゝかしこたづねしかば。草《くさ》をおほく。つみをきける其したに。かのくらをかくしをきけり。人みな其智《ち》に。ふくせぬはなかりけり

ていこくがいはく、あんずるに。むかし管仲《くわんちう》といひし人。斉《せい》のきみにつかへて。山戎《さんじう》をせめられしに。」三十九オ

みやまの奥《おく》にいり。道をふみうしなひて。人〻いかゞすべきやうなかりしに。管仲《くわんちう》やがて。老馬《らうば》をときはなして。老馬の跡《あと》をとめて。いづくともしらずゆきしかば。やがて里《さと》ちかき道にぞ出たりける。只今の張翥も。此術《てだて》をもちゐたる者也。それ故道《こたう》は。其あともとむべし。人はかへつて是をしらず。かの故道をしれるものは。いづれもそれをかりて。事の用《よう》をもとむべし。是又君子《くんし》は。よく物を仮《かる》の義《ぎ》なるべし。顧憲之《こけんし》が。うしのゆくにまかせて。ぬしをもとめけるも。このてだてぞかし

済美《さいび》鈎《つる》レ篋《はこを》

唐《たう》の閻済美《えんさいひ》といひし人。江南《かうなん》をおさめし時に。」三十九ウ　舟人《ふなびと》あり。やとはれて。あき人のざいほうを。ふねにつみて。江《え》をわたる事あり。いろ〳〵こま〴〵としたる。物どもをつみけるが。そのあひだに。しろかねを。十錠《てい》ばかり入たるはこあり。さま〴〵つみてける。ざいほうの中《なか》に。かくしてをきしを。舟《ふな》人ひしかにこれを見て。かのあき人の。しばらくの間なりとも。きしへあがる事あらばと。そのひまをうかゞひまつ所に。その夜ふねのとまりにて。よきひまをうかゞひ。此かねをとりて。水のそこへぞしづめける。夜もいまだ明《あけ》ざるに。ふねを出して。其日に江南《かうなん》の。閻済《えんさい》美《び》のありし所へ。つきてげり。さてかのあき人。船《せん》中のざい物《もつ》どもを。かんがへ見けるに。いづれもあり」四十オ　て。かのしろかねを入たりしはこを。うしなひけり。やかて舟《ふな》人をとらへて。うつたえきたれり。

閻《えん》さいびがいはく。舟《ふな》人の物ぬすむ事。みなかやうの事也とて。則とふていはく。きのふの泊《とまり》は。いづれの所にか。ふねをかけしとありしかば。商《あき》人こたへていはく。十五里あなたなる浦《うら》のみなとに。ふねをかけ。とまりし由を申。閻済美。すなはち武士《ぶし》と。ふなかたとをめして。かの浦《うら》にゆかしめ。ひそかにぶしに。かたりたまひけるは。此かねかならず。ふなかたぬすみとりて。水中《すいちう》にしづめたるものなり。なんぢかのうらにいたりて。ふなかたにいひをしへて。いかりをおろし。こゝかしこさがしたらんには。かな

らず此物あるべし。もとめ出」四十ウしたらんには。をんしやうほうびあるべしと。申されければ。うけたまはると申て。かの浦《うら》にいたり。鈎《つりばり》にて。こなたかなたもとめさがしければ。あんのごとく。しろかねを入たるはこ。いまだふうもそんぜずして。引《ひき》あげたり。いそぎはせかへりて。閻済美《えんさいび》にたてまつる。則かの舟人。たちまち法に伏《ふく》しけり

鄭克《ていこく》がいはく。あんずるに。それ民《たみ》をおさむる官人《くわんにん》は。つねに人の奸《かん》をなし。ぬすみをする者を。をのれがてきとす。よく事をはかる人は。たとへばかつせんにむかひて。敵《てき》をはかるがごとし。只今閻《えん》済美《び》が。ふなかたのかねをぬすみて。水にしづめしを。いださせたる事、是なり。是又称《せう》すべし」四十一オ

承天議《せうてんぎす》レ射《いることを》

宋《そう》の代《よ》の事なりしに。劉毅《りうき》といひし人。姑熟《こじゆく》といふ所をおさめけり。其時何承天《かせうてん》といひし人は。行軍参軍《かうぐんさんぐん》の官《くわん》たりしに。かの劉毅《りうき》。さる所へいで行《ゆく》事ありしに。鄢陵《ゑんれう》の吏《り》。陳満《ちんまん》といふ人。弓《ゆみ》をもちて。鳥《とり》を射《ゐ》けるが。その矢《や》あやまつて。劉《りう》きのいしやうにあたる。きずつかずといへども。法にをこなはるべしとて。棄市《きし》のとがにぞあたりける。何承天《かせうてん》此事をはかつていはく。それ獄《ごく》は。人の情《こゝろばへ》をもつて。ことはるをたつとしとす。つみのうたがはしきは。かろきにしたがふならひなり。むかし漢《かん》の文帝《ぶんてい》の。御くるまの馬《むま》を。おどろかす者あり。張釈之《ちやうしやくし》この事をさだむるに。警《けい》」四十一ウ 行者をとゝむる事也 蹕《ひつ》をおかすとがにあたれり。そのつみ金《かね》を出してあかなふべし。其心もとより。馬をおどろかさんとおもはず。かるがゆへに天子《てんし》ののり物なりといへども。異制《いせい》別の刑法也をくはへず。いま陳満《ちんまん》が心は。かならず鳥を射《ゐ》るにあり。人にあてんといふ心なし。しかるを律《りつ》にすぎて。あやまりて人をそこなはんは。三歳の刑なりといへり。いわんやいま。人をもそこなはざるものをや。たゞ罰金《ばつきん》を出させて。可《か》ならんと申

ていこくがいはく。あんずるに。是又をのれをとして。物をはかり。状《じやう》をすてゝ。情《こゝろばへ》をとぐるとは。今此事

を申べき

廷尉《ていい》訊《とふ》レ猟《かりを》

魏《ぎ》の高柔《かうじう》といひし人。廷尉《ていい》たりし時に。鳥《とり》けだ物のかりす」四十二オる事。大にいましめられしに。宜陽《ぎやう》の劉亀《りうき》といひし人。ひそかに御禁制《きんぜい》の地《ち》のうちにて。うさぎを射《い》ころしけり。その功曹《こうそう》の官に。張京《ちやうけい》といひし人。ひそかに天子《てんし》へ申あげたりしかば。張京がつげたりといふことをかくして。劉亀《りうき》をとらへ。獄《ごく》にくだされけり。

高柔《かうじう》是をうけたまはりて。此事つげたりし人の名を。うけたまはらん由。そうもん申ければ。帝《みかど》大に逆鱗《げきりん》ありて。法をおかしたりし劉亀《りうき》は。死《し》ざいにあたれり。もとより朕《ちん》が禁地《きんち》に入て。けだ物をころす。是によつて。いま廷尉《ていい》にくだして。がうもんす。なんぞつぐるものゝ名を。たづ」四十二ウぬるや。われみだりに。人をころす事あらんやと。おほせられしかば。高柔《かうじう》かさねて申上けるは。それ廷尉《ていい》の官《くわん》は。天下の至平《しへい》なり。なんぞ尊者《そんしや》の。御いかりをおそれて。天下の法を。やぶる事あらんやとて。再《さい》三そうもんをへて。そのこと葉《ば》。まことに深切《しんせつ》なりしかば。帝《みかど》御心にさとらせたまひて。すなはち此事は。張京《ちやうけい》が申上しなりと。おほせくださる。是によつて張京をめして。をの〳〵とひきはめられしかば。両方《りやうばう》ともに。そのつみにあたれり

鄭克《ていこく》がいはく、あんずるに。法に人をしひて。つぐる者あれば。かへつてつぐる人をうつ事あり。是又奸《かん》をやめ。うつたえをはぶく法なり。しかるにいづ」四十三オくんぞ。つぐる者の名をかくさんや。高柔《かうじう》はまことに。よく法をしる人なりと。いつつべし。

後魏《こぎ》の時。游肇《ゆうてう》といひし人。廷尉《ていい》たりしに。宣武帝《せんぶてい》より。游肇《ゆうてう》におほせくだされて。さるとが人《にん》を。ゆるされたきよしありしかば。游肇《ゆうてう》このよしうけたまはりて。つゐにおほせに。したがはずしていはく。天子《し》みづから。ゆるしたまへ。いかゞして。それがしが法をまげさせたまはんやと申。是も又かの高柔《かうじう》がたぐひならし。高柔游肇《かうじうゆうてう》の二人は。かたく法をとつて。後来《こうらい》の士師《しし》たる者を。はげ

ます。かるがゆへに。ならびにしるしのせ侍り。こひねがはくは。のちの法をとらん人。筆《ふで》《法なり》をまげて。ほしひまゝに。つみ」四十三ゥ 人をゆるさざれ。又法をやぶりて。とがなき人をおとしいるゝことなくは。そのはかりこと。天下万民《ばんみん》の心に。かなふべき事を

（二行空白）

棠陰比事物語巻第五終

（六行空白）」四十四ォ

（空　白）」四十四ゥ

常盤木

（正徳・享保頃板、一冊、絵入）

常盤木（題簽）

君は臣の綱、父は子の綱、夫は妻の綱とかや、もろこしの文にも見え侍り、天か下の道、これにもるゝことなしこゝに懶斎の藤井先生といへるは、よはひ九旬を越て、世のたとへる宿徳なりき、つかへをそのきみにかへして、老を都のにしにやしなへり、ひたすらこのみちのあかり、行はれさることをうれ」序一オへ、諫争録をあらはして、君臣の義をたゝし、孝子伝をえらひて、父子の親をあつくせり、此二の書は、すてにあつさにちりはめて、よのたからとなりぬ

かくてこの常盤木のものかたりなん、夫婦のをしへにとしるし置れたなれと、人につたふるまてもあらて、ゆかをかへたまへり」序一ウ今にいまそかりせは、猶このたくひのことをあつめて、前の二のふみにつき給ひなんを、もたりし二人の子も、まつ世をはやうして、そうさへ絶ぬれは、そのこゝろさしをつかん人もあらす、また、いたましからすや

このころ、なにはの何かし、此物かたりを板にえらせて、世につたへんとて、詞をそのはしめにくは」序二オへんことをもとめらるゝも、かの翁のためによろこはしくて、おこかましけれと、いさゝかおもふところをしるし侍る、更にかゝる筆のすさひのゝこりとゝまれるもあらは、猶あつめくはへて、かの三のをしへにそなへんこと、翁の天にあるの霊も、いかはかりよろこひ思ひたまはさらんやは序二ウ」

人《ひと》のこゝろの水《みづ》。すめるあり、にごれるありて。その源《みなもと》ふたつなし。清《すめ》るはたゞありしまゝなり。ひじりかしこきかみごゝろ、是《これ》なり。濁《にご》るはもとよりにごれるにあらず。ながれてをのが身になれる。そこばくのけがれにあひ。外《ほか》のいろかあぢはひにそみて。こゝにはじめてきよからす。およそ人の心《こゝろ》、是《これ》なり。

されど今《いま》の清《きよ》からぬ水《みづ》。すなはちもとのきよき水《みづ》に」一オ しあれば。こよなうにごりはてぬとみれど。猶《なを》すめるかたなくはあらず。このゆへに、かのまことしき文《ふみ》まなぶ人は。そのわづかにすめるかたよりおしひろめ、充《みて》ゆくまゝに。つゐに聖賢にもいたる道《みち》ありとかや。

しからば、さる文《ふみ》もまなびぬ、しづのお、しづのめ。あやしのひな人といへど。をのが心《こゝろ》のひくかたにまかせてなせるか。をのづからひじりのいみじき」一ウ 御をきてにも、かなふこと有はいかに。それまた、そのすめるかたよりもりくる水《みづ》のながれなれば。おしひろめてみてこそ、えせざらめ。をくしら露《つゆ》のたま〳〵は、いかでその法《のり》にあたることのなからん。あたることおほきは、すめるかたの多《おほ》きなり。あたることのすくなきは、すめるかたのすくなきなり。すめるかたのおほき人、まことに得《え》がたし。されどまた」二オ なきにしもあらず。

ちかきころ、武蔵《むさし》の国《くに》刀禰《とね》川《かは》のほとりにすめる民《たみ》。小沢《こざは》のなにがしがむすめ。松《まつ》とよべるありけり。そか貞信《ていしん》のみさほこそ。書《かく》とも語《かたる》ともつきすまじけれ。いでや、父《ちゝ》はその里《さと》にては。人にもかすまへられ、家も冨《とめ》り。松《まつ》、年十《としとを》あまり七《なゝ》つばかりにて。ちかきさとの野口氏《のぐちうぢ》なるものにゆるして。かしこにすませけり。松、その家にあり」二ウ て。おとこにつかへてうや〳〵しく。しうと、しうとめにも、孝《かう》をつくせり

（六行空白）」三オ

（空　白）」三ウ

〔挿　絵〕」四オ

〔挿　絵〕」四ウ

しうと、しうとめ、身まかりて後《のち》。おとこ不幸《ふかう》にして、あ

しきやまひをうけたり。松《まつ》ふかくこれをなげき。神《かみ》にいのり、薬《くすり》をもとめてやまずといへど、かひなし。此やまひのならひ。とみには死《し》なざりけれど。はか〲しく田《た》つくることも、えせざりけるほどに。日《ひ》にそひて家貧《いゑまづ》しくなりて。ありつる下部《しもべ》もにげうせければ。たゞ夫婦《ふうふ》のみ有《あり》けり。おとこはむ」五オ ねく〱しき氏族《しぞく》もなく。女《おんな》の父《ちゝ》はゆたかなりけれど。むこのやみそめしより後《のち》は。たゞむすめのありわびて、にげかへらんことをのみねがひけるほどに。つれなくつくりて、おとづれもせず。いさゝかの物《もの》をだにあたへず。たのむべきかたもなければ。田畠《たはた》をうりて養《やしなひ》となし、はては家《いゑ》をもうりけり。今《いま》は夫婦《ふうふ》身をかくすべきかたもなく。人に宿《やど》からんとすれど。」五ウ おとこのやまひいぶせがりて、かす人もなかりければ。あぢきなきことにて。刀禰《とね》川《がは》の堤《つゝみ》なるたかむらの内《うち》に入《いり》て。柴《しば》のいほ、かたばかりに引《ひき》むすびつゝゐけり。

されど庵《いほり》の内八《うちやつ》の木《き》たえて。折《をり》くる薪《たきゞ》もなければ。おとこはよろぼひ行《ゆき》て。竹《たけ》の落《おち》ばをかき。女《をんな》は日ごとに里《さと》に出《いで》て。爰《こゝ》かしこ、人にやとはれありき。よねつき、水《みづ》いたゞき。よろづのまたなら」六オ はぬわざに。心《こゝろ》をくだき、身をくるしめ。よねすこしばかりを得《え》て。日くるれば庵《いほり》にかへり。いゐかしきてこそ、おとこをやしなひけれ。

さとより庵《いほり》までの道《みち》、五、六町もやあらむ。雨風《あめかぜ》はげしきゆふべ、雪《ゆき》ふかき夜《よ》などは。かへるもさこそうかるべきを。人のかたにはかりにもいねず。雨ふりつゞき、川水まさりぬる比《ころ》は、こなたの道にも水さし入て。ふ」六ウ かさ、こしすぐるばかりなれと。身《み》もころもゝ、しとゝにぬれて、たどりこし。かならず庵《いほり》にかへり来《き》ぬ

（五行空白）」七オ

（空　白）」七ウ

〔挿　絵〕」八オ

〔挿　絵〕」八ウ

里《さと》にものしける日《ひ》。くひものゝよきをあたふる人《ひと》あれば。これをよろこぶこと、おもきたからを得《え》たるがごとし。やがてもてかへり。おとこにすゝめて。をのれはいさゝかも

くはず。

おとこ、いまだやまざりけるほどにやありけん。子《こ》ひとりうみてげれと。これさへ五《いつ》つばかりにてはかなくなりたれは。難波《なには》のあしの一《ひと》ふしも、心《こゝろ》をなぐさむわざとてはなきを。ひたす」九オらおとこにくるしみつかへて。露《つゆ》なをざりのおもひなく。いとまめにじちやうなるを、おとこも、かぎりなくあはれとおもひけり

あるときおとこ、女《おんな》にむかひて。我《われ》このやまひをうくるのみか。朝夕《あさゆふ》のけふりだにたえまがちなれば。我《われ》ながらいとひはてたる吾身《わがみ》なるを。いとわりなくおもひたまへる御こゝろの内《うち》。いかならん世《よ》にわするべきや。され」九ウと、いつをかぎりともなく。かくからきめみて世を過《すぐ》し給《たま》はんこと、やるかたなく、かなしければ。我身《わかみ》はとてもかくてもありなん。それには父《ちゝ》の御もとへ帰《かへ》り。年《とし》もまだしきほど、又《また》いかならん人《ひと》とも住《すみ》て。行末《ゆくすゑ》にきはゝしき世《よ》にも経《へ》たまへ。しからば、我《われ》この秋《あき》のつゆときえて。草《くさ》のかげ、野《の》より見るとも。いかにめやすからまし。となんうらなくいひきこえ」十オければ。

女《おんな》うちわらひて。人《ひと》はよきもあしきもみな、うまれ来《き》しよりさだまりたること、こそ、うけたまはれ。かくさだまりたるわが身《み》もて。さらにいづこにゆきて、何《なに》をかもとめ侍《はんへ》らん。いのちあらんかぎりは、火水《ひみづ》の中《なか》にありても。たゝ人《ひと》とともにへん世《よ》こそ、あらまほしけれ。やくもなきことに、御こゝろなうごかしたまひそとよ。何事《なにこと》もたゞ我《われ》によさし」十ウたまふべしと。かひ〴〵しくいひなくさめて。いさゝかたゆむけしきもなく。日《ひ》ごとに里《さと》に行《ゆき》かよひて。あるにもあらぬ、おとこのやしなひをのみぞ、いとなみける。やつしはてたる身《み》のありさま、おもひやるべし。

されどそのかたち、なをおかしきかたや有《あり》けん。近《ちか》きさとのたはれおども。やゝもすればけさうじけり。女《おんな》うとましさのあまり。うちしほれ、なげきか」十一オなしめるを。人《ひと》、鳥《とり》けだ物《もの》ならざれば。皆《みな》あはれとおもひけるか。しゐて物《もの》いはんともせず。後《のち》には却《かへ》りておもながりて。かりにもちかづくものなかりき。

さても父《ちゝ》のなにがしは。むすめのとしへてにげかへらざることを、あやしとおもひ。たばかりてよびむかへ。なんぢ恩《をん》もなきおとこのために、身《み》をいたづらになすのみならず。いとみぐるしくあさましきわざをして。おや」十一ウ はらからのおもてぶせともなれば。いかにもしていとまこひてよ。またさるべき人《ひと》にも見せて。さかゆくすゑのはかりことしてましといへば。

むすめつく〴〵と聞《き》て。仰《おほせ》うけたまはりぬ。いとまこふまでもなく。はやうよりおとこは、我《われ》にかへりねとせめ侍《はべ》れど。われなくは、かれ、ながらふべくもなければ。うちすてゝ帰《かへ》るには、えたへ侍《はべ》らで、としごろは過《すぎ》ぬなり。ひさ」十二オ しかるべきよはひとも見え侍《はべ》らねば。やしなひはてゝこそ、かへりまふて侍《はべ》らめ。おやの御あはれみは、いとたふとくおぼえ侍《はべ》れど。たゞまげてわが本意《ほゐ》とげさせたまへ。それなん、行《ゆく》すゑの御はからひには、はるかにましたる御めぐみにこそといひすてゝ、いでぬ。

父《ちゝ》いきまきて。又《また》なきしれものかな。その身《み》をおもはず、そのはぢをしらず。されどかれも又《また》」十二ウ 人《ひと》の身《み》なり。終《つゐ》にはよもたへし。せんすへなみのよりこんまでは。あなかしこ、せうそこすなといひて、やみぬ。母《はゝ》やなかりけん。有《あり》てやましかりけん。父《ちゝ》にしのびてもとひかはさずなりゆきにけるとぞ

（三行空白）」十三オ

〔挿　絵〕」十三ウ

そのほどよりおとこのやまひあつひて。かたちいとこちた

くやふれまとひ。はな落《おち》、手かゞまり。あしのおよびもぬけて。おひ風《かせ》いとあしかりければ。たま〳〵とひ来《き》し人も、今《いま》はさしのぞくことだになし。たゞ夫婦《ふうふ》あひかへりみて。かたみに心《こゝろ》をぞいたましめける。

おとこ、いつまで人にいとはれ。妻《つま》にはうきめをみすべきやと、心たけくおもひさだめて。ある夜《よ》いた」十四オくふけ過《すき》て。庵《いほり》ちかくおちゆく水の音《をと》すごきに。やをらすべり入なんとす。女は常《つね》に、よもすがら、おとこのをきねに心《こゝろ》を用ひならひたれば。いぎたなくもあらず。やがておき出て引とゞめて。いかに、さはおもひとりたまふにや。いとかひなき御こゝろにこそあなれ。かくてうちそひ侍《はへ》れば、やんごとなき御うしろみとおぼしなぞらへ。御こゝろをのとめて、時のいたるを」十四ウまたせ給《たま》へ。さらずは、つれてこそしづまめといふに。男こゝろはたけくいさめど。さすがにこの人をさへうしなはんことの、いとおしければ。あながちにも、えあらそはで。なく〳〵いほにかへり。甲《か》斐《ひ》なきいのち、いきてげり。

女、おとこをしなせざりつれと。かへりて又思ひけるは。さだめなき世にしあれば。わがみ、もし先《さき》だつことあらば。たれ」十五オにか、おとこをあつらへつけむと。これをさへひそかになげき。折《おり》にふれては言《こと》にも打出《うちいて》けるとなん。いたらぬくまなきこゝろのほどを、見るべし。

さるほどに此人。男の病《やまひ》つきてより、かくつかへやしなへること、すでに十《と》とせにもあまりぬれば。誰《たれ》つぐるとはなけれど。あはれとき〳〵つたふる、さと〳〵近きより遠《とを》きに及び。物《もの》をおく」十五ウりて朝夕《あさゆふ》をにぎはす人、おほかりけり。そのころ又《また》、刀禰《とね》川《がは》の堤《つゝみ》すりすとて。吏民《りみん》おほく来《きた》りつどひて。堤《つゝみ》におひたる竹《たけ》きり、しがらみにかけなどすることのありしに。こゝろなききはといへど。みな、かの夫婦《ふうふ》をあはれかりて。住《すみ》けるいほのめぐりをば、よぎてきりのこしつれば。竹《たけ》いとゞしげりあひて・川風《かはかぜ》をふせぐよすがとなれり。よきに」十六オさいはひするは、あめの御《み》ごゝろなれば。漢《かん》の陳州《ちんしう》の孝婦《こうふ》が、こがねをみかどよりたまひ。唐《とう》の奉天《ほうてん》の竇氏《とうし》が。ながくその家《いゑ》のおほやけごと、

のぞかれしたぐひ。いにしへこれなきにあらず。野口《のくち》が庵《いほり》、むべこそうるほへれ

〔三行空白〕」十六ウ

〔空　白〕」十七オ

〔挿　絵〕」十七ウ

〔挿　絵〕」十八オ

しかはあれど。かぎりある人《ひと》の世《よ》にて。おとこ終《つゐ》に世《よ》をさりぬ。女《おんな》なみだをおさへて、まづよく野辺《のべ》のおくりし。たちかへり、かきこもりて。あしたゆふべとなく、なきかなしむ声《こゑ》、きく人袖《ひとそで》をぬらさざるはなし。かくて庵《いほり》をいでさること、三《み》とせばかりになんなりける。人《ひと》のつま、その男《おとこ》のために、いもゐ三とせにおよぶといふこと。ゆめきゝしるべくもあらぬ身《み》に」十八ウて。たゞそのこゝろのやすきにつけるが。をのづから周公旦《すくたん》の、いみしきみのりにかなひけることの、有《あり》がたさよ。

この外《ほか》、いひをこなへるさま。もしからくにのいにしへにあらましかば。列女伝《れつしよてん》にもるべきものかは。いはゆるそ

の心《こゝろ》の水《みつ》のすめるかた、おほきをみるべし。このながれにうるほされて。そのあたりの人のつまの、ねたみしむねのほむらもきえ。目《め》を」十九オ そばめし、よめ、しうとめも、をのがひが〳〵しさをはちくひ。せめきしはらからの中垣《なかがき》もひらけて・あひやはらげる家《いゑ》、いくらかありし。これまた人のこゝろの水、にごりはてざるによらずや。

しかるを、かゝる事見聞《ことみき》ても。あはれとだにおもひたらず。をのれにはづる心もなく、たゞそのひがみのまゝなるあらば・それぞ心《こゝろ》の水《みつ》にごりはてゝ、あめつちにも」十九ウ いれられず。千ゞ《ちゞ》のやしろにも、すてられたる人にはあなる。おそるべし、にくむべし。

さて、かのやもめがこと、江戸《ゑど》にもれて。こゝかしこ、かたりつたふるなどに。ふるきけびゐしなりける、石谷《いしかへ》のなにがし入道《にうどう》とかや。これをきゝて、いといたう感《かん》じて。かのあたりの郡司《ぐんじ》とはかりて。やもめを府《ふ》にめしいれ。家《いゑ》ひとつをまうしくだし。身《み》をやすくやし」二十オ なはしめ。その名《な》を府《ふ》にひろめて。こゝらの婦女《ふちよ》のかゞみとなさば。御

国政《こくせい》のひとつのたすけとも、などかならざるべきと。しきりにこれを、さたせられける。義姑《ぎこ》が魯《ろ》の国《くに》にありて、斉《せい》の国《くに》のいくさむなしくかへりしことなど、おもひあはされけるにや。入道《にうとう》のこゝろの内《うち》、いとゆかし。

折《おり》ふし入道《にうとう》やまひにいねて。はかなくさへなられにければ。そのことはや」二十ウ みにけるとぞ。されと、やもめは里《さと》人のたうとひあかめて、ふかくいたはれるがおほかりければ。身《み》はやすからずしもあらぬを。心《こゝろ》のうちにはあけくれたゞ、おもひてもなかりしおとこの世《よ》をこひ。なみだもろにて過行《すきゆき》けるが。いにし延宝《ゑんほう》の比《ころ》かとよ。まだかたふかぬよはひながら。同穴《とうけつ》のねがひみてゝ。いつしか今《いま》はむかしがたりになりけるとかや。あはれといふも、おろ」二十一オ かならずや。

つく〴〵とおもひみるに。もろこしには、むかし蔡《さい》の人のつまに、宋《そう》の人のむすめあり。めとられて、いくほどもなきに。おとこ、あしきやまひせり。その母《はゝ》また、ことかたに道《みち》もとめんとせしに。むすめいへらく。女《おんな》ひとたび人

とちぎりては。身《み》をはるまであらためざるを、道《みち》とす。わがおとことがなく、又我《またわれ》をやらはす。あしきやまひは、その」二十一ゥ不幸《ふこう》なり。その不幸《ふこう》は、わがふ幸《こう》なり。なにゆへすてゝ、はさるべきぞとて、つゐにきゝもいれざりしとなむ

（五行空白）」二十二ォ

〔挿　絵〕」二十二ウ

常盤木

この事、たま〳〵相似《あひに》て侍《はへ》れど。ことのもとすゑ、そのふみにつぶさならねば。今《いま》の小沢氏《こさはうち》ばかり、いみじうはおぼへ侍《はへ》らす。わがくにゝは、おとこのために身《み》をわすれ、ことにのぞみて死《し》をやすくせし。橘《たちはな》びめのごとき人《ひと》は、いにしへよりすくなからで。いとかうたへがたきわざに、よくたへしのびて。おほくの年月《としつき》、そのこゝろざしをかへざりしは。ありもこそせ」二十三ォめ、えしり侍《はへ》らず。

さもあれ、おもひやるだにいとむくつけく、身《み》の気《け》たつばかりの病人《やまふと》に。ひる夜《よる》なれむつれ、つかへやしなひ。はじめよりおはりにいたりて、すべてまへにのぶるがごとくなることは。たとひいのちはすつべくとも、たやすくなしうへきわざかは。今《いま》、そのあとにつきて、そのこゝろをはかるに。ちりばかりも身《み》をおしまず。うの毛《け》ばかりもわた」二十三ウくしのおもひなく。ふかくしてせちに。もはらにしてましはらす。きもにしみ、ほねにとをりて。たゞこの病人《やまふと》と死《し》生苦楽《せいくらく》を同《おな》じうせんと、おもふなるべし。

さらば、よるべなき身《み》にもあるか。親《おや》、はらから、みなにきはし。おとこの恩《をん》、人《ひと》よりもおもきか、しからず。子《こ》を

常盤木

思《おも》ふ道《みち》にまよふか、はやくうせて、今《いま》はなし。更《さら》に、なで　もうこゝろありて、なでうことのためにす」二十四オ るとかしるや。いひつゞくれば心《こゝろ》くれ、涙《なみた》とゞまらず。思ふに、これをしるしとゞむる鳥《とり》のあとなくは。あづまちや、むぐらがやどに、かゝる人ありけりとは、ながれての世《よ》に、誰《たれ》かつたへん。きえはてん名《な》のかなしければ。聞《きゝ》し物がたり、わすれぬさきにとまつこそ、筆《ふて》にまかせ侍《はへ》れ。

はげしきあらしにむせび、さむきつゆ霜《しも》をかさねて、しぼまぬ梢《こすえ》の千《ち》とせの」二十四ウ 色《いろ》を。いとけなかりしより、この人《ひと》の名《な》とせしも。かゝる貞節《ていせつ》のほまれ、世《よ》にあらはるべききざしにやなど、人《ひと》のいふめれば、このふみにもゑぼうしさせて、常盤木《ときはぎ》とやよばまし。なをよく根《ね》をとめ、枝《えた》をたづねて。こゝにもれしことも、かつをぎぬひ入れ、ことばうるはしく、かいつらぬる人《ひと》もあれな。さりなん後《のち》ぞ、あはれもふかく、人《ひと》をもうごかし。ながき世《よ》の」二十五オ をしへとなりて。このふみよむ人《ひと》、むさし野《の》の草《くさ》のたねとつきず。かの貞節《ていせつ》の名《な》、刀禰川《とねがは》の水《みづ》のながれと、絶《たえ》ざらむか

（五行空白）」二十五ウ

解題

帝鑑図説

底本　岡山大学附属図書館池田家文庫蔵。準110/1〜6/池田。

書型　大本、版本、六冊。たて二八・一センチ×よこ二〇・四センチ。

表紙　紺色無地。

題簽　左肩。後補の素紙に題名と巻数を墨書。

外題　「帝鑑図説　一二」
「帝鑑図説　三四」
「帝鑑図説　五六」
「帝鑑図説　七八」
「帝鑑図説　九十」
「帝鑑図説　十一十二」

序題　「帝鑑図説和本序」

内題　「帝鑑図説巻第一」
「帝鑑図説巻第二」
「帝鑑図説巻第三」
「帝鑑図説巻第四」
「帝鑑図説巻第五」
「帝鑑図説巻第六」
「帝鑑図説巻第七」
「帝鑑図説巻第八」
「帝鑑図説巻第九」
「帝鑑図説巻第十」
「帝鑑図説巻第十一」
「帝鑑図説巻第十二」

尾題　「帝鑑図説巻第一終」
「帝鑑図説巻第二終」
「帝鑑図説巻第三終」
「帝鑑図説巻第四終」
「帝鑑図説巻第五終」

「帝鑑図説巻第六終」

「帝鑑図説巻第七終」

「帝鑑図説巻第八終」

「帝鑑図説巻第九終」

「帝鑑図説巻第十終」

「帝鑑図説巻第十一終」

「帝鑑図説巻第十二終」


柱　刻　「帝鑑序　（丁付）」第一冊序。

「帝鑑一巻　目録」

「帝鑑一巻　（丁付）」

「帝鑑二巻　目録」

「帝鑑二巻　（丁付）」

「帝鑑三巻　目録」

「帝鑑三巻　（丁付）」

「帝鑑四巻　目録」

「帝鑑四巻　（丁付）」

「帝鑑五巻　目録」

「帝鑑五巻　（丁付）」

「帝鑑六巻　目録」

「帝鑑六巻　（丁付）」

「帝鑑七巻　目録」

「帝鑑七巻　（丁付）」

「帝鑑八巻　目録」

「帝鑑八巻　（丁付）」

「帝鑑九巻　目録」

「帝鑑九巻　（丁付）」

「帝鑑十巻　目録」

「帝鑑十巻　（丁付）」

「帝鑑十一　目録」

「帝鑑十一　（丁付）」

「帝鑑十二　目録」

「帝鑑十二　（丁付）」

匡　郭　本文はなし。
挿絵は四周子持枠。たて二〇・二センチ。

字高　二三・七センチ。
丁数　第一冊、序三丁、巻一目録一丁、巻一本文二十丁、巻二目録一丁、巻二本文二十二丁。
第二冊、巻三目録一丁、巻三本文三十三丁、巻四目録一丁、巻四本文三十丁。
第三冊、巻五目録一丁、巻五本文三十九丁、巻六目録一丁、巻六本文四十六丁。
第四冊、巻七目録一丁、巻七本文三十丁、巻八目録一丁、巻八本文二十八丁。
第五冊、巻九目録一丁、巻九本文三十一丁、巻十目録一丁、巻十本文三十二丁。
第六冊、巻十一目録一丁、巻十一本文二十六丁、巻十二目録一丁、巻十二本文二十丁。
行数　毎半葉十一行。
字数　一行約二十二字。
挿絵　全百十七図。すべて丁の表と裏で一図。巻第十一の二十九丁目、「羊車遊宴」の挿絵の裏の丁ノドの部分に「十巻二十九」という丁付が見えている。
本文　漢字平仮名交じり。句読点なし。振仮名あり。目録、各話冒頭と挿絵の標題には、訓点と振仮名を付す。
刊記　第六冊目巻第十二の末、巻十二の尾題の後の余白に刊記。「于時寛永四丁卯年／十一月下旬／洛陽三条寺町誓願寺前／八尾助左衛門尉開板」。刊記の後に、巻十二の最終話「任用六賊」の挿絵一丁がある。
印記　朱文方印「本池田家蔵書」。
所在　同じ刊記を持つ本が、国立国会図書館、奈良県立図書情報館に所蔵されている。国立国会図書館蔵本は、巻一・二・三・四・八・十・十二の七冊の零本である。奈良県立図書情報館蔵本は十二巻六冊。

備　考

一、諸本はすべて同板と判断する。文字の欠けなどからみて、底本の方がより早印である。ただし、底本も細かい振仮名の欠けなどが見られることから、初印ではない。

二、近畿大学中央図書館に、寛永四年八尾助左衛門尉によって出版された仮名板「帝鑑図説」が所蔵されているとのこと。紹介された伊豆田幸司氏によれば、「十三冊組、内第十三冊欠」とあり、十三冊で出されたものもあったものか。未見により未詳。

三、底本の版面を見ると、一文字ずつが切れていて文字の横の線が揃っており、また二字分の文字（「し」等）などがみられる。これらの特徴は古活字版に見られる特徴であるが、底本、国立国会図書館蔵本ともに積極的に古活字本と判断する根拠を見いだし得ず、現時点では整版本と判断する。このような特徴から、寛永四年の整版本の元になった古活字版の存在が想定される。

四、国文学研究資料館に写本の平仮名本『帝鑑図説』が所蔵される。この本は、列帖装の大形本で、緞子表紙。独自に作成された和訳本ではなく、平仮名本の版本写しと考えられるもの。大身大名家の嫁入り本と思われる。

五、平仮名本にはこの後に慶安三年八尾助左衛門尉板（岡山大学附属図書館池田家文庫、天理図書館、筑波大学附属図書館二種、国文学研究資料館等）、宝永六年須原屋茂兵衛板（韓国国立中央図書館）、無刊記板（京都大学附属図書館、名古屋市蓬左文庫）がある。慶安三年板は、寛永四年板をもとにして本文の四周に単枠の匡郭を付して覆刻したもの。宝永六年板は更に慶安三年板の刊記を埋木によって改修したもの。無刊記板は刊記を削ったものではなく、刊記の部分に墨を付けずに刷ったものと思われる。慶安三年板の刊記の内、年記の部分には下部の匡郭に埋木の痕跡が見られる。寛永四年板と慶安三年板との間にもうひとつ刊本があった可能性がある。

六、寛永四年板と慶安三年板の挿絵については、覆刻ではなく流用の可能性も高い。現物で較べることの出来た池田家文庫の両本では、同板と判断した。

参考文献

○小助川元太「〈翻刻〉奈良県立図書情報館蔵『帝鑑図説』（寛永四年刊本）巻一～巻四」『呉工業高等専門学校研究報告』七〇号、二〇〇八年

○小助川元太「〈翻刻〉奈良県立図書情報館蔵『帝鑑図説』（寛永四年刊本）巻五～巻六」『愛媛大学教育学部紀要』五九号、二〇一二年

○小助川元太「〈翻刻〉奈良県立図書情報館蔵『帝鑑図説』（寛永四年刊本）巻七～巻八」『愛媛大学教育学部紀要』六〇号、二〇一三年

○小助川元太「〈翻刻〉奈良県立図書情報館蔵『帝鑑図説』（寛永四年刊本）巻九～巻十」『愛媛大学教育学部紀要』六一号、二〇一四年

○伊豆田幸司氏「本館所蔵貴重書紹介　秀頼版「帝鑑図説」慶長十一（一六〇六）年」『香散見草　中央図書館報』三二号、二〇〇四年

○森上修「古活字本あれこれ—近年の書誌学的調査による成果　近畿大学中央図書館所蔵の寛永四年刊『帝鑑図説（和本）』について（平成九年度私立大学図書館協会西地区部会研究会講演・研究発表記録）」『私立大学図書館協会会報』一一〇号、一九九八年

（入口敦志）

棠陰比事物語

本書は、中国南宋の桂万栄が編集した『棠陰比事』を和文に翻訳した作品であり、裁判小説の先駆けとして、後続の作品に影響を与えた。初板は無刊記ではあるが、寛永年間頃と推測される。後に慶安板、元禄五年求板本なども出されている。本集成で底本とした宮内庁書陵部蔵本（寛永頃無刊記板）はノドの開きが悪く、振仮名、濁点など見えづらい箇所については、蓬左文庫本などで補った。以下底本の書誌を記す。

底　本　宮内庁書陵部蔵。請求番号171／291

書　型　大本、五巻五冊。版本。
　たて二七・五センチ×よこ一八・四センチ。

表　紙　丹表紙。

題　簽　左肩。原題簽、子持枠。巻五は題簽無し。

外　題　「棠陰比事　一（〜四）」
　＊巻五については題簽剥離の為不明。

目録題　「棠陰《たうゐん》比《ひ》事《じ》 巻第《くわんだい》一（〜二）目録《もくろく》」
　「棠陰比事巻第三（〜五）目録」

内　題　「棠陰《たうゐん》比《ひ》事《じ》物語《ものがたり》 巻第《くわんだい》一（〜五）」

尾　題　「棠陰比事物語巻第一、（三〜五）終」
　「棠陰《たうゐん》比《ひ》事《じ》物語《ものがたり》 巻第《くわんだい》二終《おハり》」

柱　刻　「巻之一　目録」
　「巻之一　一（〜三十八）」
　「巻之二　目録」
　「巻之二　一（〜三十二）」
　「巻之三　目録」
　「巻之三　一（〜三十二）」
　「巻之四　目録」
　「巻之四　一（〜三十四）」
　「巻之五　目録」

底本以外の諸本の所在、その他の詳細については、次巻に記す。

（松村美奈）

「巻之五　一（〜四十四）」

匡郭　なし。

字高　二一・六センチ。

丁数　巻一　三十九丁、うち目録一丁。
巻二　三十二丁、うち目録一丁。
巻三　三十二丁、うち目録一丁。
巻四　三十五丁、うち目録一丁。
巻五　四十五丁、うち目録一丁。

行数　毎半葉十二行。

字数　一行約二十二字。

挿絵　なし。

本文　漢字平仮名交じり。振り仮名・濁点あり。句読点は「。」と「•」の二種類がある。

刊記　なし。

印記　各巻の一オ右上部に朱文方印「宮内省図書印」あり。

常盤木

本書は、寛文・延宝頃、武蔵国利根川のほとりに住んだ小沢松《こざわまつ》が野口氏に嫁いだ後の、舅、姑への孝行と、病身の夫への貞節を描く。実話に基づくと思われる。筆者未詳の序文に記すところを信ずれば、作者は儒者の藤井懶斎で、その没後に出版された。

『国書総目録』や日本古典籍総合目録データベース等は書名を「常磐木」とするが、以下の解題に記すとおり「常盤木」が正しい。本文中に、この書名が主人公「松」の名と、その変わらぬ貞節に由来する旨を記す。

正徳・享保頃板

底　本　柳沢昌紀所蔵。

書　型　大本、一冊、原装。

たて二六・三センチ×よこ一八・五センチ。

表　紙　濃縹色雷文つなぎ地に草花唐草文様空押。

題　簽　左肩、無枠、原題簽。

「常盤木」

柱　刻　「　　　序一（序二）」

「常盤木　　一（～二十五終）」

字　高　一九・一センチ。

丁　数　二十七丁、うち序二丁。

行　数　毎半葉八行。

字　数　序一行十七字前後、本文一行十九字前後。

挿　絵　片面八図、四オ、四ウ、八オ、八ウ、十三ウ、十七ウ、十八オ、二十二ウ。

本　文　漢字平仮名交じり、振仮名、濁点、句読点あり。

所　在　土佐山内家宝物資料館（ヤ九一三・三二、高知県立図書館旧蔵）、石川県立図書館李花亭文庫（八四〇／六、前田侯爵家旧蔵）ほか。以上二本は、国文学研究資料館マイクロ資料で確認した。

その他　少し虫損あり。

後印本は、以下のとおりである。

堺屋仁兵衛・堺屋儀兵衛求板本

書　型　大本、一冊、原装。

たて二五・五センチ×よこ一七・五センチ。

表　紙　浅葱色布目。

字　高　一九・一センチ。

刊　記　後表紙見返に「華実年浪草」「百人一首像讃鈔」「風流文雅双六」「新編武功双六」「鼎左秘録」の広告があって、その左に奥付

三条通柳馬場東角

尚書堂　堺　屋　仁　兵　衛

京都書林

寺町通仏光寺下ル町

尚徳堂　堺　屋　儀　兵　衛

所　在　刈谷市中央図書館村上文庫（六八八八）

その他　正徳・享保頃板と比べると、やや後印。

備　考

一、本書の刊年については、勝又基氏「藤井懶斎年譜稿（三）」（「明星大学研究紀要【日本文化学部・言語文化学科】」一七、平成二十一年三月）に考証がある。すなわち序文に「二人の子も、まつ世をはやうして、…」とあることに基づいて、懶斎の「次男理定の没年は未詳だが、長男革軒は宝永六年（一七〇九）に没しているので、少なくともこれ以後の刊行という事になる。そして享保六年（一七二一）刊の懶斎著作目録（中略）に『常盤木』の書名が載る所から、この年までには刊行されたのであろう」とする。「懶斎著作目録」とは、東京大学附属図書館蔵『蔵笥百首』享保六年大坂大野木市兵衛求板本（E三一／一九八五）の後表紙見返に存するもので、そこに記された八点の書名の中に「ときは木一冊」とあるとのこと。

二、刊記がないため、出版書肆はわからない。但し序文に

は「なにはの何かし、此物かたりを板にえらせて、世につたへんとて、詞をそのはしめにくはへんことをもとめらるゝ」とある。大坂の板元から出されたと思われ、勝又氏は前掲稿で、「確証はないが、大野木市兵衛であったか」とする。

三、書林の目録で本書を検するに、次の記載を拾うことができる。

享保十四年の『新撰書籍目録』では「女書類」の項に

一　常盤木　孝道貞節の道を教

右の目録は文照軒柴橋編で、京都の永田調兵衛の刊行だが、やはり文昌軒柴橋編で、永田調兵衛板の宝暦四年の『新増書籍目録』には、本書の名は見えない。

四、写本のうち実見した国文学研究資料館鵜飼文庫蔵本（九六／八二九）は、大本一冊で江戸中期写か。左肩題簽には「常磐木物語」と墨書。不忍文庫、阿波国文庫旧蔵で、独自の丹緑風彩色挿絵片面四図を有する。本文は板本写しと思われるが序はなく、若干脱落箇所がある。また本書は編者未詳の叢書、扶桑残葉集にも収められていて、国立国会図書館、筑波大学、西尾市岩瀬文庫などが蔵する。このうち岩瀬文庫蔵本（九／六四）は江戸後期写と思われ、全二十冊のうちの第十一冊の最後に本文、序の順で載る。板本と比べて大異はない。

五、藤井懶斎については、これも勝又基氏「藤井懶斎年譜稿（一）～（五）」（「明星大学研究紀要【日本文化学部・言語文化学科】」一五～一七・「同【人文学部・日本文化学科】」一九・二〇、平成十九年三月～二十四年三月）を参照されたい。序文にその著作として記されている「諫争録」は貞享五年（一六八八）刊『国朝諫諍録』二巻二冊、「孝子伝」は貞享二年刊『本朝孝子伝』三巻七冊をさすが、いずれも漢文体。後者には、それを漢字平仮名交じりに改めた貞享四年刊『仮名本朝孝子伝』三巻七冊などもあり、広く読まれた。

（柳沢昌紀）

【假名草子集成 前責任者】

故朝倉治彦（あさくら はるひこ）

大正十三年東京生れ。昭和二十三年國學院大学国文科（旧制）卒、二十五年同大学特別研究科（旧制）修。国立上野図書館司書・国立国会図書館司書（昭和六十一年依願退職）。元四日市大学教授兼図書館長。仮名草子その他、著編書論文多し。平成二十五年九月没。

●編者略歴

【編集責任者】

花田富二夫（はなだ ふじお）

昭和二十四年生れ。熊本大学大学院文学研究科修士課程修了。現在、ノースアジア大学教授。博士（文学）。〔主要編著書〕『仮名草子研究—説話とその周辺—』（新典社）新日本古典文学大系『伽婢子』（共編著 岩波書店）など。

【共編者】

入口敦志（いりぐち あつし）

昭和三十七年生れ。九州大学大学院博士課程退学。現在国文学研究資料館准教授。〔著書〕『武家権力と文学 『帝鑑図説』、柳営連歌』（ぺりかん社）『社家文事の地域史』（共著 思文閣出版）など。

松村美奈（まつむら みな）

昭和四十五年生れ。愛知大学大学院博士後期課程修了。博士（日本文化）。現在愛知大学・愛知教育大学非常勤講師。〔主要論文〕「『和漢乗合船』典拠考—運敞著『（正続）寂照堂谷響集』との関係から—」（『日本文学』62—3）など。

柳沢昌紀（やなぎさわ まさき）

昭和三十九年生れ。慶應義塾大学大学院博士課程単位取得退学。現在中京大学教授。〔主要編著書・論文〕『江戸時代初期出版年表』（共編 勉誠出版）「甫庵『信長記』初刊年再考」（『近世文藝』86号）など。

帝鑑図説　岡山大学附属図書館所蔵

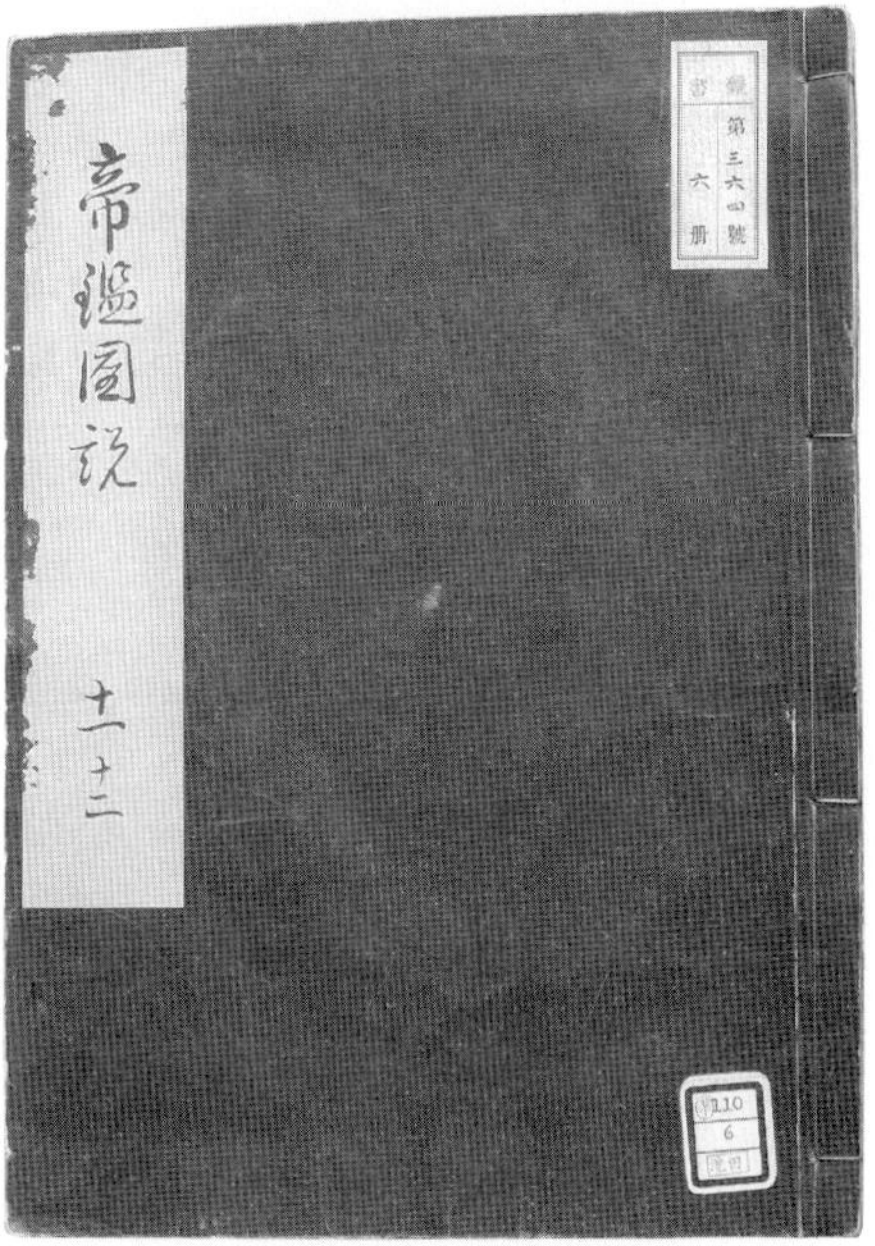

第六冊　表紙

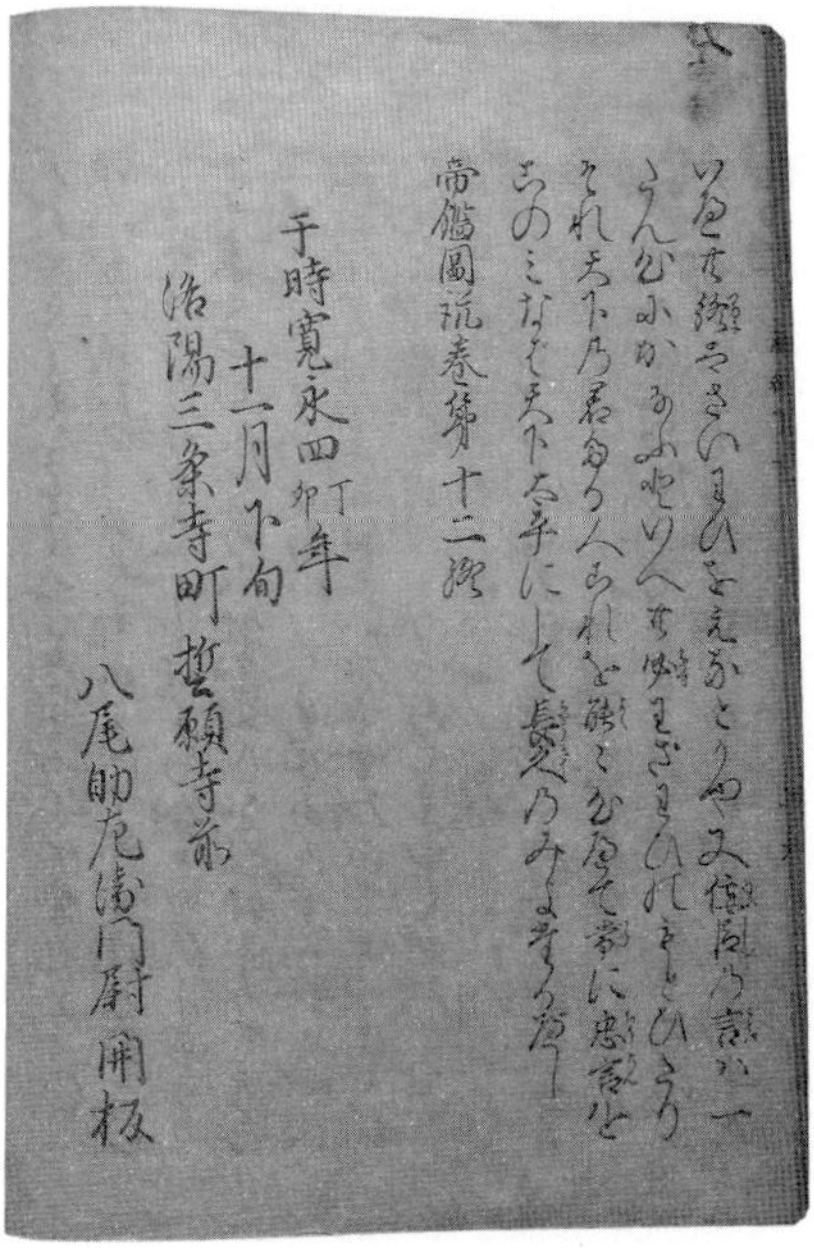

巻第十二　刊記

棠陰比事加鈔　柳沢昌紀所蔵

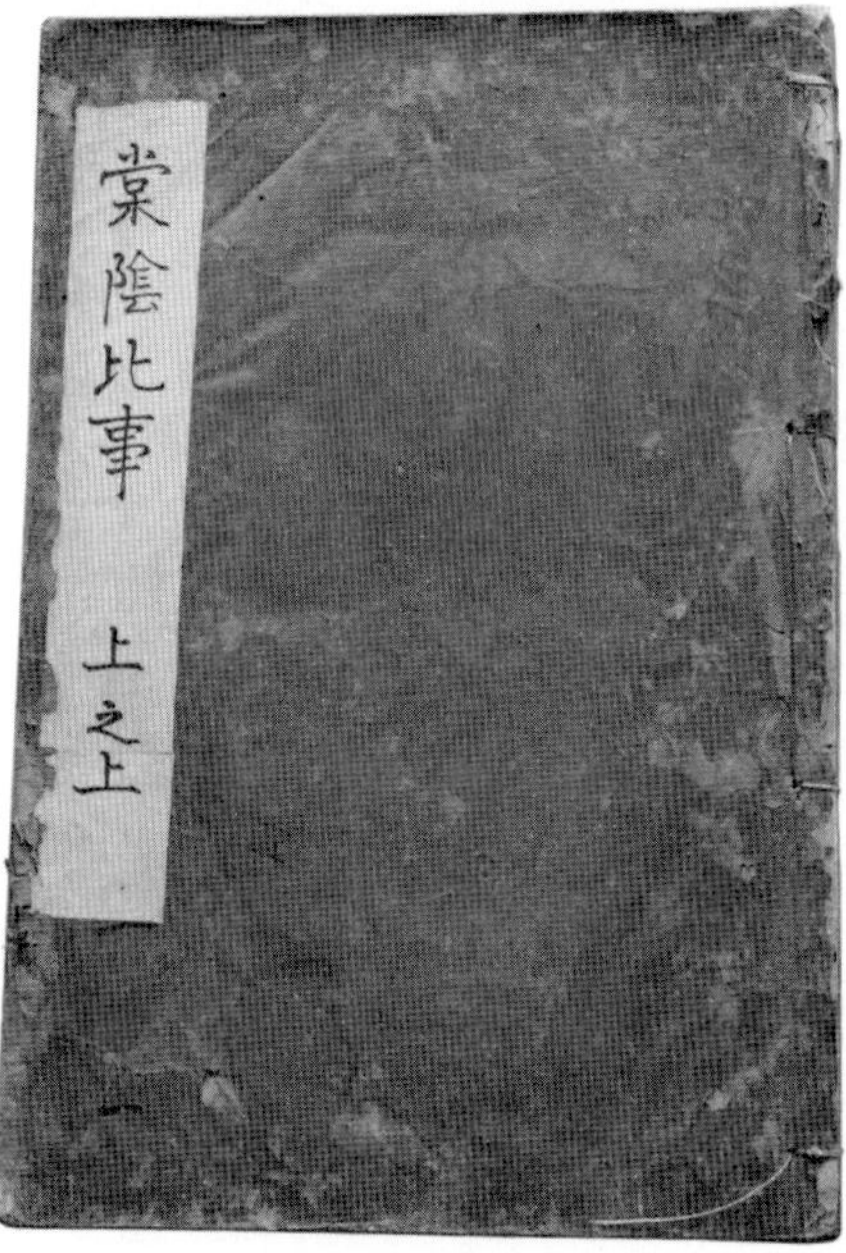

第一冊　表紙

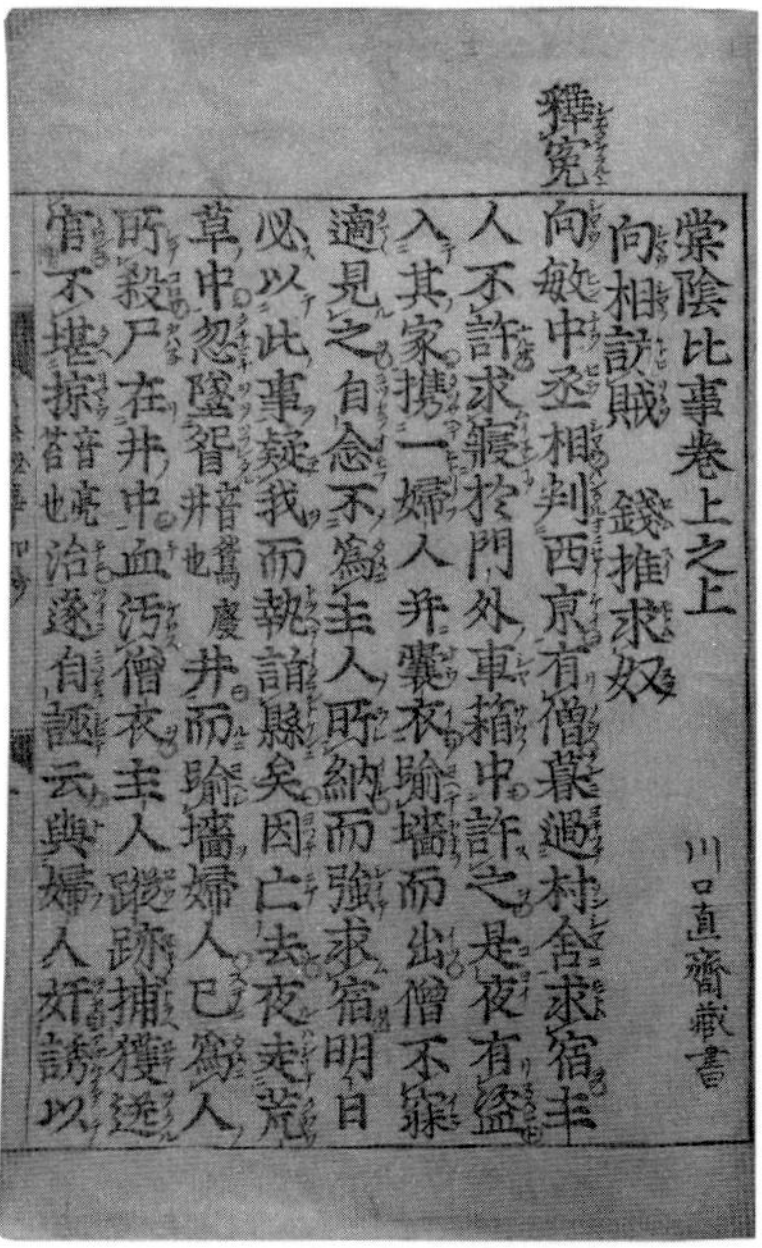

巻上之上　巻頭

棠陰比事物語　宮内庁書陵部所蔵

巻第一　表紙

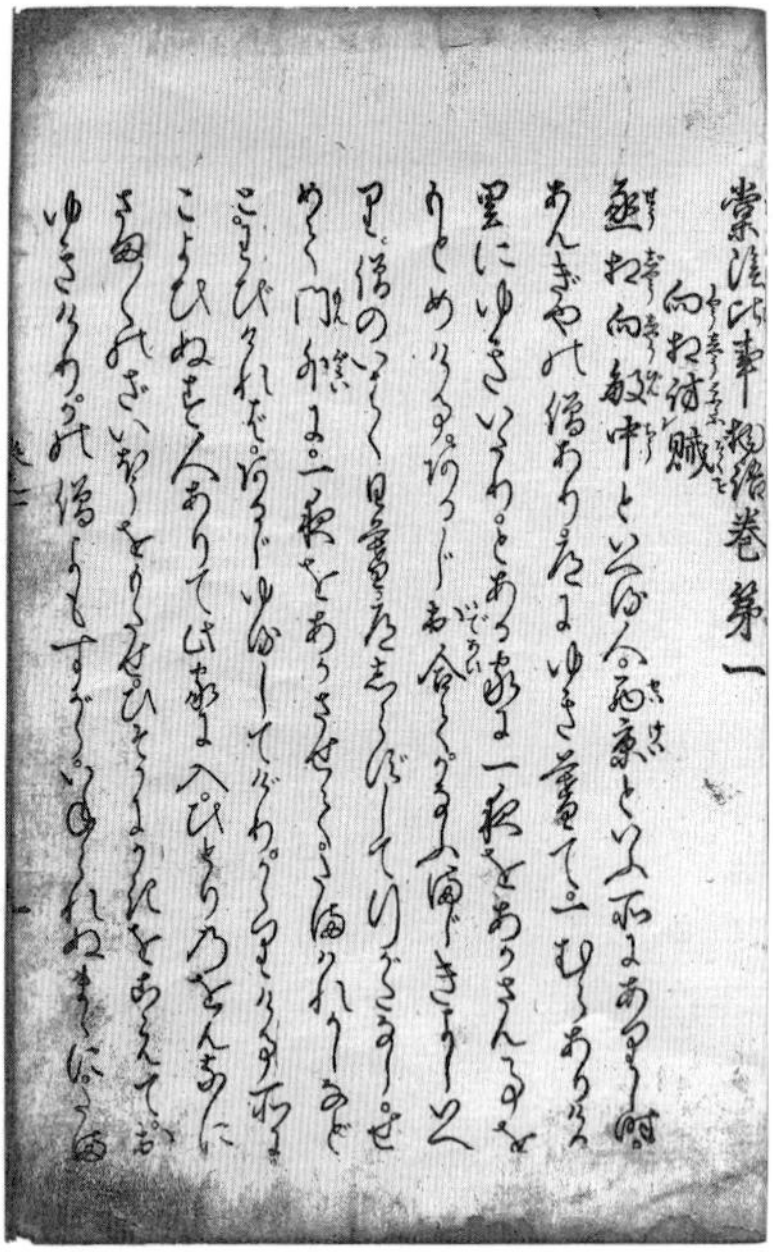
巻第一　巻頭

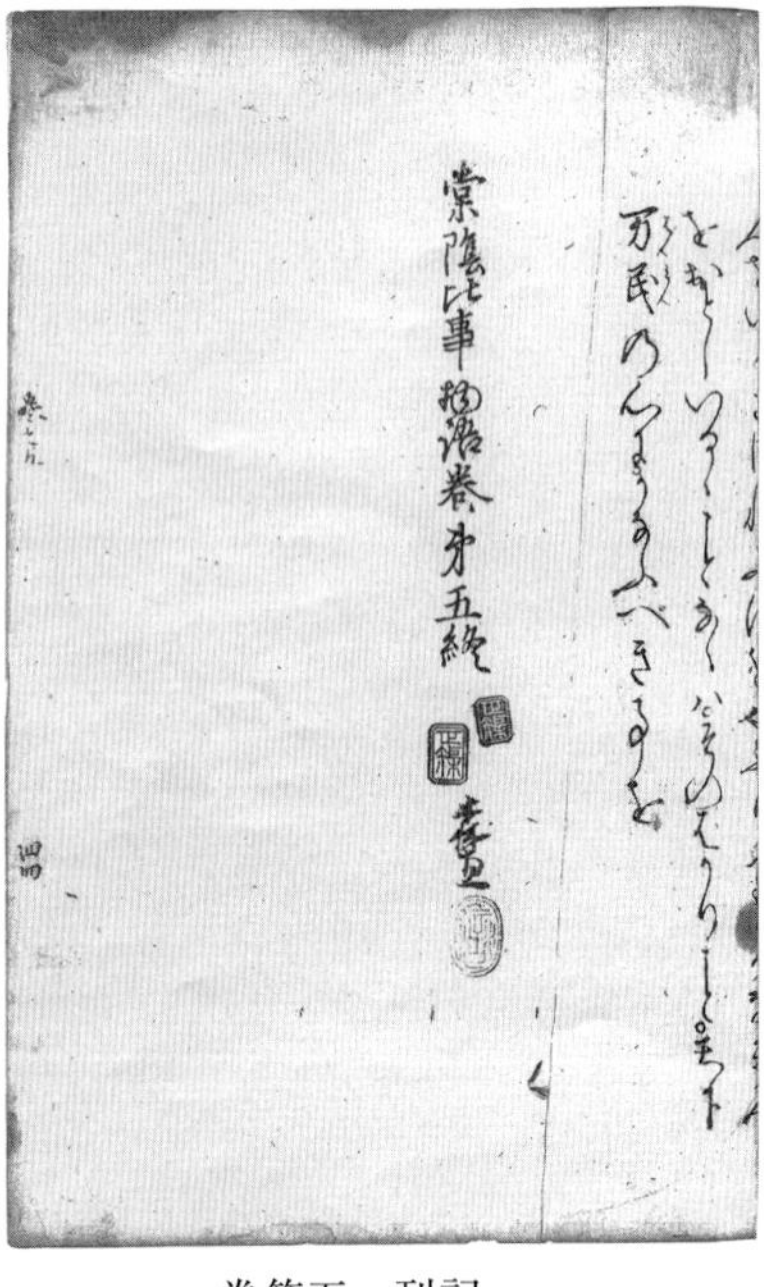
巻第五　刊記

常盤木　柳沢昌紀所蔵

表　紙

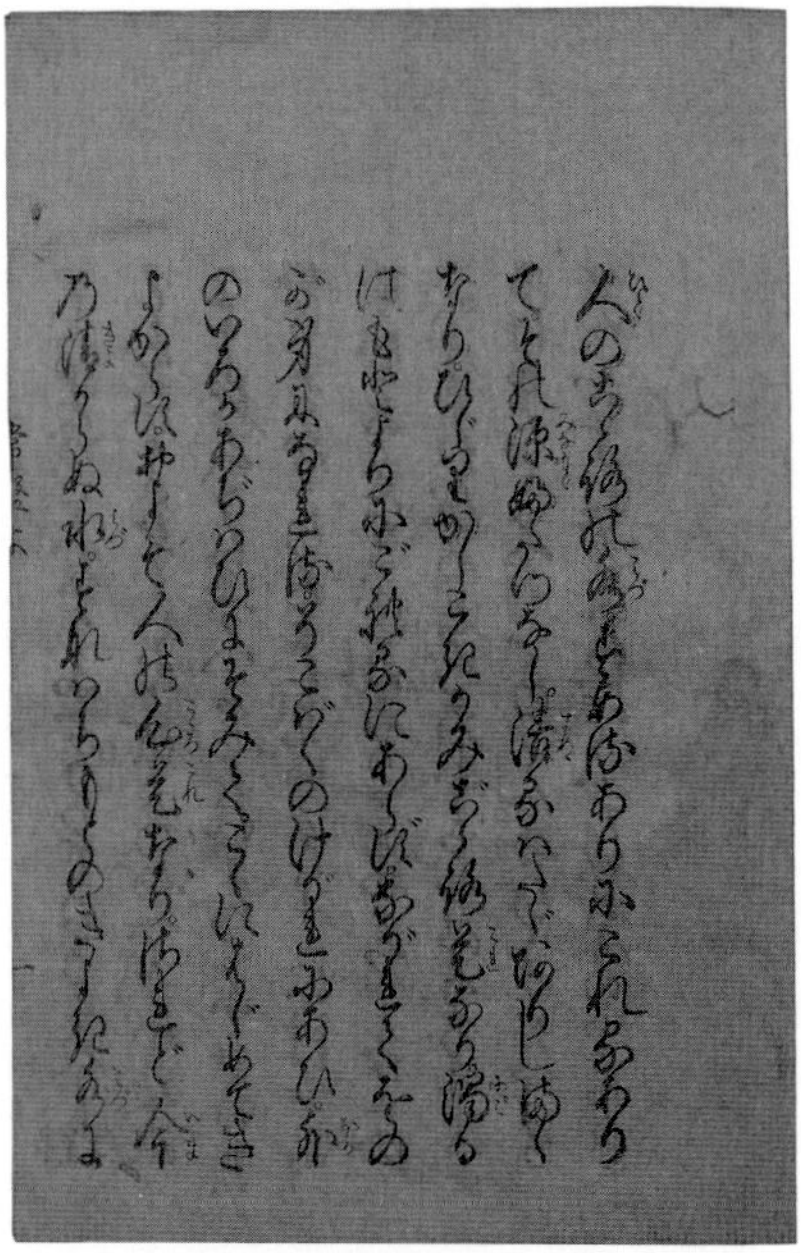

巻　頭

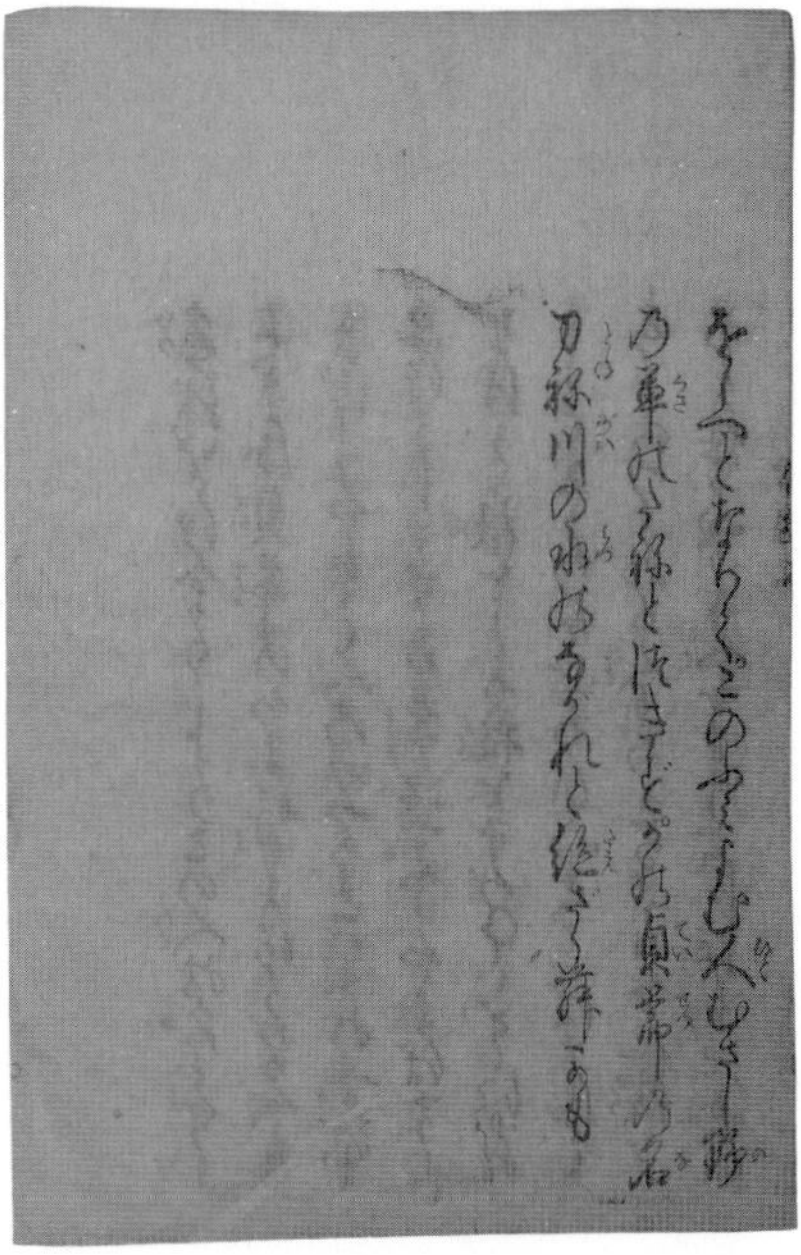

巻　尾

假名草子集成　第五十三巻

二〇一五年三月二〇日　初版印刷
二〇一五年三月三〇日　初版発行

編　者　花田富二夫
　　　　入口敦志
　　　　松村美奈
　　　　柳沢昌紀

発行者　小林悠一

印刷所　株式会社　三陽社

製本所　渡辺製本株式会社

発行所　株式会社　東京堂出版
東京都千代田区神田神保町一―一七（〒一〇一―〇〇五一）
電話　東京　〇三―三二三三―三七四一　振替　〇〇一三〇―七―二七〇

ISBN978-4-490-30687-3 C3393
Printed in Japan 2015

http://www.tokyodoshuppan.com/
←東京堂出版の新刊情報はこちらから。